Lukas Hainer

Das weiße Herz

Roman

Lesen was ich will!
www.lesen-was-ich-will.de

Von Lukas Hainer liegen im Piper Verlag vor:
Das dunkle Herz
Das weiße Herz

Originalausgabe
ISBN 978-3-492-70473-1

Satz: psb, Berlin
Gesetzt aus der Dorian DTL
Druck und Bindung: GGP Media GmbH, Pößneck
Printed in Germany

Vorab

Das weiße Herz ist mein viertes Buch und mein erstes, zu dem ich ein Vorwort schreibe: Es ist also an der Zeit. Keine meiner bisherigen Geschichten hat ein solches Eigenleben entwickelt wie diese, und keine hat meine Zeit- und Arbeitsstruktur so sehr über den Haufen geworfen. Es ist nun immerhin knappe zwölf Monate her, dass ich das erste grobe Kurzexposé zum Weißen Herz abgespeichert habe (das mit der fertigen Geschichte nicht mehr so wahnsinnig viel zu tun hat), und in der Zwischenzeit ist viel in meinem privaten und beruflichen Leben passiert. Und doch war ich die ganze Zeit über bei Anna und ihrem geheimnisvollen Widersacher: dem dunklen Herzen aus dem gleichnamigen ersten Teil der Geschichte.

Jetzt steh ich am Ende des Nachfolgebandes, der für mich – vielleicht vorläufig, vielleicht auch endgültig – einen Abschluss markiert.

Das weiße Herz ist der zweite Band der Geschichte um die vierzehnjährige Anna, die mit ihren Eltern in Berlin lebt. Bei der Andacht für ihren älteren Bruder, der zehn Jahre zuvor im Kleinkindalter verschwand, wird Anna plötzlich aus dieser Welt in eine andere gerissen. Sie erwacht mit weiteren Gestrandeten in einer unwirtlichen Wüstenlandschaft mit einer verlassenen Ruinenstadt. Auf der Suche nach Wasser und Unterschlupf finden sich die Ankömmlinge zu Gruppen zusammen, in denen es bald auch um Macht geht. Ein brutaler Kerl namens Álvaro will die Kontrolle über sämtliche Wasser- und Nahrungsquellen erlangen und schreckt dabei auch nicht vor Gewalt zurück.

Anna freundet sich mit Nick an, einem jungen Griechen. Die beiden müssen zusehen, wie die Polin Jelena, zu der sie Vertrauen gefasst haben, von Álvaro und seinen Schergen niedergeschlagen wird. Aus Angst vor einem ähnlichen Schicksal fliehen die beiden aus Álvaros Machtbereich, um auf eigene Faust nach Antworten zu ihrem rätselhaften Schicksal zu suchen.

Anna und Nick stoßen auf eine Gruppe von Kindern, die sich in einer Art futuristischem Gewächshaus eingerichtet haben, das so gar nicht zu den übrigen primitiven Behausungen passt. Dort gibt es nicht nur Wasser, sondern auch Nahrung in Form von Früchten und Pflanzen. Anna und Nick warnen die Kinder um den störrischen Eric und seinen melancholischen Freund Peter vor Álvaro. Als Álvaros Männer tatsächlich auftauchen und Feuer legen, müssen Anna und Nick abermals fliehen.

Draußen in der Wüste stößt Anna plötzlich auf Spuren ihres verschwundenen Bruders. Ben muss es wie Anna bei seinem Verschwinden damals an diesen Ort verschlagen haben. Fieberhaft sucht Anna nach einem Lebenszeichen und stößt mit Nick auf einen geheimen Zugang unter die Wüstenoberfläche. Doch sie kommen zu spät: Von Ben ist nicht mehr als eine körperlose Stimme geblieben, und er lüftet mit der letzten verrinnenden Kraft seiner Seele das Geheimnis um das dunkle Herz, das hier unter der Oberfläche gefangen gehalten wird. Es ist ein Wesen aus purem Hass mit der Macht, ganze Welten zu vernichten, und es kann nur durch regelmäßige Opfer an diesen Ort gefesselt bleiben. Annas Bruder war ein solches Opfer, und es gibt nur einen Weg, wie Anna, Nick und die restlichen Gestrandeten diesem Schicksal entgehen können: Sie müssen alle gemeinsam unter die Stadt, um am dunklen Herzen vorbei das Tor nach Hause zu öffnen. Sie dürfen sich weder vom dunklen Herzen noch von dem geheimnisvollen alten Mann, der diesen Ort aus dem Verborgenen bewacht, daran hindern lassen, sonst werden sie die nächsten Opfer sein.

Doch das dunkle Herz schlägt mit seinen eigenen Waffen zurück und sät Misstrauen und Hass in die Herzen der Menschen. Zwischen Anna und dem starrköpfigen Eric eskaliert ein schrecklicher Streit. Eric stirbt, und Anna, die sich an seinem Tod schuldig fühlt, muss dem fassungslosen Peter davon berichten. Nur mit einer List schaffen sie es am Ende, trotz Álvaros Lügen und Intrigen beide Gruppen zusammenzuführen und unter die Stadt zu lotsen. Dort gibt sich der alte Mann als Nachfahre eines alten Volkes zu erkennen und überlässt es ihnen selbst, ob sie sich retten und damit dem dunklen Herzen die Freiheit geben, mit in ihre Welt zu kommen und dort Unheil anzurichten. Als der Alte zugibt, dass sie eigentlich alle als Opfer sterben sollten, bricht Chaos aus, und die Erwachsenen wie die Kinder stürzen auf das geöffnete Tor zu.

Anna wird von Nick getrennt und eilt ihrem Bruder nach, den sie zum ersten Mal körperlich sieht. Doch es ist nur ein Trugbild des dunklen Herzens. Um tatsächlich durch die Dunkelheit nach Hause zu finden, muss sie sich von ihrem Bruder verabschieden und ihre eigenen Schuldgefühle, ihn zurückzulassen, überwinden.

Als es ihr gelingt, erscheint sie wieder in der Trauerfeier, bei der scheinbar kaum ein Augenblick vergangen ist. Ihren Eltern erzählt sie nichts, aus Angst, für verrückt gehalten zu werden. So muss sie allein mit ihren albtraumhaften Erlebnissen fertigwerden. Schließlich erhält sie Nachricht von Nick, der sie auffordert, mit ihm und den anderen und unterstützt vom alten Mann gegen das dunkle Herz anzukämpfen. Hier knüpft *Das weiße Herz* an.

Prolog

»Spasti! Hey, Spasti!«

Peter zuckte innerlich zusammen, als er Tylers Stimme hörte, doch er unterdrückte den Impuls davonzulaufen. Links von ihm verlief eine lange Backsteinmauer, rechts ging es in die Reihenhaus-Siedlung. Er war nicht schnell genug, sie abzuschütteln, und wenn sie ihn jagen konnten, würden sie nur noch mehr Spaß bei der Sache haben. Peter klammerte sich an die Riemen seiner Schultasche und blieb in seinem langsamen Trott, als wüsste er nicht, dass er gemeint war.

»Bist du schwerhörig, Spasti? Rennst du heim zu deiner Spasti-Mama?«

Tyler hatte ihn schon im Sandkasten drangsaliert. Obwohl Tylers Mutter Peters Mum versichert hatte, dass sie nach einem Sommer sicher *beste Freunde* sein würden, hatte Tyler ihm auch im Herbst noch den Plastikbagger auf dem Spielplatz abgeknöpft und im Winter Schnee in seinen Nacken und die Jacke hinuntergestopft, bis seine Lippen blau geworden waren. Und je besser Peter es hinbekommen hatte, Tyler aus dem Weg zu gehen, desto schlimmer waren ihre Begegnungen geworden.

Auch wenn Tyler zwei Klassen über ihm war, hatte er Peter nie aus den Augen verloren. Irgendwann hatte er ihn mit seiner ganzen Bande gejagt. Wenn sie ihn erwischt hatten (und sie hatten ihn meistens erwischt), hatte Tyler ihn zu Boden geschubst und auf den Rücken gezwungen. Er hatte ihm die Oberarme mit beiden Knien auf den Boden genagelt: *Muskelreiten* hieß das, und für Peter hatten die ständigen blauen Flecken irgendwann fast so sehr zu seinem Körper gehört wie das Muttermal an seinem linken Oberschenkel. Irgendwann hatte Tyler Peter aufgefordert, den Mund zu öffnen, als er am Boden lag. Peter hatte sich geweigert, aber Tyler hatte dennoch mit einem schmatzenden Geräusch, das von seinen Jungs johlend aufgenommen wurde, Spucke gesammelt und sie einfach genüsslich in Peters Gesicht tropfen lassen. Natürlich hatte Peter danach noch Prügel bekommen. Er glaubte eigentlich nicht, dass Tyler so pervers war, dass ihm die Sache mit dem Spucken wirklich *gefiel*. Er spielte einfach sein Spiel. Und er musste das Spiel jedes Mal ein bisschen weiter treiben, damit es spannend blieb.

Jemand rempelte Peter grob von hinten an, doch er fing sich im Stolpern.

Ich bin weit weg, dachte er und versuchte sich die Straße als einen langen Tunnel vorzustellen. Er konzentrierte sich auf das andere Ende, das kommen würde, wenn sie mit ihm fertig waren. Es *würde* kommen, egal was passierte.

»Was ist los, Spasti, kannst du nicht mal richtig laufen?«

Gelächter folgte, während sich der fünfzehnjährige Junge vor ihm aufbaute. Peter hatte das Gesicht vor Augen, ohne dazu aufsehen zu müssen.

»Hey!«, fuhr Tyler ihn an, doch Peter hielt den Blick gesenkt.

Er ignorierte Tyler nicht etwa aus Mut oder gar Stolz. Er wusste: Egal, was er tat, er konnte es nur schlimmer machen.

Eine Hand setzte sich auf seine Stirn und schob ihn grob zurück. Peter machte einen Ausfallschritt nach hinten, doch einer der anderen kickte ihm den Fuß weg, und er fiel auf den Rücken. Er spürte, wie seine Schultasche am Randstein aufplatzte und sich Hefte und Bücher über die Straße verteilten.

»Schaut ihn euch an, er kann nicht reden und nicht laufen,

und auf den Füßen bleiben kann er auch nicht. Aber wen wundert's.«

Peter hob den Blick, was ein Fehler war. Er sah direkt in Tylers hämisch funkelnde Augen.

»Die Wahrheit schmeckt dir wohl nicht, Spasti. Du bist behindert, genau wie deine Mutter. Weiß doch jeder. Na los, bringt ihm Respekt bei, Jungs!«

Respekt war ihm wichtig, denn davon sprach er viel. Peter hatte nur eine vage Vorstellung davon, was *Respekt* für Tyler genau bedeutete. Es hatte irgendetwas mit blauen Flecken zu tun, und mit dem Geschmack von Angst auf der Zunge, wenn man seine Stimme hörte.

Also brachten Tyler und sein Affengefolge ihm *Respekt* bei. Den ersten Tritt konnte Peter mit seinen Armen abwehren, doch als er sich zur Seite drehte, traf ihn der zweite mitten in der Magengrube. Ein heißer Schmerz bahnte sich seinen Weg durch Peters Eingeweide, und er übergab sich sofort über den Randstein.

»Mann, das war ein Volltreffer!«, lachten sie.

»Gott, wie erbärmlich!«, kommentierte Tyler. »Nicht mehr lang, dann ist er ein Penner. Genau wie sein erbärmlicher Vater.«

Ich bin weit weg, redete Peter sich weiter ein, doch das war nicht so einfach, wenn man gleichzeitig noch immer sein Pausenbrot herauswürgte. Der saure Mageninhalt brannte in seinem Rachen, und er hörte, wie jemand neben seinem Kopf nach seinen Büchern trat. Doch dann entfernten sich die Schritte. Das andere Ende des Tunnels war da: Sie zogen ab.

Nach einiger Zeit richtete sich Peter stöhnend auf. Er hatte zum Glück nicht über seine Sachen gekotzt und bis auf sein Englischbuch war alles heil geblieben. Der Umschlag des Buchs hatte sich abgelöst, aber es war ohnehin schon ramponiert gewesen, und wenn er es zu Hause klebte, würde es kaum anders aussehen als zuvor.

Hätte schlimmer kommen können, dachte er, während er die Sachen wieder einräumte. Und er vermied den Gedanken, dass es erneut schlimmer kommen *würde*. Wenn nicht morgen, dann übermorgen oder am Tag danach. Peter hatte die Hoffnung, dass Tyler mit dem Ergebnis seiner Erziehungsarbeit zum Thema *Respekt* irgendwann zufrieden sein würde, schon lange aufgegeben. Er zog den verdreckten und sauer riechenden Pulli aus und steckte ihn ebenfalls zusammengeknüllt in die Tasche. Als er wieder aufsah, fiel ihm das erste Mal der Staub in der Luft auf. Er war fein und im Schatten der Backsteinmauer leicht zu übersehen, doch wo die Strahlen der Sonne hinfielen, wirbelten die winzigen Punkte im Wind.

Peter setzte sich nur langsam in Bewegung. Es gab etwas, das ihm noch größere Bauchschmerzen bescherte als die Tritte von Tyler und seinem Gefolge, und das wartete zu Hause am Küchentisch. Als die Straße, in der er wohnte, rechts in Richtung Siedlung abzweigte, bog er einfach nicht ab. Stattdessen lief Peter weiter die Mauer entlang und beschleunigte seine Schritte, je weiter er vom Heimweg abwich.

Seine Mutter würde dort sitzen und ins Leere starren, wie sie es manchmal stundenlang tat. Seine *Spasti-Mama*. Vielleicht mit einer Tüte voller Einkäufe neben sich. Wenn sie die Tür hörte, würde sie aufspringen und so tun, als wäre sie gerade erst heimgekommen. Doch die Butter in der Tüte würde längst aufgeweicht und vom Rest der Einkäufe zusammengedrückt sein.

Nein, das wäre vielleicht noch vor ein paar Wochen so gewesen. Jetzt würde sie gar nicht auf die Tür reagieren, vielleicht sogar immer noch im Bett liegen, wo er sie am Morgen zurückgelassen hatte. Immer häufiger verließ sie es den ganzen Tag nicht.

Mit seinem *Penner-Vater*, wie Tyler höhnte, hatte das nichts zu tun, auch wenn es irgendwie zusammengehörte, wie zwei Strophen in einem Lied, die unterschiedliche Geschichten erzählten und doch in denselben Refrain mündeten: Als Peter noch klein gewesen war, war sein Vater Stammgast in dem roten Ziegelbau gewesen. Dem Hexenhäuschen, das am Rande der Siedlung, in der sie wohnten, zwischen einer Autowerkstatt und einer Tierhandlung stand. Während seine Mutter lieber einen Umweg von zehn Minuten in Kauf genommen hatte, um zum Bus zu kommen, ohne das Hexenhäuschen zu passieren, hatte es die Kinder der Siedlung geradezu magisch angezogen. Sie hatten sich aufgeregt hinter den Autoreifen vor der Werkstatt versteckt und beobachtet, wie die Gäste das Hexenhäuschen durch die Vordertür betraten, immer nur Männer. Und ab und zu war eine Frau am Hinterausgang erschienen, um eine Zigarette zu rauchen.

Es hatte nicht lange gedauert, bis auch Peter eine Vorstellung davon hatte, was hinter den rot ausgeleuchteten Fenstern des Hexenhäuschens vor sich ging. Und dann hatte es wieder nicht lang gedauert, bis er unter dem Gelächter der anderen seinen Vater das erste Mal am Eingang hatte verschwinden sehen. Peter war danach nicht wieder hingegangen, und doch hatten die Kinder der Gegend ihn auf dem Laufenden gehalten über die Besuche seines Vaters. Sie hatten es mit der Diskretion und Anteilnahme im Schulhof herumgeplärrt, die Kindern zu eigen war.

Peters Vater hatte nicht mehr lange bei ihnen gewohnt, und die Aussetzer von Peters Mutter hatten erst viel später begonnen, doch irgendwie trug beides dieselbe gackernde Handschrift eines Schicksals, das Tylers Sinn für Humor besaß.

Wo die Backsteinmauer endete, begann ein kleiner Grünstreifen mit einem Kriegerdenkmal, um das manchmal gebrauchte Nadeln oder Gummis herumlagen. *Für die gefallenen irischen Soldaten in zwei Weltkriegen*, stand in erhabener Schrift auf dem Denkmal.

Peter setzte sich ins Gras und lehnte sich an die massive Steintafel mit den zahlreichen Namen. Tyler hatte Peter einmal hier abgepasst und ihn angefahren, er solle gefälligst *Respekt* haben vor dem Denkmal. Seine Grobiane hatten Peters Kopf dagegengeschlagen, bis sein Blut am Stein geklebt hatte. Tyler schien danach zufrieden, als wäre das ein stimmiges Bild.

»Peter.«

Peter erstarrte, als er die raue Stimme hörte, die diesen Namen aussprach. Niemand hier kannte diesen Namen. Peter selbst hatte ihn sich schließlich ausgesucht, als all die Dinge passiert waren, die so vieles und doch nichts geändert hatten.

»Wer ist da?« Peter rappelte sich auf und fürchtete einen weiteren grausamen Scherz von Tylers Bande. Dieser hier *hätte* ihn getroffen. Aber sie konnten nichts davon wissen, denn er hatte niemandem etwas erzählt, nicht mal seiner Mutter. Es schien hier ja auch kaum Zeit vergangen zu sein, während er *drüben* gewesen war. Er war nach der Dunkelheit plötzlich auf dem Pausenhof aufgeschreckt, fassungslos, dass er die Heimkehr tatsächlich geschafft hatte. Er hatte sich keinen Zentimeter von der Stelle fortbewegt, wo ihm zehn Tage zuvor schwarz vor Augen geworden war. Niemand hatte Notiz von ihm genommen, und Peter hatte schon Angst gehabt, dass er geerbt hatte, was immer seiner Mutter fehlte. Es war wie der Ruck gewesen, den er jedes Mal bei ihr beobachtete, wenn sie aus einem ihrer Aussetzer zurückkehrte.

Doch dann hatte er den Zustand seiner Schuluniform gesehen. Und noch realer war die verbrannte Haut an seinem Arm, seine Verletzung aus dem Feuerinferno, das Álvaros Leute angefacht und damit dem kleinen Pan das Leben genommen hatten. Die Narbe hatte er später vor den Lehrern versteckt, die ihn entgeistert fragten, was er in der Pause mit seinen Klamotten angestellt hatte.

»Du weißt nicht, wer ich bin?«

Auf zittrigen Knien trat Peter um den Stein herum und traute seinen Augen kaum mehr als zuvor seinen Ohren. Dort stand er: etwas größer als Peter selbst, blondes Stoppelhaar auf dem Kopf und ein triumphierendes Grinsen im Gesicht. Er badete im Licht, das zwischen den Bäumen zu Boden fiel, und der seltsame Staub tanzte überall um seine Gestalt.

»E-Eric«, stammelte Peter.

Ein Wiedersehen

Anna sah aus dem Fenster und nahm die Stadt kaum wahr, die vor ihren Augen vorbeizog. Die Züge der Ringbahn umkreisten Berlin wie ein nimmermüdes Karussell, das die Bewohner schluckte und um das Stadtgebiet verteilt wieder ausspuckte. Nach der Leere der Ruinen, in denen sie vor wenigen Wochen um ihr Leben gekämpft hatte, kam es ihr hier umso übervölkerter vor.

Menschen stiegen aus und andere ein, und Anna konnte den Gedanken nicht verdrängen, dass sie all diese Menschen vielleicht ins Unglück gestürzt hatten. Vielleicht würden *sie* dafür bezahlen müssen, dass Anna und Nick und hoffentlich noch viele der anderen überlebt und zurück nach Hause gefunden hatten.

Das dunkle Herz war frei ... doch noch immer gab es keinen Anhaltspunkt dafür, ob es bereits hier war und wie es auf diese Welt reagieren würde.

Am Treptower Park stieg Anna um in Richtung Flughafen. Sie fieberte seiner Ankunft seit Tagen entgegen, sogar ihre Eltern hatten die Veränderung an ihr bemerkt. Es war, als ginge es um nichts weiter als ein Wiedersehen mit ihrem Urlaubsschwarm. Dabei hätte sie diese Zeit vermutlich gar nicht überstanden ohne Nick. Hätte er ihr nicht Kraft gegeben, gerade in dem Moment, als sie selbst keine mehr gehabt hatte, hätte sie vermutlich einfach aufgegeben.

Eine gute Woche nach ihrer Rettung hatte Nick sie in den sozialen Netzwerken ausfindig gemacht, und nun war er endlich auf dem Weg hierher. Der alte Mann war bei Nick gewesen. Er stand ihnen im Kampf gegen das dunkle Herz zur Seite, doch Anna war froh, dass er nicht mit Nick hatte reisen können und sie zunächst etwas Zeit für sich hatten. Da der Alte natürlich keine Papiere hatte und daher nicht fliegen konnte, hatte Nick ihn mit einem Smartphone ausgestattet und in den Zug gesetzt. In einem ihrer langen Chatgespräche hatte Nick angedeutet, dass der Alte nicht auf direktem Weg nach Deutschland kommen würde. Aber alles Weitere wollte er ihr erzählen, wenn er hier war.

Der Zug, in den Anna wechselte, war voll besetzt mit aufbrechenden Urlaubern. Sie blieb an der Tür stehen und betrachtete in dem zerkratzten Plexiglas ihr Spiegelbild mit dem nur mehr schulterlangen Haar. Als sie sich nach ihrer Rückkehr durch einige der verfilzten, dunklen Strähnen auch mit der Bürste nicht hatte durchkämpfen können, hatte sie es selbst zu Hause abgeschnitten. Es wäre ihr peinlich gewesen, damit zum Friseur zu gehen. Der moderne Schnitt, den sie dort im Nachgang bekommen hatte, gefiel ihr, und sie hoffte insgeheim, dass er auch Nick gefallen würde.

Draußen lichtete sich der Stadtrand, während sie dem Flughafen näher kamen. Feiner Staub lag in der Luft. Als sie die Endhaltestelle erreichten, sah Anna auf die Uhr ihres Smartphones. Es war kurz vor halb vier. Nicks Flieger würde erst um vier landen, sie hatte also genug Zeit, um zu seinem Ausgang zu kommen.

Ihre Eltern wussten noch immer nichts von den jüngsten Ereignissen in Annas Leben, obwohl Anna an ihren Blicken und Worten merkte, dass den beiden ihre Veränderung nicht verborgen blieb. Sie hatte viel hin und her überlegt und mit sich gerungen, vor allem wegen Ben: Für ihre Eltern galt ihr Bruder bis heute als vermisst. Einzig Anna wusste, dass er schon vor zehn Jahren Ähnliches in der Wüstenstadt hatte durchmachen müssen wie sie, und das als Siebenjähriger. Sie hätte ihren Eltern endlich Gewissheit geben können, aber es gab ein entscheidendes »wenn«, was das anging: Anna würde ihnen helfen können, *wenn* diese ihre unfassbare Geschichte glaubten und nicht als Traum oder Einbildung abtaten. Das war aber mehr als unwahrscheinlich, solange Anna keine Beweise dafür hatte.

Anna war klar, dass sie dem Gespräch nicht ewig aus dem Weg gehen konnte, und dass sie es ihren Eltern auch irgendwo schuldig war. Aber wenn sie es in den letzten Wochen geführt hätte, dann hätten ihre Eltern außer dem Vertrauen in ihre Tochter und ihren merkwürdig veränderten Zustand nach der Gedenkfeier nichts Greifbares gehabt, um ihre abstruse Geschichte zu glauben. So war es vorerst dabei geblieben, dass ihre Eltern ihre neue Frisur und ihre verschlossene Art wohl auf ihre Pubertät schoben und dass Anna auf Nick und den alten Mann wartete, um mit deren Hilfe ihre Eltern zu überzeugen.

In dem Pulk aus Menschen und Koffern, der aus ihrer S-Bahn strömte, betrat sie den unterirdischen Durchgang in Richtung Flughafengebäude. Seit einer Woche hatte sie Ferien, und ihre Eltern hatten mit ihr verreisen wollen, doch Anna hatte sich dagegen gewehrt. Sie hatte um Zeit für sich gebeten, und ihre Eltern waren einverstanden gewesen. Der Trauergottesdienst zum zehnjährigen Verschwinden ihres Bruders war ein Einschnitt für die ganze Familie gewesen, denn zu Annas Erstaunen hatte ihre Mutter es diesmal mit dem Abschied von Ben wohl ernst gemeint. Das Zimmer ihres Bruder hatte sie komplett leer geräumt, auch die Möbel waren fort.

Dort stand jetzt ein Gästebett für Nick, den Anna ihren Eltern als Bekanntschaft aus einem Trauerforum angekündigt hatte. Sie hatte erklärt, die Gedenkfeier habe den Anstoß gegeben, dass sie mal wieder in das Trauerforum geschaut habe. Ihre Eltern glaubten das gern und waren einverstanden gewesen, dass Nick in den Ferien kam. Es hatte ohnehin einige

Zeit gedauert, bis er die Reise organisiert hatte: Seine Ankündigung, zu kommen, war nun schon drei Wochen alt.

Als sie ins Tageslicht hinaustrat, lag auch dort feiner Staub in der Luft, mehr als sie von der S-Bahn aus gesehen hatte. Er schien vom Himmel zu fallen und langsam zu Boden zu rieseln, als hätte jemand weit oben einen gigantischen Teppich ausgeklopft. Wo die Menschen zum Flughafengebäude hasteten, verwirbelten sie ihn. Jemand schob sich an ihr vorbei und bedachte sie mit einem genervten Blick, denn sie war mitten auf dem Weg stehen geblieben. Niemand außer Anna reagierte auf den Staub, ganz so als wäre er völlig selbstverständlich.

Ein Koffer schrammte an ihrem Bein entlang, und sie setzte sich wieder in Bewegung, blieb aber unter der Überdachung, die den Weg zum Flughafeneingang vor Regen schützte. Beunruhigt beobachtete sie abwechselnd die Leute und die Staubpartikel. Wo es kein direktes Licht gab, konnte man es übersehen. Aber es waren Dutzende Leute hier unterwegs, und *niemand* zeigte irgendeine Reaktion.

Laut den Ziffern auf ihrem Handy war es bereits zwanzig vor vier. Nicht mehr lange, bis Nick landen würde. Vielleicht sah sie nur Gespenster, und der Staub war doch nicht mehr als der Smog der Hauptstadt oder irgendein Wetterphänomen. Im letzten Sommer hatte es einen Saharawind gegeben, der alle Autos auf der Straße mit Sand verdreckt hatte, erinnerte sie sich.

Sie betrat das große Gebäude und folgte den Arrival-Schildern bis zum Ausgang der Gepäckausgabe.

Dank der Vorfreude auf Nicks Besuch fühlte sie sich seit Tagen das erste Mal richtig wach. Anders als sie zunächst gehofft hatte, waren die Albträume seit ihrer Heimkehr sogar noch schlimmer geworden. Sie sah noch immer Erics Gesicht vor sich, der sie unbemerkt bis unter die Wüstenoberfläche verfolgt hatte. Sie sah seine Wut, als das dunkle Herz ihn dort unten gegen sie aufgebracht hatte, und spürte ihre eigene, als er begonnen hatte, sie zu schlagen. Doch die schlimmste Erinnerung war seine Verblüffung, als er über den Abgrund hinausgetaumelt – und gestürzt war.

In ihrer ersten Nacht im eigenen Bett hatte Anna nicht Eric vor sich gesehen, sondern die Tür von Bens Zimmer. Sie hatte dahinter etwas rascheln und klopfen gehört.

Tok … tok

Anna konnte gar nicht sagen, was ihr an dem Geräusch solche Angst machte, doch ihr Herz raste. Sie musste zusehen, wie ihre eigene Hand sich nach vorn bewegte. Nicht auf die Klinke, sondern auf das holzfarbene Türblatt zu. Als sie es berührte, glitt die Tür zur Seite. Sie machte dabei ein schweres, schabendes Geräusch, wie die Scheibe über dem Eingang zur Unterstadt und zum dunklen Herzen in der Wüste.

Sofort quoll eine schillernde Schwärze wie eine zähe Masse aus Bens Zimmer hervor und umschloss ihre versteinerten Füße. Sie spürte den Sog und die Kälte in ihrer Brust, doch kein Laut entkam ihren zusammengepressten Lippen. Erst als die flüsternden Stimmen kamen, begann sie zu schreien. Die Echos von all den erloschenen Leben, die nun die Stimmungen des dunklen Herzens ausdrückten: Zorn, Hunger, Gier …

Anna hatte sich seit seinem Verschwinden kaum in Bens Zimmer aufgehalten, das für sie immer etwas zwischen Museum und Grabstätte gehabt hatte. Aber seit diesem Traum, aus dem sie sich keinen Reim machen konnte, beschleunigten sich ihre Schritte sogar, wenn sie nur an Bens Tür vorbeikam.

Wenn Nick hier war, konnte sie endlich wieder mit jemandem über diese Dinge sprechen.

Die ersten Passagiere von Flug RA 1147 aus Thessaloniki kamen durch die Absperrung. Die meisten von ihnen waren braun gebrannte, heimkehrende Urlauber, die gleich die erste Ferienwoche genutzt hatten. Da war eine Familie mit einem Hund, der in seiner Transportbox fiepte. Ihnen folgte eine Gruppe von einem guten Dutzend Jugendlicher mit Strohhüten und gleichfarbigen T-Shirts. Als Anna endlich Nicks Locken entdeckte, spürte sie, wie sich ein Teil ihrer Anspannung löste.

Die jugendliche Strohhut-Gruppe zerstreute sich gerade mit großen Abschiedsgesten. Nick schlängelte sich zwischen ihnen durch.

Anna sah ihm sofort an, dass ihn etwas beschäftigte. Er hielt zwar Ausschau nach ihr, doch sein Blick wirkte dennoch abwesend und nachdenklich, als nähme er die Ankunftshalle kaum wahr. Dann erkannte Anna überrascht eine Gestalt an Nicks Seite. Es war die alte Griechin, die in der Ruinenkirche das Bewusstsein verloren hatte und die der Überzeugung gewesen war, sie seien gestorben und an diesen Ort verdammt worden. Nick hatte sie mit keinem Wort erwähnt. Anna ging ihnen mit klopfendem Herzen entgegen.

»Nick!«

Als er sie entdeckte, glätteten sich seine Züge, und er ließ seinen Rollkoffer stehen, um sie in die Arme zu schließen.

»Hi«, murmelte er, während sie sich längst aneinander festhielten.

»Hey«, erwiderte sie und atmete tief durch. Es war gut, dass sie endlich wieder zusammen waren.

»Du siehst gut aus«, lächelte Nick und ging wieder auf Abstand. »Älter.«

Nick hatte sich ebenfalls verändert. Auch wenn sie seine Freude spürte, sie zu sehen: Da lag noch immer Sorge in seinen Augen. Vielleicht sogar Angst.

»Kein Wunder, nach allem«, antwortete Anna, wie er auf Englisch, so wie sie sich auch *drüben* die ganze Zeit über unterhalten hatten.

»Ich hab deine Frisur gemeint«, erwiderte Nick grinsend. »Sie steht dir.«

Ehe Anna sich darüber freuen konnte, wanderte ihr Blick zu der Alten, die keine Notiz von ihr nahm. Sie hielt einen Rosenkranz in der Hand, dessen perlenartige Kettenglieder durch ihre Finger wanderten. Die Furchen in ihrem Gesicht hatten sich noch vertieft, und ihre Augen wirkten stumpf wie die abgegriffenen Kunststoffperlen des Rosenkranzes.

»Sorry, ich wollte dir Bescheid sagen, aber es war alles ziemlich knapp«, sagte Nick auf Annas Blick hin. »Der Alte hat Faní erst vorgestern gefunden: Ich hab ihr Ticket heute am Flughafen gekauft, und es hat fast das ganze Geld gekostet, das ich dabeihabe. Aber der Alte meinte, es sei sicherer so. Glaubst du, es ist ein Problem für deine Eltern?«

Tatsächlich waren Nicks Mitteilungen in den letzten Tagen deutlich kürzer geworden. Anna fand trotzdem, dass er sie zumindest mit einem Satz hätte vorwarnen können, dass er Faní mitbringe. Doch wegen ihrer Eltern hatte sie schon eine Idee. »Wir sagen einfach, dass sie deine Tante ist und dass sie dich nicht alleine gehen lassen wollte nach der Geschichte mit deinen Eltern.«

»Das klingt gut«, sagte Nick erleichtert.

Natürlich war »die Geschichte mit Nicks Eltern« frei erfunden. Ihrer Meinung nach besuchte Nick eine Chatfreundin in Deutschland, was nach all den Onlinegesprächen der letzten Wochen tatsächlich kaum eine Lüge war. Aber wenn Annas Eltern dachten, sie habe Nick in einem Trauerforum kennengelernt, musste er um jemanden trauern. Sie hatten sich für seine Eltern entschieden.

Nick nahm wieder Fanís Hand, als sie sich gemeinsam in Bewegung setzten, sonst wäre die Frau wahrscheinlich so lange stehen geblieben, bis ein Sicherheitsmann oder Sozialarbeiter sie aufgegabelt hätte.

»Was ist mit ihr passiert?«, fragte Anna.

Faní war schon während ihrer gemeinsamen Erlebnisse *drüben* in schlechtem Zustand gewesen, doch dass sie gar nicht auf Anna reagierte, war doch erschreckend.

Nick zuckte traurig mit den Schultern. »Ich komm selbst kaum zu ihr durch. Sie war schon so, als der Alte sie gefunden hat. Er hat ihr erklärt, dass sie mit mir kommen muss, und sie war wohl einverstanden.«

»Warum habt ihr sie denn nicht zu Hause gelassen?«

Faní schien nicht in der Verfassung, irgendetwas gegen das

dunkle Herz zu tun. Sie lief völlig unbeteiligt hinter Nick her, unter der riesigen Anzeigetafel durch in Richtung Ausgang.

»Der Alte sagt, jeder von uns, der es hierher geschafft hat, könnte ein Angriffsziel sein. Und das dunkle Herz kann die Menschen kontrollieren, die auf dem Weg gescheitert sind oder die es in die Finger bekommt. Sie werden irgendwie seine Werkzeuge.«

»Werkzeuge wozu?«, fragte Anna. Sie hatte tausend Fragen, die seit Wochen auf Antwort warteten, und Nick hatte diese Wochen mit dem Alten verbracht. Aber Nick erwiderte ihren Blick nur hilflos.

»Ich weiß es nicht … Vieles von dem, was er so von sich gibt, hab ich nicht wirklich verstanden.«

Anna war es in ihrem eigenen Gespräch mit dem seltsamen Mann kaum besser ergangen.

»Wir müssen trotzdem tun, was er sagt«, fuhr Nick fort. »Er hat genauso Angst vor dem, was kommt, wie wir.«

»Und was ist das? Was sollen wir seiner Meinung nach tun?«

»Warten.« Nick schien nervös. Die Freude, sie wiederzusehen, wurde von etwas überschattet. Sie hatte diese Veränderung schon in seinen Nachrichten gespürt. Ihr allererstes Gespräch nach ihrer Rückkehr war natürlich aufgeputscht davon gewesen, dass sie sich tatsächlich wiedergefunden hatten: Zu Anfang hatte es fast so etwas wie Aufbruchsstimmung gegeben, sich dem dunklen Herzen zu stellen. Doch Nicks Tonfall war in ihren Gesprächen zunehmend bedrückter geworden. Er hatte ihr erzählt, dass er wie Anna unter Albträumen litt.

»Wir sollen hier warten, während er die anderen auftreibt«, fuhr Nick fort. »Er spürt sie irgendwie. Es ist schwer zu erklären, aber er ist Faní nicht zufällig über den Weg gelaufen. Er sagt, es hängt damit zusammen, wie eng er mit der Stadt und dem dunklen Herzen verbunden war. Er hat ein Gefühl dafür, wer damit in Berührung gekommen ist.«

Der Gedanke war Anna unheimlich. Sie war ja froh, wenn es dem Alten gelang, all ihre Freunde ausfindig zu machen, denn sie hatten von den meisten noch immer keine Spur. Doch gleichzeitig fragte sie sich, ob das dunkle Herz womöglich dieselbe Fähigkeit besaß.

»Er konnte es selbst nicht so richtig beschreiben«, sagte Nick. »Es ist nicht so genau, aber er spürt irgendwie, ob er näher kommt oder sich entfernt, sobald jemand von uns in Reichweite ist.«

»Wie beim Topfschlagen«, sagte Anna trocken.

»Was ist Topfschlagen?«

Sie traten nach draußen, und da griechische Kindergeburtstage wohl anders abliefen als deutsche, erklärte sie ihm das Wärmer/kälter-Prinzip des Spiels.

Noch hatte Nick nichts zu ihrer brennendsten Frage gesagt: Was waren die Vermutungen des Alten, womit sie es zu tun bekommen würden? Wie würde das dunkle Herz ihre Welt angreifen, und was konnten sie dagegen tun? Er musste doch *irgendetwas* dazu wissen. Immerhin schien es Hoffnung zu geben, die anderen zu finden. Anna machte sich seit Wochen Gedanken dazu, was ihnen auf dem Heimweg widerfahren sein mochte.

Sie blickte in den Himmel und suchte nach Spuren des Staubs von vorhin, doch es war weniger geworden, als zerstreute er sich bereits im Wind. Sie wollte das ganze Thema schon innerlich abhaken, da bemerkte sie aus dem Augenwinkel, dass Nick sie beobachtete.

»Du siehst es auch«, kommentierte er stirnrunzelnd.

»Was?«, fragte sie und kapierte zunächst tatsächlich nicht, wovon er sprach.

»Es hat nach einer halben Stunde angefangen«, sagte er. »Ich hab die Stewardess gefragt, ob das normal ist, denn wir waren längst über den Wolken.«

Endlich begriff Anna und konnte es dennoch nicht fassen.

»Sie hat mich nur verständnislos angeschaut, als ich aufs Fenster gezeigt habe. ›Der Staub in der Luft‹, hab ich gesagt. Wir saßen im Flugzeug ziemlich weit hinten, und ich dachte, es könnte vielleicht was am Triebwerk sein. Sie hat sich vorgebeugt und die Stirn in Falten gelegt, aber dann hat sie nur wieder gelächelt und den Kopf geschüttelt. ›Welcher Staub?‹«

»Niemand kann ihn sehen …«, antwortete Anna entgeistert, »niemand außer uns.«

Natürlich waren Annas Eltern überrascht, als sie und Nick gemeinsam mit einer alten Frau vor der Tür ihres Vorstadt-Reihenhauses standen. Doch sie zeigten schnell Verständnis dafür, dass Nick seine vermeintliche Tante mitbrachte. Immerhin dachten sie, dass seine Eltern erst seit einem halben Jahr tot waren. Annas Mutter tat sofort eine Matratze auf, die man noch in Bens altes Zimmer legen konnte, als Schlafplatz für den unerwarteten Gast.

Anna hörte ihre Mutter an der Tür zu Bens Zimmer oben. Das schabende Geräusch der steinernen Scheibe aus ihrem Albtraum kam ihr in den Sinn, und Annas Nackenhaare stellten sich auf. Doch sie ermahnte sich, ihren Träumen und Ängsten nicht noch zusätzlichen Raum zu geben. Es gab genügend reale Bedrohungen, mit denen sie sich befassen konnten.

Nick und sie hatten die ganze Bahnfahrt über gerätselt, was der Staub bedeuten könnte, und waren doch keinen Deut weitergekommen. Aber Nick hatte auch noch nicht alles erzählt. Er war übermüdet, und sie hatte ihn nicht weiter unter Druck setzen wollen, dafür hatte er von sich aus versprochen, ihr später Wort für Wort wiederzugeben, was der Alte gesagt hatte.

Ihre Mutter kehrte mit ihrem »Anna hat Besuch«-Lächeln von oben zurück, das Anna früher fast so unangenehm gefunden hatte wie die plötzlichen Weinkrämpfe, die noch Jahre nach Bens Verschwinden vorkamen. Anna erwiderte das Lächeln dennoch, und sie gingen gemeinsam in die Küche, wo Nick gerade den Inhalt seines Rollkoffers offenbarte.

Die eine Hälfte davon war bis zum Rand mit Gastgeschenken aus Griechenland gefüllt, und das nahm zum Glück den

Fokus von Faní, die noch immer kaum Blickkontakt erwiderte und den Rosenkranz nicht aus der Hand ließ. Nick brachte etikettenlose Gläser voll goldgelbem Honig zum Vorschein, in dem allerlei Nüsse schwammen, außerdem getrocknete Feigen und natürlich Kekse aus der Bäckerei seiner Eltern. Es duftete, als er die Papiertüten öffnete und Backwerk voll geröstetem Sesam und Hagelzucker auspackte. Nicks Eltern beherrschten offensichtlich ihr Handwerk, und Nick erklärte gegenüber Annas Eltern, dass sein Onkel die Bäckerei nach dem Tod seiner Eltern weiterführe.

»Schafft Ihr Mann denn die ganze Arbeit allein, wenn Sie jetzt hier sind?«, fragte Annas Vater Faní auf Englisch.

»Oh, sie spricht nur Griechisch«, erklärte Nick schnell. Er richtete ein paar Worte an die Alte, und ihr Kopf ruckte hoch. Es schien, als nähme sie den Küchentisch der Engels, auf dem sich nun all die Geschenke türmten, erst jetzt wahr. Dann murmelte sie Nick eine einsilbige Antwort zu, kaum mehr als ein Flüstern.

»Die Reise war anstrengend, oder?«, sprang Anna ein. »Vielleicht will sich deine Tante ausruhen?«

»Aber natürlich«, sagte Annas Mutter verständnisvoll. »Die Matratze ist schon hergerichtet, ich bring euch dann sofort noch eine Decke. Wenn deine Tante Hunger hat, können wir ihr auch gern was aufs Zimmer bringen.«

»Danke, das wäre wohl das Beste«, stimmte Nick erleichtert zu.

Während Annas Mutter die Decke holte und Nick Faní nach oben half, blieben Anna und ihr Vater zurück.

»Er wirkt nett«, sagte dieser unbefangen, während sie gemeinsam das Abendessen aufdeckten. »Und toll, dass er extra nach Deutschland kommt, um dich zu sehen.«

Ob er darauf abgezielt hatte oder nicht: Anna ärgerte sich, als sie spürte, wie ihr leichte Röte in die Wangen schoss.

»Ich glaube, er hat einen Tapetenwechsel gebraucht«, antwortete sie, um es zu überspielen.

»Ja, das hätte dir damals wahrscheinlich auch gutgetan«, überlegte ihr Vater ernst. »Du warst natürlich noch klein, aber vielleicht hätten wir auch als Familie einen Neuanfang machen sollen. Einfach wegziehen.«

Es war eine utopische Vorstellung. Vor allem zu Beginn hatte ja noch berechtigte Hoffnung bestanden, Ben wiederzufinden, und genau so waren sie auch damit umgegangen. Die Worte formten sich in Annas Mund, doch sie sprach sie nicht aus. Seit der Trauerfeier vermied sie das Thema Ben so weit wie möglich und kam sich dabei wie eine Lügnerin vor.

Dass ihr Vater im Umgang mit der Vergangenheit weder den größten Realismus noch die größte Sensibilität zeigte, war allerdings nichts Neues. Anna konnte nicht zählen, wie oft ihre Mutter wegen unbedachter Bemerkungen ihres Vaters mitten beim Essen in Tränen ausgebrochen war. Anna sah seinen bedauernden Gesichtsausdruck vor sich: die zusammengekniffenen Lippen und die gerunzelte Stirn.

Bis sie zu Abend gegessen hatten war es nach acht. Der Inhalt von Nicks Tüten schmeckte ebenso köstlich, wie er geduftet hatte, und Annas Eltern waren sichtlich angetan von ihrem Besuch. Die ganze Zeit über unterhielten sie sich angeregt mit Nick und kamen mit ihrem Englisch dabei besser zurecht, als Anna vermutet hätte. Nick und Anna hatten jede Einzelheit um den vermeintlichen Autounfall seiner Eltern festgelegt, doch das hätten sie sich sparen können, denn ihre Eltern sprachen das Thema nicht an. Stattdessen erzählte Nick hauptsächlich von seiner Heimat.

Als Anna nach dem Essen ankündigte, sie und Nick würden noch einmal kurz vor die Tür gehen und ein bisschen frische Luft schnappen, gab es keine Einwände. Sie sah das belustigte Funkeln in den Augen ihres Vaters und wandte sich ab, bevor sie wieder rot werden konnte.

»Du hast nette Eltern«, sagte Nick draußen.

Der Sommerabend war warm genug, dass Anna in ihrem kurzärmligen Top nicht fror.

»Ja, und sie mögen dich« erwiderte Anna. Das war gut, denn wenn sie ihren Eltern irgendwann noch die Wahrheit beibringen wollten, konnten sie jeden Vertrauensvorschuss brauchen. »Wir … haben uns nur ein bisschen verloren.«

Sie hatte die Worte ausgesprochen, ehe sie recht darüber nachgedacht hatte, aber sie stimmten. Es fühlte sich schon lange nicht mehr so an, als gäbe es eine funktionierende Verbindung zwischen ihnen. So eine Verbindung, wie sie sie zu Nick und auch Elif, Jelena und Lev binnen kürzester Zeit gehabt hatte. Sie hatte sich noch Jahre nach dem Verschwinden ihres Bruders gefragt, warum ihre Eltern so viel allein trauerten, fast nie gemeinsam. Ihre Mutter mit Tränen und ihr Vater in seinen stillen Momenten hinter der aufgeräumten Fassade. Irgendwann hatte auch sie selbst die Zimmertür geschlossen, statt Trost bei ihnen zu suchen.

»Aber ist das nicht auch normal, wenn man älter wird?«, fragte Nick.

»Wahrscheinlich schon«, stimmte Anna zu. Sie wollte das Thema nicht breittreten, und es gab wirklich genug anderes, das sie zu besprechen hatten, jetzt, wo sie allein waren.

Nick streckte die Hand nach ihrer aus, und sie verschränkten die Finger. Anna lächelte, ohne aufzusehen, und verscheuchte die Gedanken an ihre Familie.

Die Straße führte unter Bäumen entlang und vorbei an einem Grünfleck mit einem kleinen Spielplatz. Die Gegend, in der sie wohnten, hatte Anna schon immer gefallen. Es war nicht so dreckig und laut wie in der Innenstadt und lange nicht so viel los.

»Ich könnte dir morgen ein bisschen was von der Stadt zeigen«, bot sie an, obwohl sie es besser wusste. »Die Mauer und so …«

Wenn sie ein Sightseeingprogramm machten, dann höchstens als Tarnung für ihre Eltern. Doch sie würden sich nicht wirklich Berlin ansehen, sondern überlegen, wie sie sich vorbereiten konnten.

»Klingt gut«, erwiderte Nick und schwieg dann wieder.

»Was hat er dir erzählt?«, fragte Anna schließlich, nachdem Nick offensichtlich keinen Anfang fand. »Wie schlimm ist es?«

»Das meiste haben wir eigentlich beide schon mal gehört«, sagte Nick zögerlich, ohne auf die zweite Frage zu antworten. »Als er uns alle von der Flucht zurückhalten wollte, weißt du noch? Aber da war so viel Chaos.«

Anna konnte sich nur noch vage an die Erklärungen zum dunklen Herzen und dessen Bedeutung erinnern. Sie hatte zu dem Zeitpunkt verzweifelt auf irgendein Lebenszeichen ihres Bruders gewartet.

»Ich glaube nicht, dass der Alte ein Mensch ist«, erklärte Nick. »Genauso wenig, wie das dunkle Herz von hier ist.«

»Was meinst du damit, kein Mensch?«

Nick wirkte, als begriffe er selbst nicht wirklich, wovon er sprach.

»Der Alte hat Andeutungen gemacht, dass das mit den Opfern für das dunkle Herz schon seit Jahrhunderten so geht. In dem Lager mit dem ganzen Kram von unseren Vorgängern waren ja auch richtig alte Schwerter und so was.«

Anna konnte sich daran erinnern.

»Und der Alte ist noch viel länger dort. Er hat gesagt, das Gefängnis ist so eine Art Blase. Das Volk des Alten hat sie irgendwie zwischen die Welten gesetzt und verhindert, dass sie Teil des *ewigen Kreislaufs* wird. Davon hat er viel gesprochen: wie Welten und Völker entstehen und wieder zusammenstürzen, vielleicht das ganze Universum. Schöpfung und Zerstörung. Sie waren wohl der Meinung, sie müssten diesen Kreislauf schützen, indem sie das dunkle Herz aussperren. Dafür haben sie diese Gefängniswelt gebaut und besiedelt. Die Zeit verläuft dort anders.«

»Was soll das heißen, sie haben sie gebaut? Wie baut man eine Welt? Und woher kam das dunkle Herz, was ist es überhaupt?«

Es war weit einfacher gewesen, diese Dinge einfach zu

akzeptieren, als sie noch selbst an jenem Ort mitsamt seinen verqueren Naturgesetzen gewesen war. Zum Beispiel, dass man nicht in die Wüste hatte hinauslaufen können, ohne gleichzeitig wieder zurück in die Stadt zu gelangen. Oder dieses brennende Gleißen, das aus dem Himmel gebrochen war, als das dunkle Herz ihn aufgerissen hatte.

Jetzt liefen sie gemeinsam durch eine sehr reale Straße im Süden von Berlin, und für was es keine glaubhafte Erklärung gab, das fand hier keinen Platz.

»Ich kann mich kaum an seine genauen Worte erinnern«, antwortete Nick. »Vieles hat sich eher wie Geschichten aus der Bibel angehört. Arche Noah und die Flut und so was. Es war alles schwammig und voller großer Worte.«

Anna sah ihn erwartungsvoll an. »Versuch es«, sollte ihr Blick zum Ausdruck bringen.

»Ich weiß noch, dass ich an eine Seifenblase gedacht habe, als er mir das mit dem Universum und der Gefängniswelt dazwischen erklärt hat. Er hat gesagt, man kann sich das Universum wie eine Blase vorstellen, und die Galaxien und Planeten und so weiter, das sitzt alles auf der Innenseite dieser Blase.«

Anna versuchte, sich das bildlich vorzustellen, um ihm folgen zu können.

»Und er hat gesagt, dass sich das ständig verformt und im Wandel ist. Deshalb hab ich an die Seifenblase gedacht. Wenn man sie aufbläst, dann verformt sie sich doch so, und es gibt diese riesigen Seifenblasen, die im Wind zusammengedrückt werden und sich wieder auseinanderziehen. So schwanken die Entfernungen zwischen den Welten in dieser Blase ständig. Verstehst du, was ich meine?«

Zumindest das Bild verstand Anna, und sie nickte. »Und das Weltall ist das Innere deiner Seifenblase?«

Nick schüttelte den Kopf. »Nein, das Weltall ist nur die Wand der Seifenblase, auf der auch die ganzen Welten sitzen. Dass sie eine Kugel ergibt, ist so was wie noch eine vierte Dimension darüber. Ich weiß nicht mehr, wie der Alte es erklärt hat, aber so habe ich es mir vorgestellt, denn das kenn ich aus diesem Buch. Die Geschichte der Zeit oder so, von Stephen Hawking, kennst du das?«

Anna verneinte. Sie kam kaum noch mit bei Nicks Erklärungen und verlor allmählich die Hoffnung, dass sie schlau daraus werden würde.

»Ich hab es von einem meiner Brüder. Ist auch egal, aber das Volk des Alten war weiter als unseres. Die ganze Theorie mit Wurmlöchern und Raumzeit und vielen Dimensionen, der ganze Kram, um den es auch bei Hawking geht, das war für sie anscheinend etwas, das die Grundschüler lernen. Sie hatten das verinnerlicht und einen ganz anderen … Überblick. Und gleichzeitig waren sie, glaube ich, total spirituell. Zumindest der Alte redet, als würde er ständig eine Art Bibel zitieren. Sie dachten eben, sie hätten dieses Muster der ›Schöpfung‹ erkannt. Seine helle und seine dunkle Seite. Zivilisationen entstehen und vergehen wieder. Etwas treibt sie immer wieder in den Untergang: das dunkle Herz, also alles Schlechte und Böse in uns. Wenn wir es nicht erlebt hätten, würde ich sagen, es ist nur eine Metapher und so Fantasiekram wie in allen Religionen. So wie Teufel und Dämonen und so was bei uns.«

Anna wünschte sich, es wäre so. Doch sie hatte es nicht nur gespürt, sie hatte es gesehen: die undurchdringliche Schwärze in ihren vielen Formen, schlängelnd, flüsternd, Schatten werfend.

»Sie haben sich wohl vorgenommen, das dunkle Herz aus dem Universum herauszunehmen. Sodass die Zivilisationen aller Welten ohne die dunkle Seite der Schöpfung leben können.«

»Und wie?«, fragte Anna stirnrunzelnd.

»Das ist die Sache mit der Welt *zwischen* den Welten. Pass auf, ich weiß nicht, ob dir das hilft, aber stell dir vor, es gäbe eine riesige Seifenblase, milliardenfach größer als die Erde, und auf der Innenwand sitzt eben alles, was es gibt. Und nur an einer Stelle würdest du so kräftig hineinpusten, dass sie sich nach innen wölbt.«

Anna wusste zwar nicht, woher diese Kraft kommen sollte, das Universum *nach innen zu wölben*, aber sie verstand zumindest, was er sagen wollte.

»Du pustest immer stärker, und die Beule nach innen wird größer, bis es fast ein kleiner Schlauch wird und dann – reißt die Verbindung. Auf einmal hast du eine kleine Blase, die in der riesigen Seifenblase herumschwebt. Eine Zwischenwelt.«

Anna sah ihn verblüfft an. »Und dieses Bild hast *du* dir zusammengereimt?«

Nick zuckte mit den Schultern, freute sich aber offensichtlich über ihr Erstaunen. Sie selbst wäre in hundert Jahren nicht auf diese Erklärung gekommen.

»Ich dachte auch erst an Raketen, die man ins Weltall schießt und so einen Kram, aber mit dem Vergleich konnte er gar nichts anfangen. Es ist wahrscheinlich die falsche Perspektive. Falsche Dimension. Man muss in diesem Bild der Seifenblase bleiben.«

»Und dort waren wir? In der kleinen Blase innerhalb der riesigen Blase?«, fragte sie.

»Genau«, sagte Nick, offensichtlich erleichtert, dass Anna so weit mitkam. »Es muss etliche Generationen her sein, dass diese Zwischenwelt entstanden ist, denn das sind alles uralte Überlieferungen für den Alten. Sie waren ein ganzer Volksstamm, als sie das dunkle Herz so eingeschlossen haben.«

»Wo haben sie gewohnt?«, fragte Anna, die an die primitive Ruinenstadt in der Wüste dachte. »In den Hallen mit den Pflanzen?«

»Nein, unter der Erde. Kannst du dich an die vielen roten Lichter erinnern?«

Das Bild von dem Meer aus roten Augen, das ihnen aus dem Abgrund unter der Erde entgegengestarrt hatte, kam sofort zurück. Eric war in den gigantischen Schacht gestürzt und später noch ein Kind aus der Horde.

»Die kamen von versperrten Türen. Dahinter haben sie gewohnt, Anna. Tausende von ihnen. Es gab Gemeinschafts-

und Vorratsräume und alles. Ein ganzes Volk hat da unten gelebt.«

Anna versuchte, sich das vorzustellen. Die riesige, verlassene Leere, in der sich das dunkle Herz später ausgebreitet hatte, bevölkert wie eine Fußgängerzone. Es musste als eine Art Hochhauskomplex angelegt gewesen sein, der statt in den Himmel in die Erde wuchs. Wie ein unterirdischer Bienenstock.

»Wie hat der Alte uns zu sich geholt? In diese Zwischenwelt?«, fragte Anna.

Sie versuchte, sich daran zu erinnern, wie es sich angefühlt hatte. Doch da war nur der Schwindel und ihre Übelkeit in der Kirche, nicht mehr. Keine Wurmloch-Reise durch einen Tunnel aus Raum und Zeit oder wie immer man sich das vorstellen mochte.

»Ich glaube nicht, dass er es selbst war«, antwortete Nick. »Der Alte sollte, glaube ich, nur sicherstellen, dass alles seinen gewohnten Gang geht. Im Grunde lief es von allein ab, wie ein Uhrwerk. Weißt du noch, wie du dich gefragt hast, warum wir nicht von der ganzen Welt kamen, sondern bis auf Lev nur aus Europa?«

Anna nickte. Und der Russe Lev kam zumindest vom selben Erdteil wie sie. Mit der Vorstellung der Seifenblase meinte sie fast, den Grund zu erahnen. Sie waren zur falschen Zeit am falschen Ort gewesen, der in diesem Fall ein ganzer Kontinent war. Und dort war die kleine Seifenblase *zwischen* den Welten, das Gefängnis des dunklen Herzens, ihnen wohl am nächsten gewesen. Ob nun ein *Windstoß* in der Raumzeit dafür verantwortlich gewesen war oder wie immer man es nennen mochte.

»Der Alte weiß nicht, ob das alles ganz zufällig abläuft oder ob es irgendwelche Kriterien gibt, wer aus dem ganzen … Einzugsbereich letztendlich ausgewählt wird. Er hat über all die Zeit keine Regeln erkennen können, aber er versteht sowieso nicht sehr viel von uns Menschen. Und noch etwas.«

Anna schwirrte der Kopf, und als Nick sie ansah, stockte er. »Sorry, ich überfahr dich total.«

»Nein«, versicherte Anna, obwohl es das ziemlich auf den Punkt brachte. Sie fühlte sich tatsächlich überfahren. Es klang alles nach faszinierenden wissenschaftlichen Gedankenspielen, aber sie waren *dort* gewesen. Sie hatten den Sand zwischen den Fingern gehabt, die Luft geatmet, und dieses uralte Böse war in ihr Herz gekrochen. Sie hatten in dieser Zwischenwelt um ihr verdammtes Leben gekämpft. »Sag, was du denkst.«

»Das Gleißen«, sagte Nick fast andächtig. »Er sagt, es war Sternenlicht. Es hat ein bisschen gedauert, aber ich glaube, ich weiß, warum es nichts mit unserem Nachthimmel zu tun hat. Ich hab danach extra noch mal bei Hawking nachgeschaut, es ist nämlich ganz schön lang her, dass ich das gelesen habe. Ein ganz einfaches Argument, dass das Universum nicht unendlich alt und unendlich groß sein kann, ist nämlich, dass dann das Licht von unendlich vielen Sternen schon bei uns angekommen sein müsste und nichts auf der Erde leben könnte, weil es Tag und Nacht brennend heiß und taghell wäre.«

Die Erinnerung an den Riss im Himmel über der Wüste war Anna nur allzu nah. Tag und Nacht waren Lichtstrahlen hell wie Flutlichter daraus hervorgebrochen.

Doch Anna war am Ende ihres Fassungsvermögens angelangt. Sie spürte, dass ihr über Nicks neue Gedanken, die er sich wohl in Wochen zusammenüberlegt hatte, Dinge, die sie bereits verstanden hatte, wieder entglitten. Sie konnte sich kaum vorstellen, dass sie so viel von den Worten des Alten hätte zuordnen können, geschweige denn, dass sie es in verständliche Worte hätte bringen können.

Das Bild der Seifenblase erinnerte sie an ein Erlebnis mit ihrem Vater. Sie hatten vor Jahren einmal den Film »Men in Black« angesehen. Von dem Science-Fiction-Klamauk war ihr nicht mehr viel in Erinnerung, außer dass ihr Vater von der Schlussszene ganz fasziniert gewesen war: Die Kamera hatte am Ende aus dem Geschehen herausgezoomt, die Straße, die Stadt, der Kontinent, die Erde, unser Planetensystem und dann die Milchstraße, unsere Galaxie. Schließlich war diese Galaxie als Murmel neben vielen anderen Murmeln im Beutel eines riesigen Aliens gezeigt worden. Sie selbst hatte damals nur die uralten Animationen des Films belächelt, aber jetzt hatte sie auch emotional einen Eindruck davon, worauf er hinauswollte.

»Das dunkle Herz«, kam sie zu dem Thema zurück, weshalb das alles mehr war als ein kleiner Ausflug an die Grenzen des menschlichen Horizonts, »es stimmt ja nicht, oder? Wie können sie alles Schlechte eingeschlossen haben? Wir leben doch in keiner perfekten Welt!«

Nicks Miene, die beinahe aufgeleuchtet war, seit Anna die ersten Anzeichen von Begreifen gezeigt hatte, verfinsterte sich wieder.

»Nein«, schnaubte er, »das war eine Überraschung für ihn.«

Anna wandte sich verwirrt zu ihm um.

»Was meinst du damit?«

»Der Alte war ziemlich schockiert von unserer Welt. Das erste Mal, als ich ihm die Smogwolke über Thessaloniki erklärt habe. Im Sommer ist es besonders schlimm, und der Alte dachte, das gehört zum Wetter. Ich musste ihm erklären, dass wir Menschen das machen und dass der ganze Planet kaputt geht, weil wir statt dem Wohl der Allgemeinheit und der Vernunft immer nur den eigenen Profit wählen. Weil die Mächtigen nicht an ihrem Gewissen und ihrer Moral gemessen werden. Ich hab ihm einen kleinen geschichtlichen Abriss gegeben. Weltkriege und so. Er dachte, vor so was hätten sie uns bewahrt. Und ich will gar nicht wissen, wie viele Menschen er in der Stadt dafür hat sterben lassen.«

»Aber er hat die Menschen doch die ganze Zeit erlebt«, erwiderte Anna und verbat sich den Gedanken, dass Ben eins dieser Opfer gewesen war. »Solche wie Álvaro und Enzo, die keine Hemmung vor Gewalt haben. Wie konnte er da glauben, wir würden hier in einer heilen Welt leben?«

Nick zuckte mit den Schultern. »Vielleicht dachte er, das hätte das dunkle Herz *drüben* mit ihnen gemacht.«

»Du meinst, er hat eigentlich gar keine Ahnung, was er dort wirklich bewacht hat?«, fragte Anna aufgewühlt. »Und er war trotzdem bereitwilliger Helfer und hat all diese Menschen in den Tod geschickt? Meinen Bruder? Und uns fast auch? Und alle vor uns, die Stimmen …« Sie brach ab, als diese Stimmen ihr in den Ohren klangen. Sie hatte Frauen, Männer, Kinder im Gefängnis des dunklen Herzens flüstern hören. Die Echos so vieler verlorener Seelen.

»Irgendetwas haben sie dort eingeschlossen, auch wenn es nicht die dunkle Seite der ganzen, großen Schöpfung ist«, erwiderte Nick.

Anna sah ihn an und zugleich die Ratlosigkeit, die ihn wohl seit Tagen und Wochen umtrieb, während sie noch darauf gehofft hatte, dass der Alte ihnen alles würde erklären können. Hinter ihm tanzten Staubkörner in den letzten Strahlen der Abendsonne, vielleicht zu viele, als dass sie nur von der Straße stammen konnten. Doch Anna wollte es nicht sehen.

»Von wem wissen wir, dass er hier angekommen ist?«, fragte sie, um sich zu sammeln. »Dass er es geschafft hat?«

»Sicher wissen wir es von niemandem außer Faní«, antwortete Nick bedrückt. »Und bei ihr kann man kaum sagen, dass sie es *geschafft* hat. Wir haben die Profile von Elif und Kyle gefunden, aber Elif hat uns nicht geantwortet, und Kyle …«

Nick wusste mittlerweile, dass Kyle wahrscheinlich der Grund war, warum sie alle noch am Leben waren. Anna hatte es ihm erzählt. Für seine Hilfe hatte Kyle gegenüber Álvaro selbst mit dem Leben bezahlt, von Maik ausgeliefert wie ein Bauernopfer. Sie hatten Kyles Profil beobachtet, in der Erwartung, dass es eine Vermisstenmeldung geben würde, so wie ihr Bruder damals auch verschwunden war. Doch bis jetzt hatte sich dort gar nichts getan.

»Peter, Poppins und die anderen können wir ja überhaupt nicht suchen.«

Die Kinder hatten sich nach ihrer Ankunft in der fremden Welt diese neuen Namen gegeben. Es war ihre Art gewesen, mit der Situation umzugehen. Leider gab es daher keine Hoffnung, sie in den sozialen Netzwerken aufzutreiben.

Nick hob den Blick. »Aber der Alte findet sie vielleicht trotzdem.«

»Wie?« Anna erinnerte sich daran, dass Nick ihr das am Flughafen schon erzählt hatte, aber es war so viel gewesen, das sie seitdem hatte verarbeiten müssen.

»Ich hab dir doch erzählt, dass er uns irgendwie aufspüren kann«, erklärte Nick. »Er ist mit dem Zug unterwegs nach Norden. Nicht direkt hierher, sondern durch den Balkan und dann Richtung Tschechien oder Polen.«

»Jelena«, erkannte Anna, »und Connor.«

»Genau. Vielleicht auch Lev, wenn Jelena ihm irgendwann *drüben* erzählt hat, woher sie genau kommt, und er sich von Russland aus auf den Weg gemacht hat. Der Alte sagt, er muss erst mal in die Nähe kommen. Und selbst dann weiß er nicht, ob er es überhaupt sagen kann, so wie bei Faní. Also, ob es jemand aus eigener Kraft geschafft hat oder …«

Er brauchte den Satz nicht zu beenden, Anna verstand. Der alte Mann konnte nicht sagen, wer noch Herr seiner selbst war und wen das dunkle Herz wie eine Marionette kontrollierte.

»Und bei Faní ist er sicher?« Anna dachte an die drastische Veränderung am Zustand der Griechin. Irgendetwas war mit ihr passiert.

»Scheint so«, antwortete Nick. »Ich glaube nicht, dass er es sonst riskiert hätte. Er hält uns für wichtig, vor allem dich.«

Anna wusste nicht, was sie dazu sagen sollte. Wichtig, um *was* zu tun?

»Der Alte hat das dunkle Herz wohl lange genug unter der Stadt gespürt, um zu wissen, wie es denkt. Er glaubt, es habe Faní wahrscheinlich gar nicht gebrauchen wollen. Vielleicht kam sie ihm nicht nützlich genug vor. Nach allem, was er aus ihr herausbekommen hat, ist sie an ihren christlichen Vorstellungen von Teufeln und Dämonen zerbrochen. Damit hat es sie gequält.«

Anna lief es kalt den Rücken hinunter. Sie fragte sich, was Nicks Erlebnisse in der Begegnung mit dem dunklen Herzen auf dem Heimweg gewesen waren. Auch ihre eigenen waren zwischen ihnen noch nicht zur Sprache gekommen. Sie hatte ihm alles erzählen wollen, wenn sie sich sahen. Doch jetzt brachte sie es nicht über sich.

»Elif hat der Alte nicht gespürt?«, fragte sie stattdessen. »Oder Sinan?« Die Türkei lag deutlich näher an Griechenland als Polen oder Tschechien, und wenn er nach Norden reiste, ließ er sie hinter sich.

Nick sah auf, und sie erwiderte seinen Blick. Noch mehr als am Flughafen schien er ihr seit ihren gemeinsamen Erlebnissen um Jahre gealtert, doch ein Teil davon mochte am fahlen Licht der Straßenlaternen liegen, die mittlerweile die Dunkelheit erhellten.

»Bis auf Elif und Sinan leben alle Richtung Norden oder Nordwesten. Er hatte noch niemanden gespürt, nur mich und Faní. Alles andere seien nur Schatten, hat er gesagt. Aber er hatte die Hoffnung, dass es klarer wird, je näher er kommt.«

»Ihr habt Elif und Sinan schon aufgegeben?«, fragte Anna erschrocken.

»Natürlich nicht«, erwiderte Nick, »aber in der Türkei ist es nicht sicher für den Alten. Wenn wir ihn verlieren, dann stehen wir mit leeren Händen da.«

Der türkische Staat kam seit Monaten nicht zur Ruhe. Es war immer wieder Thema in den Nachrichten: Vor einiger Zeit hatte es einen Putschversuch gegeben, in dessen Folge die Regierung nach wie vor hart durchgriff. Man hätte meinen können, den Mächtigen war der Vorwand nur recht. Nach vielen willkürlichen Verhaftungen lag der Tourismus am Boden, denn niemand schien komplett sicher vor der Staatsgewalt. Gleichzeitig führte die Armee einen erbitterten Kampf gegen die Kurden im In- und Ausland. Unter dem Deckmantel der Terrorbekämpfung hatten sie einen Völkerkrieg begonnen.

»Der Alte hat keine Papiere, und er wäre völlig verloren,

wenn sie ihn aufgreifen«, fuhr Nick fort. »Er ist aus einer *anderen Welt*! Die Strecke durch den Balkan ist auch nicht ohne, und ich wollte ihn eigentlich überhaupt nicht alleine reisen lassen. Aber ihm war es wichtiger, dass wir beide zusammen sind. Wir konnten nicht noch mehr Risiken eingehen, und wir wissen ja nicht mal, ob Elif und Sinan überhaupt Hilfe brauchen. Vielleicht finden sie sich und reisen von selbst in unsere Richtung.«

Anna nickte. Allerdings mehr, um Nick nicht noch zusätzlich ein schlechtes Gewissen zu machen. Ja, Elif wusste auf sich aufzupassen. Das hatte sie oft genug unter Beweis gestellt. Aber ihr verwaistes Profil machte Anna dennoch Sorgen.

Sie waren wieder auf dem Rückweg, und Anna sah um die Strahlenkränze der Straßenlaternen Staubpartikel in der Luft schweben.

»Hat er … irgendwas zu dem Staub gesagt?«, fragte sie Nick.

Er schüttelte den Kopf. »Nein, ich habe ihn ja selbst erst auf dem Weg hierher entdeckt. Aber Faní hat den Staub mit den Augen verfolgt, als ich ihn der Stewardess zeigen wollte. Was immer das ist, ich wette, alle anderen, die zurückgekehrt sind, sehen es auch.«

Sie waren bei der Haustür ihrer Eltern angekommen. Anna blieb stehen und wandte sich Nick zu. Noch immer glaubte sie daran, dass sie einen Schritt nach dem anderen tun mussten. Dass sie die Dunkelheit so lange von sich fernhalten mussten, wie sie nur konnten, auch wenn es ihr vielleicht noch nie so schwergefallen war. Als Nick ihren Blick erwiderte, umfing sie sein Gesicht mit ihren Händen und fuhr nach hinten durch seine lockigen Haare. Sie hielten sich aneinander fest: Sie waren wieder zusammen, das war wichtig.

»Du hast gelernt, was Freiheit heißt«

Tok …

Ein Klopfen, dann Stille. Anna stand in der Dunkelheit ihres Zimmers und lauschte.

Tok …

Es kam vom Flur draußen, und das Geräusch brachte ihr Herz dazu, so heftig zu schlagen, dass es sich anfühlte, als wollte es ihre Brust sprengen. Ihre Hände zitterten, und sie wusste selbst nicht, woher ihre Angst rührte.

»Nick?«, flüsterte sie. »Nick, bist du da?«

Toktok …

Nicht an ihrer Tür, sondern dahinter. Anna riss sich zusammen und suchte die Klinke in der Finsternis, auch wenn sie dabei fast zu atmen vergaß. Sie drückte sich durch den Spalt leise auf den Gang hinaus.

Tok …

Dieses Mal war es heftiger gewesen. Was immer dieses Geräusch machte, es war *falsch*. So hatte Nick die verlassene Stadt genannt, als sie sie das erste Mal betreten hatten. Und es kam von Bens Zimmer, in dem Nick schlief. Das Geräusch war verstummt, aber das linderte Annas Herzklopfen kaum. Sie musste alle Selbstbeherrschung zusammennehmen, um an Bens Tür zu treten.

»Nick?«, flüsterte sie eindringlich. »Nick!«

Keine Antwort.

Sie wollte die Tür nicht öffnen, nicht um alles in der Welt, aber sie musste wissen, was los war. Anna bückte sich nach dem Schlüsselloch, aus dem fahles Licht auf den Gang fiel. Nick hatte die Vorhänge nicht zugezogen. Staubkörner schwebten in diesem Licht in der Luft.

In dem Moment, als Anna das Holz der Tür berührte, setzte es sich ruckelnd und mit einem schabenden Geräusch in Bewegung. Anna keuchte auf, als die Kälte sie umschloss. Sie sah ihren Atem als eisige Wolke vor ihrem Gesicht.

Die Stimmen flüsterten, doch Anna verstand nichts. Das Blut rauschte in ihren Ohren, als sie die schwarze Flüssigkeit am Boden aus Bens altem Zimmer hervorschwappen sah. Anna konnte ihre Atmung nicht einmal so weit unter Kontrolle bringen, das Haus wach zu schreien. Alles, was ihr entfuhr, war ein angstvolles Wimmern.

Der mattschwarze Strom bahnte sich seinen Weg aus Bens Zimmer in den Flur, umschloss Annas nackte Füße, und dort veränderte sich die Oberfläche, wurde schillernd und schuppig. Etwas ragte im Schatten des Türrahmens aus der Schwärze, ruckelte hin und her, wenn es von dem schwarzen Strom bewegt wurde: Vogelklauen. Anna erkannte einen Schnabel und einen Kopf. Der Kopf war blutig, wo das Tier wieder und wieder gegen die Tür geflogen war und das klopfende Geräusch verursacht hatte. Es war ein Sperling, wie Anna Hunderte in ihrem Leben gesehen haben musste, und dennoch erkannte sie ihn sofort. Die Erinnerung, die dazugehörte, regte sich tief im Gedächtnis ihrer Kindheit zwischen dem Geruch modernder Erde und dem Gefühl, das Gewicht des Vogels in ihren Händen zu halten. Sie spürte ein merkwürdiges Kitzeln an der Handfläche und verlor sich in der Schwärze der toten Vogelaugen.

Schweißgebadet fuhr Anna hoch. Sie saß aufrecht im Bett in ihrem dunklen Zimmer. Keine Kälte, kein toter Vogel und kein Klopfen. Es dauerte fünf Sekunden, bis Anna begriff, dass das einzige Geräusch, das sie hörte, ihr eigenes Angstwimmern war. Ganz langsam beruhigte sich ihre Atmung, zusammen mit ihrem Herzschlag.

Der nächste Tag war ein Sonntag, und Annas Vater überraschte sie beim Frühstück mit dem Vorschlag, eine gemeinsame Tour durch die Stadt zu machen. Nick hätte schon aus reiner Höflichkeit niemals ablehnen können, und Anna fiel auf die Schnelle keine Ausrede ein. Zumindest Faní konnten sie entschuldigen. Nick sagte, seine Tante fühle sich noch immer nicht gut und würde lieber den Tag auf dem Zimmer verbringen. Annas Mutter bot sich besorgt an, bei ihr zu bleiben, doch Nick und Anna wiegelten ab. Sie wollten auf keinen Fall, dass Annas Mutter der alten Griechin ihre volle Aufmerksamkeit widmete. Es war so schon schwer genug, den apathischen Zustand der Alten zu verschleiern.

Nick brachte Faní etwas zu essen aufs Zimmer und erklärte ihr, dass sie eine Weile fort sein würden. Sie zogen sich Jacken an, und Nick bekam eine von Annas Vater, denn es hatte ein leichter Nieselregen eingesetzt. Danach verließen sie zu viert das Haus in Richtung Innenstadt.

Am Brandenburger Tor angekommen mischten sie sich unter die Touristenmassen. Obwohl es weiter nieselte, liefen sie zu Fuß hinüber zum Bundestag. Nick versicherte Annas enttäuschtem Vater, dass es nicht nötig sei, sich in die endlose Schlange einzureihen, um im Bundestag den Glaskuppel-Rundgang über dem Plenarsaal zu machen. Stattdessen fuhren sie weiter zur Warschauer Straße, aßen dort etwas und liefen die bemalten und besprayten Mauerstücke der East Side Gallery ab.

Es war Annas Vorschlag gewesen, denn sie mochte, wie direkt und ungestellt die Bilder waren. Es gab keine Vitrinen und keine Schautafeln, nur die rohen Stücke Beton und Stahl und das, was einige Straßenkünstler mit etwas Farbe und ihrer Sicht der Dinge darauf hinterlassen hatten. Selbst wenn viele davon schon bekritzelt und beschmiert waren, für Anna waren diese Bilder weit beeindruckender als die kostümierten Grenzsoldaten am Checkpoint Charlie oder die Souvenirstände mit sowjetischen Militärabzeichen und kitschigem DDR-Tand.

Während Annas Vater vor der Darstellung zweier eng umschlungener alter Männer die Geschichte des sowjetischen Bruderkusses erzählte, blieb Anna stehen, wo jemand einen Durchbruch auf einem der Mauerstücke aufgemalt hatte. Hinter dem aufgemalten Loch war die Erde im Weltall zu erkennen, und auf der verbliebenen Mauer stand: *Du hast gelernt, was Freiheit heißt, und das vergiss nie mehr.*

Natürlich war die ehemalige DDR gemeint, doch Anna fühlte sich trotzdem angesprochen. Der Mauerdurchbruch erinnerte sie an das Tor zu Álvaros Burg. Sie dachte an Jelena und Sinan, die sie aus der Gefangenschaft befreit hatten, und Jelenas Dankbarkeit danach. Und sie dachte an ihre eigene Rettung, die ohne Ben niemals möglich gewesen wäre.

»Was steht da?«

Anna erschrak, denn sie hatte Nick nicht kommen hören. Aus dem Augenwinkel sah sie ein paar seiner Locken unter der Kapuze der neongrünen Regenjacke ihres Vaters hervorlugen. Sie übersetzte ihm den Satz, und er betrachtete die Darstellung gemeinsam mit ihr.

»Als wüsste jemand davon … von *drüben* mein ich.«

Nicks Bemerkung traf bei Anna einen Nerv. Eben weil *niemand* etwas wusste. Eben weil alle, die erlebt hatten, was sie erlebt hatten, tot waren. Stimmen und Echos, nicht mehr.

Anna unterdrückte die Tränen mit einem tiefen Atemzug, und Nick, der wohl ihre Gedanken las, sah sie aus verlorenen Augen an. Seinen Augenringen nach verliefen seine Nächte nicht besser als ihre. Sie wollte die Hand heben, um ihn zu berühren. Um sie beide daran zu erinnern, dass sie einander hatten. Doch dann sah sie ihren Vater aus dem Augenwinkel und ließ es sein.

Es war früher Abend, als sie schließlich den Heimweg durch den immer stärker werdenden Nieselregen antraten. Auf den letzten Metern zur Haustür zückte Annas Vater den Schlüssel, um sie aufzusperren. Doch Annas Mutter stieß plötzlich ein überraschtes »Oh!« aus: Die Tür stand mindestens eine Handbreit offen, und Annas Herz setzte einen Schlag aus.

»Was ist denn?«, begann Annas Vater, der erst in diesem Moment aufsah. Nick eilte bereits an ihm vorbei und drückte sich durch die Tür.

»Faní?«, hörte Anna ihn drinnen rufen.

»Warte!«, rief sie ihm panisch hinterher, als er bereits die Treppenstufen zu Bens Tür hinaufstürzte. »Halt!«

Sie drückte sich ebenfalls an ihren Eltern vorbei, und einen schrecklichen Moment lang erwartete Anna, mit dem Fuß in schwarzen, flüssigen Teer zu steigen und ihren Atem als eisige Wolke zu sehen. Doch es war nur der Flur, nichts weiter, und Nick erschien nach wenigen Augenblicken wieder oben am Ende der Treppe.

Annas Eltern kamen herein, und sie begegnete dem Blick ihres Vaters. Er schien erschrocken und verwirrt.

»Es war nur meine Tante«, rief Nick ihnen gezwungen locker entgegen, während er die Treppe herunterkam. »Sie hat einen empfindlichen Magen.« Wie zum Beweis hielt er den Teller in die Höhe, auf dem das unangetastete Frühstück lag, das er Faní am Morgen hinaufgebracht hatte. »Sie ist bestimmt nur eine Runde spazieren gegangen. Es tut mir leid, sie hat wahrscheinlich die Tür nicht richtig zugemacht. Anna und ich suchen sie und sagen ihr Bescheid, dass wir wieder hier sind, oder?«

Nick sah sie Hilfe suchend an, und Anna nickte hastig. Sie alle hatten noch die Jacken an.

»Ja, das ist es wahrscheinlich«, sagte Annas Vater langsam, und Anna sah ihm seine Verwirrung dennoch weiter an. Sie verfluchte sich dafür, dass sie so eine Szene gemacht hatte.

»Das kann ja mal passieren«, sagte Annas Mutter und nahm Nick den Teller ab. »In dem Regen hat sie sich sicher untergestellt. Wir rufen an, falls deine Tante vor euch zurückkommt.«

Anna folgte Nick nach draußen. Sie zog dabei die Haustür übertrieben fest hinter sich zu, als wäre etwas mit dem Schloss nicht in Ordnung.

»Scheiße«, fluchte Nick, als sie draußen im Regen standen, »wir hätten sie einsperren müssen!«

Erst jetzt konnte Anna an Faní denken: Sie hatten die Griechin verloren. Es machte zwar nicht den Anschein, als wären ihre schlimmsten Befürchtungen wahr geworden und das dunkle Herz hätte sie hier aufgespürt, aber Faní konnte seit Stunden fort sein. Wenn sie ebenso lang unterwegs war wie Anna und Nick mit Annas Eltern, konnte sie sich wer weiß wo verlaufen haben. Nick hatte Anna von seiner Überlegung erzählt, ihr ein Handy zu kaufen. Aber Faní hätte es wahrscheinlich einfach klingeln lassen, so unbeteiligt wie sie wirkte.

»Sollen wir uns aufteilen, um sie zu suchen?«, fragte Nick.

Anna schüttelte den Kopf und riss sich zusammen. Ihr Herz klopfte noch immer von dem Schreck, als Nick vorausgelaufen war. »Du kannst sie besser einschätzen, und ich kenne die Gegend. Zusammen finden wir sie am ehesten. Vielleicht hat sie sich irgendwo untergestellt, als der Regen stärker geworden ist.« Sie hätte selbst gern einen Schirm dabeigehabt, aber sie wollte nicht noch einmal rein und damit den möglichen Fragen ihres Vaters begegnen. »In dieser Richtung ist ein Einkaufszentrum.«

Anna ging voraus und führte Nick in die Schloßstraße, wo der Boulevard Berlin lag. Es war deutlich kühler geworden und nass-kalte Stellen an ihrer Schulter und ihrem rechten Ellenbogen zeigten Anna, dass die Regenjacke an ihre Grenzen stieß.

Das Einkaufszentrum selbst hatte am Sonntag geschlossen, aber hier und da standen tatsächlich einzelne Fußgänger, die sich unter die Vordächer und Markisen der dunklen Schaufenster gerettet hatten. Faní war nicht dabei, auch nicht, nachdem sie den großen Bau umrundet hatten. Nick blickte verzweifelt die Schloßstraße hinunter, die in beide Richtungen dreispurig war. Unmöglich zu wissen, ob die Alte hier vorbeigekommen war. Unmöglich, ihre Schritte nachzuverfolgen. Beklommen wurde Anna klar, dass sie die Polizei würden verständigen müssen. Nicht genug, dass die Erinnerung an dieselben Szenen mit Ben ihrer Mutter zusetzen würde. Die Polizei würde sicher auch Fragen zu Fanís Zustand haben. Und ihre Papiere sehen wollen, die zeigten, dass sie und Nick nicht verwandt waren.

»Was machen wir jetzt?«, riss Nick sie aus ihren Gedanken. Die Locken unter der Kapuze klebten ihm nun nass in der Stirn, und Regentropfen liefen ihm wie Tränen übers Gesicht.

Als Anna ihm ihre Gedanken verriet, wurde er noch blasser.

»Wir … wir könnten abhauen«, murmelte er.

»Nein, können wir nicht«, sagte Anna. Ohne eine weitere Erklärung zu verschwinden, das würde sie ihren Eltern nicht antun. Egal, wie schlimm die Folgen waren.

Nick wischte sich über das nasse Gesicht.

»Fuck!«

So traten sie den Rückweg an, und Anna zermarterte sich den Kopf, was weitere Anlaufstellen sein könnten.

»Wir könnten zur Polizei gehen und fragen, ob sie Faní aufgegriffen haben«, sagte Nick. »Ohne Vermisstenmeldung und ohne deine Eltern.«

Das konnten sie tatsächlich, aber es würde dauern. Und die Polizei würde sie kaum ohne eine Erklärung wieder gehen lassen.

»Du müsstest allein gehen«, erwiderte Anna, »und so tun, als wärt ihr zwei als Touristen hier und hättet niemanden.«

Auch wenn Nick sofort zustimmte, Anna war nicht wohl bei der Sache. Die nächste Polizeistation war ein gutes Stück entfernt, und bestimmt würden ihre Eltern in spätestens zehn Minuten auf Annas Handy anrufen und fragen, ob sie Faní noch nicht gefunden hätten. Was sollte sie dann sagen?

Anna stellte sich die Alte vor, wie sie klitschnass durch den Regen lief, ohne Ziel, den Rosenkranz in der Hand und vor sich hin murmelnd.

»Was ist?«, fragte Nick erschrocken, als Anna ihn einer plötzlichen Eingebung folgend am Arm fasste.

»Komm mit!«, sagte sie und zog ihn mit sich, die Schloßstraße hinauf nach Norden. Nach nicht einmal fünf Minuten lockerem Trab zweigte links die Bundesallee ab, und Anna blieb wie angewurzelt stehen. Eine Schwindelattacke überkam sie mit so plötzlicher Wucht, dass ihre Knie beinahe nachgaben.

»Eine Kirche!«, stöhnte Nick auf und erriet damit ihren Einfall, wohin sich Faní gewandt haben könnte. Von Annas Schwächeanfall hatte er nichts bemerkt.

Für einen Moment war ihr das Bild des zertrümmerten Turms von *drüben* in den Kopf geschossen. Nein, widersprach etwas in ihr: Sie hatte ihn gesehen. In einer Wolke aus Staub und in oranges Licht getaucht hatte sie mitten auf dem Friedrich-Wilhelm-Platz die Mauer mit der Inschrift *Du sollst nicht töten* und den eingestürzten Turm gesehen. Doch der Schwindel war fort, so schnell, wie er gekommen war, und statt einer Ruine stand dort der Kirchturm aus Backstein mit dem großen Portal in tadellosem Zustand.

Anna nickte und schüttelte das Echo der anderen Welt ab. In der Kirche zum guten Hirten hatte die Trauerfeier für Ben stattgefunden, und sie hatte tatsächlich entfernte Ähnlichkeit mit der Ruinenkirche, in der sie Faní damals aufgelesen hatten.

Nick kannte jetzt kein Halten mehr. An der großen Kreuzung angekommen sah er sich um und lief dann bei Rot über die Ampel. Anna folgte ihm dichtauf und spürte noch immer ihr Herz schlagen von diesem Überfall ihrer Erinnerung. Sie stiegen die drei Stufen hinauf und zogen an den eisern beschlagenen Holztüren. Verschlossen.

»Es gibt einen Seiteneingang«, wusste Anna und führte Nick zur linken Seite des Backsteinbaus.

Die schmucklose, ungleich kleinere Tür ließ sich öffnen, und nachdem sie ein Infobrett mit Programmzetteln und einem Spendenaufruf passiert hatten, standen sie im Kirchenschiff. Drinnen spendeten ein paar Teekerzen in einem Ständer schummriges Licht. Annas Augen brauchten ein paar Sekunden, um sich an die Dunkelheit zu gewöhnen, doch dann erkannte sie mühelos die Gestalt, die in einer der vordersten Bänke saß.

Nick eilte nach vorn. Annas Handy vibrierte in der Hosentasche, und ohne nachzudenken, nahm sie den Anruf an.

»Sie – hat sich nur in der Kirche untergestellt«, hörte sich Anna sagen. »Wir kommen gleich nach Hause.«

Annas Vater ließ es sich nicht ausreden, sie mit dem Auto zu holen, auch wenn es von der Kirche zu ihnen nach Hause nur eine Viertelstunde zu Fuß war. Faní reagierte nicht auf Nicks gutes Zureden. Schließlich wurde er lauter und hielt dann plötzlich inne. Als Anna an seine Seite trat, sah sie warum. Faní saß weiter einfach da und starrte auf das Kreuz unter der riesigen Fensterrose hinter dem Altar. Der Rosenkranz wanderte weiter stoisch durch ihre Finger, doch ihre Augen waren nass, und Tränen liefen ihre Wangen hinab. Nick berührte ihren Arm mit der Hand und sagte nichts mehr. Als Nick schließlich ihre Hand nahm, erhob sie sich. Sie weinte nicht mehr und kam mit ihnen zum Eingang. Anna hatte eine Gänsehaut.

Ihr Vater nahm sie in den Arm, als er kam, als spürte er, wie es ihr ging. Er vergewisserte sich bei Nick, dass dessen Tante wohlauf war, und sagte sonst nichts. So vergingen die fünf Minuten Heimweg in Stille. Anna zog im Flur die triefende Jacke aus und stellte fest, dass ihr ganzer rechter Ärmel darunter schon durchnässt war.

»Eure Lippen sind ganz blau«, sagte ihr Vater auf Deutsch zu Anna, »duscht euch erst mal heiß, und dann gibt es Abendessen.«

»Ist er sauer?«, fragte Nick unsicher, während sie Faní wieder nach oben brachten.

»Nein«, antwortete Anna. Sie hatte ihren Vater selten wirklich wütend erlebt, und im Augenblick kam er ihr eher verwirrt vor. »Aber er wird darüber reden wollen.«

Trotz seines Protests ließ Anna Nick den Vortritt im Bad und blieb dann nach ihm lange unter dem warmen Wasser stehen. Sie wäre am liebsten in der dampfigen Kabine geblieben und hätte mit den Erklärungen dort draußen nichts zu tun gehabt. Sie wusste nicht, was sie ihren Eltern noch sagen sollte. Vielleicht war es an der Zeit, es mit der Wahrheit zu versuchen. Auch wenn sie nach wie vor nicht das Gefühl hatte, dass ihre Eltern ihnen glauben würden. Sie selbst hätte nicht geglaubt, was sie erzählen musste, wenn sie nur das Wort zweier Teenager darauf gehabt hätte.

Irgendwann, als die Haut an ihren Fingern längst schrumpelig war, stellte Anna das Wasser ab. Wenn sie sich versteckte, machte das kaum einen vernünftigen Eindruck.

Während des Essens hatte sie noch Schonzeit. Bis auf die besorgte Erkundigung von Annas Mutter nach Faní fiel kein Wort zu den Ereignissen des Abends. Doch als Anna ankündigte, sie und Nick würden hoch ins Zimmer gehen, widersprach ihr Vater.

»Bleibst du noch kurz bei uns, Anna?«

Nick stand vom Esstisch auf, nachdem Anna ihm auf seinen fragenden Blick zugenickt hatte, und erst als seine Schritte auf der Treppe zu hören waren, ergriff Annas Vater das Wort.

»Die Geschichte, die du uns von Nick erzählt hast«, begann er. »Sie ist nicht wahr, oder?«

Anna senkte den Kopf.

»Nein«, gab sie zu. *Nein, wir sind uns in einer Seifenblase begegnet, die irgendein altes Volk ins Universum hineingepustet hat,* wäre es fast aus ihr herausgeplatzt. *Wir wären da drüben fast gestorben, so wie übrigens Ben, aber wir haben es hierher geschafft. Dadurch ist nur leider die ganze Welt in Gefahr und die Kacke echt am Dampfen …*

»Dieser Onkel, von dem Nick gesprochen hat, den gibt es nicht«, fuhr ihr Vater fort, während sie noch immer zumindest nach einem *besseren* Einstieg suchte. Sie schüttelte den Kopf auf seine Frage und wunderte sich, wie er jetzt ausgerechnet auf Nicks Onkel kam.

»Anna«, meldete sich ihre Mutter zu Wort. »Du weißt, dass

wir dir vertrauen. Aber das hier – ihr könnt das nicht alleine regeln.«

Anna war verwirrt, und sie blickte auf, worauf ihr Vater ihr fest in die Augen sah.

»Nick kann sich nicht mit seiner Tante in Deutschland verstecken«, sagte er. »Es ist schrecklich, wenn eine Familie so zerbricht, und du weißt, dass wir mitfühlen, was mit Nicks Eltern passiert ist. Natürlich will er seine Tante nicht allein lassen und nicht Gefahr laufen, dass sie getrennt werden. Aber er kann nicht einfach vor den Behörden davonlaufen.«

Anna hatte Mühe nachzuvollziehen, wie sich die Puzzleteile in den Augen ihrer Eltern zusammenfügen mussten: Sie zweifelten offensichtlich nicht an dem Unfall von Nicks Eltern, aber was hatten sie sich da zusammengereimt?

»Du hast gesehen, was passiert ist«, fuhr ihr Vater fort. »Nicks Tante braucht selbst Unterstützung, und Nick muss in die Schule gehen. Es war mutig von ihm, mit ihr herzukommen, und ich weiß, du wolltest ihnen helfen, aber das wird sein Leben nur schwerer machen. Das kann so nicht bleiben.«

Langsam kam Anna mit. Es war ja kaum zu übersehen, dass Faní nicht für sich selbst sorgen konnte. Sie dachten, Nick habe Angst, dass die beiden in Griechenland getrennt würden. Dass er vielleicht in ein Waisenhaus käme und Faní in ein Pflegeheim.

»Sag doch mal was«, bat Annas Mutter, »sprich mit uns!«

»Tut mir leid, dass ich euch angelogen habe«, brachte sie stockend hervor. Es war eine spontane Entscheidung: Sie wollte nicht weiterlügen, aber sie war auch dankbar, dass sie ihren Eltern in dieser Situation nicht alles erzählen musste. Es hätte weder ihr noch ihnen weitergeholfen. Dass es ihr leidtat, meinte sie ernst.

Ihr Vater nickte, und Annas schlechtes Gewissen regte sich wieder, als niemand ihr Vorwürfe machte.

»Rede doch auch mal mit Nick darüber«, übernahm jetzt wieder Annas Mutter. »Es ist natürlich ein schwerer Schritt, und wir können auch gemeinsam überlegen, welche Möglichkeiten es gibt. Auf jeden Fall müssen wir wissen, ob Nicks Tante einen Arzt oder Medikamente braucht, die sie sonst nimmt.«

»Willst du, dass einer von uns morgen zu Hause bleibt?«, fragte ihr Vater.

Anna schüttelte den Kopf.

»Das hab ich mir gedacht«, murmelte er, und als Anna aufsah, lächelte er wieder. Sie erwiderte es vorsichtig.

»Danke«, sagte Anna und sah dabei auch ihre Mutter an. Anna hoffte, dass sie spürten, dass es von Herzen kam.

Der alte Mann griff mit der Hand nach der Flasche, die unter seinen Sitz gerollt war. Er öffnete den Schraubverschluss und nahm einen Schluck Wasser. Das Material verformte sich dabei unter seinen Fingern und knackte laut. *Plaztik* hatte der Junge es genannt. Für den Alten fühlte es sich höchst eigen an.

Der Mann, der ihm im Abteil schräg gegenübersaß, sah bei dem Geräusch auf und verzog den Mund zu einem lückenhaften Grinsen. Bis auf sie beide war das Abteil leer. Statt den Blick zu erwidern, sah der Alte aus dem Fenster. Die Dämmerung hatte eingesetzt. Sie holperten und ratterten seit fast drei Stunden über die Strecke, und die zweite lange Nacht in Folge stand ihm bevor. Die vorige hatte er zwischen Thessaloniki, wo er Nick und Faní gefunden hatte, und seiner Zwischenstation Belgrad verbracht. In jenem Nachtzug hatte es zumindest gepolsterte Pritschen zum Hinlegen in den Abteilen gegeben. In diesem hier standen jeweils drei wuchtige blaue Sitze einander gegenüber.

Nachdem er die *Plaztik*-Flasche wieder verschlossen hatte, stellte er sie beiseite und fuhr sich mit der Hand über die müden Augen und durch sein lichtes Haar. Etwas Staub flog auf, den er seit seiner Abreise aus Thessaloniki überall entdeckte. Die Menschen schienen sich nicht darum zu kümmern, also konnte es nichts Außergewöhnliches sein. Auch vor dem Fenster wurde die staubige Luft vom Fahrtwind des Zuges durcheinandergewirbelt. Vereinzelte Gebäude tauchten auf, weiß getünchte Steinhäuser. In ihrer Bauweise unterschieden sie sich gar nicht so sehr von dem, was die Ankömmlinge über dem Gefängnis des dunklen Herzens errichtet hatten, doch sie waren massiver und standen gerade.

Der Alte entdeckte immer wieder Schäden an den Fassaden, Kerben und Löcher, mal vereinzelt, mal über ganze Wände hinweg. Wetterschäden? In der künstlichen Atmosphäre, in der er sein ganzes Leben verbracht hatte, hatte es kein Wetter gegeben. Er kannte die Theorie davon aus seinem Unterricht als Kind.

Die Häuser verdichteten sich, und irgendwann kam ein Turm in Sicht, der von einer Anhöhe aufragte. Vielleicht ein Wasserturm: Auf einem massiven Pfeiler thronte ein rot gemauerter Speicher. Riesige Krater und zahlreiche ausgefranste Löcher, groß wie Fenster, klafften darin.

»Eh«, meldete sich sein Gegenüber zu Wort.

Der Alte zuckte vor Schreck zusammen.

»Da sin wa dringesess'n. Füm'nzwanzich Jahre her.«

Er vernuschelte seine sperrige Sprache bis zur Unkenntlichkeit, doch der Alte konnte ihn dennoch verstehen, so wie all die Wellen von Ankömmlingen.

»Da ohm!« Der Mann deutete mit dem Finger hoch zu dem Turm, der langsam vor dem Fenster vorbeiglitt, während der Himmel sich weiter verdunkelte. »Ham uns belagert, die Huansöhne. Kaum üba die Grenze ham se losgeballert, die dreckig'n Scrbm. Aber wir ham se von da ohm ein' nach'm andan abgeknallt. Ich alleine hunnat Mann!«

Die Schäden in den Fassaden waren Kampfspuren, begriff der Alte schaudernd. Schusslöcher von ihren Waffen. Nick hatte die Wahrheit gesagt: Hass und Krieg waren so real in dieser Welt, als hätte es nichts bewirkt, das dunkle Herz von hier fernzuhalten. Als wären all die Mühen und Opfer vergeblich gewesen.

Seid stolz, hatte man ihnen im Unterricht eingeprägt. Wie lange das her war, das ließ sich in dieser Welt kaum sagen. In seiner Heimat, der einzigen, die er je gekannt hatte, war es ein Leben lang her. *Sein* Leben. Diese Welt hier mochte es noch gar nicht gegeben haben, als er unterrichtet worden war. Die Zeit zwischen hier und dort sprang wie von Wellenkamm zu Wellenkamm in aufgewühltem Wasser. Von Zivilisation zu Zivilisation. Das hatte man ihnen im selben Unterricht erzählt.

Seid stolz, denn wir sind die helle Seite der Schöpfung. Wir haben uns und alle Völker befreit, und unser Opfer ist ihr Heil.

Der Mann, der dem Alten gegenübersaß, blickte ihn noch immer erwartungsvoll an. Er erkannte wohl, dass sein Mitreisender nicht von hier war, deshalb deutete er auf sich, dann auf den ramponierten Turm, der gerade noch zu sehen war. Er streckte den linken Arm aus, kniff ein Auge zu und hielt die rechte Hand mit gekrümmtem Zeigefinger an seine Wange.

»Peng!«, blaffte er und lachte. »Peng! Peng!« Und jedes Mal zuckte sein Zeigefinger dazu.

Nachricht

Nick war erleichtert, als Anna erzählte, wie verständnisvoll ihre Eltern reagiert hatten. Dennoch war klar, dass sie sich etwas einfallen lassen mussten. Vor allem wegen Faní's Zustand würden sich Annas Eltern nicht lange hinhalten lassen. Wenn diese zu dem Schluss kämen, dass Anna und Nick immer noch nicht die volle Wahrheit sagten, dann würde die Stimmung schnell umschlagen. Ganz abgesehen davon, dass Anna ihre Eltern nach all deren Verständnis nicht enttäuschen wollte.

Sie beschlossen daher, tatsächlich mit Faní zu einem Arzt zu gehen. Sie versprachen sich zwar nicht allzu viel davon, was Hilfe für die alte Frau anging. Körperlich schien ihr ja nichts zu fehlen. Aber wenn Annas Eltern merkten, dass sie sich um einen verantwortlichen Weg bemühten, würden sie ihnen die Sache nicht aus der Hand nehmen: Sie würden Zeit gewinnen. In jedem Fall war ein Arztbesuch weit weniger riskant als der bei der Polizei.

Später lag Anna im Bett, und obwohl sie die Bilder ihrer Albträume so weit wie möglich von sich halten wollte, um endlich mal wieder durchzuschlafen, dachte sie an den toten Vogel. Im Moment des Erwachens war alles so klar gewesen, doch jetzt schien ihre Erinnerung schon wieder verschwommen. Sie war mit ihrem Bruder draußen im Garten gewesen, an der Hecke, die in ihrer Erinnerung monströse Ausmaße hatte. Sie hatten den Vogel gefunden, und ihr Bruder hatte sie zu etwas gedrängt. Und dann dieses Kitzeln auf der Handfläche. Alles andere war ein Schleier aus Entsetzen, mehr verrieten ihr die verblassten Bilder ihrer Erinnerung nicht.

Als Anna schon wegdämmerte, hörte sie plötzlich ein Geräusch an der Türklinke in der Dunkelheit. Der Türgriff bewegte sich leise knarrend, und Anna saß sofort aufrecht im Bett.

»Anna?«, flüsterte Nick.

»Nick!«, wisperte sie erschrocken zurück. »Was machst du da?«

Ihre Finger kribbelten, sie hatte beinahe geschlafen.

Nicks Handydisplay leuchtete auf, und Anna sah ihn als Schemen in der halb offenen Tür stehen. Er trug noch immer seine Straßenklamotten.

»Ich hab eine Nachricht bekommen«, flüsterte er und stand weiter da, offenbar verunsichert von ihrem Ton, »von Elif.«

Hastig winkte sie ihn herein. Aufstehen wollte sie nicht, denn sie trug nur Unterwäsche und ein XL-Shirt. Während er sich auf ihre Bettkante setzte, hielt er ihr das Handy entgegen.

Nick?, las sie, nachdem sie es genommen hatte. Das kleine Bild, in dem die App den Absender anzeigte, war das von Elifs Profil, auf dem sich die letzten Wochen über nichts getan hatte. *Wenn du das liest: Ich brauche Hilfe! Mein Sinan ist mir entlaufen, und ich hab Angst, dass ihm was passiert: Hier werden ständig Katzen überfahren. Meine Eltern wollen nicht, dass ich euch schreibe, deswegen kann ich nicht alles erklären. Wenn du es irgendwie schaffst herzukommen … Ich glaube, Anna hab ich auch gefunden. Ich schreib ihr dasselbe.*

Darauf folgte noch ein Link. Anna tippte mit einem zittrigen Finger darauf, und auf der Karten-App des Handys, die von Nick schon geöffnet gewesen war, zeigte sich eine Stecknadel. Als Anna herauszoomte, entpuppte sich das Straßennetz als das der türkischen Hauptstadt Ankara, weit im Landesinneren.

Annas Herz klopfte in der Brust. Elifs krude Worte zu lesen

war fast schlimmer, als wenn diese offen ausgesprochen hätte, dass sie und Sinan in Todesgefahr schwebten.

»Sie schreibt, als wäre Sinan ihr Haustier«, murmelte Nick. »Sie glaubt wohl, dass jemand sie überwacht und ihre Nachrichten liest.«

Anna nickte. Sie griff nach ihrem eigenen Smartphone neben dem Bett und fand tatsächlich eine fast identische Nachricht von Elif.

»Was können wir tun?«, murmelte Nick, während Anna auf einem Fingernagel herumbiss.

»Auf keinen Fall können wir nichts tun«, entgegnete sie.

Nick zuckte zusammen. Wahrscheinlich dachte er daran, dass er und der Alte auf den Versuch verzichtet hatten, Elif und Sinan in der Türkei ausfindig zu machen.

»So hab ich es nicht gemeint«, sagte sie sanft.

Er nickte und sah verloren aus. »Wir müssen zu ihr, oder?«

»Ja, wir müssen zumindest versuchen, ihr zu helfen.«

»Faní...«, murmelte Nick. »Denkst du, wir können sie bei deinen Eltern lassen?«

Anna nickte. »Mit ihr wird es nur schwieriger und außerdem teurer.« Sie würde die Flüge mit der Kreditkarte ihres Vaters buchen. Anna wusste, wo er sie aufbewahrte.

»Dann musst du deinen Eltern die Wahrheit sagen«, sagte Nick.

»Nein, nicht sagen. Sie würden uns nie gehen lassen. Ich schreib ihnen einen Brief, wenn sie morgen aus dem Haus sind.«

Es versetzte Anna einen Stich, dass sie ihren Eltern das antun musste, aber sie hatten keine Wahl. Wenn Elif so eine Nachricht schrieb, dann schwebten Sinan und sie in Gefahr. Vielleicht in Lebensgefahr.

Anna war bedrückt. Es änderte nichts an dem beklemmenden Gefühl in ihrer Brust.

»Hast du schon irgendwas vom alten Mann gehört?«, fragte sie Nick.

»Nein«, antwortete Nick. »Wir haben ausgemacht, dass

er sich dann von Prag oder Warschau aus meldet. Ich hab ihm Zugverbindungen für beides rausgesucht. Wahrscheinlich hat er unterwegs sowieso wenig Empfang. Wenn doch, wollte er nur bei Schwierigkeiten Bescheid sagen ... Was ist mit Elif, schreiben wir ihr zurück?«

»Vielleicht lieber nicht, oder?«, antwortete Anna unsicher. »Sie schreibt ja auch nicht, dass wir antworten sollen, sondern nur, wo wir sie treffen können. Nicht, dass wir sie noch mehr in Gefahr bringen ...«

Nick blieb noch immer sitzen, und als er sprach, sah er Anna nicht in die Augen. »Und ... wenn es eine Falle ist?«

Er musste nicht dazusagen, was das heißen würde. Anna konnte sich nicht vorstellen, dass das dunkle Herz diese Welt so schnell verstand, dass es ihnen Nachrichten von dem Profil einer Freundin über ein soziales Netzwerk schicken konnte, ohne dass es diese Freundin selbst in seinen Fängen hatte. Nick hatte schon hinter Bens Hinweisen in der anderen Welt eine Falle des dunklen Herzens vermutet. Sie konnte nur hoffen, dass er sich erneut täuschte.

»Elif ist stark«, sagte Anna mit fester Stimme.

Anna schlief kaum, aber nicht wegen ihrer Albträume. Sie fand nicht zur Ruhe, weil sie in Gedanken bereits den Brief formulierte, den sie ihren Eltern hinterlassen würde. Sie mussten Faní bei sich behalten und durften nicht zu hohe Wellen schlagen, indem sie die Polizei alarmierten. Also musste Anna ihnen genug sagen, dass sie ihre Entscheidung verstehen würden, aber nicht so viel, dass sie Annas Leben in Gefahr sahen. Anna wusste, wozu Eltern in Sorge um das Leben ihres Kindes fähig waren. Damals bei Ben hatte sie es miterlebt. Sie wälzte sich hin und her, und irgendwann fiel sie doch noch in einen leichten Schlaf.

Am frühen Morgen schreckten die Geräusche ihrer Eltern in der Küche sie auf. Anna hätte sich gern von ihnen verabschiedet, aber daran war natürlich nicht zu denken. So würde das

Gespräch von gestern ihr vorerst letztes gewesen sein. Nachdem die Kaffeemaschine eine Weile verstummt war, hörte sie zunächst ihren Vater an der Garderobe, wenig später verließ auch ihre Mutter das Haus.

Anna erhob sich aus dem Bett und zog sich an. Sie wollte es hinter sich bringen, ehe Nick aufstand, also trennte sie ein Blatt Papier von ihrem Schulblock und begann.

Es kostete sie ein halbes Dutzend Versuche, und die zusammengeknüllten Blätter häuften sich, bis sie etwas zustande brachte, das ihr akzeptabel schien. Gut fühlte sie sich damit nicht, aber das war wohl auch ein unrealistischer Anspruch.

Es tut mir leid, aber Nick und ich mussten uns auf den Weg machen, und wir haben eine große Bitte an euch.

Der erste Versuch war schon an der Anrede gescheitert. »Liebe Mama, lieber Papa« auf einem Abschiedsbrief? Zu steif und förmlich, und etwas anderes war ihr nicht eingefallen, daher hatte sie einfach darauf verzichtet.

Nicks Eltern leben in Griechenland und es geht ihnen gut. Aber Faní konnte trotzdem nicht dortbleiben, und deshalb hat er sie mit hierher gebracht.

Wir haben Nachricht von zwei gemeinsamen Freunden erhalten, die unsere Hilfe brauchen, und wir sind unterwegs, um auch sie hierher zu holen. Ich muss dazu eure Kreditkarten benutzen, aber ich würde es nicht machen, wenn es nicht wirklich wichtig wäre. Wir können Faní nicht mitnehmen, und ich bitte euch, auf sie zu achten, während wir fort sind. Ihr könnt auch mit ihr zu einem Arzt gehen, wie ihr vorgeschlagen habt, aber sie nimmt keine Medikamente und ist, soweit wir wissen, auch nicht krank. Sie hat nur einiges mitgemacht.

Es tut mir sehr weh, euch nicht alles sagen zu können, vor allem nach unserem Gespräch gestern, aber ich verspreche euch, dass ich euch alle Fragen beantworte, wenn wir zurück sind.

Anna betete, dass sie zu diesem Wort würde stehen können.

Ich habe mein Handy dabei, aber ich werde es von unterwegs nur im Notfall benutzen können. Ihr seid bestimmt wütend, wenn ihr das lest, aber macht euch bitte keine Sorgen und glaubt mir, dass ich es mir nicht leicht mache.

Bis bald, Anna

Anna faltete das Blatt einmal in der Mitte, und dann schrieb sie doch *Mama und Papa* darauf. Sie nahm ihren Laptop und den Brief die Treppe hinunter und legte beides auf den Küchentisch. Dort standen zwei Kannen mit Kaffee und Tee und drei frische Tassen. Anna schenkte sich heißen Kaffee ein und goss nur so viel kalte Milch dazu, bis er Trinktemperatur hatte. Sie nahm einen Schluck und klappte ihren Laptop auf. Aus dem Zimmer, in dem Nick und Faní schliefen, hörte sie noch immer nichts. Es war ihr ohnehin lieber, wenn sie das allein regeln konnte.

Aus einer Kommode im Wohnzimmer, in der ihr Vater einige Unterlagen aufbewahrte, suchte sie das rote Lederetui heraus und nahm es mit an den Laptop. Zwischen ausländischem Restgeld von ein paar Urlauben und den Reisepässen ihrer Eltern zog sie die Kreditkarten hervor. Beide, falls sie mit einer ans Limit kam. Sie fand auch vierhundert Euro in bar, die sie einsteckte.

Online buchte sie die Flüge nach Ankara. Zwei Hinflüge für 13 Uhr, das würden sie locker schaffen, und vier Rückflüge in einer Woche. *Nikos Onassis*, schrieb sie, und *Anna Engel*. Bei Elif benutzte sie den aus ihrem Profil, für Sinan dachte sie sich einen aus. Vielleicht bekämen sie ihn tatsächlich so mit an Bord, oder sie konnten vor Ort den Namen ändern. Die Rückflüge buchte Anna ohnehin hauptsächlich wegen ihrer Eltern. Sie hatte die Kreditkarten im Brief ja angesprochen, und ohne Zweifel würden ihre Eltern die Abbuchungen kontrollieren. Mit dem Rückflugdatum würden sie zumindest einen konkreten Termin haben, an dem sie sich festhalten konnten. Ob Anna und die anderen diesen Rückflug tatsächlich erreichen würden, das stand in den Sternen.

Als sie die Summe sah, wurde Anna ganz anders. Sie nahm noch einen Schluck Kaffee und autorisierte die Zahlung. Als sie die Bestätigungsmail bekam, checkte sie Nick und sich selbst sofort für den Hinflug ein. Am Flughafen würden sie nur noch durch die Sicherheitskontrolle und an den Stewardessen vorbeimüssen. Wenn sie Glück hatten, würde man sie nicht einmal darauf ansprechen, dass sie beide noch minderjährig waren.

Als sie Elifs Link an ihrem Laptop öffnete und sich die Stecknadel auf der Karte noch einmal ansah, hörte sie die Tür oben und Schritte auf der Treppe. Sie hatte gerade den Flughafen von Ankara ausfindig gemacht, da erschien Nick in der Küchentür.

»Hey«, murmelte er und brachte ein klägliches Lächeln zustande. Seine Augenringe waren noch tiefer als gestern.

»Hey«, antwortete Anna. Den Brief zu schreiben hatte sie einiges an Kraft gekostet.

»Schlecht geschlafen?«, fragte sie.

Sie sah plötzlich, dass Nick nur mühsam die Fassung wahrte. In seinen Augen lag der Schatten, den sie schon bei seiner Ankunft beobachtet hatte. Dann zerfurchte sich plötzlich seine Stirn, und er vergrub das Gesicht in den Händen.

»Nick!«, sagte sie erschrocken, während er schluchzte. »Was ist denn?«

Sie trat zu ihm und schloss ihn in die Arme, und er ließ es geschehen. »Was ist mit dir?«

»Es … es lässt mich nicht mehr los. Es kommt immer wieder zurück.«

»Was denn?«, erwiderte Anna vorsichtig. »Die Albträume?«

»Nein«, sagte er, »oder doch, natürlich hab ich Albträume, aber das ist es nicht.«

Er suchte nach Worten.

»Der Alte hat mir von deinem Bruder erzählt«, sagte er schließlich, während er sich von ihr löste. »Dass du dich von ihm verabschieden musstest, um nach Hause zu kommen.«

Annas Mund öffnete sich – und schloss sich wieder. Sie war zu überrascht, um etwas entgegnen zu können.

»Ich glaube, er hat nicht kapiert, dass das etwas Privates ist. Aber weißt du: Du warst nicht lang allein. Der Alte hat mir erzählt, dass er dich schnell gefunden hat. Du warst eine der

Ersten, die durch das offene Tor unter der Stadt gelaufen sind, und als du in der Dunkelheit herumgeirrt bist, da konnte er dir zumindest sagen, dass alles nicht wahr ist. Dass das zu unserem Heimweg gehört und dass dieser Ben, der immer von dir wegläuft, nicht real ist.«

Anna war noch immer vor den Kopf gestoßen. Ihr kam es vor, als hätte der alte Mann Nick die Tür in ihr Innerstes geöffnet, ohne dass sie irgendeine Kontrolle darüber gehabt hätte.

»Anna.« Der Ausdruck in Nicks Augen erstickte Annas Ärger über den Alten im Keim. »Ich bin *dir* nachgelaufen durch das Tor. Und nach ein paar Metern hab ich Körper entdeckt, überall am Boden. Sie lagen so da wie der Wächter, als wir Jelena und Sinan befreit haben, alle tot! Es waren Dutzende, und ich dachte, das sei real. Manche kamen mir bekannt vor, bei manchen dachte ich, es seien vielleicht unsere Vorgänger. Ich dachte, wir wären in irgendeine Todesfalle gelockt worden. Eine Gaskammer oder was weiß ich. Ich habe immer dein Gesicht gesucht, und es hat mich fast um den Verstand gebracht.

Ich hab damals gesagt, du solltest nicht wieder raus in die Wüste, weil es deine Schwäche kennt. Weil es dich mit deinem Bruder ködern kann, weißt du noch? Aber es kennt uns jetzt alle, Anna.« Er sah auf. »Als wir durch das Tor gegangen sind, in die Dunkelheit hinein, da hat es unsere Ängste gespürt. Es war in unseren Köpfen und in unseren Herzen, und es kennt uns in- und auswendig. Dich wollte es mit deinem Bruder in den Wahnsinn treiben. Und mich mit dir. Die schlimmsten Momente in meinem Leben waren, als Maik dich mitgenommen hat und ich dachte, wir müssten alle sterben. Oder als ich bei den Kindern aufgewacht bin und du fort warst, zurück in die Wüste gegangen, zurück in *seine* Nähe. Alles, woran ich in der Dunkelheit denken konnte, warst du, und das hat es gespürt und verstärkt. Ich war völlig aufgelöst, als der Alte kam.«

Mit der rechten Hand fuhr er sich über die Augen. »Ich dachte, die Angst würde verschwinden, wenn wir uns sehen, aber seit ich hier bin, suche ich dich ständig im Traum unter den Toten …«

Anna stand vom Küchentisch auf und umfing seine nassen Wangen mit ihren Händen. Sie zog seine Stirn auf ihre eigene.

»Uns wird nichts passieren. Wir lassen es nicht zu.«

Sie legte ihre Arme um seinen Nacken und beschwor ihn.

»Wir lassen es nicht zu, Nick, hörst du? Es wird alles gut.«

»Wie …« Nick schüttelte verzweifelt den Kopf. »Wie sollte es denn? Kannst du dich an das *Ziehen* erinnern? Wie es uns zu sich gerufen hat? Ohne deinen Bruder hätte es uns einfach verschluckt … und jetzt sind wir allein.«

»Wir werden einen Weg finden«, sagte sie, so ruhig sie konnte. Natürlich konnte sie sich daran erinnern, wie es an ihnen gezerrt hatte. In ihren Träumen spürte sie es. Es war so verlockend gewesen, den Kampf aufzugeben und sich einfach in die Tiefe zu stürzen. »Jetzt müssen wir zu Elif und Sinan«, riss sie sich davon los. »Sie brauchen uns.«

Er nickte, und der Anflug eines Lächelns stahl sich auf sein Gesicht.

»Was ist?«, fragte Anna.

»Nichts, es ist nur … so bin ich rausgekommen«, antwortete er. »Das hat mir der Alte geraten.«

»Was meinst du?«, fragte Anna verwirrt.

»Indem ich dir vertraut hab«, sagte er. »Du hast uns gerettet. Ohne dich wären wir alle tot.«

»Du hast doch selbst gesagt, ohne meinen Bruder …«, wollte Anna widersprechen, doch Nick unterbrach sie.

»Das ist mir schon klar, aber du hast immer weitergemacht und nie die Hoffnung aufgegeben. Und sogar jetzt, nach allem, was ich dir erzählt habe, denkst du nur daran, wie wir den anderen schnell helfen können. Ich weiß nicht, ob ich allein den Mut hätte, Elifs Ruf zu folgen. Oder ob ich nicht feige hierbleiben und auf den alten Mann warten würde.«

Anna wusste nicht, was sie sagen sollte. Sie hätte gern die

Stärke besessen, die Nick in ihr sah, doch wenn sie in sich hineinspürte, war da nur die Getriebenheit der Verzweiflung.

»Ich glaube, der Alte hat uns hauptsächlich deinetwegen gehen lassen, ohne zu versuchen, es zu verhindern«, fuhr Nick fort. »Er glaubt an dich.«

Anna nahm seine Hand. »Du bist genauso stark wie ich«, sagte sie. »Und Elif, Jelena, Peter, Poppins, Connor, Lev, wir alle haben üble Sachen durchgemacht …«

»Ja«, sagte Nick und lächelte noch immer, »ich weiß trotzdem, was er meint.«

»Harp…, Harpers?« Eric kniff die Brauen zusammen, während er auf seinem Bonbon herumlutschte. »Was ist das?«

Sein Finger deutete auf den grün gestrichenen Laden mit den abblätternden goldenen Lettern auf der Fensterfront.

»Bei euch gibt es keine Pubs?«, fragte Peter erstaunt.

»Doch.« Eric zögerte, wie er es in ihren Unterhaltungen der letzten beiden Tage oft getan hatte. Es wirkte so, als müsste er erst in seinen Erinnerungen nachschlagen. »Man kriegt da was zu essen, richtig?«

»Schon«, erwiderte Peter, »aber zum Essen gehen die wenigsten hin.«

Peters Vater war ein gern gesehener Gast im Harpers gewesen. Als er irgendwann nirgendwo mehr willkommen gewesen war, als selbst Peter nicht mehr an die Tür kommen wollte, wenn sein Vater klingelte, um ihn zu sehen, da hatten sie sich hier wohl immer noch über seine Besuche gefreut.

Peter griff in die Papiertüte und fischte sich noch einen Drops heraus. Sie waren in der Stadt unterwegs, und Eric sog jeden Eindruck auf, als wäre Peters Heimatstadt eine Weltmetropole. Von dem Gebäude der Bank of Ireland mit seinen wuchtigen Säulen und dem gelangweilten Sicherheitsmann am Eingang hatte Peter ihn kaum mehr wegbewegen können.

»Sag mal, weißt du, was mit dir passiert ist?«, fragte Peter vorsichtig.

Er verkniff sich die Frage schon seit einer Weile. Der Tod war sicher keine schöne Erinnerung, und Peter wusste, dass in Erics Vergangenheit noch mehr Schatten lauerten. Er wollte nicht derjenige sein, der mit dem Stock darin herumstocherte.

»Ich weiß noch, dass ich gefallen bin. Dann war alles schwarz.« Erics Miene verfinsterte sich. »Ich hab sie erwischt, wie sie da unten mit jemandem geredet hat. Dieses Mädchen ... Agnes?«

»Anna«, murmelte Peter.

»Stimmt, Anna. Die hat mich umgebracht.«

Peter nickte. »Es ... hat ihr leidgetan.«

Eric schnaubte.

»Nein, wirklich. Sie hat herausgefunden, wie wir rauskommen, und hat uns geholfen.«

In Erics dunklen Augen blitzte es. »Aus purer Freundschaft, ja?«

Peter errötete. Tatsächlich hatten sie nur alle gemeinsam fliehen können. Peter selbst hatte Anna vorgeworfen, das sei der einzige Grund, warum sie zu ihnen zurückgekehrt war. Aber davon konnte Eric nichts wissen ...

»Sie hat dir einen Grabstein gemacht.«

»Ooooh, sie hat was gebastelt, um es wiedergutzumachen«, höhnte Eric. »Zu schade, dass sie mich davor *getötet* hat.«

Peter widersprach nicht mehr. Er wollte Eric auf keinen Fall verärgern. Außerdem konnte man ihm kaum übel nehmen, dass er nicht gut auf Anna zu sprechen war. Auch wenn sie es nicht mit Absicht getan hatte: Eric *war* ihretwegen gestorben.

In dem kleinen Park vor dem Rathaus legten sie sich ins Gras. Der Rasen wirkte stumpf und welk, obwohl es die letzten Tage geregnet hatte, aber der Himmel war dafür strahlend blau.

»Wie bist du zurückgekommen?«, fragte Peter, ermutigt davon, dass Eric ihm seine Fragen scheinbar nicht übel nahm.

»Keine Ahnung«, erwiderte Eric. »Ich war einfach da.«

Peter musste an den Anfang von »Terminator« denken. Connor hatte ihnen die Handlung seines Lieblingsfilms bei jeder Gelegenheit nacherzählt.

»Stellt euch vor, ein Blitz schlägt ein«, hatte er mit seinem kratzigen Akzent getönt, »und plötzlich kniet da ein nackter Typ, nur Muskeln und Haut, der Terminator!«

»Wieso Haut? Ich dachte, das ist eine Maschine«, hatte Poppins die Stirn gerunzelt.

»Ist er auch!«, hatte Connor eifrig genickt. »Aber eine *Mensch*maschine, damit ihn keiner erkennt.«

Die aufgeräumte Poppins war für diesen besonderen Kniff des Terminators nicht zu begeistern gewesen.

Jetzt erschien Peter die Vorstellung gleichermaßen cool wie lächerlich, dass auch Eric mit einem Blitz aus dem Nichts aufgetaucht war.

»Hey, seht mal!«

Aus purem Reflex verkrampfte sich Peters Bauch, als er die Stimme hörte.

»Spasti hat einen Freund dabei!«

Peter hob den Blick und sah, dass Tyler und seine beiden Kumpane gerade mit einem triumphierenden Grinsen von den Rädern stiegen. In einen der Gepäckträger war ein Päckchen geklemmt. Peter wusste, dass George Ziggler, oder Ziggy, wie Tyler ihn nannte, sich regelmäßig *cooles Zeug* bestellte. Aus dem *Darknet*, wie er tönte. Peter wusste wie alle anderen auch, dass man für ein paar illegale Böller oder Stinkbomben nicht ins Darknet gehen musste. Das Einzige, was Peter tatsächlich hatte überlegen lassen, ob ein Teil von Ziggys Geschichten stimmte, war ein Elektroschocker gewesen, mit dem dieser in der Schule aufgetaucht war. Keiner zum Schießen, sondern so ein schwarzer Kasten mit zwei Kontakten vorne, zwischen denen ein knisternd blauer Lichtbogen entstand, wenn man den Auslöser betätigte. Damals war Tylers Truppe *wirklich* in Schwierigkeiten geraten, als Ziggy so dumm gewesen war, das Ding unter seinem Pult zu vergessen und es die Putzfrau gefunden hatte.

Aber niemand meldete sich, der bereit war, zu bezeugen, dass es wirklich *Ziggys* Schocker war. Er hatte schließlich auch noch gar keine Gelegenheit gehabt, das Ding einzuweihen, weswegen sich nicht einmal empörte Eltern über Brandnarben oder so was an ihren Kindern beschwerten. So konnte die Schule tun, was die meisten Schulen in solchen Fällen taten, und die ganze Sache ohne viel Aufsehen begraben. Und das fast im wörtlichen Sinne, denn der Elektroschocker landete, nachdem ihn der Hausmeister auf persönliche Anweisung des Rektors einmal in der Mitte durchgesägt hatte, unter der Auffahrt zum Lehrerparkplatz, die gerade neu gepflastert wurde. Das schworen zumindest zwei Mädchen aus Peters Parallelklasse, die vielleicht auch nur auf Aufmerksamkeit aus waren. Peter hatte es geglaubt, denn es hörte sich genau wie etwas an, das Mister Muller tun würde, um zu verhindern, dass noch jemand die Teile aus dem Müll zog.

»Hast du deine Spasti-Mama ganz allein gelassen? Triffst dich lieber mit deinem Schwuchtel-Freund, was? Spielt ihr mit euren kleinen Pillermännern?«

Sie hätten vielleicht noch Zeit gehabt, wegzulaufen, wenn sie sofort reagiert hätten, aber Eric rappelte sich jetzt erst auf, und damit war es zu spät. Peter hatte ihm nichts von Tyler erzählt, aber seiner steinernen Miene nach hatte Eric keine Mühe, die Situation einzuordnen.

»Keine Sorge, Jungs, wir haben doch nichts gegen Homos«, sagte Tyler und grinste sie jovial an. Er und sein Gefolge war auf wenige Meter heran. »Vielleicht gebt ihr uns eine kleine Show von dem, was ihr sowieso vorhattet. Was meint ihr?«

Peter stieg vor Zorn und Scham die Röte ins Gesicht. Er hatte sich daran gewöhnt, gedemütigt zu werden. Es hatte ihm nichts mehr ausgemacht, wenn sie ihn vor den anderen Kindern und der ganzen Stadt zum Spielzeug ihrer Quälereien degradiert hatten. Doch jetzt war Eric hier, und vor Eric schämte er sich. Und noch mehr schämte er sich, dass sie auch Eric demütigen würden.

»Gib ihnen keinen Grund«, flüsterte Peter angesichts Erics Temperament und fühlte sich noch schlechter dabei. »Bitte! Dann ist es schneller vorbei.«

Dabei war es ja nicht so, dass Tyler einen Grund brauchte. Was das anging, war er ein Zauberer: Er konnte sich immer einen aus dem Ärmel schütteln.

»Was sagst du da?«, fragte Tyler stirnrunzelnd. »Du willst uns *unbedingt* zeigen, was du für eine schwule Sau bist?«

Der stiernackige Junge links von ihm lachte laut und blökend. Er hieß Jerome Avery, aber Tyler nannte ihn Ape. Eric rührte sich noch immer nicht vom Fleck, sondern starrte die drei Ankömmlinge nur an.

»Na los, ausziehen, oder du fängst eine.« Tyler wartete gar nicht ab, ob Peter seinem Befehl Folge leisten würde. Seine offene Hand zuckte vor, um Peter eine Ohrfeige zu geben.

Peter, der den Schlag erwartet hatte, wich ihm aus.

»Heeey, Speedy Gonzalez, der schnellste Homo von Mexiko!«, lachte Tyler, setzte ihm nach und packte ihn am Kragen. »Aber das wird dir nichts nützen!«

Etwas traf Peter an der Seite und ließ ihn taumeln, doch es war nicht Tylers Schlag. Tyler zog selbst stolpernd die Hand von Peter zurück. Peter sah aus dem Augenwinkel, wie Eric Tyler am Hemd packte und ihn vollends zu Fall brachte. Tylers Gesichtsausdruck war überrascht und zugleich beinahe erheitert. Vielleicht dachte er schon daran, wie er den einen Kopf kleineren Eric für diese Anmaßung bestrafen würde.

Doch dieser war noch nicht fertig. Kaum lag Tyler am Boden, nahm Eric wie beim Freistoß einen Schritt Anlauf und trat Tyler mit voller Wucht den Schuh ins Gesicht. Tyler schrie heulend auf, und das weckte sein Gefolge aus der Erstarrung. Die beiden stürmten mit Wutgebrüll vor, um sich Eric vorzuknöpfen.

»Du hast mir dir Nase gebrochen, du kleiner Bastard!«, heulte Tyler.

»Eric!«, rief Peter warnend und wollte Ape abfangen. Peter packte den Stiernacken an seiner Jacke und zerrte so heftig, dass eine Naht laut ratschend nachgab. Er brachte Ape damit aus dem Gleichgewicht, doch der Grobian drehte sich mit einem Grunzen im Fallen, packte Peter am Arm und riss ihn mit sich zu Boden. Ehe Peter sich aufrappeln konnte, hatte Ape schon die Hand in seinen Haaren vergraben und riss, dass Peter meinte, seine Kopfhaut stünde in Flammen. Er spürte, wie mindestens ein Dutzend Haarwurzeln nachgaben.

Eric wich derweil dem Schlag des Zweiten aus und rammte ihm das Knie an den Oberschenkel, sodass er mit Peter zugleich vor Schmerz aufheulte. Wie von der Tarantel gestochen ließ Eric nicht von ihm ab, sondern trieb ihm wieder und wieder das Knie in den Unterleib.

»Eric!«, keuchte Peter, während sein Ellbogen irgendetwas Weiches an Ape fand, in das er hineinhackte, worauf sich der eiserne Griff in Peters Haaren widerwillig lockerte.

Doch Eric kam nicht. Stattdessen hörte Peter Tyler erneut aufheulen und darüber Erics konzentrierte Stimme.

»Pfeif die beiden Missgeburten zurück«, zischte er.

»A-Ape«, schrie Tyler, »Ziggy, haut ab!«

Peter spürte, dass Apes Griff sich noch etwas lockerte, und ob es nun die Verblüffung oder der Gehorsam gegenüber Tyler war, Peter nutzte die Chance und entwand sich ihm. Er sah Eric, der seine beiden Daumen mit eiserner Miene in Tylers Augenhöhlen drückte. Tylers Mund war von dem Blut verschmiert, das ihm aus der Nase quoll, und er patschte mit den Händen hilflos und blind nach Erics Gesicht über ihm.

»Hey«, schrie der Dritte namens Ziggy Eric an und schien doch Angst zu haben, den ungleich Kleineren zu überwältigen. Erics kraftstrotzende Aura war in dem Moment beinahe sichtbar, und Peter rechnete irgendwie selbst damit, Eric könnte Tylers Kopf einfach zerquetschen, wenn ihm jemand zu nahe käme.

Doch der Augenblick verflog, und beinahe widerwillig ließ Eric von Tyler ab. Zusammen mit seinem Gefolge trat dieser Hals über Kopf die Flucht an.

»Freaks!«, brüllte Ape noch, während die drei mit Müh und Not ihre Räder bestiegen.

In dem Moment, als Peter begriff, dass sie gewonnen hatten,

überkam ihn eine Welle der Euphorie. Jahre der Misshandlung entfesselten sich durch seine Kehle, und er riss die Arme nach oben und stimmte in Erics Triumphgeheul mit ein.

»Seid ihr komplett durchgeknallt, ihr Psychos?«, schimpfte die Stimme eines Mannes, der die Szene beobachtet hatte. »Haut ab, oder ich ruf die Polizei!«

»Komm mit!« Peter nahm Eric am Arm, der keine Anstalten machte zu fliehen, und zog ihn mit sich.

Sie nahmen die Beine in die Hand und rannten so lange, bis Peter keine Luft mehr bekam. Sie ließen sich auf eine Bank an der Straße fallen und versuchten, zu Atem zu kommen. Als Peter Erics Blick begegnete, sah er in seinen dunklen Augen das Feuer, das auch in ihm brannte. Er hätte Eric dafür umarmen können, dass er ihm diese Genugtuung verschafft hatte, doch er hielt sich zurück. Tylers *Homo*-Bemerkungen klangen ihm noch zu deutlich in den Ohren. Auf das Triumphgefühl folgte bald Heißhunger, und so versorgten sie sich an einem Imbissstand mit Hamburgern, ehe sie den Weg zurück in Richtung Siedlung einschlugen. Peter hatte auch nach drei Tagen kein Bedürfnis, Eric seiner Mutter vorzustellen, daher wollte er weiter zum Kriegerdenkmal. Immerhin war es sowohl ein kriegerischer als auch ein denkwürdiger Moment, und er glaubte außerdem, dass Eric der Ort gefallen würde.

Doch Peters Blick fiel auf eine Rauchwolke, die zu ihrer Rechten zwischen den Häusern aufstieg, und eine eisige Kälte ließ sein Hochgefühl ersterben. Über den Dächern der Häuser sah er plötzlich die orangerot flackernde Kuppel von ihrem Unterschlupf in der Wüstenstadt aufragen. Staub tanzte in der Luft, und Peter meinte, das Wummern im Boden zu spüren, das *drüben* allgegenwärtig gewesen war. Es war nur für einen Augenblick, doch der Schock über Pans Tod, des kleinen Jungen, der in dem Flammeninferno umgekommen war, kam so lebhaft zurück, als wäre das Unglück gerade erst geschehen. Peter brauchte nur zu blinzeln, damit sich die Täuschung der Gewächshauskuppel in Luft auflöste, doch die Rauchsäule selbst blieb und Peters entsetzliche Vorahnung hielt an. Sirenen tönten aus der Ferne.

»Wohin?«, rief Eric, als Peter in seine Straße abbog.

Er antwortete nicht, sondern lief, so schnell er konnte. Seine Brandwunde am Arm juckte und schmerzte wieder, als er den Rauchgeruch in die Nase bekam. Er lief die Straße hinunter, wo sich die Rauchschwaden verdichteten, bis der Feuerwehr-Löschzug umringt von Schaulustigen den Weg vor ihm versperrte. Ein Krankenwagen stand auf dem Gehsteig zu seiner Linken. Im Erdgeschoss hinter einem zerschlagenen Fenster flackerten die Flammen. Im ersten Stock quoll der Rauch aus den gekippten Fenstern, die Peter selbst geöffnet hatte, und die Fensterstürze waren bereits rußgeschwärzt. Zwei Sanitäter schoben eine klappernde Transportbahre vom Hauseingang in Richtung des Rettungswagens. Von dem Menschen darauf war kaum etwas zu erkennen, denn ein dritter Sanitäter kniete auf der Bahre und drückte in rhythmischen Bewegungen mit beiden Händen auf den Brustkorb der Verletzten. Eine Atemmaske war über das Gesicht gestülpt, aber Peter hätte auch ohne das lange braune Haar erkannt, dass dort seine Mutter abtransportiert wurde.

Hase und Vogel

Nick packte seine Sachen aus dem großen Koffer in einen von zwei Rucksäcken um, die Anna aufgetan hatte. Währenddessen schärfte er Faní ein, dass Annas Eltern sich um sie kümmern würden, solange Anna und er weg sein würden. Dem Klang nach wiederholte er jeden Satz mehrmals, aber falls sie ihm antwortete, dann war es zu leise, als dass Anna etwas davon mitbekommen hätte. Sie suchte in ihrem Zimmer selbst ein paar Klamotten zusammen: leichte Sachen für den türkischen Sommer. Als sie mit dem Haufen auf ihrem Bett zufrieden war, stopfte sie alles in den zweiten Rucksack.

Ihr Pass und die vierhundert Euro ihrer Eltern waren ebenfalls dabei. Nur die Kreditkarten wollte sie nicht mitnehmen. Sie wollte nicht, dass ihre Eltern ihre Schritte genau nachverfolgen konnten, außerdem hätte sie ohnehin die Geheimzahlen nicht gekannt. Stattdessen schrieb sie sich die Kartennummern und Prüfzahlen auf, um zur Not online einen anderen Rückflug buchen zu können. Den Zettel steckte sie ebenfalls in den Rucksack.

In ihrem Bauch machte sich ein mulmiges Gefühl breit, und es wurde schlimmer, während sie sich von Faní verabschiedete, die keine Reaktion zeigte. Noch schlimmer, als sie ihre leichte Jacke von der Garderobe nahm und mit Nick vor die Tür trat.

Als sie den Schlüssel im Schloss umdrehte und in den Briefkasten warf, erreichte es seinen Höhepunkt.

In angespanntem Schweigen gingen sie in Richtung S-Bahn. Es half nichts, sich jetzt Gedanken darüber zu machen, in was sie sich da hineinbegaben. Es ging um Elif und Sinan, die ihre Hilfe brauchten, und besonders Elif hatte ihr Leben selbst mehr als einmal für Anna und Nick riskiert. Anna kaufte am Automaten Fahrkarten, und sie stiegen in die nächste Ringbahn Richtung Treptower Park. Das Publikum auf dem Weg zum Flughafen hätte dasselbe wie vor wenigen Tagen sein können, als Anna Nick abgeholt hatte: Urlauber mit prallen Koffern, Geschäftsreisende mit passgenauen Handgepäck-Trolleys.

»Wie viel hast du deinen Eltern geschrieben?«, fragte Nick.

»Nur so viel, dass sie sich keine Sorgen machen.« Anna hörte selbst, wie lächerlich das klang.

»Es wird alles gut«, fügte sie hinzu, weil sie es selbst hören musste. »Wir holen Elif und Sinan, und dann erkläre ich meinen Eltern alles.«

»Sie werden sagen, dass wir zur Polizei gehen müssen«, erwiderte Nick und tippte sich dann an den Kopf, »oder zum Arzt.«

Anna lächelte. »Kann schon sein. Aber wenn der alte Mann erst bei uns ist, denke ich, dass sie uns glauben.«

»Was meinst du: Lassen die uns am Flughafen überhaupt ins Flugzeug?«

Anna nickte entschlossen. Sie hatte zu Hause im Flur noch mal in den Spiegel gesehen und sich ebendiese Frage gestellt. Nick ging glatt für sechzehn durch und sie mittlerweile auch. Eingecheckt waren sie, es bestand also eine gute Chance, dass die Stewardessen gar nicht erst ihre Pässe sehen wollten.

»Wir gehen Händchen haltend. Pärchen-Urlaub in der Türkei, den machen die uns nicht kaputt.«

Anna spürte selbst, wie dünn die Oberfläche ihres Nervenkostüms war, und mochte sich nicht ausmalen, was passieren würde, wenn am Flughafen jemand daran kratzte.

»O. k.«, erwiderte Nick und sah dann aus dem Fenster, wo der Staub in der Luft tanzte, wie um sie zu verhöhnen.

Tatsächlich passierten sie den Sicherheitscheck ohne Zwischenfälle und kauften sich im Abflugbereich zwei überteuerte Sandwiches. Anna dachte, sie würde zu nervös zum Essen sein, aber dann merkte sie beim ersten Bissen, wie hungrig sie tatsächlich war.

Auf dem Weg zum Gate fanden sich ihre und Nicks Hand, und sie hakten die Finger ineinander. Nicks fester Griff beruhigte Annas Herzschlag ein wenig.

Der Wartebereich ihres Flugs sah allerdings deutlich anders aus, als sie ihn sich vorgestellt hatte. Natürlich hatte es der Tourismus in der Türkei zurzeit schwer, aber es waren schließlich Sommerferien. Sie hatte mit Familien und bunt gemischten Urlaubsgruppen gerechnet, zwischen denen sie nicht auffallen würden. Stattdessen sah sie beinahe ausschließlich Geschäftsleute. Die Menschen um sie herum würden ihnen keinen Schutz bieten.

Einige Anzugträger standen schon um den Check-in-Schalter mit den zwei Durchgängen, und sie stellten sich dazu. Eine Frau im Blazer drehte sich zu ihnen um und lächelte. Anna zwang sich, es zu erwidern. Nick trat neben ihr unruhig von einem Bein auf das andere, bis die Stewardess endlich nach dem Mikrofon griff und die Passagiere des Ankara-Fluges ans Gate bat.

Als sie sich einreihten erkannte Anna, dass am linken Durchgang kein Personal stand. Die Reisenden legten dort selbst ihre Bordkarten auf das Lese-Display. Mit klopfendem Herzen zog sie Nick in diese Richtung und bemühte sich, in der Schlange nicht zu sehr ins Blickfeld der Stewardess zu geraten. Schließlich war der Weg vor ihnen frei, und mit gesenktem Blick hielt Anna ihr Handy mit dem QR-Code an das Display. Das rote Licht färbte sich grün, und sie ging hindurch, Nick tat es ihr gleich. Sie hakten wieder die Finger ineinander und marschierten, ohne zurückzuschauen, die Gangway hinunter.

Nick drückte in heimlicher Erleichterung ihre Hand, und Anna selbst fiel ein Stein vom Herzen, als sie um die Ecke bogen und den Flugzeugeinstieg erreichten.

Wegen ihrer kurzfristigen Buchung hatte Anna keine zwei nebeneinanderliegenden Sitzplätze mehr bekommen, deshalb trennten sie sich im Mittelgang voneinander.

»Bis nachher«, murmelte Nick.

Annas Platz war vier Reihen hinter Nick auf der gegenüberliegenden Seite. Während mehr Leute hereinströmten beobachtete Anna, wie Nick auf seinem Handy herumtippte. Vermutlich schrieb er dem alten Mann, wohin sie unterwegs waren. Der Alte hatte Nick angewiesen, auf ihn zu warten. Anna fragte sich, ob er gegen ihre Pläne protestieren würde.

Sie blätterte im Bordmagazin und las zehn Minuten in einem Artikel, ohne überhaupt zu wissen, worum es ging. Irgendwann heulten die Turbinen auf, und sie wurde in ihren Sitz gedrückt. Der Flughafen wurde kleiner, und sie blickte hinab auf das Häusermeer Berlins in der Mittagssonne. Irgendwo dort unten ahnten ihre Eltern noch nicht, was ihre Tochter getan hatte.

Während sie immer höher stiegen, beobachtete Anna den Staub, der, wie Nick gesagt hatte, auch über den Wolken anhielt. Während er sich unten in den Straßen fast in das gewohnte Bild einfügte, war er hier im endlosen Blau des Himmels fehl am Platz. *Falsch.*

Sie lehnte sich in ihrem Sitz zurück und versuchte, sich trotz alledem zu entspannen. Und tatsächlich döste sie allmählich ein.

»Papa hat gesagt, wir dürfen nicht«, klang Anna die Stimme eines Kleinkinds in den Ohren. Sie stand im Grünen, und es dauerte eine Weile, bis sie den Garten ihrer Eltern erkannte, denn viele Einzelheiten passten nicht. Kleine, verwucherte Beete zum Beispiel, die Anna nicht kannte, und ein halb zugeschüttetes Loch, wo vorher vielleicht ein Teich gewesen war. Ihr Blickwinkel war seltsam niedrig, als würde sie sitzen. Da entdeckte Anna, mit wem die Stimme sprach, und es fiel ihr wie Schuppen von den Augen: Die Kleinkindstimme gehörte ihr selbst.

»Sei kein Baby«, erwiderte ihr Bruder. »Schau mal, *hier* ist die Katze verschwunden. Willst du nicht die Katze sehen, Anna?«

Anna bekam eine Gänsehaut, als sie ihn sprechen hörte. Zuletzt hatte sie Ben vor wenigen Wochen im Ringen mit dem dunklen Herzen erlebt. Nun sah sie ihn zum ersten Mal, seit sie ein kleines Kind gewesen war, bewusst vor sich.

Ben hatte kaum Ähnlichkeit mit dem Bild, das sie sich mit dem Video ihrer Mutter von ihm gemacht hatte. Seine Augen waren blau wie ihre, nicht grau wie die von Papa, und sein Gesicht war hier kein rundes Kleinkindgesicht mehr, sondern länglich und mit einer herausfordernden, neckenden Stupsnase. Ein Chaos aus Gefühlen tobte in Anna: die Überraschung ob der Klarheit, in der sie diese Erinnerung erlebte, zusammen mit dem Schock, Ben plötzlich so nah zu sein. Das alles wurde überlagert von der abgöttischen Liebe, die sie in ihrem jüngeren Ich für ihren Bruder spürte. Eine Liebe, an die sie sich ebenso wenig aus eigener Kraft erinnert hatte wie an sein Gesicht.

»Wo ist die Katze?«, fragte Klein Annas Stimme, und ihr Blick wanderte zu einer Heckenschere, die in ihren Augen gigantisch aussah. Sie lag auf dem Haufen Gestrüpp, den ihr Vater den hoch aufragenden Hecken und Ranken entrungen hatte, die der Vorbesitzer des Hauses im hinteren Gartenstück hatte wuchern lassen.

»Sie ist da hinter die Hecke gelaufen«, lockte ihr Bruder. »Komm her, Anna!«

Papa hatte gesagt, sie sollten sich von dort fernhalten, und Anna spürte die Überwindung, die es ihr jüngeres Ich kostete, das Verbot ihres Vaters zu missachten. Aber der Drang, ihrem Bruder zu folgen, war stärker … und natürlich auch die Neugier wegen der Katze.

»Du musst mir helfen«, sagte Klein Anna am Rand des Gestrüpphaufens und streckte die Hand aus. Sie konnte das

Hindernis an der Seite auch alleine überwinden, aber so nah an der bedrohlichen Heckenschere und der düsteren Hecken- und Rankenwand, die vor ihr aufragte, traute sie sich nicht so recht.

Ben verdrehte übertrieben die Augen und stöhnte, und Anna hörte sich darüber lachen. Sie wusste schon, dass er trotz des Protests kommen würde, und er kam wirklich und half ihr.

Der Geruch von modriger Erde und Heckenschnitt ließ Anna schaudern, auch wenn sie nicht wusste, wieso. In ihrem jüngeren Ich spürte sie keine Reaktion darauf.

»Miau«, machte ihr Bruder mit seiner kindlichen Stimme. »Katze, wo bist du?«

»Miau«, wiederholte Klein Anna.

Ben ließ ihre Hand los, als sie den Gestrüpphaufen überwunden hatten, und bückte sich wieder hinunter, wo die Heckenwand aus dem Boden spross.

»Was ist *das* denn?«

Er raschelte zwischen dem Geäst, wo sein Vater eine Schneise in das Grün geschnitten hatte, und auf einmal lag überall Staub in der Luft. Das Licht veränderte sich ins Orangerote und Anna spürte, dass das nicht zur Erinnerung gehörte. Es war, als würde man zwei Filme gleichzeitig ablaufen lassen, sodass sie sich überlagerten.

»Die Katze!«, rief Klein Anna in dem Film ihrer Erinnerung.

»Nein.« Ben schien zwischen Faszination und Unsicherheit zu schwanken. Dann griff er kurz entschlossen tief in das Gestrüpp und zog etwas hervor.

Anna sah gleichzeitig zwei Dinge in seiner Hand. Eines davon stimmte, das wusste sie, noch bevor ihr jüngeres Ich es erkannte.

»Ein Vogel«, staunte Klein Anna.

Die verkrümmten Klauen ragten neben den Schwanzfedern zwischen den Fingern von Bens Kinderhand hervor.

»Ja, aber der ist tot«, sagte Ben beinahe andächtig.

Doch Anna sah gleichzeitig etwas anderes und bekam Kopfweh von den überlagerten Bildern: einen Hasen, wie Ruth ihn im Versteck der Kinder gehabt hatte. Er zappelte und strampelte und wollte sich Bens Griff entwinden.

»Wieder reingehen«, sagte Klein Anna weinerlich angesichts des starren Vogelkörpers.

»Nein, Anna, wir müssen ihn beerdigen. Hier.«

Ben öffnete die Hand und hielt Klein Anna den Vogel entgegen. Der Körper mit dem unnatürlich dicken Unterleib rollte dabei auf die Seite und wandte Anna den Kopf zu. Die vorgewölbten, schwarz glänzenden Augen sahen sie aus toter Leere an, und Anna spürte eine Woge des Erschreckens in ihrem jüngeren Ich aufsteigen. Ihre Unterlippe schoss vor, und sie heulte los.

»Pssst, Anna, sei leise!«, sagte Ben erschrocken und schloss die Faust wieder um den kleinen Vogelkörper. Nein, er hielt den zuckenden Hasen. Falsch, den toten Vogel. Die Kopfschmerzen wurden heftiger.

»Wenn Papa uns erwischt, kriegen wir jede Menge Ärger.«

Gleichzeitig verdichtete sich der Staub, der um Ben herumwirbelte, und Anna beobachtete mit Grauen, wie Ben den strampelnden Hasenleib fester packte und ihm mit einem Ruck das Genick brach. Der kleine Körper zuckte heftig nach, und Ben hatte Mühe, ihn ruhig zu halten.

Dann sah es plötzlich aus, als flösse Blut von dem Hasen zu Boden, obwohl Ben ihm keine äußeren Verletzungen zugefügt hatte. Doch als Anna widerwillig genauer hinsah, war es kein Blut, sondern Sand, der von dem Körper nach unten strömte. Der tote Hase selbst löste sich dabei immer weiter auf, als wäre er ein Wollpulli, der langsam aufgeribbelt wurde.

Klein Annas Weinen ebbte zu einem leichten Schluchzen ab.

»Schau mal, ich will den Vogel begraben«, sagte Ben. »Ich kann ihn auch hier auf den Boden legen, bis ich das Loch gegraben habe, aber ich dachte, du willst ihn vielleicht halten, damit er sich nicht so allein fühlt, bis er im Himmel ist.«

Anna spürte, wie ihr jüngeres Ich mit sich rang. Sie wollte nicht, dass der arme kleine Vogel allein sein musste, wo offensichtlich etwas mit ihm nicht stimmte. Und außerdem wollte sie ihren Bruder nicht enttäuschen. Also streckte sie in einer beachtlichen Willensanstrengung ihre Hände aus.

»O. k., ich grab das Loch«, sagte Ben eifrig und legte ihr den Vogel in die Hände.

Anna spürte das Gewicht des toten Tieres und die Krallen der verkrümmten Beine, die über ihre Finger kratzten. Doch sie sah ihn nicht an. Ihr Blick blieb starr auf den Hasen geheftet, der nun am Boden neben seinem eigenen Fell lag. Sein Körper schien zu zittern, als wäre noch nicht alles Leben aus ihm gewichen.

Ihr Bruder wandte ihr den Rücken zu und buddelte am Fuß der Hecke in der Erde. Der Geruch von feuchter Erde und fauligem Unterholz wurde intensiver.

»Ich ... ich will reingehen«, sagte Klein Anna.

»Nur noch kurz, er ist bestimmt froh, dass du ihn beschützt.«

Anna spürte etwas an ihren Händen. Ein kriechendes Gefühl zwischen ihren Fingern, das immer stärker wurde. Etwas rann ihr durch die Finger, und ohne dass ihr jüngeres Ich den Blick senkte, wusste Anna, dass auch der Vogel in ihren Händen zu Sand zerfloss.

Klein Anna kicherte. »Nicht kitzeln!«

Ben drehte stirnrunzelnd den Kopf zu ihr, und hinter ihm tanzte Staub in der Luft. Und dann hob er irritiert die Hand und wischte sich etwas aus dem linken Auge. Er wischte erneut und schien damit keinen Erfolg zu haben, denn er ballte die Faust und begann zu reiben. Dann hob er auch die zweite Hand und rieb wie besessen in beiden Augenhöhlen, als juckten seine Lider.

»Ben«, wollte Anna fragen, »Ben, was ist los?« Doch kein Laut kam über ihre Lippen. Der Körper von Klein Anna war wie erstarrt. Sie spürte auch keinen Herzschlag, kein Atmen mehr darin. Die Augen waren starr und ohne zu blinzeln auf Ben gerichtet, und so musste Anna aus ihrer Beobachterrolle zusehen, wie es aus Bens Augen zu rieseln begann.

»Ahhh«, stöhnte Ben in einem seltsam hohlen Geräusch aus seiner Kehle, und Anna bäumte sich mit aller Macht gegen ihre Fesseln auf, doch nichts passierte.

Sand und Staubkörner perlten ihrem Bruder von den Wimpern und Augenbrauen und über seine Wangen wie trockene Tränen. Plötzlich kam sein rechter Wangenknochen ins Rutschen und löste einen ganzen Schwall, der zu Boden rieselte.

Ben riss die Hände unter sein Kinn, während seine Gesichtszüge sich in eine körnig fließende Oberfläche auflösten und Anna mit Entsetzen beobachtete, wie ihr Bruder vergeblich versuchte, den Sand festzuhalten, der einmal seine Nase, sein Kinn, sein Kiefer gewesen war.

Ehe Anna zu schreien begann, ehe sie das vollkommene, alles verdrängende Grauen überkam, sah sie, wie sich aus dem Sand noch einmal ein Loch bildete, ein Schlund, aus dem sich das hohle Stöhnen seiner Stimme wiederholte. Dann ging Ben zu Boden, und sein Verfall beschleunigte sich, während Anna ihre eigenen Schreie nur in ihrem Kopf hörte, unfähig, es zu verhindern, unfähig, zu ihm zu stürzen, unfähig, mehr als der stille Zeuge dieses Horrors zu sein.

Nach drei Stunden setzte das Flugzeug endlich zum Landeanflug an. Anna war noch immer schlecht von ihrem Traum. Sie war mit rasendem Herzen aufgewacht und konnte sich nicht erinnern, jemals so intensiv in die Vergangenheit eingetaucht zu sein. Bens Gesicht verblasste allmählich wieder. Dem Gefühl ihrer schwesterlichen Liebe konnte sie besser nachspüren, doch überlagert wurde es von dem Entsetzen angesichts seiner Verwandlung.

Im allerersten Moment des Aufwachens hatte sie geglaubt, sein Verschwinden, seinen Tod in der anderen Welt gesehen zu haben, doch ihr gequälter Verstand hatte das schnell abtun können. Ben war viel zu jung gewesen, und die anfängliche, detailgetreue Erinnerung war außerdem bereits früher in einen Albtraum abgedriftet: Der Vogel in ihren Händen, Anna erinnerte sich jetzt an ihn. Er war nicht zu Sand zerflossen, aber das Kitzeln war real gewesen. Es hätte sie noch Monate verfolgt und ihre Mutter war stinksauer auf Ben gewesen, denn aus dem aufgedunsenen Bauch des Vogels waren damals Fliegenmaden auf ihre Handfläche gekrabbelt, während Ben das Loch gegraben hatte, um ihn zu beerdigen.

Es war in unseren Köpfen und in unseren Herzen, hatte Nick gesagt. Ihre kindliche Angst angesichts des Todes in dem schaurigen Erlebnis mit dem Vogel hatte vielleicht ihr Unterbewusstsein mit ihrer Trauer um Ben verknüpft. Das dunkle Herz hatte es allerdings in Bilder gefasst und ihren Schlaf damit gefüttert. Anna hoffte inständig, dass Nicks und ihre Albträume nur Echos ihrer Heimkehr waren und dass sie endlich nachlassen würden.

Anna schaltete ihr Handy wieder an, kaum dass sie auf dem Boden aufgesetzt hatten: acht Anrufe in Abwesenheit, allesamt von ihren Eltern. Neben der Festnetznummer erkannte Anna die Handynummer ihrer Mutter.

Nick sah sich von seinem Platz aus nach ihr um. Angesichts ihres Gesichtsausdrucks verblasste sein Lächeln, und sein Blick wurde fragend. Sie hob das Handy in ihrer Hand, obwohl das nur der halbe Grund war. Sie wackelte mit dem Handgelenk, als würde es klingeln, und er nickte verstehend.

Als sie nach draußen auf die Treppe stieg, die auf das Rollfeld hinunterführte, schlug Anna heiße, trockene Luft entgegen. Nick wartete unten auf sie.

»Deine Eltern?«, fragte er.

»Ja, meine Mutter«, antwortete sie bedrückt. »Sie macht sich bestimmt Sorgen.«

Am liebsten hätte sie den nächsten Flieger zurück nach Hause genommen. Nick ergriff wieder ihre Hand, während die Passagiere bereits weiter in Richtung eines Busses strömten.

»Es war alles richtig, was du gemacht hast«, redete er ihr zu. »In ein paar Tagen nehmen wir den Rückflug und erklären ihnen alles. Bis dahin ist es so am besten.«

Anna nickte zaghaft.

»Komm, schauen wir erst mal, dass wir hier rauskommen.«

In dem Bus war es noch wärmer als im Freien, und sie mussten sich dicht zusammendrängen. Anna dachte an das Schwindelgefühl bei der Gedenkfeier für ihren Bruder, bevor ihr schwarz vor Augen geworden und sie in einer anderen Welt gelandet war. Die Mischung aus der nachklingenden Erinnerung und den zusammengepferchten Menschen in dem heißen Bus weckte ähnliche Gefühle.

Während der Bus anrollte, fischte Nick stirnrunzelnd sein eigenes Handy aus der Tasche.

»Er hat geantwortet!«, sagte er nach einem Blick aufs Display.

»Wer?«, fragte Anna verwirrt.

»Der Alte«, murmelte Nick, während er den Text überflog. »Dass er überhaupt schreibt … Er kennt unsere Buchstaben nicht.«

Auf einmal hellte sich seine Miene auf. »Er hat Connor gefunden. Connor ist heil rübergekommen.«

»Gott sei Dank«, erwiderte Anna aus ehrlicher Erleichterung. Und es war mehr als der Gedanke daran, dass Connor es geschafft hatte. Natürlich freute sie sich darüber, dass er wohlauf war, denn sie erinnerte sich nur zu gern an die unerschütterliche Abenteuerlust des tschechischen Jungen und sein Geplänkel mit der quirligen Ruth.

Doch die Nachricht bedeutete auch, dass ihre Lage nicht aussichtslos war: Wenn Connor es geschafft hatte, dann sicher auch andere. Sie würden Elif und Sinan helfen, und zeitgleich würde der Alte hoffentlich auch Jelena und Lev und nach und nach all die anderen auftun. Gemeinsam würde alles leichter werden.

»Der Alte will uns was schicken«, fuhr Nick erstaunt fort.

Die Türen des Busses öffneten sich, und sie wurden einfach von den Menschen hinausgeschoben.

»Hierher?«, fragte Anna. »Wie will er das machen?«

»Keine Ahnung, aber wir sollen vorsichtig sein und nichts tun, bevor wir es haben.«

Nick hob den Blick. »Das ist alles.«

Anna schnaubte. Konnte sich der Alte nicht einmal klar ausdrücken?

Doch als sie den Menschen durch automatische Schiebetüren in einen sterilen Gang folgten, verschwand der Alte schnell aus ihren Gedanken. Eine Reihe von Kabinen aus Sperrholz und Plexiglas stand in einiger Entfernung hinter einem Labyrinth aus Absperrbändern. In jeder der Kabinen saß ein Polizist in Uniform.

»Passkontrolle«, sagte Nick erschrocken.

»Mist, daran hab ich nicht gedacht«, erwiderte Anna bestürzt. »Wenn meine Mutter schon die Polizei angerufen hat ...«

Sie hatte keine Ahnung, wie schnell so etwas ging. Wenn ihre Mutter die Kreditkartendaten durchgesehen hatte, kannte sie ihr Reiseziel. Es wäre nicht mehr als ein Anruf der deutschen Polizei bei ihren türkischen Kollegen, um sie hier abzufangen.

Mit bangem Herzen reihten sie sich in die Schlange ein. Für türkische Staatsangehörige waren drei Schalter geöffnet, zwei für internationale Besucher der Türkei. Einer nach dem anderen wurde durchgewunken. Die Beamten taxierten jeden genau und gaben manchmal Anweisung, zum Beispiel, die Brille abzunehmen. Die Geschäftsreisenden schienen die Prozedur zu kennen und erfüllten anstandslos die Wünsche.

Als Anna an der Reihe war, gingen Nick und sie wie beim Check-in Hand in Hand zum Schalter. Annas Hände waren schwitzig, obwohl das Flughafengebäude klimatisiert war. Sie begegnete dem Blick des Mannes, eines Kahlkopfs, dessen Schnauzer sie an Álvaros erinnerte, und wollte ihren Pass in die Durchreiche legen, doch der Mann blaffte sie auf Türkisch an.

»W-Wir sprechen nicht Türkisch«, stammelte Anna in weit schlechterem Englisch, als sie es die ganze Zeit über mit Nick sprach. Es war ein Wunder, dass sie überhaupt etwas herausbrachte.

»Nacheinander … hier einer nach dem anderen«, gab der Mann verärgert zurück und bedeutete Nick mit einer wedelnden Handbewegung, sich zurück in die Schlange zu stellen.

Nick ließ Anna sichtlich widerwillig allein zurück, und der Mann wartete mit geblähten Nasenflügeln, bis Nick wieder ganz hinter die Markierung getreten war. Erst dann nahm er Annas Pass entgegen. Er brummte irgendetwas auf Türkisch in seinen Bart, und sein Blick wanderte von dem Passbild zu Anna und wieder zurück.

»Erst vierzehn«, kommentierte er in knappem Englisch, »warum allein?«

»Ich … wir machen Urlaub«, entgegnete Anna bemüht souverän und warf einen Blick zurück zu Nick, um ihre Aussage zu unterstreichen.

»Urlaub …«, brummte der Beamte und gab ihr noch immer nicht ihren Pass zurück. »Wo übernachtet ihr?«

Annas Herz klopfte. Ihr wurde auf einmal bewusst, dass dieser Mann für die türkische Regierung arbeitete. Die Regierung, die vermutlich auch Elif Schwierigkeiten machte. Waren sie in noch größerer Gefahr als der, dass ihre Mutter die Polizei alarmiert haben könnte? Oder war das nur Paranoia?

»Wo übernachtet ihr?«, wiederholte der Mann lauter.

Anna riss sich zusammen. »Wir haben eine Freundin, die von hier kommt. Sie hat uns etwas empfohlen. Die Gegend heißt *Kizilay*, glaube ich. Ich weiß den Namen des Hotels nicht auswendig, aber ich hab es mir irgendwo aufgeschrieben.«

Sie zog ihr Handy aus der Tasche, entsperrte das Display und begann darauf herumzutippen, als müsste sie es aus einer Mail heraussuchen.

»Ist gut, ist gut«, winkte der Mann ab und stempelte den Pass ab. Dann schob er ihn durch die Durchreiche zurück.

»Nächste«, rief er Nick gelangweilt zu.

Anna beobachtete, wie der Schnauzer Nick ebenso lang unter die Lupe nahm wie vorher sie und ihm dann Fragen stellte. Nick antwortete, und sie betete, dass sich ihre Aussagen nicht widersprechen würden. Den Namen des Viertels hatte sie von der Ortsangabe, die Elif ihnen geschickt hatte. Auf Elifs Nachricht hatten sie noch nicht geantwortet. Immerhin hatte Elif die Notwendigkeit gesehen, ihren Hilferuf zu verschlüsseln. Um sie nicht in Gefahr zu bringen, hatten Anna und Nick beschlossen, einfach an den markierten Ort zu kommen. Wenn sie Elif nicht fanden, konnten sie immer noch zurückschreiben.

Endlich ließ der Beamte auch von Nick ab, und der kam mit zorniger Miene auf sie zu. Seine Lippen formten ein Wort, das der Polizist unter Garantie zum Anlass genommen hätte, ihn noch einmal zurückzupfeifen, hätte er es mitbekommen. Doch der lachte mit seinem Kollegen, mit dem er Rücken an Rücken saß, über eine Bemerkung, die er gerade gemacht hatte. Anna bildete sich ein, dass er sich über sie, die beiden dummen, ängstlichen Touristen, lustig machte, aber es hätte natürlich um alles gehen können.

In diesem Moment klingelte Annas Handy. Automatisch zog sie es aus der Tasche und sah die Festnetznummer ihrer Eltern. Nach kurzem Zögern drückte sie den Anruf trotz aller Schuldgefühle weg und stellte das Handy auf »stumm«. Sie konnte ihrer Mutter nicht mehr sagen, als sie in dem Brief hinterlassen hatte. Zumindest nicht, ohne sie rasend vor Angst zu machen. Wenn sie den Anruf ablehnte, konnte sich diese zumindest zusammenreimen, dass Anna gut angekommen war.

Nick kommentierte es nicht.

»Da sind wir«, sagte er stattdessen, als sie die Ankunftshalle betraten, die für eine Stadt größer als Berlin erstaunlich übersichtlich war. Sie beschrieb einen Bogen unter einer gläsernen Dachkonstruktion.

Anna nickte. Gestern noch hätten sie sich kaum ausmalen können, wie schnell sie wieder in den Strudel der Ereignisse geraten würden. Auf dem Handy, das sie noch immer in der Hand hielt, öffnete sie die Karte. *Kizilay* lag im Zentrum Ankaras, und die Stecknadel schien eine Art Platz zu bezeichnen. Sie mussten sich beeilen, denn hier war es schon fast sechs

Uhr abends und Anna hatte wenig Bedürfnis, im Dunkeln allein in Ankara umherzuirren. In einer Stadt, in der *ständig Katzen verschwanden*, wie Elif es in Hinblick auf Sinans Entführung ausgedrückt hatte.

Mit ihren prall gepackten Rucksäcken strebten sie einem der Ausgänge entgegen und traten wieder in die trockene Hitze hinaus. Taxis standen mit laufendem Motor, und Anna fiel bei einigen der vorbeifahrenden Autos eine schwarze Abgaswolke auf. Sie meinte, den fremdartigen Staub in der Luft erkennen zu können, doch von selbst wäre er ihr hier sicher nicht aufgefallen, so dreckig war die Luft ohnehin.

»Da vorne«, zeigte Nick zu einem Haltestellenschild in einiger Entfernung, dem sich gerade ein Bus annäherte. »Komm, schnell!«

Hastig liefen sie auf die Schlange von schwer bepackten Menschen zu, die nach und nach im Bus verschwand. Anna erreichte die Tür nach Nick und stieg ein. Der Fahrer wollte schon die Tür schließen.

»Warten Sie«, bat Anna. »Fahren Sie nach Kizilay?«

Der junge Türke hob fragend die Augenbrauen. Es mochte daran liegen, dass er kein Englisch verstand, oder an ihrer Aussprache des Zielorts. Vermutlich an beidem. Anna hielt ihm die offene Karten-App ihres Smartphones entgegen und deutete auf die Stecknadel.

»Evet, evet«, nickte der Mann und lächelte freundlich. Dann deutete er auf den Kasten, der offensichtlich die Tickets druckte, und der einen Preis in türkischer Lira anzeigte.

»Wir hätten Geld tauschen müssen«, stöhnte Anna.

»Können wir mit Euro zahlen?«, fragte Nick den Fahrer, der wieder geduldig nickte.

Doch Annas Erleichterung war verfrüht, denn als sie den Geldbeutel zückte und nur die vier Hunderter aus der Reserve ihres Vaters fand, lachte der Fahrer nur und schüttelte den Kopf. Auch Nicks und ihre Münzen wollte er nicht nehmen, und sie waren schon drauf und dran, wieder auszusteigen, um aus der peinlichen Situation zu entkommen, als der Fahrer sie mit nachsichtiger Miene in den hinteren Busteil durchwinkte.

Nick seufzte müde, als sie einen Platz gefunden hatten. »Wir hätten wohl besser vorbereitet sein können.«

Natürlich hätten sie das, sogar *müssen*. Aber sie hatten keine Zeit dafür gehabt. Und dabei war alles bis hierhin nur das harmlose Touristenprogramm gewesen.

Der Bus tauchte in den dichten Verkehr Richtung Innenstadt ein, und allmählich veränderte sich die Landschaft von dem braun-grauen Hügelpanorama um den Flughafen hin zu einer hässlichen Stadt. Es mochte an ihrer Unsicherheit liegen, diese ganze Reise überhaupt unternommen zu haben, auf eine Gefahr zu, vor der sie sich eigentlich fernhalten sollten, doch Anna konnte auf der ganzen Fahrt nichts Schönes an Ankara erkennen. Hochhäuser und Mietsilos säumten die viel befahrenen Straßen, und an den Hügeln, die sich über die Stadt erhoben, drängte sich etwas, das von Weitem nach Armenvierteln aussah.

Anna legte den Kopf an Nicks Schulter und versuchte, sich zumindest etwas zu entspannen, während er sanft ihre Hand streichelte. Nach einer halben Stunde Fahrt verdichtete sich das Stadtbild weiter, und es war mehr und mehr Polizei entlang der Straße zu sehen. Einzeln und in Gruppen standen sie vor Gebäuden, die nach Banken oder Ministerien aussahen, und teilweise scheinbar wahllos an Kreuzungen. Alle trugen militärisch aussehende schwarze Uniformen und Maschinenpistolen oder sogar -gewehre. An einem gepanzerten Einsatzfahrzeug staute sich der Verkehr, und es dauerte fünf Minuten, bis der Bus sich an dem Engpass mitten in der Innenstadt vorbeigeschoben hatte. Anna, die sich in ihrem Sitz wieder aufgerichtet hatte, sah keinen Autofahrer, der sich gegenüber den Polizisten beschwerte. Und das, obwohl die Straße ansonsten einem hupenden und brummenden Bienenstock glich.

Als der Bus die ersten Stationen in der Stadt anfuhr, hielten

Anna und Nick die Augen offen, um ihren Ausstieg nicht zu verpassen. Sie hätten dennoch keine Chance gehabt, denn sie entdeckten keine Bezeichnungen an den Haltestellen. Doch ihr Fahrer rief rechtzeitig etwas nach hinten, das unmissverständlich den Ausländern galt.

»Kizilay«, meinte Anna darin zu erkennen, auch wenn es sich eher wie »Käselei« anhörte.

Ohnehin stiegen hier die meisten der restlichen Passagiere aus, und Nick und Anna schlossen sich an.

»Danke!«, rief sie dem Busfahrer beim Aussteigen noch zu, denn immerhin wären sie ohne ihn noch längst nicht hier gewesen.

»Schnell«, trieb Nick sie an, »es fängt an zu regnen.«

Die Dämmerung hatte eingesetzt, und von Sekunde zu Sekunde mehrten sich die nassdunklen Flecken auf dem Pflaster. Über den breiten Gehweg der Einkaufsmeile, in die der Bus sie ausgespuckt hatte, erreichten sie gerade so das Vordach des Ladeneingangs, bevor sie richtig nass werden konnten. *Jument*, stand dort in weiß leuchtenden Buchstaben auf schwarzem Grund. Es war ein Klamottenladen. Anna schaute auf ihr Handy, und tatsächlich schienen sie in der Nähe von Elifs Stecknadel zu sein. Doch sie konnte nicht mal Straßennamen ablesen, da sie hier kein Internet hatte. Was die Karte zeigte, war noch von Deutschland gespeichert.

Der Regen wurde so stark, dass er die Menschen endgültig von der Straße fegte. Selbst die Bäume entlang der Fahrbahn boten keinen Schutz mehr. Anna fielen braungraue Verfärbungen an den Blättern auf, und viele davon lagen schon abgeworfen auf dem Gehsteig, obwohl der Herbst noch fern war.

Das Wasser wusch den Dreck aus der Luft und von der Straße, und die Abflüsse waren offensichtlich überfordert mit ihrer Aufgabe. Bald schoben die Autos kleine Bugwellen aus ölig schillernder Brühe vor sich her.

»Iyi akşamlar«, sprach sie ein Verkäufer an, doch Anna und Nick schüttelten lächelnd den Kopf.

Der stylishe Typ mit dem getrimmten Bart erkannte, dass sie kein Türkisch verstanden, und versuchte es auf Englisch.

»Seid ihr Touristen? Kann ich euch helfen?«

Nick sah Anna mit fragendem Blick auf das Handy an, und Anna gab sich einen Ruck.

»Ja, vielleicht. Wir müssen hierhin, um eine Freundin zu treffen, das ist in der Nähe, oder?«

Der Mann sah sich die halb geladene Karte an und antwortete dann in bemerkenswert gutem Englisch.

»Klar, das müsste das Hostel hinter dem Einkaufszentrum sein. Übernachtet ihr dort? Seid ihr heute erst angekommen?«

Anna nickte. Elif hatte ihnen also ein Hostel markiert. Schlief sie selbst dort, weil das sicherer als zu Hause war?

»Ihr habt ja ein Glück. Wisst ihr, wie selten es hier im August regnet? Kommt rein, wollt ihr Tee?«

Ehe sie sich versahen, hatten sie zwei tulpenförmige Gläser mit heißem, dunklem Tee in der Hand.

»Hier, wartet erst mal den Schauer ab.«

Und schon sprach er auf Türkisch mit einem weiteren Regenflüchtling.

Nick und Anna sahen sich an, und Nick schüttelte belustigt den Kopf, so absurd war die Situation.

»Ich könnte eher was zu essen brauchen«, murmelte er.

»Er hat was von einem Einkaufszentrum gesagt, da kriegen wir bestimmt was.« Anna hatte bisher auch nur das Sandwich am Berliner Flughafen gegessen. Sie hatte zwar wenig Appetit, doch sie mussten zumindest ordentlich essen, wenn ihnen schon der Schlaf fehlte. »Da können wir auch Geld tauschen.«

Der Regen ließ nach, noch ehe der Tee kühl genug zum Trinken war. Sie nahmen hastig ein paar kleine Schlucke und ließen die Gläser dann am Verkaufstisch stehen, bedankten sich auf dem Weg hinaus bei dem freundlichen Verkäufer und traten wieder ins Freie.

»Am Einkaufszentrum links vorbei, ihr könnt es nicht verfehlen«, rief er ihnen noch hinterher.

Die Sonne war nun untergegangen, und die Luft hatte sich nach dem Regenguss angenehm abgekühlt.

»Da ist das Einkaufszentrum«, deutete Nick nach vorne.

Hinter der Ladenzeile war ein riesiges modernes Gebäude mit einer LED-Werbefläche über dem Eingang aufgetaucht. *Kızılay Alişveriş Markezi*, stand an der Seite des Gebäudes und daneben ein Logo. Es war nicht mehr als eine Kugel mit einem Bogen darüber, im Licht der Straßenlaternen nur schemenhaft zu erkennen, aber Anna dachte sofort an ein riesiges Auge, das von der Fassade herunterglotzte. An der Kreuzung vor dem Einkaufszentrum standen zahlreiche schwer bewaffnete Polizisten.

»Links vorbei, hat er gesagt.« Anna wollte so schnell wie möglich Elif an ihrer Seite haben. Am besten bevor sie den Grund für die geballte Polizeipräsenz erfuhren. War das normal? Hing es mit dem Ausnahmezustand zusammen, der für die ganze Türkei galt?

Keiner der Läden, die auf der Anzeige des Einkaufszentrums beworben wurden, kam Anna bekannt vor, doch um die Ecke warteten ein Starbucks und ein Burger King. Anna war fast froh über den vertrauten Anblick.

Die Straße untertunnelte eine Eisenbahnbrücke, und dahinter standen die Bäume wieder dicht an dicht entlang der Straße. Auch hier lagen bereits braune Blätter am Boden.

»Da ist ein Hostel«, sagte Nick auf einmal, »ist es das?«

Anna folgte seinem Blick und hätte das Schild am Eingang einer Passage auf der anderen Straßenseite selbst wohl gar nicht bemerkt. Doch als sie auf die Karte sah, bestätigte sich Nicks Vermutung: Sie waren fast am Standort der Stecknadel angelangt.

Die Straße war noch immer voll von der trüben Regensuppe, und es dauerte, bis sie eine Lücke im Verkehr fanden, doch schließlich erreichten sie mit nassen Socken die andere Straßenseite und die Einkaufspassage. Anna suchte bereits unter den Kunden nach Elifs Gesicht. Hätten sie ihr doch Bescheid sagen müssen, dass sie kamen? Oder hatte sie *ihnen* eine Nachricht am Empfang hinterlegt? Es herrschte reger Betrieb, und Nick bahnte sich einen Weg zum Treppenaufgang des Hostels.

Statt einer Eingangstür gab es nur einen schmalen Durchgang aus Beton und dahinter das muffige Treppenhaus. Tapetenreste, die wohl einmal grün gewesen waren, bedeckten die Wände und offenbarten an vielen Stellen den schimmligen Putz darunter. Sie stiegen die Stufen bis zum zweiten Stock hinauf, wo auf einem kleinen Klingelschild »Check-in« statt eines Namens stand.

Es musste eine ehemalige Wohnung sein, bei der man schlicht die Eingangstür ausgehängt hatte. Im Türrahmen sah man noch die Stellen, wo die Scharniere weggeflext worden waren.

Von dem Flur zweigten ein paar wenige Zimmer ab, und in einem kleinen Kabuff neben einer Tür mit der Aufschrift WC stand eine Theke mit einem Monitor, hinter der eine ältere Frau saß. Sie hatte dunkles, schulterlanges Haar und trug einen Anhänger mit einem Auge aus blauem Glas. Als sie Nick und Anna kommen sah, lächelte sie freundlich.

»Hallo, braucht ihr ein Zimmer?« fragte sie auf Englisch.

»Wir sind eigentlich hier, um jemanden zu treffen«, antwortete Nick.

»Elif Özer«, zitierte Anna Elifs Profilnamen.

Die Frau brauchte offenbar nicht nachzusehen. Sie schüttelte den Kopf. »Nein, sorry, habe ich nicht hier.«

»Vielleicht hat sie eine Nachricht hinterlassen«, versuchte es Anna weiter. »Oder sie hat einen anderen Namen angegeben? Sie ist etwas größer als ich, hat dunkle Haare und ist wahrscheinlich allein.«

Die Frau runzelte die Stirn. »Hier wohnt niemand unter anderem Namen als dem, der im Pass steht. Und hier ist auch kein Mädchen, das alleine reist. Vermisst ihr jemanden? Habt ihr euch in der Stadt verloren?«

»Nein, ist schon gut«, mischte Nick sich ein. »Wir haben uns wahrscheinlich missverstanden. Elif ist eine türkische Freundin, die eine Zeit lang in unserer Klasse war, und wir besuchen sie auf unserer Reise. Wir würden dann doch ein Zimmer nehmen, wenn noch eins frei ist?«

Die Frau kramte seufzend eine Liste aus einer Schublade unter der Theke. »Für wie lange wollt ihr denn bleiben?«

»Ich denke zwei oder drei Nächte«, antwortete Nick, »aber das ist noch nicht sicher.«

»Alles klar, ich bräuchte eure Ausweise, bitte.«

Sie zog die Augenbrauen hoch, als Nick ihr einen griechischen und Anna ihr einen deutschen Ausweis reichte, sagte aber nichts.

»Wir sind eine internationale Schule«, erklärte Nick, doch es klang kläglich.

»Natürlich«, sagte die Frau nur, »das Zimmer kostet 55 Lira pro Nacht, und ihr müsstet mir die ersten beiden Nächte im Voraus bezahlen.«

»Könnten Sie uns sagen, wo wir Geld tauschen können?«, fragte Anna. Sie hatten unterwegs gar nicht auf Banken geachtet. »Und können wir die Sachen so lange hierlassen?«

»Lasst sie einfach stehen. Wenn ihr rausgeht, rechts ums Eck ist eine Wechselstube, da bekommt ihr einen guten Kurs.«

Sie ließen ihre Rucksäcke zurück, und Anna spürte die Blicke der Frau im Rücken, als sie sich wieder dem Treppenhaus zuwandten. Anna war völlig ratlos, was sie nun tun sollten.

Zwei Welten

»Warum ist sie nicht hier? Die Frau hat sie noch nicht mal gesehen! Glaubst du, wir sind zu spät, und ihr ist was passiert?« Es war der einzige Schluss, der Anna einfiel, und er machte sie rasend vor Angst.

»Leiser«, mahnte Nick, »vielleicht lauscht sie uns nach. Ich weiß nicht, was los ist. Vielleicht kommt sie noch.«

»Was ist, wenn sie *hier* erwischt wurde?« Anna bemühte sich um einen ruhigen Ton. »Und wenn wir selbst in die Falle tappen?«

Dieser Gedanke war ihm offensichtlich noch nicht gekommen.

»Wenn, dann ist es jetzt zu spät«, sagte er düster. »Und ich bin todmüde! Wir schreiben Elif und schlafen ein paar Stunden und dann sehen wir weiter, o. k.?«

Bei der Wechselstube tauschte Anna hundert Euro für knapp vierhundert türkische Lira. Sie hatte keine Ahnung, ob das ein guter Kurs war, aber sie hatten weit dringendere Sorgen. In einem kleinen Laden kauften sie sich noch ein paar Sandwiches und eine Flasche Wasser.

Die ganze Zeit über beobachteten sie nervös ihre Umgebung. Die Straße, auf der nach wie vor dichtes Gedränge herrschte, die ungeduldig hupenden Fahrzeuge und die Mopeds, die sich zwischen dem zäh fließenden Verkehr hindurchschlängelten. Anna wusste nicht, worauf sie achten sollte. Hatte das dunkle Herz bereits seine Arme nach ihnen ausgestreckt? Lauerte es unter der Stadt, wie *drüben* unter der Wüste, oder sandte es seine Werkzeuge, seine Marionetten nach ihnen aus? Álvaro? Oder sogar Maik?

Anna fiel eine Gruppe von mindestens zehn Polizisten in Kampfmontur auf der anderen Straßenseite auf. Doch niemand, auch nicht die Polizisten, schien von ihnen Notiz zu nehmen, ehe sie wieder das Treppenhaus betraten.

Die Dame an dem rustikalen Empfang ließ sich nicht anmerken, ob sie ihren neuen Gästen misstraute. Sie nahm das Geld für die beiden Nächte im Austausch für Quittung und Zimmerschlüssel entgegen.

Anna fragte mit wenig Hoffnung nach einem WLAN-Zugang, und zu ihrer Überraschung gab die Frau ihr tatsächlich eine Karte mit den Daten.

»Das Zimmer ist direkt den Gang runter links«, sagte sie und deutete den Flur entlang, während sie ihre Rucksäcke schulterten.

Nick sperrte auf, und sie betraten das Zimmer Nummer 3, in dem sich nichts außer zwei metallenen Bettgestellen und einem Schrank befand. Die Möbel füllten den Raum bis auf einen schmalen Durchgang zwischen den Betten komplett aus. Neben der Tür war ein Waschbecken mit zwei Bechern und einem Spiegel. Der Wandbereich dahinter war gefliest. Ein eigenes Bad gab es nicht, sie würden die Gemeinschaftstoilette und -dusche benutzen müssen.

»Fenster oder Tür?«, fragte Nick mit trostlosem Lächeln, denn ein Fenster raus zur Hauptstraße gab es immerhin. Es war gekippt, und der Straßenlärm drang herein. Trotz des abendlichen Regengusses war es im Zimmer immer noch heiß.

Anna loggte sich mit ihrem Handy im WLAN ein und ignorierte die Anzeige von drei weiteren Anrufen in Abwesenheit.

»Was schreiben wir? Dass wir hier sind? Oder ist das schon zu gefährlich?«

Nick beugte sich mit ihr über Elifs Nachricht und las sie noch einmal. *Wenn ihr es irgendwie schafft zu kommen …*, hatte Elif geschrieben. Sie waren hier, doch wo war ihre türkische Freundin?

»Vielleicht: Mach dir keine Sorgen, wir sind für dich da?«, schlug Nick vor.

Anna nickte und tippte es so in ihr Handy. Elif würde verstehen, dass sie gekommen waren, und vermutlich jeder andere auch. Aber sie mussten den Schritt dennoch wagen, wenn sie nicht vergeblich hier sitzen und Zeit vergeuden wollten.

Nachdem sie ihre Sandwiches gegessen hatten, ging Nick zum Fenster. Er blickte lange nach draußen und schloss es dann, ebenso wie die gelben Blümchenvorhänge. Anna warf ihm einen fragenden Blick zu.

»Nichts«, erwiderte er, »da draußen ist sie nicht.«

»Wir hätten der Frau sagen sollen, dass sie Elif zu uns schicken soll, falls sie kommt.«

»Ich glaube, darauf wird sie von selbst kommen«, sagte Nick seufzend, während er sich auf seine quietschende Matratze fallen ließ.

»Gute Nacht«, gähnte er, und nur ein paar Minuten später hörte Anna seinen tiefen Atemzügen erstaunt an, dass er bereits schlief.

Anna achtete auf Anzeichen, dass er schlecht träumte, doch es gab keine. Irgendwann schlief auch sie ein.

Anna erwachte von gedämpften Geräuschen, die sie zunächst nicht zuordnen konnte. Sie fühlte sich wie erschlagen und war völlig nass geschwitzt. Es hätte von den wirren Träumen kommen können, an die sie sich im Moment des Erwachens schon nicht mehr erinnern konnte, doch Anna spürte auch, dass eine drückende Hitze in ihrem Zimmer herrschte, schlimmer als am Abend.

Orangerotes Licht von draußen ließ den Blumenvorhang aufleuchten. Ferne Rufe und Schreie drangen durch das einfache Fenster herein.

»Nick«, flüsterte Anna ängstlich, »hörst du das?«

Nick rappelte sich mühsam auf.

»W-Was?«

Anna war schon auf den Beinen und eilte zum Fenster. Als sie am Vorhang vorbei hinauslugte, dachte sie in ihrer Verwirrung zunächst, es würde trotz der Hitze schneien. Doch draußen tanzten keine weißen Schneeflocken, sondern der Staub. Es war noch mehr davon in der Luft als damals, als sie ihn vor dem Berliner Flughafen zum ersten Mal bemerkt hatte. Der Wind verwirbelte ihn und ließ Flocken vor dem Fenster vorbeischweben. Anna fand, dass es fast aussah wie verbranntes Papier, dessen Asche im Wind zerfiel.

Dann sah sie die Lichtstrahlen, die gleißend vom Himmel fielen und alles orange färbten, und ihr Atem stockte. Das Schwarz der Nacht war von Rissen durchzogen, die sie von drüben kannte: Klaffende Wunden am Himmel, aus denen Lichtlanzen zur Erde stachen. Schwarze Punkte tanzten vor ihren Augen, als sie direkt hineinsah, und sie musste den Blick abwenden.

Gegenüber, wo die andere Straßenseite sein sollte, stand ein dunkelblaues, gepanzertes Fahrzeug. Doch es gab keine andere Straßenseite mehr. Wo der Rinnstein hätte sein sollen, begannen rote Sandverwehungen, und wo die Läden und Häuser der Innenstadt Ankaras vor wenigen Stunden noch gestanden hatten, öffnete sich nun das Wüstenpanorama mit den Gassen und Mauerstücken von *drüben*. Anna bekam stechende Kopfschmerzen. Ihr wurde schlecht, als ihr Kopf versuchte, die Bilder von zwei Realitäten miteinander zu vereinen.

Völlig ungerührt von dem Wüstenhintergrund und dem merkwürdigen Licht standen unten auf der Straße bestimmt zwei Dutzend Polizisten um das Einsatzfahrzeug herum. Manche hatten Schlagstöcke in der Hand, andere gegurtete Maschinenpistolen.

Der Staub in der Luft glühte förmlich, und über den Mauerstücken jenseits der Straße stand ein Hitzeflimmern wie in einem Hochofen. Immer wieder zerbarsten Steine und warfen glühende Staubfontänen in die Luft. Anna hatte selbst Schweißperlen auf der Stirn und erinnerte sich an etwas, das Nick gesagt hatte: *Sternenlicht*. Was dort oben durch die Risse im Himmel brach, war die Energie von unzähligen Sonnen. Und sie verbrannten die andere Welt zu Staub und Asche.

All diese Eindrücke bestürmten sie in wenigen Augenblicken, und Anna hatte Mühe, ihre Sprache wiederzufinden.

»Was ist los?«, fragte Nick, der sich auch aus dem Bett mühte. »Warum ist es so heiß?«

Plötzlich erschütterte ein Knall die Nacht, und Anna spürte die Erschütterung durch die Wände gehen. Adrenalin durchflutete ihren Körper.

»Scheiße!«, rief Nick, und einen Moment später stand er hellwach neben ihr. Ebenfalls sprachlos blickte er aus dem Fenster.

Durch die Polizisten war ein Ruck gegangen, und sie wandten sich in die Richtung, aus der Nick und Anna am Abend gekommen waren. Die Richtung, aus der auch der Lärm tönte.

»Es ist ... hier?«, keuchte Nick.

Aber Anna glaubte nicht, dass das dunkle Herz für das hier verantwortlich war. Sie spürte nichts von dem, was sie sonst in seiner Gegenwart gespürt hatte. Die andere Welt schien diesen Ort zu durchdringen wie ein Webteppich: Die innere Seifenblase, wie Nick sich die Zwischenwelt vorgestellt hatte, berührte die Hülle der äußeren. Und ohne dass Anna es sich erklären konnte, spürte sie fast so etwas wie einen Sog, der von drüben ausging. Ein Ziehen, das sie ganz kurz mit dem Gedanken spielen ließ, Nick an der Hand zu nehmen und ihn nach unten auf die Straße zu führen, damit sie nach *drüben* gehen konnten, wo irgendetwas auf sie wartete. Etwas Wichtiges. Es war nicht so ein Reißen wie das, was vom dunklen Herzen ausgegangen war, als es sie hatte fesseln wollen, um sie in seiner

Schwärze zu verschlingen. Es war sanfter und zugleich nicht weniger vehement.

Doch ehe Anna Worte dafür gegenüber Nick fand, warf ein Polizist etwas über die Straße, und Sekunden später breitete sich Nebel aus. Ein zweiter Polizist stürmte plötzlich vor. Anna sah ganz am Rand des Ausschnitts der Straße, den sie überblicken konnte, jemanden aus den Schwaden auftauchen. Es war ein Jugendlicher mit nacktem Oberkörper. Das weiße T-Shirt hatte er sich über Mund und Nase gebunden. Der Polizist und zwei weitere hinter ihm rannten auf den Jungen zu und knüppelten ihn mit ihren Schlagstöcken nieder. Anna keuchte auf.

»Oh Gott«, stöhnte sie, während Erinnerungen an die Gewalt in jener Wüstenlandschaft, die sie nun vor sich sah, auf sie einstürmten. Doch es war erst der Anfang.

Mehr Gestalten tauchten auf und wurden von den Polizisten zu Boden geworfen und überwältigt. Ein weiterer Knall, nicht ganz so nah wie der letzte, hallte durch die Nacht. Anna spürte die Angst in der Brust. Alles war so nah: Die Gefängniswelt, aus der sie gerade erst entkommen waren, genauso wie die Gewalt, die sich auf der Straße abspielte. Nicht mehr als vier oder fünf Meter trennten sie von den schlagenden und tretenden Polizisten dort unten.

Der Schleier aus Tränengas stieg empor und dämpfte die gleißenden Lichtstrahlen aus den Rissen am Himmel. Anna sah einen Polizisten mit dem Knauf seines Schlagstocks auf den Schädel eines Knienden einschlagen. Álvaro, schoss es ihr in den Kopf, denn der Polizist war in seiner Körperhaltung wie ein Spiegelbild Álvaros, als dieser Jelena niedergeschlagen hatte. Doch natürlich war die Wahrscheinlichkeit, dass Álvaro hier in einer türkischen Polizeiuniform steckte, denkbar gering.

Das Licht änderte sich schlagartig. Anna riss den Blick von dem brutalen Geschehen los und erkannte hinter den Nebelschwaden wieder die gegenüberliegende Häuserzeile Ankaras. Während die Straßenschlacht unten weitertobte, hatte sich der Spuk der überlagerten Welten verflüchtigt und hinterließ in Annas übermüdetem Verstand fast so etwas wie Bedauern über eine verpasste Chance. Nur der Staub aus verglühendem Wüstensand und den erodierenden Mauern und Ruinen blieb und tanzte in der Luft.

Wie ein Ertrinkender rang Álvaro um Atem, während seine Gedanken von schwarzen Wogen umspült und überflutet wurden. Er keuchte und wand sich, um die Schwärze loszuwerden, die ihn erstickte, doch zugleich schien er sich nicht zu bewegen. Wenn er seinen Augen trauen konnte, stand er völlig reglos dort, wo der Treppenaufgang in einen der Oberränge des Camp Nou, Heimstadion des FC Barcelona, mündete. Álvaro stand an der Stelle, von der er vor nicht allzu langer Zeit und völlig unvermittelt in eine Wüstenwelt verschwunden war.

Er steckte in einem Körper, *seinem* Körper, ohne den Boden unter den Füßen, die Kleidung am Leib zu spüren. Er sah das Grün des Fußballplatzes und die gefüllten Ränge der Arena vor sich, die in einem weitläufigen Oval in den Himmel wuchsen. Doch die Geräusche der Fans, die mit ihren Mannschaften mitfieberten, hörten sich so dumpf an, als hätte ihm jemand den Kopf unter Wasser gedrückt. Alles, was er spürte, war diese Macht, die ihn beherrschte und in einen Schraubstock zwang, als wäre er in Blei gegossen.

Álvaro versuchte, seine Gedanken zu sammeln: Sein Augenlicht war plötzlich zurückgekehrt, davor war er blind gewesen und *davor* … Er erinnerte sich nur an Bruchstücke zwischen der Wüstenwelt und jetzt. Mit Enzo war er aufgebrochen, um dieses Tor zu untersuchen, von dem das Mädchen gesprochen hatte. Dann hatte Maik ihn verraten, und Álvaro war zwar mit ihm fertiggeworden, aber das Mädchen hatte seine Waffe in die Hände bekommen und ihn am Fuß verwundet. Plötzlich waren alle gekommen, und Maik und seine Jäger hatten ihn gefesselt und durch den Treppenabgang mit unter die Wüstenoberfläche geschleppt. Und dann: Schwärze. Da waren Hände gewesen, die sich um seine Beine schlangen und ihn nach unten zogen.

Wohin? Er hatte geschrien und getreten, und als er die Gesichter zu den Händen erblickt hatte, Dutzende, hatte er sie erkannt.

Die Hände spürte er noch immer an seinem ganzen Körper, doch sie waren fort. Anders als die Gewalt, die ihn nach unten drückte und ihm die Luft aus den Lungen trieb. Und die Kälte, die in sein Innerstes kroch und ihn derart lähmte, dass sein Kampfgeist längst verloren war. Er machte sich unter dieser Macht so klein er konnte.

Der Druck ließ in dem Moment nach, da Álvaro glaubte, er würde zerquetscht. Es fühlte sich beiläufig an, als hätte jemand oder etwas das Interesse an ihm verloren. Álvaro entkrampfte seine Anspannung nur minimal, um keinen weiteren Angriff zu provozieren. Er wimmerte und zitterte wie ein getretener Hund.

Eine ganze Weile blieb Álvaros Blick starr auf Spielfeld und Tribünen gerichtet, und er unternahm keinen Versuch, die Kontrolle über sich selbst zurückzugewinnen. Er spürte instinktiv, dass er das bisschen, was von ihm übrig war, um jeden Preis behüten musste. Er hatte weiß Gott nicht so hart gearbeitet, inmitten dieser Schafherde zu überleben, damit er nun bei seiner Heimkehr den Verstand verlor und krepierte. Maik, alles war Maiks Schuld! Dieser verdammte Idiot hatte Álvaros mühevoll aufgebaute Kontrolle zu genau dem Chaos eskalieren lassen, vor dem Álvaro sich selbst und alle anderen die ganze Zeit über hatte bewahren wollen.

Álvaro zuckte innerlich, als seine Augen plötzlich begannen, sich fremdgesteuert umzusehen. Es war ein unbeschreiblich beklemmendes Gefühl, wie sich sein Blickfeld ohne eigenes Zutun veränderte, und ihm wurde schlecht davon. Er musste zunächst die Stadionkulisse betrachten, dann sah er an sich selbst herab. Er sah den Becher mit Cola in seiner Hand, den er sich in *dieser* Realität eben geholt hatte. Sein Mund zog sich zusammen bei der Erinnerung an das Getränk. Seit zehn Tagen hatte er keinen Zucker mehr geschmeckt. Bier wäre ihm noch lieber gewesen, doch im Camp Nou gab es keinen Alkohol, schon gar nicht bei einem Spiel wie diesem. Der Becher hob sich nicht an seine Lippen, und Álvaro würde für die unwahrscheinliche Aussicht auf einen Schluck Cola keine erneute Attacke auf seinen Verstand riskieren. Er würde nicht riskieren, in seinem eigenen Hirn zerquetscht zu werden.

Álvaro betrachtete seine mitgenommene Uniformjacke. Erst jetzt realisierte er erschrocken, dass er nicht etwa die Straßenklamotten trug, mit denen er verschwunden war. Er hatte noch immer die staubig-grüne Militäruniform am Leib, die er in der Wüstenwelt aufgetan hatte. Sein linkes Hosenbein war auf Knöchelhöhe dunkel durchgeblutet, wo dieses Miststück Anna auf ihn geschossen hatte. Álvaro sah, dass sein Bein zitterte, doch er spürte nichts von dem Schmerz, der davon ausgehen musste. Er freute sich nicht darüber, denn das machte die Situation noch unheimlicher.

Plötzlich wurde es laut im Stadion, so laut, dass es selbst bis zu dem kauernd in sich selbst gefangenen *Comandante* durchdrang.

In-Inde-Independencia

Es war kein Torjubel. Álvaro wusste auch ohne die Möglichkeit, auf die Anzeige zu sehen, dass sie siebzehn gespielte Minuten und vierzehn Sekunden anzeigte.

In-Inde-Independencia

Es schallte von den Tribünen, und für einen Moment war der Fußball auf dem Rasen Nebensache. Bei jedem Spiel gedachten die Katalanen in der achtzehnten Spielminute ihrer Niederlage in der Schlacht um Barcelona vor über dreihundert Jahren, die sie bis heute in ihrem Kampf um Unabhängigkeit befeuerte. Sie hatten allesamt nicht mehr Hirn als die Fans von Real Madrid, die sich ausgerechnet heute in diesen Hexenkessel begeben hatten. Der gescheiterte Versuch Barcelonas, die Unabhängigkeit Kataloniens vom spanischen Staat zu erklären, war noch nicht lange her. Álvaro scherte sich ebenso wenig um die Bemühungen der Separatisten wie um den FC Barcelona. Er war nur hier, weil es von ihm verlangt worden war.

»Hey!«, schrie er aus seiner zusammengekauerten Haltung

in die innere Leere hinein und spürte augenblicklich eine Aufmerksamkeit auf sich, die ihn für sich schon schaudern ließ. Álvaro musste unwillkürlich an eine Schlange denken, die sich nun in aller Seelenruhe den Kiefer aushängen und ihn, die gelähmte Ratte, mit Haut und Haar verschlingen würde. »Ich muss weg hier. *Wir* müssen weg hier.«

Wir? Álvaro kam sich vor wie ein Geisteskranker. Doch was immer ihn da interessiert beäugte, es besaß Macht über ihn, und letztlich war das das Einzige, worauf es ankam.

Álvaro konzentrierte sich auf das Bild einer gaffenden Menge, die um ihn herumstand und auf ihn deutete. Auf *ihn*, den seltsamen Kerl in seiner Verkleidung und mit dem Blut am Bein. Vielleicht hatte ihn sogar jemand beobachtet, wie er in einem Moment in Jeans und Hemd und im nächsten im Kampfanzug dastand.

»Siehst du das?«, keifte er und klang in seinen eigenen Ohren wie ein hysterisches Weib.

Álvaro dachte an Sirenen und Verhöre, die er oft genug erlebt hatte, um sie sich vor Augen zu rufen, und an Zwangsjacken und Betten mit gürtelartigen Fesseln für Arme, Beine und Kopf. Das Bild kam ihm wohl auch deshalb in den Sinn, weil es nahe dran an seiner eigenen Lage war.

Die Reaktion ließ nicht auf sich warten. Álvaro stöhnte auf, als die Kälte erneut in ihn eindrang, ohne die erdrückende Gewalt, doch dafür tief bis in seinen letzten Winkel.

Einmal in seinem Leben hatte ihn sein Arzt wegen einer üblen Blasenentzündung zum Urologen geschickt. Erst nach der dritten Nacht, in der er alle halbe Stunde hatte aufstehen müssen, um ein paar Tropfen von etwas zu pissen, das sich wie flüssiges Feuer anfühlte, war er hingegangen. Er hatte ein paar Tabletten verschrieben bekommen, und das, was folgte, hatte er in eine dunkle Ecke seines Verstands geschoben, von denen es genug gab. Der Arzt hatte ihm den Finger in den Arsch gesteckt, um seine Prostata zu untersuchen, und er hatte es weiß Gott gründlich getan.

Daran musste Álvaro nun denken, als jeder Winkel seines Körpers nach weiteren Bildern wie jenen durchleuchtet wurde, auf die Álvaro selbst sich eben konzentriert hatte. Während er die Zähne aufeinanderbiss, spürte er plötzlich einen Ruck durch den Kanal seiner Wirbelsäule bis hoch in sein Hirn gehen. Sein Kopf schmerzte, als hätte er den Becher kalter Cola in seiner Hand auf einen Zug geleert, und dann war auf einmal die Verbindung da.

Álvaro spürte förmlich, wie sein Verstand angezapft und ausgesaugt wurde, und zugleich bestürmte ihn selbst ein einziges Gefühl: Hunger. Es verdrängte jede andere Regung in ihm, selbst das Entsetzen ob des neuen Herrn über seinen Körper: Er hatte Hunger und die aufgepeitschten Gefühle des ganzen Fußballstadions, das nun wieder seine Mannschaften anfeuerte, versprachen eine reich gedeckte Tafel. Obwohl das Spiel erst torlose zwanzig Minuten zugange war, lagen Wut und Hass zwischen den Anhängern von Barcelona und denen von Real Madrid schon jetzt in der Luft: Vorboten eines Sturms.

Die Kälte glitt aus ihm, und das wenige, das Álvaro noch war, fiel in sich zusammen wie ein Tatverdächtiger nach acht Stunden und ein paar kräftigen Schlägen im Keller des *comissaria*. Die Dunkelheit, die ihn verschlang, war frei von Kälte, und er empfand sie als Gnade.

Als der Nebel sich wieder klärte, war die Szene vor Álvaros Augen eine völlig andere. Dämmerung hatte eingesetzt, also mussten seit dem Spiel mehrere Stunden verstrichen sein.

Der Abend wurde von rauchenden Bengalo-Fackeln erhellt, und in seinem Blickfeld schoben sich Madrilenen durch eine Gasse aus Sicherheitspersonal. Sie reckten die Fäuste und provozierten die Barcelona-Fans mit Fahnen des spanischen Nationalstaats. In Álvaros Rücken schallte es ihnen aus wütenden Kehlen entgegen, nicht als Sprechchor, sondern in einzelnen Ausrufen voller Hass. Álvaro hörte es so dumpf wie die Stadionatmosphäre zuvor:

Puta Madrid! Visca Barça! Visca Catalunya!

Ein Leuchtfeuer segelte eine Rauchspur hinterlassend durch die Luft und in die Menge der Madrilenen hinein. Álvaros Körper bewegte sich auf den Korridor zu, durch den sich die Real-Fans schoben. Als der Blick kurz zur Seite schwenkte, erkannte Álvaro einen schwarzen Ärmel und den blauen Träger einer Weste an sich. Er konnte die Kleidung mühelos zuordnen, die er nun zu tragen schien: eine Uniform der *Mossos d'Esquadra*, den »Jungs der Truppe«. Es war die katalonische Lokalpolizei, der er als V-Mann zuarbeitete. Die Mossos waren bekannt dafür, dass sie keine Probleme damit hatten, sich die Finger schmutzig zu machen. Aber wenn es selbst für die Jungs mit dem schwarzroten Barrett zu dreckig wurde, brauchten sie jemanden, der sich unter die Ratten mischte. Seit Maite vor Jahren aus dem Frauenhaus heraus bei den Mossos über Álvaro ausgepackt hatte, zwangen sie ihn, für sie zu spitzeln. Mittlerweile fand er fast Gefallen an seinen Aufträgen. Doch die Uniform hatte er noch nie getragen, und er fragte sich erstaunt, wie es dazu gekommen war.

Ein anderer Uniformierter nahm Blickkontakt zu ihm auf: Sergio, sein Kontaktmann, wegen dem er überhaupt erst hier war. Sergio war selbst kaum besser als die Kanalratten, die Álvaro ihm brachte. Álvaro ließ ihn oft genug spüren, dass Sergios »Polizeiarbeit« davon abhing, dass Álvaro ihm die Schweine in sein Kellerloch brachte. Sergio nannte es den »Ort der Wahrheit«. Er bearbeitete die Ratten dort so lange, bis er einen Richter davon überzeugen konnte, dass sie weggesperrt gehörten.

Das Feuer in Sergios Augen verriet, dass die Madrilenen nichts Gutes zu erwarten hatten. Sergio war ein glühender Anhänger der Unabhängigkeit.

Mit weiteren Uniformierten und Sicherheitsleuten stoppten sie den Strom der Madrilenen, die sich aufstauten und trotz ihrer Protestrufe zusammengedrängt wurden. Zwei weitere Fackeln flogen in ihre Mitte, und als sie die Hassrufe der Katalanen erwiderten, zückten die Mossos die Schlagstöcke. Álvaro spürte ein Echo des *Hungers*, wenn auch bei Weitem nicht so stark wie zuletzt, als er mit dem Wesen in seinem Kopf verbunden gewesen war. Dann verlor er sich wieder in den Schatten.

Das dritte war das letzte Mal, dass Álvaro zu sich kam. Es dauerte länger, bis er die verschwommenen Bilder zuordnen konnte. Er kam so unvermittelt zu sich, als hätte sein Geist schlagartig einen Sender auf einem rauschenden Radio hereinbekommen. Álvaro konnte nicht sagen, wie viel Zeit verstrichen war. Was er sah, hatte zumindest nichts mehr mit dem Fußballspiel zu tun: Sergios Gesicht war eine Maske des Schreckens. Statt seiner Mosso-Uniform trug er Jeans und eine schwarze Jacke und starrte auf eine Stelle außerhalb von Álvaros Blickfeld.

»Er ist tot«, murmelte Sergio tonlos. »Was hast du *getan*?«

Neonlicht erhellte den Kellerraum, den Álvaro mühelos wiedererkannte. Es war die leere Zelle unter seinem Haus, hinter Vorratsraum und Versorgungskeller, in dem vor der Umstellung auf Gas die Öltanks gestanden hatten. Álvaro hatte Maite ein paarmal hier unten eingesperrt, bevor sie abgehauen war. Es war mindestens so sehr zu ihrem Schutz wie zur Strafe gewesen, denn wahrscheinlich hätte es bald nicht mehr viel von ihr gegeben, das ins Frauenhaus hätte fliehen können, wenn er sie die ganze Zeit über im Haus hätte ertragen müssen.

»Es war nötig«, hörte Álvaro sich sagen, und es klang so perfekt nach ihm, dass er für einen Moment dachte, er habe selbst gesprochen, ohne es zu merken. Álvaro hatte Mühe, überhaupt bei Sinnen zu bleiben, so eng war der Platz, den er in seinem eigenen Hirn noch belegte. Er spürte den Druck von allen Seiten.

»Aber … er war auf *unserer* Seite«, zeterte Sergio. »Ich dachte, du wolltest ihn treffen, um uns zu helfen.«

»Es *wird* helfen«, sagte Álvaros Stimme nüchtern, und er wandte Sergio den Rücken zu.

Álvaro sah etwas auf der anderen Seite des Raums, in der Ecke, in der Maite immer gekauert hatte, wenn er sie nach ein paar Stunden wieder herausgelassen hatte. Es war eine Person auf einem Stuhl, und bei ihrem Anblick gefror Álvaro das Blut in den Adern. Das Kinn des Mannes ruhte auf der Brust, und eingetrocknetes Blut zog Schneisen durch sein Haar und über seine Kopfhaut, wo ganze Haarbüschel fehlten. Álvaro konnte nicht viel von seinem Gesicht erkennen, doch auch das Hemd des Mannes war voller Blut, das aus den Augen, von der Nase und aus dem Mund geflossen sein musste. Seine Arme waren hinter dem Rücken und seine Beine an den Stuhlbeinen festgebunden. Er schien zu Tode gequält worden zu sein, und Álvaro spürte ein Echo von Bedauern von diesem Wesen, dieser Macht ausgehen, die seinen Körper beherrschte. Es bedauerte, dass der Quell von Angst und Grauen auf diesem Stuhl versiegt war, denn nun war der Hunger wieder stärker.

»Du bist ein Psycho«, drang Sergios zitternde Stimme an Álvaros Ohren. »Du warst schon immer ein Psycho, aber jetzt bist du endgültig übergeschnappt … Hände an den Kopf!«

Das Geräusch des Holsters und dann das Klicken der Sicherung verriet Álvaro, dass Sergio die Waffe gezogen hatte und es ernst meinte. Álvaros Körper regte sich nicht, und er fragte sich mit wachsendem Entsetzen, ob er derart ohnmächtig würde bezeugen müssen, wie Sergio ihm endgültig das Licht ausknipste.

»Hast du gehört, Arschloch? Nimm die Hände hoch oder ich verpass dir eine Kugel!«

Álvaros Blick war wie festgefroren. Keine Bewegung. Wenn sein Körper seinem Kopf noch immer gehorcht hätte, dann hätte Álvaros Blase sich in diesem Moment entleert.

»Verdammte Scheiße!«

Ein ohrenbetäubender Schuss explodierte in dem kleinen Raum, und Álvaro, der seinen Körper nicht spürte, wartete im Schock darauf, dass die Welt vor seinen Augen kippen und er zu Boden fallen würde. Er war wie der Fallschirmspringer, der nun Gewissheit hatte, dass sein Rucksack nicht aufging und er auf sein unweigerliches Ende als zerschmetterter Haufen Mensch auf dem Erdboden zuraste.

Doch sein Körper fiel nicht zu Boden. Stattdessen drehte er sich um und blickte in das verblüffte Gesicht Sergios, der seine eigene Waffe anstarrte, mit der er keinen Schuss abgegeben hatte. Sergios Blick sah aus, als wollte er das Geheimnis eines Zauberkünstlers enträtseln.

»*Visca Catalunya*«, flüsterte er, als er begriff, dass er starb. Dann fiel er.

Er kippte vornüber und stürzte einfach durch den Kellerboden hindurch, der plötzlich nicht mehr da war. Álvaros letzter Rest Verstand begriff nicht, wie er eben noch in seinem Keller hatte stehen können. Das war nicht sein Keller: Sergio fiel mit flatternder Lederjacke von einem dünnen Steg ohne Geländer, auf dem auch Álvaro stand, in einen schwarzen Abgrund. Zahllose grüne Lichter leuchteten ihm aus der Finsternis entgegen, und Álvaro wusste, dass etwas an den grünen Lichtern falsch war, aber nicht mehr was. Staub lag in dem unterirdischen Dom in der Luft und wurde durch einen orange glühenden Riss in Álvaros Augenwinkel nach draußen getragen.

Hinter dem Fleck, an dem Sergio eben noch gewesen war, stand ein Junge, den Álvaro sofort erkannte. Er hatte pechschwarze Pupillen und trug statt dem langen, arabischen Gewand nun Jeans und ein viel zu großes weißes T-Shirt mit dem Aufdruck »Alicante is calling and I MUST GO«. Mit beiden Händen seiner ausgestreckten Arme hielt er eine Waffe. Und auch die kannte Álvaro: Es war die Luger, mit der Álvaro selbst diesen Junkie Kyle erschossen hatte. Die Miene des Jungen war steinern, und die Waffe zitterte nicht in seinen Händen. Er zeigte keine Regung darüber, dass er eben einem Mann in den Rücken geschossen hatte.

Kalil, erinnerte sich Álvaro an den Namen des Jungen und hielt sich an dieser Gewissheit fest, als könnte sie ihn davor bewahren, in seiner offensichtlichen Geisteskrankheit zu ertrinken. Kalil stand in seinem Alicante-Touristenshirt im Türausschnitt des alten Tankraums unter seinem Haus und zugleich auf dem Steg über dem Abgrund, in dem Sergio tiefer und tiefer hinabsegelte. Álvaros Körper sah ihm nicht nach, doch er meinte zu spüren, wie sein erschossener Kontaktmann in dem Abgrund unter der Wüstenstadt in der Dunkelheit aufschlug. Dort unten wartete etwas auf ihn – oder jemand. Es war nicht dieselbe Dunkelheit wie die, die in Álvaros Kopf das Kommando übernommen hatte. Was dort unten wartete, war … diffus … wie ein brummender Insektenschwarm oder eine Staubwolke. Das Wesen, das Álvaro kontrollierte, öffnete seine Deckung, als es Kontakt zu dem dort unten aufnahm, und Álvaro *spürte*.

Da war ein alles erfassendes Triumphheulen und schwach darunter sein eigener Körper mit der Schussverletzung am Knöchel, die noch immer dumpf pochte. Doch da war zugleich der Junge, der den Griff der Waffe umklammert hielt und dem der Rückstoß wegen seiner durchgestreckten Ellenbogen bis in die Schultern gefahren war. Álvaro spürte den Boden unter den zwei Paar Füßen, den Puls und die Atemzüge von zwei Herzen und zwei Lungen und dazu noch weitere Körper, die er *besaß*, wie ein Netzwerk, das ihm Signale aus der Ferne schickte. Signale, die jedoch zu vage und verzerrt waren, als dass sie ihm ein so reales Bild hätten liefern können, wie die Wahrnehmung dieser beiden Menschen hier.

Und die Distanz zwischen den Menschen da draußen spürte Álvaro nicht als Leere. Die Welt, in der es so lange gefangen gehalten worden war, hatte begonnen, diese Welt zu durchdringen. Der Sand und Staub, an dem die Dunkelheit haftete wie ein Ölfilm, lag weit verstreut über die Landschaften dieses Erdteils. Der Staub zeichnete Álvaro Umrisse von vielen tausend Städten und abertausend Menschen, von einer Welt aus Fleisch und Blut, Wurzeln und Erde, Stahl und Stein. Mit jedem fallenden Staubkorn wurde das Bild klarer, die Oberfläche genauer abgetastet. Und es gingen Risse hindurch: manche fein wie Menschenhaar, manche klaffende Spalten, die offen durch ganze Gesellschaften führten. Es gab so viele davon, und es würde nichts tun müssen, als sich dort hineinzugraben. Es würde seinen Hunger, seinen Zorn, der, solange es denken konnte, seine ganze Existenz ausmachte, endlich ausleben können. Und es hatte noch einen Trumpf gegen seinen mächtigsten Feind auf der Hand. Einen Pakt, den es soeben besiegelt hatte, mit denen, die dort unten warteten und Sergio in Empfang genommen hatten.

Und dann verschwand das Bild von dem Steg und dem Abgrund so schnell wieder, als wäre es eine bloße Sinnestäuschung gewesen. Álvaros Körper stand gemeinsam mit dem Jungen wieder in dem alten Tankraum. Nur Sergio blieb verschwunden. Und zu Álvaros Entsetzen richtete sich der Blick seines Peinigers auf einmal nach innen. Die Verbindung zu seinem Körper bestand weiter, und so weiteten sich Álvaros Augen tatsächlich vor Schreck. Es war nur für den Bruchteil einer Sekunde, bevor das dunkle Herz zuschlug: Es erstickte mit einem Wimpernschlag die Zuflucht, in die Álvaro seine letzten Überreste gerettet hatte, und löschte den Verstand seines Wirts aus.

Arslan

Wieder Zusammenstöße in Londoner Vororten

Bei einer Demonstration der National Front (NF) kam es am Sonntag zunächst zu mehreren Verhaftungen. In den Abendstunden setzten sich gewaltsame Auseinandersetzungen zwischen NF-Anhängern und Gegendemonstranten fort. Einschränkungen seitens der Polizei hatten eine Eskalation in Vierteln mit hohem Migrantenanteil wie Aldgate eigentlich verhindern sollen. Dort war es schon in den vergangenen Wochen immer wieder zu Krawallen gekommen.

Anschlag in Frankreich noch ohne Bekenner

Auch zwei Tage nach dem Anschlag auf ein Straßenfestival im Stadtkern von Lille gibt es keine Klarheit zu den Hintergründen. Bei den Explosionen von zwei Sprengsätzen war es zu fünf Toten und zahlreichen Verletzten gekommen. Experten gehen von einem islamistischen Hintergrund aus, ein Bekennerschreiben liegt jedoch nicht vor. Der französische Präsident ist mittlerweile von seiner Auslandsreise in die Vereinigten Staaten zurückgekehrt. Der Anschlag von Lille ist seit den Attentaten von Paris der schwerste Vorfall dieser Art in Frankreich und sorgt für Diskussionen im Land. Die Opposition fordert die sofortige Ausweisung sämtlicher illegaler Einwanderer sowie einen

Einreisebann gegenüber Einwohnern aus Herkunftsstaaten mit vermeintlich erhöhtem Terrorrisiko.

Landwirte hoffen und bangen
Nach mehreren, witterungsbedingt schwierigen Jahren hatten die europäischen Bauernverbände in diesem Jahr auf eine Verschnaufpause gehofft, doch die Ernte-Erwartungen scheinen in den letzten Wochen wieder einen Dämpfer bekommen zu haben. Trotz guten Jahresverlaufs liegen die Pflanzen vielerorts in ihrer Entwicklung zurück oder bilden Krankheiten aus. Bauern führen die Probleme auf das Saatgut zurück und erheben schwere Vorwürfe gegen die drei führenden Hersteller von Saatgut und Agrarchemie, die gemeinsam mehr als zwei Drittel des weltweiten Anbaus ausmachen. Von den betroffenen Konzernen gab es bislang keine Reaktion, die Aktienkurse zeigten sich ebenfalls wenig beeindruckt.

Spanischer Student tot aufgefunden
Der Fall um den Studenten Josue Bras, der seit Tagen die spanischen Medien beschäftigt, hat eine dramatische Entwicklung genommen: Nach einigen Tagen der Suche nach dem vermissten Bras, der sich in Barcelona innerhalb der katalonischen Unabhängigkeitsbewegung engagiert hatte, scheint nun seine Leiche gefunden. Bilder des stark misshandelten Bras kursieren seitdem mit Racheaufrufen im Netz. Madrid hat vollste Unterstützung bei der Aufklärung der Gewalttat versprochen, dennoch brannten in der Nacht zahlreiche Autos auf Barcelonas Straßen, und alles deutet auf eine weitere Eskalation hin.

Annas Augen brannten, und ihr Kopf schmerzte. Sie saß gemeinsam mit Nick auf dessen Bett, Seite an Seite an die Wand gelehnt. Draußen wurde es langsam hell, und die kleine Uhrzeitanzeige ihres Handys verriet ihr, dass sie nun schon seit zwei Stunden das Netz nach Meldungen durchstöberte, die irgendwie bedeutungsvoll sein könnten. Krawalle in England, ein Anschlag in Frankreich, wo Chloé und der kleine, schwarze Arthur wohnten. Anna konnte sich nicht einmal erinnern, ob sie die beiden in der Nacht ihrer Heimkehr noch einmal gesehen hatte. Es war alles so schnell gegangen, und sie hatte immer noch die Hoffnung gehabt, ihren Bruder retten zu können.

Bei der Erntewarnung hatte Anna an die welken Blätter überall an den Bäumen gedacht. War ihr das erst in Ankara aufgefallen oder schon in Berlin? Und sie war an einer Formulierung hängen geblieben: »Bauern führen die Probleme auf das Saatgut zurück«. Wenn es dafür Beweise gab, hätte der Artikel sie doch sicher angesprochen. Was, wenn es noch einen Faktor gab, den niemand sah: Staub?

Über die letzte Nachricht mit dem toten katalanischen Studenten war Anna eben erst gestolpert. Es war reines Bauchgefühl, das sie dazu veranlasst hatte, nach der Schlagzeile weiterzulesen. Sie hätte Dutzende weitere Nachrichten herauspicken können: Mordfälle, Anschläge, Umweltschäden, politische Verwerfungen. War diese Flut an Vorfällen *normal*, wenn man davon überhaupt sprechen konnte? Es war viel zu viel, als dass das dunkle Herz überall seine Finger im Spiel haben konnte, und je mehr Anna sich mit den Nachrichten beschäftigte, desto mehr hatte sie das Gefühl, die Welt ersticke schon ganz allein an sich selbst.

»Da ist was«, stieß Nick plötzlich hervor und begann gleich die griechische Meldung zu übersetzen. »In der Nacht zum Dienstag ist es bei einer kurdischen Demonstration in Ankara zu Zusammenstößen mit der Polizei gekommen. Die Ausschreitungen gingen auch nach dem Protestmarsch weiter. Es gab Verletzte auf beiden Seiten und zahlreiche Festnahmen.«

»Das ist alles?«, fragte Anna, als Nick aufsah. Sie hatten angefangen, die Onlinemedien zu durchforsten, um die Hintergründe zu der Szene herauszufinden, die sie beobachtet hatte. Doch weil das zunächst keinen Erfolg gehabt hatte, hatten sie einfach ganz generell nach Auffälligkeiten in den Onlinenachrichten gesucht.

»Ja«, bestätigte Nick, »aber vielleicht kommen noch ausführlichere Berichte. Das ist ja nur die erste Meldung.«

Anna aktualisierte auch ihre Suchanfrage noch einmal. »Ankara, Demonstration, Gewalt«, hatte sie eingegeben, aber es kam nur eine alte Meldung, die die anhaltenden Kriegswaffenlieferungen aus Deutschland an die Türkei kritisierte. Das Wort Ankara wurde in jedem zweiten Nachrichtenbeitrag als Synonym für die türkische Regierung im Allgemeinen verwendet, daher bekam sie jede Menge Suchergebnisse, die mit der Stadt Ankara gar nichts zu tun hatten.

Anna massierte sich mit der rechten Hand die Schläfe. Seit einer halben Stunde hatte sie das Gefühl, ihr Zimmer würde mit jeder Minute, die sie hier saßen, kleiner. Dazu kamen pochende Kopfschmerzen. Sie seufzte und versuchte, alles, was sie in den letzten Stunden gelesen hatte, zumindest für den Moment von sich wegzuschieben. Das Ergebnis war, dass sie an ihre Eltern dachte, die vermutlich selbst die ganze Nacht kein Auge zugetan hatten. Als sie das Handy angeschaltet hatte, war eine Nachricht von ihnen angekommen: »Bitte sag uns, was los ist. Wir machen uns schreckliche Sorgen und warten auf Antwort.«

Ein Grund mehr, Kopfschmerzen zu haben.

»Hier ist noch was«, sagte Nick. »Tote und Verletzte. Eine Demonstration von Anhängern kurdischer Oppositionsparteien hat in der Nacht von Montag auf Dienstag mehrere Opfer gefordert. Laut Teilnehmern der Demonstration waren Sprengsätze zwischen den Menschen explodiert und hatten zu einer Panik geführt. Die Polizei selbst stand für eine Stellungnahme zunächst nicht zur Verfügung.«

»Tote?«, fragte Anna erschrocken. Die beiden Erschütterungen in der Nacht, waren das die Sprengsätze gewesen, von denen hier die Rede war?

»Ja«, antwortete Nick, »warte, jetzt sind schon mehr online.«

Nick überflog noch weitere Artikel und fasste sie dann für Anna zusammen, die die Nachricht von einem Terroranschlag in ihrer unmittelbaren Umgebung erst mal verdauen musste.

Offenbar hatte es tatsächlich einen Sprengstoffanschlag auf die Demonstration gegeben. Die beiden Bomben waren in einem Trafo-Häuschen und in einem Mülleimer am Versammlungsort versteckt gewesen. Bei der Zahl der Opfer gingen die Berichte auseinander. Anna war in der Nacht davon ausgegangen, dass die Demonstranten ihrerseits mit dem Mut der Verzweiflung auf die Polizei losgegangen waren. Nun sah es so aus, als wären sie vom Ort eines Anschlags weggelaufen, nur um auf der Flucht von der Polizei verprügelt zu werden.

»Zu der Kundgebung hatte eine Koalition aus kurdischen Parteien aufgerufen, zusammen …« Nick stockte und wischte dann auf dem Display zurück und wieder vor.

»Was hast du?«, fragte Anna.

»… zusammen mit dem Friedensbündnis ›Das weiße Herz‹«, antwortete er, und Anna meinte im ersten Moment, sie müsse sich verhört haben.

»Das *weiße* Herz?«

»Ich such schon, aber da steht sonst nichts dazu. Nur der eine Satz: ein Bündnis aus kurdischen Parteien, zusammen mit dem Friedensbündnis ›Das weiße Herz‹.«

Anna verfolgte sein Tun auf dem Display und konnte mit den griechischen Buchstaben selbstverständlich nichts anfangen. Es dauerte eine Weile, bis sie wieder klar denken konnte und den Suchbegriff in ihr eigenes Smartphone tippte.

Das weiße Herz, konnte das ein Zufall sein? Oder hatten Elif und Sinan hier schon eine ganze Bewegung auf die Beine gestellt und mit ihrem Namen auf das dunkle Herz angespielt?

Es gab wenig Ergebnisse für Annas Anfrage. Anna scrollte, fand aber nichts, das auf ein Friedensbündnis oder etwas in der Art hindeutete, und versuchte es auf Englisch. Eine Band für christliche Popmusik nannte sich »White Heart«, außerdem gab es Anzeigen für Produkte wie Kerzen in Herzform.

»Hast du was?«, fragte Nick

Anna hatte sich durch die ersten beiden Trefferseiten geklickt und schüttelte den Kopf.

»Nein, gar nichts. Was denkst du, hat das was mit Elif zu tun?«

Nick runzelte die Stirn, und seine braunen Augen wirkten ratlos. »Ich weiß nicht … es *könnte*, so nah, wie das hier war. Aber vielleicht ist es auch Zufall. Ein weißes Herz ist ja kein weit hergeholtes Symbol für eine Friedensbewegung. Denk mal an das rote Kreuz.«

Anna stand auf. Sie hatte langsam genug von diesem Zimmer.

»Ich muss meinen Eltern schreiben«, sagte sie. »Sonst machen sie sich komplett verrückt, wenn sie das mit dem Anschlag mitbekommen.«

»Ja, mach«, stimmte Nick ihr zu. »Vielleicht schreib ich meinen auch mal.«

Anna wollte ihre Eltern nicht noch mehr verängstigen, deshalb schrieb sie für den unwahrscheinlichen Fall, dass sie gar nichts von der Demonstration mitbekämen, nichts von den Ereignissen selbst. Nur, dass es ihr gut ginge und dass sie nach ihrer Rückkehr alles aufklären würde. Sie ließ sich fast dazu hinreißen, regelmäßige Lebenszeichen zu versprechen, aber würde sie das halten können? Wenn sie nun auf der Suche nach Elif oder Sinan nicht dazu kommen würde, dann wäre es umso schlimmer für ihre Eltern und für sie selbst.

Nick las ihr seinerseits die Nachricht an seine Eltern vor. Er schrieb von seinen Tagen in Berlin, als wären sie alle mehr oder weniger wie der Sonntag verlaufen, an dem sie mit Annas Eltern Sehenswürdigkeiten besichtigt hatten. Er beschrieb seinen Aufenthalt so bunt, dass Anna sich für einen Augenblick in diesen Lauf der Dinge hineinversetzen konnte: als wäre das Touristenprogramm von vorgestern nicht nur Fassade gewesen.

Anna sah aus dem Fenster. Es waren bereits wieder Menschen auf der Straße, und kaum etwas erinnerte an die Ereignisse der Nacht. Der Dunst von Tränengas hatte sich längst verzogen, und gegen fünf Uhr früh war ein Fahrzeug der Straßenreinigung vorbeigefahren und hatte mit Hochdruckreinigern den Dreck mitsamt den letzten Blutpfützen beseitigt. Die dampfige Luft hatte auch den Staubsturm draußen ersterben lassen. Nick und sie hatten darüber gesprochen, was das plötzliche Auftauchen und Verschwinden der Wüstenstadt bedeuten mochte, bevor sie mit der Suche nach Meldungen über die Demonstration begonnen hatten. Sie waren nicht auf mehr gekommen, als was bereits Annas Deutung in der Nacht und Nicks ursprünglicher Gedanke gewesen war: Die beiden Welten näherten sich an, die Grenzen wurden schwächer, dünner. Das merkwürdige Gefühl, dass etwas dort draußen sie zu sich rief, schob Anna darauf, dass sie noch halb im Traum gewesen war, als sie ans Fenster getreten war. Was sollte es *drüben* noch für sie geben: Ben war tot, der alte Mann wie auch das dunkle Herz mit ihnen in diese Welt gekommen, und wie es aussah, gab es in der vom Sternenlicht aufgeheizten Wüstenlandschaft ohnehin kein Überleben mehr.

»Lass uns rausgehen«, bat Anna. Die Enge des Zimmers schien ihr ausgefüllt von den düsteren Nachrichten und ihrer eigenen Angst. »Ich kann nicht mehr hier drinsitzen. Solange wir in Blickweite zum Hostel bleiben, können wir Elif nicht übersehen.«

Und wenn Elif das Hotel nie gemeint hatte, sondern etwas anderes an diesem Ort? Die Demonstration? Anna fiel auch für diesen Fall nichts Besseres ein, als sich hier in der Nähe aufzuhalten und zu hoffen, dass Elif sie ebenfalls suchte. Auf ihre beiden Nachrichten hatte sie noch immer nicht geantwortet. Kein Lebenszeichen seit ihrem unheimlichen Hilferuf.

»O. k.«, stimmte Nick zu, »wir sollten auch was frühstücken. Hast du Zettel und Stift?«

Anna hatte keinen, aber sie fanden beides am Tisch der Rezeption, die noch nicht besetzt war, und Nick schrieb zwei Zettel mit ihren Handynummern und dem Hinweis, sich bei ihnen zu melden, falls Elif käme. Einen ließen sie an der Rezeption liegen, den anderen klemmten sie so in den Türspalt zu ihrem Zimmer, dass er nicht zu übersehen war. Sie schickten jedoch keine weitere Nachricht mit ihren Handynummern an

Elif. Sie fühlten sich schon damit unwohl, dass sie im Netz mehr oder weniger ihren Standort hinterlassen hatten, und spätestens nach den Ereignissen der Nacht hatte Anna kein Bedürfnis, einem eventuellen Mitleser zusätzliche Fährten zu ihnen zu legen.

Als sie aus dem maroden Treppenhaus in die Passage und dann auf die Straße traten, überkamen Anna gemischte Gefühle. Einerseits atmete sie auf: Sie spürte erst jetzt, wie sehr die zum Hostel umgebaute Wohnung mit ihrer Enge sie innerlich hatte verkrampfen lassen.

Doch zugleich betraten sie nun die Pflastersteine, auf denen vor wenigen Stunden die Menschen abgefangen und niedergeschlagen worden waren, und Anna meinte einen rötlichen Schimmer wie von Staub und Wüstensand auf dem Boden zu bemerken. Auch wenn das Einbildung sein musste, denn das Reinigungsfahrzeug hatte alles fortgewaschen, schmeckte Anna dennoch den Staub und spürte die Sandkörner, die *drüben* allgegenwärtig gewesen waren: unter der Kleidung, selbst zwischen den Zehen und in den Haaren.

»Hier kriegen wir nur wieder Sandwiches«, sagte Nick nach einem Blick die Straße hinunter. »Sollen wir nicht zum Einkaufszentrum zurückgehen?«

Anna runzelte die Stirn.

»Dann sehen wir Elif nicht, wenn sie kommt.« Doch sie spürte, dass auch ihrem Magen die Aussicht auf eine weitere Weißbrot-Sandwich Mahlzeit nicht gefiel. Und der Gedanke an einen frisch gepressten Fruchtsaft ließ sie ihre Vorbehalte überdenken. Ihre Nachrichten waren eigentlich ziemlich unmissverständlich.

»Hast du gesehen, ab wann die Rezeption besetzt ist?«

Nick sah auf die Uhr seines Handys.

»In ... drei Minuten«, erwiderte er.

»O. k.«, nickte sie, »dann wäre zumindest jemand da, wenn sie kommt und uns sucht. Aber beeilen wir uns trotzdem.«

Auf der Straße herrschte nun schon reger Betrieb, und an

einigen Stellen breiteten Männer und Frauen auf Teppichen mitten auf dem Gehsteig Dinge zum Verkauf aus. Eine Frau verkaufte Häkelsachen und Kopftücher, obwohl Anna nach wie vor kaum Frauen welche tragen sah. Außerdem gab es Klamottenstände, Caps und Schmuck. Von den vielen Polizisten vom Vortag war heute keine Spur zu sehen.

»Als wäre nichts passiert«, sagte sie erstaunt.

»Wenn es jeden Tag Gewalt gibt und Menschen verhaftet werden, ist es vielleicht auch irgendwann Alltag«, antwortete Nick.

Aber die Leute machten auch keinen eingeschüchterten Eindruck auf Anna. Manche strebten der Arbeit zu, manche blieben bei den Verkäufern stehen und unterhielten sich oder hoben etwas von deren Verkaufsteppichen auf, um es zu begutachten. Es wirkte alles vollkommen normal und nicht wie in einem krisengeschüttelten Land, das in der Nacht einen Anschlag erlebt hatte und, wenn man den deutschen Medien glaubte, stramm auf die Diktatur zumarschierte. Anna fragte sich unwillkürlich, ob es in Deutschland kurz vor dem Dritten Reich oder selbst zu dessen Beginn vielleicht ähnlich unspektakulär zugegangen war.

Nachdem sie unter der Eisenbahnunterführung durch waren, hörten die Auslagen der Straßenverkäufer abrupt auf, und bald sahen sie das Einkaufszentrum vor sich. Im hellen Tageslicht hatte die Fassade mit der Aufschrift und dem Symbol aus einem Punkt und der geschwungenen Linie nichts Einschüchterndes mehr, und Anna fand auch ihre Assoziation mit einem starrenden Auge von gestern auf einmal recht abwegig. Sie suchten sich ein Café mit Außenterrasse und bestellten Frühstück. Die Kellnerin kam mit ihrem Englisch mühelos zurecht und brachte ihnen Fladenbrot, lecker duftende Aufstriche, Schafskäse, Oliven und Rührei mit Tomate und Paprika. Anna bekam auch ihren frischen Orangensaft und trank danach wie Nick noch türkischen Kaffee, einen süßen, dunklen Mokka, der himmlisch schmeckte.

Das Frühstück weckte ihre Lebensgeister, und nachdem sie schon ein paar Worte mit der Kellnerin über ihre Herkunft gewechselt hatten, traute sich Anna, auch nach der Demonstration zu fragen.

»Ja, die haben wir hier ständig«, sagte die Kellnerin und schürzte die dunkelrot geschminkten Lippen. »Mal sind es die Studenten, dann die Gewerkschaften, dann die Kurden wie gestern oder die Kommunisten. Habt ihr ein Hotel hier in der Gegend?«

Sie klang ungefähr so, als spräche sie darüber, dass es diesen Sommer besonders viele Mücken gäbe.

»Wir wohnen gleich hier um die Ecke«, antwortete Nick. »Es soll einen Anschlag gegeben haben.«

»Oje«, entgegnete die Anfang Zwanzigjährige und seufzte bedauernd. »Ehrlich gesagt, wer zu so einer Veranstaltung geht, der weiß doch, dass das nicht sicher ist. Ist ja nicht das erste Mal … Aber eigentlich ist das weit weg«, beeilte sie sich plötzlich zu versichern, als hätte sie sich daran erinnert, dass sie mit Touristen sprach, »Islamisten und Kurden und so. Ihr braucht euch deswegen wirklich keine Sorgen zu machen! Vielleicht wär euch ja ein anderes Hotel lieber? Ich geb euch gern Tipps.«

Die Kellnerin lächelte sie an, und Anna erwiderte es leicht verwirrt. Was hätte man auch antworten sollen?

»Nein danke, alles gut«, erwiderte Anna, und dann bezahlten sie.

Anna zog ihre Lira-Scheine aus dem Geldbeutel und wollte die Frau gerade fragen, ob ihr »Das weiße Herz« etwas sagte, da klingelte ihr Handy. Sie hatte es wie Nick auf »laut« gestellt, um sicher keinen Anruf zu verpassen. Zunächst war sie sicher, dass ihre Eltern die Nachricht gelesen hatten und erneut versuchten, sie zu erreichen. Doch das Display zeigte eine lange Nummer mit fremder Vorwahl. Annas Herz klopfte, als sie den Anruf annahm und Nick den Geldbeutel und die Scheine hinstreckte, damit er das Bezahlen übernehmen konnte.

»Hallo?«, fragte sie und fügte rasch hinzu: »Anna Engel?«

Eine unbekannte Männerstimme antwortete ihr stockend.

»Hallo? Ich rufe … von Hostel an. Hier ist jemand für Sie, und ich habe Nummer gesehen.«

»Ist es Elif? Ist Elif gekommen?«, fragte Anna hastig.

Die Kellnerin sah Anna angesichts ihrer Aufregung neugierig an. Nick bezahlte schnell, und daraufhin entfernte sich die Türkin widerwillig von ihrem Tisch, nicht ohne sich noch mal umzusehen.

»Nein, ist Junge«, antwortete der Mann, wenn Anna ihn richtig verstand. Er nannte auch einen Namen, Aslan oder so ähnlich.

»Wir sind gleich da, zehn Minuten«, antwortete Anna.

»Er wartet hier«, bestätigte der Mann und hängte auf.

Anna fasste das Gespräch für Nick zusammen, während sie aufsprangen und die Beine in die Hand nahmen. Sie bewegten sich fast so schnell durch die Menschen wie damals, als Anna den Geistesblitz gehabt hatte, dass sie Faní in der Kirche zum Guten Hirten finden würden.

»Du glaubst nicht«, wandte sich Nick im Laufen zu ihr, »du glaubst nicht, dass es *der* Junge ist, oder?«

Anna wusste sofort, wen er meinte. Sie hatte das Bild des arabischen Jungen von *drüben* mühelos vor Augen. Sie war gemeinsam mit ihm in der Wüstenlandschaft aufgetaucht, und er hatte ihr bei der ersten Gelegenheit das Handy gestohlen und sich später bereitwillig unter Álvaros Handlanger eingereiht. Als sich das dunkle Herz kurz vor ihrer Heimkehr unter der Stadt erhoben hatte, da hatte der Junge in dem langen Hemd plötzlich Álvaros Pistole in der Hand gehalten, die Anna zuvor noch in die Wüste hinausgeschleudert hatte. Er hatte dort unten wild um sich geschossen, vielleicht aus Panik, vielleicht verwirrt von den Bildern, die die Dunkelheit heraufbeschworen hatte. Auf jeden Fall war so ein weiteres Kind in die Tiefe gestürzt. Ob der Junge es unversehrt nach Hause geschafft hatte? Ob er die Waffe hatte mitnehmen können? Wenn sie selbst mit allem, was sie bei sich trugen, nach *drüben* gelangt waren, würde das vermutlich auch andersherum funktionieren.

»Ich hoffe nicht«, erwiderte Anna knapp. Sie würden eben vorsichtig sein müssen, sagte sie sich, auch wenn das ziemlich leere Worte waren. Allein schon mit der Entscheidung, nach Ankara zu kommen, war *Vorsicht* in weite Ferne gerückt.

Als sie wieder unter der Eisenbahnbrücke durchkamen, achtete Anna darauf, ob sich etwas anders anfühlte. Sie spürte die eigene Nervosität, vielleicht Angst, ja, aber weder Kälte noch die auflebenden Schatten ihrer Erlebnisse mit dem dunklen Herzen. Darauf konnte man sich natürlich nicht verlassen, aber Anna wertete es zumindest als gutes Zeichen.

»Soll ich vielleicht alleine hochgehen, und du wartest unten und beobachtest die Straße?« fragte Nick schwer atmend, als sie sich der Passage mit dem Hostel näherten.

Anna ergriff seine Hand und sah die Angst um sie in seinen Augen. Sie mochte sich nicht vorstellen, wie es ihr ginge, wenn sie Nacht für Nacht die Leichenreihen ihrer liebsten Menschen abgehen müsste. Und gleichzeitig spürte sie fast so etwas wie Schuldgefühle ihm gegenüber. Er hatte gesagt, das dunkle Herz habe ihn dort gepackt, wo er am verwundbarsten sei: an seiner Liebe zu ihr. Weder auf ihrem Heimweg durch die Dunkelheit noch in ihren Albträumen war es umgekehrt bisher um Nick gegangen, und als es ihr noch darauf angekommen war, Ben zu retten, hatte sie ihn einfach zurückgelassen.

»Wir bleiben zusammen«, sagte sie mit fester Stimme. »Uns passiert nichts. Wir holen Elif und Sinan und hauen so schnell wie möglich wieder ab von hier!«

Nick drückte ihre Hand, und dann wandten sie sich gemeinsam der Passage zu.

Es war nicht der Junge aus Álvaros Gefolge. Und Anna verlor auch auf den ersten Blick jede Angst, dass er eine Waffe tragen und ihnen etwas antun könnte. Der vielleicht Zehnjährige stand vor dem Rezeptionstisch. Dahinter sprang ein Mann auf, als Anna und Nick aus dem Treppenhaus durch den leeren Türrahmen ins Hostel traten. Er war klein und hatte einen runden Kopf mit spärlichem schwarzem Haar, das ihm in krausen Büscheln vom Kopf stand. Anna erinnerte er vor allem wegen seiner Statur an Lev.

»Ah … Hallo!«, rief er ihnen zu.

Der Junge trug beigefarbene Shorts und ein T-Shirt mit bunten Querstreifen. Seine Segelohren standen weit vom Kopf ab, und seine kurzen Haarstoppel unterstrichen das noch. Er redete in hastigem Türkisch auf den Mann ein, als er sie kommen sah, doch der beachtete ihn gar nicht.

»Ich habe Zettel gefunden«, sagte er begeistert und hielt ihnen das Blatt Papier mit ihrer Nachricht und den beiden Handynummern entgegen. Nick hatte die Geistesgegenwart besessen, bei Anna die deutsche und bei sich selbst die griechische Vorwahl zu ergänzen. »Ich nix lesen Englisch, aber Junge kommt und sagt, er sucht Mädchen und Jungen, und Frau sagt, ihr kommen gestern Abend und sucht selbst Mädchen, also ich habe angerufen.«

Der Junge unternahm wieder einen Versuch auf Türkisch und sah Anna und Nick dabei mit großen Augen an. Augen, die Anna mit ihrem Dunkelbraun an Elif erinnerten.

»Ja, ja«, erwiderte der Mann gegenüber dem Jungen und brachte ihn dann mit zwei türkischen Sätzen zum Schweigen. Danach wandte er sich wieder ihnen zu.

»Also, ich versuche: Der Junge ist Arslan und ist Bruder von diese Freundin Elif«, bestätigte er Annas Verdacht. Der Junge musste etwa fünf Jahre jünger sein als Elif. »Er sagt, er will euch … er will … wie ist das Wort?«

»Abholen?«, versuchte Anna, den Prozess zu beschleunigen, während der Junge völlig hibbelig von einem Bein auf das andere trat.

»Ja, will abholen.« Aber er schien noch nicht zufrieden. »Will euch mit Elif zusammen … Entschuldigung, mein Englisch ist schlecht.«

»Er will uns zu Elif bringen?«, fragte Nick.

Die Augen des Mannes leuchteten auf. »Zu Schwester bringen! Genau, Junge sagt, er will euch abholen und zu Schwester bringen. Ist verstanden? Ist gut?«

Er war sichtlich mit sich zufrieden, als Anna und Nick das bejahten und sich bedankten. Als er dem Jungen mitteilte, dass sie Bescheid wüssten, rannte dieser sofort los.

»Yallah, yallah!«, rief er dabei, und der Mann warf ihm noch einen tadelnden Satz auf Türkisch hinterher, während Anna und Nick sich an seine Fersen hefteten.

Sie stürzten die Treppen hinunter, und der Junge bog sofort ab, als sie aus der Passage kamen, ohne sich nach ihnen umzusehen. Der Weg führte weg vom Einkaufszentrum und endete nach wenigen Hundert Metern im Laufschritt an einer Straße mit heftigem Verkehr und drei Spuren in beide Richtungen. Nachdem er sich kurz versichert hatte, dass sie ihm noch folgten, rannte Arslan durch ein winziges Nadelöhr zwischen den vorbeirauschenden Autos. Dann wandte sich Elifs Bruder nach links, um die große Straße weiter entlangzulaufen.

»Warte«, sagte Nick konzentriert, und Anna dachte, er meine Arslan. Doch sie täuschte sich. »JETZT!«

Er zog sie mit, und Anna hielt überrumpelt Schritt, während sie selbst die Straße überquerten. Sie rannten, was ihre übermüdeten Körper hergaben, und erreichten die andere Seite, ehe ein hupender alter VW-Bus sie erfassen konnte. Den Weg auf die Bremse schien der Fuß des Fahrers nicht gefunden zu haben, und so brüllte Nick ihm wüste Beschimpfungen hinterher.

Elifs Bruder war ihnen schon hundert Meter voraus, und obwohl Annas Lunge vor Anstrengung und Abgasen brannte, hielt sie das hohe Tempo aufrecht.

Zu ihrer Rechten tauchten nun einige Kioskstände mit bunten Vordächern auf, und die große Straße verschwand zu ihrer Linken in einem Tunnel nach unten. Bald gelangten sie zu einem kleinen Platz mit Marktständen, doch der Junge bog nach rechts in eine Seitenstraße ab, bevor sie den Markt erreichten. Er rief ihnen wieder dieses Wort zu, dessen Sinn Anna mittlerweile erahnen konnte.

»Yallah!«

Doch Anna konnte nicht schneller. Ihre Seiten schmerzten wie von Messerstichen, und die Sonne brannte heiß, obwohl es erst Vormittag war.

An der Biegung, wo Arslan in die Seitenstraße abgetaucht war, begann ein Wohngebiet, in dem Bäume die Straße säumten. Sie hatten einen Großteil ihrer Blätter verloren, und was noch an den Zweigen hing, war gelblich oder bräunlich. Es reihte sich in Annas Eindrücke entlang des Weges ein: das wenige Grün, das es im trockenen und heißen Sommer Ankaras aushielt, schien zu kämpfen. Staub sah Anna kaum in der Luft, und doch war dort wieder der bohrende Gedanke, ob das dunkle Herz bereits begonnen hatte, ihre Welt zu zerstören. Wenn es so war, wie sollten sie *dagegen* ankämpfen?

Anna hatte keine Gelegenheit, weiter darüber nachzudenken, denn in diesem Moment betrat der Junge endlich einen Vorgarten, und das Gefühl der Erleichterung durchströmte augenblicklich Annas ganzen Körper.

Sie liefen an einer Garagenauffahrt vorbei, die zum selben einstöckigen und ockergelb gestrichenen Haus gehörte wie das offene Metalltor, durch das Arslan verschwunden war. Der Farbton des Hauses erinnerte Anna an den Himmel über der Wüstenstadt, der schon bei ihrer Ankunft einen surrealen Eindruck auf sie gemacht hatte.

Anna musste sich erst mal ein paar Sekunden am schmiedeeisernen Metall des Tors festhalten. Ihre Finger schmerzten von den heißen Gitterstäben, auf die die Sonne knallte, doch Anna hielt es aus: Sie brauchte die Stütze und beugte sich vornüber, um ihren Oberkörper zu entlasten, der sich weiter heftig hob und senkte. Am liebsten hätte sie sich zu Boden sinken lassen, um nach der Höllentour wieder zu Atem zu kommen, doch Elifs Bruder erschien an der Haustür, die durch einige steinerne Treppenstufen von dem Tor zur Straße zurückversetzt war. Er rief ihnen ein paar einpeitschende Worte auf Türkisch zu, doch das Einzige, das Anna wirklich wieder in die Gänge brachte, war Elifs Name dazwischen.

Sie machte sich an die Stufen und versuchte, dabei die rechte Seite zu entlasten, wo die stechenden Schmerzen nach der ganzen Tortur am schlimmsten waren. Nick kam an ihre Seite, und gemeinsam traten sie durch die große braune Haustür.

Dahinter wartete ein dunkler Eingangsbereich auf sie, der in ein Wohn- und Esszimmer mündete. Arslan war schon wieder verschwunden, und so sahen sich Anna und Nick alleine um. Der Boden war bis ins Haus hinein gefliest, und unter einem ovalen Esstisch mit Glasplatte lag ein Perserteppich. Holzregale mit Büchern, Häkeldeckchen und kitschigen Glasfiguren standen an den Wänden. Hinter dem Essplatz gab es einen offenen Durchgang zur Küche, und zu ihrer Linken führte ein schmaler Gang zu weiteren Zimmern. Es war totenstill im Haus.

»Elif?«, rief Anna mit klopfendem Herzen. Sie hielt sich an Nicks Arm fest, als ihr für einen Moment schwindlig wurde, wohl immer noch von der Anstrengung. Im Haus war es deutlich kühler als draußen, und Anna spürte den Schweiß in ihrem Gesicht und auf den Armen.

Arslan antwortete aus dem Gang auf ihren Ruf, und seine Ungeduld war ihm deutlich anzuhören. Nick und Anna tauschten einen unsicheren Blick und folgten seiner Stimme. Es zweigten jeweils zwei Türen nach links und rechts ab, und die hintere linke stand offen. Arslans Gesicht mit den Segelohren erschien, und er winkte sie heran.

Obwohl die Fenster nur von leichten Vorhängen verdeckt wurden, nämlich scheußlichen altrosa Tüllrüschen wie aus einem anderen Jahrhundert, wirkte das Licht in dem Raum ebenso gedämpft wie im Esszimmer. Es musste Elifs Jugendzimmer sein, und sie selbst lag in einem riesigen Bett, vielleicht einem ausrangierten Ehebett, das den Raum zur Hälfte ausfüllte. Wo üblicherweise die Nachtkästchen standen, ragten zwei Schränke auf, mit angepinnten Fotos von Elif mit ihren Freundinnen. Die hohen Schränke verstärkten den verlorenen, zerbrechlichen Eindruck, den Elifs ausgemergelte Gestalt in dem Bett machte.

Anna fehlten die Worte, als sie ihre Freundin dort mit halb geöffneten, flackernden Lidern liegen sah. Ihr sonst hübsch gebräunter Hautton war aschfahl und ihr Gesicht gerahmt von dem langen schwarzen Haar, das stumpf und matt auf dem Kissen lag. Es mochte am Licht liegen, aber Anna meinte sogar eingestreutes Grau in den Strähnen zu erkennen, und das an einem Mädchen, das zwei, allerhöchstens drei Jahre älter sein konnte als Anna selbst. Elifs Lippen zitterten, bewegten sich, murmelten irgendetwas und verstummten dann wieder, ohne vollends zur Ruhe zu kommen. Und das in einem ständigen, unrhythmischen Kreislauf. Ihr Bruder kauerte an ihrem Bett, hielt ihre Hand und redete leise auf sie ein.

»Elif«, stieß Anna hervor und löste sich aus ihrer Erstarrung, um zu Elif ans Bett zu stürzen. Nick ging neben Elifs Bruder in die Hocke.

Elifs Kopf war in ihre Richtung geneigt, doch die Pupillen unter den halb geschlossenen Lidern wanderten mal hierhin, mal dorthin, als suchte sie blind im Dunkeln.

Arslan sah Anna traurig an. Elif musste ihm den Auftrag gegeben haben, sie abzuholen, aber wann? Wie lange befand sie sich schon in diesem Zustand? Immerhin hatte sie Nick und ihr vor wenigen Tagen noch Nachrichten geschrieben.

Elif murmelte weiter auf Türkisch, bis sie mit einem Mal die Augen schloss und stockte. Ihr Bruder lehnte sich erschrocken zu ihr vor, und Nick ergriff nun Elifs Hand.

»Sie ist ganz kalt«, murmelte Nick Anna zu, und als Anna ebenfalls ihre Hand auf Elifs legte, spürte sie es auch. Die Finger glichen Eiszapfen. Anna streichelte die Hand vorsichtig.

»Kalt«, entwich es Elifs Lippen, und Anna zuckte zusammen. »Überall …«, flüsterte Elif, »… keine Luft … kann nicht …«

Arslans Blick huschte aufgeregt zwischen seiner Schwester und den beiden Ausländern hin und her, als könnten Nick und Anna ihm Elifs Worte übersetzen.

»Elif, hörst du uns?«, antwortete Nick, während Anna die Worte fehlten. Sämtliche Härchen in ihrem Nacken hatten sich aufgestellt, denn es war nicht lange her, dass sie jemanden auf exakt dieselbe Art und Weise hatte reden hören. »Wir sind für dich gekommen. Wir wollen helfen!«

Die Lider von Elifs Augen erhoben sich um Millimeter, und ihre Lippen verkrampften sich dabei, als müsste sie zentnerschwere Gewichte stemmen. Ihr kleiner Bruder machte einen Schritt zurück, und sein Blick wanderte zur Uhr neben der Tür.

Anna schauderte, als sie Elifs Pupillen aus der Nähe sah. Sie hätte ihre Hand dafür ins Feuer gelegt, dass sie vom selben Braunton gewesen waren wie Arslans, doch Elifs Pupillen waren viel dunkler, fast so schwarz wie ihr strähnig-wirres Haar.

»Elif, ist es … spürst du es?«, fragte Anna und musste jedes Wort dem Kloß in ihrem Hals entringen. Bens Stimme unter der Wüstenoberfläche hatte so geklungen wie Elif jetzt. Und das war nicht lange gewesen, bevor er endgültig verstummt war.

Sie spürte selbst nichts von der Kälte außer an Elifs Fingern, nichts von der Dunkelheit außer in Elifs Augen, und doch war es so präsent wie in ihren Träumen. Es fesselte Annas Füße an den Boden, raubte ihr die Luft zum Atmen und nahm ihr die Stimme, und auch wenn sie es Angst, Verzweiflung, Sorge nennen konnte: Es war das dunkle Herz.

Arslans Stimme meldete sich wieder zu Wort. Anna verstand nichts von dem, was er sagte, doch sein Tonfall war nicht nur gehetzt, wie sie die ganze Zeit über gedacht hatte, sondern verzweifelt. Sein Blick huschte wieder zur Uhr, und auf einmal hörten sie die Eingangstür ins Schloss fallen. Arslan riss die Augen auf. Er stürmte sofort aus dem Zimmer, und als Nick zu einem »Hey, was …?« ansetzte, erschien Arslans Kopf wieder im Türausschnitt, und er zischte Nick kopfschüttelnd an und schloss die Tür. Schritte waren vom Esszimmer zu hören, dann eine Frauenstimme auf Türkisch.

Plötzlich traf etwas Anna am Arm, und sie wandte sich erschrocken wieder dem Bett zu. Elif hatte die Hand, die sie nicht hielten, buchstäblich in Annas Richtung geworfen, und ihr Griff glitt schon wieder wie gelähmt von Annas Arm ab. Elifs Kopf hatte sich nicht bewegt, und ihre Stimme bebte vor Anstrengung.

»Sinan ist … ich konnte nicht … ihr müsst helfen.«

Schweißperlen standen auf der Stirn der hübschen Türkin, die gezeichnet war von ihrem inneren Kampf.

»Wie?«, presste Anna hervor. »Wie können wir dir helfen, Elif? Und wo ist Sinan?«

Doch das Murmeln wurde schwächer, und Anna musste sich mit dem Ohr zu ihrem Mund herabbeugen, um überhaupt etwas zu verstehen.

»Toz Gülü …«, verstand Anna, doch es war undeutlich. Sie dachte schon, Elif sei in Türkisch zurückgefallen. Nicks Hand legte sich auf ihre Schulter, doch Elifs Lippen bewegten sich wieder.

»Jemand kommt«, sagte Nick nervös.

»Schhh!«, machte Anna und beugte sich noch tiefer zu Elif hinunter.

»… er ist … unter der Stadt …«

In diesem Moment öffnete sich die Tür, und eine Frau kam herein. Sie hatte ein bulliges Gesicht mit vorgewölbter Stirn und fleischigen Wangen, und ihr schwarzes Kopftuch verstärkte diesen Eindruck noch.

Anna richtete sich auf und prägte sich Elifs Worte fieberhaft ein: *Toz Gülü, unter der Stadt*. Wurde Sinan dort gefangen gehalten?

Die Frau hob erst den Blick, als sie schon im Raum stand, und erstarrte, als sie Anna und Nick vor sich sah. Das Glas fiel klirrend vor ihre Füße und vergoss seinen Inhalt, doch es zerbrach nicht, da es auf seinem dickwandigen Boden aufgekommen war.

Die Hautfarbe der Frau war dunkler als die von Elif, und Anna hätte sie nicht gleich als Elifs Mutter erkannt, denn die Ausstrahlung der beiden hätte kaum verschiedener sein können: Elif war ihnen gegenüber von Anfang an offen gewesen und hatte unter Álvaros Augen und Herrschaft Nerven aus Drahtseilen bewiesen, dagegen wirkte der Gesichtsausdruck ihrer Mutter sofort feindselig. Sie trug ein weites schwarzes Gewand, das Anna auch von muslimischen Frauen in Deutschland kannte, und war barfuß. Umso mehr wurde Anna sich ihrer und Nicks Straßenschuhe bewusst, die sie an den Füßen hatten.

Die Frau stammelte erst wenige Worte auf Türkisch, und dann wurde sie laut. Nick wich einen Schritt zur Wand zurück, doch Anna hielt noch immer Elifs Hand und wollte sie nicht loslassen, auch wenn der aggressive Tonfall und die laute, herrische Stimme ihre Ohren klingeln und sie innerlich verkrampfen ließen.

Arslan huschte hinter der Frau ins Zimmer, auch er nur noch in Strümpfen, und begann selbst auf seine Mutter einzureden, doch sie beruhigte sich nicht. Im Gegenteil: Sie wurde noch lauter, und nach einem kurzen Wortwechsel gab sie ihm eine schallende Ohrfeige, bei der Anna zusammenzuckte. Arslan machte zwei Schritte zurück, hielt sich die Wange und begann loszuheulen.

»Hey«, sagte Nick und klang selbst erschrocken. »Wir sind Freunde von Elif. Bitte beruhigen Sie sich, wir wollen nichts Böses.«

Der Blick der Frau ruckte zu ihm herum, und die Zornhöcker über ihren Augen, die sie von Natur aus zu haben schien, wölbten sich noch weiter auf. Sie rief etwas über Arslans Heulen hinweg, wieder auf Türkisch, doch Anna hatte dieses Mal nicht das Gefühl, dass es ihnen galt. Sie konnte sich kaum regen, trotz des Adrenalins, das sie durchflutete. Sie fühlte sich wie ein hilfloses Tier in der Falle, ertappt in einem fremden Haus inmitten eines fremden Landes, zur Rede gestellt in einer fremden Sprache.

Ein Mann stand plötzlich in der Tür. Sein Gesicht ließ nicht erahnen, was er angesichts der Szene dachte, aber er hatte die ruhigen tiefbraunen Augen, die er seinen Kindern vererbt hatte, auch wenn die Pupillen seiner Tochter sich auf unheimliche Weise verdunkelt hatten.

Elifs Mutter gestikulierte wild in Richtung des Mannes, deutete auf Anna und Nick und dann auf Arslan und schimpfte weiter auf Türkisch. Elifs Vater setzte eine ernste Miene auf und sprach mit ihr, und endlich legte sich zumindest ein Teil des Orkans. Nach einem Wortwechsel, den Anna und Nick schweigend verfolgten, nahm Elifs Mutter den immer noch heulenden Arslan am Arm und schob ihn hinaus aus dem Zimmer. Sie selbst ging ebenfalls an ihrem Mann vorbei, nicht ohne Anna und Nick noch einen wütenden Blick zuzuwerfen.

»W-Wir wollten Sie oder Ihre Frau wirklich nicht erschrecken«, stammelte Anna, als die furchteinflößende Frau den Raum verlassen hatte. »Elif hat uns gebeten zu kommen, und Arslan hat uns hergeführt.«

Anna betete, dass der Mann in dem weißen Hemd und der dunklen Weste Englisch sprach oder zumindest verstand.

Er warf einen Blick auf seine Tochter, deren Lippen zur Ruhe gekommen waren, und in seinen Augen lag eine Traurigkeit, dass Anna ein tiefer Stich ins Herz fuhr. Dann wandte er sich wieder ihnen zu und musterte sie von oben bis unten. Endlich antwortete er.

»Ich habe gehört, dass ihr gesagt habt, ihr seid Freunde meiner Tochter?«

Er hatte einen Akzent, aber er drückte sich gewählt aus und war mühelos zu verstehen. Sie nickten.

»Ihr sprecht gar kein Türkisch, oder?«

»Nein«, erwiderte Anna.

Sie standen alle weiter wie angewurzelt am selben Fleck.

»Für Studenten seid ihr zu jung, also was seid ihr? Diplomatenkinder? Austauschschüler? Was macht ihr hier, und woher kennt ihr meine Tochter?«

Es lag Schärfe in seinen Worten, aber anders als seine Frau schien man zumindest mit ihm reden zu können. Anna wusste, dass es keinen Zweck hatte, ihm irgendetwas vorzumachen.

Zum einen würde er mühelos enttarnen können, dass sie nichts über Ankara wussten, zum anderen konnte Elif schon alles Mögliche erzählt oder von sich gegeben haben.

»Wir leben nicht in der Türkei«, erwiderte sie. »Wir sind gekommen, als wir Elifs Nachricht bekommen haben. Wir waren zusammen ... vor ein paar Wochen, bevor ...«

Annas Blick streifte das Bett, und sie spürte, wie sich Tränen in ihren Augen sammelten. Waren sie für Elif zu spät gekommen? Sie riss den Blick los und sah die Hände des Mannes, die an den herabhängenden Armen zu Fäusten geballt waren. So sehr, dass sie wie Elifs Lippen vor Anspannung leicht zitterten und dass die Knöchel weiß hervortraten.

»Was habt ihr ihr gegeben?«

Anna erkannte, dass er sie nicht mehr ansah, sondern an ihnen vorbei die Wand anstarrte. »Wie habt ihr sie dazu gekriegt, es zu nehmen? Ich kenne meine Tochter, sie nimmt keine Drogen!«

»Wir ... haben ihr nichts gegeben«, entgegnete Anna erschrocken. »Es gab keine Drogen. Es ist etwas anderes ...«

Anna suchte nach Worten, etwas zu erklären, was man diesem Mann nicht würde erklären können.

»Wir sind zusammen entführt worden«, half Nick. »Wir mussten uns selbst nach Hause durchschlagen, und dabei muss Elif etwas passiert sein. Etwas Böses, das uns verfolgt hat, muss sie erwischt haben.«

»Etwas Böses.« Seine Stimme hob sich nicht, aber sie zitterte wie seine Fäuste. »Du glaubst, du kannst mir Märchen erzählen, weil wir eine gläubige Familie sind? Über mich lachen? Ihr vergiftet meine Tochter, kommt in mein Haus und beleidigt mich?«

Vom Bett kam ein Stöhnen. Anna sah die Pupillen jetzt unter Elifs Lidern umherhuschen, als träumte sie. Sie wäre gern zu ihr gegangen und hätte ihre Hand genommen, aber sie wollte Elifs Vater nicht noch mehr erzürnen.

»Sie ist doch sicher von einem Arzt untersucht worden«, bemühte sich Anna, ihn von den Drogen abzubringen. »Man *kann* nichts festgestellt haben. Lassen Sie uns doch erklären, was wirklich passiert ist!«

»Ja, sie ist untersucht worden«, flüsterte der Mann fast. »Und nein, sie konnten nicht sagen, was es ist. Das weißt du wohl, sonst wärst du gar nicht hier aufgetaucht, du kleine ausländische Hure.«

Die Beleidigung aus dem Mund des schmerzerfüllten Mannes war ein Peitschenschlag für Anna. Schlimmer, als wenn seine Frau sie noch stundenlang angeschrien hätte.

Nick griff nach ihrer Hand. Sie spürte, was er wollte, und wollte es auch: Nur weg von hier. Aber Elif brauchte sie, und wenn sie jetzt gingen, ohne die Dinge richtigzustellen, wie sollten sie dann zurückkehren, um ihr zu helfen? Es musste doch irgendjemanden, irgendetwas geben, das ihnen zu Hilfe kommen würde. Verzweiflung schnürte ihr die Kehle zu, und ihre Augen füllten sich wieder mit Tränen.

»Ihr lasst mein Mädchen auf der Straße zurück«, fuhr Elifs Vater fort, obwohl Anna sich nichts sehnlicher wünschte, als dass er schweigen möge. »Ihr lasst sie liegen, völlig verwahrlost und dem Tod näher als dem Leben, und dann traut ihr euch zurückzukommen. Wenn ich die Polizei rufen könnte, würde ich es tun, wie meine Frau es von mir fordert. Aber das kann ich nicht, ohne meine Familie in Gefahr zu bringen. Wusstet ihr das? Wahrscheinlich schon, sonst hättet ihr wohl kaum riskiert, zu kommen. Schämt euch!«

Er spuckte vor ihren Schuhen auf den Fliesenboden aus, und es war, als hätte er Anna ins Gesicht gespuckt. Sie fühlte sich auf einmal am ganzen Körper besudelt. Nick zog sie mit sich, und Anna ließ es geschehen.

Der Kampf hier war vorüber, noch bevor er begonnen hatte. Der Mann ließ sie gewähren. Er regte sich überhaupt nicht, bis auf das Beben seiner Fäuste, die er wohl nur mit Müh und Not zurückhielt. Und Anna traute sich nicht einmal, einen letzten Blick auf Elif zurückzuwerfen.

Post

Peter starrte in die Flammen hinter dem Fenster seines Zuhauses und war wie benebelt. Sein Kopf fühlte sich so leicht an wie ein heliumgefüllter Luftballon, dessen Schnur gerissen war und der unkontrolliert zum Himmel schweben würde.

»Wenn sie kapieren, wer du bist, kassieren sie dich ein«, flüsterte eine Stimme an seinem Ohr.

Er bekam kaum Luft, obwohl er spürte, dass er heftig atmete und sein Puls flach und schnell ging. Peter wusste, dass die Stimme Eric gehörte, doch es hätte Krusty, der Clown, sein können, und Peter hätte sich auch nicht nach ihm umgedreht. In dem Augenblick, da er die Szene überblickt hatte, war sein Horizont von den großen Zusammenhängen auf kleine Schritte geschrumpft. Er sah den nächsten Schritt vor sich: Er wollte zu dem Krankenwagen und dort den Sanitäter von seiner Mutter herunterzerren, der auf ihrem Brustkorb herumgehämmert hatte. Er wollte die Feuerwehrleute verjagen und nach und nach alles aus diesem Bild entfernen, das *falsch* war, das nicht in sein Leben gehörte. Peter setzte sich gerade in Bewegung, als eine Hand ihn am Arm packte und an Ort und Stelle hielt.

»Sie wird sterben«, sagte Eric mit einer Stimme, die keinen Zweifel zuließ. »Und du wirst allein sein, wenn du ihr nachgehst. Sie werden dich in irgendein Heim stecken, und du wirst allein sein. Du weißt, was mein Vater mit mir gemacht hat. Das machen sie dort mit dir.«

Eric drehte ihn mit erstaunlicher Kraft zu sich herum, und Peter konnte nicht anders, als ihn anzusehen. Woher sollte Eric wissen, dass sie sterben würde, protestierte etwas in ihm, und zugleich glaubte er Eric. Peter wusste nicht, wie das sein konnte, aber Eric sagte die Wahrheit. Der kleine Junge in ihm protestierte, dass er doch in keinem Heim landen konnte, solange sein Vater noch lebte, aber auch das wusste er besser. Der Peter, der den Tod von Pan und den Tod von Eric, der nun vor ihm stand, überwunden hatte, ohne den Verstand zu verlieren und ohne aufzugeben, wusste es besser. Der Peter, der überlebt hatte, verstand, dass kein Jugendamt, das einmal anfing, in seiner traurigen Lebensgeschichte zu wühlen, ihn mehr aus der Hand geben würde, bevor er volljährig war. Und dieser Peter wusste auch, dass er in keinem Heim sicher sein würde: Die Geschichten gingen so lange um, wie Peter zurückdenken konnte. Selbst bei ihnen in der Stadt war vor ein paar Jahren ein Heim geschlossen worden. Die Kinder dort hatten hart arbeiten müssen, waren geschlagen worden und andere Dinge mehr. Aber einen Aufschrei hatte es erst gegeben, als ein Hund einen Kinderknochen aus dem Abwasserkanal geholt und man zu graben begonnen hatte. Ein Bagger hatte schaufelweise Überreste aus dem Kanal gegraben. Dutzende Kinder aus jahrzehntelanger Heimtradition in einer Massengrab-Kloake.

Peters Wille brach. Wenn er auch nur einen weiteren Schritt auf sein brennendes Zuhause zu machte, dann konnte es sein letzter in Freiheit sein.

»Komm mit«, sagte Eric, und es schlich sich fast so etwas wie ein schiefes Lächeln auf sein Gesicht, während Peter sich hastig umsah. Dort stand die Nachbarin am Fenster. Hier waren Sally und Greta Myers, die neben Peter gestanden hatten, als die Kinder aus dem Block Peters Vater zum ersten Mal im Hexenhäuschen hatten verschwinden sehen. Jeden Moment konnten sie ihn erkennen, und es war ein Wunder, dass noch niemand auf ihn zugegangen war. »Komm jetzt, ich weiß, wo du hinmusst.«

Und Peter ließ sich von Eric, der noch immer seinen Arm hielt, wegzerren. Weg von seinem brennenden Zuhause und dem Rettungswagen, der sich noch immer keinen Weg durch die Schaulustigen gebahnt hatte, weg von seiner sterbenden Mutter.

Eric zog ihn in die Richtung, die Peter ursprünglich selbst hatte einschlagen wollen: zum Kriegerdenkmal. Dichter Staub lag in der Luft, viel zu viel für einen kleinen Hausbrand und selbst hier, fernab der Rauchsäule. Doch in seinem Zustand stellte Peter weder den Staub noch Erics plötzliche Zielstrebigkeit infrage. Er duckte sich gemeinsam mit Eric hinter ein Vorgartentor, als der Krankenwagen an ihnen vorbeirauschte, und erinnerte sich unter dem Nebel in seinem Kopf nicht mal daran, dass seine Mutter in diesem Krankenwagen lag.

Erics Schritte verlangsamten sich erst, als sie ein gutes Stück die Backsteinmauer entlanggelaufen waren, bis zu der Stelle, wo der Grünstreifen vor dem Kriegerdenkmal begann. Peter horchte auf, als er vertraute Stimmen hörte.

»Verdammte Fickscheiße, habt ihr den Krankenwagen gehört? Vielleicht ist die Schlampe gar nicht verreckt!«

»Und wie die hinüber ist … und das Schlimmste ist, dass es nicht mal unsere Schuld ist. Das glaubt dir kein Mensch. Was für ein Psycho-Scheiß!«

Eric sah Peter erwartungsvoll an, doch Peter erwiderte den Blick nicht, sondern wandelte wie im Traum Schritt für Schritt nach vorn, bis er zwischen den Zweigen einer Kiefer die Szene an der Mauer überblicken konnte. Vor der Aufschrift *Für die gefallenen irischen Soldaten in zwei Weltkriegen* hockten Tyler, Ziggy und Ape unter dem Blätterdach der dichten Bäume. Ziggys Gesicht war weiß wie Schnee. Auch Ape, der eben gesprochen hatte, stand der Schrecken ins Gesicht geschrieben. Nur Tyler schien nachzudenken und hatte dabei eine Zigarette im Mundwinkel.

»Hey, Tyler, was glaubst du?«, fragte Ziggy. »Ist sie tot?«

Tyler zuckte mit den Schultern. »Hirntot war sie vorher schon«, antwortete er, während er die Zigarette zwischen den Lippen hielt. »Um den Rest ist's auch nicht schade.«

Peter begriff nur auf irgendeiner entfernten Ebene seines Bewusstseins, was hier besprochen wurde, aber von dort schwappte eine eisige Welle über seinen Verstand und gefror sein Herz, ohne dass der Bann brach, der ihn weiter zuhören ließ.

»Warum hat sie sich nicht bewegt?«, schüttelte Ape den Kopf. »Sie hat einfach dagesessen und die Scheiße eingeatmet. Die *wollte* doch verrecken!«

»Das ist wahrscheinlich das Schlaueste, was du in deinem armseligen Leben bisher gesagt hast, Ape«, nickte Tyler. »Hatte auf jeden Fall allen Grund, sterben zu wollen. Hätte sich wahrscheinlich auf die Gleise gelegt, wenn sie den Weg dahin noch gefunden hätte. Wir sind verdammte Helden, wenn ich es mir genau überlege.«

Er nahm die Zigarette aus dem Mund und lachte, aber es war wohl das erste Mal, dass keiner seiner beiden Hilfsschläger mitlachte.

»Wir müssen die Schachtel verbrennen«, fuhr Tyler genervt fort. »Und sie werden trotzdem auf dich kommen, Ziggy, da könnt ich wetten.«

»Auf *mich?*«, fuhr Ziggy erschrocken auf. »*Du* hast doch die Scheibe eingeschmissen. Und die Rauchbomben hast auch du geworfen.«

»Und sie hat einfach dagesessen und sich nicht bewegt«, murmelte Ape wieder und starrte ins Leere. »Sie hat nicht mal den Kopf gedreht. Hat einfach dagesessen und die Scheiße eingeatmet, bis das ganze Zimmer gebrannt hat.«

Tyler schlug ihm mit der flachen Hand auf den Hinterkopf, und Ape zuckte zusammen.

»Hast du 'nen Hänger, du Schwachkopf? Du landest noch selbst in der Anstalt, wenn du so weitermachst.«

An Ziggy gewandt fuhr er fort. »Es gibt wahrscheinlich ein

Dutzend Zeugen, die uns alle drei gesehen haben. Aber dich werden sie trotzdem als Erstes drankriegen, weil du das Zeug bestellt hast.«

Ohne zu wissen, warum, schwenkte Peter seinen Blick zu den Fahrrädern hinüber und erkannte ohne Überraschung, dass statt des Päckchens von vorhin nur noch ein aufgerissener und zusammengeknüllter Karton in Ziggys Gepäckträger klemmte. Wieder fügten sich irgendwo in seinem Verstand Puzzleteile zusammen, aber er war froh um den Nebel, der sein Bewusstsein umwölkte und den Hass dämpfte, der in ihm loderte. Denn der Hass war stark. Er schrie aus jeder Faser seines Körpers, dem er jahrelang verboten hatte, seine Wut über die Qualen und Erniedrigungen zu zeigen, aus Angst vor weiteren Qualen und Erniedrigungen. Er hasste Tyler so sehr, dass er ihn mit eigenen Händen erwürgen wollte und das wohl auch fertiggebracht hätte, wenn er dessen Hals zwischen den Fingern gespürt hätte.

Tyler stieß den Zigarettenrauch durch die Nase aus, und Peter bemerkte wieder den Staub, der um die drei herumwirbelte. Es war fast so viel wie an dem Tag, als Eric ihn hier überrascht hatte.

»Wir müssen hier weg«, stellte Tyler nüchtern fest. »Ob wir nun Helden oder Mörder sind, wenn die uns schnappen, landen wir im Jugendknast, und dann können wir unser Leben gleich wegschmeißen.«

Ziggy und Ape hingen an seinen Lippen, als entschiede er, ob ihre Seelen Richtung Himmel oder Hölle fahren würden.

»Ich hab nachgedacht. Ich hab einen Cousin in Dublin, der kann uns verstecken, bis Gras über die Sache gewachsen ist.

War vielleicht nicht die schlaueste Idee, die Bude des kleinen Fickers anzuzünden, aber in meinem ganzen Leben hat mich noch niemand so wütend gemacht.« Tylers Hand wanderte zu seinem blauschwarz angelaufenen Nasenrücken, dem Eric vor wenigen Stunden eine neue Richtung gegeben hatte, und zuckte zurück, als er ihn berührte.

»Was meinst du, wie lang das sein wird?«, fragte Ziggy, der noch immer kreidebleich war.

»'n paar Jahre wird das schon dauern«, zuckte Tyler mit den Achseln.

»J-Jahre?«, stammelte Ape, und Ziggy fluchte laut vernehmlich.

Während Tyler seinem Gefolge versicherte, dass sein Cousin in Dublin *echt 'ne gute Sache am Laufen* habe, lehnte sich Eric zu Peter vor, der auf wackligen Füßen stand. Peter spürte seine Hände an den Kiefernästen und seine Beine in einer merkwürdigen Intensität, als hätte er irgendwelche Drogenpilze gegessen. Tatsächlich war es der anhaltende Schock, der seine Gefäße schon beim Anblick des brennenden Hauses geöffnet und sein Blut in die Beine hatte sacken lassen. Er konnte unmöglich klar denken, und dieser Zustand war in dieser Situation vermutlich ein Segen.

»Siehst du den Brunnen?«, fragte Eric mit einem Lächeln in der Stimme.

Die Worte ergaben zunächst keinen Sinn für Peter, doch Eric fasste nach seinem Hinterkopf und lenkte seinen Blick auf die Stelle, wo Tyler stand. Der lehnte sich mittlerweile an die Mauer des Kriegerdenkmals und hatte seine Füße genau auf dem Gullydeckel inmitten der Graslandschaft. Doch der Gullydeckel wirkte irgendwie … unscharf. Er verschwamm immer wieder, und Peter schrieb es zunächst dem Staubflirren in der Luft zu, doch es war eher, als würden Wellen über die Oberfläche des Gullydeckels streichen und etwas anderes darunter durchscheinen lassen. Es ergab zwar keinen Sinn, aber dieses Bild passte irgendwie.

Und unter den Wellen, fast wie eine Alternative zu dem Gullydeckel, der dort war, schien ein Brunnen durch. Ein Rand aus dunklem Metall, gefüllt mit Wasser, das dampfte und brodelte. Ein Brunnen wie der, aus dem sie *drüben* zwischen den riesigen Gewächshaushallen das Wasser geschöpft hatten, nur dass es da still dagelegen hatte. *Drüben* hatte der Boden um diesen Brunnen von einem tiefen Summton vibriert … gedröhnt … und jetzt schien es fast, als würde dieses Dröhnen mit jeder Welle, die über den verschwommenen Gullydeckel ging, lauter. Bis Peter das Vibrieren selbst in den Füßen spürte. Auch Ape rappelte sich irritiert auf und sah sich um, als hätte er es als Einziger von den dreien ebenfalls bemerkt.

»Zündest du ihn mit deiner Kippe an?«, fragte Ziggy und wollte den Karton von seinem Gepäckträger holen, damit Tyler ihn verbrennen konnte.

»Nicht hier, du Idiot«, antwortete Tyler. »Viel zu nah. Wir verbrennen ihn auf dem Weg zum Bahnhof an irgendeinem Feld und vergraben die Reste.«

»Du kannst ihn schwimmen lassen, wenn du willst«, murmelte Eric an Peters Ohr, und Peter wusste sofort, was Eric meinte.

Er spürte das *Drüben* wie eine zweite Schicht unter der Welt, als lägen zwei Tischtücher übereinander. In dem Tischtuchtrick zog der Zauberer das obere Tuch in einer fließenden Bewegung weg, ohne dabei Gläser und Flaschen umzuwerfen, und schon standen sie auf dem unteren. Peter musste wie der Zauberer die obere Realität wegziehen.

Als wieder eine Welle den Gullydeckel verschwimmen ließ und der Brunnen sichtbar wurde, streckte sich Peter gedanklich danach, nach der Gullydeckel-Realität über dem Brunnen – und ruckelte daran. Das Brummen im Boden wurde stärker, und Ape sah sich erneut irritiert um.

»Spürt ihr das?«, fragte er entgeistert. »Kommen die jetzt mit Panzern?«

Tyler schnaubte, trat von der Mauer weg und sah sich selbst stirnrunzelnd um. Er stand jetzt am äußersten Rand des Brunnens und kniff prüfend die Augen zusammen, als könnte er ebenfalls ein Flirren in der Luft oder den Staub, der überall tanzte, erkennen. Peter bemerkte, dass er mit dem Brunnen auch andere Dinge unter der Realität zum Vorschein brachte. Die Turbinen, die neben dem Brunnen halb im Wüstenboden versenkt waren, schienen zum Beispiel zwei der Bäume zu durchdringen, die hinter dem Denkmal standen. Dazu stoben jede Menge Staub und Sand und ein merkwürdiges oranges Licht herüber, das das Zwielicht des Kriegerdenkmals unter dem Blätterdach der Bäume zum Glühen brachte.

»Du musst dich beeilen«, zischte Eric ihm zu. In seiner Stimme lag eine seltsame Gier. »Sonst entwischt er dir!«

Peter strengte sich an. Ihm standen die Schweißperlen auf der Stirn, doch es gelang ihm nicht, den entscheidenden Ruck zu tun, um das Tischtuch herauszuziehen, auf dem Tyler stand, und ihn stürzen zu lassen.

»Er hat dich geschlagen«, flüsterte Eric. »Er hat dich getreten.«

Hass …, hörte Peter ein Flüstern, ohne zu wissen, woher es kam, und der einlullende Nebel um seinen Verstand lichtete sich.

Tyler legte den Kopf schief und griff nach etwas in der Luft. Nach dem Staub, begriff Peter. Tylers Fuß setzte sich in Bewegung. Er würde von dem Gullydeckel und aus dem Brunnenrand heraustreten.

»*Er* hat deine Mutter getötet«, schrie Eric in Peters Ohr, und der Nebel war mit einem Schlag wie weggeblasen. Peter lag ein Schrei auf den Lippen, doch statt seine Wut und sein Entsetzen hinauszubrüllen, riss er mit aller Kraft an der Realität unter Tylers Füßen, und dieser stürzte.

Peter taumelte zurück, denn der Widerstand, an dem er gezerrt hatte, war mit einem Mal verschwunden. Er sah zwei Tyler vor dem Kriegerdenkmal: Einer war auf dem Gullydeckel zusammengesackt und schien blind mit den Armen zu rudern, der andere war ins Wasser des Brunnens gestürzt. Beide schrien aus Leibeskräften.

Verwirrt beobachtete Peter, wie Ape und Ziggy Tyler packen wollten, doch sie zogen die Hände sofort wieder erschrocken zurück.

»ER KOCHT!«, brüllte Ape fassungslos. »WAS ZUR HÖLLE?«

Sie waren in eine Wolke von Staub gehüllt, schienen jedoch selbst nichts davon zu bemerken. Durch das Gestöber meinte Peter zu erkennen, dass auch der Tyler *hier* pitschnass von dem Brunnenwasser war und seine Haut sich krebsrot verfärbt hatte, wo sie zu sehen war.

Der Tyler im Brunnen strampelte, wobei er hustete und Luftblasen aus Nase und Mund sprudelten. Mit vor Entsetzen geweiteten Augen drehte er sich um die eigene Achse, und auf einmal schien es Peter, als könnte Tyler ihn sehen und starrte ihn durch seine Deckung hindurch an. Auch der Tyler *hier* gurgelte und spuckte Wasser, das vor Hitze dampfte.

»Er … er wird sterben«, stammelte Peter und trat wieder nach vorne. Er hatte kein Gefühl mehr für die Tischtücher, konnte Tyler nicht wieder herüberziehen. Peter packte Eric am Arm, der die Szene konzentriert und mit manischem Gesichtsausdruck beobachtete. Sein Gesicht glich einer geifernden Koboldmaske und hatte kaum mehr etwas Menschliches an sich.

»HÖR AUF, ER STIRBT!«, brüllte Peter, und es war ein Wunder, dass Tylers Gefolge ihn nicht hörte. Doch die brüllten selbst und versuchten, ihren Anführer vom Gullydeckel zu zerren, was ihnen hauptsächlich wegen dessen unkontrollierten Bewegungen nicht gelang.

Peter schüttelte Eric, und ehe er wusste, was er tat, holte er aus und gab Eric eine schallende Ohrfeige. Erics Blick fokussierte sich schlagartig auf Peters Gesicht vor ihm, und für einen Moment erschien es Peter, als gäbe es auch zwei Erics in den beiden Realitäten. Einen Eric *hier* aus Fleisch und Blut und einen Eric *drüben*, der aus einer undefinierten Schwärze bestand, wie ein Schatten in flackerndem Licht, der Gesichter formte und in schillernden und zuckenden Bewegungen auf den Brunnenrand zukroch, um Tyler, der im Brunnenwasser kochte, zu verschlingen.

Doch das Bild löste sich in einem Wimpernschlag auf, und die einzige Schwärze, die übrig blieb, lag in Erics fassungslosen

Augen. Peter wich furchtsam vor Eric zurück und hörte dabei mit einem Ohr Tylers unterbrochenes Kreischen und Röcheln, während er das heiße Wasser, das er *drüben* geschluckt hatte, wieder auskotzte. Erics Züge veränderten sich. Schatten, die Peter *drüben* gesehen hatte, zuckten über sein Gesicht. Der Anblick jagte Peter riesige Angst ein, und dennoch zwang er sich, wieder einen Schritt nach vorne auf Eric zuzugehen. Er streckte besänftigend die Hände nach ihm aus und verdrängte die Gedanken an das Wesen, das Eric *drüben* gewesen war. Peter hatte Angst vor diesem Wesen, das *auch* Eric war, doch noch größere Angst hatte er davor, allein zu sein. Eric war der letzte verbliebene Halt in Peters Welt. Um ihn herum hatten Einschüsse Löcher in Peters Leben gerissen, teilweise lange vor seinem Erscheinen, teilweise danach. Er *durfte* Eric nicht verlieren. Peters Beine waren weich wie Pudding, und sein Puls ging schnell und flach, als pumpte sein Herz nichts als Luft durch seine Adern, doch er blieb stehen. Eric kam seinerseits auf ihn zu.

»Hinter den Bäumen«, hörte Peter Tyler zwischen seinen Schmerzensschreien keuchen. »Die Freaks! HOLT SIE EUCH!«

Eric packte Peter grob am Arm und riss ihn mit sich. Peter warf einen Blick zurück und sah Ape und Ziggy durch die Kiefernzweige stürmen, hinter denen sie sich versteckt hatten. Peter und Eric traten gerade von dem Grünstreifen auf die Straße, und der Himmel tauchte über den Bäumen auf, was Peter beinahe wieder stolpern ließ. Über dem Kriegerdenkmal klaffte ein orange glühender Riss am Himmelszelt, aus dem gleißendes Licht brach, das er von *drüben* kannte. Der Riss selbst verblasste bereits langsam wieder, genau wie das Brummen im Boden aufgehört hatte, doch der Staub, den der Wind aus der anderen Welt herüberblies, mischte sich am Himmel mit dem Rauch, der noch immer aus der Siedlung aufstieg, und verdunkelte das Sonnenlicht über der ganzen Stadt zu einem düsteren Weltuntergangsszenario.

Anna schaffte es bis außer Sichtweite der ockergelben Hausfassade, bis sie sich an Nick festhalten musste, weil die Verzweiflung sie so sehr schüttelte. Sie fühlte sich so elend wie in dem Moment, als sie in Álvaros Gefängnisloch aufgewacht war, und schluchzte und heulte an seiner Schulter. Nick streichelte ihren Rücken und murmelte ihr irgendetwas zu, das sie nicht verstand. Aber die Tonlage seiner Stimme tat ihr gut, nachdem ihr noch immer das Keifen von Elifs Mutter und die Beleidigungen ihres Vaters in den Ohren klangen.

Sie war nicht mal wütend über die schreiende Ungerechtigkeit. Über den Vorwurf, sie hätten Elif mit irgendetwas, das sie ihr gegeben hätten, in diesen Zustand versetzt. Sie wusste nicht, woher die Vorurteile von Elifs Eltern kamen. Offenbar hatten die beiden Erwachsenen sie und Nick sofort in ihr Bild von dem, was passiert war, einordnen können. Doch Anna war zu sehr entsetzt darüber, dass sie Elif nicht helfen konnten, und zu geschockt von der ganzen Begegnung, als dass sie sich damit auseinandersetzen konnte. Ohne irgendeine monströse Gestalt einzunehmen, ohne die ganze Welt in Schwärze zu ersticken, hatte das dunkle Herz ihnen einen erschütternden Schlag versetzt. Wie immer es passiert war, es hatte Elif fest im Griff und war außerhalb ihrer Reichweite.

»Sie kämpft«, sagte Nick, als Anna sich etwas beruhigt hatte. »Sie hat auf uns reagiert, Englisch geredet.«

Anna nickte und sagte nichts, aus Angst, wieder in Tränen auszubrechen. Ben hatte sie auch erkannt, und trotzdem war am Ende nichts von ihm geblieben.

»Wir müssen weitermachen, wir haben noch nicht verloren.«

Doch für Anna fühlte es sich so an. Ihre Energie ging ihr langsam aus, und wenn sie nicht bald irgendwelche Fortschritte machten, dann würde es keine Hoffnung mehr geben.

»Vielleicht hätten wir auf den alten Mann warten sollen«, murmelte sie.

Jetzt konnte er ihnen nicht helfen. Elif war dem Tod näher als dem Leben, und wer wusste schon, was mit Sinan passiert war. Tuz Gülü, war das ein Stadtteil? Unter der Stadt … hatte sie einen Keller gemeint? Oder irgendwelche Katakomben?

Auch Nick hatte keine Idee dazu, als sie ihm von Elifs Worten erzählte. Sie bemerkte, dass er ihr noch immer über den Rücken strich, löste sich und wischte sich die Tränen aus dem Gesicht.

»Wir müssen Post abholen«, sagte Nick. »Vielleicht hilft das ja weiter.«

»Was?«, fragte Anna verständnislos.

»Da, schau! Das hab ich gekriegt, während wir Arslan nachgerannt sind.«

Er hielt ihr sein Handy mit einer offenen Nachricht hin. Es war eine Adresse in Ankara, verbunden mit dem Hinweis »Beeilt euch!«. Die letzte Nachricht darüber war die Ankündigung des Alten, dass er ihnen etwas schicken würde. Anna blickte auf das Datum der beiden Texte.

»Er hat doch erst gestern Vormittag erfahren, dass wir herkommen«, stellte sie verwirrt fest. »Wie soll das so schnell gegangen sein?«

Nick machte ein hilfloses Gesicht und seufzte. »Keine Ahnung. Wir können nicht mal nachschauen, wo das ist, solange wir kein Internet haben. Schau, da ist noch ein Satz.«

Er scrollte mit dem Finger hinunter und hielt ihr erneut das Handy hin.

»Wenn ihr den Weg auf die andere Seite findet, geht nicht!«, las Anna. Ihr Herz klopfte, und sie fühlte sich plötzlich ertappt.

»Vielleicht meint er so was wie das gestern Nacht«, sagte Nick. »Vielleicht weiß er, was es bedeutet.«

Oder er wusste nur, was in ihren Köpfen vorging. *Geht nicht!*, schrieb er … dabei hatte sie genau das tun wollen, als sie den Weg nach drüben gesehen hatte.

»Ihr habt nie darüber geredet?«, fragte sie abwesend. »Über einen Weg zurück?«

Nick schüttelte den Kopf. »Auf jeden Fall müssen wir rausfinden, wo er uns hinschickt. Erst mal zurück ins Hotel?«

Anna war noch immer perplex von dieser Nachricht. Sie warf einen Blick zurück in Elifs Straße.

»Wir können hier nichts tun«, kommentierte Nick. »Und am Ende ruft er doch noch die Polizei. Oder seine Frau tut es. Was hat er damit gemeint, dass er sie nicht rufen *kann*?«

»Ich weiß es nicht«, antwortete Anna langsam und bemühte sich, ihre Gedanken wieder ins Hier und Jetzt zu bekommen. »Aber du hast recht, wir sollten von hier verschwinden.«

Anna holte ihr eigenes Handy hervor. Es zeigte weder neue Anrufe noch Nachrichten, auch nicht von ihren Eltern, was Anna erstaunte. Seit Annas letzter Nachricht hatten sie keine Kontaktversuche mehr unternommen. Waren sie tatsächlich fürs Erste beruhigt? Oder war etwas bei ihnen nicht in Ordnung? Natürlich konnte auch sie ohne Internet keine Adresse auf ihrer Karte suchen, aber sie rief stattdessen noch einmal Elifs Nachricht auf, um sie zu lesen.

Ich brauche Hilfe! Mein Sinan ist mir entlaufen, und ich hab Angst, dass ihm was passiert … Was sollten sie sich darauf für einen Reim machen? Und sie stolperte über noch einen Satz: *Meine Eltern wollen nicht, dass ich euch schreibe …* Beim ersten Lesen der Nachricht hatten sie kaum auf diese Stelle geachtet. Damals hätte Anna wahrscheinlich auch nicht sagen können, ob Elif überhaupt wirklich ihre Eltern meinte oder ob das symbolisch für etwas anderes stand, so wie die überfahrenen Haustiere, von denen sie geschrieben hatte. Aber vielleicht war es eine Warnung gewesen, die sie überlesen hatten. Vielleicht hatte Elif geahnt, wie ihre Eltern auf Anna und Nicks Erscheinen reagieren würden, oder hatte sogar schon von deren Drogentheorie gewusst, in dem Moment, als sie ihnen geschrieben hatte.

Anna atmete tief durch.

»Hast du Taxis gesehen, auf dem Weg hierher«, fragte sie Nick, der schon oft genug unter Beweis gestellt hatte, dass sein Orientierungssinn den von Anna übertraf.

»An der großen Straße«, antwortete er. »Nach dem Platz

mit der grünen Uhr, wo die Kioske waren, weißt du noch? Da standen welche.«

So machten sie sich auf den Rückweg. Jeder Schritt von Elifs Zuhause weg fühlte sich wie eine Niederlage an. Wie weglaufen.

Als sie an der Biegung den Autoverleih mit den blauen Kleinbussen passierten, holte Anna ihren Geldbeutel heraus. Die Lira gingen ihnen langsam aus, und sie bereute ihr fürstliches Frühstück nun fast. Wenn sie ein Taxi nehmen wollten, würden sie erneut Geld tauschen müssen.

Noch vor der Stelle mit den Kiosken entdeckte Anna ein Busschild am Straßenrand, an dem bereits eine ältere Frau mit Einkaufstüten stand, und sie beschlossen, den nächsten Busfahrer nach der Adresse zu fragen. Vielleicht konnten sie sich das Taxi so sparen. Die wartende Frau trug Kopftuch, wie Elifs Mutter, und obwohl sie wusste, dass es dumm war, steckte Anna die jüngste Begegnung noch in den Knochen, und sie hielt Abstand. Es gab keinen Schatten, und die Mittagssonne brannte auf sie herunter. Obwohl sie ziemlichen Durst hatten, entschieden sie sich dagegen, von einem Kiosk etwas zu trinken zu holen. Sie wussten weder, was sie die Busfahrt zu ihrem Zielort kosten würde, noch, wie oft die Busse fuhren, also warteten sie einfach.

Es dauerte keine fünf Minuten, bis ein großer weißer Reisebus bei ihnen hielt. Die Worte *Kahraman Kazan Ulus* prangten quer über die Windschutzscheibe. Die Frau mit den Einkaufstüten machte keine Anstalten, einzusteigen, aber es stieg jemand aus, und Nick kletterte vor Anna die zwei Stufen zum Fahrer hinauf, um ihm die Adresse zu zeigen.

Der Fahrer redete nach einem kurzen Blick auf die Adresse in türkischer Sprache auf Nick ein, und der versuchte vergeblich, seinem Gegenüber klarzumachen, dass er kein Wort verstand. Doch der Mann mit dem kantigen Gesicht und den Bartstoppeln redete einfach weiter und weiter, bis jemand von den Passagieren ihm ein paar Worte zurief und er darauf genervt etwas in den Bus antwortete, was von den Passagieren mit Lachen quittiert wurde.

Anna wollte schon wieder aussteigen, um der Situation zu entkommen, doch der Fahrer hatte Nick das Handy aus der Hand genommen und gestikulierte nun mit dem Handy in der Hand, als würde das irgendetwas leichter machen. Da stand der Zwischenrufer auf und kam nach vorne.

»Das ist der falsche Bus«, sagte er grinsend und nahm dem stirnrunzelnden Fahrer das Handy aus der Hand, um sich die Adresse anzusehen. Nach einem kurzen Wortwechsel mit dem Fahrer, der mit der Einmischung gar nicht einverstanden schien, erklärte der etwa Dreißigjährige Nick, welchen Bus sie nehmen und an welcher Haltestelle sie umsteigen mussten.

Nick bedankte sich bei ihm und beim Fahrer, und dann traten sie den Rückzug an. Die alte Frau mit den Einkaufstaschen, die das Ganze verfolgt hatte, grinste sie an und offenbarte dabei eine Zahnlücke. Sie sagte etwas auf Türkisch, und Anna lächelte unbeholfen.

»Wir bräuchten mal jemanden, der an unserer Seite bleibt, und nicht erst hilft, wenn man sich schon zum Idioten gemacht hat«, seufzte Nick.

Elif, dachte Anna, ohne es auszusprechen.

Mit den Anweisungen, die sie bekommen hatten, kamen sie gut zurecht. Der nächste Bus trug die Nummer, die der Mann ihnen genannt hatte, und vielleicht hätten sie den Umstieg trotzdem verpasst. Doch die Frau mit den Einkaufstaschen war ebenfalls zugestiegen und nickte ihnen grinsend zu, während sie noch unsicher überlegten. Umso dümmer kam Anna sich vor, weil sie die Frau nicht gleich nach der Adresse gefragt hatten.

Nachdem sie ausgestiegen waren, standen sie auf einer Autobrücke mit vielen wartenden Menschen an einer Reihe von Bushäuschen, die über und über mit Zetteln und Flugblättern vollgeklebt waren. Es waren schwarz-weiß bedruckte Zettel, auf denen scheinbar wahllose Buchstabenkombinationen prangten: *TEOG* und *KPSS* herrschten vor. Anna ertappte sich, wie ihre Augen zwischen den Buchstaben nach Bens Kinderschrift suchten, nach Hinweisen, wie Anna sie *drüben* an der Kirchenwand erkannt hatte, vielleicht mit einem weißen Herzen als Erkennungszeichen. Sie zwang sich, damit aufzuhören. Vielleicht war es die Sehnsucht nach einer höheren Macht auf ihrer Seite. Nach etwas, das sie in ihrem Kampf unterstützte, der gerade so verwirrend wie aussichtslos schien. *Drüben* hatte Ben ihnen Hinweise gegeben und sie zu sich geführt. Hier in Ankara fühlte Anna sich mit Nick vollkommen allein und verlassen. Unfähig, ihren Freunden zu helfen.

Der Bus mit der richtigen Nummer kam, und sie stiegen ein. Anna zählte die Summe Lira ab, die die Anzeige des Fahrers verlangte, und es blieben ihnen ein Schein und ein paar Münzen. Hoffentlich noch genug für eine Flasche Wasser und zwei Sandwiches irgendwo.

Sie hatten dem Fahrer die Adresse gezeigt und zählten darauf, dass er sich bei der richtigen Haltestelle an sie erinnern würde, doch es waren viele Leute im Bus, und sie hatten nicht schon wieder alles blockieren wollen, um sicherzugehen, dass er sie verstand.

Schon innerhalb der nächsten fünf Stationen leerte sich der Bus wieder beträchtlich, und sie wechselten auf die Bank direkt hinter dem Fahrersitz, um ihren Ausstieg nicht zu verpassen. Der Bus verließ den Innenstadtbereich und begann eine ermüdende Tour durch Wohngebiete mit Betonfassaden und Mehrfamilienhäusern nach dem Klotz-an-Klotz-Prinzip.

Als sie zusammen mit einem jungen Türken, der in die Musik seiner Kopfhörer versunken war, irgendwann die letzten Fahrgäste waren, stand Nick auf und machte sich dem Fahrer bemerkbar.

»Entschuldigung«, begann er und wurde sofort unterbrochen.

»Ich habe nicht vergessen, kommt gleich, keine Angst«, erwiderte der Fahrer, und Nick setzte sich wieder.

Der Bus hielt nicht mehr an jedem Schild, sondern fuhr einfach durch, während die Häuser draußen sich veränderten.

Die Wohnsilos wichen Bungalows und wild gebauten Häuschen mit Gartenterrassen und behelfsmäßigen Anbauten aus nacktem Mauerwerk, das teilweise bunt bemalt war. Die Bauten schmiegten sich an einen der Hügel, die das Stadtbild von Ankara prägten und den der Bus nach und nach hinaufkletterte.

In den menschenleeren Straßen voller verlassener und teilweise verfallener Häuser kam Anna sich vor wie in einem Geisterviertel. Oder wie in einem dieser Filme, in dem die Helden aus dem Koma erwachten und die Menschheit wegen irgendeiner Krankheit ausgestorben war …

»Das haben wir doch vom Flughafenbus aus gesehen«, sagte Nick und meinte wohl die Art, wie der Hügel über und über mit improvisierten Hütten und Häusern bebaut war.

»Ja, ich glaub schon.«

Anna erinnerte sich, dass sie die Hänge aus der Ferne für Armenviertel gehalten hatte.

»Aber Slums sind das nicht.«

»Oh … hey … Slums?«

Anna erschrak, als der Fahrer nach hinten rief. Sie hätte nicht gedacht, dass er ihre Unterhaltung auf Englisch über das Motorgeräusch des Busses hörte, geschweige denn verstand. Sogar der junge Typ mit den Kopfhörern hinten im Bus sah auf und zog kurz einen Stöpsel aus dem Ohr.

»Meine Eltern sind von hier, das sind keine Slums.« Seine Stimme klang freundlich gekränkt.

»Oh, Entschuldigung«, entgegnete Anna, ohne das Gesicht des Fahrers zu sehen. Nick stand von der Bank auf, und sie folgte ihm. »Ich hab ja auch gemeint, dass es *nicht* so aussieht.«

»Aber warum ist alles so leer?«, fragte Nick.

»Wird bald abgerissen und gebaut. Das sagen sie zumindest seit letztes Jahr«, lachte der Fahrer. Er trug ein weißes Hemd und Krawatte, und obwohl er nicht sehr alt war, schlugen die Geheimratsecken tiefe Schneisen in sein ordentlich gestutztes Haar. »Vor zwei Wochen machen ein bisschen was kaputt und jetzt … Stopp.«

Er nahm die Hände vom Lenkrad und unterstrich das letzte Wort mit einer Geste.

Anna warf einen Blick aus dem Fenster und betrachtete die niedlichen bunten Häuschen mit den Gärten. Natürlich sahen sie jetzt trostlos aus, so verlassen und heruntergekommen, aber was würden sie hier bauen, wenn das alles platt gewalzt war. Wahrscheinlich mehr Betonsilos.

»Das tut mir leid für Ihre Eltern«, sagte Anna, aber der Fahrer lachte nur.

»Nein, nein, alle haben gefeiert! Vorher haben nichts. Hier ist *Gecekondu* … gebaut ohne … ohne Erlaubnis. Regierung macht neu und damit kein Ärger, Bewohner bekommen hinterher neue Wohnung, legal.«

Anna meinte zu erahnen, wie das gedacht war.

»Garten hier ist Arbeit, und viele alte Leute wohnen. Häuser schlecht gebaut, auch Arbeit«, fuhr er fort. »Jetzt schöne Wohnung und keine Sorgen, versteht ihr? Also, wenn fertig«, fügte er hinzu und lachte.

Anna dachte darüber nach und konnte sich vorstellen, dass ein Teil der Freude ihres Busfahrers darin bestand, dass er von einer geerbten Wohnung mit Grundbucheintrag sicher einmal mehr haben würde als von einer baufälligen, illegalen Hütte. Für sie hatten die Häuser hier trotzdem weit mehr Charme als die Wohngegenden, die das moderne Ankara verkörperten.

»Gleich da«, versprach er und rumpelte, ohne zu bremsen, um eine Kurve, dass Anna und Nick sich im Wanken an den Sitzen abstützen mussten. Er schien tatsächlich keine Angst zu haben, dass ihm hier etwas entgegenkam, denn er nutzte die Gegenfahrbahn der kleinen Straße voll aus.

»Wissen Sie, wo Toz Gülü ist? Ist das ein Stadtviertel?«

»Du meinst *Tuz Gölü*?«, lachte der Fahrer. »Das ist nicht in der Stadt. *Tuz Gölü* ist Salzsee in Türkisch. Man muss ein Stück fahren, nicht weit, dann kann man spazieren gehen und so, ist schön!«

Anna nickte, auch wenn die Worte des Fahrers nur weitere Fragen aufwarfen. Wie konnte Sinan an einem Salzsee und zugleich unter der Stadt sein. Und wie sollten sie ihn dort finden?

Der Fahrer bremste plötzlich ab und betätigte die Türen, die sich zischend öffneten, noch bevor der Bus gänzlich zum Stehen gekommen war.

»So, hier.«

Der Typ mit den Kopfhörern hatte sich bereits aufgeschwungen und verließ den Bus an der hinteren Tür. Unter seinem Arm klemmte ein Skateboard.

»Straße ist da vorn«, deutete der Busfahrer auf die nächste Seitenstraße zu ihrer Rechten, während sie ausstiegen. »Ich kenne von früher, ist verändert aber … vielleicht spukt immer noch«, lachte der Fahrer, und bevor sie nachfragen konnten, was er damit meinte, schloss er die Türen schon wieder und lenkte seinen leeren Bus zurück auf die Straße. Er wendete und fuhr dabei auf beiden Seiten nah an die Häuser heran. Fast hätte er ein Vordach gestreift, doch er schwenkte rechtzeitig herum.

Nick und Anna beobachteten das Manöver, und als er sie erneut passierte, grinste er ihnen zu und hob die Augenbrauen. Er hatte sie nicht danach gefragt, was sie hier wollten, aber seine Mimik sagte Anna irgendwie, dass er es trotzdem zu wissen glaubte.

Der Typ mit den Kopfhörern bog gerade in dieselbe Straße ein, die ihnen auch der Busfahrer gezeigt hatte. Er trug Chucks an den Füßen, ein weißes T-Shirt mit schwarzem Stern, das ihm zu weit war und dessen Ärmel um seine dürren Oberarme schlackerten, dazu Shorts.

Sie folgten ihm, und vor ihnen lag ein asphaltierter Weg, der von der Busroute wegführte.

Sie waren erst wenige Meter gelaufen, als der Skater sich zu ihnen umdrehte und sein Skateboard dann so auf den Boden warf, dass es auf den Rollen aufkam. Er stieg auf, trat ein paarmal an und verschwand dann hinter einem Hausmäuerchen. Das Rattern seiner Rollen verstummte nach kurzer Zeit wieder, und auch der Bus war kaum mehr zu hören. Zurück blieb unheimliche Stille.

»Hier gibt es keine Post«, hörte Anna sich im Gehen sagen. Sie hatten immer noch nichts zu trinken, und ihr tat bereits der Kopf weh.

»Nein«, antwortete Nick, »das glaub ich auch nicht.«

Aber was bedeutete das. Woher sollte der Alte wissen, wohin er sie da schickte?

Der Asphalt war rissig und an manchen Stellen sogar aufgebrochen, doch Anna sah hier zumindest zwei Autos vor Hauseingängen parken. Es mochten Wracks sein, aber Anna klammerte sich an den Gedanken, dass die Gegend vielleicht nicht *komplett* menschenleer war.

»Meinst du, er schickt uns zu Sinan?«, sprach Anna einen spontanen Gedanken aus. »So, wie er Faní gespürt hat?«

Nick zuckte mit den Schultern, sah aber nicht überzeugt aus. »Was ist mit dem, was Elif gesagt hat?«

»Vielleicht hab ich sie ja falsch verstanden«, erwiderte Anna, auch wenn sie wusste, dass es unwahrscheinlich war: Elif hatte auf jeden Fall von »unter der Stadt« gesprochen, und sie standen auf einem Hügel.

»Der Alte ist zu weit weg. Deswegen konnte er ja auch von Griechenland aus nichts dazu sagen, wo die anderen sind.«

»Aber vielleicht kommt es auf was anderes an«, überlegte Anna trotzdem weiter. »Gestern Nacht waren doch plötzlich die ganzen Häuser von *drüben* hier, mitten in Ankara.«

»Zumindest hat es für uns so ausgesehen. Für die Menschen auf der Straße nicht«, wandte Nick ein.

Anna war sich dennoch sicher, dass es nicht nur eine Täuschung gewesen war. Der Staub, das Licht, alles hatte echt gewirkt. Es war hier gewesen, die Welten hatten sich berührt, auch wenn das nicht jeder mitbekommen hatte.

»Als wir die Alte gesucht haben, als wir zur Kirche gerannt sind … ich hab kurz die Kirche von *drüben* gesehen, nur für einen Moment.«

Nick sah überrascht auf. »Ich auch«, erwiderte er.

Anna hatte das nach der letzten Nacht fast erwartet. »Aber die Kirche *drüben* war mitten in der Wüstenstadt. Wir haben die Kirche in Berlin und die Häusersilhouette hier in Ankara gesehen, Hunderte Kilometer weit auseinandergezogen. Die andere Welt war dort, *und* sie ist hier. Vielleicht sind damit auch die Entfernungen nicht mehr so wichtig.«

Nick sah sie nachdenklich an. »Aber was bedeutet das ...?«

Vielleicht viel, dachte Anna. Vielleicht, dass der Alte einen Blick auf Sinan hatte werfen können, als die andere Welt, zu der der Alte eine Verbindung hatte, sich hier gezeigt hatte. Aber vielleicht waren das auch alles wilde Hirngespinste ...

Die Nachmittagssonne warf Schatten der verlassenen Häuser auf die Straße. Es waren wirklich skurrile Gebilde, manche davon zweistöckig und mit Balkonkonstruktionen aus zusammengenagelten Brettern auf schiefen Stützpfeilern. Allerlei Kabel und gespannte Schnüre bildeten ein Gewirr zwischen den Dächern und Antennen, auch quer über die Straße. An manchen flatterten dreieckige Stofffetzen, deren Farben dreckig und vergilbt waren.

Es gab weder Straßenschilder noch Hausnummern, und Anna wollte Nick gerade fragen, wie sie hier irgendeine Adresse finden sollten, da zerriss ein Laut die Stille, der Anna durch Mark und Bein ging: ein Heulen. Das Déjà-vu war so stark, dass ihr schwindlig wurde und sie wieder die Sandverwehungen im Gesicht und das Brummen und Dröhnen von *drüben* unter den Füßen spürte.

Geht nicht!, kam Anna die Warnung des Alten in den Sinn. Aber hierhin hatte er sie selbst geschickt. Natürlich hatte die Stimme, die ein Wolfsheulen imitierte, nichts mit dem zu tun, was sie vor ein paar Wochen in Angst und Schrecken versetzt hatte. Das Heulen in der Wüstenstadt hatte von einer Vielzahl Kinder gestammt, von denen manche nun tot, andere ihre Freunde waren. Und auch die Häuser der Siedlung hier waren zwar primitiv, ähnelten aber doch in nichts den Lehmziegelbauten, in denen sie in der anderen Welt Schutz gesucht hatten. Aber sie sah Nick sofort an, dass es ihm ähnlich ging, und ihre Hände fanden sich wie von selbst.

»War das der Typ mit dem Skateboard?«, fragte Nick.

Anna schüttelte den Kopf. »Es kam von weiter die Straße runter.«

Und dorthin brachen sie auf.

Chuckie

Das Heulen wiederholte sich nicht, doch nach wenigen Minuten tauchte das Ende der Straße vor ihnen auf, die im letzten Stück in einem Kiesstreifen zu einem Haus anstieg. Auf dem Kiesstück war ein Auto geparkt, aber Annas Blick hing an dem Haus fest.

Es wirkte professioneller gebaut als die restliche Gegend, doch zugleich war es in miserablem Zustand. Eine schmale Holztreppe führte in wenigen, schiefen Stufen zu der Veranda, die die Eingangstür umgab. Oder eher das Eingangs*loch*, denn eine Tür fehlte. Auf der schmalen Veranda stand eine Leiter, die zu einem breiten Fenster im ersten Stock hinaufführte. Das Fenster, an dem die Leiter endete, war in eine große Gaube mit eigenem kleinen Giebeldach eingelassen. Darüber flatterte ein großes Stück Stoff an einer Art Antenne im Wind.

Ansonsten schien das Haus nur aus dem Erdgeschoss zu bestehen, denn die beiden Seitenflügel links und rechts der Eingangstür endeten über den beiden Fenstern in einem quer zur Gaube stehenden Giebeldach, von dem bereits zahlreiche Holzschindeln fehlten. Auch die Bretterverkleidung der Außenmauern war löchrig und um den ganzen Eingangsbereich schwarz verkohlt. Unter dem Dach war die Fassade grün angelaufen wie von Moos und Schimmel.

Es gab noch ein Detail, das Anna schaudern ließ: Hinter dem rechten Fenster im Erdgeschoss, wo auch die Bretterverkleidung im besten Zustand zu sein schien, hingen ordentlich gereffte weiße Vorhänge aus ähnlichem Rüschentüll wie die in Elifs Zimmer. Es fehlten nur noch die starren Augen von Puppen hinter diesem Fenster, und Anna wäre überzeugt gewesen, in der Kulisse eines Horrorfilms gelandet zu sein.

»Das muss der Busfahrer gemeint haben«, sprach Anna das Offensichtliche aus. Neben dem Bauwerk verblassten alle anderen Häuser zur Nebensache.

»Es sieht aus wie das Haus in ›Fight Club‹«, murmelte Nick. »Nur kleiner.«

Anna kannte den Film nicht, aber mit Sicherheit hätte sich jeder Scout für Filmschauplätze die Finger nach diesem Haus als Drehort geleckt. Es besaß ohne Zweifel eine Aura, auch wenn sie düster und Furcht einflößend war.

Als sie näher heran waren erkannte Anna, dass der Stofffetzen an der Antenne wohl eine Art Fahne darstellen sollte. Der schwarze Umriss eines fünfzackigen Sterns prangte darauf, ähnlich wie der auf dem T-Shirt des Skaters von vorhin. Er sah aus, als wäre er aus freier Hand mit einem Filzstift auf das Stück Stoff gemalt worden.

Intuitiv verlangsamten sie ihre Schritte, je näher sie dem Haus kamen. Sie waren fast zum Stehen gekommen, als Nick auf eines der klaffenden Löcher im Lattenzaun der Veranda deutete.

»Schau, das Skateboard.«

Anna entdeckte das Board des Typen aus dem Bus, das neben dem Eingang lehnte. Hinter dem schwarzen Türloch war kaum etwas zu erkennen, aber mit einem Mal hörte Anna Stimmen, und dann schälte sich eine Gestalt aus dem Dunkel. Anna hatte mit vielem gerechnet, was den Menschen anging, der zu diesem Haus gehörte, doch nicht mit der Erscheinung, die aus dem Haus trat.

Es war ein junger Mann Mitte zwanzig, dessen halbes

Gesicht von einer stylishen Piloten-Sonnenbrille mit Goldrahmen verdeckt wurde. Sein dunkles, lockiges Haar stand in einem Irokesenschnitt vom Kopf weg, die Seiten waren glatt rasiert. Jeder Zentimeter Haut in seinem Gesicht schien tätowiert zu sein. Das häufigste Motiv war der fünfzackige Stern. Er hatte jeweils einen auf den Ohrläppchen, mehrere in verschiedener Größe und Ausarbeitung am Hals und einen auf der rechten Wange. Auf der linken Wange trug er eine Maschinenpistole. Sie sah aus wie eine Kalaschnikow, aber es fehlte der Gewehrkolben. Vielleicht war ihm einfach der Platz ausgegangen, denn die Waffe reichte vom Ohrläppchen bis zum Mundwinkel. Patronenhülsen flogen vom Mittelstück des Laufs in Richtung Auge weg, als feuerte die Pistole gerade eine Salve ab.

Die Mundwinkel waren auf beiden Seiten durch Linien fortgeführt, die sich zu einem dünnen Lächeln nach oben zogen. Doch davon nicht genug, war das Lächeln in der Darstellung mit groben Stichen zugenäht, und auch am tatsächlichen Mund des Mannes zog sich die vermeintliche Naht von unter der Nase bis zum Kinn fort. Ein krauser Kinnbart bildete das Gegenstück zum Iro auf dem Kopf.

An seinem Hals prangten neben den Sternen weitere Tattoos von überdimensionalen Patronen und verschiedene Schriften, von denen Anna die meisten nicht entziffern konnte. Nur einen »Dead Squad«-Schriftzug erkannte sie und fragte sich für eine Sekunde, ob es nicht eigentlich »Death Squad« heißen müsste, bevor sie wieder zu sich fand. Die Erscheinung grinste sie an.

»Fuck yeah, Besuch!«

»Hallo«, brachte Anna hervor.

Hätte nicht die nachmittägliche Sonne am Himmel gestanden, sondern wäre ihr dieser Typ an diesem Ort im Dunkeln begegnet, dann wäre sie wohl einfach weggerannt.

»Hallo-hallo«, flötete ihr Gegenüber und wiegte den Kopf hin und her wie zu einer Musik, die es nur in seinem Kopf gab.

»Hallo«, räusperte sich Nick, als hätte die Situation nicht noch skurriler werden können.

In diesem Moment brach im Haus Lachen aus, und die Erscheinung wandte sich in einer schlaksigen Bewegung um und verschwand wieder nach drinnen.

»Kommt rein«, rief er ihnen zu, ohne sich noch einmal umzudrehen. Er stellte keine Fragen. Nicht, wer sie waren, und auch nicht, was sie hier wollten.

Anna gab sich einen Ruck und wollte ihm schon folgen, als Nick sie zurückhielt. Fast hoffte sie, Nick würde sie davon abbringen wollen, dieses Haus zu betreten. Anna spürte förmlich, dass etwas damit nicht in Ordnung war. Nicht der verwahrloste Zustand machte ihr Angst, nicht der schwarz ausgebrannte Eingang oder die herausgebrochenen Verandastücke gleich splitternder Fingernägel. Es waren die Tüllvorhänge: Als stünden sie vor einer Mausefalle, deren Klappmechanismus mit Schnörkeln verziert war.

»Schau dir das Kennzeichen an«, sagte Nick und deutete auf den grauen, unscheinbaren Kombi, der im Kies parkte.

»Was ist damit?«, fragte Anna, die nicht einmal einen zweiten Blick auf das Auto geworfen hatte.

»Tschechien«, antwortete Nick. »CZ, das Auto kommt aus Tschechien.«

»Der Alte war bei Connor, als er uns geschrieben hat«, begriff Anna, »in Tschechien.«

»Er hat uns also doch etwas geschickt, nur nicht mit der Post.«

Anna nickte. Die Chancen, Sinan hier zu finden, sanken damit wohl gegen null. Was immer der Alte wem auch immer für sie mitgegeben hatte, sie hoffte nur, dass es sie irgendwie weiterbrächte.

Über die Veranda kamen sie nur in einer Kletterpartie, denn die Bodenlatten waren ebenso herausgebrochen wie die Geländerstreben. Sie balancierten über das Grundgerüst zum Eingang, jeden Moment gefasst darauf, dass die ganze Konstruktion unter ihnen nachgab.

Von dem Türstock war tatsächlich das meiste verkohlt, aber

der Brand musste rechtzeitig gelöscht worden sein, denn die Feuerspuren reichten nicht weiter als einen Meter in jede Richtung der Fassade. Sie passierten das Skateboard und duckten sich unter der Leiter, die zur Gaube hinaufführte, nach drinnen, peinlich darauf bedacht, nichts zu berühren.

Der Eingangsbereich war ein großer, völlig vermüllter Raum, der ebenfalls Brandspuren zeigte. Ein verrostetes Fahrrad ohne Griffe an der Lenkstange lag neben einem kleinen, umgekippten Holztisch mitten im Weg. Alles war voller Putz und Staub, und Stücke von Pressspan und Styropor ließen kaum einen freien Blick auf den ursprünglichen Bodenbelag.

Es stank erbärmlich und nach einem Blick hinter den linken Durchgang wusste Anna auch, wieso. Dort waren die Überreste eines Bads, ähnlich vermüllt und mit deutlichen Spuren davon, dass der Raum noch immer für die Verrichtung der Notdurft verwendet wurde. Kurz hatte Anna mit Würgereiz zu kämpfen.

»Schau da nicht rein«, hielt sie Nick zurück.

»Wo bleibt ihr?«, tönte die sich überschlagende Stimme des Hausherrn aus dem Raum rechts von ihnen: dem Raum mit den Tüllvorhängen.

Nick war als Erster durch den Müll bis zu der angelehnten braunen Holztür gewatet. Er stieß sie vorsichtig auf, und dahinter kam eine verrauchte Küche zum Vorschein. Sie war in etwas besserem Zustand als der Rest des Hauses, an einigen Stellen konnte man sogar einen braungrauen Fliesenboden zwischen dem Unrat erkennen. Zwischen einem Küchenschrank und einem Schubladenregal stand ein weißer Elektroherd voller eingetrockneter Reste und Flecken an der Rückwand. Anna folgte Nick und atmete flach, um nicht gleich husten zu müssen. Der Zigarettenrauch, der aus der Küche drang, kratzte im Rachen.

»Heeey – willkommen!« Der Iro-Träger tauchte von links im Türausschnitt auf und stand so, dass er weitere Tattoomotive präsentierte: einen roten Kussmund neben einer kitschig schwarzen Rose vom rechten Ohr bis zum Schlüsselbein hinunter. Seine Sonnenbrille hatte er nicht abgesetzt.

»Zeigt mal 'n bisschen Anstand, Leute, was ist los!« Er hob einen Arm und fuchtelte mit dem Zeigefinger über dem Kopf in der Luft herum, als dirigierte er ein unsichtbares Orchester.

Zwei Stimmen antworteten leidenschaftslos, und eine dritte mit hörbar mehr Begeisterung, aber auf Türkisch. Dem Klang nach befanden sie sich verdeckt vom Türblatt rechts im Zimmer.

Ihr Gastgeber ließ auf die armselige Antwort hin in gespielter Frustration den Kopf hängen. Nick stand noch immer in der Tür, Anna hinter ihm.

»Ich glaube ... ähm, ihr habt, glaub ich, was für uns, oder?«, fragte Nick zaghaft. Der Gestank aus der Kloake hinter ihnen vermischte sich mit dem Rauch und machte Anna zu schaffen.

Aus irgendeinem Grund sorgte Nicks Frage für Tumult. Die türkische Stimme, die eben noch begeistert gewesen war, schimpfte nun lautstark, und andere redeten auf ihn ein.

Urplötzlich hielt ihr Gastgeber eine Pistole in der Hand, und Anna stockte das Herz. Nick taumelte erschrocken zurück, und als er dabei gegen sie stieß, verlor Anna das Gleichgewicht. Sie strauchelte und sah, noch im Fallen, wie der Tätowierte die Waffe bis unter die Decke hob. Ein Knall folgte, als er feuerte. Die Mündungsflamme blitzte auf, und eine Menge Putz bröselte von der Decke, während Anna mit Nick auf dem vermüllten Boden aufkam und sich sofort wieder aufrappeln wollte. Als sie sich abstützte, spürte sie einen Schmerz in der rechten Hand. Sie hörte jemanden husten und fluchen und sah auf. Ihr Gastgeber hatte selbst einiges von dem Staub ins Gesicht bekommen. Nick kam auf die Beine und wollte Anna hochhelfen und in Richtung Ausgang mitziehen, doch sie hielt ihn fest.

»Weg hier«, zischte er und starrte sie aus panischen Augen an.

Die Reaktion aus dem Raum schien nicht ganz zur Situation zu passen: Drüben wurde gelacht.

»Wir haben es noch nicht«, sagte Anna, deren Herz bis in den Hals hinaufschlug, und kämpfte ihre eigene Angst nieder. Sie hatten in dieser Stadt schon so viel Hoffnung in den Sand gesetzt, sie würde nicht noch einmal mit leeren Händen gehen. Nick presste die Lippen aufeinander, schien sich aber ebenfalls im Griff zu haben.

»Oh … hey … halt!«, rief ihr Gastgeber, der sie gerade am Boden entdeckt hatte. Seine Sonnenbrille mochte dazu beitragen, dass es so lange gedauert hatte. »Keine Angst, ihr müsst nicht weglaufen. Nur ein Warnschuss für den Proleten … Platzpatrone … ich bin doch kein Wahnsinniger.«

Eine dunkle Frauenstimme lachte.

»So, kommt mal rein jetzt, das war genug Theater.«

Er stand seitlich, den Arm in ihre Richtung ausgestreckt, und seine Hand vollführte eine lockende Geste. Spätestens seit der Pistolenaktion war klar, dass der Typ einen schweren Dachschaden hatte.

So würdevoll, wie es die Situation erlaubte, erhob sich Anna aus Müll und Dreck, wischte ihre Hände an der Hose ab und spürte wieder, dass es wehtat. Als sie ihre Handflächen untersuchte, sah sie den blutenden Schnitt am rechten Handballen. Anna drückte ihn an ihre rechte Seite, um die Blutung zu stoppen, und versuchte, nicht darüber nachzudenken, welche Krankheits- und Infektionsquellen in diesem Haus lauerten.

Nick stand hinter ihr und hatte nichts bemerkt, also trat Anna schnell vor und durch die Tür. Sie wollte das hier so schnell wie möglich hinter sich bringen und dann nichts wie weg.

Auf den Stühlen rechts der Tür saßen eine junge Frau, die sie abschätzig musterte, und der Skater aus dem Bus, der sich seinem Gesichtsausdruck nach zu urteilen genauso unwohl fühlte wie Anna. Die Frau hatte eine dicke Schicht Make-up aufgelegt, hellblaue Augen, die angesichts ihres dunklen Teints wohl nur von Kontaktlinsen stammen konnten, und falsche Wimpern. Ihre Lippen schienen von Natur aus voll zu sein, aber mit einem matten dunkelroten Lippenstift hatte sie sie noch verbreitert, sodass sie nun aussah, als wäre sie in einer Schmollmund-Grimasse erstarrt. Aus dem Mundwinkel hing ihr eine

Zigarette, an der sie jetzt zog, um dann auf dem Boden abzuaschen.

Die Frau und der Skater saßen an einem weißen Plastiktisch, gemeinsam mit zwei weiteren Männern auf einer Holzbank.

»Hey, Ratte, lebst du noch?«, lachte ihr Gastgeber einem der beiden zu. Der Angesprochene schien weggetreten, zumindest waren seine Augen zu. »Und du, sag an«, wandte er sich an den zweiten, als er keine Reaktion bekam. »Sind das die beiden?«

Der Angesprochene antwortete auf Türkisch. Er hatte eine Baseball-Cap falsch herum auf dem Kopf und einen sauber getrimmten Bart.

»O.k. … seid ihr alle Affen?«, fragte der Hausherr überdreht. »Zumindest benehmt ihr euch so. Wir haben Gäste, die unsere Sprache nicht sprechen. Muss ich euch sagen, wie *unhöflich* das ist, sie trotzdem zu benutzen?«

»Du gehst mir langsam auf die Eier, Chuckie«, sagte der mit der Cap jetzt auf Englisch, grinste aber dabei. »Woher soll ich wissen, ob sie das sind. Ich hab sie in meinem ganzen Leben noch nicht gesehen, genau wie du. Aber seit ich hier bin, ist noch keiner gekommen, der nicht zu deinem armseligen Pusher-Netzwerk gehört.« Dabei nickte er in Richtung des Skaters. »Also geh ich schwer davon aus, dass sie das verfickt noch mal sind, ja.«

Die Frau lachte wieder, und »Chuckie« lachte so heftig mit, dass ihm ein paar Locken aus seinem Iro in die Stirn fielen.

Annas Kreislauf machte ihr zu schaffen. Es war heiß hier drinnen und das Fenster mit den Vorhängen aus irgendeinem Grund verschlossen. Der kratzende Rauch und der Gestank wurden mit jedem Einatmen schlimmer, und außerdem pochte ihre Hand noch immer, und sie presste sie fest an ihr T-Shirt. Sie setzte dazu an, den Mann mit der Cap aufzufordern, herauszugeben, was er für sie hatte, doch eine andere Stimme kam ihr zuvor.

»'s is' Zeit für mein' Schuss, hört ihr nich'?!«

Anna erschrak, denn sie kam von dem Mann, von dem sie geglaubt hatte, dass er schliefe. Tatsächlich war die zusammengesunkene Gestalt wach und bekam nur die Lider kaum hoch genug, um aus den gelben, blutunterlaufenen Augen etwas zu sehen. Der älteste Mann im Raum hatte zahlreiche wunde Stellen und Male im Gesicht und an seinem Kopf, wo immer die Haarsträhnen sie offenbarten. Alles an ihm schrie Junkie: seine Gelbsucht-Junkie-Augen, seine pergamentartige, graue Junkie-Haut und seine unkoordinierte Lippenbewegung, als er gesprochen hatte.

Außer dem Skater – und natürlich Anna und Nick – bogen sich alle vor Lachen. Und noch während sie lachten, begriff Anna endlich, was das für ein Ort war.

Wäre sie nicht genug damit beschäftigt gewesen, Übelkeit und Schwindel niederzukämpfen, hätte sie vielleicht aufgelacht: Vor wenigen Stunden hatten Elifs Eltern sie für eine Art Drogen-Lockvögel gehalten, und das hatte ihnen fürs Erste jede Möglichkeit verbaut, ihrer Freundin zu helfen. Und nun standen sie hier in einem Junkie-Unterschlupf in einem aufgegebenen Viertel. Wahrscheinlich sogar mehr als das: Wahrscheinlich war »Chuckie« ein Dealer, denn er machte zwar einen zweifelhaften Eindruck, was seine geistige Gesundheit anging, aber er war eindeutig Herr der Lage.

Annas Blick wanderte zurück zu der Waffe, die er noch immer in der linken Hand hielt, und zu der Stelle an der Decke, wo der Putz heruntergerieselt war. Hatte er wirklich nur Platzpatronen geladen? Ein Einschussloch konnte sie nicht erkennen, und vielleicht stammte der Staub wirklich nur vom Mündungsfeuer. Trotzdem hatte Nick recht gehabt: Sie hätten abhauen und erst mal herausfinden sollen, was der Alte ihnen überhaupt schickte. Jetzt war es dafür zu spät.

»Ratte spricht Englisch«, tönte Chuckie, als er nach seinem Lachanfall wieder Luft bekam. »Wer hätte das für möglich gehalten. Ich sag euch was: Ratte kriegt jetzt seinen Fix, damit er geschmeidig bleibt.« Er wandte sich an den Skater, der mit seinen Füßen unter dem Stuhl scharrte. »Du brauchst Nachschub zum Verticken, was?«

Der Skater antwortete auf Türkisch, und Chuckie ließ ihn augenrollend gewähren.

»Du hast die Wahl: Den alten Schrott kannst du sofort kriegen, aber wenn du unseren Vorkoster Ratte noch abwartest, gibt's den neuesten heißen Scheiß, wie sieht's aus?«

Der Typ, dessen Kopfhörer aus dem Ausschnitt seines T-Shirts baumelten und der wohl einer von Chuckies Kleindealern war, zögerte nicht mit seiner Reaktion. Er erhob sich von seinem Stuhl, streckte die Hand aus und sagte kleinlaut etwas auf Türkisch. Augenscheinlich wollte er so schnell wie möglich raus hier, egal, was er von Chuckie bekam.

Die Frau lachte nur wieder. Waren ihre Pupillen nicht irgendwie unnatürlich groß? Chuckie schien die Reaktion des Skaters nicht zu passen, aber er griff trotzdem nach einer Schublade hinter sich und zog ein mit Klebeband umwickeltes Päckchen hervor, wobei Anna die Pistole, die in seiner Hand durch die Gegend schwang, weiter im Blick behielt.

»Da!«, sagte er beleidigt. »Und wenn du Ärger damit hast, komm bloß nicht zu mir!«

Der Skater schnappte sich das Päckchen und drückte sich fast fluchtartig an Anna und Nick vorbei.

»So sind sie heute alle«, beklagte sich Chuckie bei dem Mann mit der Cap auf der Bank. »Keine Neugier und keine Ambitionen.«

»Mein Schuuuu-huuuuss«, quengelte der Junkie, den sie »Ratte« nannten.

»Können wir …«, versuchte es Nick zaghaft, und als Anna auf die Hand an ihrer Seite hinabsah, erschrak sie. Das T-Shirt rundherum war rot durchgeblutet und jetzt spürte sie es auch nass an ihrer Haut kleben.

»Eins nach dem anderen«, unterbrach Chuckie Nick und kramte dabei schon in einer anderen Schublade. »Wie ich gerade schon sagte, bekommt Ratte jetzt seine Vorkoster-

Portion, und ihr dürft live dabei sein, wie er meinem geschätzten tschechischen Kollegen Kuba demonstriert, dass die neue Sorte ERSTE SAHNE ist. Und wenn sich dann alle mal wieder beruhigt haben«, kicherte er vor sich hin, »dann kriegt ihr von Kuba, was immer er für euch dabeihat.«

Er nahm einen prall gefüllten Plastikbeutel aus der Schublade, der anders als das Päckchen, das er seinem Kleindealer gegeben hatte, durchsichtig war. Die Frau machte Platz, und Chuckie legte den Beutel andächtig auf den Tisch.

»Gestern reingekommen von meiner Special Connection. Du wirst der Erste sein, der das Zeug westlich von Habib vertickt.«

»Wer ist Habib?« fragte Kuba, der Tscheche, stirnrunzelnd, wobei er sich vorlehnte und den Beutel in Augenschein nahm.

»Habib ist mein linker Hoden«, sagte Chuckie nüchtern. Er nahm die oberste Schublade des Küchenregals komplett heraus und ließ sie klirrend neben dem Beutel auf den Tisch fallen. Es war eine Besteckschublade mit rostigen Küchenmessern, verbogenen Gabeln, Feuerzeugen und allerhand seltsamem Küchengerät.

»Osama ist mein rechter Hoden«, fügte Chuckie hinzu, während die Frau am Tisch wieder lachte und Kuba zumindest schmunzelte. »Westlich von Osama ist Habib. Zwischen den beiden ist Selin zuständig.«

Die Frau lachte weiter und warf ihm einen Kussmund zu.

»Und westlich von Habib ist *dein* Revier, mein tschechischer Freund«, fuhr Chuckie fort, während er eine Schere aus der Schublade kramte, den Beutel vorsichtig aufschnitt und mit einem kleinen Löffel mit Flugrostspuren etwas davon herausnahm.

»Hauptsache, mein Revier hat mit deinen Eiern nichts zu tun«, antwortete Kuba. »Also zeig mir, dass das nicht bloß eine neue Halsabschneider-Rattengift-Mischung ist.«

Auf dem Löffel lag ein kleiner Hügel harmlos wirkenden weißen Pulvers mit grauen Einstreuungen. Es sah ein bisschen nach Waschpulver aus. Anna fröstelte dennoch. Anfang des Schuljahres waren zwei Frauen zur Drogenprävention bei ihnen in der Schule gewesen. Eine von ihnen hatte ihre ganz persönliche Geschichte vom Absturz bis in die Obdachlosigkeit und dem Aufstieg zurück in die Zivilisation erzählt. Bis auf ihre schlechte Haut und dass sie eher wie vierzig ausgesehen hatte als wie dreißig, hatte man ihr den Ex-Junkie nicht angesehen. Aber sie hatte Fotos von Freunden gezeigt, bei denen es beim Absturz geblieben war, ohne Rehabilitierung, sondern mit anschließender Beerdigung. Nicht einer oder zwei, sondern acht von den zehn Jugendlichen, die in Annas Alter angefangen hatten, waren an Drogen gestorben, für die man in Berlin nur zur Hermannstraße oder nach Neukölln zu fahren brauchte. Ratte hätte dort perfekt ins Bild gepasst.

Der Junkie hatte eine Flasche von unter dem Tisch hervorgezogen und kippte bedächtig etwas Flüssigkeit auf den Löffel. Seine gelben Augäpfel traten nun fast aus den Höhlen, und er biss sich konzentriert auf seine Zunge, die einen widerlichen Belag hatte.

Selin zückte ein Feuerzeug, womit schon drei Personen an dem Schuuuuhuuuuss für Ratte beteiligt waren. Anna spürte Schwindel und wollte sich mit der Linken am Türstock hinter ihr festhalten, doch sie tastete ins Leere und musste einen Ausfallschritt machen, um nicht umzukippen. Sie spürte Nicks Hand im Rücken.

»Alles in Ordnung?«, fragte er verwirrt und so leise, dass es außer ihr niemand hörte.

Während Selin einige Versuche brauchte, um dem Feuerzeug eine Flamme zu entlocken, hatte Ratte die Flasche weggestellt und eine Spritze aus seiner Jacke hervorgeholt, deren Verpackung er nun ungeduldig aufpfriemelte. Anna schluckte und nickte. Sie warf wieder einen vorsichtigen Blick auf die rechte Hand an ihrem T-Shirt und war etwas beruhigt, dass sich der Blutfleck nicht weiter ausgebreitet hatte, auch wenn an ihrer Hand selbst zusätzlich zu dem Pochen nun auch die Finger kribbelten.

Nick lehnte sich zur Seite, da er ihren Blick wohl bemerkt hatte, und sog die Luft zwischen den Lippen ein.

»Scheiße, du blutest ja!«, erschrak er laut vernehmlich.

Ratte hatte die Spritze aus der Verpackung bekommen und zog das aufgelöste Pulver nun durch etwas, das wie ein Zigarettenfilter aussah, auf die Nadel. Chuckie ließ den Löffel fallen, als Ratte seinen Stoff komplett auf der Spritze hatte. Nur Kuba warf einen kurzen Seitenblick auf Anna und Nick und beobachtete dann wieder, was der Junkie tat.

»Lass mal sehen«, murmelte Nick und nahm ihre verletzte Hand, die sofort stärker pochte. »Warum hast du nichts gesagt?«

Anna sah gar nicht hin. Ihre Augen hingen an der Spritze fest: Die Flüssigkeit darin war klar, doch die grauen Einstreuungen hatten sich nicht gelöst, sondern schwebten in der Flüssigkeit wie Staub in der Luft. Wie *Staub.*

»Nick ...« Doch er hörte ihr nicht zu.

»Wir brauchen was zum Verbinden«, sagte er in den Raum.

Alle betrachteten gebannt, wie Ratte sich eine Stelle an seinem linken Ellenbogen suchte, die noch nicht vernarbt oder verknorpelt war, um die Spritze anzusetzen. Keiner antwortete ihm.

»Nick, der Staub«, sagte Anna und konnte den Blick nicht von der Spritze lösen.

»Halt die Hand hoch«, murmelte Nick ihr zu, der mit ihrer Verletzung beschäftigt war. Anna spürte Blut an ihren Fingern hinabrinnen.

»Oder warte ...« Er legte ihre rechte Hand auf ihre linke Schulter und wickelte sie dort fest in den Stoff ihres T-Shirts.

Anna brauchte immer mehr Selbstbeherrschung dafür, sich nicht in dem schwummrigen Gefühl zu verlieren, das ihren Kopf einlullte.

»Hey!«, rief Nick und trat auf Chuckie zu. »Habt ihr was zum Verbinden?«

Chuckie fuhr herum und packte den überraschten Nick am

Kragen. Gleichzeitig stand die Nadel mit dem Stoff für eine Sekunde auf der Vene von Ratte still wie eine Balletttänzerin im Zehenstand. Anna sah in fast unnatürlicher Schärfe dunkle Schlieren, die sich nun von den schwebenden Staubkörnern aus durch die Flüssigkeit zogen. An dem dünnwandigen Plastik der Einwegspritze kondensierten Wasserperlen, als käme sie direkt aus dem Eisfach. Mit unerschütterlicher Sicherheit wusste sie plötzlich, dass etwas Schreckliches passieren würde, wenn dieser Junkie auf der Bank sich das spritzte.

»Nein«, stöhnte sie und holte Luft, um zu schreien.

»Ihr zwei Vögel haltet jetzt die Fresse und versaut mir nicht das Geschäft«, zischte Chuckie in der angespannten Stille, in der Ratte den Muskel seines Daumens anspannte, um sich die Ladung in einem Schub in die Vene zu drücken. Chuckie bohrte den Lauf seiner Pistole in Nicks Seite. »Das Ding verschießt zwar nur Luft, aber das Mündungsfeuer macht trotzdem einen ganz hübschen Krater.«

Und dann stach Ratte in einer fließenden Bewegung die Nadel in die Vene und drückte, und Anna schrie.

Sie konnte sehen, wie sich der Stoff von der Armbeuge des Junkies gleich einer Schlange in Richtung Herz nach oben wand und das Blutgefäß dabei schwarz färbte.

»NEEIN!«

In einem plötzlichen Ansturm spürte sie wieder die Verzweiflung, die Kälte und die Macht darin, gegen die sie sich in ihrem Wahn stellen wollten: das dunkle Herz.

Eine Welle eisiger Luft schwappte durch den Raum und schmerzte auf Annas Haut wie Frostbrand. Chuckie stieß Nick von sich. Vielleicht, weil er nichts verpassen wollte, vielleicht, weil er dachte, Anna schreie wegen ihm. Er nahm mit der freien Hand die Pilotenbrille mit dem Goldrand ab und betrachtete Ratte mit leuchtenden Augen. Seinem Gesichtsausdruck nach sah er in dem spritzenden Junkie einen farbenprächtigen Schmetterling, der aus seiner hässlichen Verpuppung schlüpfte.

Anna konnte nicht sagen, ob die Menschen im Raum von der schwarzen Vene und der schlagartigen Kälte etwas bemerkten, doch wenn, dann schienen sie nicht allzu beunruhigt. Selin lachte sogar wieder, als könnte sie die Glückseligkeit nachempfinden, die Rattes Gesicht im Moment des Drückens widerspiegelte.

Doch dieser Gesichtsausdruck änderte sich binnen eines Augenblicks, als die schwarze Schlange das Herz des Abhängigen erreichte und von dort in jede Zelle seines Körpers vordrang. Sein Kopf fuhr nach hinten, und sein Kiefer öffnete sich, als wollte er auf Annas Schrei antworten, doch aus seiner Kehle drangen nur ein paar trockene Schnapplaute. Anna sah die schwarzen Adern sein Gesicht durchziehen und als Letztes seine Augen erreichen. Von der Pupille ausgehend färbten sich die beiden Augäpfel pechschwarz.

Sie wollte wieder schreien, etwas tun, doch sie war wie gelähmt von der Kälte, die in sie eindrang und sie erstarren ließ. Auch Nick, der nach Chuckies Stoß an den Elektroherd getaumelt war, rührte sich nicht.

»Was soll das?«, fragte Kuba irritiert angesichts Rattes gequälter Haltung. »Das ist kein H!«

Das Licht im Raum war dumpfer geworden. Selin lachte noch immer, und sie lachte auch noch, als Ratte sich plötzlich in einer fließenden Bewegung, zu der er vor wenigen Minuten niemals fähig gewesen wäre, nach vorne warf, und seine Hände dabei scheinbar ziellos in die Besteckschublade krachten, die vor ihm auf dem Tisch lag.

»Ratte«, rief nun auch Chuckie erstaunt über Selins mal glucksendes, mal röhrendes Lachen hinweg, während Kuba von der Holzbank aufgesprungen war und sich mit dem Rücken an das Fenster mit den Tüllvorhängen drückte.

»Willst du mir einen Speedball als Weltneuheit verkaufen?«, fragte er zornig in Richtung Chuckie. »Stell ihn ruhig!«

»Jetzt halt doch mal die Fresse, du dumme Schlampe«, rief Chuckie wütend. Mit einem Tritt brachte er Selins Stuhl zum

Kippen, die zu Boden stürzte, auf dem Rücken zum Liegen kam und einfach weiterlachte.

Im selben Moment stürzte der Junkie, dessen Haut nun ein netzartiges Gewebe aus schwarzen Adern zeigte, über den Tisch auf den überrumpelten Chuckie zu. Ratte warf erneut die Hände nach vorne, und Anna meinte, die Stimmen in seinem Kopf zu hören. *Töten* … riefen sie in seltener Eintracht, die Gier nach Stoff war gestillt, und der Stoff befahl ihm zu *töten*.

Seine linke Faust klatschte unkoordiniert auf Chuckies Wange mit dem Waffentattoo. Diesen Angriff überstand der Dealer mit dem Locken-Iro noch relativ unbeschadet. Seine Brille flog ihm aus der Hand, doch nicht die Schreckschusswaffe. Vielleicht war es mehr der Reflex als die bewusste Handlung, doch er drückte den Lauf in Rattes Bauch, so wie vorher gegen Nicks Seite. Sein Zeigefinger krallte sich um den Abzug, und ein Schuss löste sich. Rattes Unterleib wurde in fast komischer Anmutung zurückgestoßen, als unternähme der besessene Junkie den hoffnungslosen Versuch zu twerken. Doch Rattes rechte Faust fuhr davon ungerührt auf die Rose hinab, die zwischen Chuckies rechtem Ohrläppchen und dem Schlüsselbein tätowiert war, und das Küchenmesser in seiner Faust, das Ratte sich aus der Besteckschublade auf dem Tisch gekrallt hatte, durchstach Chuckies Haut und drang tief ein, wobei sie seine rechte Schlagader durchtrennte und in einen seiner Lungenflügel stach, der augenblicklich zusammenfiel.

Der Anblick, wie Chuckie mit kraftloser Bewegung seinen linken Arm um seinen Mörder schlang und röchelnd Blut aus seinem tätowierten, zugenähten Grinsen hustete, jagte so viel Adrenalin in Annas Körper, dass sie mit einem Mal wieder klar denken konnte. Sie kämpfte gegen die Kälte an, die ihre Glieder lähmte und riss sich aus der Erstarrung.

Nick stand noch immer am Elektroherd, sein Gesicht beinahe so fahl wie das des Junkies, bevor der *neueste heiße Stoff* ihm unnatürliches Leben eingehaucht hatte. Anna war mit zwei Schritten von der Tür weg bei ihm, um ihn wachzurütteln. Hinter ihr klirrte es, als Kuba mit dem Ellenbogen das Fenster mit den Tüllvorhängen einschlug. Er streifte hastig seine Trainingsjacke ab und wickelte sie sich um die Faust, um die messerartigen Scherben, die von der Scheibe geblieben waren, aus dem Rahmen zu schlagen. Dazwischen war Selins Lachen zu hören, das mit einem Mal erstickt klang, als es von Husten und Würgen unterbrochen wurde. Sie rang röchelnd nach Atem und schien dem Ersticken nahe, und dennoch drangen noch immer glucksende Laute aus ihrer Luftröhre, die mit ihrem Mageninhalt volllief. Das blutige Messer in Rattes Hand untermalte das Ganze mit glitschenden Geräuschen, als es noch zweimal in Chuckies Hals eindrang, bevor der Junkie den zuckenden, gurgelnden Körper seines Gastgebers zu Boden sacken ließ.

»Nick!« Anna packte ihn am Arm und zog, ohne auf den Schmerz zu achten, der wieder in ihrer Hand pochte. Ratte stand im Raum, die schwarzen Augen hellwach, und das schwarz durch seine Haut durchscheinende Adergeflecht wurde immer feingliedriger. Die Pistole hatte ein Loch in sein graubraun verschmutztes Shirt gerissen, das nun eine schwelende Fleischwunde unterhalb des Bauchnabels offenbarte. Doch so schrecklich die Verletzung aussah, sie blutete nicht. Rotes Blut floss lediglich von der Faust mit dem Messer und tropfte von der Klinge zu Boden. Anna sah in dem Schwarz seiner Augen keine Pupillenbewegung. Doch ohne dass er den Kopf bewegt hätte, spürte sie auf einmal, dass er sie anstarrte. Und etwas in ihm erkannte sie wieder. Etwas, das der Stoff in seinen Körper eingeschleust hatte.

»Nick, lauf!«, brüllte sie und sah aus dem Augenwinkel, wie Kuba am Fenster stand, die Hände am Fensterrahmen und mit einem Fuß auf der Bank, um sich nach draußen zu retten. Aber zu Annas Erstaunen sah sich der junge Typ mit dem Schirm der Cap im Nacken nach ihnen um und zögerte.

»Hilfe!«, schrie Anna ihm in Todesangst zu, während sie durch die Tür in den Raum floh, der nach draußen führte.

Sie zog Nick mit sich und spürte, dass er endlich auch aus der Erstarrung erwacht war.

Sie waren an dem Schrottrad und dem Plastiktisch vorbei, die den Müllgipfel in der Mitte des Raumes bildeten, als Ratte sie mit staksenden, aber schnellen Schritten einholte. Anna warf einen gehetzten Blick zurück und sah ihn heranstürzen und nach vorne hechten. Er streckte sich und grapschte mit der linken Hand nach ihr. Mit den Fingerspitzen riss er an ihrer Hüfte. Die Berührung war ein Schock. Sie schmerzte, selbst durch ihr T-Shirt, wie ein Peitschenschlag und hinterließ ein taubes Gefühl. Durch den Ruck aus dem Gleichgewicht gebracht, stürzte Anna wie das Monster hinter ihr auf den Boden voller Styropor, zerborstenem Pressspan und Unrat.

»Anna!« Nick machte Halt und wandte sich dem Junkie zu, der mit dem Messer in der Hand auf Anna zukroch.

»Pass auf!«, rief Anna ihm zu und wollte nach ihrem Verfolger treten, doch er packte sie mit der freien Hand und schloss seinen Griff wie einen Schraubstock um ihren Knöchel. Anna keuchte vor Schmerzen, denn es brannte höllisch, und von der Stelle, die Ratte gepackt hielt, über ihre Beine und Knie hinweg spürte sie eine zweite Welle der Kälte über sich schwappen. Diese schien nicht auf ihrer Haut haltzumachen, sondern drang durch ihre Blutbahn und ihre Nerven in die Muskeln vor, und sie schrie auf, als der Schmerz ihre Knochen erreichte.

Dann wurde es still. Der Lärm in dem Haus wurde dumpf und drang kaum noch zu ihr durch, und im gleichen Maße trübte sich ihre Sicht. Nur der Schmerz war noch da, und als sie schrie, klang es für sie, als wäre sie unter Wasser. Etwas sprach zu ihr, während Rattes Hand sie in die Tiefe der Dunkelheit zog. Es war, als hätte der Stachel eines giftigen Tieres sie getroffen und pumpte sie mehr und mehr mit seinem Gift voll.

Denk an Eric, flüsterte das Gift ihrem eingetrübten Bewusstsein zu, *du hast es verdient zu sterben, nach dem, was du getan hast.*

Denk an Ben: Warum solltest du leben, und er nicht?

Denk an Kyle: das wimmernde Häuflein Mensch, das du verabscheut hast und das für dich gestorben ist.

Denk an das dunkle Herz und lass alle Hoffnung fahren.

Denk an das dunkle Herz und stirb.

Und die Wahrheit war, sie *wollte* nachgeben. Sie war so erschöpft, dass sie das Kämpfen leid war. Sie wurde erdrückt von dem schlechten Gewissen, dass sie lebte und Ben tot war, und von der Gewissheit, dass es *ihre* Schuld sein würde, wenn die ganze Welt in einem Strudel von Gewalt und Hass versank. Sie wusste, dass es nicht mehr wehtun würde, wenn sie sich nur ergab. Sie würde einschlafen wie ein verschneiter Bergsteiger, der keine Kälte und keine Traurigkeit mehr spürte. Sie musste sich nur der Leere ergeben.

Aber sie *konnte* nicht. Das schlechte Gewissen, das sie quälte, hielt sie auch am Leben. Sie konnte nicht sterben, *weil* es ihre Schuld sein würde, was immer das dunkle Herz in dieser Welt tat. Und darum strampelte sie gegen die Fesseln der Dunkelheit an, die sich von Rattes Griff um ihren Knöchel aus noch immer weiter um sie spannten. Sie hielt an all den Gedanken fest, die das dunkle Herz mit ihrer Schuld an Erics Tod und ihrer Trauer um Ben und die anderen Toten zerquetschen wollte: Auf Nicks Fürsorge und Aufopferung, auf all ihre Mitstreiter von *drüben* und ihre verständnisvollen Eltern hier und auf die Liebe zu ihrem Bruder Ben, die sie ausgerechnet in der Erinnerung gefunden hatte, die das dunkle Herz hervorgeholt hatte, um sie zu quälen.

Sie nahm wieder wahr, wie Nick sich vor ihr auf den Junkie stürzte und ihn unter sich begrub. Er war nicht weiter weg als eine Armlänge, doch zugleich fühlte er sich so fern an, als könnte sie ihn niemals erreichen. Ratte würde Nick packen, wie er sie gepackt hatte, und ihn ebenfalls mit Dunkelheit und Verzweiflung vergiften. Angst durchströmte Anna und gab ihr gleichzeitig neue Kraft.

Sie bäumte sich auf, und statt das Gift in ihrem eigenen Körper weiter zu bekämpfen, ließ sie es gewähren. Ohne Rücksicht, was mit ihr geschehen würde, drängte sie ihrerseits durch das Nadelöhr, das Rattes Hand an ihrem Fuß darstellte, in die Schwärze vor, die von ihm Besitz ergriffen hatte. Mit einem Mal spürte Anna, was Ratte spürte: wie sein Körper im Hunger nach Gewalt pulsierte und Nick über sich zerreißen wollte. Anna schrie auf, ohne dass ein Laut über ihre Lippen kam. Rattes hasserfülltes Innenleben stieß Anna ab wie einen Fremdkörper, doch sie ließ sich nicht von der Wut beirren, die ihr entgegenschlug. Ohne zu wissen, woher diese seltsame Verbindung kam und wie es ihr überhaupt möglich war, kämpfte Anna sich tiefer und tiefer in Richtung der Dunkelheit in Rattes schlagendem Herzen durch. Es kostete sie Überwindung, als müsste sie in ein riesiges Hornissennest eintauchen oder in eine Schlangengrube, deren Insassen sich über ihren ganzen Körper schlängelten, doch sie stieß hindurch, bis die Schwärze plötzlich nachließ und Anna in ihren eigenen Körper zurückgeworfen wurde.

Anfangs war sie unfähig, sich zu rühren. Sie musste nach dieser seltsamen Erfahrung überhaupt erst das Gefühl für ihren Körper wiederfinden. Doch sie sah, dass sie etwas bewirkt hatte: Nick zuckte zurück, als plötzlich ein Schwall schwarzen Blutes aus der Bauchwunde des Junkies strömte. Ratte bäumte sich auf, während mehr und mehr schwarzes Blut sich auf den Boden ergoss. Anna erkannte die Szene aus ihrem Albtraum. Dieselbe Flüssigkeit war ihr aus Bens Zimmer entgegengeflossen, als die Tür sich scharrend unter ihren Fingern geöffnet hatte: das Blut des dunklen Herzens.

Ratte kam noch einmal strauchelnd auf die Füße und hob mit letzter Kraft das Messer über Nick, ihren Nick.

»Nein«, flüsterte sie, während sie darum kämpfte, die Kontrolle zurückzuerlangen. Es war, als wäre ihr ganzer Körper noch immer taub von Rattes Berührung. Das schwarze Blut, das doch eigentlich in dem Müll versickern musste, erreichte ihre Füße, umschloss ihre Seiten und war wie ein Eisbad, das sie zusätzlich lähmte. Sie mühte sich dagegen ab und spürte doch, wie sie den Kampf verlor. Ihr betäubter Körper raubte auch ihrem Geist die Kraft, je enger sich die beiden wieder verbanden. Aus den schmaler werdenden Schlitzen ihrer Lider sah sie, wie noch eine Gestalt aus der Küche kam und den schwankenden Junkie mit aller Kraft von Nick wegstieß. Ratte stürzte mit voller Wucht auf die metallene Lenkstange des Schrottrads, das im Zimmer lag. Seine pergamentartige Haut bot der scharfkantigen, nackten Metallstange kaum Widerstand. Der Lenker drang so weit ein, dass man ihn wahrscheinlich unter seiner Bauchdecke hätte erspüren können.

Dann verdunkelte sich die Szene, und Anna begann zu fantasieren. Es musste das Signalfeuer in ihrem Gehirn kurz vor der Ohnmacht sein: Sie sah tausend Orte, tausend Menschen gleichzeitig. Schatten von Szenen, in denen sich *drüben* und hier überlagerten wie zwei widerstreitende Realitäten. Wie zwei Tischtücher, dachte sie und wusste nicht, woher das Bild kam. Alles, was sie sah, war trüb wie durch ein Flimmern: ein Flimmern von *Staub*.

Zögert nicht

Anna lief, so schnell sie konnte. Das Rennen war mühsamer, als es sein sollte, und sie strauchelte und taumelte über die Wiese. Sie wusste nicht, warum sie lief, aber sie konnte es auch nicht verhindern. Sie musste schnell sein, sie musste weglaufen.

»Ich fang dich!«

Bens Stimme und dazu ihr eigenes, glucksendes Kleinkindlachen: Es war ein Spiel? Aber es stimmte nicht, sie war kein Kleinkind. Die Szene war *falsch*. Anna bekam die Puzzleteile nicht zusammen.

»Lauf schnell, ich fang dich!«

Sie lief, bis sie erneut stolperte und der Länge nach ins Gras fiel. Sofort spürte sie zwei Hände auf ihrem Rücken.

»Hab dich!«

Und dann kitzelten die Finger an ihrer Seite.

»Nein«, quietschte Klein Anna vergnügt und wand sich vor Lachen. »Nein, nicht kitzeln!«

»Geschnappt«, lachte Ben selbst, und als Anna sich herumwarf, sah sie den älteren Bruder über sich. Er war gewachsen, auch wenn sie nicht wusste, seit wann. Wann hatte sie ihn das letzte Mal gesehen? In der Wüstenstadt hatte sie doch nur seine Stimme gehört. Aber er war größer als das Bild, das sie von ihm hatte, und das nicht nur körperlich. Ben war schon ein Schulkind und grinste sie an, dass sich die Grübchen in seinen Wangen zeigten und seine Lippen eine Zahnlücke offenbarten. Er hatte den Zahn vor ein paar Wochen an die Stuhllehne verloren, wusste Anna plötzlich. Ihre Mutter hatte am Tisch gesessen und Ben hinter ihrem Stuhl gestanden. Er hatte »Pizza« gespielt und die Schultern ihrer Mutter erst geklopft wie einen Teig, um sie dann mit streichenden Bewegungen mit eingebildeter Tomatensoße zu beschmieren.

Anna hatte sich hinter ihn gestellt und es ihm gleichtun wollen. »Salami«, hatte sie gerufen und seinen Rücken mit den Handflächen beklopft, als würde sie ihn mit Salamischeiben belegen. Dabei hatte sie wohl eine empfindliche Stelle an seiner Seite erwischt, denn Ben zuckte zusammen und knallte mit dem Mund gegen die Stuhllehne ihrer Mutter. Er hatte geheult, ebenso wie Anna, die sich furchtbar erschrocken hatte, und Ben hatte geblutet und einen Zahn in seine Hand gespuckt. Wie ein Boxer, hatte er beim Abendessen schon wieder stolz getönt, und der Zahn war in seine Milchzahndose gewandert.

»Geschnappt, geschnappt!«, lachte Ben und kitzelte Anna durch.

»Nein«, kicherte Anna, »nein, stopp!«

Ben ließ von ihr ab, und sie rappelte sich auf.

»Jetzt fang ich dich«, verlangte Klein Anna, und Ben setzte sich gehorsam in Bewegung.

Die Wiese hinter dem Boulevard Berlin war nicht groß, nur ein Grünstreifen, von drei Kieswegen durchzogen und von Gebüsch eingegrenzt. Mama saß auf einer Bank unter einem Baum und hantierte an den Einkaufstüten herum. Sie hatte gesagt, sie sollten sich noch kurz austoben, bevor es nach Hause ging.

Ben lief davon und Klein Anna hinterher. Anna selbst war Zuschauerin der Szene und beobachtete sie aus einem Gefühl der Leere und Zusammenhangslosigkeit heraus.

»Ich … fang dich!«, rief Klein Anna schwer atmend im Laufen, so wie Ben es vorhin getan hatte, doch Ben war schneller, und der Abstand vergrößerte sich.

Es war ein Schock, als das Déjà-vu Anna überkam: Sie würde ihn nicht erreichen.

»Ich … ich fang dich!«, rief Klein Anna jubelnd, als Ben langsamer wurde, um sie aufschließen zu lassen, und Anna fieberte mit ihrem jüngeren Ich mit. Wenn sie ihn nur zu fassen bekäme. Wenn sie mit ihren Fingern nur seinen Arm berühren und ihn festhalten könnte, vielleicht könnte sie ihn retten.

Und dann verschwand Ben. Zumindest für Klein Annas Augen. Sein T-Shirt, seine Arme, seine Hose wurden blass, das sah auch Anna, aber gleichzeitig überlagerten sich die Bilder mit einer Landschaft, die sie nur zu gut kannte: einer Wüstenlandschaft mit der Silhouette einer verlassenen Stadt, dort, wo sie von der Wiese aus gleichzeitig noch das Einkaufszentrum erahnen konnte. Zwei Tischtücher, schoss es ihr durch den Kopf, wo immer der Gedanke herkam.

»Ben?« Annas Kleinkind-Stimme klang verwirrt, doch mit Bens Verschwinden lag die Wiese am Boulevard Berlin auch hinter Anna. Sie drehte sich um, und so verwirrend das war: Sie sah ihr jüngeres Ich mit den dunklen, schulterlangen Haaren, den kurzen Armen und dem pausbäckigen Gesicht noch für einen Augenblick unschlüssig auf der Wiese stehen. Verwirrt, noch nicht ängstlich, denn es konnte immer noch Teil des Spiels sein, dass ihr Bruder verschwunden war. Etwas, das Ben sich für sie hatte einfallen lassen, um sie zu überraschen.

»Bem«, fiel Klein Anna für einen Moment in die kleinkindliche Form seines Namens zurück, wie sie ihn noch bis vor ein paar Monaten ausgesprochen hatte. »BEN!«

Und Anna sah auch noch, wie sich ihre junge Mutter von der Bank erhob und zu Anna eilte, ehe die Wiese mit beiden verblasste.

Annas Bewusstsein steckte nun nicht mehr in Klein Anna. Es war nicht ihre Erinnerung, die sie sah, und auch nicht Bens, denn sie sah die Wüste nicht durch seine Augen. Sie sah überhaupt nicht, wie man mit menschlichen Augen sah, stattdessen spürte sie. Vielleicht wie ein Blinder sich ein Bild machen konnte, wenn er Dinge ertastete, oder wie eine Fledermaus, die mit Schallsignalen ihre Umgebung erkundete. Sie spürte es mit den Sinnen von etwas, das unter der Oberfläche der Wüstenwelt ruhte und sie zugleich bis in jeden Winkel durchdrang, doch es war nicht das dunkle Herz. Das dunkle Herz schlief dort unten und träumte Fetzen von Bildern vergangener Beutezüge. Sie fühlte mit anderen, weniger tierischen Sinnen, die sie nicht zuordnen konnte. Den Sand dort oben an der Oberfläche und draußen in der Wüste spürte Anna wie eine Haut, auf der Mauern standen und Hallengebilde errichtet waren, in denen Leben wuchs. Sie spürte die bienenstockartige Röhre unter der Stadt, wo das Volk des Alten gelebt hatte, wie einen Wurzelstrang im Erdreich, der das dunkle Herz am tiefsten Punkt eingekesselt hielt. Sein schwerer Schlag, der Gier und Hunger durch sein körperloses Wesen pumpte, war schwach wie aus der Ferne. Nur seine Aura war allgegenwärtig, wie sie es schon bei Annas eigener Ankunft an diesem Ort gewesen war: eine böse Vorahnung, die Angst schürte und jeden positiven Gedanken zu Schwerstarbeit machte.

Annas Bruder stand vornübergebeugt draußen in der Wüste und kotzte sich die Seele aus dem Leib. Vielleicht, weil ihm schlecht geworden war, so wie ihr, oder vielleicht auch aus Angst. Sie sah ihn nicht, sie spürte ihn in einer kriselnden Unschärfe aus verwehtem Staub und Sand. Anna wollte ihn rufen, ihn trösten, so wie er sie zu sich gerufen hatte, doch sie konnte nicht. Sie war gar nicht hier, wie Ben hier gewesen war, sondern als Gast. Und was immer sie hierher geführt hatte, sie spürte sein Drängen und Ziehen, wie sie es gespürt hatte, als sich diese Welt und ihre eigene vor dem Fenster des Hostels verschränkt hatten, als wäre eine Landbrücke zwischen zwei Kontinenten entstanden.

Doch Anna gab dem Drängen nicht nach, wohin es sie auch

führen wollte. Sie dachte nur an Ben und das Schicksal, das auf ihn wartete, und wollte es nicht hinnehmen.

»Anna«, sprach Bens Stimme auf einmal zu ihr, »Anna, hörst du mich? Elif kommt …«

Das war nicht Ben, stellte Anna verwirrt fest, das war Nick. Wo kamen die Worte her? Sie klangen so nah, als spräche er direkt in ihr Ohr.

»Sie hat es geschafft, du wirst es auch schaffen, sie kommt, hörst du? Kämpf dagegen an!«

Wohin wollte Elif kommen? Sie musste doch in der Burg bei Álvaro bleiben, damit der Plan funktionierte, damit sie alle gemeinsam nach Hause kämen. Nein, das war falsch. Elif war nicht hier, ebenso wenig wie Nick und Peter und Jelena und all die anderen. Es ging um Ben. Sie musste Ben helfen.

Anna spürte mehr Menschen dort oben. Manche bewegten sich langsam auf die Stadt zu, andere rannten scheinbar wahllos in eine Richtung. Wer war mit Ben gemeinsam angekommen? War ein Álvaro unter ihnen, der mit rücksichtsloser Brutalität seine eigene Stellung und sein eigenes Überleben sichern würde? Würde Ben das Glück haben, auf eine Jelena zu treffen, die ihm half, einen Brunnen zu finden, wo er sich nach dem Schock erholen konnte? Oder noch besser jemanden wie Chloé, die sich des kleinen Arthur angenommen hatte, als wäre er ihr eigener kleiner Bruder gewesen.

Und Anna spürte außer Ben noch jemanden, den sie kannte. Eine gebeugte Gestalt, die anders als die anderen mitten in der Stadt stand und sich nicht bewegte: den alten Mann.

Ben hatte sich in Bewegung gesetzt und ging langsam auf die Stadt zu, wie sie es selbst auch getan hatte. Sie wollte nicht nur spüren, sie wollte ihn trösten, ihm helfen. Doch wie?

Ihre Wahrnehmung mit dem ungewohnten Spürsinn war diffus. Manches blieb verschwommen, anderes sah sie so klar vor dem inneren Auge, als betrachtete sie es unter einem Mikroskop, und alles war gleichzeitig da: das Steinlabyrinth der Stadt, indem sich die ersten Menschen bereits zwischen

Mauern und Ruinen verloren. Die Hallen, die so viel deutlicher waren. Wo die Pflanzen, die dort wuchsen, mit ihren Wurzeln die Hürde zu ihr hinab überwanden und Regungen bis tief nach unten transportierten. Hier hatte Ben die Büsche zum Blühen gebracht, als Pan sein Lied gespielt hatte.

Und am deutlichsten von allem war eine Stelle, die wie ein Nabel in die Oberfläche eingebettet war: die steinerne Scheibe in der Wüste, wo der Zugang zur Unterstadt lag. Jede Rille und Furche dieser Scheibe mit dem fremdartigen Muster spürte Anna, als lägen ihre Fingerspitzen überall zugleich. Sandkörner, die in den Ritzen festsaßen, und andere, die in Verwehungen über die Scheibe strichen.

»Anna, du musst aufwachen.« Das war Nick. »Wir können hier nicht bleiben, wach auf!«

»Es geht nicht«, wollte sie ihm zurufen, »noch nicht!«

Was, wenn sie nur diese eine Chance hatte, um alles zu ändern, was passiert war?

Sie versuchte, sich wieder auf die Scheibe zu konzentrieren und Nick auszublenden, der weiter auf sie einredete. An diesen Ort in der Wüste hatte Ben sie mithilfe der vorwitzigen Maus geführt. Konnte sie Ben erreichen, wenn er dort hinkam? Würde sie irgendetwas von ihm in irgendeiner Welt vor dem Schicksal bewahren können, das ihm bevorstand? Sie suchte unter den Gestalten dort oben nach Ben auf seinem Weg in die Stadt. Doch noch ehe sie ihn wiedergefunden hatte, merkte sie, dass sie sank. Es war ein Gefühl, als hätte sich ihre Kleidung mit Wasser vollgesogen und zöge sie langsam nach unten. Sie hatte keinen Körper, konnte nicht strampeln und nicht schreien, und doch gaukelten ihre Sinne ihr vor, dass ihr Kopf unter die Oberfläche tauchte. Anna hielt erschrocken die Luft an.

Sie sank nicht unter die Meeresoberfläche, sondern in die Tiefe hinein, an deren Ende das dunkle Herz lag und schlief, doch das Gefühl war dasselbe. Und das Merkwürdige war, dass ihr Drang, wieder aufzutauchen und Luft zu holen, nach dem ersten Schock nachließ. Müdigkeit zog sich nach und nach wie

Schlieren durch ihre Gedanken, als hätte man ihr ein Beruhigungsmittel verabreicht. Sie sank weiter hinab und verlor das Bild von der Wüstenoberfläche. Es blieb nur der Bienenstock des alten Volkes mit seinen Tausenden roten Lichtern, die sie lidlos anstarrten und ihren Weg in den riesigen röhrenförmigen Abgrund begleiteten, dessen Durchmesser Hunderte Meter maß. Sie sank tiefer und tiefer dorthin, wo das dunkle Herz sein Nest hatte.

»Anna, was … DU MUSST ATMEN! ANNA, WACH AUF!«

Nicks Stimme klang ebenfalls dumpf und fern, die Panik darin weckte sie jedoch aus ihrer Lethargie. Plötzlich spürte sie den Lufthunger und die Krämpfe in ihrer Brust. Sie versuchte, ihr Absinken irgendwie aufzuhalten. Doch schon umgab sie die Schwärze: wie ein Schwarm aus Staub, eine Schlangengrube und eine brodelnde Gewitterwolke gleichermaßen. Anna zuckten vage Bilder durch den Kopf wie aus einem Traum, den das dunkle Herz träumte. Es war gierig, ruhelos und voller Gewissheit, dass es bald Zeit war: Erntezeit. Ankömmlinge waren erschienen, und das war gut.

Es war nicht das dunkle Herz, das sie in die Tiefe gezogen hatte, denn es wirkte unbeteiligt. Das Ziehen kam von einer Stelle noch tiefer, noch weiter unten, aber Anna kämpfte jetzt dagegen an. Ihre Lungenkrämpfe wurden hektischer, und ihr Puls klopfte hastig, um den letzten verbliebenen Sauerstoff in ihrem Körper umso verzweifelter zu verteilen. Sie spürte die Schwärze um sich herum, die sich wie ein Kissen über ihr Gesicht gedrückt hatte und sie ersticken würde. Sie hatte Angst davor, es aus seinem Schlaf zu wecken, doch wenn sie es nicht tat, würde sie sterben. Mit aller Kraft wehrte sie sich gegen das Kissen und riss den Mund auf.

»Nick«, rief sie, und ihr gieriger Atemzug war, als würde sie eisiges Wasser statt Luft atmen. Kälte strömte augenblicklich ihren Hals hinab, und in ihren Gedanken zuckte das dunkle Herz im Schlaf. »Nick, hilf mir!«

Als hätte sie selbst die Verbindung geschaffen, spürte sie auf einmal seine Hand, die ihre hielt, und schloss die Finger darum, so fest sie konnte. Zugleich drückte ein Gewicht ihre Brust zusammen, sodass sie meinte, ihre Rippen müssten nachgeben.

»ANNA, ATME!«

Anna hustete, und während die Kälte in ihrem Hals einer brennenden Schärfe wich, wurde ihre Brust wieder und wieder schmerzhaft zusammengepresst. Sie riss die Augen auf und sah das Gesicht eines Mannes mit gestutztem Bart auf sich zukommen, zu dem eigentlich eine Cap gehörte, wie sie wusste. Sie wusste außerdem, dass er tschechischer Drogenhändler war und einen Spitznamen hatte, und sein Gesicht beugte sich immer weiter herunter, als wollte er sie küssen.

Im letzten Moment, bevor er sie erreichte, drehte sie den Kopf zur Seite und sah dort Nick knien, der ihre Hand gehalten hatte und nun geistesgegenwärtig losließ und stattdessen ihren Kopf stützte und die Haare weghielt. Dann würgte sie scharfe Magensäure auf den Boden des Drogenhauses, so lange, bis sie das Gefühl hatte, nichts mehr in sich zu haben.

»Wie lang war ich bewusstlos?«, fragte Anna. Sie hatte sich aufgesetzt und die Knie angezogen, und sie fröstelte trotz der Hitze in dem Haus, als hätte sie Fieber. Die Hand mit der Schnittwunde pochte noch immer leicht, hatte allerdings aufgehört zu bluten. In der Luft lag der säuerliche Geruch ihres Mageninhalts. Sie hatte sich noch ein paarmal übergeben und war zwischendrin wohl auch noch mal mehr bewusstlos als wach gewesen, zumindest hatte sie keine durchgängige Erinnerung und wusste nicht, wo der Tscheche war, der sie vorhin noch mit seiner Herzdruckmassage unsanft wiederbelebt hatte. Sie hatte den schmerzhaften Druck auf ihrer Brust gespürt, noch bevor sie wieder ganz bei sich gewesen war. Seiner Beatmung war sie dann gerade noch entgangen.

»Über drei Stunden«, antwortete Nick, der noch immer etwas blass war.

Das Schrottrad ragte weiterhin in der Mitte des Raumes

aus dem Müll, und Ratte mit seiner Bauchwunde stand in einer unnatürlichen Rückenlage am Lenker aufgespießt, den Blick starr nach oben an die Decke gerichtet. Anna konnte seinen Gesichtsausdruck nicht erkennen und war froh darum. Die schwarzen Adern an seinen Armen hatten eine gräuliche Farbe bekommen und sich dem Farbton seiner Junkie-Haut angenähert, die im Tod kaum anders aussah als im Leben.

»Am Anfang warst du nur ganz weggetreten«, erklärte Nick, »und hast irgendwas gemurmelt, auf Deutsch glaub ich. Aber vorhin hast du plötzlich einfach aufgehört zu atmen. Wenn ich nicht bei dir gesessen hätte …«

Anna fröstelte bei dem Gedanken, wie knapp sie dem Tod oder was immer mit ihr passiert wäre, entronnen war. Drei Stunden … Es hatte sich höchstens wie eine halbe angefühlt. Es war ihr alles so real erschienen wie schon bei ihrem ersten Traum. Nur dass die Episode von der Beerdigung des Vogels *ihre* Erinnerung gewesen war. Das hier kam höchstens zu einem Teil aus ihrem Gedächtnis: wie ihr Bruder von der Wiese verschwunden war.

Anna hatte nicht gewusst, dass sie selbst als Kleinkind beobachtet hatte, wie Ben verschwunden war. Sie wusste auch nicht mehr, was sie danach hatte erzählen können und wie viel ihre Mutter von ihrem Fangen-Spiel mit Ben mitbekommen hatte. Nur dass es in dem Park passiert war, daran erinnerte sie sich gut, und dass ihre Mutter beim Einkaufen im Boulevard Berlin, seit sie denken konnte, immer einen Umweg genommen hatte, um die Wiese nicht sehen zu müssen.

Wie ihr Bruder aber die Wüste betreten hatte, als ihr jüngeres Ich ihn verloren hatte, das stammte nicht aus ihrer eigenen verschütteten Erinnerung. Das war ihr gezeigt worden. Doch von wem …

Die Abendsonne, die durch das Eingangsloch hereinströmte, warf Rattes Schatten an die gegenüberliegende Wand.

»Wo ist …?«

»Kuba?«, half Nick ihr mit dem Namen des Tschechen auf

die Sprünge, und auf sein Gesicht stahl sich fast so etwas wie ein Lächeln. »Er ist gefahren, um Elif zu holen.«

Elif! Anna erinnerte sich wieder an Nicks Worte.

»Sie ist wirklich aufgewacht?«

»Ich hab mit ihr telefoniert«, antwortete Nick. »Sie klingt, als wär sie komplett gesund. Und auch normal, also … wie sie selbst.«

Er schien selbst unglücklich, wie die Worte klangen, und Anna wusste, wieso. Sie hatte noch gar nicht richtig realisiert, dass Elif tatsächlich wieder sie selbst war, da stahl sich schon ein hinterhältiger Zweifel in ihr Hochgefühl. Konnte sich ihre Freundin so schnell aus eigener Kraft erholt haben, obwohl sie noch vor Stunden kaum zu einer Regung oder einem klaren Gedanken fähig gewesen war? Oder hatte sie den inneren Kampf vielmehr verloren, und das dunkle Herz hatte die Kontrolle übernommen?

»Wie können wir sicher sein?«, flüsterte sie fast, und sie warf unwillentlich einen Blick hinüber zu dem aufgespießten Junkie im Raum, den das dunkle Herz in eine Mordmaschine verwandelt hatte.

»Ich muss dir was zeigen«, sagte Nick auf einmal düster und stand auf, ohne auf ihre Frage zu antworten.

Anna wollte sich selbst aufrappeln, doch dabei wurde ihr schwindlig, und Nick stützte sie rasch mit der Hand.

»Warte, bleib sitzen. Ich hol's her.«

Als Nick durch die offene Tür in die Küche verschwand, lehnte Anna sich vor, um ihm nachzusehen, und starrte plötzlich in die toten Augen von Chuckie. Sein struppiger Locken-Iro stand noch immer senkrecht vom Kopf und damit waagrecht zum schmutzigen Fliesenboden. In seinem linken Auge waren einige Adern geplatzt und bildeten rote Schlieren. Seine Lippen waren geschlossen und bildeten die Tätowierung seines zugenähten Lächelns damit perfekt ab.

Anna befreite sich hastig wieder von dem Anblick und sah aus dem Augenwinkel noch einen Frauenfuß in einem Stiletto mit zierlichen Riemen. Sie hatte sofort das irre Lachen der Frau im Ohr, das nicht aufhören wollte und irgendwann in Röcheln und Würgen übergegangen war, und brauchte nicht viel Fantasie, um zu wissen, warum sie dort lag. Sie musste an ihrem eigenen Erbrochenen erstickt sein, während Ratte mit dem Messer sie und Nick als nächste Opfer auserwählt hatte.

Wach auf, wir können hier nicht bleiben, hatte Nick gesagt, als ihre Träume sie noch gefangen gehalten hatten. Sie mochte sich gar nicht ausmalen, was passieren würde, wenn sie jetzt in diesem Drogenhaus voller Leichen von jemandem überrascht wurden. Sei es die Polizei oder einer von Chuckies Kleindealern.

Nick erschien wieder mit einem Päckchen in der Hand, und Anna vergaß auf einen Schlag die drei Toten, von denen sie umgeben waren.

»Ist es das?«, fragte sie atemlos.

Nach allem, was passiert war, hatte sie nicht mehr im Geringsten an das gedacht, weshalb sie überhaupt hier waren: das Paket des alten Mannes.

»Ja«, antwortete Nick, doch sein Gesichtsausdruck war verschlossen und fast unwillig. Das Päckchen war kaum größer als ein Kofferradio und stand offen: Nick musste bereits hineingesehen haben.

»Was ist mit dir?«, fragte Anna, verwirrt ob Nicks Geheimniskrämerei. »Was hat er uns geschickt?«

»Schau es dir selbst an«, erwiderte Nick und stellte das Päckchen so vorsichtig vor ihr ab, als fürchtete er, der Inhalt könnte explodieren. Er legte es auf ein ausgefranstes Stück weiß lackierten Pressspans am Boden, das vielleicht mal zu einem billigen Möbelstück gehört hatte.

Anna zog die Kartonlaschen auseinander und nahm ebenso vorsichtig wie Nick etwas zusammengeknülltes Papier aus dem Päckchen. Es war weißes, liniertes Papier wie aus einem Schulheft, das zum Ausstopfen des Pakets verwendet worden war. Was darunter zum Vorschein kam, war so ernüchternd, dass Anna das Päckchen am liebsten genommen und so weit fortgeschleudert hätte, wie es ihre noch immer nicht ganz zurückgekehrten Kräfte erlaubten.

In dem Päckchen lag eine Waffe, moderner als Álvaros Luger aus dem Zweiten Weltkrieg, die Anna damals nach ihrem Kampf in die Wüste hinausgeworfen hatte. Die Pistole war in mattem Schwarz gehalten, mit angerautem Griff und glattem Lauf. So schlicht und einfach, dass man hätte meinen können, es wäre ein Alltagsgegenstand und kein Werkzeug, das zum Töten gemacht worden war.

Die Zeichenfolgen HK und P8 waren in den schwarz lackierten, stählernen Lauf eingraviert, und am Kunststoffgriff gab es einen kleinen Sicherungshebel, der nicht auf dem roten F, sondern dem weißen S stand. Unter der Waffe glänzte durch eine durchsichtige Plastikschachtel eine Reihe aufgestellter Patronen hervor.

Anna stellte das Päckchen wieder hin und atmete durch, um zumindest einen Teil ihrer Enttäuschung und Wut loszuwerden. Sie hatten diesen ganzen Wahnsinn hier mitgemacht, in den der Alte sie verstrickt hatte. Sie selbst hatte Nick zurückgehalten, als er die Nerven verloren hatte, aus der Hoffnung heraus, dass es hier etwas zu gewinnen gab, seien es Erkenntnisse, wie sie vorgehen musste, um dieser Bedrohung zu begegnen, oder eine echte Hilfe, wie immer die aussehen konnte. Aber *das*.

»Ist er verrückt?«, fragte sie leise und mit bebender Stimme. »Sollen *wir* jetzt anfangen, Leute zu erschießen?«

»Du musst die Nachricht dazu lesen«, sagte Nick mit einem Unterton, als wäre die Pistole noch nicht alles, »sie liegt mit drin.«

Anna fischte ein zusammengefaltetes Blatt liniertes Papier aus dem Päckchen, das sie auf den ersten Blick übersehen hatte. Es war dasselbe Papier, das auch als Füllmaterial verwendet worden war.

»Connor hat es geschrieben, weil der Alte es selbst nicht kann«, erklärte Nick, während Anna mit zunehmendem Entsetzen die Zeilen überflog und sie dann noch einmal las. Und noch einmal.

Anna, Nick, ich weiß nicht viel über das dunkle Herz, und selbst von dem, was ich geglaubt habe zu wissen, scheint manches nicht wahr zu sein. Eines aber weiß ich: Wohin es auch vordringt, schlägt es Wurzeln, und auch die kleinste Wurzel kann ausreichen, damit die Saat des Bösen aufgeht, sei es heute oder erst in vielen Jahren. Es steckt in jedem Einzelnen von euch, der heimgekehrt ist. Und ich weiß nicht, ob das der einzige Weg ist, den es in diese Welt benutzt, aber wer es nicht schafft, den Dämon in sich zu besiegen, der muss gestoppt werden. Es gibt keinen anderen Weg, es wird Tote geben, und wenn etwas in dieser Welt überleben soll, müsst ihr dafür kämpfen. Zögert nicht!

Noch beim dritten Mal jagte ihr das *Zögert nicht!* in Connors unruhiger Jungenschrift einen Schauder den Rücken hinunter. Das Blut gefror ihr in den Adern: Ein Junge, der wahrscheinlich keine zehn Jahre alt war, schickte ihnen ein Werkzeug zum Töten und wies sie an, es zu gebrauchen.

»Kannst du dir das vorstellen?«, fragte Nick verzweifelt. »Er will, dass wir Menschen umbringen. Ich meine, auf einen Álvaro, der auf uns losgeht wie dieser Junkie, können wir vielleicht schießen. Aber was ist, wenn das dunkle Herz Peter benutzt oder Lev?«

Anna blieb ihm die Antwort schuldig und wusste doch, dass er die Aufgabe des Alten noch unterschätzte. Zwischen *auf jemanden* zu schießen und jemanden zu *er*schießen bestand ein großer Unterschied. Kurz vor ihrer Flucht, nach Álvaros Gerangel mit Maik, hatte Anna dessen eigene Pistole auf Álvaro gerichtet. Er hatte ihr nicht zugetraut, überhaupt auf ihn zu schießen, doch sie hatte die Waffe gesenkt und auf sein Bein gefeuert, als er auf sie zugekommen war. Álvaro hatte es zweifellos herausgefordert, und sie hätte ihn dennoch niemals absichtlich *lebensgefährlich* verletzt.

Wut und Verzweiflung kämpften in ihrem aufgewühlten Herzen um die Vorherrschaft. Sie hatte gewusst, dass es vielleicht unmöglich werden würde, das dunkle Herz aufzuhalten. Und dass es wahrscheinlich weitere Leben kosten würde. Vielleicht hatte sie sogar Angst gehabt, dass sie ihr eigenes Opfer letztlich doch erbringen mussten. In dem Moment, bevor sie wirklich begriffen hatte, dass ihr Bruder tot war, wäre sie dazu imstande gewesen. In diesem Moment hatte sie fest daran geglaubt, dass sie ihr eigenes Leben für ihn gegeben hätte – aber selbst töten? Selbst jemandem das Leben nehmen? Wenn sie dazu fähig waren, dann gab es vielleicht für die Welt noch etwas zu retten – aber sie selbst würden verloren sein.

»Nein!« Anna dachte an Elif, und sie hörte ihre Stimme zittern. »Nein, er kann das nicht von uns verlangen. Es geht nicht!«

Nick schwieg eine Weile.

»Ich hab vorher mit Kuba geredet. Er ist Connors Onkel ... oder Mareks Onkel, so heißt Connor wirklich. Die Beschreibung war eindeutig.«

Anna war überrascht, nicht zuletzt von diesem plötzlichen Themenwechsel, aber auch, weil ihr Kuba im ersten Moment zu jung vorkam, um Connors Onkel zu sein. Doch wenn er der jüngere Bruder von Connors Mutter oder Vater war, dann konnte es schon sein.

»Und?«, fragte sie verwirrt.

»Wir haben nicht offen drüber geredet, aber ich glaube, er weiß, was in dem Päckchen ist. Entweder hat er die Waffe für seinen Neffen besorgt, oder Connor hat es irgendwie selbst fertiggebracht, auf jeden Fall ist er mächtig stolz auf seinen draufgängerischen Neffen ...«

Anna konnte noch immer nicht sagen, worauf er hinauswollte.

»Für ihn ist das ganz normal«, erklärte Nick. »Menschen haben Waffen und verteidigen sich zur Not auch mit Gewalt. Ich sag ja nicht, dass das gut ist, aber wenn Connor in Gefahr wäre, würde Kuba wahrscheinlich keine Sekunde zögern zu schießen. Vielleicht sogar Connor umgekehrt genauso.«

»Kuba ist ein Drogendealer«, erwiderte Anna trocken. »Er hält seine Waffe wahrscheinlich Leuten an den Kopf, die seinen Stoff haben wollen, ohne zu bezahlen.«

Nick zuckte mit den Schultern. »Wahrscheinlich. Aber wir machen so was nicht … Wenn wir sie benutzen, dann vielleicht wirklich zum Guten. Was sollen wir denn machen, wenn die andere Seite über Leichen geht?« Ehe Anna antworten konnte, zog er bereits Schlüsse aus seinen Überlegungen. »Du solltest sie nehmen. Du bringst es eher fertig als ich. Du hast es schon mal gemacht.«

Alles in Anna sträubte sich gegen seine Aufforderung, doch da hörte sie ein Auto auf den Kies fahren. Sie hätten es wohl früher kommen hören, wären sie nicht so mit sich selbst beschäftigt gewesen.

»Verstecken wir das Ding erst mal«, sagte Anna erschrocken.

Sie mussten es vor dem Tschechen verbergen, so wollte sie den Impuls gegenüber sich selbst rechtfertigen, doch wenn Nick sich nicht irrte, wusste dieser ohnehin, was er in die Türkei geschmuggelt hatte. Natürlich erschrak Anna vielmehr wegen Elif. Elif durfte nicht wissen, was sie hier besprachen, ebenso wenig wie von der Waffe, und sosehr Anna sich dafür schämte, es ging nicht anders, denn sie konnten nicht *sicher* sein …

»Ja, versteck sie«, sagte Nick, ohne sich zu regen, während draußen die Autotür zuschlug. »Aber nicht im Haus. Wir werden gleich abhauen.«

Anna sah die Pistole an und wusste, dass sie ein schlechtes Omen war und an ihr haften würde wie ein Fluch, wenn sie sie erst einmal behielt. Sie unternahm einen letzten, kläglichen Versuch dagegen, riss die Pistole und das Schächtelchen mit der Munition aus dem Päckchen und streckte beides Nick entgegen.

»Nimm«, flehte sie, während Schritte auf der Verandatreppe zu hören waren. Annas Herz pochte bis in ihren Hals hinauf.

»Nein«, schüttelte Nick mit verschlossener Miene den Kopf, und Anna war verzweifelt und wütend gleichermaßen, dass er *sie* zwang, es zu tun.

Die Schritte waren fast am Eingang, und ganz kurz blitzte die Möglichkeit auf, die Pistole einfach durch die Küchentür zu werfen und hierzulassen, als hätte es sie nie gegeben. Doch Anna brachte es nicht über sich und steckte die Waffe hastig unter ihrem T-Shirt zwischen Hüftknochen und Bauchnabel in den Hosenbund. Von den Patronen kippte Anna sich welche aus der Schachtel in die Hand und steckte sie in die Hosentasche. Nick beobachtete sie dabei stumm, und das machte sie fast so wütend wie das widerwärtige Gefühl des kalten Pistolenlaufs auf der Haut.

Anna warf die Schachtel und das Päckchen schnell zur Seite, und wo sie landeten, fielen sie zwischen all dem Müll und Unrat auf dem Boden kaum auf. Im selben Moment betraten zwei Menschen den Raum: Kuba und Elif.

Gute Nacht, Welt!

Elif sah noch immer ausgemergelt aus. Sie hatte Ringe unter den Augen, und Annas Herz sackte einen Meter tiefer, als sie erkannte, dass Elifs Pupillen noch immer so unnatürlich schwarz waren, als trüge sie Kontaktlinsen. Ihre Wangenknochen zeichneten sich im ausgemergelten Gesicht ab, doch gleichzeitig stand sie hier, ohne dass Kuba sie stützen musste. Und das, obwohl Anna und Nick sie noch am Vormittag im Delirium aufgefunden hatten.

Die Türkin erschrak kaum, als sie den aufgespießten Toten mitten im Raum sah. Kuba musste sie auf das vorbereitet haben, was sie hier erwartete. Ihr Blick fand sofort Anna und Nick, und ihr ganzes Gesicht leuchtete dabei auf. Die ehrliche Freude und Erleichterung, als Elif den Raum durchquerte, löste Annas schlimmste Anspannung. Was immer Elif noch in sich trug, *falls* sie etwas in sich trug: Es ließ weder ihre Adern schwarz werden, noch stürzte sie sich in plötzlicher Mordlust auf ihre Freunde.

Anna erhob sich, selbst noch auf wackligen Beinen, und nachdem Nick und Elif sich umarmt hatten, schloss auch Anna die Freundin in die Arme. Dabei achtete sie darauf, dass die Pistole von Elif fernblieb.

»Ihr seid wirklich gekommen«, brachte Elif hervor, und

Anna begriff erschrocken, dass die Türkin, die älter war als sie selbst, weinte.

Anna verstärkte ihre Umarmung um die abgemagerte Elif noch, ehe sich die beiden voneinander lösten und Elif sich die Tränen aus den Augen wischte.

»Es ist so schrecklich, was bei meinen Eltern passiert ist«, sagte sie kopfschüttelnd. »Mein Bruder hat es mir erzählt, es tut mir so, so leid!«

Anna schüttelte ebenfalls den Kopf und lächelte. Und dann heulte sie plötzlich selbst los, und Elif umarmte sie noch einmal. Nick kam ebenfalls dazu.

»Hauptsache …«, kämpfte Anna mit den Worten. »Hauptsache, dir geht es besser.« Sie weinte vor Glück darüber, Elif bei sich zu haben und dass sich der Weg nach Ankara in diesem Moment gelohnt hatte. Und zugleich weinte sie vor Angst und Sorge und konnte kaum sagen, was überwog.

»Wir müssen hier weg«, störte Kuba ihre Dreisamkeit von der Tür. Er trug wieder seine Cap falsch herum auf dem Kopf. »Ich kann euch mitnehmen, solang ihr nicht zurück in die Stadt wollt. Und lehnt nicht ab, denn die Geschichte würd ich schon gern noch ein Stück weiterhören.«

Anna wusste nicht, was Nick dem Tschechen erzählt hatte, um ihn dazu zu bringen, Elif aus der Stadt zu holen. Sie konnte sich denken, dass es die letzte Richtung gewesen war, die der Drogenhändler hatte einschlagen wollen. Ganz zu schweigen davon, noch einmal hierher zurückzukehren: Hier lagen drei Leichen, einer davon so etwas wie sein Geschäftspartner, und im Stadtgebiet wären Tausende Polizisten sehr dankbar, wenn er in der Nähe bliebe, bis die Leichen gefunden würden.

»Also, wohin?«, fragte er, als alle drei schwiegen.

»Können Sie uns nach *Tuz Gölü* bringen?«, nannte Anna das Erste, das ihr einfiel, und versuchte es so auszusprechen wie der Busfahrer, der sie hergebracht hatte.

Elif sah sie überrascht an. »Was wollt ihr denn da?«

»Weißt du nicht mehr?«, fragte Anna verunsichert. »Du hast heute Morgen gesagt, Sinan sei dort.«

Elif schüttelte unglücklich den Kopf. »Nein, das weiß ich nicht mehr. Das meiste ist dunkel.«

Dunkel, schauderte Anna und dachte an die hasserfüllte Schwärze im Inneren von Ratte. Steckte das dunkle Herz noch in ihrer Freundin? Aber sie traute sich nicht, zu fragen oder ihre Augenfarbe anzusprechen, aus Angst, es damit wahr zu machen. Stattdessen steckte sie die rechte Hand in die Hosentasche, um mit dem Arm die Ausbeulung der Pistole unter ihrem T-Shirt zu verdecken, und kam sich dabei wie eine Verräterin vor.

»Ich kann euch da rauslassen«, erwiderte Kuba, »wohin genau wollt ihr?«

Anna wusste es nicht. »Gibt es eine Stadt dort?«, fragte sie Elif. »Sinan ist unter der Stadt, das hast du gesagt.«

»Nein, eigentlich nicht«, antwortete Elif und schüttelte den Kopf. »Nur so eine Siedlung mit ein paar Hochhäusern und die Fabriken, wo sie das Salz abbauen.«

Erst jetzt fiel Anna wieder ein, dass auch der Busfahrer von einem *Salz*see gesprochen hatte. Anna wusste nicht, was das hieß, außer dass das Wasser wohl salzig war. Sie hatte in ihrem Leben noch keinen gesehen.

»Die Schnellstraße führt am *Tuz Gölü* vorbei«, sagte Kuba ungeduldig. »Ich lass euch da raus. Kommt zum Auto, wenn ihr hier fertig seid, und beeilt euch. Ich lad noch schnell was ein.«

Er wandte sich schon wieder zur Tür.

Da erst fiel Anna ein, dass dieser Mann vor Kurzem ihr und Nicks Leben gerettet hatte. »Danke«, sagte sie hastig, »für alles!«

Er drehte sich noch einmal um und lächelte schnaubend, ehe er hinausging.

»Und was macht ihr … hier?«, fragte Elif und schien erst jetzt, als sie sich umsah, einen wirklichen Eindruck von diesem Ort zu gewinnen. Anna konnte gut verstehen, dass gegen die drei Leichen und ihr Wiedersehen der Zustand und Zweck des

Hauses erst einmal nebensächlich schien. »Hab ich euch auch *hierher* geschickt?«

»Nein«, sagte Anna voreilig und erinnerte sich erst jetzt wieder daran, dass sie Elif nicht die Wahrheit sagen konnte.

»Nein … das haben wir uns selbst ausgedacht«, übernahm Nick stockend. »Deine Eltern haben von Drogen geredet, und … wir haben mit Connor geschrieben.«

»Connor?«, fragte Elif verständnislos.

Die Türkin hatte weit weniger mit Peter, Eric, Poppins, Connor, Ruth und all den anderen zu tun gehabt als Nick und Anna, die mit den Kindern die Brandkatastrophe und auch einiges danach durchgemacht hatten.

»Connor war der Tscheche, der sich immer mit Ruth gestritten hat«, erklärte Anna. »Du hast ihn wahrscheinlich nur kurz gesehen, als wir in die Burg gekommen sind? Er sollte eigentlich über die Mauer klettern, um dir von unserem Plan zu erzählen, Maik einzuweihen. Aber Ruth ist ihm zuvorgekommen.«

»Ja, an Ruth erinnere ich mich«, nickte Elif und schmunzelte. »Sie war ziemlich … furchtlos. Habt ihr von ihr auch was gehört?«

Nick schüttelte den Kopf. Anna musste daran denken, wie viele es waren, von denen es nicht das geringste Lebenszeichen gab. Und jeder von ihnen konnte nun ein *Feind* sein, wenn es nach dem Alten ging.

»Nein, von Ruth nichts«, sagte Nick, »aber Connor kannte jemanden, der mit Drogen zu tun hat und der auf dem Weg nach Ankara war: Kuba. Connor hat uns dann den Ort gesagt, wo wir Kuba treffen können.«

Anna war froh, dass Nick für sie übernommen hatte. Sie hoffte nur, dass Kuba Elif nicht schon irgendetwas über das Päckchen erzählt hatte. Die Schritte des Tschechen waren draußen an der Veranda und dann an einer Treppe zu hören, doch er kam nicht zu ihnen hinauf. Vielleicht gab es einen Keller?

»Wir wussten nicht genau, wie deine Eltern auf Drogen kamen und ob das überhaupt wichtig war«, sagte Nick, »aber das hat sich ja zum Glück erübrigt, nachdem es dir besser geht … an was erinnerst du dich denn noch?«, fragte Nick, um das Thema zu wechseln.

»Meine Eltern sind sehr gläubig«, sagte Elif. »Und sie machen sich viele Sorgen um mich. Am meisten um Jungs und Drogen. Aber mit so was …« Ihr angeekelter Blick strich über den Müll am Boden und blieb an der Tür hängen, aus deren Richtung der Kloakengestank hereinwehte. »… mit so was hab ich nichts zu tun. Hier wärt ihr sicher nicht weitergekommen. Dachtet ihr das etwa?«

Nick blickte betreten zu Boden.

»Natürlich nicht«, sprang Anna ein. »Aber wohin sollten wir gehen, nachdem deine Eltern uns rausgeworfen haben … wir haben halt nach einem Strohhalm gegriffen.«

»Ihr dürft es ihnen nicht übel nehmen«, erwiderte Elif kleinlaut. »Sie haben es nicht leicht … Ich weiß auch nicht genau, warum sie so überzeugt von den Drogen waren. Vielleicht etwas, das die Polizei gesagt hat. Mein Bruder hat mir erzählt, dass mich die Polizisten irgendwo aufgelesen haben. Ich selbst kann mich nur noch erinnern, wie dieser alte Mann uns da unten zurückhalten wollte. Als wir fliehen wollten, über diesen Steg, wo das Tor erschienen ist.«

Anna hatte sofort das Bild des Abgrunds mit den roten Lichtern vor Augen, über den der Steg führte. Sie hatte ihn ja gerade erst gesehen, als sie langsam hinabgesunken war, dorthin, wo das dunkle Herz seinen Ursprung oder zumindest sein Gefängnis gehabt hatte.

»Und dass auf einmal alle gerannt sind und Panik hatten. Ich bin dann auch gelaufen, aber dann …«

»Und sonst weißt du *nichts*?«, fragte Nick erstaunt. »Auch nicht, dass du uns geschrieben hast?«

»Doch, doch, das weiß ich«, sagte Elif. »Ich hatte zu Hause zwischendrin klare Momente, und in einem davon hab ich euch geschrieben. Aber ich hab mir den Text vorhin noch mal durchgelesen, mit den überfahrenen Katzen und alles … daran kann ich mich überhaupt nicht erinnern. Es klingt ja total verrückt!«

»Wir dachten, du willst die Nachricht irgendwie tarnen, aus Angst, dass jemand mitliest oder so«, sprach Anna ihre erste Vermutung aus, und wieder hielt sie sich zurück, die Frage zu stellen, die ihr eigentlich auf dem Herzen brannte: War es ein Hilferuf, weil du nicht Herr über dich selbst warst? Bist du es jetzt?

Elif zuckte mit den Schultern. »Ja, vielleicht war's das. Aber ich weiß es nicht.«

»Und Sinan?«, fragte Anna. »Kannst du dich an ihn gar nicht erinnern?«

Die Türkin schüttelte traurig den Kopf. »Nein, nicht in Ankara. Ich hab, glaub ich, ziemlich viel komische Sachen geträumt. Und vielleicht konnte ich das nicht mehr auseinanderhalten, was wirklich ist und was nicht, als ich euch den seltsamen Text geschrieben habe. Aber ich weiß es nicht genau. Auch nicht, was ich euch zu Sinan gesagt habe. Ich bin erst vor ein paar Stunden aufgewacht, als hätte ich nur geschlafen. Das alles mit der Wüstenstadt und Álvaro, es war plötzlich so weit weg und mit den ganzen Albträumen vermischt, und ich hab es erst wieder geglaubt, als ich meine Nachricht an euch gesehen habe. Meine Mutter und mein Bruder waren da, und mein Bruder hat mir von eurem Besuch erzählt, als Mama mir was zu essen gemacht hat. Ich hab sofort in dem Hostel angerufen, und der Mann da hat mir eure Nummer gegeben.«

»Gehen wir zum Auto«, drängte Nick, als Kubas Schritte erneut zu hören waren. »Wir können den Rest später besprechen.«

»Und ihr wollt bestimmt zum *Tuz Gölü*?«, fragte Elif vorsichtig.

»Du hast davon gesprochen«, bekräftigte Anna und setzte sich in Bewegung zur Tür. »Es ist unser einziger Hinweis auf Sinan.«

»Ja, bestimmt, aber ...« Elif stockte. »... das wird uns nicht viel helfen. Der *Tuz Gölü* ist riesig. Wenn wir nicht wissen, wo wir genau hinmüssen, dann können wir Sinan wochenlang suchen. Wenn ihn irgendwer da rausgebracht und ausgesetzt hat, schon vor Tagen, dann weiß ich auch nicht, wie …«

Sie hatte ihn aufgegeben, begriff Anna, ohne zu verstehen, wie man jemanden auf einem See »aussetzen« sollte. Aber vielleicht hatte Elif nur das falsche Wort gewählt und meinte, er könnte dort ertrunken sein. Auf jeden Fall hielt sie ihn für tot, und da weder Anna noch Nick etwas darauf entgegnete, blieb es so zwischen ihnen stehen, während sie nach draußen gingen. Anna ertappte sich bei dem Gedanken, dass Elifs Glaube in der Wüstenstadt weit größeres Durchhaltevermögen besessen hatte. Sie hatte in der Burg unter Álvaros Herrschaft ausgeharrt, um den Ort von Sinans Gefängnis herauszufinden, statt mit Anna und Nick zu fliehen. Fehlte ihr nun einfach die Kraft zum Hoffen?

Als sie aus dem Eingangsloch trat, war Anna zunächst geblendet vom Licht der Sonne, obwohl diese bereits tief über den Dächern stand. Die Hitze war draußen größer als drinnen, aber sie atmete dennoch auf, als sie die verdreckte Ruine mit den drei Toten verließen. Anna blinzelte und sah das Flirren in der Luft. Es war wie in ihrem Traum, als sie alles gespürt hatte, statt es zu sehen. Aber ihr Blick klärte sich, und von dem Flirren blieb nur ein wenig Staub, der in der Luft tanzte.

Während sie über die Löcher im Boden der Veranda und über die fehlenden Holzstufen der Treppe hinwegstiegen, warf Anna einen Blick die Straße hinunter und sah keine Menschenseele. Anders als bei ihrer Ankunft, war sie froh darüber.

»Ach du Scheiße«, sagte Nick, als sie auf dem Kies standen, und Anna folgte seinem Blick.

Der Kofferraum des alten Toyota-Kombis mit dem tschechischen Kennzeichen stand offen. Eine große Plastikkiste ohne Deckel nahm die halbe Fläche ein, in der sich Tüten mit weißem Pulver voller grauer Einstreuungen stapelten. Kuba trat eben aus einem Kellerabgang links der Verandatreppe und trug eine zweite solche Kiste. Beide zusammen mussten mindestens zwei Dutzend der Tüten mit dem Stoff beinhalten, dem Chuckie die Dosis entnommen hatte, mit der Ratte sich zum Monster gespritzt hatte.

»Was machst du da?«, fragte Anna den Tschechen entgeistert.

Kuba hatte noch seine Mühe mit der schweren Kiste und trug sie bis zu seinem Auto, ehe er sie mit einem Ächzen abstellte und antwortete.

»Geschäfte«, sagte er mit einem Gesichtsausdruck zwischen verschmitzt und peinlich berührt und schloss den Kofferraum mit so viel Schwung, dass das Auto wackelte.

»Aber …«, stammelte Anna, während sie mit den anderen auf das Auto zulief, »… du hast gesehen, was mit dem Junkie da drinnen passiert ist. Das ist Gift!«

Kuba schnaubte. »Drogen sind immer Gift. Der abgewichste Penner da drin war schon lange fällig zum Überschnappen.«

»Das kann nicht dein Ernst sein«, protestierte Anna weiter, während Kuba vom Kofferraum wegtrat und ihre Worte mit einem genervten Seufzen quittierte. »Er hatte plötzlich viel mehr Kraft, und er hat nicht geblutet, als Chuckie auf ihn geschossen hat. Er ist von einem Moment auf den anderen ein bluthungriges Monster geworden!«

Kuba zog die Augenbrauen hoch. »Ein Monster, hä? Das, was Ratte an Monster in sich hatte, das war schon lange vor seinem letzten Schuss da, glaub mir. Heroin ist das Zeug nicht, aber das muss ja nicht schlecht sein. Da ist sicher Speed drin und wer weiß was noch. So wie ich Chuckie kenne, hat er selbst noch Brausepulver reingemischt … Ist auch scheißegal, auf jeden Fall kann ich es mir nicht leisten, eine Nullfahrt zu machen, nicht bei dem Risiko.«

Anna überlegte fieberhaft, wie man ihm Tatsachen begreiflich machen konnte, die er nicht sah: die schwarzen Adern und die Augen, die ganze Verwandlung. Was er bemerkt hatte, würde Kuba alles den Drogen selbst zuschreiben. Es *gab* ja Abhängige, die durchdrehten.

»Das Zeug ist anders«, mischte Nick sich ein, »es ist etwas Böses darin! Ich hab dir doch erzählt, was gerade auf der Welt passiert.«

Kuba seufzte und sah auf sein Handy.

»Passt auf, wir können jetzt noch lange diskutieren. Ich kann mir schon vorstellen, dass euch das nicht gefällt und dass ihr noch ein bisschen durch den Wind seid, aber hier sind ein paar Fakten: Fakt eins ist, dass der Penner da drin überfällig war. Wisst ihr, warum Chuckie ihn Ratte genannt hat? Laborratte! Chuckie fand es lustig, seinem Haustier immer die neuesten Leckerlis zu füttern und zu sehen, was passiert. Ratte war seit Jahren auf *allem* drauf, was ihr euch vorstellen könnt. Da kann schon mal was schiefgehen. Fakt zwei ist, dass ihr in einer schlechten Position seid, Forderungen zu stellen. Ihr habt mir euren Arsch zu verdanken und noch etwas anderes.«

Sein Blick wanderte kurz zu Annas Bauch, wo die Pistole unter ihrem T-Shirt wohl nicht so gut versteckt war, wie sie gehofft hatte. Elif schien nichts bemerkt zu haben, und Anna unterdrückte mühsam den Impuls, sich wegzudrehen oder es zu kaschieren. Das hätte es nur schlimmer gemacht.

»Und Fakt drei ist«, fuhr Kuba fort, »dass die Fuhre im Kofferraum wohl kaum einen Unterschied machen dürfte, wenn wir erwischt werden und rauskommt, was hier passiert ist.« Er deutete in Richtung Haus. »Also wäre es jetzt mal an der Zeit, sich zu verpissen, in Ordnung?«

Er schüttelte den Kopf, als niemand von ihnen reagierte, und lief dann einfach zur Fahrertür.

Anna und Nick sahen sich an, und sie entdeckte dasselbe Gefühl der Machtlosigkeit in seinen Augen, das sie selbst empfand. Sollte sie die Pistole zücken, um den Tschechen zu zwingen, das Zeug zu vernichten? Das war lächerlich, und wahrscheinlich hätte er sie außer Gefecht gesetzt, bevor sie die Waffe auch nur entsichert hätte. Abgesehen davon, dass sie ihm immer noch ihr Leben verdankten. Aber wenn die Drogen in seinem Kofferraum in Umlauf kämen, wie viele Tote würden sie fordern, ehe die Sache aufflog. Und wie viele Drogenkuriere bewegten sich derzeit noch mit solch einer Ladung durch Europa. Wer hatte das Heroin oder was immer das weiße Pulver war, überhaupt zusammengemischt mit dem Staub, der in die Blutbahn gespritzt offensichtlich seine ganze scheußliche Wirkung entfaltete?

Nick bewegte sich als Erster und stieg hinten ins Auto, während Kuba bereits den Motor anließ. Elif stand noch vollkommen verunsichert auf dem Kies und sah Anna fragend an. Kuba konnte ihr noch nicht die Hälfte von dem erzählt haben, was hier passiert war, denn er wusste ja selbst kaum mehr.

Anna lächelte ihr traurig zu und stieg dann ebenfalls ein, wobei die Hitze im Auto sie fast erschlug. Sie rutschte über den durchgewetzten grauen Stoffbezug bis zur Mitte der Rückbank durch, um Elif Platz zu machen, und vermied Blickkontakt zu Kuba, der provokant in den Rückspiegel starrte.

Der Tscheche schnaubte wieder, als sie sich zu dritt auf die Rückbank quetschten, statt dass einer nach vorne kam. Dann öffnete er das Handschuhfach und holte einen Tabakbeutel heraus, ehe er das Fach wieder schloss. Er mochte tatsächlich Lust auf eine Zigarette haben, aber Anna hatte keinen Zweifel daran, dass er ihnen hauptsächlich einen Blick auf das hatte geben wollen, was im Handschuhfach noch verstaut lag: eine Pistole gleicher Machart wie die, die in Annas Hosenbund steckte.

Kuba fuhr von dem Kiesstück auf den rissigen Asphalt des Geisterviertels, während er sich mit einer Hand eine vorbereitete, selbst gedrehte Zigarette aus dem Tabakbeutel fischte und diese zwischen die Lippen steckte. Er zündete sie mit einem abgegriffenen Zippo-Feuerzeug an, ließ danach den Deckel wieder zuschnappen und verstaute alles in der Mittelkonsole. Als er den Rauch seiner Zigarette durchs offene Fenster blies, verschleierte er damit für einen Moment Annas Blick auf das Drogenhaus mit der träge herabhängenden, selbst gemalten Fahne auf der Dachgaube, das im Seitenspiegel immer kleiner wurde.

Kuba nahm dieselbe Straße, die auch der Bus am Nachmittag befahren hatte. Die Sonne stand tief über dem Häusermeer Ankaras, und das Panorama der Stadt von dem Hügel aus war fast malerisch. Im Auto herrschte angespannte Stille, und der Pistolenlauf drückte hart in Annas Leiste. Kuba würde nicht auf das Geld, das die Drogen brachten, verzichten. Aber wenn sie nicht einmal diesen kleinen Stein der Geröllawine aufhalten konnten, die das dunkle Herz über die Welt brachte ... wie sollten sie überhaupt diesem unheimlichen Staub begegnen, den der Alte noch mit keinem Wort erwähnt hatte?

»Glaubst du eigentlich irgendwas von dem, was ich dir erzählt habe?«, fragte Nick nach einigen Minuten der Fahrt mit enttäuschter Stimme.

»Weißt du, das ist ja das Seltsame«, lachte Kuba und warf den Stummel der aufgerauchten Zigarette aus dem Fenster, ehe er es schloss und den altmodischen Plastikknopf der Klimaanlage in Richtung Blau drehte, woraufhin die Gebläseschlitze kühle Luft in das stickige Auto bliesen. »Ich hab genug abgedrehte Typen in meinem Leben getroffen. Und mein Neffe zieht sich viel zu viel Müll rein, kein Wunder, dass er sich Geschichten ausdenkt. Aber ihr ... ihr passt nicht ins Schema. Außerdem habe ich diesen alten Mann gesehen, von dem du gesprochen hast, und er wirkt tatsächlich nicht wie ... von hier.«

»Der alte Mann?«, fragte Elif erstaunt und senkte die Stimme. »Der uns zurückhalten wollte?«

Anna nickte und antwortete ebenfalls leise. »Aber jetzt hilft er uns.« Auch wenn es Hilfe war, auf die Anna liebend gern verzichtet hätte. »Erst war er bei Nick, jetzt ist er bei Connor ... oder Marek. Wir wollten ihn und die anderen in Berlin treffen, aber dann haben wir deine Nachricht gekriegt.«

»Wie kannst du dann das Zeug unter die Leute bringen?«, setzte Nick seine Bemühungen gegenüber Kuba fort. »Wenn auch nur der Hauch einer Chance besteht, dass es wirklich eine Bedrohung gibt, von der niemand etwas ahnt, die gar nicht aus dieser Welt kommt, und wenn du vorher wirklich *gesehen* haben könntest, wie diese Bedrohung einen halb toten Junkie zu einem mordenden Monster gemacht hat, wie kannst du das in Kauf nehmen? Wie kannst du dich zu einem Teil davon machen?«

Sie waren mittlerweile auf einer mehrspurigen Schnellstraße am Stadtrand angelangt. Die Feierabendstaus hatten sich wohl schon aufgelöst, denn es gab kaum Verkehr.

»Weißt du, Leute wie ihr sind immer so lange faszinierend und interessant, bis sie anfangen zu nerven«, setzte Kuba zu einem Monolog an. »Ich bin ein offener Typ und kein Psycho wie Chuckie. Ich habe viel mit Menschen zu tun, auch berufsmäßig, und da hilft es, wenn man generell gut mit Menschen kann. Aber du redest wie so ein militanter Veganer: So, als würde die Welt an ein paar Gläsern Milch zugrunde gehen.«

»Was …«, unterbrach ihn Nick, aber Kuba ließ es nicht zu.

»Nein, lass mich ausreden! Es ist ja nicht nur so, dass es mich anpisst, dass ich euch das Leben rette und ihr nicht mal den verfickten Anstand zeigt, mich in Ruhe tun zu lassen, was ich tun muss, damit ich meine eigenen verfickten Brötchen verdienen kann. Na, gut, das pisst mich an, aber noch mehr pisst mich an, wie verdammt naiv ihr seid! Wenn es wirklich so eine Bedrohung gibt, von der ihr redet, und wenn ihr wirklich irgendwie durch Raum und Zeit zu anderen Welten gereist seid«, er schnaubte, »also wenn das alles passiert ist, dann glaubt ihr, ihr rettet die Welt mit einem Ausflug an einen Salzsee und indem ihr dem einzigen Dealer weit und breit die Ohren vollheult, bei dem ihr sowieso schon in der Schuld steht? Gute Nacht, Welt!«

Er lachte. Kuba redete jetzt merklich überdreht, und es mochte an dem latenten Grasgeruch liegen, der im Auto von dem Zigarettenrauch übrig geblieben war.

»Wenn man was erreichen will«, philosophierte Kuba weiter, »dann muss man erst mal kapieren, dass die Welt nicht so ist, wie man sie sich wünscht, sondern so, wie sie ist. Und nur weil ihr es wollt, gibt kein Dealer Stoff für 'ne sechsstellige Summe auf. Das passiert einfach nicht. Kommt mal damit klar!« Er sah in den Rückspiegel und tippte sich an den Kopf. »Also wenn ihr die Welt retten wollt, braucht ihr ’nen besseren Plan.«

Seine selbstgefällige Predigt machte Anna immer wütender. Natürlich hatte er recht damit, dass sie auf verlorenem Posten standen, und natürlich konnte man sich darüber lustig machen. Aber die Wahrheit war, dass nicht ihre absurde Geschichte das Problem darstellte, warum sie bei ihm auf Granit bissen. Anna wusste noch immer nicht, ob er ihnen nun zumindest Teile ihrer Geschichte glaubte oder nicht, und vermutlich wusste er es selbst nicht, aber das war nicht die große Hürde. Die Hürde war, dass es ihn etwas kosten würde, wenn er auf sie und nicht auf seine eigenen Rationalisierungen hörte, was Rattes plötzliche Mordlust anging.

»’ne sechsstellige Summe« würde es ihn kosten, den Stoff aufzugeben, für den er nach Chuckies Tod vermutlich nichts hatte bezahlen müssen. Und wenn man sich umschaute, wie die Welt war, so, wie er sagte, und nicht, wie man sie sich wünschte, dann waren die Menschen so lange bereit, einem zuzuhören und sich Dinge erklären zu lassen, bis die neu gewonnene Erkenntnis etwas kostete. Forschung zum Klimawandel war gut, solange sie nicht Aktienkursen und Arbeitsplätzen im Weg stand. Mit christlichen Werten schmückte man sich gerne, bis die Flüchtlinge im eigenen Land ankamen, und der Tierschutz war so lange gut, bis er zu höheren Preisen im Supermarkt führte.

Kuba hatte recht, sie konnten sich nicht darauf verlassen, dass Menschen wie er begriffen, worum es ging, und wirklichen Einsatz zeigten. Sie mussten *trotz* ihm den Stoff loswerden … Annas Blick zuckte zum Handschuhfach hinüber, denn sie mussten es auch trotz seiner Pistole tun.

Der Stadtrand riss bald ab, und die Straße führte schnurgerade durch das Brachland, über dem der Staub tanzte. Staub, der Anna mit jedem Tag, der verging, unheimlicher wurde. Sie waren bereits über eine halbe Stunde unterwegs, und Kuba hatte das Radio angemacht, um die Stille zu füllen, die auf ihre Auseinandersetzung im Auto gefolgt war. Ein türkischer Nachrichtensprecher redete seitdem ohne Unterlass, und das erinnerte Anna plötzlich an etwas.

»Sagt dir ›Das weiße Herz‹ irgendetwas?«, fragte sie Elif.

Anna war enttäuscht, als Elif den Kopf schüttelte, auch wenn das nichts heißen musste. Es hätte ja sogar sein können, dass Elif selbst »Das weiße Herz« ins Leben gerufen hatte und sich nun nicht mehr daran erinnerte. Auch wenn das nicht besonders wahrscheinlich war, nachdem Elif von ihrem Auffinden durch die Polizei an bis zu ihrer Kontaktaufnahme mit Nick zu Hause im Bett gelegen hatte.

»Nein, was ist das?«, fragte sie. »Habt ihr das von dem alten Mann? Hat es was mit dem dunklen Herzen zu tun?«

»Wir haben es in den Nachrichten gelesen«, erklärte Anna, »und es muss eigentlich von hier kommen, aus der Türkei.«

»Sie haben es ein Friedensbündnis genannt«, schaltete sich Nick mit ein.

Kuba reagierte nicht auf ihr Gespräch. Entweder er verstand sie dank des Radios akustisch nicht, oder er hielt sich einfach raus.

»Die Leute vom weißen Herz haben gestern mit den Kurden zu einer Demonstration aufgerufen«, ergänzte Nick.

»Davon kam gerade was in den Nachrichten«, sagte Elif mit Blick auf das Radio, »dass es Ausschreitungen und einen Anschlag gab.« Ihr Augen wurden plötzlich groß. »Das war ja um die Ecke von euch, oder? Wart ihr in Gefahr?«

»Wir haben gesehen, wie die Polizei die fliehenden Menschen niedergeknüppelt hat«, erzählte Anna düster.

»Und wir haben die Explosionen gehört«, sagte Nick, »aber nur vom Fenster aus, wir waren im Zimmer.«

»›Das weiße Herz‹ kenne ich nicht«, sagte Elif, »aber die Demonstrationen sind nichts Ungewöhnliches. Die Studenten demonstrieren auch oft am Kizilay oder die Linken. Unser

Präsident ist nicht besser als Álvaro, und genauso setzt er auch seine Polizei ein.« Nach einer Pause fügte sie bitter hinzu: »Und genauso feiern ihn die Leute.«

»Deine Eltern haben Probleme mit der Regierung, oder?«, fragte Anna aus dem Bauch heraus. Sie hatte an Elifs Bemerkung gedacht, dass ihre Eltern es nicht leicht hätten, und an den Kommentar zur Polizei von Elifs Vater.

»Ja«, bestätigte Elif. »Es gibt nur noch Staatstreue oder Feinde in der Türkei, nichts mehr dazwischen. Und treu sind wir diesem Staat nicht mehr.«

Elif warf Kuba auf dem Fahrersitz einen verstohlenen Blick zu, als hätte sie etwas Verbotenes gesagt, doch er reagierte nicht darauf.

»Wir sind bald da«, sagte er stattdessen.

Anna erschrak: Waren sie wirklich bald am Ziel? Sie hatte mit mehr Zeit gerechnet, vielleicht mit einer Pause, bei der sie alle aus dem Auto ausstiegen. Auch wenn sie das nur theoretisch näher an das Ziel brachte, Kuba von seinen Drogen zu trennen.

»Der Präsident krempelt alles um«, erklärte Elif Anna, die sich parallel fieberhaft das Hirn zermarterte, ob ihnen irgendeine Chance blieb, Kubas Drogentransport zu sabotieren. »Zuerst hat er nur die hohen Beamten entlassen. Richter und höhere Polizisten und alle, die nicht ihn, sondern andere unterstützen.«

Sie konnten einen Unfall provozieren, überlegte Anna, doch dabei konnte alles passieren, auch ihr eigener Tod. Aber wenn er sie nur an dem See absetzte und einfach wieder losfuhr, hatten sie kaum noch eine Chance.

»Aber der Geheimdienst beobachtet uns alle, egal, ob das legal ist«, redete Elif weiter. »Sie haben ellenlange Listen und bespitzeln uns überall, auch im Ausland. Meine Eltern haben riesige Angst, vor allem um meinen Bruder und mich. Ich schätze, sie hätten mich auch ins Krankenhaus gebracht, wenn sie nicht befürchtet hätten, dass es dann Schwierigkeiten gibt.«

Anna musste wieder an Elifs Brief denken: Hier verschwinden ständig Katzen. Es passte zu der Situation, die Elif schilderte.

»Das klingt ja furchtbar«, sagte Nick, doch ehe Elif es weiter ausführen konnte, meldete sich Kuba wieder zu Wort.

»Da ist es.«

Anna blickte aus dem Fenster, sah aber nichts, außer dass das steinige Brachland in eine Senke voller Wüstensand überzugehen schien. Der Staub über der Senke war dichter, als könnte der Wind ihn dort leichter aufwirbeln. Obwohl Anna wusste, dass das nicht die Erklärung sein konnte, da diese Art Staub nicht vom Boden aufgewirbelt wurde. Zumindest nicht in *dieser* Welt.

Und dann sah sie genauer hin und entdeckte das Flirren. Sie spürte es fast mehr, als dass sie es sah, und das Gefühl war wie am Fenster des Hostels, als sie noch im Halbschlaf gewesen war und über die Straße auf die andere Welt geblickt hatte: ein Drang, eine Neugier, eine Verheißung auf etwas, das hilfreicher sein würde als das, was der Alte ihnen geben konnte. *Geht nicht!*, hatte er geschrieben. Was konnte er schon wissen? Er sandte ihnen Waffen und riet ihnen, nicht zu zögern, sondern zu schießen!

»Und?«, beugte sich Nick vor und unterbrach Annas starren Blick zum Fenster hinaus, als er sich an ihr vorbei an Elif wandte. »Kommt irgendwas von deiner Erinnerung zurück?«

Elif sah selbst aus dem Fenster und zurück zu Nick. Sie schüttelte den Kopf. »Nein, ich war ewig nicht mehr hier. Bestimmt, seit ich ein kleines Kind war. Keine Ahnung, warum ich auf den Salzsee gekommen bin.«

»Wovon redet ihr?«, fragte Anna, verwirrt über ihre Entdeckung und zugleich über das Gespräch der beiden. »Wo ist es?« Außer der flirrenden Luft über der Wüstensenke war dort draußen nichts.

»Da vorn«, deutete Elif auf die Senke. »Das ist alles Salz.«

Erst da begriff Anna. Das Wasser des Sees war unter der

gigantischen Salzkruste verdeckt, die sich ins Brachland erstreckte. Die Fläche schillerte, je mehr sie von sich offenbarte, wie eine riesige, beinahe ausgetrocknete Benzinpfütze im orangen Licht der untergehenden Sonne und erstreckte sich immer weiter ins Land hinein. Deshalb hatte Elif davon gesprochen, Sinan sei vielleicht »ausgesetzt« worden: Wahrscheinlich konnte man die Fläche begehen wie eine Eisschicht, vielleicht sogar befahren. Für Anna fühlte es sich an wie ein Déjà-vu, als sie die Fläche unter diesem Aspekt betrachtete, denn sie fühlte sich vertraut an und ließ eine Kette von Assoziationen vor ihrem inneren Auge entstehen.

Und auf einmal rückte die Frage, von was dieses Flirren ausging, in den Hintergrund. Stattdessen rasten die Gedanken in Annas Kopf. Sie konnte sich auf einmal vorstellen, was Elif mit *unter der Stadt* gemeint hatte.

»Was wäre«, begann Anna an Kuba gewandt, »wenn wir dir beweisen könnten, dass unsere Geschichte stimmt?«

Kuba schnaubte wieder. Anna konnte dieses Geräusch kaum mehr hören: ein abfälliges Ausatmen, das seine schmalen Nasenflügel zum Beben brachte.

»Wie willst du das anstellen?«

Auch Nick sah Anna überrascht an.

»Ich glaube, wir werden den Beweis da draußen finden.« Anna deutete auf die Fläche hinaus, wie Elif es eben getan hatte. Eine ähnliche Stimmung hatte von ihr Besitz ergriffen wie damals, als sie erfahren hatten, dass ihnen kaum Zeit blieb, um die Wüstenwelt lebend zu verlassen. Sie waren gezwungen gewesen, etwas aufs Spiel zu setzen, und das waren sie auch jetzt. Sie hatten lange genug darauf gewartet, auf das dunkle Herz zu reagieren. Es war an der Zeit, selbst etwas in die Hand zu nehmen.

»Gerade eben hast du nicht mal gewusst, wie der *Tuz Gölü* aussieht«, lachte Kuba, »und jetzt willst du mir erzählen, da draußen gäbe es Beweise für eine außerirdische Bedrohung?«

Anna war es egal, was er dachte. Sie musste seine Neugier nur so weit wecken, dass er mit ihnen gemeinsam das Auto verließ. Die Idee war ihr in dem Moment gekommen, als sie begriffen hatte, dass man den Salzsee betreten konnte. Annas Blick streifte das Zippo-Feuerzeug in der Mittelkonsole. Keine Droge der Welt würde einen Autobrand überleben. Anna hoffte, dass das auch für die Droge im Kofferraum galt.

Für Maik war es, als würde er ein Gespenst sehen, als er durch das Objektiv seines Zielfernrohrs das erste Mal einen Blick auf Kyle in einem der hell erleuchteten Fenster erhaschte. Kyle, der in Álvaros Gefolgschaft nur für die Hoffnung gelebt hatte, endlich wieder einen Fix zu bekommen. Kyle, der so lange Álvaros Speichel geleckt hatte, bis er begriffen hatte, dass dieser auch nicht davor zurückschreckte, Menschen bei lebendigem Leib zu verbrennen. Kyle, der Álvaro verraten und dafür vor Maiks Augen mit einem Schuss aus Álvaros Luger hingerichtet worden war. Und hier stand er am Fenster einer Prager Wohnung, als wäre nichts gewesen.

Er war die dritte Nacht in Prag, und Maik kauerte seit Stunden auf einer zweistöckigen Baustelle zwischen Ziegelpaletten und Zementsäcken und behielt die Fenster des Eckhauses gegenüber im Visier, das keine hundert Meter entfernt, diagonal über die Kreuzung lag. Die Baustelle war ein Glücksfall, so wie er es in Prag generell deutlich leichter gehabt hatte als bei seiner letzten Station.

Maik war überhaupt erst auf die Idee gekommen, nach Kyle zu suchen, nachdem er Enzo, Álvaros Nummer zwei, mit Männern beobachtet hatte, die für seine Begriffe ebenfalls hätten tot sein müssen. Männer, die Kyle während ihres Wachdienstes umgebracht hatte, als er Anna und Nick geholfen hatte, Jelena und diesen Türken Sinan aus Álvaros improvisiertem Gefängnis zu befreien.

Dank Maik waren sie in dieser Welt ein zweites Mal gestorben. Enzo hatte er ebenfalls und mit einer gewissen Genugtuung zur Strecke gebracht. Und auch für Kyle war es nun an der Zeit.

Maik legte mit ruhiger Hand den Sicherungshebel um und ließ Kyle dabei nicht aus den Augen. Er mochte es sich einbilden, aber die Augen des Junkies wirkten irgendwie ... ausdruckslos. Maik bekam eine Gänsehaut vom Hinsehen. Im hell erleuchteten Fenster war es leicht, das Fadenkreuz auf Kyles schmale Brust unter dem pastellfarbenen Hemd auszurichten. Bei Enzo waren die Lichtverhältnisse und damit der Schuss deutlich schwieriger gewesen. Die Waffe in Maiks Hand, deren Lauf auf einem Zementsack ruhte, war schließlich kein Scharfschützengewehr, sondern eine Jagdsportwaffe mittlerer Preisklasse.

Bis auf den klobigen Schalldämpfer hatte Maik sich trotzdem nicht neu ausgestattet, bevor er Deutschland hinter sich gelassen hatte. Je weniger Spuren er hinterließ, desto besser. Das Gewehr in seiner Hand stand in Tausenden Jägerschränken, und wenn sie so weit kamen, die Waffe zu identifizieren, würden sie keinen Schritt weiter sein. Aber Maik machte sich ohnehin zu viele Gedanken. Über die Tode von Enzo und seinen Kontakten hatte er noch nirgendwo etwas gelesen, obwohl sie bereits eine Woche her waren.

Kyle entfernte sich vom Fenster, blieb aber in Maiks Sichtfeld. Der Jäger wusste, dass er nur eine Gelegenheit hatte, und er war erfahren genug, nichts zu überstürzen. Bis er nach einem Fehlschuss eine neue Patrone in den Lauf bekäme, würde Kyle schon über alle Berge sein.

Kyles Profil in den sozialen Netzwerken war wenig aufschlussreich gewesen, aber mit ein paar Tricks hatte Maik Kyles wichtigste Onlinekontakte herausbekommen. Durch sie hatte er erfahren, dass der Brite seit Jahren in Prag lebte, wo er allerdings zumindest in seinen üblichen Kreisen nicht mehr verkehrte. Maik hatte sich auf den Weg gemacht. Ein paar Anlaufstellen für die Prager Ratten hatte Maik mit dem Bild seines *Freundes* Kyle abklappern müssen, bis er hier um die Ecke fündig geworden war. Im *Le Clan*, einem heruntergekommenen

Club mit Zombie-bevölkerter Tanzfläche und regem Drogenumschlag auf den Toiletten, hatte jemand das Bild erkannt. »Der Weihnachtsmann! Der Typ, der manchmal am Museum was verteilt, wir nennen ihn den Weihnachtsmann!«. Treffer. Niemand, den Maik bis dahin angesprochen hatte, hatte nach den Gründen seiner Suche gefragt. Es kam wohl oft genug vor, dass Angehörige die dunklen Stellen der Stadt nach ihren gefallenen Liebsten durchkämmten.

Was Kyle hier in seinem unnatürlichen zweiten Leben genau tat, das war Maik ein Rätsel geblieben. Er hatte ihn einen Tag lang beobachtet, nachdem er ihn nachts im Junkie-bevölkerten Park hinter dem Nationalmuseum entdeckt und zu seiner Wohnung verfolgt hatte. Kyle hatte nachts im Park selbst nichts konsumiert, aber nach kurzer Zeit schon hatte sich eine Traube um ihn gebildet, was nur bedeuten konnte, dass der Weihnachtsmann Geschenke mitgebracht hatte.

Maik hatte sich nicht die Mühe gemacht, nachzuforschen, aber er hätte wetten können, dass die Zahl der Drogentoten in den letzten Wochen zugenommen hatte.

Maik glaubte nicht, dass es Zweck von Kyles zweitem Leben war, den Weihnachtsmann in Prager Parks zu spielen. Was bedeuteten schon ein paar Prager Junkies? Das dunkle Herz, so hatte der alte Mann ihn gewarnt, habe den Untergang der ganzen Welt im Sinn. Maik wusste nicht, ob das stimmte, aber er hatte genug gesehen, um es zumindest nicht als Nonsens abzutun.

Vermutlich experimentierte Kyle mit irgendetwas, das er im großen Stil unter die Leute bringen wollte. Vielleicht eine neue Krankheit, die einen in den Wahnsinn trieb. Hatte nicht auch Aids unter den Drogensüchtigen seinen Anfang genommen? Aber entweder war Kyle noch nicht so weit, oder er hielt seinen eigenen Hinterhof sauber. Maik brauchte es nicht zu kümmern, wozu Kyle oder die Macht, die von ihm Besitz ergriffen hatte, in der Lage war. Wichtig war nur, dass jemand all dies stoppte.

Nachdem er eine Weile verschwunden war, tauchte Kyle plötzlich wieder im Fensterkreuz auf, und diesmal war Maik vorbereitet. Es waren vielleicht drei Sekunden, die er benötigte, um seine Routine durchzuführen, als Kyle einmal stillstand. Er atmete tief durch und spürte die Kälte, die alles Störende für einen Moment aus seinem Kopf fernhielt. Er hielt die Waffe ruhig auf Kyles Brust gerichtet, wo der Schuss spätestens innerhalb einer Minute zum Tod führen würde, selbst wenn er das Herz verfehlte. Dann drückte er ab.

Maik konzentrierte sich im Schuss auf das ruhige Nachhalten der Waffe, obwohl der Rückstoß dank des Schalldämpfers gering war. Das keuchende Geräusch hatte immer noch eine beachtliche Lautstärke. Ein ungedämpfter Schuss hätte die ganze Gegend in helle Aufregung versetzt, doch an das hier würde sich kaum jemand erinnern.

Maik behielt das Ergebnis durchs Visier im Auge, obwohl er spürte, dass der Schuss ein Volltreffer gewesen war. Kyle war zum zweiten Mal von einer tödlichen Kugel erwischt worden und brach hinter dem Fenster zusammen, dieses Mal hoffentlich endgültig.

Hastig schraubte Maik den Dämpfer von dem noch warmen Lauf und begann die Waffe zu zerlegen. Er hatte all das ein Dutzend Mal geübt, bevor er den ersten Ernstfall gewagt hatte, und so routiniert lief es jetzt ab. Obwohl er sich konzentrieren wollte, um keinen Fehler zu machen und Spuren zu hinterlassen, konnte er nicht umhin, schon jetzt an sein nächstes Ziel zu denken. Er würde nach Deutschland reisen. Der Alte mochte bereit sein, Risiken in Kauf zu nehmen, aber es war ja auch nicht seine Welt, die auf dem Spiel stand. Die Jagd ging weiter: Berlin calling.

Spuren im Sand

Die Straße und der Rand der Senke näherten sich immer weiter an, bis Kuba wortlos einen Blinker setzte und von der Schnellstraße auf eine Schotterpiste abbog. Die Oberfläche des *Tuz Gölü* zeigte nun kein diffuses Schillern mehr. Weder Anna noch die anderen im Auto kommentierten es, aber selbst Kuba warf immer wieder einen Blick aus dem Fenster, wo das Panorama einem Rorschachtest glich. Wie das perfekt symmetrische Bild eines zusammengefalteten Tintenkleckses spiegelte sich der Sonnenuntergang mit einigen orangen Wolken entlang des Horizonts auf der Oberfläche des gigantischen Salzsees. Keine Wasserwellen störten die Spiegelung auf der feuchten Salzkruste. Sie war perfekt bis auf das Flirren von Staub, das für Kuba freilich nicht zu sehen war.

»Was für Beweise willst du haben?«, fragte Kuba auf einmal ohne Spott, als hätte ihn die Aussicht empfänglicher für Übernatürliches gemacht.

»Das kann ich dir nicht sagen«, entgegnete Anna. »Das musst du selbst sehen.«

Sie versicherte sich, dass Kuba sie nicht im Rückspiegel beobachtete, und nahm erneut die Mittelkonsole in Augenschein. Das Zippo-Feuerzeug lag dort offen neben dem Tabakbeutel. Sie musste sich nur vorlehnen, um es mit der Hand zu erreichen.

»Du schwimmst doch irgendwo im Nirgendwo«, lachte Kuba. »Alles, was du willst, ist eine Gelegenheit, mir den Stoff abzunehmen.«

So weit richtig, dachte Anna und war sich ziemlich sicher, dass sie diese Gelegenheit bekommen würde. Nur wie das Ganze für sie ausging, war mehr als ungewiss.

»Ich will nur, dass du uns glaubst«, stellte Anna richtig. »Wenn du danach weißt, dass wir die Wahrheit sagen, und trotzdem mit dem Stoff abhaust, ist das deine Sache. Aber es ist ein gewaltiger Unterschied, ob man Leuten eine extrem gefährliche Droge verkauft oder ob man ihnen etwas gibt, von dem man *weiß*, dass es sie in fremdgesteuerte Selbstmordattentäter verwandelt. Ich kann mir nicht vorstellen, dass du das tun würdest.«

Kuba schwieg.

»Was hast du zu verlieren, wenn du uns die Chance gibst?«, setzte Anna nach. »Du hast selbst gesagt, dass wir uns nicht wie Spinner anhören.«

»Die Bemerkung war vielleicht etwas voreilig«, schnaubte Kuba und verließ die Schotterpiste, als sie in eine Parkfläche mündete, groß genug für ein halbes Dutzend Autos.

»Wir steigen jetzt gleich aus und gehen da raus«, deutete Anna auf den Salzsee hinaus. »Entweder du kommst mit und hast die Chance, etwas zu sehen, das dein Leben verändern wird, oder du bleibst einfach im Auto sitzen, fährst weiter und fragst dich für immer, ob wir Spinner waren oder nicht.«

Nick und Elif verfolgten das Hin und Her schweigend. Nur als Anna in die Wüste hinausdeutete, folgten sie ihrem Fingerzeig, und Nick sah Anna erneut an, diesmal stirnrunzelnd. Er hatte wohl nicht das Bedürfnis, mitten auf einem Salzsee zu stranden und Kubas Heckleuchten in der Abenddämmerung verschwinden zu sehen. Wenn Annas Plan funktionierte, würde mit diesem Auto allerdings niemand mehr von hier wegfahren.

Kuba bremste stark ab und hielt rechts in der Parkbucht. Sie bot einen schönen Blick über den See und war tagsüber sicher Anlaufpunkt für Schnappschüsse von dem Touristenziel. Nun lag sie verlassen da.

»Also raus mit euch«, sagte Kuba und gab nicht zu erkennen, ob er sich auf den kleinen Ausflug einlassen würde oder nicht.

Anna spürte nun doch die Aufregung, die ihren Puls beschleunigte. Sie hatte genug heiße Luft für Kuba geredet. Jetzt musste sie ihren eigentlichen Plan in die Tat umsetzen, sonst würde sie keine Gelegenheit mehr dazu bekommen. Doch Kuba behielt sie im Rückspiegel im Blick, während Elif und Nick zu beiden Seiten die Türen öffneten und ausstiegen. Erst als Anna ebenfalls zur Seite in Richtung Tür rutschte, lehnte sich Kuba nach vorn.

Daraufhin duckte sich Anna selbst hinunter und nestelte an ihrem Schnürsenkel herum, als müsste sie sich die Schuhe neu binden. Aus dem Augenwinkel sah sie, wie Kuba das Handschuhfach öffnete und seine Pistole herausnahm. Sie wollte eben die Hand nach dem Feuerzeug vor ihr ausstrecken, als Kuba sich ruckartig umdrehte. Anna zuckte leicht zusammen.

»Dann bin ich mal gespannt auf deine … Beweise«, höhnte er und öffnete die Fahrertür.

Auch Anna stieg bereits mit einem Fuß aus dem Auto, und mit allem Mut, den sie aufbringen konnte, griff sie vor dem Aufstehen mit der rechten Hand in die Mittelkonsole. Sie fischte das Zippo-Feuerzeug heraus und zog die Hand mit dem metallenen Feuerzeug sofort zurück. Ohne innezuhalten, stieg sie rückwärts aus dem Auto, während Kuba vor ihr ebenfalls ausstieg. Mit dem Daumen bewegte sie im Verborgenen bereits probeweise den Deckel, der sofort aufschnappte.

Die Fahrertür fiel zu.

»Was ist jetzt?«, fragte Kuba. »Oder willst du doch nicht aussteigen?«

Anna drehte hektisch an dem Zündrad des Zippos. Sie sah Funken, aber keine Flamme. Hastig ließ sie es zuschnappen und öffnete es erneut, drehte das Rad. Sie sah nicht, was Kuba in ihrem Rücken tat.

Eine viel zu kleine Flamme glomm in dem Metallkranz des Sturmfeuerzeugs, aber Anna hatte keine Zeit mehr. An der Rückenlehne vor ihr lehnte sie das Feuerzeug so an, dass die Flamme möglichst nah an den Stoffbezug herankam. Ob es reichen würde, wusste sie nicht, aber sie konnte es ohnehin nicht mehr ändern. Dann tauchte Anna aus dem Auto auf und schlug die Tür zu.

»Also los«, sagte sie und beobachtete nervös, wie Kuba das Auto abschloss. Das Modell war so alt, dass es keinen Funkschlüssel hatte, sondern Kuba den Schlüssel ins Schloss der Fahrertür stecken musste. Ihr Herz machte einen Satz, als sie etwas hinter dem rechten Ohr des Tschechen entdeckte. Eine seiner selbst gedrehten Zigaretten. Er musste sie vorhin im Auto schon dort platziert haben, doch er machte keine Anstalten, sein Feuerzeug zu suchen.

»Anna«, zog Nick sie am Arm, vom Auto weg, und sie folgte ihm widerwillig.

Anna wusste nicht, ob Nick sie bei ihrem Tun beobachtet hatte oder ob es ihm schlicht um die Beweise ging, die sie in Aussicht gestellt hatte. Sie hätte ihn gern in das einbezogen, was sie vermutete und plante, aber sie konnten jetzt keine langen Besprechungsrunden abhalten.

»Wir müssen weg, bevor er es merkt«, flüsterte sie eindringlich, doch Nick ließ sich nicht beirren.

»Schau dir das an!«, sagte er bleich und lenkte ihren Blick nicht auf den See, sondern in die andere Richtung über das Brachland. Das Brachland, das keines war: Die toten Getreidepflanzen, die hier hatten wachsen sollen, gaben ein erbarmungswürdiges Bild ab. Die Halme ragten am Ansatz keine fünf Zentimeter aus dem Boden, ehe sie sich über die Erde legten wie niedergetrampelt. Sie sahen sowohl vertrocknet als auch schon wieder halb verrottet aus, aber der Grund, warum Nick ihr das zeigte, lag über den Pflanzen. Eine dicke Staubschicht färbte die

Überreste der Felder und den Erdboden in ein tristes gräuliches Ocker. Nick beugte sich vor und wischte mit der Hand über eine der Pflanzen, woraufhin Körner aufwirbelten und drei dünne Streifen seiner Finger zurückblieben. Anna machte unweigerlich einen Schritt zurück. Der Staub hatte diese Felder vernichtet. Es musste einen wahren Sturm davon gegeben haben, denn das bisschen, was in der Luft lag, erklärte nicht, was hier passiert war.

»Was ist das?«, fragte Elif stockend, und Anna wollte ihr schon von dem Staub erzählen, doch sie erblickte Kuba, der am offenen Kofferraum vor den beiden Kisten mit dem Stoff stand, und ihr Herz machte einen Satz.

»Was machst du?«, fragte sie ihn das Erste, was ihr einfiel. »Wir müssen los!«

Anna wagte kaum zu atmen, während er aufblickte. Das Auto war ein Kombi, der Kofferraum also eins mit dem Passagierraum. Wenn das Feuerzeug den Sitzbezug schon entzündet hatte, dann würde Rauch im Auto sein.

Kuba schloss die Klappe ohne Kommentar. Hatte er bemerkt, dass sie sein Auto abfackeln wollte? Doch der Tscheche schien zufrieden mit dem Ergebnis seiner Inspektion.

»Kein Risiko«, grinste er, während sein Auto hinter ihm hoffentlich gerade Feuer fing. Obwohl Anna keineswegs sicher war, dass das Feuerzeug nicht längst erloschen war und nutzlos auf dem Rücksitz lag.

Nick und Elif standen noch immer dort, wo das Feld begann, und Nick erklärte ihr wohl gerade, was es mit dem Staub auf sich hatte. So beunruhigend Nicks Entdeckung war, sie mussten weg von hier, ehe das Auto brannte.

Anna trat über den Rand des Parkplatzes auf das abschüssige Gelände, das die wenigen Meter hinunter zur Salzkruste führte.

»Kommt endlich«, rief sie den anderen zu. Sie spürte ihre zitternden Knie. Wenn das Auto Feuer fing, musste Teil zwei ihres Plans, über den sie weit weniger Kontrolle hatte, rechtzeitig funktionieren. Wenn nicht, war ihre ganze Show gegenüber Kuba sinnlos.

Nick kam ihr mit Kuba und Elif hinterher.

»Was sollen wir da draußen?«, fragte er stirnrunzelnd. »Weißt du wirklich, was du tust?«

»Ich hoffe es«, erwiderte Anna. »Irgendwas *müssen* wir ja tun.«

Es war die beste Begründung, die ihr für ihr waghalsiges Manöver einfiel. Nick war deutlich anzusehen, dass ihn die Antwort nicht zufriedenstellte.

Der Sonnenrand war verschwunden, und es wurde allmählich dunkel. Elif und Kuba kamen nacheinander herunter, und Anna lief los, ohne Kuba oder sich selbst noch einmal die Gelegenheit zu geben, zurückzublicken oder sich Zweifel zu erlauben. Es war noch da, sie konnte es spüren, als hielte sie eine ausschlagende Wünschelrute in der Hand. Und Anna folgte ihr auf den See hinaus.

Der Boden war mal feucht und von Schlacke-Rinnsalen durchzogen, dann wieder trocken und körnig und von einer ähnlichen Staubschicht bedeckt wie die Felder hinter ihnen. Es musste heftig gewesen sein, als der Staubsturm getobt hatte. Und vielleicht war es hier draußen im Gegensatz zur Innenstadt schon mehr als einmal passiert. Die Farbe der Salzkruste war im Dunkeln schwer zu fassen. Weißlich, doch zugleich mit verwaschenen braunen und roten Schlieren, als wäre sie mit Batik gefärbt.

»Wie weit wollt ihr da raus?«, fragte Kuba. »Ich hab wenig Lust, mich wegen euch hier nachts zu verlaufen.«

»Wir gehen nur geradeaus«, erwiderte Anna und blickte sich zu ihm um. Das Auto, von dem sie gekommen waren, war von der Böschung abgeschirmt. Wenn es brannte, würden sie und vor allem *er* das dennoch früher oder später mitbekommen.

»Im Zweifel können wir einfach umdrehen und zurücklaufen.«

»Sehr beruhigend«, spöttelte Kuba. »Passt auf, ich geb euch zehn Minuten, das ist mir der Unsinn wert. Aber auch nur, weil das bei deinem Freund alles noch recht spannend klang, von wegen andere Welten und so. Das hier ist doch Kinderkacke.«

Anna drehte sich erneut um und wollte etwas entgegnen, doch das blieb ihr im Hals stecken. War das ein leichter oranger Schimmer, der über der Böschung flackerte, die noch keine hundert Meter hinter ihnen lag? Noch würde er es vermutlich nicht bemerken, wenn er zurücksah, doch das Dämmerlicht würde weiter ab- und das Flackern zunehmen.

»Wir müssen uns beeilen«, sagte Anna und beschleunigte ihre Schritte.

Kuba schnaubte und verschluckte sich wohl dabei, denn Anna hörte, wie ihn ein Hustenanfall schüttelte. Immer wieder blickte Anna nun zum dunklen Himmel und kniff die Augen zusammen. Das Flirren blieb, aber der Staub wurde, anders als sie gehofft hatte, kaum mehr. Und auch sonst entdeckte sie keine Vorzeichen für das, worauf sie zählte. Hatte sie sich geirrt?

»Schaust du … schaust du nach dem Staub?«, fragte Elif nach weiteren fünf Minuten strammen Schrittes. »Er ist hier überall, ist das nicht gefährlich? Was er mit den Feldern gemacht hat …«

»Es ist zu wenig«, murmelte sie gedankenverloren und zu Elifs offensichtlicher Verwirrung. Das Flirren in der Luft war da, doch nicht so massiv wie bei dem nächtlichen Ausbruch während der Demonstration. Und je mehr sie sich auf das Gefühl konzentrierte, das sie eigentlich leiten sollte, desto flüchtiger schien es ihr.

»Das Auto brennt«, flüsterte Nick Anna eindringlich zu, »schau dir das an!«

Anna hatte es vermieden zurückzublicken, aus Angst, Kuba könnte es ihr gleichtun. Als sie nun kurz den Kopf umwandte, sah sie das orangerote Flackern deutlich aus der Richtung, aus der sie kamen. Wahrscheinlich zog sich auch eine Rauchwolke in den Himmel, aber die war dank der Dunkelheit nicht zu erkennen. Den Weg zurück würden sie mühelos finden, sollten sie umkehren müssen, doch Anna hatte das Gefühl, dass sie mit Kuba dann weit größere Probleme bekommen würden als eine Nacht voller Irrwege über einen Salzsee. Eine berstende Scheibe oder eine Explosion von Treibstoff genügte, und Kuba würde sich umdrehen und erkennen, dass seine »sechsstellige Summe« gerade in Flammen aufging. Die Genugtuung, die Anna sich von ihrem kleinen Triumph versprochen hatte, blieb allerdings aus. Sie hatte nur Angst und fragte sich zugleich, welchen Unterschied ihre Aktion überhaupt machen würde, angesichts der Zerstörung auf den Feldern und allem, was sonst noch gerade passieren mochte, ohne dass sie es mitbekamen.

»Es ist *zu wenig*?«, fragte Elif. »Aber wenn er von der anderen Welt kommt …«

Sie wurde unterbrochen von Kubas Gelächter.

»Das ist nicht euer Ernst? Jetzt zieht ihr euch einfach irgendwas an den Haaren herbei? Staub? Gebt doch einfach zu, dass alles Bockmist war, vielleicht nehm ich euch noch mit bis zur nächsten Tankstelle.«

Doch seine Stimme hatte sich verändert. Hätte Anna wetten müssen, dann hätte sie keinen Cent darauf gesetzt, dass dieser Kuba ihnen noch irgendwie weiterhelfen würde, wenn sie in Not waren. Und sein Angebot klang wie pure Häme. Wieder musste der Tscheche husten.

»Halt doch den Mund!«, brach es aus Anna heraus. Sie hatte Angst und spürte Nicks Zweifel. Zugleich schwand ihre anfängliche Zuversicht, und einen großen Teil des Schlamassels, in dem sie steckten, verdankten sie diesem aufgeblasenen Drogendealer, der zu raffgierig war, sein ohnehin menschenverachtendes Geschäft aufzugeben, und sie zudem noch verhöhnte.

»Was sagst du?«, fragte Kuba mit vom Husten rauer Stimme. Als Anna sich zu ihm umdrehte, stand er vornübergebeugt, und der Staub tanzte um sein rot angelaufenes Gesicht. War das der Grund für sein Husten? Elifs Worte drangen erst jetzt zu ihr durch: *Ist das nicht gefährlich?*

»Du und dein Freund, ihr würdet tot in Chuckies Bude liegen ohne mich«, keuchte Kuba. »Weiß nicht, was mich überhaupt geritten hat, mein Leben für euch aufs Spiel zu setzen. Und du dumme Hure glaubst, du könntest mir den Mund verbieten?«

Es war das zweite Mal innerhalb eines Tages, dass Anna auf diese Weise beschimpft wurde, doch diesmal schmerzte es weit weniger.

»Dann verpiss dich doch einfach, wie du's schon vorher hättest machen sollen«, ließ Anna ihrer Wut ebenfalls freien Lauf. Nick griff nach ihrem Arm.

»Spürst du das?«, fragte er atemlos.

»Das Brummen«, antwortete Elif sofort, »ja!«

Anna bemerkte es nun ebenfalls. Sie hatte sich so auf irgendeine *sichtbare* Veränderung konzentriert, dass sie das tiefe Geräusch, das sie nun auch im Boden spürte, der Schnellstraße zugeschrieben hatte. Doch selbst wenn dort Autos unterwegs gewesen wären, wäre das Motorengeräusch niemals durch die Salzkruste spürbar gewesen. Der Funken Hoffnung glomm auf einmal wieder in ihrer Brust.

»Und jetzt geht der Bullshit weiter«, stöhnte Kuba, wurde von einem erneuten Hustenanfall geschüttelt – und zog plötzlich die Pistole hinter seinem Rücken aus dem Hosenbund. »Ich hab die Schnauze voll von euch. Dann raus mit euch in die Wüste. Sterbt hier draußen statt bei Chuckie!«

Für einen Moment war Anna zu verblüfft, um vor Kubas Waffe wegzulaufen. Hatte er *Wüste* gesagt? Und mit der Frage sah Anna endlich das zweite *Tischtuch* unter der Realität durchscheinen, nach dem sie so verzweifelt Ausschau gehalten hatte: Sandverwehungen, wo sonst nur Salzkruste war.

Kuba hustete weiter, schwankte auf den Beinen und hob die Waffe in einer schlingernden Bewegung. Er zielte nicht auf sie, sondern schoss einmal krachend in die Luft, wie Chuckie es getan hatte. Nur dass Kubas Waffe Projektile feuerte.

»LAUFT!«, rief Anna zeitgleich mit Kuba, nur dass er es aggressiv brüllte und sie voller Panik.

»Dein Auto brennt, du hässlicher Bastard!«, schrie Nick, während sie rannten, und es verschaffte ihnen vielleicht wirklich einige Sekunden Vorsprung, denn Kuba hielt inne. Elif, noch immer schwach auf den Beinen, stolperte, als sie zu rennen begannen, doch sie fing sich zum Glück wieder und hastete weiter.

Kuba brüllte angesichts des lodernden Feuers wütend auf, und als er erneut schoss, spritzte Salz von der Kruste des Sees auf, keinen Meter neben Annas Füßen, sodass sie erschrocken aufschrie und Adrenalin ihren Körper durchflutete. Sie hatten einen Vorsprung, doch er schoss jetzt, um zu treffen.

Das Wummern im Boden war stärker geworden, ebenso wie das Flirren in der Luft.

»Was ist dein Plan, willst du nach *drüben* kommen?«, keuchte Nick im Laufen. »Er hat gesagt … wir sollen nicht!«

»Sinan ist dort!«, erwiderte Anna, auch wenn sie keinesfalls sicher war. »*Unter der Stadt*, hat Elif gesagt … und hier ist eine Schwachstelle.«

Es war das beste Wort, das ihr für die Orte einfiel, wo die Grenzen zwischen den Welten verschwammen. Vor ihrem Hostel in der Nacht der Demonstration war so eine Schwachstelle gewesen. Ebenso wie an der Kirche in Berlin, wo die Alte Zuflucht gesucht hatte. Ob die Anwesenheit von ihnen, den Rückkehrern, Einfluss auf diese Orte hatte, wusste Anna nicht. Aber vom ersten Moment an, da sie den Salzsee gesehen hatte, hatte sie an die Wüstenlandschaft *drüben* gedacht. An die Wüstenebene, auf der sie auf die Scheibe im Boden gestoßen waren, zu der Annas Bruder sie mittels der Maus geführt hatte.

Kuba hustete irgendwo und stieß einen Fluch aus, wahrscheinlich auf Tschechisch. Anna war erleichtert, dass er zurückgefallen zu sein schien, doch schon krachte ein weiterer Schuss. Die Kugel schlug nirgendwo auf dem Boden ein, und keiner von ihnen kam aus dem Tritt, doch jeder Schuss konnte tödlich für sie enden und erinnerte Anna daran, dass sie ohnehin keine andere Wahl mehr hatten, als es zu versuchen.

Es wurde immer heißer. Anna sah den roten Wüstenboden durch die Salzkruste des Sees ebenso wie den Staub um sie herum. Und wäre ihre Sicht besser gewesen, hätte sie die durchscheinende Silhouette verlassener Lehmbauten in der Ferne erblickt, davon war sie überzeugt. Binnen weniger Sekunden hatten sie ein Ziel vor Augen gewonnen, wo vorher nur ein Salzsee gewesen war, doch ebenso hatten sie nun einen mordlustigen Verfolger, der ihnen vor Stunden noch das Leben gerettet hatte. Er hatte die Pistole gezogen, noch *bevor* er das brennende Auto gesehen hatte. Irgendetwas, das er gesagt hatte, war ihr wichtig vorgekommen, aber sie bekam es nicht mehr zusammen.

Kuba fluchte erneut, und Anna fiel ein, dass sie selbst die Pistole ziehen konnte, die ihr bei jedem Schritt schmerzhaft in die Leiste drückte. Doch sie verwarf es. Bis sie es hinbrächte, einen Schuss abzugeben, würde Kuba die Möglichkeit haben, sie einzuholen. Und nach wie vor schien ihr die Waffe in seiner Hand weit gefährlicher als die in ihrer eigenen.

»Links«, zischte Nick sie an, um einen Haken zu schlagen. Die Dämmerung war fast vorüber. Anna konnte durch den Staub schlecht einschätzen, ob Kuba noch genug sah, um sie weiterzuverfolgen. Der Schweiß lief ihr von der Stirn, und auch ihre Arme waren nass geschwitzt. Es fühlte sich an, als stiege die Temperatur mit jeder Sekunde an.

Anna drehte sich im Laufen um, sah durch den dichten Staub nur ein Flackern in der Ferne, wo das Auto hellauf in Flammen stand. Trotz aller Angst und Anstrengung erfüllte sie der Anblick nun doch mit einer gewissen grimmigen Genugtuung. Zumindest das, was dort brannte, würde zu keinen weiteren Toten führen.

»Schneller!«, herrschte Nick sie an, und Anna wandte sich wieder nach vorn. Elif konnte kaum noch mit ihnen mithalten. Warum feuerte der Tscheche nicht mehr? Sparte er seine Munition, bis er einen sicheren Schuss abgeben konnte?

»Wir müssen … den Weg nach … drüben finden«, keuchte

Anna. Ihre Lungen brannten, und ihre Seite fühlte sich an, als steckten Stricknadeln darin und bohrten sich mit jedem Schritt und jedem Atemzug tiefer.

»Wie?«, fragte Nick, während er hastig Elif stützte, die erneut ins Stolpern gekommen war.

Das Tischtuch der anderen Realität, von *drüben*, war überall, doch sie mussten einen Weg finden, selbst hinüberzukommen.

»Die Maus«, brachte Anna hervor. »Such die Spur!«

Der Gedanke war stark, obwohl Anna das Gefühl hatte, er käme gar nicht von ihr. Sie hätte befürchten können, dass die Spuren längst im Sand verweht waren, doch irgendwie glaubte Anna dennoch, dass sie sie finden konnten. Mehr und mehr hatte sie mit Schwindel zu kämpfen. Es war so heiß.

»Was?«, rief Elif durchs Brausen und Dröhnen, als hätte sie nicht richtig verstanden. Mit dem Hinweis auf die Maus konnte sie nichts anfangen, denn sie war ja nicht dabei gewesen, als Anna und Nick dem Hinweis ihres Bruders zu der Scheibe in der Wüste gefolgt waren, die den Zugang unter die Stadt markierte. Nick dagegen verstand und begann sofort, mit Anna gemeinsam den Boden abzusuchen.

Sie stolperten vorwärts, und Annas Kreislauf ächzte erneut spürbar unter der Belastung. Ein Lichtschein ließ sie aufblicken, und Anna entdeckte die Risse, die den Himmel durchzogen. Risse, aus denen gleißendes Licht strömte, den tanzenden Staub anheizte und in glühende Funken verwandelte.

»Es ist zu heiß. Das Gleißen!« Jedes Wort war eine zusätzliche Qual. »Wir müssen unter die Oberfläche.«

Anna sah den Schweiß auf ihrer Haut dampfen. Wie lange, ehe sie einfach zusammenklappen und Kuba sie bewusstlos auffinden würde?

Anna versuchte, ihre Augen zu entspannen und den Salzsee völlig auszublenden. Nur den Wüstenboden aus rotem Sand, der immer dann verschwand, wenn sie versuchte, ihn zu fokussieren.

»Da!«, rief Nick plötzlich. »Da ist die Spur und unsere auch!«

Er hastete los, und Anna und Elif folgten ihm. Anna meinte, hier und da einen Fußabdruck im Sand oder die Schlangenlinien des Mäuseschwanzes zu erkennen, doch sie verließ sich auf Nicks Führung, wie sie es schon *drüben* getan hatte.

Sie horchte wieder, ob sie noch etwas von Kuba hörte, doch da war nichts. Auch das Dröhnen wurde leiser, und das gleißende Licht schwächte sich ab wie eine zweite Dämmerung. Sosehr ihr Körper eine Linderung der Hitze herbeisehnte, Anna wusste auch, was das bedeutete.

»Wir haben keine Zeit mehr!«, keuchte sie. »Sie entfernen sich wieder voneinander!«

»Die Scheibe«, rief Nick plötzlich aus. »Hier!«

Anna wäre fast in Nicks Rücken gerannt, fing sich aber rechtzeitig und sah vor sich, wie Nick, die steinerne Scheibe mit dem fremdartigen Muster erreichte, die offen neben dem runden Treppenabgang lag. Als Anna und Nick der Maus das erste Mal hier hinausgefolgt waren, da war der Durchgang noch verschlossen gewesen.

Nick verlor keine Zeit, sondern stürzte auf den Treppenabgang zu, der auf einmal wieder unter der Salzkruste des *Tuz Gölü* lag. Als Nick mit dem Fuß auf den Boden stampfte, wo zugleich noch die Treppe zu sehen war, drang er nicht durch.

»Was machen wir?«, rief Nick ihr verzweifelt zu.

Anna wurde schlecht von dem verschwommenen Wechselspiel der Realitäten, und sie schloss die Augen. Sie suchte erneut nach dem Ansatz, der Klinke im Tor zwischen den Welten, die sie drücken mussten, und kratzte an der Oberfläche des Salzsees, die sie noch vor Augen hatte, um darunter zu gelangen. Sie sah die Scheibe in all der Intensität vor sich, die sie erst vor Stunden mit Sinnen gespürt hatte, die nicht ihre gewesen waren.

»Sie wird klarer!«, jubelte Nick, und gleichzeitig kehrte die Hitze wie die Welle zurück, die ein Feuerspucker um sich ausbreitete. Doch Anna spürte auch, dass es nicht reichte, um hinüberzukommen. Sie hatte das Gefühl, zwischen zwei Ozeanriesen zu hängen, die auf dem Wasser trieben. Für den

Moment konnte sie sich halten, doch sie begannen schon wieder voneinander fortzutreiben, und Anna konnte das unmöglich verhindern. Wenn der Spalt zu groß würde und sie weiter versuchte, an beiden festzuhalten, würde sie einfach ins Wasser fallen. Ins Wasser zwischen den Welten.

»Ich brauche Hilfe«, öffnete sie die Augen und rief verzweifelt nach Elif und Nick. »Helft mir!«

Nick zog Anna an ihrer ausgestreckten Hand zu sich. Sie konnte im Staubgestöber kaum etwas erkennen, doch sie spürte, dass er direkt auf der Stelle stand, wo die Salzkruste den Weg die Treppe hinab versperrte. Das Flirren tobte um sie, ließ den Übergang der Welten verschwimmen und bildete überall Schlieren in Annas Blickfeld. Auch Elif kam zu ihnen ins Zentrum des Staubsturms und schien zu erahnen, was hier passieren sollte.

Doch es war nicht das Pochen und Kratzen von oben, das sie durch die Wand zwischen den Welten brachte, und Anna spürte schon, wie ihr der Zugriff erneut entglitt: Etwas anderes kam ihnen zu Hilfe. Mit plötzlicher Urgewalt brach etwas von unten durch die Salzkruste und ließ die drei einbrechen wie durch eine Eisdecke. Doch sie tauchten nicht ins Wasser ein, sondern stürzten die Treppe einer anderen Welt hinunter und begruben dabei einen vierten unter sich.

Und während sie noch um Atem rangen und Nick vornübergebeugt seinen Mageninhalt entleerte, wie Ben es bei seiner Ankunft in der Wüste ebenfalls getan hatte, rappelte sich die Gestalt Sinans vor ihnen auf.

Zecken

Es regnete, deshalb saßen sie nicht draußen auf dem Gefängnishof, sondern drängten sich in einem der notdürftig hergerichteten Räume im ersten Stock. Peter und Eric hatten auf dem Boden vor der rissigen braunen Ledercouch einen Platz gefunden. Allein auf die Zweisitzer-Couch hinter ihnen quetschten sich vier junge Erwachsene. Ein knappes Dutzend weitere saßen auf herangeschafften, altmodischen Holzstühlen, auf zwei Sesseln in rotem Plüsch und auf dem Boden verteilt. Der Raum hatte einen wuchtigen, offenen Kamin und fast so etwas wie altmodisches Flair, sah man vom katastrophalen Zustand der Mauern und Möbel ab. Das Einzige, was in diesem Gefängnis wirklich nach Gefängnis aussah, war der Keller, fand Peter. Dort gab es Zellen aus nacktem Mauerstein mit je einem vergitterten Fensterloch, knapp unter der niedrigen Decke. Der Rest des Gebäudes war zwar kärglich und heruntergekommen, aber nicht annähernd so beklemmend.

»Leute, es sieht nicht gut aus«, sagte Dan, der als Einziger stand, niedergeschlagen. Er war ein Dubliner Student, trug sein dunkles, glattes Haar schulterlang wie einen Rahmen um sein Mäusegesicht, und auf seinem ausgewaschenen T-Shirt stand *Dublin Anarchist Bookfair 2016*. »Wir haben neue Zettel an der Tür.«

Seine Mundwinkel zuckten, und er erntete verhaltenes Gekicher unter den Anwesenden, doch seit vor ein paar Tagen das erste Mal offizielle Papiere draußen ans Gefängnisgitter gepinnt worden waren und Tom sie heruntergerissen und einen Running Gag aus den »Zetteln an der Tür« gemacht hatte, war einiges passiert.

Tom saß auf einem der roten Plüschsessel. Sein Gesicht war verschlossen wie selten. Normalerweise blitzte ständig der Schalk durch seine dunkelbraunen Augen, und sein Lachen war eines der vertrauten Geräusche im Gefängnistreppenhaus. Doch jetzt war seine Stirn gerunzelt, und die Kieferknochen zeichneten sich hart unterhalb des krausen Backenbarts ab.

Die dritte Gestalt, die Peters Blick regelmäßig suchte und die Eric und Peter überhaupt erst aufgelesen hatte, war Zora.

Zora saß, Dan zugewandt, auf einem der Holzstühle und stützte die Ellenbogen auf die Knie. Peter sah sie im Profil und erinnerte sich an das Gefühl, als Zora sie zwischen den Containern im Dubliner Hafen gefunden hatte, völlig ausgehungert und dem Tod näher als dem Leben. Zora war ihm wie eine Erscheinung vorgekommen, wie ein Engel, obwohl sie im Grunde nicht viel Engelhaftes an sich hatte. Ihr Haar war glatt und dunkel, und sie trug immer ihre schwarze Mütze mit dem Button an der Seite: einem roten A auf schwarzem Grund.

Das A stand für Anarchie, wie sie Peter erklärt hatte. Peter war fasziniert gewesen, aber das war vermutlich nur konsequent, denn alles an Zora faszinierte ihn. Der Ring im linken Flügel ihrer perfekten Nase, die dunkle Schminke, die sie immer um die Augen trug, und die Selbstsicherheit, mit der sie all die klugen Sachen sagte, die sie sagte. Peter hatte sich verknallt und war doch gleichzeitig kein Idiot. Er wusste natürlich, dass Zora von einem Jungen, der noch nicht mal den zwölften Geburtstag hinter sich hatte, nichts wissen wollen würde. Wenn Peter auf jemanden hätte wetten müssen, für den Zora sich interessierte, hätte er wohl auf Tom gewettet, weshalb ihn Bewunderung und rasende Eifersucht zugleich mit Tom verbanden, der davon sicher nichts mitbekam.

»Ihr habt's gesehen, diesmal meinen sie es ernst«, fuhr Dan fort. »Sonntag wollen sie uns räumen.«

Er hielt den geöffneten Umschlag, der dieses Mal neben den Bekanntmachungen angepinnt gewesen war, demonstrativ in die Höhe. Er war adressiert »An die Personen in Besetzung des Gebäudes, bekannt als *Debtors' Prison*, Green Street in der Stadt Dublin«.

»Buuuh«, rief eine Frau.

»Die Wichser«, pöbelte ein Mann in altmodischer Weste und mit Bowler-Hut von der Couch hinter Peter und Eric. Terry hieß er. »Erst haben sie uns *Grangegorman* weggenommen, und jetzt lassen sie uns nicht mal dieses verdammte Loch hier?«

Die Squat City von Grangegorman war so etwas wie das gelobte Land unter den Hausbesetzern hier. Sie waren in die Gefängnisruine im Herzen Dublins umgezogen, nachdem die neuen Besitzer des jahrzehntelang brachliegenden Geländes Grangegorman vor einigen Wochen die Vertreibung der Alternativen von dort durchgesetzt hatten. In Grangegorman, hatte Zora ihnen erzählt, hatten sie nächtelange Musikfeste und Poetry-Slams veranstaltet. Sie hatten eine Gemeinschaft dort gebildet, die über Jahre gewachsen war und dem Geisterviertel buntes Leben eingehaucht hatte. Das alles war an einem einzigen Tag von der Polizei geräumt und von einer Armada an Bauleuten mit schwerem Gerät dem Erdboden gleichgemacht worden. Seitdem hatte sich dort nichts mehr getan.

»Hey, Terry«, wehrte sich Dan mit leidender Miene. »Wir haben viel Arbeit in dieses *Loch* hier reingesteckt.«

»Und sie nehmen's uns trotzdem wieder weg!«, entgegnete der Angesprochene ungerührt. »Die verdammten Schweine!«

»Sie wollen uns vor der Taubenscheiße bewahren«, murmelte Tom geistesabwesend auf seinem Plüschsessel.

»Was sagst du?«, fragte Terry.

Tom schien aus seinen Gedanken zu erwachen und wandte

sich Terry zu. »Aus der Taubenscheiße! Ich hab den Wisch gelesen: Sie wollen uns zu unserem eigenen Besten auf die Straße setzen, weil es hier runtergekommen ist und überall Taubenscheiße liegt oder so ähnlich.«

Die Treppen im Treppenhaus und der ganze Hof waren tatsächlich voller Vogelkot.

»Als ob es nicht jede Menge Taubenscheiße auf den Straßen von Dublin gäbe«, sagte Zora nüchtern.

Sie erntete Zustimmung, und als niemand etwas sagte und auch Dan nur traurig in die Runde blickte, sprach sie weiter.

Peter nahm einen Schluck aus der Wasserflasche, die zwischen Eric und ihm stand. Es war eine Glasflasche aus dem Ballygowan-Kasten, den Chester, ein junger Typ, der immer bunte Stoffhosen trug und eine dichte Lockenmatte auf dem Kopf hatte, mit seiner Freundin vom Containern, dem Retten von Lebensmitteln aus dem Müll, mitgebracht hatte. Er hatte sich daraufhin einen Streit mit Dan geliefert, der immer wieder selbst vor dem Anschein des Diebstahls warnte, wenn sie containern gingen.

Peter war bis jetzt noch nie dabei gewesen, aber nach dem zu urteilen, was die anderen mitbrachten, schienen die Mülltonnen der Supermärkte in Dublin eine gut gefüllte Speisekammer völlig genießbarer Dinge zu sein. Nachdem alles vor dem Wegwerfen noch mal in extra Plastik verpackt wurde, kamen die Dinge im Grunde in Tüten verpackt aus dem Regal zu ihnen, nur dass sie nicht dafür bezahlten und die Sachen sonst weggeworfen würden.

Dan hatte misstrauisch angemerkt, dass noch niemand Getränke vom Containern mitgebracht hatte und dass sie keine Diebe seien. Chester wiederum hatte versichert, er habe lediglich einen Kasten vom Stapel direkt zwischen den Tonnen genommen, der demnach sonst abgeholt worden wäre. Peter war die Diskussion ziemlich übertrieben vorgekommen, immerhin würde das fehlende Wasser wohl niemandem auffallen, und für sie war es eine Abwechslung von dem wenig vertrauenserweckenden trüb-braunen Zeug, das aus den alten Leitungen floss.

»Das schicken uns Politiker«, sagte Zora und zeigte auf den Umschlag in Dans Hand. »Und die Polizei, die schicken uns auch die Politiker. Wie traurig ist das eigentlich? Ganz egal welche Partei, alle Politiker schreiben sich auf die Fahne, dass sie für das Gemeinwohl arbeiten und etwas für die Menschen hier tun. Damit es allen besser geht. Aber wem geht es besser, wenn sie uns aus Grangegorman vertreiben?«

»Uns zumindest schon mal nicht, vor allem nicht in diesem Loch hier!«, lachte Terry hinter Peter, und Peter hätte sich am liebsten umgedreht und ihm gesagt, er solle die Klappe halten. Terry störte gern, wenn Zora sprach, und sein Gesicht hatte dann einen ganz bestimmten, spöttischen Ausdruck, den Peter von den Männern im Sozialbüro kannte. Damals, als seine Mutter noch genug bei sich gewesen war, um Hilfe zu beantragen, und als die Verantwortlichen im Sozialbüro sich jedes Mal aufs Neue hatten erklären lassen, was denn nun *mit ihrem Mann sei*, obwohl die ganze Stadt wusste, was *mit Peters Vater war.*

Eric war unter denen, die Terry mit ihrem Lachen bestätigten. Er konnte Zora nicht leiden, vielleicht, weil er zu stolz war, sich einzugestehen, dass sie ohne die Hilfe der jungen Frau nicht mehr lange durchgehalten hätten.

»Dem Briefkasten geht es besser«, sagte Tom belustigt und nickte Zora zu. »Alle Dinge dienen dem Briefkasten.«

Erneut Gelächter. Der Briefkasten war noch ein Running Gag von Tom. Lange bevor Zora Peter und Eric aufgelesen hatte, hatten sich die Hausbesetzer schon mit dem Eigentümer befasst, der sie aus ihrer Squat City vertrieben hatte. Die Spur hatte sich bei einer Adresse in einem Dubliner Industriegebiet verloren, wo vor einer Schrotthalle laut der Erzählung ein Briefkasten vom Ausmaß der Poststelle eines Londoner Hochhauses gestanden hatte. Hier waren Dutzende Firmen aus allen möglichen Steuerparadiesen heraus registriert, um als irische Niederlassungen ihre Geschäfte zu machen und bevorzugt behandelt zu werden, ohne dass es sie hier wirklich gab.

So oder so ähnlich hatte die Gemeinschaft an einem Abend darüber gesprochen, als sie draußen im Gefängnishof zusammengesessen hatten, und Tom hatte ironisch geschlussfolgert, dass dem Briefkasten vielleicht ein tieferer Sinn innewohnte, der sich ihnen allen nicht erschloss, der aber nach Meinung der Entscheider in diesem Land sehr, sehr wichtig war. Zumindest wichtiger als die wachsende Zahl Menschen, die in Irland auf der Straße lebte.

»Leute, letztlich dienen wir alle dem Briefkasten«, sagte Tom missmutig.

Peter hatte mittlerweile begriffen, warum die Studenten im Debtors' Prison sich nicht damit begnügten, wenig aufzufallen und hoffentlich nicht vertrieben zu werden, wenn sie ein Haus besetzten. In ganz Europa war anscheinend genug Geld da, um das System derer zu erhalten, die Geld hatten (System war Toms Lieblingswort, wenn er mal keine Scherze machte), aber nicht, um denen, die kein Geld hatten, eine Zukunft zu bieten.

Dublin war nicht gerade die Hochburg der Hausbesetzer, aber auch hier stand eine Reihe alter Gebäude leer und wurde weder genutzt noch instand gehalten. Dahinter steckten die Stadt, die in der eigenen Bürokratie versank, ebenso wie Menschen mit viel Geld, die das Geld in solchen Häusern und Grundstücken parkten, ohne dass auf absehbare Zeit etwas damit geschehen sollte. Peter verstand das nicht wirklich, aber was er verstand, war, dass zeitgleich Hunderte von Menschen auf der Straße lebten, sei es aus Armut oder aus welchen Gründen auch immer. Es war daher ein Protest ebenso wie ein Ausweg aus der Not, dass sie hier wohnten, sagte Zora, die regelmäßig Menschen von der Straße aufgabelte. Sei es dauerhaft oder nur für ein paar Nächte.

So hatten sie auch Peter und Eric zu sich geholt, ohne nach deren Geschichte zu fragen und ohne eine Gegenleistung zu verlangen. Zora hatte ihnen einfach die Möglichkeit gegeben, aus dem Container voller Turnschuhe im Verladehafen, den Eric irgendwie aufbekommen hatte, in ein Zimmer im Debtors' Prison mit Bett und offenem Kamin umzuziehen und Teil der Squatter-Gemeinschaft zu sein.

Zum Glück hatte Zora nicht hinter den Container geschaut. Peter hatte den Brunnen dort weit genug in ihre Welt gezogen, dass sie zumindest nicht verdursten konnten, aber wohl auch weit genug, dass jeder ihn hinter dem Container entdecken konnte. Ein schwarzer Metallring voll dampfenden, heißen Wassers, der sichtlich nicht in den Hafen passte und sich zudem rein zufällig hinter ihrem Unterschlupf befand. Peter hatte höllische Angst gehabt, Zora könnte den Brunnen entdecken und irgendwie herausfinden, was Peter konnte. Den Brunnen unter dem Tischtuch der Realität hervorzuziehen hatte ihn viel weniger Mühe gekostet als noch bei dem, was er im Kopf den *Unfall* mit Tyler nannte. Damals hatte Eric ihn angestachelt, ihn geschubst, aber nun, da er den Zugang einmal gefunden hatte, brauchte er Eric gar nicht mehr. Seit sie im Debtors' Prison waren, hatte Peter trotzdem nicht einmal mehr einen Blick in die andere Welt geworfen. Ein bisschen aus Angst vor sich selbst, aber vor allem aus Angst, es könnte herauskommen, dass er ein Freak war.

Zora hatte ihnen im Verladehafen von dem besetzten Gefängnis erzählt, und Peter hatte das zunächst wenig vertrauenerweckend gefunden, aber Zora war … eben Zora gewesen und hatte Peter und schließlich auch Eric dennoch überzeugt.

Bei ihrem Eintreffen hier war Peter angenehm überrascht gewesen: Das Debtors' Prison wirkte auf den ersten Blick eher wie ein historisches Denkmal als wie ein Gefängnis. Dan hatte sie empfangen und Bedenken geäußert, die Gemeinschaft könnte noch größere Schwierigkeiten bekommen, wenn sie Minderjährige hier versteckten, die von ihren Eltern gesucht wurden. Doch Zora hatte Peter geglaubt, dass sich niemand um sie sorgte, und durchgesetzt, dass sie bleiben durften. Fast alle hatten sie mit offenen Armen empfangen, auch Dan, der jetzt wieder das Wort ergriff.

»Ihr wisst, wie es läuft, Leute. Wir können noch versuchen, Menschen zu mobilisieren, damit sie uns am Sonntag unterstützen. Und wenn wir das Gefängnistor blockieren und uns hier im Haus verbarrikadieren, dann werden sie eine ganze Weile beschäftigt sein, und wir können unsere Statements an die Presse abgeben.«

»Und dann schleppen sie uns wieder raus«, warf jemand ein. »Und wir stehen wieder da wie vor ein paar Wochen.«

»Wenn es *gut* läuft«, bestätigte Terry. »Wenn es schlecht läuft, schicken sie diesmal nicht die netten Jungs, sondern die Arschlöcher von der National Front. Und dann gibt's auch noch ein paar Beulen gratis dazu.«

»Das machen sie nicht«, widersprach die Frau, die vorhin gebuht hatte. »Die Uniformnazis haben sie bis jetzt schön von uns ferngehalten. Wenn die zur Räumung kommen und hier über die Stränge schlagen, kriegen wir nur mehr Zulauf, das wissen sie, und sie wollen nicht noch mehr Schlagzeilen.«

Die Bewohner des Debtors' Prison vermuteten eine ganze Gruppe Rechtsgesinnter in den Reihen der Polizei. Peter hatte wenig Ehrgeiz, herauszufinden, ob das stimmte oder nicht. Aber seine Gedanken kreisten ohnehin nur um eine Sache, seit Dan ihnen die Neuigkeiten offenbart hatte: Die Polizei würde ihn keinesfalls nach draußen tragen und ziehen lassen, wenn sie das Gefängnis räumte. Von hier würde es mit den Beamten nur ein Ziel für ihn geben: das Heim.

Er hielt Eric die Wasserflasche hin und wollte ihm eigentlich die Frage zuzuflüstern, was sie machen sollten, wenn die Polizei kam, doch Eric verfolgte jetzt gebannt das Gespräch und ignorierte ihn.

»Oder die Bullen ändern ihre Meinung«, antwortete Terry gerade der Frau, »und sie wollen doch lieber ein Ende mit Schrecken, als dass es sich noch länger zieht, mit uns Landfriedensbrechern und unserer Taubenscheiße.«

Erics Stimme platzte in das Gelächter hinein. Peter zuckte zusammen, und sein Griff um den Flaschenhals verkrampfte sich. Kein einziges Mal hatten sie bisher in diesen Runden das Wort ergriffen, auch weil Peter nach wie vor das Gefühl hatte, dass ihr Platz in der Gemeinschaft keinesfalls dauerhaft sicher war.

»Und warum sorgt ihr nicht selbst für Schlagzeilen?«, fragte er provokant. »Warum wehrt ihr euch nicht, statt euch wegtragen zu lassen wie ein Haufen Behinderter?«

Der Aufschrei war groß, und Terry nahm sogar seinen Bowler-Hut und stülpte ihn über Erics Kopf, dass er ihm über beide Ohren rutschte. »Sind wir aber heute vorlaut, was?«

Eric nahm Terrys Hut und warf ihn in die Luft über die Leute, was die Stimmung wieder etwas aufheiterte.

Tom fing den Hut auf und blickte Eric nachdenklich an. Er bewegte den Kiefer langsam hin und her, und sein Backenbart bewegte sich mit.

»Ja, warum wehren wir uns nicht mal«, murmelte er.

Die Erheiterung erstarb, und die Stille, die darauf folgte, war durchaus von einer gewissen Faszination für den Gedanken geprägt, jetzt, wo Tom ihn ausgesprochen hatte.

»Spinnt ihr?«, warf die Frau ein, die eben mit Terry diskutiert hatte. »Dann haben wir die ganze Stadt gegen uns. Wenn wir zurückschlagen, dann können sie uns endlich als Chaoten abstempeln, wie sie's immer versuchen.«

Doch es gab keine Gelegenheit, weiter darüber zu diskutieren, denn in diesem Moment erklang eine hämische Stimme von der offenen Tür zum Treppenhaus.

»Keine Angst, niemand glaubt, dass ihr Zecken Chaoten seid.«

Peter wandte sich wie alle überrascht um und fand einen Mann in der Tür, den er nie zuvor gesehen hatte. Er hatte einen nahezu quadratischen Schädel auf bulligen Schultern, der ihm Ähnlichkeit mit Wayne Rooney verlieh, war glatt rasiert und trug einen knappen Bürstenhaarschnitt, der nass vom Regen war. Auch seine schwarze Jacke war an den Schultern nass, und der Reißverschluss öffnete sich vor der Brust, weil er sich mit beiden Ellenbogen lässig nach vorn gelehnt im Türrahmen abstützte. Auf dem Revers der Jacke war eine Art weißes Fadenkreuz als Symbol aufgenäht. Darunter prangten die Buchstaben *NF*: National Front.

»Ihr seid einfach der Dreck, der überall aus den Ritzen kriecht, wenn man seinen Laden nicht sauber hält.«

Während alle im Raum unter wütendem Getöse aufsprangen, um den Eindringling hinauszuwerfen, fragte sich Peter für einen Moment, wie der Mann so dumm sein konnte, sie hier, gemeinsam in der Gruppe, so anzupöbeln.

Als dann aber Terry, ohne seinen Bowler-Hut, als Erster bei dem immer noch grinsenden Bürstenkopf ankam und ihn mit wutverzerrter Miene nach draußen schubste (der Typ ließ es geschehen), und als dann Terrys Aufschrei aus dem Treppenhaus zu hören war und das Gebrüll dort draußen losbrach, da begriff Peter, dass sie tief in der Scheiße steckten.

Zora sah sich erschrocken um, als der Lärm draußen anfing, und entdeckte Peter und Eric. Eric war mit den anderen aufgesprungen, Peter saß noch immer am selben Fleck in Schockstarre. Bilder des brennenden Urwalds schossen ihm in den Kopf. Als sie eingekesselt gewesen waren, so wie jetzt, und Anna den Ausweg durch die Feuerwand gefunden hatte, ohne den sie jetzt alle tot wären.

»Peter«, versuchte Zora, sich zu ihm durchzukämpfen, doch *alle* um sie herum sprangen lärmend auf, und das Menschengewühl zwischen fallenden Stühlen wurde immer größer.

Von draußen tönte ein erneuter, ziemlich verzweifelter Aufschrei Terrys, der in ohrenbetäubendem Triumphgebrüll unterging. Peter wurde bleich vor Entsetzen angesichts der schieren Lautstärke. Wie viele der Nazis waren dort draußen und schnitten ihnen den Weg ab? Es hörte sich nach einer ganzen Heerschar an.

»Was …«, hörte Peter einen der Nachkommenden nach Luft schnappen, »IHR BASTARDE!«

Weiter quetschten sich Menschen zu zweit und zu dritt durch den Türstock aus dem kleinen Zimmer, während die hinteren nachdrängten. Um zu helfen, um zu fliehen, vielleicht auch einfach aus kopflosem Herdentrieb ob der unübersichtlichen Situation. Der Lärm aus dem hallenden Treppenhaus, das wie ein Verstärker wirkte, war ohrenbetäubend.

»Na los«, brüllte Eric ihm gebückt ins Ohr und packte ihn am Arm, »auf geht's!«

Peter war vor Furcht erstarrt. Er fühlte sich wie ein Schwein in einem Transporter, das hörte, wie seine Artgenossen ins Schlachtmesser liefen. Und doch gab es keinen anderen Weg als geradeaus durch die geöffnete Ladeklappe.

»Peter, steh auf«, war nun auch Zora bei ihm angekommen, und gemeinsam zogen Eric und sie ihn hoch, während er noch immer die Wasserflasche umklammert hielt und versuchte, seine Beine wiederzufinden, wo dem Gefühl nach nur noch Wackelpudding war. Draußen tobte der Kampflärm weiter, nun mit wildem Gebrüll auf beiden Seiten.

»Schnell, helft mir, die Couch von der Wand vorzuziehen«, forderte Zora sie auf, »wir verstecken euch dahinter.«

Natürlich dachte Eric nicht daran.

»Komm!«, rief er stattdessen Peter zu. Und als Zora sich nach der Couch bückte, zog er ihn in Richtung Tür, wo der Weg mittlerweile fast frei war. »Du hast hier noch 'ne Rechnung zu begleichen!«

Peter verstand nicht, was er meinte. Bis auf Chester in seiner psychedelisch gemusterten Hose und dem Achselshirt, der am Boden kauerte und sich stöhnend das Bein hielt, waren sie die Letzten im Raum.

Peter wäre ohne Zweifel Zoras Aufruf gefolgt und hätte sich, so schnell er konnte, hinter der Couch verkrochen, wenn Eric nicht gewesen wäre. Und wenn es außerdem nicht ausgerechnet *sie* gewesen wäre, die ihn dazu aufrief, sich zu verkriechen, während die anderen draußen kämpften. So nahm er all seinen Mut zusammen und ließ sich stattdessen von Eric mitziehen.

»Was … was macht ihr? Halt!«, rief Zora entgeistert und stakste hastig über zwei umgeworfene Stühle, um sie zurückzuhalten. Doch Peter erreichte mit Eric die Tür, bevor Zora sie daran hindern konnte.

Was Peter dort sah, übertraf seine schlimmsten Befürchtungen: Er hatte Mühe, überhaupt die Zahl der Angreifer festzustellen, denn der ganze Flur und das Treppenhaus waren ein Schlachtfeld. Tom rang am Treppengeländer, das den Flur säumte, mit dem Typen mit dem nassen Bürstenhaarschnitt. Der Rechtsradikale hatte Toms Kopf im Schwitzkasten und drückte verbissen zu. Tom war unter seinem Backenbart bereits rot und blau angelaufen, doch der Hausbesetzer wehrte sich noch und versetzte seinem Peiniger einen blinden Faustschlag ins Gesicht. Der war sicher kraftloser, als wenn sich die beiden gegenübergestanden hätten, doch der Griff schien sich dennoch kurz zu lockern, und Tom entwand sich dem Schläger.

Die beiden kämpften inmitten eines gewaltigen Tumults, der sich teilweise bereits am Boden fortsetzte. Die List, sich ins Treppenhaus zu schleichen und sie herauszulocken, war voll aufgegangen, denn es waren bereits einige Hausbesetzer am Boden außer Gefecht und hatten die Arme und Beine schützend an den Körper gezogen, während die Angreifer weiter auf sie eintraten und -prügelten.

Eric stürzte sich sofort ins Getümmel zu Peters Rechten und schlug einem Glatzkopf mit Lorbeerkranz-verzierter Bomberjacke die Fäuste knapp unterhalb der Rippen in den Rücken, dass er sich krümmte. Links von Peter taumelte Dan am Treppenabsatz zum Erdgeschoss, und gerade versetzte ein Nazi von vergleichsweise schmächtiger Statur ihm den Stoß, der ihn mit einem Schrei rückwärts die Treppe hinunterstürzen ließ. Peter stockte das Herz, als er ihn auf die steilen Steinstufen fallen sah. Er suchte Terry, der vorhin so verzweifelt geschrien hatte, entdeckte ihn jedoch nicht, und als Dans Schubser von eben sich vom Treppenabsatz umdrehte, vergaß er Terry ohnehin.

Es war Ziggy. George Ziggler, von Tyler auf den Namen

Ziggy getauft, mit brandneuem Kurzhaarschnitt und Springerstiefeln. Ziggy verlor keine Zeit, und während Peter noch das Blut in den Adern gefror, wandte dieser sich um und packte die Haare der Frau, die sich vorher so vehement gegen Gewalt geäußert hatte und die gerade von Ape, den Peter jetzt entdeckte, gegen das Treppengeländer gestoßen worden war. Ziggy riss ihr Haar mit einem wüsten Ruck zurück, sodass ihr ganzer Kopf nach hinten flog. Sie stürzte, vor Schmerz heulend, zu Boden. Apes Gesicht, der das Ganze beobachtete, zeigte sein breites, dümmliches Grinsen, das dem erstarrten Peter aus der Opferperspektive so vertraut war.

Er stolperte einen Schritt zurück, spürte eine Hand an seiner Schulter, die ihn herumriss, und erwartete, in Tylers triumphierendes Grinsen zu schauen. *Du hast hier noch 'ne Rechnung zu begleichen*, hatte Eric gesagt …

Doch es war Zora, die ihm aus nächster Nähe ins Gesicht brüllte, er solle Deckung suchen, ohne dass es wirklich zu ihm durchdrang. Zu plötzlich sah er wieder Bilder seines brennenden Heims, seiner Mutter auf einer Bahre, mit einem Sanitäter, der auf ihr hockte und ihr die Brust eindrückte, und einen Film der Geschehnisse am Kriegerdenkmal, des *Unfalls* mit Tyler, den Peter noch immer nicht wirklich verstand.

Mein Cousin hat in Dublin 'ne gute Sache am Laufen, hörte Peter Tylers Stimme in seinem Kopf nachhallen. Eric hatte Peter dazu gedrängt, ebenfalls nach Dublin zu fliehen und sich dort zu verstecken. Woher kam die Bemerkung mit der offenen Rechnung? Hatte er von dem Überfall gewusst? Aber warum hatte er dann niemanden gewarnt …

Jetzt war keine Zeit, darüber nachzudenken. Ehe Peter sichs versah, hatte Zora, selbst bleich wie eine Leiche, ihn einfach zurück durch die Tür in Deckung gerissen. Sie zerrte ihn gerade hinter die Ledercouch, deren eines Ende nun ein Stück von der Wand wegstand, und der überrumpelte Peter begann sich gegen die Bevormundung zu wehren, als hinter ihnen jemand durch die Tür trat.

Tyler.

Er grinste, als er Peter halb hinter der Couch entdeckte, und war kein bisschen überrascht. Vielleicht, weil er draußen schon Eric hatte wüten sehen. Die braune Lederjacke, die er trug, kannte Peter gut, doch wie Ziggy hatte auch er *Upgrades*. Aufnäher von Wehrmachtsabzeichen an der Jacke, die für Peter dort so fehl am Platz wirkten wie ein Hakenkreuz an einer Eisdiele. Sein neuer Bürstenhaarschnitt machte ihn außerdem fast zum Zwilling des bulligen Rooney-Verschnitts, der in die Versammlung geplatzt war. Nicht Zwilling, Cousin, korrigierte sich Peter, als die Puzzleteile in seinem Kopf sich zusammenfügten, Tyler hatte von seinem Cousin geschwärmt.

Peter *wollte* ruhig sein. Er *wollte* nicht in das alte Muster des gehetzten Tieres verfallen, in das Tyler ihn so oft gezwungen hatte, doch genau das tat er, und seine kraftlose Hand ließ die Flasche fallen, die klirrend zu Boden fiel.

»Raus mit dir«, herrschte Zora Tyler an, die ja nichts von ihrer Bekanntschaft miteinander wusste. Doch sie war wie ein Hund, der aus Angst umso lauter bellte, und das wusste auch Tyler.

Mit einem Grinsen, das immer raubtierhafter wurde, schritt er auf Zora zu, die zwischen ihm und Peter stand, und wollte sie packen. Doch er hatte sich die Sache angesichts der hübschen, jungen Frau offensichtlich zu leicht vorgestellt, denn ehe er sie noch zu fassen bekam, erteilte Zora ihm ansatzlos eine schallende Ohrfeige, die das Grinsen aus seinem Gesicht wischte.

»RAUS!«

Aber anders, als Peter und wohl auch Zora erwartet hätte, zuckte Tyler nicht etwa zurück, sondern führte den letzten Schritt trotz vor Schmerz zusammengepressten Augen und seiner rot auflodernden Wange zu Ende und griff nach Zoras Arm.

»Nein«, fand Peter sein erstes Wort seit dem Auftritt der Nationalisten wieder.

Zora kämpfte mit Tyler, als er sie heranzog und umklammerte, doch obwohl sie älter war, konnte sie sich des großen, muskulösen Jungen nicht erwehren. Staub, Glut, grelles Licht flackerte vor Peters innerem Auge. Die andere Welt war sein Trumpf, doch er war fahrig, ängstlich, konnte sich nicht konzentrieren.

»Lass sie in Ruhe, Tyler!«, rief Peter entsetzt, doch es klang nicht wie das Machtwort, das es sein sollte, sondern eher wie ein ängstliches Quietschen.

Zora sah Peter überrascht an, als sie den Namen hörte, und Tyler nutzte es, grapschte mit der rechten Hand nach ihren Brüsten und quetschte fest zu. Zora heulte vor Schmerz und Demütigung auf, und Peter stürzte endlich hinter der Couch hervor.

»Zurück!«, brüllte Tyler mit der Befehlsgewalt, an der Peter mit seinem Schrei gescheitert war. Gleichzeitig riss er Zora mit beiden Händen nach unten und packte ihren Hals in einem Schraubstockgriff.

»Na, was willst du jetzt machen?«, bleckte Tyler die Zähne. »Deinen Freak-Buddy vermöbeln sie draußen, und jetzt kannst du erst mal zuschauen, wie deine Ersatzmami ihre hübsche Fresse poliert kriegt.«

Etwas in Peter setzte aus. Etwas, das ihn die geballten Jahre der Erniedrigung als Antrieb nutzen ließ, statt als immer wieder aufs Neue erlernte Blockade in einem Gefühl der erlebten Machtlosigkeit. Etwas, das ihm erlaubte, das zusammenzuckende, innere Tier zu überwinden, das vor Tylers peitschender Stimme kuschen wollte. Peter stolperte zurück, doch nicht aus Furcht vor Tyler. Er wich zurück hinter die Couch, was Tyler mit Gelächter quittierte.

»Genau dahin«, höhnte er, »wo kleine Juden sich verkriechen, wenn die Gestapo kommt!«

Der Nazi-Nonsens seiner neuen Bande schien ihn tief beeindruckt zu haben, doch Peter nahm ihn kaum wahr. Er hob die Glasflasche vom Boden auf und krallte die rechte Faust um den Flaschenhals, als wäre sie ein Rettungsanker. Er spürte Staub, Sandkörner zwischen seinen Fingern und dem gläsernen Flaschenhals reiben, doch er wunderte sich nicht darüber. Die Flasche war sein Notventil, das er ziehen konnte, um den Vulkan ausbrechen zu lassen, der in seinem Inneren brodelte, und er brauchte das Ventil nun *dringend*.

Als Zora ein ersticktes Stöhnen von sich gab und ihre Finger in Tylers Arme krallte, dass sie weiß wurden und dort Striemen hinterließen, kam Peter hinter der Couch hervor.

Er erhob sich und holte in einer fließenden Bewegung zugleich mit dem rechten Arm aus. Tyler sah ihn erst im letzten Moment kommen, denn er festigte gerade mit verbissener und zugleich euphorisierter Miene seinen Griff um Zoras Hals.

In dem Halbkreis, den Peters Arm auf seinem Weg von hinter dem Kopf, hoch über die Schulter bis auf Tylers schon einmal gebrochenen Nasensattel beschrieb, lagen Jahre der unterdrückten Wut, die sich durch alle sorgsam aufgebauten Dämme Bahn brachen. Und als der Flaschenboden in Tylers verblüfftes Gesicht krachte, entluden sich diese Jahre und verrichteten ihr zerstörerisches Werk.

Peter spürte, wie der Aufschlag seine Hand bis in den Arm hinein erschütterte, doch es gab kaum einen Laut. Nur einen hellen Glockenton des Glasbodens, der dem Knochen von Tylers Nase standhielt, und dem Knirschen, als Tylers Nase seinerseits zum zweiten Mal binnen einiger Wochen zertrümmert wurde und dabei, wie es sich anhörte, diverse fragile Gesichtsknochen unterhalb Tylers reflexartig zusammengekniffenen Augen mit aus der Verankerung riss. Irgendwo spürte Peter den Nachhall eines Bebens, das er auslöste. Er spürte es in den Füßen, obwohl es nicht das *Debtors' Prison* war, das erschüttert wurde. Er hörte stöhnendes Metall, als sich Risse durch eine Stahlkonstruktion zogen, doch Peter hatte jetzt keinen Sinn für unerklärliche Phänomene.

Tyler ließ Zora augenblicklich los. Die Hausbesetzerin stürzte zu Boden, während sich der Jungnazi krümmte und einen Schmerzensschrei von sich gab, der selbst die Geräuschkulisse des Treppenhauses draußen zu übertönen vermochte.

Blut schoss aus der Ruine, die eben noch seine Nase gewesen war.

Peters Arm holte wie von selbst ein zweites Mal aus. Der Vulkan in ihm spuckte weiter Hass und Feuer, und mit dem zweiten Schlag auf den Hinterkopf holte er den ohnehin taumelnden Tyler von den Beinen. Er krachte zu Boden wie ein nasser Sack. Wieder brach nicht die Flasche, sondern allenfalls etwas in Tylers Kopf. Wieder erklang der helle Glockenton und das Gefühl donnernder Zerstörung. Als erneut Stahl kreischte, kniff Peter vor einem gleißenden Lichteinfall die Augen zusammen, der jedoch nicht in dieser Welt passierte. Das Licht im Zimmer kam von der nackten Birne an der Decke, und draußen herrschte weiter strömender Regen, so konnte Peter die Sinnestäuschung wegblinzeln, denn er war noch nicht fertig.

Die Flasche hielt bis zum dritten Schlag, bei dem Peter gar nicht mehr richtig zielte, sondern einfach die Kraft walten ließ, die sich noch immer in seinen sämtlichen Muskeln von der Schulter bis in die Fingerspitzen aufstaute und nur einen Ausweg kannte: den verhassten Haufen Mensch am Boden.

Der dritte Schlag streifte Tylers Schulter und ließ die Flasche in aufwirbelnden Staub und Scherben zerbersten, als sie seinen Unterarm erreichte, der bereits schlaff auf dem Boden lag. Tyler schrie nicht mehr, Tyler war bewusstlos, und das, gemeinsam mit der mörderisch zersplitterten Waffe in seiner Hand, die Tyler mit dem nächsten Schlag aufgespießt hätte, hielt Peter davon ab, zum vierten Mal auszuholen. Obwohl er weiter *hungrig* war, denn nichts konnte verhindern, dass Peter das, was mit ihm passierte, als unbändige Genugtuung erlebte. Er war berauscht von seinem eigenen Gewaltausbruch und ließ sich diesmal auch von dem verwirrenden Ineinanderdringen zweier Welten nicht beirren. Kein Eric stachelte ihn an, keine Unsicherheit bremste ihn, er triumphierte ganz allein im Hier und Jetzt.

Er war so lange berauscht, bis Zora sich keuchend und auf den Knien zu ihm umdrehte. Ihr Blick war angsterfüllt und wanderte von Tylers Kopf, der eine Blutlache verströmte, zurück zu Peter.

Peter wollte ihr mit einem Lächeln signalisieren, dass zumindest von Tyler vorerst keine Gefahr mehr ausging. Doch Zora erwiderte es nicht. Ihre schreckgeweiteten Augen fixierten ihn regungslos und zeugten von einer Angst, als hätte sie ein Monster gesehen.

Drüben

Sinan rappelte sich nach ihrer unsanften Ankunft am Fuß der Treppe sofort wieder auf und stürzte die Stufen hinauf, so schnell er konnte. Anna hörte ihn über das anhaltende Tosen hinweg vor Wut und Schmerzen aufheulen, und beobachtete verwirrt, wie Elif hinterhereilte.

»Hilf mir!«, forderte sie Nick auf, und erst als sie Sinan, dessen sonst gebräunte Haut von der Hitze dort oben krebsrot war, mit vereinten Kräften wieder nach unten zerrten, fiel bei Anna der Groschen: Die Verbindung zu ihrer Welt, die Sinan wohl herbeigesehnt hatte, war abgerissen. Dort draußen lag nur noch die Wüste, und welche Hitze das Gleißen dort entfacht hatte, das spürte Anna in den gelegentlichen Luftschüben heißen Atems, der von oben herabwehte.

Sinan leistete noch kurz erschöpfte Gegenwehr, dann sank er in sich zusammen. Hier unten war die Temperatur erträglich. Die dunkle, metallische Oberfläche von Wänden, Decke und Boden des kleinen Vorraums heizte sich wohl nicht allzu sehr auf. Wie beim letzten Mal erinnerte Anna die Architektur an etwas Industrielles, eine Forschungsanlage oder so. Jetzt fiel ihr als Assoziation zusätzlich der spärlich beleuchtete Zugang zu einem U-Bahnhof ein.

Elif redete Sinan auf Türkisch zu und warf Anna und Nick

hilflose Blicke zu. Annas mulmiges Gefühl verstärkte sich. Sie waren dem verrückt gewordenen Drogendealer entkommen und hatten seine todbringende Ware unschädlich gemacht. Sie hatten den Weg durch die Schwachstelle geschafft, und Anna hatte sogar mit ihrer Vermutung angesichts des Salzsees recht behalten: dass Elif mit ihrem Hinweis, Sinan sei *unter der Stadt*, gemeint hatte, dass er sich hier, in der anderen Welt, unter der Wüstenstadt befand.

Doch wenn sie Zeit gehabt hätten, darüber zu sprechen, dann wäre ihnen die Entscheidung, den Weg hierher tatsächlich zu versuchen, sicher nicht leichtgefallen. *Geht nicht*, hatte der Alte gewarnt, auch wenn sie nicht wussten, woran er dabei gedacht hatte. Anna fielen auch selbst schon genug Gründe dafür ein. So nah sich die Welten nun auch waren, und so viel der Schrecken von hier ebenfalls nach dort übergeschwappt war, das hier war immer noch der Schauplatz der schlimmsten Tage in Annas Leben. Gleichzeitig konnte Sinans Reaktion nur bedeuten, dass der Weg zurück nach Hause auf keinen Fall einfacher sein würde als der hierher.

Sinan stand langsam wieder auf und sagte etwas auf Türkisch.

»Wir sollen ihm folgen«, erklärte Elif, als er sich in Bewegung setzte.

Gegenüber der Treppe gab es einen Torbogen, aus dem Licht in den Vorraum einfiel, und Anna wusste, was sich dahinter befand: ein Steg, der über einen gewaltigen, runden Abgrund führte. Doch Sinan ging nicht auf den Torbogen zu, sondern nach rechts durch einen weiteren Durchgang. Er lief langsam und unrund, als wollte er die rechte Seite nicht belasten. Anna hatte von dem Sturz selbst zahlreiche kleinere Blessuren davongetragen, allen voran eine schmerzende Stelle an der Leiste, wo sich die Pistole beim Aufprall in ihren Bauch und ihren Oberschenkel gebohrt hatte. Sie hatte noch nicht nachgesehen, da sie die Waffe ja nach wie vor im Hosenbund verbarg, doch sie war sich sicher, dass dort alles grün und blau war. Ihre Hand schmerzte unterdes kaum mehr, und sie war froh, dass sich erstaunlicherweise keine Entzündung aus der Verletzung in dem Drogenhaus ergeben hatte.

In dem tunnelartigen Durchgang blieb Sinan vor einer Schleuse stehen, an der ein grünes Licht leuchtete. Sinan betätigte eine Schaltfläche neben der Schleuse, woraufhin sie sich zu Annas Erstaunen zischend zur Seite öffnete. Dahinter kam der unwahrscheinlichste Urwald zum Vorschein, den Anna je erblickt hatte: ein Dickicht über ihren Köpfen, das sie an die Vegetation in den Hallen erinnerte, in denen die Kinder um Eric und Peter sich versteckt hatten. Nur dass dieser Urwald nicht vom Boden zum Himmel, sondern von der Decke zum Boden wuchs: Da waren urtümlich anmutende Farne, die sich aus etwa drei Metern Höhe hinabfächerten, ebenso wie Lianen und verirrte Wurzeln, die sich dem Umkehrprinzip von Himmel und Erde widersetzten, das hier herrschte. Gräser hingen herab wie ein Schleier und Büsche, die sich mit ihren vielen Armen zum Boden hin reckten.

Statt des metallischen Untergrunds war der Boden hier körnig wie von kleinen Kieselsteinen und strahlte ein bläulichviolettes Licht aus, das wohl den Pflanzen diente.

Sinan zögerte nicht, sondern verschwand sofort hinter der Schleuse, und sie hatten Mühe, ihm durch das Dickicht zu folgen.

Anna sah Nick mit einem Stirnrunzeln einen Blick zur Decke werfen. Es war nicht ersichtlich, wie sich das alles mitsamt Nährboden dort oben hielt, ohne einfach zu Boden zu krachen und sie unter sich zu begraben.

Sinan führte sie ein gutes Stück in die Vegetation hinein und ließ sich schließlich unter einem Baumschössling nieder, der stramme Äste von der Decke her ausgebildet hatte und kleine gelbe Früchte trug. Auf Annas fragende Geste hin nickte er, und alle drei Neuankömmlinge ließen es sich nicht zweimal sagen. Sie pflückten und aßen die süßen und zugleich erfrischenden Früchte mit beiden Händen. Anna erinnerten sie an Aprikosen, statt eines Steins waren die Früchte allerdings voller kleiner Samen, die sie einfach mitaßen.

Als Anna fertig gegessen hatte, sah sie sich Sinan an, dessen Blick gesenkt war. An seinem schmutzigen Gesicht klebte eingetrocknetes Blut unter dem Haaransatz, ebenso wie in einer Spur aus seinem linken Ohr. Die Stirn über den buschigen Brauen zeigte tiefe Furchen, und seine Wangen waren bedeckt von Bartstoppeln.

»Was ist dir passiert?«, sprach sie ihn schließlich direkt an. »Wie bist du wieder hierhergekommen?«

Sinan warf einen unsicheren Blick zu Elif, als wollte er sie bitten, für ihn zu übersetzen, doch sie nickte ihm stattdessen ermutigend zu.

»Ich bin hier seit einer Woche«, begann er stockend, und Anna erinnerte sich, dass seine Stimme ganz anders klang, wenn er sein unsicheres Englisch sprach. Er fühlte sich nicht wohl damit und klang irgendwie … dünner.

»Fast eine Woche«, korrigierte er sich.

Vor einer Woche hatte Anna noch auf Nicks Ankunft in Berlin hingefiebert. Angesichts Sinans Zustand hatte sie gedacht, er sei länger hier, doch sie wusste, was schon wenige Tage in dieser Welt mit einem anstellen konnten.

»Ich war plötzlich zu Hause in Kayseri nach …« Er stockte, aber augenscheinlich verstand jeder, dass er ihre gemeinsamen Erlebnisse an diesem Ort meinte. »Beim Essen, einfach so. Ich habe meine Familie umarmt, und sie wussten ja nicht. Ich habe gestunken …« Sein zerfurchtes Gesicht verzog sich zu einem gequälten Lächeln. Anna selbst hatte den Geruch noch in der Nase, den Sinan nach Tagen der Gefangenschaft in Álvaros Loch verströmt hatte.

»Es war nicht wahr, nicht wirklich«, sagte Sinan, und seine Miene verdüsterte sich wieder.

»Das habe ich im ersten Moment auch gedacht«, erwiderte Anna. »Wahrscheinlich wir alle: Dass alles nur eine Art Traum war. Aber deine Kleider und alles und … der Geruch.«

Sinan schüttelte den Kopf. »Nicht so. Ich meine Zuhause. Familie. War nicht wirklich.«

Anna verstummte und sah ihn verwirrt an.

Er seufzte und redete mit Elif auf Türkisch.

»Er sagt, es hat nicht gehalten. Er war nach dem Essen plötzlich wieder in dem Gefängnisloch, wo Álvaro ihn hier eingesperrt hatte. Unter dem Stein.«

Sinan redete weiter auf Türkisch, und Elif übersetzte mit bleicher Miene.

»Es war kein Traum, und er wusste nicht, was stimmt. Mal war er in dem Loch, dann saß er wieder bei seiner Familie am Tisch, und alles begann von vorn. Niemand kam zu ihm, wenn er gefangen in der Dunkelheit war, und seine Familie erinnerte sich jedes Mal weder an sein Verschwinden noch an sein Erscheinen. Es hat ihn verrückt gemacht.«

Anna schauderte. Aber wie konnte das sein? Niemandem von ihnen war so etwas passiert, als sie den Heimweg erst einmal geschafft hatten. Niemand war zurückgeworfen worden.

»Er war immer noch auf dem Weg«, sagte Nick, als er Annas verständnislose Miene im blau-violetten Licht des Bodens sah. »Wie du mit deinem Bruder, als du ihm nachgelaufen bist, obwohl er gar nicht wirklich da war. Nichts von beidem war real, weder seine Familie noch die Gefangenschaft. Beides sollte ihn wahnsinnig machen.«

»Was für ein Weg?«, fragte Elif verwirrt. »Wovon redet ihr?«

»Der alte Mann ist uns nachgekommen, als wir nach Hause wollten, und hat gesagt, dass wir einen Weg durch das dunkle Herz finden müssen, um es zu schaffen«, erklärte Nick und erzählte knapp, was ihm selbst und Anna dabei widerfahren war.

Elif nickte, immer noch blass. »Und ... warum erinnert ihr euch daran und ich nicht?«

Anna konnte nicht aussprechen, was sie dachte: Der Alte hatte gesagt, was geschah, wenn man den Weg nicht schaffte.

Man fiel in die Fänge des dunklen Herzens, mit denen Elif seit ihrer Heimkehr innerlich gerungen hatte. Welches Ende hatte es für sie genommen?

Sinan konnte ihrem Gespräch nicht mehr folgen oder versuchte es vielleicht auch gar nicht. Sicher hatte er während seiner ganzen *echten* Gefangenschaft an seine Familie gedacht, und vielleicht hatte das dunkle Herz das benutzt, so wie Annas Trauer um ihren Bruder. Anna hatte gar nicht gewusst, dass Sinan Familie hatte. Und sie fragte sich nun, was schlimmer war: Immer wieder und wieder von seiner Familie fortgerissen zu werden, bis die Hoffnung, sie wiederzusehen, selbst schon zur Qual wurde, oder etwas, das das dunkle Herz vielleicht nicht einmal beabsichtigt hatte: die Angst, den Verstand verloren zu haben.

»Ist der alte Mann nicht zu dir gekommen?« fragte Anna Sinan.

»Doch«, antwortete er. »Er saß plötzlich am Tisch. Ich war fast am Ende. Meine Familie am Tisch war nur noch still gesessen, ohne Gesicht.«

»Was heißt das?«, fragte Nick vorsichtig, als wollte er Sinans dürftige Sprachkenntnisse nicht zu weit belasten. Nach kurzem türkischem Zwiegespräch erklärte es Elif.

»Er hatte sie nach und nach vergessen«, sagte sie. »Er konnte sich die Gesichter seiner Familie nicht mehr vor Augen rufen, und gleichzeitig sind sie irgendwie erstarrt und haben gar nicht mehr auf ihn reagiert. Er saß einfach stoisch da, bis er wieder in dem Loch aufwachte.«

»Alter Mann hat nur gesagt einen Satz«, ergänzte Sinan. »Ist fast zu spät. Dann er ist aufgestanden und verschwunden.«

»Er hat nicht mehr gesagt?«, fragte Anna erstaunt. Mit ihr hatte er sich lange unterhalten, war auf ihre Fragen, selbst ihre Beschimpfungen eingegangen.

»Nein«, sagte Sinan, »aber hat gereicht. Wenn ich in Gefängnis, ich habe Erinnerung gesucht. Bilder zurückgeholt. Und jedes Mal ein bisschen ich habe mehr wiedererkannt meine Familie. Elif …«

Er erzählte der Türkin den nächsten Teil in seiner Muttersprache und sie übersetzte, dass er jedes Mal versucht hatte, etwas vom Tisch zu behalten: Er hatte einen Salzstreuer in die Tasche gesteckt oder ein Messer und danach gesucht, wenn er wieder in seinem Gefängnis gelandet war. Doch die Taschen war jedes Mal leer gewesen. Er hatte sich an den Erinnerungen festgehalten und daran geglaubt, dass er sich seine Familie zurückerkämpfen konnte. Irgendwann hatte er ihre Gesichter in seiner Erinnerung wiedergefunden, und so hatte er sie ihnen zurückgeben können. Dann hatten sie auch wieder auf ihn reagiert, wenn er am Tisch saß, und irgendwann hatte er auch aufstehen und sich in der Wohnung bewegen können. Das Erste, was er getan hatte, war, statt eines Salzstreuers vom Tisch etwas aus seinem Schreibtisch zu holen.

Als Elif davon sprach, zog Sinan etwas aus der Tasche seiner Jeans und hielt es ihnen mit zitternder Hand entgegen. Es waren zwei verknickte Passfotos mit verblassenden Farben. Eines zeigte eine Frau mit Kopftuch, das die braunen, welligen Haare über der Stirn freiließ. Sie hatte Lachfalten um die Augen und lächelte in die Kamera. Das andere Bild war von einem Mädchen, das höchstens vier Jahre alt sein konnte. So alt wie Anna selbst, als ihr Bruder verschwunden war.

Als sie die Bilder sah, musste sie sofort an ihre eigene Familie denken, und ihr fiel ein, dass sie seit dem Absenden ihrer Nachricht noch immer nichts von ihren Eltern gehört hatte. Sie wollte nach dem Handy in der Tasche greifen, ließ es jedoch bleiben. Zum einen vermied sie jede Bewegung, die den Umriss der Waffe unter ihrem T-Shirt offenbaren konnte, zum anderen hätte es ohnehin keinen Sinn gehabt. Auch wenn Staub aus dieser in ihre eigene Welt drang. Das Handynetz hatten sie spätestens mit dem Salzsee hinter sich gelassen.

»Also hast du es geschafft«, sagte Nick erleichtert. Die Frage, ob Sinan diesen Ort überhaupt je verlassen hatte, war auch Anna schon gekommen.

Sinan nickte, doch sein Blick blieb düster. »Ich war da, bei meine Familie, aber war nie sicher. Ich habe geträumt von Dunkelheit im Gefängnis. Auch wenn ich bei meiner Frau aufgewacht bin, ich hatte Angst, dass es nur länger dauert. Dass es immer noch nicht wahr ist. Meine Frau hat gedacht, dass meine Albträume wegen Polizei sind. Ich bin Kurde, wir sind verfolgt. Aber egal wie viel Tage, ist schlimmer geworden, nicht besser. Mehr Albträume. Mehr Angst.«

Anna warf einen Seitenblick auf Nick, dem es mit seinen Ängsten ähnlich gegangen war. Aber der alte Mann war an seiner Seite gewesen und hatte ihm mehr über die Hintergründe erzählt, und Anna und er hatten außerdem geschrieben. Sinan war allein gewesen, und so, wie es sich anhörte, hatte auch er wie Anna und Nick seiner Familie nichts erzählt.

»Es gab Razzien und Angriffe gegen Kurden in unserer Stadt. So viele wie seit dem Anschlag nicht mehr.«

»In Kayseri gab es vor drei Jahren einen Anschlag«, erklärte Elif auf Annas fragenden Blick. »Es sind viele Soldaten dabei gestorben, und es war wahrscheinlich die PKK, die kurdischen Extremisten.«

»Oder die Regierung selbst«, sagte Sinan trocken. »Sie suchen doch nur nach Vorwänden, uns auszurotten. Danach haben sie viele Hundert eingesperrt, und jetzt ist wieder genauso.«

»Aber was ist vor einer Woche passiert?«, wollte Anna wissen. »Wie bist du hierhergekommen?«

Die Blätter der Pflanzen über ihnen wirkten fast schwarz in dem schwächelnden blau-violetten Licht. Die unterirdischen Pflanzen waren gleichzeitig unwirklich und doch hier und greifbar. Sie waren erneut an diesem unwahrscheinlichen Ort gelandet, und allein das ließ Nicks Worte aus Berlin schon sehr theoretisch wirken: eine Blase zwischen den Welten? Ein Ort, den ein Volk sich selbst geschaffen hatte, jenseits ihrer Heimatwelt? Konnte sich das so real anfühlen?

»Es gab einen Aufruf«, antwortete Sinan. »Flugblätter. Ich habe gelesen und habe … gestaunt.«

Er sah Elif an und sagte zwei Worte: »*Beyaz kalp.*«

»Weißes Herz«, übersetzte Elif überrascht.

»Was stand auf dem Flugblatt?«, stieß Anna hervor. Damit hatte sie nicht gerechnet.

»Es ging um …« Sinan wandte sich Elif zu und fasste es ihr in ein paar knappen türkischen Sätzen zusammen. Ein kurzer Wortwechsel folgte, bei dem Elif den Kopf schüttelte, dann übersetzte sie endlich.

»Es war der Aufruf zu einer Demonstration in Ankara, genau wie die gestern Nacht. Organisiert von kurdischen Gruppen und dem Friedensbündnis ›Das weiße Herz‹. Sinan dachte sofort an das dunkle Herz und an mich.«

»Genau wie wir«, murmelte Nick.

»Er wusste, dass ich in Ankara lebe«, fuhr Elif fort, »also ist er hingereist. Es gab einen Bus von Kayseri aus, organisiert von der HDP, einer kurdischen Partei.«

Sie sah Sinan auffordernd an, und er übernahm wieder.

»Ich bin zu Versammlung am Kizilay gekommen und habe gesucht, aber niemand konnte mir sagen, wer steckt hinter *Beyaz kalp*, und es waren viele Menschen, unmöglich, Elif zu finden oder irgendjemand. Es war Polizei überall. Mayla hatte mich gebettelt, dass ich nicht fahre. Ich habe nicht gehört, und dann …« Sinan holte tief Luft. »Es waren Bomben. Ein Anschlag, mitten in die Menschen.«

Anna hörte gebannt zu und spürte, wie ihr Puls immer schneller wurde. Es konnte kein Zufall sein, aber wie konnte Sinan vor einer Woche verschwunden und gleichzeitig gestern noch in Ankara gewesen sein.

»Überall war Staub, und auf einmal ich habe Wüste gesehen und Häuser von hier. Ich wollte weglaufen, aber die Menschen hatten Angst. Sie sind gerannt und haben mich mitgeschoben, darauf zu, weil sie nicht sehen konnten.«

Nick berührte sie am Knie, und Anna sah ihn an und nickte kaum merklich. Sie wollte Sinan nicht unterbrechen.

»Ich musste auf Beine bleiben, sonst sie hätten mich totgetrampelt. Straße wurde Wüste und wurde immer heißer, und dann ich bin doch gestürzt. Habe Tritte am Kopf«, er deutete auf eine Stelle über dem eingetrockneten Blut zwischen seinen Haaren, »und Beine auch. Ich hatte Schmerz und bin gekrochen, und dann ich habe etwas gespürt. Ich dachte, offener Kanaldeckel, aber war hier.« Sinan nickte in die Richtung, aus der sie gekommen waren, wo die Treppe von der Oberfläche hinabführte. »Dann ich bin gefallen, und als ich aufwache, nur noch Wüste da oben.«

»Warst du lange ohnmächtig?«, fragte Anna. »Wie weißt du, dass es eine Woche war?«

Wenn es eine ähnliche Demonstration in Ankara mit einem Anschlag vor einer Woche gegeben hätte, dann hätten Nick und sie es bei ihrer Nachrichtenrecherche herausgefunden. Es musste die von gestern Nacht gewesen sein, und damit war er ganz in ihrer Nähe gewesen, als sie selbst die Wüstenstadt vor dem Fenster ihres Hostels gesehen hatten. Entweder Sinan hatte sein Zeitgefühl komplett verloren, oder …

Sinan schüttelte den Kopf. »Nein, nicht lang bewusstlos. Ich habe Ausweg gesucht, ich habe geschrien. Ich wollte nicht sterben mit diesem Ort. Aber jetzt, wenn dunkel, es werden sechs Tage.«

Er streckte die Hand über den Boden aus, der nur noch matt und bläulich schimmerte. Die Pflanzen brauchten Nachtphasen, und damit hatte Sinan die Tage gezählt.

»Wir waren auch dort«, antwortete ihm Nick, »in Ankara, bei der Demo mit dem Anschlag. Wir haben es aus einem Fenster gesehen, wie die zwei Welten sich überschnitten haben. Gestern Nacht.«

Sinan schüttelte verständnislos den Kopf, und dann redete Elif mit ihm. Erst widersprach er, doch dann hörte er zu, und seine Miene verriet kaum, was er dachte. Anna konnte sich vorstellen, was Elif ihm erklärte: Sie hatten sich gar keine Gedanken mehr darüber gemacht, aber die Zeit hier entsprach nicht der in ihrer Welt. Die zehn Tage ihrer Gefangenschaft hatten in ihrer Welt nicht länger als einen Augenblick gedauert. Während Sinans sechs Tagen waren in Ankara nur vierundzwanzig Stunden vergangen. Wie lief die Zeit dort jetzt? Allein, es nicht sicher zu wissen, war ein komisches Gefühl. Die Zeitverschiebung bei einem Langstreckenflug war eine Sache, aber wenn die Zeit zwischen hier und ihrer Welt beinahe stoppen konnte, konnte sie dann auch rennen? Niemand wusste das, und damit auch nicht, wie tief das dunkle Herz seine Wurzeln in ihrer Abwesenheit in die Erde graben würde.

Anna fragte nach Wasser, nicht zuletzt, um Sinan eine Pause zu gönnen. Man sah seinen hellbraunen Augen an, dass es in ihm arbeitete. Ob er sich darüber Gedanken gemacht hatte, wie die Zeit zu Hause weiterlief, oder nicht: Nun wusste er auf jeden Fall, dass seine Frau sich schreckliche Sorgen machen musste, weil sie nach dem Anschlag nichts von ihm gehört hatte.

Sinan führte sie weiter in den Urwald hinein, und je tiefer sie in das Dickicht eintauchten, desto weniger machte sich der Unterschied der Pflanzen, die zum Boden hin wuchsen, bemerkbar. Immer öfter hatten die Farngewächse und Schachtelhalme den glimmenden Bodenkies längst erreicht und durchstoßen und boten ihrerseits Halt für Kletter- und Schlingpflanzen, durch die fast kein Durchkommen mehr war. Die Kiesel bildeten so keine durchgehende Fläche mehr, sondern bläulich leuchtende Flecken im Dickicht wie in einem Märchenwald. Nur tierisches Leben schien es keines zu geben. Nirgendwo krabbelte etwas, nichts flog durch die Luft, in der nicht einmal der Staub lag, an den Anna sich schon so gewöhnt hatte.

»Woher hast du es gewusst?«, fragte Nick an Annas Seite. Elif ging mit Sinan, und die beiden unterhielten sich auf Türkisch. »Dass Sinan hier ist *und* dass wir zu ihm können?«

»Beim ersten Blick über diese Landschaft«, erklärte sie vorsichtig, »hab ich fast die Silhouette der Stadt gesehen. Das war wie ein Déjà-vu vom Auto aus. Ging es dir nicht so? Und dann hat sich irgendwie alles zusammengefügt.«

Sie verschwieg den Sog, das Wünschelrutengefühl, denn egal, mit welchen Worten sie es im Kopf formulierte, es hörte sich immer so an, als hätte sie sich vom dunklen Herzen herlocken lassen. Und genau diese Angst würde Nick haben und sich noch mehr Sorgen um sie machen.

»Doch«, bestätigte Nick, »mir ging's schon auch so.« Aber er musste nicht dazusagen, dass er keineswegs ihre Sicherheit gehabt hatte. Noch während ihres Aufbruchs auf den Salzsee hinaus hatte er sie schließlich gefragt, ob sie das wirklich durchziehen wolle. Und ohne dass sie es aussprachen, lag die Warnung des Alten, hierherzukommen, über ihrem Gespräch wie ein Schatten. »Glaubst du, wir finden auch den Rückweg so einfach?«

»Ich weiß es nicht«, sagte Anna ehrlich. »Sinan hat ihn sechs Tage lang nicht gefunden, aber vielleicht hat er auch falsch gesucht. Ich weiß es nicht.«

»Vielleicht können wir irgendwie Kontakt zum alten Mann aufnehmen«, sagte Nick.

»Gute Idee«, erwiderte Anna. Der Inhalt seines Päckchens war zwar enttäuschend, sogar erschreckend gewesen, aber er wusste sicher mehr über diesen Ort hier als jeder andere. Anna hätte gern gewusst, wovor genau er sie hatte warnen wollen. Und auch zu ihren Überlegungen, was die Zeitzusammenhänge anging, hätte er vielleicht etwas sagen können.

Sie überlegten gemeinsam, aber sie kamen auf keine Lösung, wie sie den alten Mann erreichen sollten. Die Schwachstellen zwischen den Welten hatten bislang kein erkennbares Muster gezeigt und waren kaum vorhersehbar. Dass sie auf ein Fenster zum alten Mann und Connor stießen, wo immer sich die beiden gerade aufhielten, schien nahezu unmöglich.

Schließlich machten Sinan und Elif vor ihnen halt, und Sinan zeigte ihnen eine Stelle, wo ein Rinnsal aus Wasser an einem langen Halm entlang zu Boden floss.

»Sinan glaubt, dass hier irgendwas von der Bewässerung da oben kaputt ist«, erklärte Elif. »Das Wasser trinkt er seit Tagen. Es scheint in Ordnung zu sein.«

Anna hob den Blick, während Nick die gefalteten Handflächen an die Pflanze hielt und dann daraus trank. Es war nicht zu erkennen, wo das Wasser zwischen den Pflanzen seinen Ursprung hatte, in der Dunkelheit erst recht nicht. Sie fragte sich, wie sie den Weg zurückfinden sollten, wenn es stockfinster wurde, doch Sinan trieb sie nicht zur Eile an.

Anna wechselte sich mit Nick und Elif ab, und als sie ihren Durst gelöscht hatten, zeigte Sinan ihnen eine Stelle, wenige Meter weiter, wo eine Gruppe großer Farne riesige, Palmwedelartige Arme ausgebildet hatte. Anna entdeckte den Haufen erst auf den zweiten Blick, den Sinan sich davon als Bettlager aufgeschichtet hatte. Er unterschied sich kaum von dem, was die Kinder um Eric und Peter sich vor ein paar Wochen oben in den Gewächshaushallen zum Schlafen hergerichtet hatten.

Und plötzlich erkannte Anna eine Gestalt, die hinter dem Blätterhaufen kauerte. Sie erschrak so sehr, dass sie zusammenfuhr und Nick wie aus Reflex die Hand nach ihrem Arm ausstreckte.

»Was hast du?«, fragte er, ebenfalls erschrocken.

Es war eine junge Frau, und Anna hielt sie im ersten Moment fast für Sinans Frau von dem Foto, doch sie war es nicht.

»Keine Angst«, murmelte Sinan. »Sie ist nicht hier.«

Jetzt stieß auch Elif einen überraschten Laut aus, als sie die Frau erblickte, und Nick folgte Annas erstarrtem Blick.

Anna wusste, was Sinan meinte. Die Frau war wie ein Geist. Nicht durchscheinend oder grau oder so etwas, Anna konnte die rote Farbe des langärmligen Oberteils ebenso erkennen wie die schwarzen Haarsträhnen, die ihr ins Gesicht hingen. Aber ihre Konturen wirkten flüchtig, unscharf, als zerrte etwas an ihr und verhinderte, dass sie sich hier verfestigte. Sie war auch nicht zu hören, obwohl sie sichtlich weinte. Ihr

Oberkörper wurde von Schluchzen geschüttelt und wiegte sich vor und zurück. Ihre Arme waren vor der Brust verschränkt.

»Es passiert oft«, sagte Sinan, »und überall hier. Sie tauchen auf, und nach einer Zeit sie verschwinden wieder.«

Die Frau hatte sich auf die Knie erhoben. Anna erkannte, dass sie etwas in den Armen zu halten schien.

»Kann … kann sie uns hören?«, stammelte Nick.

Sinan schüttelte den Kopf. »Nein. Bis jetzt hat niemand.«

»Es ist ein Kind«, flüsterte Elif fast. »Sie hält ein Kind.«

Anna sah es jetzt auch. In den Armen der Frau lag ein Bündel aus einer bunt gemusterten Stoffdecke, das etwa die Größe eines Säuglings hatte. Es bewegte sich etwas darin, vielleicht weinte auch das Kind, wie die Mutter.

Dann streckte die Frau die Arme aus. Anna erkannte die kleinen Spielzeuglokomotiven auf dem Deckenbündel. Eine rote Lok, aus der drei blaue Dampfwölkchen pafften, zog zwei gelbe Waggons. Das war dutzendfach auf den Stoff gedruckt, und das Muster prägte sich trotz des schlechten Lichts in Annas Netzhaut ein. Die Frau kniff die Augen zusammen und drehte den Kopf weg, und Anna stockte das Herz, als sie das Bündel fallen ließ. Elif schrie auf. Statt auf dem Boden aufzuschlagen, fiel es einfach weiter und verschwand dabei, als böte dieser gar keinen Widerstand. Die Mutter erhob sich hastig und verschwand dabei ebenfalls.

Keiner von ihnen sprach ein Wort. Sie wussten, dass das keine Illusion gewesen war. Irgendwo hatte sich diese Szene gerade zugetragen und war an diesen Ort gespiegelt worden, vermutlich in einer Wolke von Staub, welche die Mutter nicht bemerkt hatte. Die Verbindung, die das dunkle Herz in ihre Welt aufgebaut hatte, war gegenseitig, und das waren die Bilder, die von dort hierher getragen wurden.

Elif sagte etwas mit belegter Stimme auf Türkisch, und Sinan nickte.

»Es ist immer etwas anderes«, antwortete er auf Englisch,

sodass Nick und Anna ebenfalls verstanden. »Kranke Menschen, Mord, Verrückte, immer etwas anderes.«

»Und wir können nur zusehen?«, fragte Nick verzweifelt. »Wir können *nichts* tun?«

Sinan schüttelte nur den Kopf. Anna schluckte und wurde den Frosch in ihrem Hals doch nicht los. Es war eine Sache, zu wissen, dass sich ständig irgendwo furchtbare Dinge abspielten, aber eine ganz andere, so etwas zu sehen. Sie zwang sich, nicht darüber nachzudenken, was mit dem Kind geschehen war.

»Machen wir uns auch ein Lager?«, fragte Anna Elif und Nick, hauptsächlich, um sich mit irgendetwas zu beschäftigen, das sie ablenkte. Sie fühlte sich schon jetzt wie erschlagen, und früher oder später würden sie sich ausruhen müssen.

Nick wandte ihr den Blick zu, Elifs blieb noch einen Moment an der Stelle hängen, wo die Frau verschwunden war. Dann riss sie sich davon los, und sie begannen gemeinsam damit, in gedrückter Stimmung Farnwedel aus dem Dickicht zu reißen und übereinanderzulegen. Sinan half ihnen dabei. Schon seit sie hier angekommen waren, war es nicht mehr dunkler geworden, und das Restlicht, das die Steine abgaben, schien zu halten.

Als der Boden zu Annas Füßen bereits bedeckt war und Sinan ihr die nächsten Blätter in die Hand drückte, versicherte sie sich, dass die anderen mit ihren eigenen Lagern beschäftigt waren. Dann beugte sie sich nach vorn, griff nach der Waffe in ihrem Hosenbund und zog sie hervor. Die Erleichterung, als der andauernde Druck auf die vom Aufprall an der Treppe schmerzende Stelle endlich nachließ, war so groß, dass Anna beinahe aufgestöhnt hätte. Sie legte die Pistole auf die Blätter am Boden und bedeckte sie hastig mit weiteren Schichten. Das Gewicht, das sie die ganze Zeit an ihrem Körper gespürt hatte und das gefühlt ein Vielfaches der Waffe selbst gewogen hatte, war endlich fort. Anna spürte, wie sich Muskeln entkrampften, von denen sie gar nicht gewusst hatte, dass sie sie besaß.

»Was hast du alles versucht?«, stellte Anna Sinan die wichtigste offene Frage, als sie fast fertig waren. »Und hast du irgendwas gefunden hier unten? Ist … es noch hier?«

Die Antwort auf Letzteres glaubte sie zu wissen, denn sie war nun schon zum dritten Mal *unter der Stadt*, zum vierten Mal, wenn man Nicks und ihre erste Begegnung mit der Scheibe und dem Treppenabgang dazuzählte, bei der die Risse im Himmel entstanden waren. Nie hatte sich der Vorraum mit der Treppe so leer und still angefühlt wie vorhin.

»Nein, ich habe erst gedacht, als gebebt hat unter den Schlägen«, sagte Sinan. Meinte er den unnatürlichen Herzschlag, der alles erschüttert hatte, als sie von hier unten nach Hause aufgebrochen waren? »Aber nichts. Nichts, was lebt, oder nicht richtig. Ich habe versucht, oben einen Weg hinausfinden. Ob die Wüste wieder zurückführt.«

Das wäre auch Annas erste Hoffnung gewesen: Dass, ähnlich wie ihre Welt auf einmal in diese überging, auch Brücken von hier zurück nach Hause erschienen.

»Aber wenn du bist mehr als ein paar Minuten oben, du stirbst. Es ist so heiß, so hell wie in Feuer.«

Sinan ließ sich auf das raschelnde Gestrüpp seines Lagers sinken, und Anna überlegte, wie lange es dauern würde, bis die Strahlung, die sie das Gleißen nannten, die sandige Oberfläche der Wüste zu Glas schmelzen würde. Bis es auch hier unten heiß werden würde, so heiß, dass nichts mehr leben konnte, weder diese Pflanzen noch sonst irgendetwas. Noch Jahre? Nur noch Wochen oder Monate? Und was würde dann mit allem geschehen? Würde diese Zwischenwelt einfach spurlos verschwinden?

»Ich war oben mindestens zehnmal und nichts gesehen«, fuhr Sinan fort. »Einmal ich fast nicht wiedergefunden das Loch. Zu lang draußen, schau!« Er lehnte sich vor und zeigte ihnen gerötete Flächen an seinen Armen, wo sie verbrannt worden waren. Anna sog die Luft zwischen den Zähnen ein: Die Haut schälte sich, wo es weniger schlimm war. An anderen Stellen war sie wund und aufgeplatzt. Es sah aus, als müsste es immer noch furchtbar schmerzen. »Dann ich hatte Angst, ich sterbe bei nächste Mal.«

»Wie hast du gewusst, dass wir kommen?«, fragte Nick. »Ohne dich hätten wir es gar nicht hergeschafft.«

Sinan sah sie alle drei an, besonders Nick und Anna.

»Junge hat gesagt«, antwortete er.

Anna starrte ihn an und fand keine Worte.

»Eine Stimme?«, fragte Anna aufgeregt, »draußen auf dem Steg?«

Dort hatte sie das erste Mal seit zehn Jahren mit ihrem Bruder gesprochen, und dort hatte sie ihn vergeblich gesucht, als sie endlich einen Ausweg gefunden hatten.

Sinan schüttelte den Kopf. »Keine Stimme. Junge. Vierter Tag, vorgestern, ich bin geklettert ganz nach unten. Ich wollte wissen ... gibt es irgendeine Ausweg. War gefährlich, fast so gefährlich wie draußen. Aber da war Junge.«

Sinan überlegte und suchte nach Worten und Anna wünschte sich mehr denn je, er würde flüssiger Englisch sprechen können.

»Wie sah er aus?«, fragte sie ungeduldig dazwischen, ehe sie sich beherrschen konnte. »Dunkelblonde Haare und blaue Augen? Hatte er eine ... eine Zahnlücke?«

»Ich weiß nicht«, antwortete Sinan sichtlich verwirrt.

Anna spürte Nicks mitleidigen Blick und fühlte sich augenblicklich unwohl mit ihrer Fragerei. Ben war tot und würde wegen einiger verschütteter Erinnerungen, die ihr nach Jahren wieder in den Kopf kamen, nicht plötzlich wieder auftauchen. »Haare vielleicht, ja«, fuhr Sinan fort, »aber ich weiß nicht genau. Ich dachte erst, ist wie die anderen: nur ein Schatten. Aber stimmt nicht. Ich habe gehört, er hat gesungen. Da war ein toter Mann, und er hat gesungen für Mann.«

»Eine Leiche?«, fragte Nick erschrocken.

Anna musste sofort an die zwei Kinder denken, die in die Tiefe gefallen waren. Eric und eines der kleinen Kinder. Aber Sinan sprach von einem toten *Mann*.

»Bist du … sicher, dass er da war?«, fragte Nick und druckste etwas herum. »Ich meine, der Abstieg war sicher anstrengend, und da unten hast du dich bestimmt kurz erholt, oder? Es wäre nur normal, dass du wirre Sachen … träumst.«

»Kein Traum«, sagte Sinan kalt. »Junge sagt, dass Menschen kommen, und ihr seid gekommen.«

»Was hat er genau gesagt?«, fragte Anna.

»Dass ich muss helfen, sonst ihr schafft nicht und sterbt. Ich habe gehofft, es kommt niemand.«

Anna glaubte erst, sich verhört zu haben, aber Sinan meinte, was er sagte.

»Ihr wart mutig, dass ihr versucht, aber dumm. Ohne Wunder, wir werden zusammen sterben mit diesen Ort.«

Anna saß wie auf Kohlen.

»Wo ist er jetzt … der Junge. Ist er nicht mit dir hochgekommen?«

»Nein … er war *anders.*« Die Art, wie er das sagte, ließ Anna schaudern. Als spräche er von einem Geist. Und wieder dachte sie an Ben. »Er ist nicht gekommen und habe nicht gefragt.«

»Du hast gesagt, wir würden *mit* diesem Ort sterben«, fragte Nick auf einmal vorsichtig. »Was meinst du damit? Hier unten ist es doch sicher.«

Die Formulierung von Sinan war auch Anna aufgefallen, aber sie hatte es mit Sinans sprachlichen Problemen abgetan.

»Gibt es hier unten auch Risse?«, hakte Nick nach, und Anna erinnerte sich, dass sich die Zerstörung des Himmels bis in den Abgrund hinein Bahn gebrochen hatte.

»Ich zeige euch«, sagte Sinan mit ausdrucksloser Miene, »wenn ihr wollt.«

Er stand auf, als sie nickten, und während sich alle erhoben, spürte Anna erst wirklich ihre Aufregung angesichts Sinans Schilderungen. Sie hatte ihre Eltern unzählige Male so erlebt, wenn sie sich an irgendeinen noch so unbedeutenden Hinweis klammerten: dass Ben irgendwo gesehen, irgendwo aufgetaucht sein könnte. Und umso niederschmetternder war jedes Mal die

Ernüchterung gewesen, die vor allem ihre Mutter tiefer und tiefer in eine Depression voller traurig-tapferen Lächelns getrieben hatte. Ein Lächeln an der Oberfläche, das sie für Anna als Fassade getragen und das Anna umso mehr gehasst hatte.

Anna hatte sich ihrem Bruder nie so nahe gefühlt wie nach den wenigen Erinnerungen der letzten Tage, in denen sie in die ganze Gefühlswelt ihres jüngeren Ichs eingetaucht war. Auf einmal hatte sie *erlebt*, was Ben ihr bedeutet hatte. Und vielleicht war dieser Umstand schon der einzige Grund, dass sie plötzlich wieder Funken der Hoffnung sah. Auch wenn Sinan seine Hoffnung verloren hatte, dass sie ein zweites Mal nach Hause gelangen konnten. Vielleicht war das Wichtigste ja noch hier und würde ihnen völlig neue Wege eröffnen?

Sinan führte sie erneut durch das Gestrüpp, und nicht nur wegen der Dunkelheit hätte Anna nicht sagen können, ob es derselbe Weg wie vorhin war oder nicht. Das Gehen war anstrengend, auch wenn kaum etwas vom Boden wuchs. Wegen der dichten Vorhänge der Farne und all dem Gehölz, das fast zu Barrikaden gewuchert war, wären sie ohne Sinan kaum vorangekommen. Es war eine Erleichterung, als endlich wieder eine Schleuse vor ihnen auftauchte, die Sinan mit dem Druck auf eine Schaltfläche öffnete. Sofort brach helles Licht zusammen mit einer Hitzewelle wie vorhin an der Treppe herein, und Anna riss den Arm vor die Augen.

»Vorsicht hier«, sagte Sinan, hielt kurz inne und ging dann voraus.

Schwarze Flecken tanzten vor Annas geblendeten Augen, während sie durch die Schleuse trat und Sinan folgte. Sie sah noch immer nichts als grelles Licht.

»Warte!«, sagte er plötzlich erschrocken, als er sich zu ihr umwandte, »Vorsicht!«

Annas linker Fuß sackte plötzlich haltlos durch, und sie schrie auf. Sinan packte sie am Arm, bevor sie stürzen konnte.

Das rechte Bein, auf dem sie noch stand, zitterte, als sie hinter sich tastete und sich am Rand der Schleuse festhielt. Ihre

Sicht klärte sich allmählich, und als sie begriff, was fast passiert wäre, überkam sie eine zweite Welle von Adrenalin, und ihre Knie gaben leicht nach.

An der Schleuse vor ihnen begann ein Steg, über dessen Rand Anna eben mit ihrem linken Fuß hinausgetreten war. Der Steg war von derselben Art wie der, über den sie vor Wochen ihren Heimweg angetreten hatten. Er führte ohne Geländer geradeaus über die bodenlose Leere, die sich wie ein gewaltiger Brunnenschacht in die Tiefe erstreckte und in die Anna fast hinabgestürzt wäre.

»Hier«, hörte sie Nicks Stimme hinter sich und spürte seine stützende Hand an ihrer Schulter. Sie trat zurück durch die offene Schleuse und setzte sich dahinter auf den Boden, wo Nick sie hinlotste. Dort versuchte sie, ihre zitternden Glieder wieder zu beruhigen. Und sie sah, wie viel sich seit ihrem letzten Besuch hier unten verändert hatte:

Der Schacht hatte einen immensen Durchmesser von weit über hundert Meter, und seine Innenwand war nicht glatt. Hinter einem durchgängigen Gitter gab es auf allen Ebenen, von hier oben bis weit hinab, einzelne Rundgänge mit zahlreichen Schleusen wie dieser hier, die durch die Stege miteinander verbunden gewesen waren. In der Mitte des Abgrunds hatte ein Mittelpfeiler als Stütze gestanden, in dem sich alle Stege der verschiedenen Ebenen gekreuzt hatten.

Das alles war zerstört. Als Anna sich nach vorne lehnte und mit pochendem Herzen in die Tiefe hinabblickte, fand sie überhaupt keinen Steg mehr, der komplett über den Abgrund führte. Manche ragten nur noch wenige Meter in den Schlund hinein wie abgebrochene Zähne. Andere waren abgeknickt und hingen herab wie Angeln. Wieder andere führten noch immer weit hinaus, bogen sich dabei unter ihrer eigenen Last immer weiter durch, da sie von nichts mehr gestützt wurden, bis sie irgendwo abrupt endeten. Zu ihnen gehörte auch der Steg, auf dem Sinan noch immer vor ihnen auf der anderen Seite der offenen Schleuse stand.

Der Riss zu ihrer Linken, den es schon vorher in der Innenwand des Schachts gegeben hatte und von dem das grelle Licht des Gleißens ausging, hatte sich zu einer klaffenden Wunde verbreitert. Von ihm gingen nun weitere Spalte wie Adern nach allen Seiten aus und durchzogen bereits ein Viertel des Schachts.

»Hat drei Schläge gegeben … Beben«, brummte Sinan in ihre Richtung. »Nicht lange nach meine Ankunft. Dreimal alles hat gewackelt. Vieles eingestürzt, war Lärm, Metall gerissen, helles Licht, und ich dachte, ich muss sterben. Davor Abstieg wäre leicht gewesen, danach war schwer.«

Schläge, er hatte vorhin davon gesprochen. Was mochte diesen Ort in seinen Grundfesten erschüttert haben, wenn doch das dunkle Herz, das die Zerstörung begonnen hatte, nicht mehr hier war?

Von dem Mittelpfeiler, der die Stege vormals in der Mitte des Abgrunds gestützt hatte, erahnte Anna nur die Spitze, die in einiger Tiefe über die Innenwand des Schachts geschrammt war. Sie hatte eine Schneise der Zerstörung im Gitterwerk der Schachtwand hinterlassen und lehnte dort, wo sie schließlich zum Stehen gekommen war. Der Rest des Pfeilers verlor sich in der Tiefe im diffusen Licht und in der Staubfahne, die von dort unten aufstieg.

Wenn Anna sich noch weiter nach vorn lehnte (Nicks Griff an ihrem Arm festigte sich), konnte sie die dichten grauen Staubschlieren heraufziehen sehen. Doch sie erreichten nicht die oberste Ebene, wo Anna und die anderen sich befanden. Stattdessen zogen sie durch den gewaltigen Riss ab, der das Licht einströmen ließ. Anna hatte gedacht, all der giftige Staub in ihrer Welt würde von der Oberfläche der Wüste aufgewirbelt. Doch wenn sie dort in die Staubfahne hinabblickte, dann schien das meiste aus der Tiefe zu kommen und durch den Spalt in die andere Welt getragen zu werden. Der Staub stieg von dort auf, wo das dunkle Herz vor Wochen gebrodelt hatte.

Anna lehnte sich wieder zurück. Sie bemerkte, dass sie flach und schnell atmete und ihr Puls noch immer raste. Es lag einerseits daran, dass sie fast abgestürzt wäre, und andererseits an der Erkenntnis, dass Sinan nicht übertrieben hatte:

All das hier *würde* sterben, würde untergehen. Sie konnte die gewaltigen Kräfte förmlich sehen, die sich durch das Bauwerk hier unten fraßen. Und es war keine Sache von Jahren, bis es vorbei sein würde, sondern mit viel gutem Glauben von Tagen. Vielleicht noch nicht einmal das.

Und Anna wusste, dass sie das Fenster, das sie noch hatten, nutzen mussten. Vielleicht, um die Ursache des Staubs zu finden, doch mehr noch, weil die Wünschelrute eine klare Richtung anzeigte. Anna spürte es mit jeder Faser ihres Körpers: Dort, wo selbst das Licht des Gleißens sich im Staub verlor, mussten sie hin. Sinan hatte sich vor zwei Tagen an den Abstieg gewagt und seine eigene Vision oder Begegnung gehabt, und auch wenn allein die Vorstellung dort hinunterzuklettern, schwindelerregend war, sie würde es ihm gleichtun.

Der alte Mann sah sich um. Vor ihm breitete sich das verflochtene Netz aus Gassen und Mauern der Wüstenstadt aus. Über ihm war der Himmel in Fetzen gerissen, und die Luft brannte vom gleißenden Licht der Unendlichkeit. Der Alte spürte nichts davon. Wo die Mauersteine explodierten, die die Ankömmlinge aus der Lehmerde gebrannt hatten, wurde er nicht getroffen, und wo der Sand aufstob wie Glut aus einem Feuer, versengte er ihm nicht die Haut.

Der Alte setzte sich langsam in Bewegung. Er wusste nicht, wie er hierhergekommen war, und weder der Junge Connor noch Jelena, die sie gemeinsam gefunden hatten, waren an seiner Seite. In seinem langen Leben hatte er Tausende und Abertausende Träume erlebt, und er ahnte, dass er sich in einem befand. Die Erkenntnis weckte gemischte Gefühle in ihm, denn es war ein Trugschluss, dass allein die Enttarnung eines Traumes diesem seinen Schrecken nehmen konnte. Der Alte trug Bilder in seiner Seele, die ihm vermutlich den Verstand geraubt hätten, wenn sie ihn Nacht für Nacht bestürmt hätten, ob er nun wusste, dass er träumte, oder nicht. Doch ebenso war dem Alten klar, dass Träume oft genug einen Blick auf das gewährten, was unter dem Schleier der Realität für wache Augen verborgen blieb. Also lief er mit klammem Herzen weiter.

Über den Dächern flirrte die Hitze, und er musste die Augen zusammenkneifen, um die Silhouette zu erkennen, die sich dort abhob: der Turm, den die Ankömmlinge für ihre Götter errichtet hatten. Er ragte hier in seinem Traum noch immer auf, obwohl er doch längst eingestürzt war, als das dunkle Herz an den Gitterstäben seines Gefängnisses gerüttelt hatte. Der Alte hatte ein Abbild dieses Turms in der anderen Welt entdeckt, und der Junge, Connor, hatte ihm erklärt, dass er eine Art Archetyp war. Diese Art Turm gehöre zu einer *Kirche*, und *Kirchen* stünden über große Flächen seiner Welt verstreut. Es seien Altäre darin und goldene Gefäße mit Brot und Wein. Und das abgegrenzte Areal, das der Alte vor dem Eingangsportal entdeckt hatte, sei ein Hof, auf dem die Toten lägen und Frieden fänden. *Friedhöfe* hatte der Junge dazu gesagt, und der Alte fand es einen tröstlichen Gedanken, dass auch die Opfer *seiner* Welt im Tod Frieden gefunden hatten, auch wenn sie auf keinem solchen Hof lagen.

An das zweite Wort, mit dem der Junge das Gelände mit den Steinen und Stelen vor der Kirche benannt hatte, dachte der Alte nur ungern zurück: *Totenacker.* Und doch schien das besser in diese Welt zu passen, die der Alte nun im Traum beschritt: ein Totenacker, auf dem er selbst den reibungslosen Ablauf so vieler Ernten sichergestellt hatte.

Doch etwas stimmte nicht an dem Turm, und der Alte begriff schnell, was es war: Er hatte die falsche Form. Er wurde nach oben hin breiter und ausladender und war zudem viel größer als das primitive Bauwerk, das die Menschen hier errichtet hatten.

Der Alte wusste dennoch, wie *dieser* Turm den Weg in seinen Traum gefunden hatte: Es war der zerstörte Wasserturm, den er von dem Zug aus gesehen hatte, als er begriffen hatte, dass die Welt der Menschen so viele Kriege gesehen hatte wie seine eigene. Der Turm wies dieselben Beschädigungen von Schüssen und Granateneinschlägen auf und dieselbe altrote Farbe. Doch es prangten Symbole auf ihm, wie an dem *Kirchen*turm, der hier gestanden hatte. Nicht das Kreuz, der Halbmond und der sechszackige Stern, sondern Symbole, von denen der Alte nicht gewusst hatte, dass sie noch immer in seinem Kopf schlummerten, und die ihn nun weit in die Vergangenheit trugen:

Du bist das Kind, hörte er die Stimme eines Lehrers, als er das Symbol der neunfachen Welle erkannte. Die Stimme weckte noch immer Ehrfurcht in ihm und ließ Gesichtszüge vor seinem inneren Auge erscheinen. *Das Kind, das neu entdeckt und mit jeder seiner Entdeckungen selbst die Wirklichkeit erschafft.*

Plötzlich erschien neben dem Alten ein Schatten. Ein Junge, doch nicht Connor, mit dem er die letzten Tage verbracht hatte, sondern ein anderer. Peter, sagte sein Gedächtnis. Peter – oder *das Kind* – lief, ohne Notiz von dem Alten zu nehmen, auf den Turm zu. Er eilte wie eine Motte zum Licht. Die Stimme hatte den Jungen erscheinen lassen, als wäre das Symbol des alten Gebets Fleisch und Blut geworden. Der Alte ließ ihn laufen und hob wieder den Blick. Er sah die zwei Rauten überkreuz.

Du bist Mutter und Vater, du führst und wirst geführt in allem, was du tust, sprach die Stimme, während zwei neue Schatten auftauchten. Jelena war darunter, die Frau, die er mit Connor gefunden hatte. Den anderen hatte der Alte auf dessen zähem Heimweg gesehen, wusste aber seinen Namen nicht. Sie sahen den Jungen und liefen ihm hinterher. Die Stimme sprach weiter, ohne dass der Alte weitere Symbole suchen musste. Es war ein Gebet, an das er lange nicht mehr gedacht hatte.

Du selbst bist der Krieger, der zwischen dir und der Dunkelheit steht.

Links vom Alten blitzte etwas auf, und er sah auf einem nahen Dach eine hünenhafte Gestalt mit Glatze kauern: Maik. Wer sonst hätte der Krieger sein können. Auch mit ihm hatte er gesprochen, als dieser den Heimweg angetreten hatte, und der Alte war sich nicht sicher gewesen, was Maik aus seinen Worten und Warnungen machen würde. In den letzten Tagen hatte er ihn einmal in der Nähe gespürt, aber es war ihm nicht weise erschienen, ihn gemeinsam mit Jelena und Connor zu kontaktieren.

Der Kauernde hielt eine Waffe, deren langer Lauf in der Kerbe eines Mauersteins ruhte, und zielte durch ein klobiges Objektiv, in dem sich das Gleißen der Himmelswunde spiegelte. Der alte Mann wusste, dass es ein Jagdgewehr war, weil Connor mit ihm eine stundenlange und begeisterte Waffenkunde betrieben hatte.

Die Mündung der Waffe folgte dem Weg des Jungen, der noch immer auf den Turm zurannte, und ehe der Alte den Schrecken darüber verarbeitet hatte, sprach die Stimme weiter, die sich Bahn durch uralte Dämme in seinem Gedächtnis brach.

Du bist der Liebende, dem Licht so nah wie dem Verderben, und der Schwindler, Tänzer zwischen den Schatten.

Weitere Schatten tauchten auf, einer davon Nick, den der Alte an der Seite von Anna wusste. *Der Liebende ...* Es war dem Alten nicht entgangen, dass er dem Mädchen gegenüber Gefühle hegte. Der andere war ein kränklich aussehender junger Mann, der hier zu Tode gekommen sein musste, denn er war dem Alten auf dem Weg in die andere Welt nicht begegnet. Sein pastellfarbenes Hemd war über der Brust voller Blut, das trotz seiner gespensterhaften Gestalt frisch aussah. Allerdings war es nicht rot, sondern schwarz wie Teer. Der Mann begann sofort wie besessen, sich die Arme zu kratzen, als er erschien.

Die Stimme hielt inne, und der Blick des Alten wanderte wie von selbst hoch zu dem Turm, von dem aus sich eine unnatürliche Dunkelheit über den Himmel ausbreitete.

Sei stolz, denn mit allem, was du bist, stehst du gegen das dunkle Herz.

Ein Schlag pochte wie ein Fanfarenstoß von dem Turm aus durch die lodernde Gefängniswelt. Staub blies aus seinen Kratern in den Himmel, und das Bauwerk verströmte die Schwärze wie einen Nebel aus Tinte. Staub, wie der Alte ihn nun schon so oft gesehen hatte. Er hatte allmählich etwas geahnt – nun *wusste* er.

Begleitet wurde die unnatürliche Dämmerung von einem Tosen von Wind und einem flüsternden Meer aus Stimmen. Der Alte stolperte zurück. Das uralte Böse, das sie hier gefangen gehalten hatten, war frei, und wer wusste, was seine wahre Gestalt, sein wahrer Kern war.

Die Lehmhäuser verschwanden plötzlich alle, bis auf das eine, auf dem Maik, *der Krieger*, kauerte. Der Turm stand auf einer wüsten Ebene, und der Junge war an seinem Fuß angekommen. Er lief aus und starrte hinauf. Jelena und der Mann hatten ihn fast eingeholt, die beiden anderen Schatten, *der Liebende* und *der Schwindler*, verblieben an der Stelle, wo sie erschienen waren. Der Liebende sah sich hektisch um, als würde er etwas suchen: Das Mädchen, begriff der Alte und verstand nicht, warum sie nicht hier war. Der blutverschmierte Schwindler kratzte sich noch immer wie besessen und nahm von nichts Notiz.

Binnen Sekunden verdichtete sich die Schwärze, die dem Turm entströmte, und schien sich zu winden. Es wuchsen Schlangenleiber daraus hervor, die sich durch die Luft schlängelten oder am Turm nach unten krochen. Plötzlich krachte ein Schuss. Der Krieger lud seine Waffe durch, und am Turm verlor ein Schlangenleib den Halt und stürzte zu Boden, obgleich andere durch die Luft schwammen, als wären sie Muränen im Wasser.

Der Junge lief auf den am Boden zuckenden Körper aus Dunkelheit zu, dessen Schlangenkörper doppelt so hoch aufragte wie der Kopf des Kindes. Er schmiegte sich an das Ungetüm und beweinte es wie ein Haustier, und der Turm bekam mehr Risse, verströmte mehr Staub.

Ein weiterer Schuss krachte, ein weiterer Wurm stürzte. Doch am Boden hörten die Leiber nicht auf zu zucken, und als ein weiterer Herzschlag den Boden erbeben ließ, da brachen die beiden Körper auf, und aus jedem ergossen sich weitere schlängelnde Schatten.

Der Krieger blickte über sein Zielobjektiv, und der Alte meinte zu sehen, wie seine Augen sich vor Furcht weiteten. Er riss die Waffe herum, schoss, und der Schwindler hörte auf zu kratzen und sank getroffen zu Boden. Erschrocken ging der Liebende in Deckung.

Noch ehe der Kopf des Mannes am Boden aufschlug, krachte ein zweiter Schuss. Der Alte sah das Ziel nicht, aber das Schießen ging weiter, und mit jedem Schuss verschwand ein Teil der schlängelnden Untiere, die sich vom Turm weg ausbreiteten.

Der Krieger war wie im Wahn und streckte eine Gestalt nach der anderen nieder, während das Flüstern abnahm und die Schwärze sich aus dem Himmel verzog.

Du selbst bist der Krieger, der zwischen dir und der Dunkelheit steht.

Der Stimme dröhnte erneut in den Ohren des alten Mannes, während Hoffnung in ihm aufkeimte, dass Maik ein Mittel gefunden hatte, so schrecklich es war.

Dann brach der Mann neben Jelena getroffen zusammen, und Jelena heulte auf, ehe ihre Stimme erstarb, als der nächste Schuss auch sie stürzen ließ. Der Junge am Turm drehte sich um. Er sah und schrie, und der Turm bröckelte, bekam Risse und verströmte Staub aus allen seinen Poren.

Und wer weiß, in wem die größte Macht liegt?, hörte der Alte die Stimme seines Lehrers fragen. *Wer wird den Kampf entscheiden?*

»Der Krieger«, flüsterte der Alte, doch es war mehr Hoffnung als Überzeugung, und hinter seiner Antwort stand ein Fragezeichen.

Maik legte die Waffe auf Peter an. Der Blick des Jungen flackerte, und er starrte dem Angreifer entgegen, obwohl sie doch *beide* für das Leben kämpfen sollten.

Niemals der Krieger, zerschlug der Lehrer die Hoffnung des Alten. *Immer das Kind.*

Maik schoss, und die Kugel pflügte durch die Luft auf Peter

zu. Es geschah in unnatürlicher Langsamkeit, und die Stimme sprach dabei weiter, als handelte es sich um ein Lehrstück.

Das Kind bestimmt unser Fühlen und Denken. Das Kind hat die Macht darüber, wer wir sind und was wir tun. Das Kind entscheidet über das Wesen der Welt. Immer das Kind.

Peter regte sich nicht, doch die Kugel in der Luft zerstob zu Staub. Maik lud nach, schoss, lud nach, feuerte erneut. Kugel um Kugel zerstob, und hinter Peter erhob sich einer der Wurmleiber und stieg in seinen Schlängelbewegungen in den Himmel hinauf.

»Nein!«, raschelte die trockene Stimme des Alten. »Seht ihr nicht …«

Der nächste vergebliche Schuss des Kriegers fiel mit einem pochenden Schlag zusammen, der den Boden erbeben ließ. Der schwarze Wurm begann sich aufzuspalten und zu verzweigen, und als der Alte stürzte, überzog bereits ein pulsierendes Adergeflecht den Himmel wie eine Gefängniskuppel. Noch immer tönte Schuss auf Schuss, und die Luft verwirbelte den Staub, bis der Alte nichts mehr sah und nichts mehr spürte als das drohende Versagen.

Schmerzen krallten sich in seine Brust, als wäre er selbst von den Schüssen des Kriegers getroffen worden, und er klammerte sich nur an einem verzweifelten Gedanken fest: Das Mädchen, wo war das Mädchen? Ohne sie war alles verloren.

Blut, Schweiß und Tränen

Es stand außer Frage, dass an einen Abstieg nicht zu denken war, ehe sie sich ausgeruht hatten. Aus diesem Grund widersprach Anna auch nicht, als Sinan sich auf den Rückweg durch den Dschungel machte, nachdem er ihnen gezeigt hatte, was sie sehen mussten. Doch noch bevor sie sich durch das Dickicht zu ihrem Lager zurückgekämpft hatten, sprach sie ihr Vorhaben aus, den Versuch zu wagen.

»Du glaubst, du kennst Junge?«, fragte Sinan, ohne haltzumachen oder sich zu ihr umzudrehen.

Anna vergewisserte sich, dass Nick hinter ihnen außer Hörweite war. Es wäre ihr peinlich gewesen.

»Ja«, sagte sie dann. »Ja, und ich glaube, es gibt noch Hoffnung für uns.«

Sinan gab nicht zu erkennen, was er davon hielt.

»Ist schwerer Weg, da runter«, sagte er. »Wer kann gut klettern von euch?«

»Nick«, sagte Anna wie aus der Pistole geschossen. Das hatte er mehrfach unter Beweis gestellt. Nicht zuletzt über den Dächern der Wüstenstadt, die nun über ihren Köpfen Stück für Stück von der Gluthitze erodiert wurde.

»Dann ich gehe mit Nick. Vielleicht zu zweit ist besser, und ich kenne Weg.«

»Nein«, widersprach Anna, während sie sich unter einem herabkrallenden Ast duckte. »Ich komme mit.«

Sinan blieb stehen und drehte sich zu ihr um. Anna richtete sich auf, und die pure Entschlossenheit ließ sie seinem Blick standhalten. Ihr war es egal, ob er aus mangelndem Vertrauen in ihre Kraft, aus Vatergefühlen oder südländischer Macho-Einstellung dagegen war: Sie würde sich nicht verbieten lassen, Teil dieser Unternehmung zu sein. Auch Nick und Elif schlossen nun zu ihnen auf.

»In Ordnung«, nickte Sinan nach einem Moment des Überlegens zu Annas Überraschung. Sein Gesichtsausdruck war wie immer schwer zu deuten, und er wandte sich schon wieder nach vorne.

»Was war das?«, fragte Nick verwundert, und als Anna es ihm erklärte, starrte er sie an.

»Ist das dein Ernst?«, fragte er aufgebracht. »Hast du gesehen, wie es da unten aussieht? Ein falscher Schritt, und das war's, das ist Selbstmord! Wir können dich nicht mal sichern, ohne Seile!« Mit der Heftigkeit seiner Worte hatte Anna nicht gerechnet. »Wenn dein Bruder da unten ist, können Sinan und ich ihn am ehesten mit nach oben bringen, wenn du hierbleibst.«

Er glaubte nicht daran, dass es dort unten jemanden zu retten gab, das war ihm deutlich anzuhören. Und vielleicht machte sie sein Versuch, sie von ihrem Entschluss abzubringen, deshalb wütend, weil sie selbst Zweifel hatte. Nur daran, dass dort unten jemand oder etwas auf sie wartete, das sie hergerufen hatte, zweifelte sie nicht.

»Ich brauch das nicht«, entgegnete sie nicht minder heftig. »Ich weiß, dass ich sterben kann, dass wir hier alle ständig sterben können. Aber spar dir das! Ich brauch niemanden, der mich zurückhält und mir dann doch wieder die Verantwortung in die Schuhe schiebt, wenn es darauf ankommt.«

Sie brauchte die Pistole nicht beim Namen zu nennen, damit er wusste, wovon sie sprach, und sie sah ihm an, dass sie ihn damit verletzt hatte. Sie bedauerte ihre Worte auch schon wieder, denn sie wusste, dass es ihn oft genug Überwindung kostete, ihr die Verantwortung zu überlassen. Wenn sie Autos anzündete, ihn ohne zufriedenstellende Erklärungen auf einen Salzsee hinausführte und dort ihre Leben aufs Spiel setzte, zum Beispiel. Und trotzdem stand er zu ihr und hatte sie kaum jemals wirklich infrage gestellt. Und wenn er Zweifel hatte, ging es ihm dabei immer mehr um sie als um sich selbst. Anna spürte, dass sie sich in den letzten Tagen eher voneinander entfernt hatten, als ihre alte Vertrautheit wiederzufinden. Sie empfand seine Sorge um sie mehr und mehr als Belastung und bekam darüber zu allem Übel noch Schuldgefühle. Nick wandte sich getroffen von ihr ab.

»Warte«, streckte Anna die Hand aus und hielt ihn zurück. »Ich hab's nicht so gemeint.«

Nick sah sie an, dann senkte er seinen Blick, nickte und setzte seinen Weg fort. Anna ließ ihn gehen, doch sie wusste, dass sie mit ihrer harschen Reaktion etwas kaputt gemacht hatte, und das machte sie wütend und traurig zugleich. Es war der ganze Druck, der auf ihnen lastete, sagte sie sich, während sie und Elif, die ihre Auseinandersetzung stumm verfolgt hatte, ebenfalls wieder zu Sinan aufschlossen.

Bevor sie sich hinlegten, ging jeder von ihnen noch einmal ins Dickicht hinaus. Zu zweit, um sich nicht im Halbdunkel zu verlieren. Elif und Anna waren die Ersten, und als sie zurückkehrten, machten sich Sinan und Nick auf den Weg.

»Anna«, riss Elif Anna aus ihren Gedanken, als sie allein waren.

Anna grübelte noch immer darüber, was zwischen Nick und ihr eigentlich passiert war. Seit ihrer Ankunft in Ankara schienen sie sich weiter und weiter voneinander zu entfernen. Und dann war da noch die Frage, was sie dort in der Tiefe erwarten mochte, und zugleich, was bei ihren Eltern passiert sein konnte, dass sie sich nicht mehr gemeldet hatten, bevor Anna in die Zwischenwelt übergetreten war. Das alles kreiste in ihrem Kopf, und Anna kam nicht hinterher, die Dinge zu sortieren.

Sie sah Elif an, deren dunkle Pupillenfarbe im Halbdunkel der glimmenden Steine am Boden nur zu erahnen war. Sinan hatte es nicht kommentiert und sich auch nichts anmerken lassen. Lag es am Licht, oder war es ihm nicht aufgefallen?

»Bist du noch sauer wegen meiner Eltern?«, fragte Elif. »Wie mein Vater dich genannt hat ... er hat so was noch nie gesagt. Das kann nur gewesen sein, weil er Angst um mich hatte.«

Anna musste lächeln und schüttelte den Kopf. »Nein, da denk ich gar nicht mehr dran. Ich bin nur froh, dass du aus diesem Bett rausgekommen bist.«

Elif erwiderte das Lächeln zögerlich. »Ich würde so gern mehr helfen. Ich komm mir vor wie ein fünftes Rad am Wagen, weil ich so viel vergessen habe oder nie wusste. Es ist ganz schön krass, dass du uns zu Sinan geführt hast, ich hab nicht mehr dran geglaubt.«

Anna war überrascht von den Worten der Älteren. Elif war nach Nick schon die Zweite – wenn man den Alten mitzählte, sogar die Dritte –, die Anna so herausstellte. Sie selbst versuchte, das alles wegzuhalten, denn es hätte sie nur noch mehr belastet, sich in irgendeiner besonderen Rolle zu fühlen. Sie wollte auch nicht, dass Elif sich genötigt fühlte, es noch weiter zu bekräftigen, also widersprach sie nicht.

»Na ja, dafür, dass du bis vor Kurzem noch in einem Psycho-Koma warst, kommst du doch gut mit«, sagte Anna stattdessen.

Die witzig gemeinte Bemerkung fühlte sich schal in Annas Mund an, vor allem, weil sie ein Ausweichmanöver war. *Sie* sträubte sich schließlich die ganze Zeit davor, Elif mit den richtigen Fragen auf die Probe zu stellen. Aber Elif lachte. Anna wünschte sich, sie könnte wirklich ganz unbefangen mit Elif umgehen, denn sie konnte eine Freundin gerade ziemlich gut brauchen. Aber die Stimme der Vorsicht war seit ihrem Wiedersehen nie ganz verschwunden. Zuletzt hatte sie die Frage aufgeworfen, warum Elif sich so gar nicht zum Thema Abstieg in die Tiefe eingebracht hatte. Lag es nur daran, dass an eine solche körperliche Anstrengung für sie noch nicht zu denken war, oder wusste etwas in ihr, dass dort unten Gefahr lauerte?

»Was ist eigentlich zwischen dir und Nick?«, fragte Elif schmunzelnd, wohl weil ihr die Stimmung gelöst genug dafür vorkam.

Anna seufzte. Obwohl sie sich dazu selbst schon einige Gedanken gemacht hatte, war es doch etwas anderes, die Frage von jemand anders gestellt zu bekommen.

»Es war etwas zwischen uns«, antwortete sie zögernd. »Es ist immer noch da, aber … es ist kaum Zeit für uns, und das bräuchten wir, glaube ich.«

Elif zog die Augenbrauen hoch. »Das klingt, als wärt ihr ein altes Ehepaar …«

Anna kam nicht dazu, sich für ihre Worte zu rechtfertigen, denn in diesem Moment kehrten Sinan und Nick zurück. Sie freute sich, dass Nick lächelte, als er sie mit der lachenden Elif sah, und nicht mehr dem Gespräch von vorhin nachhing. Anna war sich ziemlich sicher, dass sie immer noch Gefühle für Nick hatte, aber zugleich wurden diese von den übermächtigen Aufgaben, denen sie gegenüberstanden, kleingehalten. Anna fühlte sich immer weniger Herrin ihrer selbst und immer mehr wie eine getriebene Maus in einem Labyrinth.

Während sie sich alle schlafen legten, beschäftigten Anna weiter ihre Gedanken, ob es nur die Übermacht des dunklen Herzens gab oder ob ihnen nicht auch etwas zur Seite stand, das sie hergeführt hatte. Dabei kam ihr plötzlich ein Satz in den Sinn, den Kuba während seiner wütenden Auseinandersetzung mit ihr fallen gelassen hatte. Er war ihr da schon aufgefallen und gleich wieder entglitten: *Weiß nicht, was mich überhaupt geritten hat, mein Leben für euch aufs Spiel zu setzen.*

Der Satz konnte nichts bedeuten, einfach dahingesagt, aber Anna war selbst überrascht gewesen, als der Tscheche in dem Horrorhaus kehrtgemacht hatte und ihrem Hilferuf gefolgt war, statt zu fliehen. Was, wenn etwas ihn dazu bewegt hatte? Vielleicht dasselbe, das Anna hierher gelotst hatte. Was, wenn es doch etwas gab, das ihnen half, und das vielleicht sogar die Macht gehabt hatte, ihren Bruder hier unten vor dem Tod zu retten. Ein weißes Herz, das dafür sorgen würde, dass alles gut ging? Sich daran festklammernd schlief sie endlich ein.

Anna träumte wirr und konnte sich beim Aufwachen nur an Bruchstücke erinnern: ein brennendes Haus, das in einer Staubwolke verschwand. Ein Mann in Jeans und schwarzer Jacke, der mit bleichem Gesicht eine Pistole auf sie richtete. Er stand im Türrahmen irgendeines kargen Kellerraums. Das Gesicht des alten Mannes, der ihr sagte, dass Ben tot war und dass es keine Hoffnung gebe, ihn heimzubringen. Dieser Teil war eine Erinnerung, der Rest blieb verworren.

Die Steine leuchteten sichtbar heller, als Anna die Augen aufschlug, auch wenn das blau-violette Licht das Grün um sie herum erneut schwarz malte. Sinan und Nick waren bereits auf den Beinen. Sie saßen in der Hocke einander gegenüber und schienen etwas zu besprechen. Wahrscheinlich überlegten sie, wie sie den Abstieg angehen sollten.

Als auch Elif aufgestanden war, unternahmen sie alle gemeinsam eine Runde zum Wasser und zu zwei weiteren Stellen mit Früchte tragenden Pflanzen, die Sinan ihnen zeigte. Anna aß kaum etwas, denn ihr Bauchgefühl wurde von Minute zu Minute schlechter, und auch Nick half nicht, der anfing, ihr Ratschläge zum Klettern zu geben, als er ihre Unsicherheit bemerkte.

»Denk immer erst nach, bevor du etwas machst«, riet er ihr. »Jede Bewegung mit deinen Armen oder Beinen musst du dir im Voraus überlegen. Genauso auch, wie es danach weitergehen soll. Sinan sagt, wir werden hauptsächlich über die Wand des Schachts absteigen. Wir wissen einfach nicht, welche Stege noch tragen und welche nicht und was hinter den Schleusen wartet.«

Anna nickte. Hätten sie nur ein Seil und ein paar einfache Karabiner gehabt. Abseilen war ein Kinderspiel, das wusste sie.

Ungesichert einen Abgrund hinabzuklettern, war etwas ganz anderes.

Sinan bat Elif, sie später von oben aus im Auge zu behalten und ihnen zuzurufen, falls sie Schwierigkeiten oder Probleme erkannte, die beim Klettern selbst nicht mehr ersichtlich waren. Die zusätzliche Perspektive war sicher gut und hilfreich, aber vielleicht wollte Sinan Elif so auch die Last von den Schultern nehmen, dass irgendjemand von ihr erwarten könnte, dass sie mitkam. Elif selbst hatte dazu noch immer nichts gesagt und nickte ganz selbstverständlich zu Sinans Auftrag.

Ihre Vorbereitungen verliefen denkbar knapp. Sinan tauchte noch einmal ohne Erklärung ins Dickicht ein, und als er wenige Minuten später zurückkehrte, hielt er sein T-Shirt zusammengerollt als Bündel in der Hand, das er mit irgendetwas gefüllt hatte. Sein Oberkörper mit der dunkel behaarten Brust war nackt.

»Wir gehen«, sagte er, »o. k.?«

»Was ist mit einer Besprechung?«, fragte Anna erschrocken. »Ich dachte, du erzählst uns, wie es bei dir mit dem Abstieg gelaufen ist.«

»Er zeigt uns die Route, wenn wir bei der Schleuse sind«, erklärte Nick. »So haben wir eine bessere Vorstellung. Aber du kannst dich jederzeit umentscheiden, hörst du?«

Anna schüttelte entschieden den Kopf. Das stand nicht zur Debatte, egal, wie groß ihre Angst war.

»Es wird schon«, sagte sie. »Ich reiß mich zusammen.«

Den ersten Eindruck, was das bedeuten würde, bekam Anna aber erst, als sich die Schleuse auf Sinans Tastendruck hin erneut vor ihnen öffnete. Sie war diesmal gewarnt gewesen und hatte die Augen vor dem grellen Licht zusammengekniffen, um nicht geblendet zu werden.

Sinan trat mit seinem T-Shirt-Bündel in der Hand unbekümmert ein paar Schritte auf den geländerlosen, ins Nichts führenden Steg hinaus, setzte sich dort und nickte ihnen zu, ihm zu folgen.

Anna überwand ihre Furcht, die sie noch von gestern vor dem Schritt nach draußen hatte, und trat auf den Steg hinaus. Sie sah augenblicklich in die Tiefe hinab, obwohl sie es hatte vermeiden wollen, und ihre Nackenhaare stellten sich auf. Angst zuckte durch ihren Körper, und sie lehnte sich unwillkürlich zurück, ohne dass sie es verhindern konnte, als sie die gähnende Leere unter sich sah, wo kein Boden, kein Ende in Sicht war, sondern nach mehr als hundert Metern Abgrund alles im Staubgestöber verschwamm. Die Tausenden Augen, verstreut über die Innenwand des Schachts, leuchteten grün statt vormals rot, und im hellen Licht konnte man sie fast übersehen. Sie zeigten an, dass die Hunderten Schleusen auf den vielen Ebenen nicht mehr verriegelt waren.

Anna ging langsam in die Hocke, bis sie mit den ausgestreckten Händen endlich die metallene, ebene Fläche des Stegs spürte. Mit den Augen hielt sie sich an Sinan als Fixpunkt fest und bewegte sich langsam vorwärts.

Nick und Elif kamen hinter ihr, und sie ließen sich gemeinsam nieder. Anna warf einen vorsichtigen Blick nach den Innenwänden des röhrenförmigen Schachts. Rund um die Schleuse, aus der sie kamen, sah die die schwere Konstruktion der Innenauskleidung zum ersten Mal von Nahem.

Längs- und Querstreben bildeten eine Art Raster aus Stahlträgern, zwischen denen ein Gitter die Fläche bedeckte. Doch die Träger hatten weder Nieten noch Schweißnähte. Sie gingen fließend ineinander über. Halt für Hände und Füße würden sie nur im Gitter haben.

Bevor ihr Blick noch ein zweites Mal in die Tiefe abrutschen konnte, wandte Anna sich zu Sinan um. Er hatte das T-Shirt-Bündel vor sich geöffnet und offenbarte eine Art grüner Tannenzapfen, die er gesammelt hatte. Doch die schuppigen Pflanzenteile waren viel länglicher und offenbar auch weicher, Sinan rieb mit einem davon erst die linke, dann die rechte Hand ab, und patschte dann die Hände demonstrativ aufeinander.

»Klebt«, sagte er. »Gibt besseren Halt, habe ich letztes Mal schon gemacht. Wir fangen hier an.«

Sinan deutete auf das Gitter über dem Abgrund rechts der Schleuse, wo Anna eben ihren Anflug von Höhenangst erlebt hatte, und ließ den Finger dann hinunterwandern.

»Wir klettern grade runter, solange geht, und können Pause machen hier und hier.«

Es waren abgebrochene Stummel von Stegen, die aus der Innenwand ragten, auf denen sie verschnaufen konnten. Anna schätzte die Distanz von Steg zu Steg auf etwa zehn Meter, und in ihrem Sichtfeld fand sie drei davon. Drei Zehn-Meter-Sprungtürme Abstieg, und das war nur das erste Stück.

»Türen, wo wir vorbeikommen, wir lassen zu. Ich habe auch so gemacht. Wenn es gibt Druck hinter Tür, bei Öffnen kann Wind geben. Ist gefährlich, dass jemand fällt. Wir klettern runter für ungefähr eine Stunde, dann es wird warm da unten. Ist … etwas da, vielleicht für Energie. Wir können an Wand nicht mehr klettern, müssen ausweichen.«

Sinans Hand beschrieb einen weiten Bogen über die Innenwand des Schachts bis hinüber, wo in einiger Tiefe die Spitze des Mittelpfeilers über die Wand geschrammt war. Es waren Hunderte Meter Strecke an der Schachtwand entlang bis zu der Stelle, wo der Mittelpfeiler lehnte.

»Das ist zu weit«, sagte Nick bleich, »wir brauchen Stunden, um so weit zu klettern.«

»Müssen nicht«, widersprach Sinan. »Gibt Loch in Gitter und Rundgang. Wir können laufen.«

»Wir können *hinter* das Gitter klettern?«, versicherte sich Nick, und Anna fiel ein Stein vom Herzen, als Sinan nickte.

»Ja, gibt Loch. Dahinter ist Rundgang. Spaziergang.«

Anna ahnte bereits, was danach kam: der Mittelpfeiler.

»Wenn wir Spitze erreichen, wir gehen auf Pfeiler«, bestätigte Sinan ihren Verdacht. »Ist nicht so steil und gibt gut Halt.«

Die abgebrochenen Steg-Teilstücke, die vormals über den

Mittelpfeiler geführt hatten, ließen ihn wirken wie einen gigantischen Christbaum-Stamm mit abgesägten Ästen.

»Pfeiler führt bis unten und ist stabil.«

Auch Nick hatte scheinbar mit Schlimmerem gerechnet, denn er atmete auf. Das schwierigste Stück würde das erste sein, hauptsächlich wegen der Furcht einflößenden Tiefe unter ihnen. Anna wünschte sich nichts sehnlicher, als jetzt schon hinter dem vergitterten Gang der zweiten Etappe zu stehen.

»Unterschätzt nicht«, mahnte Sinan, dem Nicks Aufatmen nicht entgangen war. »Ist schwer. Gitter wird heiß und tut weh für Hände, bis wir Rundgang erreichen.«

»O. k.«, erwiderte Nick mit einem Seitenblick auf Anna. »Vielleicht können wir uns was um die Hände wickeln, wenn es zu schlimm wird. Stoffstreifen vom T-Shirt oder so.«

Sinan schien nicht zu verstehen, wiegte aber nur den Kopf hin und her, als Elif es ihm übersetzte, als hielte er nicht viel davon.

»Sonst alles verstanden?«, fragte er schließlich und sah jedem von ihnen in die Augen. Sie nickten, auch Elif.

Sinan gab Nick und Anna je vier der abgebrochenen, grün geschuppten Pflanzenteile in die geöffneten Hände. Sie steckten drei davon in die Taschen und rieben einen zwischen den Händen, wie Sinan es tat. Annas schwitzige Finger fühlten sich sofort klebrig an. Sorgfältig rieb sie so viel der zähen Flüssigkeit der Pflanze auf ihre Handflächen ab, wie sie konnte, dann steckte sie auch den vierten Zapfen ein.

Sinan nickte noch einmal, dann erhob er sich und wollte sich schon zum Gitter wenden.

Elif rief ihn auf Türkisch zurück, und ein Lächeln kräuselte seine Lippen, angesichts ihrer Empörung, dass er fast gegangen wäre, ohne sich zu verabschieden.

»Passt auf euch auf«, sagte ihre Freundin und schloss jeden von ihnen in die Arme. »Kehrt um, wenn es zu gefährlich wird.«

Ohne ein weiteres Wort stieg Sinan mit einem Handgriff und einem Schritt vom Steg in das Gitter.

»Bleib hier«, flüsterte Nick, als Anna zögerte. »Was willst du da unten? Was, wenn es da nichts als Staub gibt?«

Vielleicht hätte er sie in diesem Moment umstimmen können. Ihr Herz pochte bis zum Hals, und sie musste kämpfen, um sich aus der sicheren Hocke auf dem Steg zu erheben. Doch sie spürte den Drang der Wünschelrute.

»Wir müssen es versuchen«, sagte Anna. Sie holte tief Luft und trat selbst auf das Gitter zu.

Erneut zupfte der Wind an Anna, doch sie sah nicht in die Tiefe, sondern griff zu und spürte, wie das klebrige Harz ihr an dem Metall Halt gab. Das half, die zitternden Knie ein wenig unter Kontrolle zu bringen.

Sinan war bereits zwei Meter abgestiegen, und er schaute nicht zu ihr hoch. Sein Gesicht war konzentriert, während er mit dem Fuß sicheren Tritt suchte. Bevor Anna wieder an die Tiefe unter diesem Fuß denken konnte, lehnte sie sich mit klopfendem Herzen nach vorn, griff auch mit der rechten Hand in das Gitter und zog ihren rechten Fuß nach. Er schwebte für einen Augenblick über der Leere, ehe sie die Schuhspitze im Gitter untergebracht hatte und belasten konnte. Der linke Fuß folgte, dann stieg sie langsam ab. Linker Fuß, rechte Hand, rechter Fuß, linke Hand, Zentimeter für Zentimeter. Sie kletterte.

Die erste Herausforderung kam, als nach wenigen Minuten ihr rechter Fuß keinen Halt fand. Sie konnte die Spitze nicht wieder einhaken und linste vorsichtig zwischen ihrem Oberkörper und dem Gitter nach unten. Auch wenn es nur für einen Sekundenbruchteil war, der Abgrund unter ihr entlockte ihr ein leises Stöhnen und ließ sie die Finger krampfartig ins Gitter krallen.

Sie richtete den Blick hastig wieder nach vorne und hatte doch genug gesehen, um zu wissen, was los war: Sie hatten den ersten, wuchtigen Querträger erreicht, der das Gitter unterbrach. Tastend senkte sie den Fuß weiter ab, doch der Abstand war noch zu groß, und die Finger lockern, um noch weiter hinunterzukommen, wollte und konnte sie nicht. Sie zog das Bein an und griff stattdessen mit den Händen noch ein Stück tiefer, wobei sie die Stirn gegen das Gitter presste und ihre Hüfte sich nach hinten über den Abgrund herausschob. Dann senkte sie das rechte Bein erneut ab und fand endlich das Ende des Querträgers und das Gitter darunter, worin sie die Fußspitze einhakte.

Ein paar Minuten später überwand sie noch einen Querträger auf diese Weise, bevor sie merkte, dass ihre Hände langsam wieder schwitzig wurden und weniger Halt fanden. Zusätzlich hatte sie bereits aufgerissene Stellen, in denen der Schweiß brannte. Sie kamen von dem Harzsaft, der am Gitter kleben blieb und ständig an ihrer Haut zupfte und zerrte, wenn sie den Griff löste. Auch die Stelle an ihrer rechten Hand, mit ihrer kaum verheilten Wunde aus dem Drogenhaus, schmerzte arg.

»Noch bisschen, dann Pause«, hörte sie Sinans Stimme unter sich, und eine halbe Minute später: »Hier drüben, Pause.«

Ein Querbalken war Anna noch im Weg, und sie überwand ihn noch konzentrierter als die bisherigen, ehe sie ein wenig nach links ausschlug, von wo Sinans Stimme gekommen war. Er hielt sich fern und bot ihr keine Hand an, was sie nur verunsichert hätte. Mit dem linken Fuß fand sie den Steg und schob sich langsam rückwärts vom Gitter weg. Als sie, auf dem Steg angekommen, in die Hocke ging und die Anspannung fallen ließ, wäre sie fast in Tränen ausgebrochen. Es war Erleichterung und Hilflosigkeit gleichermaßen, denn sie war fix und fertig. Vermutlich waren kaum mehr als zehn Minuten vergangen, und wenn sie nach oben sah, schien ihr die Distanz lächerlich, die sie überwunden hatten. Wie verzweifelt musste Sinan gewesen sein, den Weg nach unten zu wagen, ohne überhaupt sicher sein zu können, dass er keine Sackgasse war. Ihr fielen nur die zerknickten Passbilder von seiner Familie ein, die er ihnen gezeigt hatte. Er hatte wohl nichts unversucht lassen wollen, nachdem er an der Oberfläche gescheitert war.

Nick setzte ebenfalls den Fuß auf den Steg, der nur ein kurzer Zacken in den Schacht hinaus war und nach wenigen Metern abrupt abriss. Er ließ sich neben Anna nieder, und auch ihm stand der Schweiß auf der Stirn.

»Gut gemacht«, sagte er und lächelte ihr tapfer zu. »Hauptsache, ruhig bleiben.«

Anna nickte und holte dann den Zapfen aus der Tasche, den sie zwischen den Händen rollte. Sie biss die Zähne zusammen und ließ sich den Schmerz nicht anmerken, als die Schuppen über die frischen wunden Stellen und die ältere Verletzung kratzten. Schmerz war besser als Schweiß, denn Schweiß hieß abrutschen und fallen.

Und dann stockte Anna fast das Herz, als vorne, am äußersten Ende des Stegs, plötzlich eine Schattengestalt am Boden saß. Anders als im Dämmerlicht der Pflanzenbeleuchtung war diese nicht mit einem echten Menschen zu verwechseln: Der Mann mit den eingefallenen Wangen und der zerlumpten Kleidung war fast durchsichtig.

»Keine Panik«, stieß Sinan zwischen den Zähnen hervor, »ist schnell vorbei.«

Die Gestalt hatte die Hand noch in der Ellenbeuge, und als diese kraftlos zu Boden sank, sah Anna die Spritze in der Vene. Vielleicht bildete sie es sich ein, doch sie meinte, den schwarzen Strich zu sehen, der sich von dort hoch in Richtung Herz schlängelte. Und wie bei Ratte verdichtete sich der Staub in den Augen des Mannes, bis sie binnen Sekunden pechschwarz waren, und er sprang auf und stürzte auf allen vieren auf sie zu, das Gesicht eine Maske des Hasses. Anna krabbelte erschrocken rückwärts und stieß an der Schleusentür hinter sich an, doch der Schatten zerfiel zu Staub, ehe er sie erreichte.

»Hast du … so was schon mal hier gesehen?«, fragte Nick Sinan, als der Spuk vorbei war.

»Drogen?«, fragte Sinan und nickte.

»Auch die Augen?«

Sinan nickte erneut.

Anna und Nick tauschten einen Blick. Natürlich war klar gewesen, dass Kuba nicht der Einzige mit einem Kofferraum voll von dem Zeug gewesen war, und immerhin war es ihnen gelungen, diese Fuhre zu vernichten. Trotzdem überwog die Enttäuschung, dass das Unheil seinen Lauf nahm. Und angesichts der Mengen an Staub, die dort unten aufgewirbelt und in ihre Welt getragen wurden, war alles, was sie bisher gesehen hatten, wohl nur die Spitze des Eisbergs.

Schon bald stieg Sinan als Erster wieder in das Gitter, um die nächste Etappe anzugehen. Anna warf noch einen Blick nach oben und entdeckte Elifs Gesicht am Steg über ihnen. Die Türkin winkte und reckte den Daumen. Wahrscheinlich hatte sie von der Gestalt nichts mitbekommen. So, wie Elif zu ihnen in den Abgrund hinuntersah, wäre sie weit besser geeignet für den Abstieg gewesen. Anna wurde schon von dem Anblick schwindlig, wie Elif über den Rand des Stegs hing.

Mit neuem Halt gingen die ersten Meter leichter. Die Tiefe unter sich auszublenden gelang ihr dieses Mal besser, und auch für die Querträger, die sie überwinden musste, hatte Anna nun einen Bewegungsablauf, der ihr Sicherheit gab.

Der zweite Zwischenstopp kam schneller als erhofft, und als Anna ihren Fuß auf den nächsten Steg setzte, hatte sie diesmal das Gefühl, sie hätte es auch noch etwas weiter geschafft und nicht sofort wieder verschnaufen müssen.

Dieser Steg reichte weit in den Abgrund hinaus und bog sich dabei unter der eigenen Last immer weiter durch. Sinan und Anna hielten sich so eng wie möglich an der Wand, und als Nick ihnen nachkam, ächzte das Material unter ihm und setzte ein Stöhnen bis an die Spitze des Stegs in Gang. Sie drängten sich noch weiter an die Wand, und Anna bemühte sich, das leichte Nachwippen der Stegspitze zu ignorieren, das Nicks Ankunft ausgelöst hatte. Sinan kletterte dieses Mal auf der anderen Seite weiter, wohl um nicht an Anna und Nick vorbeizumüssen und den Vorsprung so noch einmal zu belasten.

Beim dritten Stopp spürte Anna die ganze Kraftanstrengung allmählich in den Schultern und den Armen und versuchte, sie ein wenig zu lockern. Sie traute sich, Sinan die Frage zu stellen, die ihr seit der zweiten Etappe im Kopf herumschwirrte.

»Wie viele Etappen sind es, bis wir zur Spitze rüberlaufen können?«

Die Spitze des abgebrochenen Mittelpfeilers lehnte weit auf der anderen Seite an der Innenwand des Schachts. Der Pfeiler endete noch immer deutlich unterhalb der Höhe, zu der sie bisher abgestiegen waren.

»Noch sechs oder sieben, ich glaube«, sagte Sinan und zerschlug Annas Hoffnung, dass sie die Hälfte vielleicht schon hinter sich hatten.

Während des vierten Abstiegs bemerkte Anna, dass das Gitter wärmer wurde. Das klebrige Harz an ihren Händen weichte sich davon auf und schmierte nun ebenso sehr, wie es klebte. Beim langen Schritt über eine Querstrebe spürte Anna, wie ihre rechte Hand um die Gittersprosse rutschte, die sie umklammert hielt. Sie verlor nicht den Halt, aber durch die Drehung ihrer Hand am Gitter kam ihr Körper aus der Balance, und ihr entfuhr ein erschrockener Schrei.

»Anna«, antwortete Nick sofort und näherte sich von oben.

Ihre Muskeln hatten sich verkrampft, und sie musste zweimal Luft holen, ehe sie den rechten Fuß unter dem Querträger aufsetzen und sich stabilisieren konnte.

»Es … geht schon«, gab sie nach oben zurück. »Ich komm klar.«

Mit zitternden Gliedern setzte sie den Weg fort, und die Sicherheit, die sie über die vorigen Etappen gewonnen hatte, war mit diesem Moment des Strauchelns dahin.

Die letzten Meter bis zum Vorsprung kosteten mehr Kraft als alles Bisherige, und Anna ließ sich sofort heftig atmend zu Boden sinken, als Sinan sie in Empfang genommen hatte. Zu allem Übel brannten ihre Hände höllisch, nicht zuletzt, weil die Temperatur des Gitters immer weiter zugenommen hatte.

»Wir müssen länger Pause machen«, stellte Nick nach seiner Ankunft fest. »Einmal durchatmen.«

Sinan nickte. »Ist zu früh«, entgegnete er besorgt und fasste das Metall der Schleuse hinter ihnen an. »Zu früh heiß. Wird schwer.«

Die Tragweite dieser Worte wurde Anna in diesem Moment noch nicht klar, denn sie sah nur die Schleuse unter Sinans Hand. Der Gedanke, den Abgrund nur für ein paar Minuten hinter sich zu lassen, übte eine ungeheure Anziehungskraft auf sie aus. Und zugleich regte sich ihre Neugier, wie die Wohnräume des Volks des alten Mannes aussehen mochten oder was immer sich hinter dieser Tür befand. Doch Anna hätte niemals den Mut gefunden, den grün leuchtenden Taster zu betätigen. Die Vorstellung, ein plötzlicher Druckausgleich beim Öffnen der Schleuse könnte sie in den Abgrund stoßen, wie Sinan es befürchtete, war zu schrecklich.

»Ich hatte kaum mehr Halt«, erklärte Anna ihren Moment der Unsicherheit gegenüber Sinan, nachdem sie den Blick von der Schleuse losgerissen hatte. »Auf dem warmen Gitter klebt es schlechter. Es ist schwieriger, nicht abzurutschen.«

Sie zog den Zapfen, an dem sich kaum mehr weißliches Harz befand, aus der Tasche und sah Sinan skeptisch an.

Dieser nickte ihr dennoch auffordernd zu. »Ist besser als Schweiß, hilft immer noch.« Er selbst zog seinen mehrfach benutzten aus der Tasche, rieb ihn zwischen den Händen und warf ihn dann in den Abgrund hinunter. Anna sah ihn nur die ersten paar Meter fallen, aber allein davon wurde ihr schon schlecht.

»Besser weiter«, sagte er dann. »Wird nicht leichter.«

Anna rieb vorsichtig das Harz auf ihre tiefroten Hände und ließ den Pflanzenzapfen dann liegen. Sie erhob sich dicht an der Schleuse, wobei sie die Hitze spürte, die davon ausging. Nachdem sie die Schultern noch einmal gedehnt hatte, wandte auch sie sich zögerlich wieder dem Gitter zu.

Anna spürte, dass Nick auf den Lippen lag, ihr noch einmal

zu sagen, dass sie hierbleiben und auf ihre Rückkehr warten konnte. Doch er sprach es nicht aus. Wahrscheinlich wusste er, dass es aussichtslos war.

Das Gitter unter ihren Fingern wurde während der nächsten Meter schnell heißer, und zugleich sah Anna Staub tanzen. Sie warf einen vorsichtigen Blick an ihren Schuhen und an Sinan vorbei nach unten und entdeckte, dass sie der dichten Staubfahne, die auf der anderen Seite durch den gleißenden Spalt abzog, allmählich näher kamen. Sie lag vielleicht noch fünfzig Meter unter ihnen, und Anna fragte sich schon jetzt, wie sie durch dieses Gestöber hindurchkommen sollten und wie weit der Weg darunter noch war. Sinan hatte nichts darüber berichtet.

Während ihr Blick den Schacht entlangwanderte, blieb Anna plötzlich an einer Stelle auf etwa halber Strecke hängen. Knapp vier Etappen von ihnen entfernt, direkt auf ihrem Weg, gab es eine Stelle der Innenwand, die fast wie aufgeschmolzen aussah. Die rechten Winkel zwischen Längs- und Querstreben stimmten nicht mehr, und an manchen Stellen waren sie sogar gebrochen, wo sie in ihrer herabfließenden Verkrümmung das Gewicht, das auf ihnen lastete, nicht mehr halten konnten. *Ist etwas da … vielleicht für Energie*, hatte Sinan gesagt. Die erste Assoziation die Anna angesichts der Verformung in den Sinn kam, war die einer Kernschmelze, und sie schauderte bei dem Gedanken, dass sie gerade tödlich verstrahlt werden mochten, ohne es zu bemerken.

»Was ist«, rief Nick über ihr, »kannst du weiter?«

Seiner Stimme war anzuhören, dass auch seine Kräfte nicht endlos waren, und Anna setzte sich wieder in Bewegung.

Jede Berührung ihrer wunden Hände mit dem heißen Gitter schmerzte, doch sie ertrug es und packte nur fester zu.

Gegen Ende der Etappe spürte sie, wie ihre rechte Hand plötzlich glitschig wurde. Als sie hinsah, bemerkte sie das Blut. Es war nicht sonderlich viel, aber es tropfte von ihrem Handgelenk in die Tiefe, und Anna musste sich beherrschen, um den fallenden Tropfen nicht nachzusehen.

Schon beim nächsten Mal, als Anna mit der rechten Hand den Griff wechseln musste, wurde ihr klar, dass sie keine drei Etappen mehr so durchhalten würde. Ihre Handfläche war nass vom Blut der aufgebrochenen Verletzung und machte das Gitter glitschig wie nach einem Regenguss.

»Nick«, rief sie, während sie versuchte, sich auf die nächsten Schritte zu konzentrieren und die Konsequenzen zu verdrängen. Abstieg, Aufstieg, nichts davon war mehr sicher. Ihr Puls ging schnell und flach.

»Ja?«

»Du musst ein Stück nach links oder rechts. Hier ist Blut am Gitter.«

»O-O. k.«, gab Nick zurück und zögerte kurz. »Ist alles in Ordnung?«

»Ja«, erwiderte Anna nur. Sie hatte ihn gewarnt, das stand als Erstes auf der Liste. Als Zweites musste sie den Weg zum nächsten Steg schaffen, der nicht mehr weit sein konnte. Anna bemühte sich, ruhig und kontrolliert zu atmen. Nur keine Panik: linke Hand, rechter Fuß, linker Fuß … rechte Hand.

Das Gitter schmerzte unter ihrer linken Hand, unter der rechten fühlte es sich an, als müsste sie sich an einem glühenden Grillrost festhalten. Sie zwang sich, den Bewegungsablauf zu wiederholen, zuckte zusammen, als die rechte Hand wieder an der Reihe war … schaffte es. Noch einmal.

»Anna.« Sinans Stimme klang nah. »Anna, du musst hier rüber.«

Sie tastete mit dem linken Fuß, fand Halt und klammerte sich verzweifelt mit der rechten Hand fest, um nicht abzurutschen, während sie mit schwindenden Kräften das Gewicht zum Steg verlagerte.

»Lass los, ich hab dich.«

Sie spürte Sinans Hände an ihrer Hüfte und lockerte die rechte Hand. Diesmal konnte sie den Schmerzenslaut nicht verhindern.

»Ist zu heiß«, schüttelte Sinan vor ihr den Kopf. »Wir brechen ab.«

»Nein«, wimmerte sie und verbarg die rechte Hand in ihrem T-Shirt. Allein der Gedanke, erneut mit einem der Zapfen darüberzureiben, war an sich schon Folter genug. Aber sie konnten nicht aufgeben. Auch wenn es nur ein Funken Hoffnung war: Er hatte sich in Anna festgesetzt und trieb sie voran. Wenn sich das Schicksal irgendwie noch wenden ließ, dann lag der Schlüssel dazu dort unten, wo alles begonnen hatte.

Als Nick ankam, wiederholte Sinan seine Aufforderung zum Abbruch, und Nick stimmte ihm sofort zu.

»Nein«, widersprach Anna, bemüht, ihrer zitternden Stimme Nachdruck zu geben. »Ich will nicht aufgeben.«

Nick sah mit unglücklicher Miene zu Anna am Boden herab. Sie konnte ihre Schmerzen nicht verbergen. Nick selbst hielt seine Finger aufgefächert, und seine Hände waren rot und wund.

»Anna, wenn wir alle sterben, dann hilft das auch niemandem. Wie groß ist die Chance, dass wir da unten etwas finden, das uns weiterhilft? Wir tappen doch im Nebel!«

Anna schüttelte nur den Kopf. »Ein bisschen Pause, dann geht's schon wieder.«

Sinan schnaubte.

»Was wäre denn der Weg?«, fragte Nick. »Wie würde es weitergehen?«

»Geht nicht weiter«, schüttelte Sinan den Kopf. »Loch ist da unten.«

Anna lehnte sich ein wenig zur Seite, um sehen zu können, wohin Sinan deutete. Es war der Beginn der Zerstörungsspur des Mittelpfeilers. Wo er nach seinem Sturz auf die Schachtwand getroffen war, zog sich die Zerstörung weit bis auf die andere Seite, wo er nun lehnte. Er musste noch abgesackt sein, während er über die Wand geschrammt war, denn vom ersten Loch seines Auftreffens am Gitter beschrieb die Spur einen absinkenden Halbkreis zur anderen Seite. Der Rundgang hinter dem Loch selbst war also intakt, aber es war noch drei Etappen entfernt, und Anna konnte sehen, dass sich die Hitzeverformungen der Träger fast bis zu den ausgefransten Rändern des Lochs im Gitter hinzogen.

»Unmöglich da klettern«, schüttelte Sinan wieder den Kopf. »Vor drei Tagen war viel weniger. War hier nichts, und jetzt ist heiß.«

Anna suchte zwischen den Stegen, die den Blick nach unten teilweise verdeckten, irgendetwas, das ihnen beim Abstieg helfen konnte. Irgendeinen Ausweg, der nicht bedeutete, dass sie in einem weiten Bogen um die Hitze Hunderte Meter mehr zurücklegen mussten.

Und dann fand ihr Blick etwas. Und sie kannte die Reaktion der anderen, noch bevor sie den Gedanken aussprach. Und dennoch ließ es die Wünschelrute ausschlagen, denn es war ein Weg. Mit irrsinnigem Risiko, aber er war da.

»Was ist *damit?*«, fragte sie und zeigte auf einen Steg, eine halbe Etappe unter ihnen und ein ganzes Stück zu ihrer Rechten.

Der Steg ragte etwa zwanzig Meter über den Abgrund hinaus und war dann abgeknickt. Weitere zwanzig Meter hingen von der Bruchkante weg an etwas nach unten, das aussah wie zwei schwere Stahlseile oder Bänder. Geländerreste befanden sich sowohl an dem Stück, das über den Abgrund führte, als auch an dem herabhängenden Teil. Das Ende des herunterhängenden Steges schwebte über der Staubfahne, wahrscheinlich über der Leere, doch noch davor kam dem herabhängenden Bruchstück ein zweiter Steg sehr nahe. Dieser zweite Steg war einer von denen, die noch weitgehend intakt waren und sich bedenklich durchbogen. Er verlief ein großes Stück über den Abgrund und hatte seinen Ursprung ganz in der Nähe der Stelle, wo die Spitze des Mittelpfeilers an der Schachtwand lehnte.

Anna ließ Sinan und Nick selbst erkennen, worauf sie hinauswollte, und die Reaktion war, wie sie sie vorhergesehen hatte.

»Bist du wahnsinnig?«, fragte Nick schockiert, und Sinan lachte nur auf.

»Wenn wir einer nach dem anderen gehen«, beharrte Anna, »dann könnte es klappen. Wenn der Steg das Teil tragen kann, das da runterhängt, dann macht ein Einzelner von uns zusätzlich kaum einen Unterschied mehr.«

Sie hörte selbst den dünnen Boden ihres Arguments, doch zugleich glaubte sie daran, dass es funktionieren konnte. Vielleicht auch deshalb, weil sie sonst Sinan hätte zustimmen müssen. Den *Spaziergang*, der hinter dem Loch im Gitter auf sie wartete, würden sie nicht erreichen. Sie hätten umkehren müssen.

»Nein«, sagte Sinan, als er begriff, dass sie es ernst meinte. »Für mich ist Schluss. Ich habe Kraft, dass ich wieder hochkomme von hier. Aber nicht von da, egal, ob trägt oder nicht. Wer soll nächste verrückte Kinder hierher helfen, wenn ich sterbe?«

Anna *wusste*, dass sie keine Kraft haben würde, den Weg zurück zu nehmen, den sie gehen wollte. Aber darüber dachte sie gar nicht nach. Vielleicht war das auch nicht wichtig. Wichtiger war zumindest, unten anzukommen.

»Du hast selbst gesagt, dass wir mit diesem Ort sterben, wenn kein Wunder passiert«, unternahm Anna einen letzten Versuch, Sinan umzustimmen. »Was ist, wenn das Wunder da unten liegt?«

Das weiße Herz, dachte sie und traute sich nicht, es auszusprechen, als könnte der Zauber der Wünschelrute damit verfliegen.

»Und was ist, wenn da oben Raumschiff landet und wir sind unten gestorben?«, lachte Sinan, doch seine Augen blieben traurig. Vielleicht dachte er an seine Familie. »Nein, ich wünsche Glück, aber ich bleibe hier.«

»Was … nein!«, widersprach Nick heftig, als er begriff, dass Sinan bereits davon ausging, dass Anna gehen würde. »Anna, der Weg, wie Sinan ihn gegangen ist, war schlimm genug. Du blutest, du hast Schmerzen, genau wie ich. Wir werden das nicht schaffen, und erst recht nicht zurück … Es ist zu gefährlich, es geht nicht!«

Sie musste zumindest versuchen, es ihm zu erklären, begriff Anna. Er würde sie niemals allein gehen lassen, so gern sie ihn darum gebeten hätte. Und wenn sie es nicht schafften, dann musste er wissen, warum sie es trotzdem hatte versuchen müssen.

Also erzählte sie dort auf dem Steg über der Leere, während ein heißer Wind ab und zu Staub zu ihnen hinauftrug, von ihrer Hoffnung, dass etwas Gutes dort unten auf sie wartete, das ihnen zeigen würde, wie sie die Welt wieder in Ordnung bringen konnten. Sie erzählte von dem Drängen, das sie seit der Nacht der Demonstration in Ankara spürte, ebenso wie von ihrem Traum, der sie nach ihrem inneren Kampf mit dem Junkie Ratte in diese Welt und diesen Abgrund hinabgerufen hatte. Und dass sie, egal, ob ihr Bruder oder das dunkle Herz selbst dort unten auf sie wartete, diesem Ruf folgen musste. Allein um Gewissheit zu haben, ob es mehr gab, als ihre eigenen, so hoffnungslosen Bemühungen, die Welt vor dem Sturz in die Dunkelheit zu bewahren.

Sinan schwieg und sagte auch nichts, als sie fertig war. Nick hielt ebenfalls die Stille eine Weile aufrecht, in der nur der Wind blies und weit entfernt das vertraute Brummen und Dröhnen zu hören war. Anna wusste nicht, was in seinem Kopf vorging. Ob sie es geschafft hatte, ihm ein wenig von ihrer Zuversicht zu vermitteln, oder ob vielmehr den Ausschlag gab, dass er begriffen hatte, wie aussichtslos ihr Kampf im Grunde war. Dass sie ebenso sehr nach verrückten Ideen greifen konnten wie nach aussichtslosen. Sie mochte es sich einbilden, aber sie meinte, dass er Tränen wegblinzelte. Auf jeden Fall seufzte er … und nickte.

Guten Abend, gut' Nacht

Sinan wünschte ihnen Glück, doch Anna merkte ihm beim Abschied an, dass er nicht an ein Wiedersehen glaubte. Er schien Respekt vor ihrer Entschlossenheit zu haben, wie schon bei ihrem Wunsch, mitzukommen, und Anna empfand zugleich Stolz und Ehrfurcht angesichts der Tatsache, dass er sie wie Erwachsene behandelte. Er redete nicht auf sie ein und versuchte gar nicht, sie zur Umkehr zu zwingen. Und dennoch war es ihm nicht gleichgültig, was mit ihnen geschah, so viel war Anna sicher.

Das Bluten ihrer rechten Hand war schwächer geworden, und ohne sie zu fragen, hatte Sinan noch einmal sein T-Shirt ausgezogen und mit Zähnen und Fingern einen Ärmel an der Naht entlang abgetrennt. Er hatte ihn durchgerissen und mit einem seiner verbliebenen Zapfen über den Stoff gerieben. Dann hatte er Anna bedeutet, die rechte Hand auszustrecken, und den Stoffstreifen mit der harzigen Seite nach außen straff um die Handfläche gewickelt. Einmal rechts, einmal links des Daumens, damit der Verband nicht abrutschen konnte, und an der Seite einen Knoten.

»Wird nicht lang halten«, warnte er bei ihrem Abschied noch mal, »aber ein bisschen.«

Anna schluckte den Kloß im Hals herunter und umarmte ihn.

»Sag Elif, dass es mir leidtut«, murmelte Anna. »Sie wird wütend sein.« Sie bereute, dass der Abschied von Elif so knapp ausgefallen war, aber sie war vor dem Abstieg so mit Adrenalin vollgepumpt gewesen, dass alles nur so an ihr vorbeigerauscht war.

Und in diesem Moment fiel ihr die Pistole ein. Sie hatte sie in ihrem Nachtlager vergessen und keine Sekunde daran gedacht, weder während ihrer Vorbereitungen noch während des Abstiegs. Doch der Schreck währte nur kurz. Ihre Furcht, Elif könnte ein Werkzeug des dunklen Herzens sein, das sie durch ihre dunklen Augen beobachtete und auf den richtigen Augenblick zum Zuschlagen wartete, hatte sich in den letzten Stunden und Tagen deutlich abgeschwächt. Zudem hätte sie wissen müssen, dass Anna die Waffe überhaupt besaß, um nach ihr zu suchen. Anna verwarf also den Gedanken, Sinan zu warnen. Es hätte zu viel zu erklären gegeben, und Nick wandte sich bereits der Kante des Stegs zu. Sie musste sich sammeln, denn sie würde nun all ihre Konzentration brauchen. Anna warf einen letzten Blick nach oben und konnte in einiger Höhe den Steg erkennen, von dem aus sie gestartet waren. Von Elif entdeckte sie nichts.

»Ich geh vor«, sagte Nick bestimmt, und Anna widersprach nicht. Zum einen würde er die Route besser einschätzen können, nun, da sie sich schräg zu dem abgeknickten Steg hinüberbewegen würden. Zum anderen würde er nicht ihrer Blutspur ausweichen müssen, wenn es erneut begann. Er selbst dachte vermutlich auch daran, dass er sie so eher zur Umkehr zwingen konnte, wenn es aussichtslos wurde, und vielleicht hatte er damit sogar recht. Mit einem zaghaften Lächeln kehrte sie Sinan den Rücken zu und folgte Nick ins Gitter.

Die ersten Meter stiegen sie ab, um erst mal über den nächsten Querträger zu kommen. Danach begann Nick, nach links zur Seite auszuschwenken. Es war vom Bewegungsablauf her kaum ein Unterschied, nur dass Anna bei jedem Schritt nach unten nun gleichzeitig ein paar Löcher im Gitter nach links auswich. Ihre rechte Hand pochte, und der T-Shirt-Stoff klebte wegen des Harzes, das auf ihrer Hand gewesen war, schnell in den wunden Stellen fest, doch die Hitze der Stäbe war so ein wenig abgeschirmt, und auch die Haut wurde zumindest weniger malträtiert.

Während der ersten Meter dachte Anna noch, sie hätten es mit verbundenen Händen vielleicht doch bis zum Loch geschafft, hinter dem der Weg zum Pfeiler hinüber so einfach gewesen wäre. Aber das Gitter wurde so schnell heißer, dass sie den Gedanken schnell wieder verwarf. Das Loch war zu nah an der Stelle, wo sich die unerklärliche Hitze durchs Metall fraß und es schmelzen ließ. Dass auch Nicks Hände schmerzten, sah sie daran, dass seine Seitwärtsbewegung immer ausgeprägter wurde. Der einzige Weg hinüber zum Pfeiler führte mittels der Stege, auf die sie nun zusteuerten, direkt über den Abgrund.

Anna verlor schnell ihr Zeitgefühl. Sie konzentrierte sich ganz aufs Klettern und ihren festen Bewegungsablauf. Der Stofffetzen um ihre Hand störte allmählich mehr, als dass er half, denn er hatte sich gelockert und zu einem Strang verzwirbelt, der beim Greifen auf die Wunde drückte und Anna im Weg war.

Während der vorerst letzten Etappe über das Gitter schaffte sie es, das alles noch einmal auszublenden, und so quälte sie sich bis zur Erschöpfung und ohne Unfälle, bis sie Nicks Hände plötzlich an ihrer Seite spürte und er sie stützte, als sie hinüber auf den Steg sank und auf dem Rücken liegen blieb, die Finger und Hände taub und verkrümmt und das Gesicht voll von feinem Staub, der am Schweiß festklebte.

Sie atmete tief durch und ließ die Arme langsam sinken und dachte an nichts, außer dass sie wieder einen Schritt weiter waren, ohne den tödlichen Unfall, der die ganze Zeit über ihnen hing wie eine Gewitterwolke, die noch nicht entschieden hatte, wo sie ihre Blitze schließlich fallen lassen würde.

»Ganz schön zäh«, keuchte Nick neben ihr.

»Das letzte Stück?«, fragte Anna, ebenfalls keuchend. »Frag mal!«

»Nein, du!«, lachte Nick, und Anna lachte mit in einem Anflug von Galgenhumor.

Sie richtete sich auf und sah Nick in seine braunen Augen unter dem Lockenkopf.

»Ich liebe dich«, sagte er, ernst, aber noch immer den Schalk in seinen Augen.

Er genoss es offensichtlich, wieder mit ihr allein zu sein, und sie hatte keine Mühe, seine Worte zu erwidern.

»Ich liebe dich auch«, sagte sie, und sie schlossen sich fest in die Arme.

Sie sprachen nicht darüber, welche Art Liebe das war. Ob sie sich voneinander unterschied und Nick sich mehr Zärtlichkeit wünschte, während Anna sich darauf nicht einlassen konnte. Ob Liebe das alles komplizierter oder einfacher machte, als es Freundschaft getan hätte. Das alles war egal. Sie hatten sich, und das hatte vielleicht schon ein paarmal über Leben und Tod entschieden.

Anna drehte sich in Nicks Armen um und lehnte den Rücken an seinen Oberkörper, der sich noch immer stark hob und senkte. Sie blickte über die Staubfahne hinweg, die verbarg, wie tief es darunter noch hinabging. Das abgeknickte Stück, das von ihrem Steg hinunterhing und vielleicht am meisten über ihr Schicksal entscheiden würde, konnte sie von hier aus nicht sehen. Nur den durchgebogenen Steg darunter, der zur Spitze des Pfeilers hinüberführte wie eine Verheißung. So mussten sich Extrembergsteiger vor der Gipfelstürmung fühlen. Anna verstand die Faszination und konnte gleichzeitig kaum glauben, dass es viele Menschen gab, die ihr Leben freiwillig ein ums andere Mal auf die Art riskierten, wie sie es nun gezwungenermaßen taten.

Nick drückte ihre Schultern und kommentierte nicht, wie steinhart sie verspannt waren. Am liebsten wäre Anna noch Stunden einfach so sitzen geblieben, doch die Wünschelrute drängte, und außerdem wollte sie wissen, wie es ausgehen würde. So nüchtern betrachtete ihr Kopf es in diesem Moment, da das meiste an Adrenalin, das sie in sich hatte, schon ausgeschüttet war. Sie wollte einfach endlich wissen, ob sie ihr Ziel erreichen oder scheitern würden.

»Also dann …«, sagte Nick. Nicht mehr. Und so rafften sie sich auf.

Es waren zwanzig Meter bis vor zur Bruchkante des Stegs, und Anna tat jeden Schritt mit Angst, vor allem davor, dass der Steg nachfedern, stöhnen, ächzen würde, wie sie es schon einmal erlebt hatten. Oder dass in einem Kreischen die Verbindung zwischen dem Steg und seinem abgeknickten, herunterhängenden Teil vor ihnen abreißen würde und damit ihre Route unpassierbar wäre. Doch keins von beidem trat ein. Sie kamen dem Ende näher und näher, passierten Geländerreste zu beiden Seiten, die dem Gitter ähnelten, in dem sie die letzten Stunden verbracht hatten, und mit einem Gefühl, als klammerte sie sich in hundert Metern Höhe an eine Seifenblase, ging Anna neben Nick schließlich kurz vor dem Ende des Stegs in die Hocke.

Die Bruchkante bot ein erschreckendes Bild. Scharfkantige Metallzacken mit den bleichen Spuren von Materialermüdung ragten von dem hängenden Teil nach oben und vom Steg aus nach vorne.

Was immer den abgeknickten Teil noch hielt, befand sich vor Annas Blicken verborgen an der Unterseite des Stegs. Das Geländer war mit dem Bruch abgerissen, und Nick legte sich auf den Bauch, robbte vor, bis sein Kopf über den Abgrund ragte, und streckte den Arm nach unten. Er erreichte das Geländer und rüttelte so fest daran, dass Anna der Atem stockte. Es hielt stand. Auch am Steg regte sich nichts.

»Da hängt so viel Gewicht dran«, bemühte Anna erneut ihr Argument von vorhin. Diesmal, um sich selbst Mut zuzureden. »Da machen wir kaum einen Unterschied.«

Natürlich war es das *kaum*, das den ganzen Satz verpuffen ließ.

Nick robbte zurück und nahm einen Zapfen aus der Tasche, um sich die Hände frisch einzuharzen.

»Die Kante ist scharf, kannst du mich oben festhalten, bis ich mit den Füßen was gefunden habe?«, fragte er Anna. »Ich zeig dir dann die Stellen, wenn du dran bis.«

»Klar«, sagte Anna mit klopfendem Herzen. Sie nahm den provisorischen Verband von ihrer rechten Hand und ballte sie vorsichtig zur Faust. Es tat weh, aber nicht so schlimm, wie sie befürchtet hatte. Und ob es das Harz oder die T-Shirt-Fussel gewesen waren, die Wunde war vorerst verklebt und blutete nicht.

»An der Stelle geh ich runter.« Nick deutete auf eine schmale Einbuchtung am linken Rand des Stegs, wo er eben das Geländer des heruntergeknickten Teils geprüft hatte. »Am besten, du legst dich da hin, wie ich gerade, und ich steig an dir vorbei rückwärts runter. Dann kannst du mich unter den Schultern nehmen. An den Händen wirst du mich nicht hochziehen können, wenn es nicht klappt.«

»O. k.« Anna krabbelte auf allen vieren in Position. Einen Meter vor der Kante sank sie auf den Bauch und schob sich Zentimeter für Zentimeter nach vorne, bis sie senkrecht hinunter in das Staubgewirbel blickte. Der abgeknickte Stegteil war leicht nach hinten geneigt, was das Klettern erschweren würde. Gute zehn Meter unter ihnen sah Anna den anderen Steg. Der Abstand war zu groß, um vom unteren Ende des herabhängenden Stegs einfach den Fuß nach drüben auszustrecken. Nick würde um das Geländer herum auf die Außenseite klettern und abspringen müssen, um hinüberzukommen. Für jemanden, der Parcours betrieb, vermutlich eine willkommene Herausforderung, für einen normalen Menschen dagegen Wahnsinn.

Jetzt hätte Anna am liebsten Nick gesagt, dass er das nicht tun musste. Dass sie nicht wollte, dass er sein Leben wegen etwas riskierte, an das *sie* glaubte. Aber sie hielt sich zurück, weil sie zugleich unendlich dankbar war, nicht allein zu sein.

Und außerdem wusste sie, dass er wahrscheinlich gerne das dreifache Risiko auf sich genommen hätte, wenn sie dafür nur oben geblieben wäre.

Nick krabbelte ebenfalls heran und drehte sich neben Anna mit den Füßen Richtung Abgrund. Er legte sich hin und robbte langsam rückwärts. Zuerst schauten seine Schuhe neben ihr über die Kante, dann seine Knie, und er griff nach ihrer Hand. Sie hielt sie fest umklammert, während er weiterrobbte und seine Füße nach unten sanken, als seine Hüfte langsam den Rand erreichte. Mit dem rechten Fuß strich er über das Geländergitter, in dem er Halt suchen wollte. Das letzte Stück stützte Nick sich auf die Ellenbogen. Seinen rechten Fuß hatte er nun im Gitter aufgesetzt, für den linken würde er sein Gewicht voll auf den herunterhängenden Teil des Stegs verlagern müssen. Anna griff mit ihren Händen unter seinen Ellenbogen durch und konnte die Hände gerade so hinter seinem Rücken verschränken. Sie spürte seine angespannten Muskeln und sein durchgeschwitztes T-Shirt.

»O. k.«, sprach Nick ihnen beiden Mut zu und rutschte noch ein Stück weiter hinter.

Da war das Geräusch, vor dem Anna sich gefürchtet hatte: ein spannungsgeladenes Knarren von Metall.

»Nick«, stieß sie erschrocken hervor und festigte den Griff ihrer Hände.

»Das war nur das Geländer«, murmelte Nick konzentriert, während er auch mit seinem linken Fuß Halt suchte und das Gewicht weiter verlagerte.

Wieder das Knarren. Annas Herz pochte. Selbst wenn es nur das Geländer war, das nachgab, es würde ihn trotzdem in die Tiefe mitreißen.

»Ich steh drauf«, keuchte Nick, »ich geh tiefer.«

Anna lockerte ihren Griff etwas, als Nick den rechten Fuß neu positionierte und mit der rechten Hand oben losließ, um ebenfalls am Geländergitter Halt zu suchen.

»Nimm meine linke Hand«, stieß er hervor.

Anna löste sich aus ihrer Umklammerung und spürte Nick zugleich rutschen.

»Nick«, entfuhr es ihr erneut, bevor sie es verhindern konnte, und sie griff hektisch nach seinem linken Arm.

»Alles gut«, gab er Entwarnung. »Warte … ich häng drin, du kannst loslassen.«

Anna ließ Nicks Hand fahren und robbte wieder ein Stück vor. Sie sah Nick unter sich ins Gitter des Geländers gekrallt. Er begann schon mit dem Abstieg, und vielleicht bildete sie es sich ein, aber ihr war, als wäre der abgeknickte Steg, an dem er nun hing, leicht ins Schwanken gekommen.

»Bitte, bitte, bitte«, flüsterte sie, ohne es selbst wahrzunehmen, während sie Nick bei seinem Abstieg zusah und zur Tatenlosigkeit verdammt war.

Wieder ächzte es, und Anna fuhr zusammen. Diesmal war sie sicher, dass es nicht von dem Geländer kam, an dem Nick hing, sondern von der Verbindung der zwei Stege, und das leichte Schwanken des herabhängenden Teils war nicht zu leugnen.

Nicks Bewegungen wurden hastiger und fahriger. Er war nun ungleich schneller unterwegs als während ihrer ersten, auf sicheren Tritt bedachten Abstiegsetappen, und sah sich gehetzt nach oben um.

»Ein Stück noch«, betete Anna, »nur ein Stück noch.«

Wieder ein Stöhnen von Metall, doch Nick hatte wohl entschieden, dass er tief genug war, und damit begonnen, sich für den Absprung in Position zu bringen. Als er den Fuß außen am Geländergitter aufsetzte und das Gewicht verlagerte, neigte sich der ganze hängende Teil mit einem weiteren tiefen Laut in einem Pendeln von dem Ziel weg, das Nick vor Augen hatte.

»Spring!«, rief Anna panisch. »Runter da!«

Und Nick sprang. Eine Sekunde hing er in der Luft, und Anna wusste aus ihrer Perspektive nicht, ob er den anderen Steg treffen oder ins Leere fallen würde. Doch er traf. Er traf mit solcher Wucht, dass sich irgendetwas vom Ende des anderen Stegs löste und in die Tiefe stürzte. Anna entwich ein Angstschrei, als der ganze Steg, auf dem Nick gelandet war, ein Stück nachgab.

Nick kauerte sich auf den Boden. Es blieb ihm nichts übrig, als zu hoffen, und der Steg unter ihm kam tatsächlich leicht schwankend zur Ruhe.

»Anna«, rief er ihr zu, ohne den Kopf zu heben.

»Nick!«, antwortete sie schluchzend, »Oh Gott, Nick!«

»Bleib oben«, rief er verzweifelt, noch immer, ohne sich zu regen. »Wir stürzen sonst beide ab.«

»Geh zur anderen Seite«, sagte sie, ohne auf seine Aufforderung einzugehen. »Bis hinter zur Schachtwand, dann bist du sicher, falls was passiert.«

»Nein«, gab Nick zurück. »Ich lass dich hier nicht alleine abstürzen.«

»Nick!«, schrie Anna fast. »Geh zur anderen Seite!«

»Nein«, entgegnete Nick, ohne dass sich sein Tonfall geändert hatte, und Anna begriff, dass er es tatsächlich nicht tun würde. Er würde sich nicht aus der Gefahrenzone begeben, solange sie an ihrem Vorhaben festhielt. Ganz langsam setzte er sich aus seiner kauernden Haltung auf und sah ihr entgegen, und mit zitternden Armen und Beinen drehte auch Anna sich um, kroch rückwärts über die Kante und suchte mit den Füßen die richtige Stelle auf dem abgebrochenen Steg, der wieder aufgehört hatte zu schwanken.

Nick sprach sich nicht noch einmal dagegen aus.

Anna fand Halt mit den Füßen und stützte sich trotzdem noch lange mit Armen und Ellenbogen auf die Kante, um zu Atem zu kommen, ehe sie es wagte, ihre Füße und das Geländer darunter zu belasten. Augenblicklich ertönte wieder das metallische Stöhnen, als sie es tat. Anna ließ sich davon nicht abbringen, auch wenn das Geräusch einen Schauder über ihren Rücken jagte. Sie nahm die rechte und dann die linke Hand hinunter in das Gitter und stieg ab. Sie spürte den Schmerz ihrer Hände nicht, nur das Wanken unter ihr und das rauschende Blut in ihren Ohren.

Rechter Fuß, linke Hand, linker Fuß, rechte Hand, sagte sie sich im Kopf vor wie ein Stoßgebet. Und als das Ächzen erneut einsetzte, sprach sie es tatsächlich mit, immer lauter. Sie wurde schneller, und das Geländer bebte unter den hastigen Tritten ihrer Füße und dem krallenden Griff ihrer Hände.

Sie war etwa auf halber Strecke zu der Stelle, wo Nick abgesprungen war, als es passierte. Mit einem Ruck sackte der abgerissene Teil des Stegs ein gutes Stück in die Tiefe. Der Fall ließ Annas Herz fast zerspringen vor Schreck, und sie klammerte sich verkrampft in das Gitter, das gegen diesen Absturz keinen Halt gab. Sie pendelte mit dem ganzen Steg, an dem sie hing, durch die Luft und hörte Nicks Aufschrei kaum.

Als sie nach oben sah, entdeckte Anna, woran ihr Leben hing: Die beiden Stahlseile, die sie schon aus der Ferne gesehen hatte, hatten sich aus dem Metall des Stegs über ihr geschält und es aufgerissen wie zwei Fäden einer Naht den Stoff. Für den Augenblick war der Riss ins Stocken geraten, aber Anna konnte beobachten, wie sich das ermüdete Metall über ihr heller färbte, während sie selbst unten zur anderen Seite auspendelte. Anna riss den Blick los und hämmerte die Füße in das Gitter, um weiter Strecke zu machen.

Ein weiterer, kleinerer Ruck, und sie kämpfte gegen den Reflex, sich festzuklammern.

»Spring!«, schrie Nick, wie sie es selbst zuvor getan hatte. »Spring, Anna!«

Und ohne sich noch einmal zu vergewissern, auf welcher Höhe und wie weit weg vom Ziel sie war, scherte Anna zur Seite des Geländers aus und sprang dann, so fest sie konnte, nach hinten ab.

Es war vermutlich dieses Abspringen, das dem baumelnden Steg den Rest gab, und die Stahlseile endgültig aus der Verankerung riss. Das metallene Kreischen setzte sich fort, noch während Anna durch die Luft gewirbelt wurde, und dann prallte sie auf Nick, der ihren Sturz abfederte. Der Lärm, als der baumelnde Steg sich losriss und weit unten gegen die Innenwand des Schachts krachte, überdeckte das Stöhnen, als der Steg, auf den sie sich gerettet hatten, ebenfalls nach unten sackte. Aber Anna brauchte es nicht zu hören, sie spürte es, und während Nick noch schrie, rappelte sie sich auf, um vorwärtszustürzen.

»LAUF!«, brüllte sie und riss ihn mit.

Langsam, aber stetig sackte das Metall unter ihren Füßen weiter ab, und die Steigung wurde immer größer. Anna mobilisierte Kräfte, die sie sich nicht zugetraut hätte, als sie in wenigen Sekunden im vollen Sprint mehr Strecke überwanden als in der gesamten letzten Stunde. Dann ein erneutes Kreischen, und die Strecke riss irgendwo hinter ihnen ab, woraufhin der Steg wieder nach oben ruckte und Anna und Nick nach vorne stolperten und stürzten. Rutschend und schlitternd kamen sie wieder auf die Beine und rannten, als wäre der Teufel hinter ihnen her.

Anna sah nichts als das Ende des Stegs an der Innenwand des Schachts vor ihnen. Sie hörte nichts als das Rauschen in ihren Ohren, und sie spürte nichts als ihren hämmernden Herzschlag und das Brennen ihrer Lunge, ebenso wie jedes stöhnenden Muskels in ihrem Körper.

Es fühlte sich an, als federte der Steg unter jedem ihrer Schritte, und Anna stolperte, als er erneut nach unten ruckte. Doch er fiel nicht, und sie fing sich und vergewisserte sich mit einem hektischen Blick zur Seite, dass auch Nick nicht aus dem Tritt kam.

»Noch ein Stück«, keuchte sie zwischen zusammengebissenen Zähnen. »Scheiße, nur das Stück noch!«

Sie biss sich fest auf die Lippe und vertrieb mit dem Schmerz die Dunkelheit, die sich bereits ihrer bemächtigte, doch ihre kraftlosen Beine knickten schließlich einfach ein, und sie stürzte zu Boden.

»Dreh dich um!«, wies Nick sie keuchend an. »LOS!«

Anna tat, was er verlangte, und er hockte sich Rücken an

Rücken mit ihr hin und griff ihr so unter die Arme, dass er sie mitschleppen konnte. Anna spürte seinen puren Willensakt, als er sich mit einem Wutschrei erhob, denn Kraft dazu *konnte* er keine mehr haben.

Sie starrte den Weg zurück, den sie gekommen waren: Von dem Steg, auf dem Nick sie die letzten Meter trug, war nur mehr ein Drittel übrig. Der Rest war wegen der Vibrationen nach und nach abgerissen und in die Tiefe gestürzt. Von dem hängenden Stück, über das sie abgestiegen waren, war freilich nichts mehr zu sehen. Nur die Stahlseile hingen noch von der Stelle weg, wo der Schacht in den Steg überging, denn bis dorthin hatte das Gewicht die Seile heruntergerissen. Sie waren noch immer in Bewegung und baumelten an der Wand schleifend hin und her. Und an einem Fleck im Gitter, viel weiter oben und weit weg von ihnen, meinte Anna Sinan zu erkennen, der auf der Stelle verharrte. Sie wusste nicht, ob er dachte, dass sie lebten oder tot waren, aber sie war dankbar, dass ihr Kampf ums Überleben ihn zumindest nicht so sehr erschrocken hatte, dass er selbst den Halt verloren hätte.

Sie hatten es geschafft. Das begriff sie erst, als Nick sie absetzte und doch nicht losließ. Er wandte sich ihr zu, küsste ihre Stirn und legte die Arme fest um sie, und Anna erwiderte es. Sie sah den Pfeiler über seiner Schulter. Er lehnte keine zehn Meter zu ihrer Rechten am Gitter des Innenschachts, und sein Winkel war nicht besonders steil. Der letzte Teil des Abstiegs würde kaum eine Schwierigkeit darstellen, nach allem, was sie bisher durchgestanden hatten.

Anna spürte Nicks Herzschlag, der fast so sehr raste wie ihr eigener, und sie begriff, dass es keinen Weg mehr nach oben gab. Nicht jetzt und nie wieder. Sie würden dort unten gerettet werden oder sterben.

Es dauerte bestimmt eine Viertelstunde, bis sie sich voneinander lösten und Nick etwas sagte. Es regte sich schon lange nichts mehr im Schacht, und bis auf das leise Brummen und das

Windgesäusel, das den Staub hinaus in den Spalt blies, wo er ihre Welt vergiftete. Annas Schmerzen kehrten mit dem Sinken des Adrenalinspiegels zurück, und sie waren schlimmer als je zuvor. Sämtliche Muskeln brannten, die Handflächen schmerzten, als steckten Millionen kleiner Nadeln darin, und dazu kam ein dumpfes, pochendes Kopfweh von der maßlosen Überanstrengung, das Anna die Augen zu Schlitzen verengen ließ, je mehr es durch ihr Tunneldenken der letzten Minuten durchschlug.

»Und jetzt?«, fragte Nick. Die Finger seiner linken und ihrer rechten Hand blieben ineinander verschränkt. »Besser wieder umdrehen?«

Anna musste lachen, doch es ging in ein Husten ihrer malträtierten Lunge über.

Sie spürte, dass Wahrheit in Nicks Frage steckte, so ironisch sie auch gemeint war. Zumindest von ihr selbst würde der letzte Teil des Weges vielleicht den größten Mut abverlangen. Wenn sie dort unten nichts fanden, außer den Spukgestalten, die es auch oben gab, dann wäre alles vorbei. Schlimmer noch, sie hätte Nick mit sich in den Tod genommen. So stand die Spitze des Pfeilers dort drüben für Hoffnung und Angst gleichermaßen.

»Letzte Runde«, überwand Anna die Lähmung, die von diesem Gefühl ausging, und erhob sich.

Augenblicklich wurden die Kopfschmerzen schlimmer, und sie schloss kurz die Augen, bis sich die wütenden Beschwerden ihres Kreislaufs legten. Dabei spürte sie den Staub in den gereizten Augen und rieb sie mit den Fäusten.

»Das ist das erste Mal, dass wir ihn spüren, oder?«, fragte Nick, dessen Augen ebenfalls tränten.

Anna nickte. Vielleicht lag es daran, dass sie der Quelle hier so nah waren. Sie mussten durch die Staubfahne durch, um nach unten zu kommen, und Anna mochte es nicht länger mit Überlegungen aufschieben.

»Das letzte Stück geh ich vor, o. k.?«, bat Anna.

Nick sah nicht glücklich darüber aus, widersprach aber auch nicht, als sie auf das Gitter zutrat und zu klettern begann.

Anna konnte sich kaum vorstellen, dass der Zustand ihrer Hände sich in der Zwischenzeit gebessert hatte, aber zumindest die Schmerzen waren dumpfer, und sie schrien nicht länger bei jeder Berührung auf. Es mochte daran liegen, dass sie das Ziel vor Augen hatten, oder vielleicht war es auch nur ein kurzes Luftholen ihres strapazierten Schmerzempfindens, aber Anna war es nur recht. Sie hatte keinerlei Mühe, die Strecke bis zur Spitze des Pfeilers zu überwinden, und dort angekommen, setzte sie sofort den linken Fuß auf eines der abgebrochenen Stegenden.

An dem deformierten Pfeiler selbst konnte sie kaum etwas erkennen, auch nicht das Tor, das sich für sie geöffnet hatte, als sie sich gemeinsam hier unten versammelt hatten, um den Heimweg anzutreten. Es war kein Wunder, denn die Stütze war weit über die Innenwand des Schachts geschrammt, und Anna erkannte Stellen, wo seine Oberfläche an der Spitze aufgrund der Reibungsenergie sogar geschmolzen war.

Halt bot er genug, und Anna kam beim Klettern gut voran, sodass Nick ihr bald folgen konnte.

Nach einigen Metern zog Anna sich das Oberteil über Mund und Nase. Noch spürte sie zwar nichts von dem Staub in ihrer Lunge, der um sie herum immer dichter wurde, doch sie erinnerte sich noch gut an Kuba und dessen Reizhusten, bevor er auf dem *Tuz Gölü* völlig ausgetickt war, und hatte kein Bedürfnis, dieselbe Erfahrung zu machen.

Mit jedem Schritt, den sie nach unten machte, klopfte ihr Herz schneller, und zugleich sah sie bald nichts mehr außer Staubwirbeln und -schwaden, die undurchdringlich wirkten, ohne sie selbst zu beeinträchtigen. Seit dem Jucken in ihren Augen hatte sie nichts mehr davon gespürt, und auch die Sicht auf den Pfeiler, auf dem sie abwärtskletterten, blieb klar.

Sie fühlte sich schwummrig, doch nicht so, dass sie Angst hatte, wieder Kreislaufprobleme zu bekommen. Eher auf die

Art schwummrig, die man durch Meditation erreichte. Und sie sah Schemen im tanzenden Staub, wenn sie an dem Pfeiler unter sich vorbeiblickte. Gesichter, Szenen, Landschaften, immer nur für Sekunden, und sie zerstoben in dem Moment, da sie versuchte, Details zu erfassen.

Das begleitete sie so lange, bis der Staub wieder nachließ und sie sich zunächst mit den Füßen, dann mit dem Oberkörper und schließlich mit dem Kopf und den Händen aus der aufsteigenden Fahne schälte und sich wie in Trance umblickte. Was sie keine zehn Meter unter sich erblickte, glich dem unteren Teil einer gigantischen Sanduhr. Der Schacht war gefüllt mit Staub und Sand, aus dem der abgebrochene untere Teil des Pfeilers senkrecht nach oben ragte und in den der obere Teil, auf dem sie hinabstiegen, schräg eintauchte. Die aufsteigenden Staubwolken vollführten die Gegenbewegung einer Sanduhr und hatten keinen klaren Ursprung. Von überall schien der Boden nach oben zu rieseln und dabei der Strömung zu folgen, die ihn durch den Spalt in eine andere Welt trug. Und inmitten des aufstrebenden Rieselns saß Ben, keinen Tag älter als zu dem Zeitpunkt, als er von der Wiese hinter dem Boulevard Berlin verschwunden war. Er hatte den Kopf eines Mannes in seinen Schoß gebettet, der eine schwarze Jacke und Jeans trug und sich nicht regte, und die Luft unter der Staubdecke war erfüllt vom Singsang von Bens klarer Kinderstimme.

Guten Abend, gut' Nacht, von Englein bedacht
Von Näglein besteckt, schlupf unter die Deck
Morgen früh, wenn Gott will, wirst du wieder geweckt
Morgen früh, wenn Gott will, wirst du wieder geweckt

Sie haben gelogen

Seit es die Brücke zwischen den Welten gab, seit das Böse fort war, gab es so viel Platz hier unten. Platz für sie alle. Platz für ihre Träume aus einer anderen Welt und ihre Albträume aus dieser. Das teilten sie alle miteinander: ihre Albträume aus dieser Welt.

Sie spürten, dass das Mädchen und der Junge ankamen. Das Mädchen, Anna, hätte diese besondere Art des Spürens wohl wiedererkannt: Als wäre die Oberfläche der Wüste ihre Haut und als leuchtete alles vor ihren Augen auf, das der Staub berührte.

Sie hatten Anna mit dem Traum gerufen, und sie war gekommen. Sie riefen jetzt den Alten, ohne zu sprechen. Sie sandten ihm in dem Staub ein Bild von dem Jungen und dem Mädchen. Er würde verstehen, er würde kommen, er *musste* kommen.

Sie befahlen Ben, mit seinem Singsang aufzuhören. Das Mädchen stieg herab, und der Junge folgte ihr. Sie rannten über die staubigen Dünen, bis sie Ben erreichten, der zu ihr aufblickte.

Es gab keinen Chor der Stimmen mehr, nur noch eine: Bens Stimme. Sie sprachen durch ihn, alles andere hätte den Plan gefährdet. Doch das hieß nicht, dass er bestimmte. Seit ihr Unterdrücker fort war, bestimmten sie alle gemeinsam, und jede Stimme hatte dasselbe Gewicht.

»Anna?«, fragte Ben, und sie ließen ihn gewähren. Es war nur gut, wenn das Mädchen ihn hörte, auch wenn sie ihm sofort das Wort abschnitten. Es gab einen Handel. Einen Pakt, der das einzige Ziel erfüllte, das sie alle einte. Bis hierhin war nicht alles gut gegangen, aber sie glaubten noch daran. Der Junge würde sie verraten, wenn sie ihn ließen, und sie hatten zu lange gewartet und zu viele Mühen aufgewandt, um ihn gewähren zu lassen.

»Ben, oh Gott, Ben!«, rief das Mädchen und umarmte Ben schluchzend von der Seite. Fast wäre sie mit ihm umgefallen, so stürmisch ging sie dabei vor. Sie vergrub das Gesicht in seinen Haaren und hielt ihn fest, als könnte er sich verflüchtigen. Dabei war er doch hier. So viel von ihm, wie sie eben zusammenbekommen hatten. Sie hatten *endlich* wieder einen Körper gewollt, und mit dem letzten, der geerntet worden war, musste es am einfachsten sein. Außerdem machte es den Plan so viel leichter. Natürlich hatte jeder *seinen* Körper wieder spüren wollen, doch für Bens sprachen die meisten Argumente.

Der Junge, Nick, blieb hinter Anna stehen und beäugte misstrauisch, was da passierte.

»Schau!«, sagten die Stimmen durch Bens Mund, denn sie wollten, dass sie beide hinsahen.

Und dann ließen sie den Mann in Bens Schoß gehen. Er hieß Sergio und war längst tot. Der, den sie Álvaro nannten, hatte ihn gebracht, gemeinsam mit dem Jungen Kalil. Der Junge hatte ihn getötet, lange bevor er hier unten angekommen war, doch das machte nichts. Weder Álvaro noch Kalil waren sie selbst gewesen. Das dunkle Herz hatte in ihnen gesteckt und Kontakt aufgenommen. Und sein Angebot war zu verlockend gewesen.

Die Wangen von Sergio fielen ein, seine Kleidung wurde grau und zerfiel, und sein Haar löste sich in Strähnen. Ben hatte ruhig gehalten, was es von ihm nach seinem Tod noch ruhig zu halten gegeben hatte, und nun ließen sie geschehen, was sie so lange hinausgezögert hatten: die *Ernte*. Sergio rann durch Bens Hände wie Sand, und Anna stolperte erschrocken zurück.

Binnen Sekunden war der Mann nichts als Staub in einem Meer, und seine Stimme gesellte sich zum Chor der anderen. Er schrie, unhörbar für ihre Gäste. Es war kein schöner Übergang, besonders da sie ihn so lang hinausgezögert hatten. Aber er würde seinen Platz im Chor finden.

»Was … was war das?«, fragte der Junge an Annas Seite, Nick. »Er ist … sind das *alles* …?«

Nick drehte sich erschrocken nach allen Seiten, angesichts von Staub und Sand, die alles bedeckten. Er hatte verstanden.

»Es war der Lauf der Zeit«, antworteten die weisen Stimmen im Chor, die viel nachdachten. »Das Einzige, was diese Welt nicht selbst hervorbringen kann. Er ist geerntet worden, wie wir alle irgendwann einmal.«

»Ben«, beharrte das Mädchen und hielt seine Schultern fest, »Ben, hörst du mich?«

Sie sprachen alle mit Bens Stimme, doch Anna schien zu wissen, dass es nicht mehr Ben selbst war, der bestimmte, was gesagt wurde. Ben hörte. Ben schrie und tobte und wollte wieder Herr seiner Stimme sein, aber er wurde von allen anderen zum Schweigen verdammt.

»Er hört dich«, antworteten sie aus seinem Mund. »Aber es gibt ihn nicht mehr. Genauso, wie es *ihn* nicht mehr gibt.« Ben hob die Hände, und es rieselte noch Staub und Sand hervor, wo vorher der Kopf des Mannes gelegen hatte, »und wie es uns alle nicht gibt. Und trotzdem ist Ben hier und wir alle mit ihm.«

»Aber …« Anna löste sich von ihrem Bruder und wich zurück. In ihren Augen spiegelten sich Verwirrung und Erschrecken. Sie wollte weitere, unwichtige Fragen stellen, und sie unterbrachen sie.

»Der alte Mann ist auf dem Weg«, sprachen die Anführer unter ihnen, die Abstimmungen und Verzögerungen schwer aushielten, »und wir haben wenig Zeit.«

»Er kommt hierher?«, fragte Nick erstaunt.

»Ja. Wir haben ihn gerufen und den Weg geöffnet.«

»Wer … was seid ihr?«, fragte Nick.

»Das haben wir dir bereits gesagt«, antworteten die Anführer ungeduldig, doch sie wurden von den Weisen unterbrochen, die eine Mehrheit bekamen, zu sprechen, »aber es ist schwer zu verstehen, ohne Zusammenhang. Wir zeigen es euch.«

Ben erhob sich vom Boden, und mit ihm wuchsen plötzlich überall Gestalten aus dem Staub. Sie fügten sich aus den Dünen zusammen wie Golems: Mensch-Figuren unterschiedlichster Größe und Gestalt, Kinder, Männer, Frauen, eine Armee, und jeder von ihnen war perfekt, denn jede Stimme hatte sich die eigene Gestalt bewahrt. Mehr als Schatten waren sie trotzdem nicht. Es hatte viel Anstrengung und Zeit gebraucht, Ben zu schaffen. Ihn *echt* zu machen, wieder einen eigenen Körper zu spüren.

Anna und Nick standen zusammengedrängt und sahen sich verängstigt um. Sie waren umzingelt von Staub-Gestalten.

»Ihr braucht uns nicht zu fürchten«, sprachen sie alle aus Bens Mund.

»Ihr … ihr seid unsere Vorgänger hier?«, fragte Nick stockend. »So viele …«

»Ihr seht nur einen Bruchteil«, antworteten sie. Die Gestalten füllten die Ebene nach allen Seiten bis zur Innenwand des Schachts aus. Es waren Tausende, doch längst nicht alle. Nach einem Moment zerfielen sie wieder und wurden in den Staubwirbel hinaufgetragen.

»Habt ihr«, setzte Anna an und vermied es dabei, Ben in die Augen zu sehen, »Seid ihr … das weiße Herz? Helft ihr uns gegen das Böse, das Dunkle?«

»Das … *weiße* Herz. Nein«, antworteten die Weisen und waren fast belustigt von dem Gedanken. »Das ist kein Spiel von Licht und Schatten. Das dunkle Herz und wir sind eins.«

Doch die Stimmen waren sich nicht einig darüber, und die Weisen verloren ihren Rückhalt. Die Anführer witterten ihre Chance und rangen sich nach oben durch, doch auch sie fanden keine Mehrheit, während die Verwirrung von Anna und Nick spürbar war.

»Das kann nicht sein«, widersprach Nick heftig. »Das Volk des alten Mannes hat das dunkle Herz hier eingesperrt. Es ist uralt, und sie wollten es für alle Zeit unschädlich machen. Dafür wurde das alles hier doch geschaffen! Dafür musstet ihr doch sterben!«

»Es stimmt nicht«, sprachen die Kinder, ebenso heftig, aus Bens Mund. Egal, wie lange Zeit sie bereits geerntet waren, sie waren immer noch Kinder und hatten erst begreifen müssen, dass das Alter nicht mehr wusste und nicht mehr begriff als die Jugend. Sein Wort hatte nur mehr Gewicht. »Es sind Lügen! Schaut!«

Ben deutete in die Luft, und Anna und Nick suchten zunächst, ohne etwas zu finden, woran ihr Blick hängen blieb.

»Hier.«

Ben zog den Finger zurück, und in der Luft blieb ein einzelnes Staubkorn stehen und wurde nicht vom Wind verweht. Es schwebte dort wie festgefroren und losgelöst von Raum und Zeit.

»Der Anfang«, seufzten die Stimmen gemeinsam, und aus dem Staubkorn explodierte auf einmal wie in Zeitlupe eine flimmernde Kugel, die sich immer weiter ausdehnte.

»Jeder Anfang bedeutet Ende«, schalteten sich die Weisen ein, während Anna und Nick verfolgten, was vor ihren Augen geschah. Die Kugel aus Millionen winziger Staubkörner dehnte sich immer weiter aus, und von ihrem Mittelpunkt her entstand immer neuer Staub, der sie ausfüllte. Anna und Nick wichen zurück, als die äußere Hülle ihnen näher kam, doch auf ein Zeichen Bens hin blieben sie stehen und tauchten blinzelnd in die Kugel ein, als diese größer und größer wurde. Ein Funkeln ging von vielen der Staubkörner aus, als wohnte ihnen ein eigenes, inneres Leuchten inne. Doch nach und nach erloschen ganze Regionen, vor allem auf der äußeren Hülle, die am weitesten vom Mittelpunkt entfernt war. »Jedes Leben trägt den Tod in sich, ebenso wie den unbedingten Willen, ihn zu besiegen. Schaut!«

Ben lenkte den Blick von Anna und Nick auf eine Stelle an der Oberfläche der Kugel, die in diesem Moment erlosch. Und gleichzeitig passierte noch etwas: Ein Staubkorn inmitten dieser verdunkelten Region hielt in der Bewegung inne. Während sich die Hülle weiter ausdehnte, stand es in der Luft still wie das allererste, und nach und nach rauschte das Innere der Staubkugel an diesem einen Korn vorbei. Eine Sehne, eine Art Flirren in der Luft, verband es noch mit der äußeren Hülle, bis diese Verbindung schließlich riss.

»Das Volk des alten Mannes«, erklärten die Stimmen gemeinsam, »rettete sich mit diesem Ort des Stillstands vor der Auslöschung.«

»Aber … das dunkle Herz«, setzte Anna an. »Hat es die Sterne verdunkelt?« Sie deutete auf die erloschenen Bereiche der Kugel. »Haben sie es deshalb hier eingeschlossen?«

»Alle Sterne erlöschen irgendwann einmal«, erklärten die Weisen geduldig. »Auch eure Sonne wird erlöschen. Das dunkle Herz war nicht hier, als es geschah und als dieser Ort geschaffen wurde.«

»Wie ist es dann hergekommen?«, fragte Nick. Es war die entscheidende Frage, und alle Stimmen sehnten sich danach, sie zu beantworten.

»Sie haben es erschaffen«, zischten die Anführer. »Zusammen mit uns.«

Wütende Fratzen entstanden oben in der Staubdecke und ließen Staubfontänen nach unten ausschlagen. Sie fingen sie wieder ein. Sie mussten sich mäßigen, der Alte war fast hier.

»Wir haben euch gesagt, dass dieser Ort für sich keine Zeit hat. Zeit ist Bewegung, Veränderung. Zeit ist der Fortlauf der Dinge, der niemals umgekehrt werden kann. Aber dieser Ort ist Stillstand. Sie hatten sich den Tod verewigt, wie einen aufgespießten Schmetterling in einer Vitrine. Leben gibt es nicht im Stillstand.«

»Sie hatten nur die Zeit ihrer schlagenden Herzen mitgebracht«, gab der Chor den Anführern seine Stimme, ehe die Weisen sich in ihren Erklärungen verlieren konnten. »Die Lebenszeit ihres eigenen Volkes. So opferten sie nach und nach wenige unter sich zum Wohle aller. Um Leben zu schaffen, ohne das sie nicht existieren konnten. Opfer, wie sie selbst unter den Menschen lange Zeit und völlig sinnlos üblich waren. Saat-Opfer, Ernte-Opfer, hier waren sie *nicht* sinnlos.«

»Das alles … waren Menschenopfer in einem alten Kult?« Der Junge konnte es nicht einordnen. Er begriff nicht die Dimension.

»Was sie hier zu Beginn gepflanzt haben, ist verkümmert«, sprachen die Allerersten und Ältesten. »Was sie aßen, nährte sie nicht. Sie starben dahin, bis sie lernten, dass sie geben mussten, um zu nehmen. Sie begannen in der Not zu *ernten*.«

»Sie brachten die Toten über ihren Feldern aus«, erklärten die Weisen. »Aus den eigenen Opfern wurden bald fremde. Sie gaben ihren Kindern die reichen Früchte zu essen und freuten sich über alles, was wuchs und sich regte, über Leben und Veränderung, alles, was die Zeit bringt. Sie erzählten ihnen Geschichten eines noblen Volkes. Doch sie lebten in einer gestohlenen Welt von gestohlener Zeit. Und so geschieht es bis heute. Schon seit Zeitaltern laufen die dröhnenden Maschinen, die den Sand und Staub der *Ernte* unter die Erde mischen und die Felder düngen. Wir spüren sie Tag und Nacht, ihr etwa nicht?«

Oh doch, das taten sie. Annas Miene hatte sich verändert. Die Augen waren verengt, das Mädchen war wütend. Nicht so wütend wie sie, das konnte es nicht sein, aber hoffentlich wütend genug, damit es verstehen würde, wenn es so weit war.

»Warum …?«, fragte Nick mit bebender Stimme. »Warum hätte der Alte das fortsetzen sollen? Er ist der Letzte, es gibt kein Volk mehr, und niemand muss hier leben. Warum sollten weiter Menschen sterben?«

»Das dunkle Herz«, antworteten die Weisen, »es begann langsam. Es hat denselben Ursprung wie wir, und es wurde immer stärker. Als sie es bemerkten, war es schon zu spät. Mit jeder kommenden Ernte brauchten sie einen größeren Anteil, nur um es zurückzuhalten. Aber es existiert bloß, weil sie es schufen. Sie ertrugen es nicht, logen sich eine Legende zurecht, und der Alte wusste gar nicht mehr …« Doch damit sprachen sie nicht für alle, und der Satz riss ab. Was hieß es denn, nicht zu wissen. Wie sicher musste man seiner Sache sein, um einen nie abreißenden Strom von Menschen in den Tod zu schicken. »Wenn du der Letzte eines Volkes bist«, kämpften die Weisen unbeirrt darum, die Stimme zu behalten, bevor sich eine Mehrheit bilden konnte, die sie niederrang, »*möchtest* du dann begreifen, dass es ein Volk von Mördern war?«

»Warum hast du … hat Ben mir nichts darüber gesagt?«, fragte Anna. Sie war bleich geworden.

Bens Stimme wollte auf ihre Frage antworten, doch sie trauten ihm nicht. Er würde mehr sagen, als ihm zustand.

»Es ist klarer jetzt, als es jemals war«, erklärte deshalb die Mehrheit. »Das dunkle Herz treibt nun in eurer Welt sein eigenes Spiel. Wir sind frei durch seine Freiheit. Als es noch hier war, gab es kein Denken. Es gab nur den alles erdrückenden, alles beherrschenden Hass. Jetzt wissen wir, jetzt *sehen* wir.«

»Und wie ist es dann entstanden?«, fragte Nick. »Wie kann es so etwas geben?«

»Es ist wie wir«, erklärten sie. »Vielleicht nur Stimmen, die etwas von der Zeit behalten haben, die ihren Körpern geraubt wurde. Vielleicht unsterbliche Seelen, die hier, wo die Schöpfung endet, weder in den Himmel noch in die Hölle gelangen können. Vielleicht leben wir auch nur dank diesem Ort weiter, mit dem wir durch mehr als Blut verbunden sind. Das dunkle Herz war einst eine Vielzahl von Stimmen in unserem Chor, von *vielen* Stimmen, denn nichts schweißt zusammen wie der Hass. Ihre Mehrheit ist immer stärker geworden und wir darüber schwächer. Mit jeder *Ernte*, die dazukam, konnten wir es wieder eine Weile halten, während es die Stimmen aus unseren Reihen riss und sich an uns sättigte. Es ist rachsüchtig, gierig, hungrig, verschlagen und eigensinnig. Es ist menschlich, und deshalb hat der Alte es nie verstanden. Er hat begriffen, dass es etwas jenseits seines Horizonts war, aber das dunkle Herz ist nicht der Grund für diesen Ort gewesen. Es ist die Folge davon.«

Wie auf ein Kommando verlor die Staubkugel ihre Kontur und zerstob in einem diffusen Muster.

Seit dem Moment, da sie vor Ben zurückgewichen war, suchte Anna Nicks Nähe. Sie hatte seine Hand zu fassen bekommen, und irgendwann während Bens Erklärung zog er sie näher zu sich und legte den Arm um sie.

Ihren Bruder so vor sich zu haben, zum Greifen nahe, war wie ein Tiefschlag für Anna. Dass sich Tausende von Menschen, die dem Tod näher als dem Leben waren, seinen Körper teilten, war schwer zu begreifen. Und sie hatte tatsächlich seit seinem ersten Wort, als er ihren Namen gesagt hatte, nicht mehr das Gefühl gehabt, mit ihm selbst zu sprechen. Seine Stimme war dieselbe, aber wie er redete, hatte nichts mit dem zu tun, wie ein Kind sprach. Anna stellten sich die Nackenhaare davon auf.

All die neuen Erklärungen und neuen Zusammenhänge konnte sie kaum einordnen, aber der wahre Ursprung des dunklen Herzens entsetzte sie. Es war schwer für ihren Verstand, aber leicht für ihr Herz gewesen, dieses Wesen oder Gift oder wie immer man es nennen wollte, als etwas Fremdes, Altes, Jenseitiges zu akzeptieren, das sie nun bekämpfen mussten. In Wahrheit schien es die menschliche Antwort auf eine unaussprechliche Tat zu sein, die zur Grundlage dieser Welt geworden war. Sie glaubte nicht, dass der Alte das gewusst hatte, wenn es denn stimmte. Noch vor Wochen hatte er sie dafür verurteilt, dass sie als zum Sterben erwählte Opfer ihr Leben nicht freiwillig hatten aufgeben wollen. Sie sollten doch an die Opfer seines Volkes denken. Und nun schienen das alles Lügen zu sein. Würde er es anzweifeln? Irgendwie konnte Anna sich das nicht vorstellen.

»Spürst du … spürt ihr das dunkle Herz noch?«, fragte Nick. »Wisst ihr, was es tut?«

»Natürlich«, sagte Ben.

Sofort wirbelte der Staub wieder auf zu Schemen. Im ersten Moment dachte Anna, es wären wieder die Tausenden Gestalten der Ermordeten. Doch stattdessen kam der Staub nicht zur Ruhe, sondern tobte in einem Getümmel von Szenen, das um sie herum entstand. Keinen Meter von ihr stürzten mehrere Umrisse in einem Kampf übereinander her, daneben sah sie eine schreiende Frau, die Augen pechschwarz, die irgendetwas Klobiges in die Höhe reckte, das Anna weder identifizieren konnte noch wollte. Und so ging es weiter und weiter, und Anna wollte eben den Blick abwenden, als sie einen Mann erkannte. Ihre Augen weiteten sich angesichts des Körpers, dessen Füße ein paar Zentimeter über dem Boden schwebten, sein Kopf in einer Schlinge, aufgehängt an einem Seil, das der Staub nur andeutete, ehe er sich über dem Mann verlor.

»Lev«, stieß Anna hervor, »nein!«

Sie lief los und tauchte erneut in den Staub ein, ohne ihn zu spüren. Sie achtete nicht auf die anderen Szenen, sondern stob einfach hindurch, und der Staub tanzte um sie herum und fügte sich hinter ihrem Rücken wieder in seine dargestellte Form, ehe er von Nick erneut aufgewirbelt wurde.

»Nein«, schüttelte Anna den Kopf, als sie vor der erhängten Gestalt ankam, und Tränen strömten ihre Wangen hinab. »Nein, nein!«

Die Augen des Russen waren geschlossen und sein Gesichtsausdruck friedlich, fast erleichtert, als wäre mit dem Tod eine Last von ihm abgefallen. Nick und Anna hatten seit ihrer Heimkehr kaum über ihn gesprochen. Sie hatten ihn in der Wüstenstadt gemeinsam mit Jelena gefunden, wie er versucht hatte, ein Schwein zu fangen, und die Polin ihm genervt hinterhergekommen war. Während Jelenas Gefangenschaft hatten sie ihn bei Álvaro zurücklassen müssen, ebenso wie Elif, doch er hatte erst realisiert, was um ihn herum geschah, als er die Überreste des kleinen Pan in der heruntergebrannten Halle gefunden hatte, die Álvaros Schergen angezündet hatten. Danach war er weggelaufen und den Kindern selbst in die Hände gefallen, die seine

Seele schließlich ein Stückweit geheilt zu haben schienen. Doch das dunkle Herz hatte wohl einen Weg gefunden, die Wunden aufzubrechen.

Anna schluchzte. Sie hatte Lev irgendwie immer bei Jelena vermutet, doch er war tot. So wenig sie das begreifen konnte, mit dem Russen würde es kein Wiedersehen geben. Nicks Hand lag auf ihrer Schulter. Sie hatte kaum gespürt, wie er den Arm um sie gelegt hatte.

»Lev hat sich erhängt, drei Tage nach eurer Heimkehr«, sagte Bens teilnahmslose Kinderstimme. Er hatte sich dem Klang nach nicht vom Fleck gerührt. »Das dunkle Herz kennt nur Selbstmitleid und Hass, besonders auf euch. Auf alle Ankömmlinge war es eifersüchtig, und ihr *lebt*. Es liebt nur die Gewalt, die es verkörpert, und es stillt seinen Hunger an der Dunkelheit, die es selbst verbreitet.«

Anna konnte die Worte nur schwer ertragen, zumal aus dem Mund ihres Bruders. Sie weckten Erinnerungen an ihre eigenen Erlebnisse: Wie die Stimmen sie dazu angestachelt hatten, sich gegen Eric zu wehren und ihn zu stoßen, woraufhin er in den Tod gestürzt war. Stimmen, die nun in ihrem Bruder steckten. *Das dunkle Herz und wir sind eins.*

»Elif«, bekam sie hervor. »Steckt es noch in Elif?«

»Nein«, antwortete Ben im selben Tonfall, wie er Levs Todesumstände verkündet hatte. »Nicht mehr als in euch.«

Die Tränen liefen weiter, Anna konnte das Gefühlschaos nicht lichten. Nick wischte über ihre Wangen und schloss sie in die Arme.

»Jelena, Peter«, bekam sie die Namen heraus, die sie seit Wochen beschäftigten, »Poppins, Ruth, die Kleinen, Chloé, Arthur, was ist mit ihnen? Maik … was ist mit ihnen allen?«

Der Staub lichtete sich. Anna meinte schon, sie würden die Antwort nicht bekommen, als die Wolke nach oben wirbelte und in dem Strom verschwand, der über ihren Köpfen weiter Gift in ihre Welt hinübertrug.

»Sie kämpfen«, antwortete Ben, »jeden Tag. Genau wie ihr.«

Anna blinzelte die Tränen aus ihren Augen und entdeckte die wenigen Gestalten, die nicht verschwunden waren. Manche so weit entfernt, dass sie nur Schemen waren, aber Peter kauerte keine zwanzig Meter von ihr am Boden, die Knie angezogen und das Gesicht zwischen den Armen verborgen. Sie erkannte ihn dennoch an seinem glatten Haar und seinem pummeligen Jungenkörper.

Maik war ihnen ebenfalls nah. Der Hüne mit dem Vollbart hatte ein gewaltiges Jagdgewehr geschultert. Sein Kopf war noch immer kahl, und er trug Stiefel und Anorak. Er bewegte sich hastig und wie durch unwegsames Gelände.

Chloé und Arthur waren die einzigen anderen in Reichweite. Die Französin hatte den kleinen Jungen an der Hand, und auch sie eilten voran, ohne sich in dieser Welt von der Stelle zu bewegen. Chloé sah sich immer wieder gehetzt nach hinten um, Arthur hatte Mühe, mitzuhalten. Hautfarben gab der Staub nicht zu erkennen, aber Anna hatte sofort das Bild des schwarzen Jungen vor Augen und wie Chloé sich von Tag eins an um ihn gekümmert hatte wie eine junge Mutter. Es war gut, dass sie zusammen waren, aber wovor liefen sie davon?

»Wo sind sie?«, fragte Anna. »Wie können wir ihnen helfen? Wie können wir es besiegen?«

Sie brachte es nicht über sich, Ben anzusehen, der noch immer ungerührt auf der Stelle stand, als wäre er dort vergessen worden. Ihr Blick wanderte stattdessen noch einmal die Menschen ab, die mit ihnen eine Schicksalsgemeinschaft gebildet hatten und die nun über ganz Europa verstreut waren. Doch Peters kauernde Gestalt zerstob, ebenso wie Maik. Chloé und Arthur einen Moment später. Der Staub verwirbelte und schwebte nach oben in den Strudel.

»Den Kampf mit dem dunklen Herzen muss jeder selbst führen«, erwiderte Ben, und Anna musste an einen Satz des alten Mannes denken. *Der Weg nach Haus führt durch das dunkle Herz, und jeder muss seinen eigenen gehen.* »Ihr könnt es nicht für sie besiegen. Ihr könnt es gar nicht besiegen. Zumindest nicht, wie ihr denkt, und schon gar nicht allein.«

»Der Staub, oder …« Nick sah zu Boden und dachte wohl daran, wie viele Leichen hier aufgebraucht, *geerntet* worden waren, bis nichts als Staub von ihnen übrig gewesen war. Er suchte nach Worten, die er nicht fand. Schließlich schüttelte er den Kopf und sprach einfach weiter. »Das dunkle Herz trägt ihn in unsere Welt. Er vergiftet alles, die Erde und Pflanzen, die Menschen, alles. Könnt ihr es stoppen?«

»Der Staub kommt nicht vom dunklen Herzen«, widersprach Ben, »es benutzt ihn nur. Der Staub kommt von uns.«

»Was?«, wandte sich Nick entgeistert ihrem Bruder zu. »Aber warum sollte …?«

Für Anna setzte sich wieder ein Puzzleteil an eine Stelle, wo sie es nie vermutet hätte. »Ihr habt uns damit gerufen«, murmelte sie vor sich hin. »Es war *kein* Zufall, dass an den Orten, wo wir waren, die Schwachstellen aufgetaucht sind. Die Kirche und später die Demonstration in Ankara und der Salzsee. Ihr habt Elif auch einen Traum geschickt, damit sie den Ort sagen konnte? Wir hätten ihn nicht erkannt!«

»Nichts war Zufall«, bestätigte Ben zumindest einen Teil von Annas Vermutungen und wurde von Nick unterbrochen.

»Aber ihr seht doch alles, was passiert!«, protestierte er und machte dabei eine wütende Geste über die Ebene, die nun still dalag. »Ihr wisst, was ihr damit anrichtet, wie könnt ihr …?«

»Es war nötig«, verteidigte sich Ben, »es ist … nicht wie geplant, aber der Schaden ist nicht zu groß. Die Welt kann noch heilen, und es musste schnell gehen, denn bald ist es vorbei.«

»Was ist vorbei?«, fragte Anna. »Dieser Ort? Warum mussten wir kommen?«

»*WIR*«, schrie Ben fast, ohne dass irgendein Wort nach ihm selbst klang. »*Wir* sind bald vorbei, *zusammen* mit dieser Welt! Wenn sie stirbt, sterben wir mit ihr. Wir sind nicht wie das dunkle Herz, wir sind schwächer, und wir krallen uns nicht um jeden Preis in eure Welt. Aber uns wurde mehr unrecht getan als euch. Nach Mord und Totschlag haben wir eine Ewigkeit in Angst und Dunkelheit gefristet! Es geht zu Ende mit diesem Ort, und *nichts* wird bleiben, auch nicht wir. Wir können den Staub stoppen. Wir können *euch* zurückbringen, aber *wir* sterben!«

»Und WARUM – SIND – WIR – HIER?«, brüllte Anna. »Was wollt ihr von uns?« Sie kämpfte die Wut nieder, die in ihr kochte. Am oberen Rand ihres Sichtfelds brach rieselnder Staub aus der brodelnden Wolke über ihnen, und sie wusste nicht, was passieren würde, wenn Ben endgültig die Fassung verlor. Nicht Ben … die Stimmen. Es machte ihr zu schaffen, ihn so zu sehen. Ben hätte nicht so geredet. Sie hatte mit ihm gesprochen, auf einem Steg, der weit über ihren Köpfen über den Abgrund geführt hatte, und obwohl er noch ein Kind war, hätte er sein Leben gegeben, um zu verhindern, was gerade auf der Erde passierte. Die Stimmen schienen es einfach in Kauf zu nehmen.

»Wir riskieren alles, um dagegen anzukämpfen!«, fuhr sie fort. »Und ihr helft denen, die unsere Welt zerstören? War es nicht auch mal eure Welt? Was wollt ihr hier von uns, wenn ihr dafür so viel opfert?«

Ben zögerte. »Ihr musstet die Wahrheit erfahren.«

Es war eine leere Worthülse. Sie hielten irgendetwas zurück, das spürte Anna. Nach Bens kurzem Ausbruch war er völlig regungslos geworden, als wäre er nicht einmal ganz hier, sondern lausche in den Äther hinein.

»Du sagst, wir können das dunkle Herz alleine nicht schlagen«, sagte Nick schließlich leise. »Aber dass die Welt noch heilen kann. Dann hilf uns. Der Staub muss aufhören. Das dunkle Herz … sag uns, was es tut. Wo ist Álvaro?«

Ben stand auf der Stelle und blickte sie nicht an. Als hätten die Stimmen, die den Körper ohnehin nicht brauchten, um *alles* zu sehen, ihn dort vergessen.

»Und seine Männer, Enzo und die anderen, wo sind sie, und was können wir tun?«

»Sie kämpfen auch«, antwortete Ben abwesend, »wie ihr und

eure Freunde. Aber nicht mehr für das Leben eurer Welt, sondern für ihr eigenes.«

Anna wartete darauf, dass Schemen aus dem Staub aufsteigen und ihre Feinde zeigen würden, doch das geschah nicht. Stattdessen bewegte sich etwas am Boden und schob sich zu mehreren Hügeln zusammen. Es wurde eine liegende Gestalt: Maik, das Gewehr im Anschlag. Anna hatte eben fragen wollen, auf welcher Seite *er* stand, doch Ben beantwortete es, als er fortfuhr.

»Enzo ist tot«, sagte Ben, »so wie alle anderen, die Maik hat finden können. Er wird als Nächstes nach Dublin reisen. Er wird der Spur weiter folgen. Álvaro ist in Barcelona, aber er ist vorsichtig. Das dunkle Herz ist verwundbar in eurer Welt. Es schlägt seine Krallen und Wurzeln in die Erde und will sich festfressen. Wenn der Staub wegfällt, wird es blind sein.«

Maik setzte die Anweisung des Alten also in die Tat um. Er ermordete die Menschen, die das dunkle Herz in sich trugen. Es lief ihr eiskalt den Rücken herunter, als sie ihn dort am Boden beobachtete, wie er mit seinem Gewehr auf Menschen Jagd machte.

»Je mehr sich das dunkle Herz unter die Menschen mischt, desto weniger wird man es von ihnen unterscheiden können. Es wird im Rampenlicht und im Schatten stehen, die Droge und ihr eigener Junkie sein. Wenn ihr nicht wollt, dass es irgendwann die Welt erdrückt, müsst ihr es daran hindern …«

Ben war in einen abwesenden Monolog verfallen, doch jetzt verengten sich plötzlich seine Augen, und die Brauen zogen sich konzentriert zusammen.

»Der Alte ist hier. Es ist Zeit.«

Maik zerstob. Staub rieselte aus dem Strudel über ihren Köpfen, und die Ordnung in der Strömung löste sich auf, als fehlte plötzlich die Kraft, die sie kontrollierte.

»Zeit für was?«, fragte Anna, die spürte, wie ihnen die Situation irgendwie entglitt, als käme es gar nicht mehr auf sie an. Ben reagierte nicht einmal auf ihre Worte. »Zeit für WAS?«

Anna trat näher vor ihren Bruder, der verbissen geradeaus starrte. Seine Mundwinkel verzogen sich plötzlich zu einem schrecklichen Lächeln, und sämtliche Alarmsirenen in Annas Kopf schrillten auf.

»Da bist du«, sagte Ben leise, wie zu sich selbst, als wäre das Ende eines Versteckspiels da.

Anna sah plötzlich eine Spiegelung in seinen Augen, als blickte sie durch ein Fenster auf die Szene, auf die er sich konzentrierte. Da war eine Treppe. Dieselbe Treppe, die sie selbst mit Sinan hinabgestürzt waren, und an ihrem Fuß stand eine Gestalt. Ohne Details zu erkennen, wusste Anna, dass es der alte Mann war. Er schien Ben direkt anzusehen.

»Anna«, rief Nick.

Sie riss die Augen von der Spiegelung los und sah sofort, was er meinte. Überall in der Ebene war ein Abbild der Spiegelung entstanden. Der Staub hatte sich zu Tausenden Zwillingen des alten Mannes geformt, der stand und langsam die zitternden Arme hob. Es wirkte nicht, als beabsichtigten die Stimmen dieses Spektakel, doch sie waren so sehr auf das konzentriert, was dort geschah, dass sie Bens Körper und den Staub hier unten einfach mitrissen, ohne es zu bemerken. Das Gegenüber, das er furchtsam anstarrte, rieselte gerade aus Sand- und Staubkörnern zusammen und erhob sich ebenfalls tausendfach: Elif. Sie stand vor dem Alten und hob den Arm. Plötzlich kam Bens Stimme aus seinem Mund, so zweifellos echt wie vorhin, als er ihren Namen ausgesprochen hatte. »Sie haben gelogen«, sagte er. »Anna, sie haben euch ange…«

Ehe Anna ihn an den Schultern gepackt hatte und ihre Nasenspitze fast seine berührte, waren seine Lippen schon wieder zusammengepresst.

»Ben! Was sagst du da?«, beschwor sie ihn mit rasendem Herzschlag. »Wer hat gelogen, Ben? Was passiert?«

Seine Augen zeigten nichts als die Spiegelung des alten Mannes, dessen Hände beide nach vorne ausgestreckt verharrten, als wollte er einen Geist beschwören.

»Anna, schau, sie hat …«, rief Nick erschrocken. »NEIN!«

Anna sah mit dem Gefühl auf, das sie in dem Moment gehabt hatte, als Ratte die Spritze angesetzt hatte: als raste sie mit einem Zug, den niemand mehr stoppen konnte, auf einen Abgrund zu.

Elif hatte sich in tausendfacher Wiederholung so naturecht aus dem Staub geformt, dass Anna ihre hassverzerrte Miene erkannte und ihre pechschwarzen Augen, in denen das dunkle Herz die Kontrolle übernommen hatte. Sie hatte die Stimmen gefragt, ob es noch in ihrer Freundin steckte. Die Stimmen hatten verneint … und gelogen.

Elifs rechte Hand hielt die Pistole aus Annas Schlafstätte. Sie krümmte den Zeigefinger, und eine donnernde Staubbombe explodierte in einiger Entfernung auf der Ebene, als schlüge die Kugel hier unten ein. Die Detonation zerriss Dutzende Spiegelungen der Szene zwischen Elif und dem alten Mann, der in die Brust getroffen zurückwankte. Mit einer Sekunde Verzögerung tönte das diffuse Echo des krachenden Schusses aus mehreren Hundert Metern Höhe über ihnen. Der zweite Einschlag, wenige Meter von Anna, erfüllte die Luft mit Staub. Sie wurde von der Druckwelle erfasst, duckte sich schreiend zu Boden, während die Wucht der Explosion ihre Ohren bis auf ein schrilles Pfeifen betäubte. Was immer hier unten auf das reagierte, was oben geschah, es drohte sie umzubringen.

Anna spürte Druckwellen von drei weiteren Explosionen in ihrem ganzen Körper. Die Luft glich einer Aschehölle wie nach dem Ausbruch des Vesuvs, und sie wollte trotz ihrer Taubheit nach Nick schreien, doch sie bekam den Mund voll Staub, und es ging in ein keuchendes Husten über, das sich anfühlte, als müsste ihre Lunge davon zerreißen. Der Staub drang in sie vor, als tastete er durch die Luftröhre bis in die Brust nach ihrem Herzen. So, wie er von Rattes Vene aus den Weg ans selbe Ziel genommen hatte. Anna riss sich die Arme vors Gesicht. Wort- und Satzfetzen von tausend Stimmen lagen plötzlich überall in der Luft, während die unnatürliche Stille ihrer Taubheit langsam wieder von dröhnendem Lärm gefüllt wurde. »A-ANNA!«, hörte sie Nicks Schreie durch den Lärm, aber sie konnte nicht sagen, aus welcher Richtung.

»Nick!«, krächzte sie ohne Stimme und spürte, wie ihr Hals sich beim Luftschnappen verengte, als bekäme sie einem Asthmaanfall. Kälte strömte mit jedem Atemzug hinein, so wie in ihrem Traum, und zugleich wurde ihr schwummrig. Sie presste mit der Hand den Stoff ihres Oberteils über den Mund, um den Staub abzuhalten. »Ben!«

Trotz Blinzelns waren ihre Augen verklebt und tränten zugleich. In ihren Ohren rauschte das Blut, während die Geräuschkulisse um sie herum einer riesigen Bahnhofshalle voller Menschen in Panik glich: Hilfeschreie, Rufen, Wut-Laute und Wortfetzen.

Mit jedem Atemzug hatte Anna mehr Mühe, bei Bewusstsein zu bleiben. Noch hielt die Todesangst sie in ihrer kauernden Haltung. Wenn sie in diesem Gestöber zu Boden sank, würde sie binnen Sekunden verschüttet werden und ersticken. Sie hatte keine Luft, um zu schreien, und kroch in die Richtung, in der ihr Bruder eben noch ganz nah gewesen war. Ihre Hände griffen ins Leere. Verzweifelt rang sie nach Luft und brachte nicht mehr als ein ersticktes »Ben« zustande, das sie selbst kaum hörte. Schwarze Flecken breiteten sich in ihrem Sichtfeld aus. In einem Kraftakt kroch sie weiter, blind um sich tastend. Im selben Moment, da ihr linker Ellenbogen einknickte und sie zu Boden sank, stieß ihre rechte Hand gegen etwas. Der feine Sandstaub ließ sie sofort einsinken. Anna kämpfte gegen den Hustenreiz an, und trotz oder vielleicht gerade wegen ihrer ausweglosen Situation, wurde sie ruhig. Der Kampf würde bald vorbei sein.

»Anna.« Bens Stimme war nah, und Anna erkannte buchstäblich unter Tausenden, wie er ihren Namen aussprach. Als wäre der Klang noch tief in ihr abgespeichert und als könnte er Erinnerungen an Geschwistergefühle wecken, die sonst nur Träume aufleben ließen.

Sie tastete mit der Hand weiter und spürte einen Kopf, Haare unter den Fingern. Sie fuhr durch dieses Haar, und unter die Tränen von Sand und Staub in ihren Augen mischten sich Tränen der Liebe.

Ihr Bruder bewegte sich. Sie spürte unter ihrer Hand, wie er den Kopf hob, der dabei kurz an Form verlor. Sand rieselte von seinen Wangen, wie in ihrem Traum, als Ben versucht hatte, sein Gesicht mit den Händen festzuhalten. Er kam näher, und durch Tränenschlieren sah Anna seine Hände, die im Vorwärtskriechen mit dem Sand verschmolzen, wo sie auf den Boden trafen, und sich wieder lösten. Die lähmende Kälte in Annas Brust schwand, und sie konnte wieder Atem holen, doch sie war schwach und hatte Schmerzen in jedem Muskel. Als Ben sich an sie schmiegte, legte sie den Arm um seinen Kinderkörper. Wie klein er war, obwohl er drei Jahre vor ihr auf die Welt gekommen war.

»Sie wollten den alten Mann«, schniefte Ben, und sie verstand ihn. Der Lärm ringsum war dumpf und wie von weit weg, und die Müdigkeit fühlte sich wohlig an. Etwas, in das man sich verkriechen konnte. »Sie hätten alles … für ihre Rache gegeben. Ihre Seele, euch, die ganze Welt … Es tut mir leid …«

»Schhhhhh!«, machte Anna und streichelte seinen Kopf. Die Luft kratzte kaum noch in ihrem Hals. Sie war dankbar, dass sie Ben bei sich hatte, und dass ihr ein quälender Todeskampf offenbar erspart bleiben würde. Sie hätte nur so gern Nick bei sich gehabt, der all das mit ihr durchgestanden hatte. Ihre Augen waren geschlossen, ihr Atem flach. »Nichts muss dir leidtun.«

»Es gab einen Handel … mit dem dunklen Herzen. Es sollte uns den Alten bringen, und es wollte Staub. Sie wollten ihm nur wenig geben, aber als die Verbindung erst geöffnet war … es hat einen Weg gefunden.«

Anna spürte Bens Arm unter ihren Fingern. Wo der stete Wind ihn traf, rieselte der feine Sand. Wie eine Düne wurde Ben langsam abgetragen, und sein Körper fügte sich immer mehr in die Kuhle ein, die Anna für ihn formte. Er verlor sich oder zumindest seinen Körper.

»Das dunkle Herz hat das Kind gefunden ... Peter ... *Er* hat diese Welt erschüttert. Es waren *seine* Schläge ... Er hat sie fast zerstört, und nur er selbst kann es noch aufhalten ... Ich kann euch nur noch zurückbringen, aber ... Peter ist der Schlüssel – so oder so.«

»Nein«, flüsterte Anna, »nicht zurück.« Sie wollte nicht über Bens Worte nachdenken. Peter sollte für all die Zerstörung verantwortlich sein? Es war nicht mehr ihre Sache. Sie wollte nicht mehr, wollte nur noch schlafen.

Anna bemerkte, dass die Kälte in ihrer Brust gänzlich fort war. Sie atmete flach, aber frei, und doch war sie so müde. Sie spürte nichts als bleierne Müdigkeit und Leere, und kein Gedanke war ihr weniger willkommen, als wieder aufstehen zu müssen. »Nicht zurück.«

»Ihr müsst es besser machen als wir oder der Alte ... Ihr könnt es noch verhindern.«

Anna spürte Sonnenstrahlen auf ihren geschlossenen Augen. Alles wurde orange.

»Nein.« Sie bewegte sacht den Kopf hin und her, der immer noch auf Sand lag. Das einzige Kopfschütteln, das sie zustande brachte, doch Ben antwortete nicht. Sie spürte ihn nicht mehr in ihrer Kuhle. Er war fort.

Anna krallte ihre Hand in den Sand.

»Ben, nicht zurück ...«, murmelte sie, »... nicht zurück, ich bleibe bei dir.«

Sie sprach, ohne den Kopf zu heben, und hatte Sand an den Lippen. Die Luft, die sie durch die Nase einatmete, war anders als eben noch. Frischer. Stadtgeräusche drangen an ihre Ohren, Schritte, die näher kamen.

Anna öffnete die Augen nur für einen Schlitz und blinzelte Sandkörner weg. Ein Stück vor ihr verlief ein geschwungener, kleiner Weg vor einer Wiese, die von Baumgruppen unterbrochen wurde. Auf dem Weg ging eine alte Frau mit einem

Hund an der Leine. Sie schaute kurz zu ihr herüber und schüttelte den Kopf. Dann ging sie hastig weiter.

Anna hob mühevoll den Kopf. Rechts von ihr rappelte sich gerade Nick im Sand auf. Aus dem Augenwinkel sah sie Sinan, der bewusstlos schien. Sie lagen im Sandbereich eines großen Spielplatzes, gegenüber einer Wiese. Anna hatte keine Mühe, den Ort zu erkennen. Als sie aufblickte, sah sie den vertrauten Umriss des Einkaufszentrums Boulevard Berlin. Sie sah sich im Fangenspiel über die Wiese stolpern, ihrem Bruder nach, bis er verschwand. Ben hatte sie an den Ort zurückgebracht, wo er selbst vor gut zehn Jahren verschwunden war.

Zuhause

Anna hätte im Nachhinein nicht sagen können, wie lange sie einfach dort liegen geblieben wäre, wenn Nick sie nicht aufgelesen hätte. Er kam an ihre Seite und versicherte sich, dass sie unverletzt war. Danach wandte er sich Sinan zu, der noch immer keine Regung zeigte.

Anna setzte sich in eine ähnliche Haltung, wie sie Peter noch vor Kurzem als Staubfigur vor sich gehabt hatten: die Knie vor die Brust gezogen und in den Armen verschränkt. Die Lethargie und Müdigkeit wich nur zäh aus ihrem Körper, und so war sie dankbar, dass Nick sie vorerst hier sitzen ließ.

Es war eine merkwürdige Sache, mit dem Leben abgeschlossen zu haben und nicht zu sterben. Sie hatte einmal etwas über Kranke mit Todesdiagnosen gelesen, die ihr Testament machten und ihre Dinge regelten, um dann festzustellen, dass es sich um einen Irrtum gehandelt hatte. Die wenigsten nahmen das zurückgenommene Todesurteil mit Freude auf, wenn ein gewisser Zeitpunkt überschritten war. Manche reagierten mit Wut, viele mit vollkommener Halt- und Hilflosigkeit.

Hilflos fühlte sich auch Anna. Sie hatte schon seit der letzten Etappe des Abstiegs nicht mehr mit einer Heimkehr gerechnet, das war ihr jetzt klar. Womit sie gerechnet hatte, war, dort unten irgendeine Art von Endkampf zu führen. Unterstützt, von einer Macht, die sie hergeholt hatte. Von einer Macht, die ihrer inneren Wünschelrute den Weg gewiesen hatte und vielleicht das dunkle Herz in sein Gefängnis zurückholen konnte, um die letzte Konfrontation zu erzwingen, bei der sie vermutlich den Tod fänden, aber bei der es auch zu einem Ende kommen würde. Licht gegen Schatten, wie die Stimmen aus Bens Mund gehöhnt hatten, das weiße gegen das dunkle Herz. Doch es gab kein Ende, sondern nur wieder einen neuen Anfang.

Nick kam zurück an ihre Seite und blickte Anna unsicher an. Sie sah aus dem Augenwinkel, dass auch Sinan saß. Als Anna den Kopf an Nicks Schulter lehnte, legte er den Arm um sie. Anna konnte nicht verhindern, dass ihr wieder die Tränen der Erschöpfung und der Trauer kamen. Und sie spürte, dass auch Nick still weinte.

Ohne dass sie ihren Namen aussprachen, war Elif fast körperlich zu spüren, so sehr waren ihre Gedanken nun bei ihr. Elifs Schicksal und die Macht, die das dunkle Herz dabei demonstriert hatte, überlagerten alles. Dass sie Zweifel an der schnellen Genesung ihrer Freundin gehabt hatten, machte es nicht besser. Hätten sie anders mit ihr umgehen müssen? Hätte es eine Möglichkeit gegeben, ihren inneren Dämon rechtzeitig zu stellen und zu besiegen? Es gab keine Antwort auf diese Fragen, sie machten es nur schlimmer.

Ihren Bruder hatte Anna schon einmal verloren und sich schon einmal von ihm verabschiedet. Sie würde ihn nach dieser Begegnung dennoch mehr vermissen als je zuvor. Der Wind in ihren Segeln war fort, ihr Körper halt- und kraftlos.

»Sind wir in …?«, fragte Nick, als auch er das Boulevard Berlin ausgemacht hatte, vor dem sie im strömenden Regen nach Faní gesucht hatten.

Anna nickte nur. Es war vermutlich Vormittag, denn es war trotz des Hochsommers kühl und nichts los in dem Park, der am Nachmittag von Schülern und Menschen auf dem Hin- oder Rückweg vom Einkaufszentrum bevölkert war. Staub lag in der Luft, und die Wiese wirkte krank. Sie war durchsetzt von braunen Stellen und gelb vertrocknetem, platt getretenem Gras.

»Ben hat gesagt, dass es Peter war«, sagte Anna, »der drüben alles so zerstört hat, sodass immer mehr Staub hierherkommt.«

Nick sah sie überrascht an. Er hatte ja nicht einmal gewusst, dass Ben und Anna noch einmal gesprochen hatten.

»*Peter?*«, fragte er ungläubig. »Wie?«

Anna zuckte mit den Schultern und schüttelte den Kopf. »Ich weiß es nicht.«

»Glaubst du, das dunkle Herz hat ihn …?«

»Nein«, antwortete sie bestimmt. Sie wollte nicht auch nur daran denken. »Sie haben uns Peter mit den anderen Überlebenden im Staub gezeigt. Er saß da zusammengekauert, weißt du noch? Álvaro und Enzo waren nicht dabei. *Die* hat das dunkle Herz.«

»Das heißt, du glaubst, auch Maik ist … er selbst?«

Anna nickte. Maik war ebenfalls Teil der Gruppe gewesen, als Anna die Stimmen nach ihren Freunden und Mitkämpfern gefragt hatte. »Er jagt das dunkle Herz, also kann er doch nicht dazu gehören …«

»Mag sein …«, murmelte Nick.

Anna konnte seine Skepsis gegenüber Maik gut nachvollziehen. Es war schwer, zu vergessen, mit welcher Rücksichtslosigkeit er vorgegangen war, um seine eigene Haut zu retten. Er mochte einer der Gründe sein, dass sie es geschafft hatten, aber er war dabei über Leichen gegangen. Niemals hätte sie erwartet, dass so jemand sich dem dunklen Herzen entziehen konnte und die aufopferungsvolle Elif nicht.

»Aber warum sollte er das gemacht haben«, runzelte Nick die Stirn, »Peter, meine ich. Und wo könnte er sein?«

Wieder zuckte Anna mit den Schultern, aber sie dachte auch nicht wirklich darüber nach. Es war alles noch zu nah, was passiert war, und sie konnte jetzt nicht an irgendeinen nächsten Schritt denken.

Sinan setzte sich zu ihnen. Auch er hatte verwischte Tränenspuren in seinem schmutzigen Gesicht. Nick begann ihm zu erzählen, was nach der letzten Etappe des Abstiegs passiert war. Sinan verstand mit Sicherheit nicht alles. Es wäre ja schon inhaltlich schwer zu verstehen gewesen, auch ohne die Sprachbarriere. Aber er fragte weder nach, noch sprach er selbst von seinen Erlebnissen, und so blieb offen, was er von Elifs Verwandlung oder der Ankunft des Alten mitbekommen hatte.

Anna wusste nicht, ob sie es ertragen hätte, wenn der alte Mann nun bei ihnen gewesen wäre, so hart dieser Gedanke war. Nach allem, was sie erfahren hatten, und all den verlorenen Weggefährten, war es ihr fast lieber, dass sie ihm nie wieder gegenüberstehen musste.

»Ich muss mit meiner Familie sprechen«, sagte Sinan, als er erfuhr, dass er in Deutschland war.

»Mein Akku ist leer«, wandte sich Nick an Anna, »deiner?«

Anna zog ihr Handy hervor. Der Bildschirm blieb schwarz. Sie dachte an ihr eigenes Zuhause hier um die Ecke und konnte nicht umhin, es als Bürde zu empfinden, dass sie ihren Eltern ihre Geschichte würden erzählen müssen. Sie wusste nicht, ob sie die Kraft hatte, sie zu überzeugen, dass es eben *nicht* eine andere, logische Erklärung für alles gab. Dass alles so geschehen war, wie sie sagte, wie verrückt es auch klang, und dass mit ihrer geistigen Gesundheit, bis auf die Spuren der letzten Wochen, alles in Ordnung war.

Hoffentlich hatte Faní mit ihrer Teilnahmslosigkeit und ihren religiösen Ängsten sie nicht zusätzlich verrückt gemacht, während Anna und Nick fort gewesen waren.

»Wie komme ich zu Flughafen?«, fragte Sinan, als er erkannte, dass er nicht würde telefonieren können.

Anna wurde überrumpelt von der Frage.

»Willst du nicht erst mal mit uns kommen zu meinen Eltern?«, fragte sie. »Du kannst da telefonieren und … dich waschen und so. Nicht, dass es am Flughafen Probleme gibt.«

Sinan schüttelte bestimmt den Kopf. »Ich habe Papiere und

Geld in Geldbeutel für Ankara. Habe alles, was ich brauche. Ich muss zu meine Familie, so schnell wie geht.«

»O. k.«, sagte Anna, »du kannst ein Taxi nehmen. Vorne am Einkaufszentrum stehen immer welche. Du kannst dem Fahrer sagen, dass du am Flughafen Geld tauschst, um ihn zu bezahlen.«

Anna musste an ihre eigenen Abenteuer mit den Bussen in Ankara denken.

»Bist du sicher?«, fragte Nick, als Sinan sich erhob und wohl Kopfschmerzen davon bekam, denn er fasste sich mit zusammengekniffenen Augen an die Stirn. Anna war nicht wohl dabei, Sinan so ziehen zu lassen.

»Ich muss«, antwortete dieser auf Nicks Frage.

Sie sah den verzweifelten Ausdruck in seinen Augen. Sie dachte an die Passbilder zurück, die er ihnen von seiner Frau und seiner kleinen Tochter gezeigt hatte, und sie verstand seine Rastlosigkeit. Er hatte während der letzten Tage schon zum zweiten Mal gedacht, dass er sie nie wiedersehen würde.

Nick und Anna standen auf, und Sinan umarmte sie beide.

»Ihr habt mich gerettet«, sagte er und sah ihnen abwechselnd in die Augen. »Erst vor Álvaro, jetzt wieder. Und Elif … Ich vergesse nicht. Ich habe … wartet!«

Er kramte den Geldbeutel, der ihm die Heimreise ermöglichen würde, aus der Hosentasche, und zog eine verknickte Visitenkarte daraus hervor.

Sinan Behar, stand darauf, und darunter in zwei Zeilen: Kurkuaz, Giyim Mağazası und eine Adresse, Telefon- und Mobilnummer.

»Was heißt das?«, fragte Anna und deutete auf die beiden Zeilen unter seinem Namen, während sie die Karte entgegennahm.

»Laden … ich habe Laden für Kleidung«, lächelte Sinan.

Anna musste an den jungen, hippen Verkäufer in Ankara denken, der ihnen bei ihrer verregneten Ankunft nahe dem Hostel Tee angeboten hatte. Die Vorstellung von Sinan in diesem Beruf war absurd, aber so wäre es ihr wohl auch gegangen, wenn sie sich ihn in einem Büro vorgestellt hätte. Sie kannte Sinan nur als Gefangenen zwischen den Welten, eingesperrt von Menschen wie Álvaro und anderen, die ihn vorschnell verurteilt hatten. Vielleicht war ihm als Kurde das nur allzu bekannt vorgekommen. Dieses Mal schien es ihn einfach zur falschen Zeit an den falschen Ort in Ankara gezogen zu haben, und er war vom Regen in die Traufe gekommen. Erneut als Spielball zwischen Mächten, denen es eigentlich um ganz andere Dinge gegangen war: Rache an dem alten Mann.

»Passt auf euch auf«, sagte er.

»Du auch«, erwiderte Nick.

»Wir schreiben dir«, fügte Anna hinzu. »Meld dich, wenn du bei deiner Familie angekommen bist.«

Sinan nickte, dann wandte er sich zur Wiese und machte sich auf den Weg in Richtung Einkaufszentrum. Und Anna fragte sich, ob sie ihn je wiedersehen würde, und wenn ja, wie ihre Welt dann wohl aussehen mochte.

Nick und sie machten sich ebenfalls auf. Annas Hände brannten höllisch, als sie sich aus dem Sand mühte. Sie hätte die wunde Haut vermutlich reinigen und desinfizieren müssen, aber das stand weit unten auf ihrer Liste.

Als sie den kleinen Park verließen, führte Anna Nick nach links und hatte eine Strecke vor sich, die sie kannte, seit sie auf der Welt war. Sie wusste nicht, was passieren musste, dass sie sich auf dieser Strecke nicht mehr wie ein ganz normaler Teenager fühlen würde. Weder ein zehntägiger Kampf ums Überleben in einer anderen Welt noch der Kampf mit den Folgen ihres Entkommens hatten ihr das bisher nehmen können, und sie war froh über das vertraute Gefühl.

Anna wusste nicht, an welchem Tag sie wieder in Berlin gelandet waren, aber wenn die Zeit sich während ihres Aufenthalts drüben nicht über die Maßen beschleunigt hatte, dann musste es Mittwoch sein. Gerade einmal zwei Tage nach ihrem Aufbruch nach Ankara, so schwer Anna das auch glauben konnte.

Nicks und ihre Hand fanden sich, und sie gingen mit vorsichtig verschränkten Fingern weiter bis zum Friseur am Eck, bei dem sie nach rechts abbogen. Die zwei Polizeiwagen, denen sie auf dem Weg begegneten, fielen Anna zwar auf, aber beunruhigt war sie nicht. Es herrschte normaler Verkehr auf der Straße, auch wenn kaum Fußgänger unterwegs waren, und keiner der beiden Streifenwagen war unter Blaulicht unterwegs gewesen. Als sie dann aber um die Ecke bogen, machte Annas Herz einen Satz.

Auch hier parkte ein Polizeiauto an der Straße. Ein Polizist stand zu ihrer Linken am Eingang eines Mehrfamilienhauses. Seine Kollegin, eine Frau mit schulterlangem Haar und blauer Uniform, stieg eben aus dem Auto und musterte sie aufmerksam.

Nick drückte Annas Hand, und sie versuchte, den Schreckmoment zu überspielen und einfach weiterzulaufen. Sie waren schon fast an der Polizistin vorbei, die sie passieren ließ, als Anna ihre Stimme hörte.

»Entschuldigung«, sagte sie, »wohnt ihr zwei hier in der Gegend?«

Anna drehte sich zur Polizistin um, und da sie vor Panik kein Wort herausbrachte, nickte sie eingeschüchtert. Die Frau ließ Anna und Nick nicht aus den Augen, während sie das Auto offen stehen ließ und auf den Gehsteig kam. Sie sprach natürlich Deutsch, und Nick verstand kein Wort. »Bist du Anna Engel?«

Ihr Kollege wandte sich ihnen nun ebenfalls zu.

Anna nickte erneut.

»Was … was ist los?«, hörte sie sich sagen, während Bilder vor ihrem inneren Auge entstanden. Bilder von den Leichen in dem Drogenhaus, das sie in Ankara hinter sich gelassen hatten, nur dass das zerstörte Haus in ihren Gedanken das Haus ihrer Eltern war, und die Leichen … Ihre Eltern hatten sich vor ihrem Übertritt in die Zwischenwelt nicht mehr gemeldet, obwohl sie ihnen noch geantwortet hatte. Konnte Faní …?

»Ist was mit meinen Eltern?«, brachte sie hervor und wiederholte ihre Frage. »Was ist denn los?« Sie spürte das Brennen ihrer verausgabten Muskeln ebenso wenig wie die Müdigkeit, die sie vorhin noch gelähmt hatte.

Die Frau schüttelte den Kopf. »Nein, es geht ihnen gut, aber … Wir bringen euch zu ihnen, in Ordnung?«

»Du bist Nick?«, fragte der Polizist Nick auf Englisch, ehe Anna der Frau antworten konnte. Nick sah Anna hilflos an.

»Ja?«, bestätigte er unsicher.

Die Polizisten setzten eine ernste Miene auf, sagten aber nichts weiter.

»Steigt ein, o. k.?«, forderte die Frau Anna auf. »Wir bringen euch zu deinen Eltern, und dann können wir reden.«

Anna nickte. Sie bewegte sich wie in Trance mit Nick gemeinsam auf das Auto zu. Die Polizei übernahm wohl von hier an, was immer das bedeuten mochte, und sie war heilfroh, dass Sinan sich am Spielplatz von ihnen getrennt hatte. Noch immer konnte sie sich keinen Reim darauf machen, was los war. Wenn ihre Eltern sie vermisst gemeldet hatten, müssten sie dann nicht eher in Ankara gesucht werden? Immerhin waren sie nachweislich ins Flugzeug gestiegen. Oder war etwas anderes geschehen? Was würden ihre Eltern sagen, wenn Faní sie irgendwie angegriffen hatte?

Der Polizist am Steuer fuhr los, ohne dass Anna ihm die Adresse genannt hätte. Währenddessen setzte seine Kollegin den Funkspruch ab, sie hätten »die beiden Kinder« gefunden und brächten sie nun zu den Eltern. Als sie in ihre Straße einbogen, klopfte Annas Herz so sehr, dass ihre ganze Brust von seinem Schlag bebte.

Vor dem Reihenhaus ihrer Eltern parkte bereits ein weiteres Polizeiauto. Das waren zusammen mit den beiden vorhin auf der Straße schon vier. So eine Suchaktion nach nur zwei Tagen? Die Beamtin stieg mit ihnen aus und führte sie an. Anna ging wie auf Watte. Es war ein merkwürdiges Gefühl, von der Polizei nach Hause gebracht zu werden, noch dazu, ohne den genauen

Grund zu kennen. Schon fünf Meter vor den Treppenstufen wurde die Tür aufgerissen. Ihre Mutter stürzte nach draußen, ignorierte die Polizistin und schloss Anna in die Arme, ehe sie etwas sagen konnte. Ihr Rücken bebte, und Anna erwiderte ihre Umarmung.

»Kind«, flüsterte ihre Mutter schluchzend, »ach, Kind!«

Annas Vater erschien wenig später in der Tür und musste sich am Türstock festhalten. Anna sah sein Gesicht über die Schulter ihrer Mutter, blass und von Schlaflosigkeit gezeichnet, aber lächelnd. Mit einem schlechten Gewissen wie nie zuvor in ihrem Leben streckte sie die Hand nach ihm aus, und er kam und ergriff sie.

»Anna«, sagte er ebenfalls leise und schüttelte den Kopf, »was machst du denn?«

Nick stand neben ihnen, die Hände in die Hüfte gestützt, als wüsste er nicht, wohin mit ihnen, und man sah ihm an, wie unwohl er sich fühlte. Annas Mutter löste sich nach einiger Zeit von ihr, hielt aber ihren Arm umklammert, als fürchtete sie, ihre Tochter könnte trotz Polizei einfach wieder weglaufen.

»Nick, es … es tut mir so leid«, wandte sich Annas Vater an ihn. »Es ist furchtbar!«

Nick ließ die Hände sinken. »Was … ist etwas mit Faní?« Er tauschte einen vorsichtigen Blick mit Anna, die nicht mehr verstand. War die alte Griechin noch einmal weggelaufen, ging es darum?

»Wir dachten, ihr wüsstet es bestimmt«, sagte Annas Mutter mit brüchiger Stimme. »Es ist überall in den Nachrichten.«

Die Polizistin räusperte sich. »Sollen wir uns drinnen unterhalten?«, fragte sie mit Nachdruck.

Annas Vater nickte. »Natürlich.«

Sie setzten sich in Bewegung, und Annas Mutter ließ ihre Tochter auch auf den Stufen zur Haustür nicht los. Ihre Eltern sahen beide furchtbar aus, übermüdet und ausgezehrt, und es zerriss Anna das Herz. Sie hatte während der letzten Jahre miterlebt, wie ihre Eltern sich nach und nach mehr schlecht als recht von Bens Verschwinden erholt hatten. Nun hatte sie selbst die beiden um Jahre der Angstbewältigung zurückgeworfen.

Drinnen warteten zwei weitere Polizeibeamte auf sie, die schon während des Funkspruchs aus dem Streifenwagen bei ihren Eltern gewesen sein mussten.

»Hatten sie nichts bei sich?«, fragte der ältere Beamte zunächst die Polizistin, die den Kopf schüttelte. Erst in diesem Moment fiel Anna selbst ein, dass ihre Rucksäcke noch in einem Hostel in Ankara lagen. Zum Glück betraf das nicht den Geldbeutel mit Ausweis und der Kreditkarte ihrer Eltern.

Dann wandte sich der Mann mit dem grau-schwarzen Haar ihnen zu. »Gut, dass ihr da seid.«

Anna hätte trotz der Situation beinahe geschnaubt. Es war eine perfekte Begrüßung dafür, dass sie mit Zwischenhalt in einer anderen Welt auf dem Expressweg aus Ankara plötzlich mitten in der Nachbarschaft gelandet waren und dabei mehrere Leichen zurückgelassen hatten: *Gut, dass sie hier waren.*

»Mein Name ist Jabowski«, fuhr der Polizist fort, »das ist mein Kollege, Kommissar Schneider. Wir haben gerade noch mal mit deinen Eltern gesprochen, die sich gestern Nachmittag bei uns gemeldet haben, nachdem sie mitbekommen haben, was passiert ist.«

Er sprach Deutsch, und Nick meldete sich unsicher auf Englisch zu Wort.

»Entschuldigung, ich … würde jetzt gerne wissen, was passiert ist.«

»Nick spricht kein Deutsch«, fügte Anna erklärend hinzu.

»Natürlich«, erwiderte der ältere Beamte und nickte seinem Kollegen, Kommissar Schneider, zu, einem jüngeren Polizisten, der wenig glücklich über seine neue Aufgabe schien.

»Ja, setzen wir uns doch vielleicht«, antwortete er gehorsam auf Englisch.

Die Familie nahm mit Nick um den Tisch Platz, wo dieser vor vier Tagen noch seine Tasche voller Mitbringsel ausgepackt hatte. Anna entdeckte das Honigglas mit den Nüssen in der angrenzenden Küche auf der Anrichte.

»Nick«, ergriff Kommissar Schneider wieder das Wort, »Frau Papoulia, deine Tante, ist gestern Mittag tot aufgefunden worden.«

Nick war schon über die letzten Schritte ins Haus immer blasser geworden. Jetzt war er kreidebleich, und auch Anna sank das Herz in die Hose. Sie saß an seiner Seite, daneben ihre Mutter und ihr Vater. Die Polizistin, die sie gebracht hatte, war wieder zu ihrem Kollegen rausgegangen. Sie hätte am Tisch ohnehin keinen Platz mehr gehabt.

»W-Wie ist das passiert?«, fragte Nick betroffen.

»Wir stehen noch ganz am Anfang«, erwiderte der Polizist. »Aber sie saß in einer der Kirchenbänke im Guten Hirten. Als die ... Kirchdienerin sie dort fand, war sie bereits tot.«

Die alte Griechin war an den Ort zurückgekehrt, an dem sie schon einmal Zuflucht gesucht hatte. Hatte sie die Verbindung nach *drüben* ebenfalls gespürt? Oder war es nur ihre Religiosität gewesen, die sie erneut dorthin gezogen hatte? Eine lange Pause folgte auf die Worte von Kommissar Schneider.

»Faní ist ... sie war nicht meine Tante«, sagte Nick schließlich zögerlich.

Annas Eltern blickten ihn verwirrt an, aber Anna war trotz der Verwirrung froh, dass er die Lüge aufklärte. Wenn Faní tot war und die Polizei das untersuchte, würde es früher oder später sowieso herauskommen. Offenbar ließen sie die Leichen nicht nur hinter sich, nun warteten diese schon entlang des Wegs.

Hatte Faní sich irgendwie selbst das Leben genommen, wie Lev? Oder war sie an den Spätfolgen ihrer psychischen Folter gestorben?

»Wie meinst du das?«, fragte der Polizist stirnrunzelnd. Er musste so Ende zwanzig sein, hatte helle Bartstoppeln und freundliche Augen.

»Sie ist *wie* eine Tante, eine Freundin der Familie, aber wir sind nicht verwandt«, antwortete Nick. »Meine …« Er streifte Annas Eltern mit einem Blick wie von einer Maus in der Falle. »Meine Eltern sind auch nicht tot.«

Die beiden Polizisten tauschten einen Blick. Sie wussten vermutlich gar nicht, wovon er sprach, denn Anna hatte in dem Brief an ihre Eltern ja aufgeklärt, dass Nicks Eltern lebten. Ehe Anna das aufklären konnte, meldete sich Kommissar Schneider zu Wort.

»Warum hast du behauptet, dass sie deine Tante ist?«, fragte er.

»Es war meine Idee«, erlöste Anna Nick aus dem Verhör. Es war ja tatsächlich sie gewesen, die den Einfall mit Nicks Eltern gehabt hatte. »Ich habe das auch zu meinen Eltern gesagt, dass Nicks Eltern gestorben sind. Es tut mir leid.« Sie sah den jungen Polizisten an, weil sie es nicht schaffte, ihren Eltern dabei in die Augen zu blicken. »Ich weiß nicht, ob Sie wissen, dass mein Bruder vor vielen Jahren verschwunden ist?«

Der Ältere von ihnen nickte.

»Vor ein paar Wochen war ein Gedenkgottesdienst, und danach haben wir hier in der Familie vieles verändert. Ich hab mich … vielleicht reingesteigert. Ich wollte meinen Eltern zeigen, dass ich es auch ernst meine, und ich wollte, dass sie Nick gleich mögen … die ganze Geschichte war total daneben, und wir haben es selbst gemerkt, aber da war es schon zu spät.«

Anna wollte ihren Eltern eigentlich die Wahrheit erzählen. Sie war bereit dazu, doch nicht vor diesen Polizisten. Sie mussten sie loswerden, denn Anna sah sie nur als weitere Hindernissteine auf ihrem Weg, die alles komplizierter machen würden.

Der ältere, ergraute Polizist zog die Augenbrauen hoch. Anna konnte sich vorstellen, was seine Gedanken waren: eine verantwortungslose Teenagerin, vielleicht noch immer durcheinander von ihrer ganzen Vorgeschichte. Und nun dachte sie sich irgendein Hirngespinst für ihre Eltern aus, damit sie ihren Internetschwarm zu sich nach Hause bekam und sich mit ihm aus dem Staub machen konnte. Ein Schrei nach Aufmerksamkeit, die sie in ihrer Kindheit nie bekommen hat, weil die Eltern nur mit ihrem verschwundenen Bruder beschäftigt waren. Anna kannte alle Varianten der Küchenpsychologie zu ihrer Vergangenheit zur Genüge. Wussten die Polizisten von Ankara? Oder nur, dass Nick und sie sich fortgestohlen hatten, ohne es mit Annas Eltern abzusprechen?

»Anna.«

Sie wandte sich ihrem Vater zu, und der verletzte Ausdruck in seinen Augen ließ sie innerlich zusammenzucken. Ihre Augen füllten sich mit Tränen.

»Es tut mir leid!«

Sie verbarg das Gesicht, als die Tränen kullerten. Die Hand ihrer Mutter auf ihrem Arm blieb.

»Nick, warum ist Frau Papoulia mit dir gereist, als du Anna besuchen gekommen bist?«, fragte der Polizist.

Nick seufzte.

»Es ging ihr schlecht. Sie hat nicht mehr gewusst, wer sie war, und was um sie herum passiert ist. Sie konnte nicht mehr allein leben, und meine Eltern haben keinen Platz, wir sind fünf Geschwister.«

Anna riss sich zusammen und bekam die Tränen in den Griff, während Nick fortfuhr.

»Sie hat wenig Geld, und das Heim ist furchtbar, sie hat immer gesagt, sie will da nicht hin. Ich habe gedacht, in Deutschland ist es sicher besser. Also habe ich sie mitgenommen.«

»Ich wollte ihm helfen«, versicherte Anna, dass alles abgesprochen war.

Anna erkannte in Nicks Geschichte eine Abwandlung dessen, was Annas Eltern sich vor ein paar Tagen selbst zusammengereimt hatten. Die Polizisten gaben nicht zu erkennen, was sie davon hielten, und Anna konnte nicht einschätzen, ob ihre Eltern die neue Variante glauben oder zumindest ahnen würden, dass das alles nur eine Fassade war. Sie hoffte sogar, dass sie etwas ahnten, denn der Ausdruck im Gesicht ihres Vaters machte ihr noch immer zu schaffen.

»Wir brauchen die Kontaktdaten deiner Eltern, bitte«, sagte der Polizist zu Nick, »schreibst du sie mir hier auf?«

Er hielt Nick einen Block und Stift hin, und Nick begann zu schreiben. Annas Gedanken rasten. Seine Erzählung würde ihnen vielleicht Zeit bringen, in der die Polizei sie in Ruhe lassen würde, doch nur, wenn Nicks Eltern nicht sofort aufklärten, dass sie mit einer Frau namens Faní Papoulia im Leben noch nichts zu tun gehabt hatten.

»Danke«, sagte der Polizist, als Nick ihm den Block wieder zurückgab.

»Ich glaube«, sagte Annas Vater, »das sollte fürs Erste reichen, oder? Sie sehen ja selbst, dass die beiden ganz schön durch den Wind sind.«

Der ältere Polizist nickte und kommentierte nicht, wie sehr »durch den Wind« Annas Eltern selbst wirkten.

»Ja, natürlich. Es wird sicher am Nachmittag noch mal jemand vorbeikommen.« Er fragte nicht, ob das in Ordnung wäre. »Bis dahin haben Sie bestimmt einiges zu besprechen. Vielen Dank schon mal für Ihre Mithilfe! Wenn etwas ist, können Sie jederzeit unter der Nummer anrufen, die ich Ihnen gegeben habe.«

Kommissar Schneider nickte Anna und Nick im Aufstehen zu, der Ältere würdigte sie keines Blickes mehr. Wut meldete sich in Annas Bauch, angesichts dessen, wie wenig dieser Mann über das wusste, was *tatsächlich* geschah, und wie er sie offensichtlich dennoch abstempelte. Aber gemessen an dem, was sie vorgebracht hatten, war es wohl kein Wunder, und letztlich hatte Anna es mit dem Hinweis auf ihre Vorgeschichte ja selbst in diese Bahn gelenkt. Sie hätte dem Mann am liebsten alles um die Ohren gehauen, nachdem er doch zu den Leuten gehörte, die die Welt in Ordnung halten sollten. Aber dann hätte er endgültig sein Bild von einem übergeschnappten Teenager bestätigt gesehen, der keine Grenzen für seine Geltungssucht aufgezeigt bekam.

Schlimmer als die Wut in Annas Bauch war ohnehin die Scham über den Blick ihres Vaters. Sie würde ihnen bald die

Wahrheit erzählen müssen, mit vollkommen ungewissem Ausgang.

Annas Vater brachte die Polizisten zur Tür, und die Stille, die am Tisch zurückblieb, war so greifbar, dass man sie hätte schneiden können. Als die Tür draußen hinter den Polizisten ins Schloss fiel, sprang Nick auf.

»Ich muss ... kann ich ...?«, stammelte er, ohne Annas Mutter in die Augen zu sehen. »Dürfte ich meine Eltern in Griechenland von Ihrem Telefon aus anrufen?«

»Aber natürlich«, sagte Annas Mutter, »es ... es tut mir sehr leid für deine Familie, aber ...« Sie seufzte. »Wir reden ja sicher noch darüber.«

Nick wandte sich zur Tür und stand vor Annas Vater, der ihn passieren ließ. Die Lippen ihres Vaters waren dünn wie ein Strich. Sie hatte ihn so noch nie gesehen: Er war kein aufbrausender Mann, aber *das* war beängstigender als jeder Wutanfall.

»Anna, was weißt du über diese Frau, die ihr hier zurückgelassen habt?«, fragte er mit zitternder Stimme.

»Frank«, meldete sich Annas Mutter zu Wort, doch er achtete nicht auf sie.

»War das eben die Wahrheit, was ihr der Polizei erzählt habt?«

»Nein«, antwortete sie und hielt seinem Blick stand, als er mit erhobenen Händen gestikulierte, ob sie den Verstand verloren hätte. »Papa, ich konnte euch nicht alles sagen, als wir losmussten, und ich konnte vor den Polizisten nicht alles sagen, weil sie kein Wort davon geglaubt hätten. Ich sag euch alles, aber *bitte* schau mich nicht so an. Ich hab die Hölle hinter mir!«

Der letzte Satz ging schon wieder in Schluchzen unter, ohne dass sie es verhindern konnte, und das brachte die harte Miene ihres Vaters zum Einsturz. Beide, Annas Mutter und Vater, kamen zu ihrem Stuhl und nahmen sie in den Arm, und Anna hielt sich fest und ließ jede Fassung fallen, die sie vor den Polizisten noch hatte wahren wollen. Sie schluchzte und heulte schlimmer, als es ihre Mutter bei ihrem Wiedersehen getan hatte.

Annas Mutter streichelte ihren Rücken, und es dauerte eine Zeit, in der sie Nick, der nun wohl selbst mit seinen Eltern zu kämpfen hatte, draußen hektisch Griechisch sprechen hörte. Schließlich hatte sie sich so weit gefangen, dass sie sich zutraute zu reden, und löste sich von ihren Eltern.

Die beiden setzten sich neben Anna an den Tisch, und Annas Vater schenkte sich Wasser in ein Glas. Er sollte es während der kommenden Stunde nicht anrühren.

»Es hat mit der Trauerfeier angefangen«, begann Anna. »Bens Trauerfeier. Es ist etwas mit mir passiert, während der Schweigeminute.« Sie beschrieb, wie ihr schwarz vor Augen geworden war und sie sich plötzlich in jener Wüstengegend wiedergefunden hatte. In groben Zügen schilderte sie ihre Erlebnisse mit Nick, Jelena und Lev und alles, was geschehen war. Während ihre Eltern am Anfang noch stellenweise einhakten, verfielen sie bald in Schweigen, und Anna redete allein. Sie lauschten fast schon erstarrt, was ihre Tochter zu erzählen hatte.

Nach einer halben Stunde stieß Nick am Tisch dazu, ohne dass er verstehen konnte, was Anna auf Deutsch sagte. Sie verkürzte vieles, nicht zuletzt Álvaros diktatorisches Gehabe und die Kämpfe, die es zwischen den Fraktionen gegeben hatte. Die Opfer wollte sie indes nicht verschweigen. Weder das des kleinen Jungen Pan, der in einem Feuer sein Leben verloren hatte, noch das von Eric, dem ein Unglück in der Auseinandersetzung mit Anna den Tod gebracht hatte. Anna sparte Ben lange aus, weil sie wusste, dass es für ihre Eltern ab diesem Moment um nichts anderes mehr gehen würde. Schließlich erzählte sie von Bens Kinderschrift und seinem Namen an der Kirchenmauer.

Annas Mutter erwachte aus ihrer Erstarrung. »Aber … Anna, das ist …«

»Ich habe seine Stimme gehört«, erwiderte Anna, »er war dort, und er hat uns geholfen, den Rückweg zu finden. Ich weiß, das klingt alles vollkommen absurd, und wenn ihr nichts davon glaubt, dann verstehe ich das, aber so hab ich es erlebt, ich kann es euch nicht anders sagen. Und wenn ich den Verstand verloren habe, dann ist es so, aber so hat es sich angefühlt, so ausgesehen, so geschmeckt und gerochen, *so war es*, genauso wie ihr hier vor mir sitzt.« Sie ließ ihre Eltern nicht zu Wort kommen, weil sie Angst davor hatte, ihnen anzuhören, dass sie sie nicht ernst nehmen konnten.

»Ich hatte Träume, nachdem ich wieder hier war. Ich hab die Wiese hinter dem Boulevard Berlin wiedergesehen.«

Die Wangen von Annas Mutter waren nass, ohne dass sie ein Geräusch beim Weinen machte, und Annas Vater stand auf und stellte sich hinter seine Frau. Er legte die Hände auf ihre Schultern, und auch seine Augen waren feucht. Anna fragte sich für einen Moment, wann ihnen allen die Tränen ausgehen würden ...

»Ich habe noch mal gesehen, wie er verschwunden ist, während wir Fangen gespielt haben. Ich hab ihn gerufen, und du bist angerannt gekommen.«

Annas Mutter zuckte zusammen, als hätte sie die mühsam verdrängte Szene plötzlich selbst wieder vor Augen.

»Er ist ...« Anna holte tief Luft. »Er ist *drüben* gestorben. Ich konnte noch mit ihm reden, und dasselbe wäre mit uns passiert, wenn er uns nicht einen Fluchtweg geöffnet hätte.«

Anna betrachtete ihre Eltern und wartete auf eine der Reaktionen, die sie sich ausgemalt hatte. Entweder sie würden wütend sein, sie hinterfragen und nach Lücken und Fehlern ihrer Erzählung suchen, um ihre Lügen aufzudecken und eine vermeintliche Wahrheit ans Licht zu holen, die sie wohl zu vertuschen versuchte, die es aber nicht gab. Oder sie würden voll Sorgen sein und darauf bestehen, sofort wieder die Polizei zu rufen, denn es gebe doch hunderttausend fähigere und geeignetere Menschen, mit dieser Gefahr umzugehen, als ihre Tochter.

Doch ihre Eltern hinterfragten nicht und bestimmten nicht, sondern standen und saßen einfach nur da und wirkten völlig verloren. Beschäftigt mit den eigenen Tränen und dem Versuch, sich gegenseitig Halt zu geben.

Annas Vater wischte sich zum wiederholten Mal über die feuchten Augen und über das müde Gesicht und starrte nun ins Leere.

»Und … was ist das für eine Gefahr, die es jetzt gibt?«

Seine Stirn verriet Anna, wie konzentriert er nachdachte, und sie spürte den Konflikt in ihm.

Seine Tochter erzählte ihm Dinge, die er unmöglich glauben konnte und die doch wahr sein *mussten*, wenn er nicht plötzlich einen völlig fremden Menschen vor sich hatte. Was würde letztlich siegen, das, was ihm sein Verstand sagte, oder sein Vertrauen in sein Kind?

»Ich spreche auf Englisch weiter, o. k.?«, bat sie. »Damit Nick uns versteht.«

Ihr Vater nickte und sah weiter völlig verloren aus.

»Es gibt einen Staub«, fuhr Anna auf Englisch fort, »die andere Welt ist fast zerstört und … blutet aus. Nur wir, die *drüben* waren, können es sehen, aber dieser Staub ist überall in der Luft, und er ist wie Gift … er hat schon viel Schaden angerichtet. Er macht das Pflanzenleben kaputt, glaube ich, und er macht die Menschen irgendwie aggressiver.«

Anna hatte nicht vom dunklen Herzen selbst gesprochen. Sie hatte das Gefühl, dass es für ihre Eltern vieles komplizierter und wenig verständlicher machen würde.

»Ohne dass jemand das bemerkt?«, fragte ihr Vater mit seinem konzentrierten Blick, der ebenso Skepsis ausdrücken konnte wie seinen Versuch zu verstehen.

Fast wäre ihr herausgerutscht, dass sie es sehr wohl bemerkt hatten, als sie in Ankara der Zerschlagung der Demonstration zugesehen hatten oder als sie vor einem Drogendealer über einen Salzsee geflohen waren, aber sie hielt sich zurück.

»Das Problem ist, dass es niemand sieht außer uns. Und es macht hauptsächlich überall dort die Dinge schlimmer, wo es sowieso schon Kämpfe oder Katastrophen gibt. Wo es in beide Richtungen gehen kann und dann immer die schlechte Wendung nimmt. Vielleicht in der Türkei, auf jeden Fall in Barcelona …«

Zumindest in Barcelona beschränkte sich das dunkle Herz keinesfalls auf die Rolle des Anheizers. Seit die Stimmen ihnen verraten hatten, dass Álvaro dort war, war sich Anna sicher, dass er etwas mit dem brutalen Mord an diesem katalanischen Studenten zu tun hatte, der den Streit mit Madrid in eine neue Spirale der Gewalt geführt hatte. Aber der zweite Grund, warum sie diese Dinge nicht konkret aussprach, und warum sie auch ihre geschundenen Handflächen vor ihnen verbarg, war, dass sie ihren Eltern nicht noch mehr über die Gefahren verraten wollte, in der vor allem sie und Nick und die anderen nach wie vor schwebten. Natürlich würde das nur einen Unterschied machen, wenn ihre Eltern ihr am Ende überhaupt glauben würden, und Anna hatte nicht das Gefühl, dass das schon entschieden war.

»Wir waren ja in der Türkei, um Freunde von uns zu treffen, die mit uns *drüben* waren«, lenkte sie das Gespräch in andere Bahnen. »Faní war eine davon. Nick hatte sie aus Griechenland hierher mitgebracht.«

»Sie ist keine Freundin der Familie, wie ich behauptet habe«, erklärte Nick an dieser Stelle. »Ich hab sie vor ein paar Wochen in der anderen Welt zum ersten Mal gesehen und nach unserer Rückkehr wiedergefunden. Es ging ihr dort schon nicht gut, hier noch schlechter ... Wir wollten uns alle sammeln, aber es war vielleicht zu viel für sie. Ich hätte sie in Griechenland zurücklassen sollen.«

Die Reue in seinen dunkelbraunen Augen war echt. Doch Annas Eltern tauschten einen Blick, den sie nicht deuten konnte.

»Wir haben unsere Freunde in der Türkei gefunden«, griff sie den Faden auf. »Wir wollen etwas tun, vielleicht eine Friedensbewegung gründen. Etwas, das die Folgen bekämpft.«

Nick konnte einen kurzen, erstaunten Blick nicht verbergen. Anna entfernte sich von der Wahrheit, das war ihr klar, aber sie wollte ihren Eltern irgendein Bild von dem geben, was sie taten, das ihnen nicht den Eindruck verschaffen würde, dass sie noch immer in Lebensgefahr schwebten. Es gab genug für sie zu verarbeiten, auch ohne dass sie der Ansicht waren, Nick und sie versuchten in einer Art Action-Abenteuer als Indiana-Jones- und Lara-Croft-Verschnitt das Ende der Welt zu verhindern.

»Wir stehen ganz am Anfang. Es tut mir wirklich leid, dass alles so überstürzt war, aber wir mussten schnell los, sonst hätten wir die anderen vielleicht nicht mehr gefunden.«

Annas Vater hob die Hand, und sie verstummte.

»Es ist … ich glaube, wir müssen mal eine Pause machen«, seufzte er. »Es ist ganz schön viel alles …«

Anna nickte. Es war wohl das Beste, ihnen jetzt etwas Luft zu geben.

»Ich muss mich umziehen«, sagte sie. »Wir gehen nach oben, o. k.?«

»Ja, ich auch«, stimmte Nick mit einem Blick auf seine zerschlissene Kleidung zu, doch dann fiel ihm wohl ein, dass er nichts mehr anzuziehen hatte. »Ich … hab keine Sachen.«

»Anna zeigt dir meinen Schrank«, erwiderte Annas Vater ohne Weiteres.

Anna und Nick erhoben sich, und sie war dankbar, dass ihre Eltern keinen Ärger gegenüber Nick zu erkennen gaben. Es war gut, dass es den gemeinsamen Ausflugstag mit Nick und ihnen hier in Berlin gegeben hatte. So hatten sie, bevor das alles nun auf den Tisch gekommen war, noch einen unbelasteten ersten Eindruck von ihm bekommen und ihn ja auch wirklich ins Herz geschlossen.

Sie suchten oben Sachen heraus, Nick bekam eine kurze Hose und ein T-Shirt ihres Vaters, das ihm deutlich zu groß war, und dann duschte zunächst Anna und nach ihr Nick.

Ihre Handflächen schmerzten weniger als befürchtet, als sie kaltes Wasser darüber laufen ließ. Sie fühlte sich seltsam, während sie unter der Dusche stand. Einerseits befreit, vor allem im Gegensatz zu ihrer letzten Dusche hier, als sie gerade Faní wiedergefunden hatten, und sie ihren Eltern Rechenschaft schuldig gewesen war. Da war sie noch nicht bereit gewesen, ihnen alles zu erklären. Dass sie es nun getan hatte, nahm zumindest eine Last von ihren Schultern.

Doch zugleich spürte sie noch immer die Leere angesichts Elif und Lev. Nun war mit Faní eine weitere von ihnen gestorben: Sie wurden immer weniger. Und sie suchten jetzt schon so lange nach einem Mittel, mit dem sie diese Welt mit einem Schlag von der Dunkelheit befreien konnten. Sie hatten Hoffnungen in den Alten gesetzt, und der war tot. Anna hatte dem Gefühl vertraut, dass etwas sie nach *drüben* rief, und auch das war vergeblich gewesen. *Ihr könnt es nicht besiegen*, hatten ihre Vorgänger inmitten des eigenen Staubs aus Bens Mund verkündet. *Zumindest nicht, wie ihr denkt, und schon gar nicht allein.*

Nachdem sie beide fertig geduscht hatten, wäre Anna am liebsten ins Bett gekrochen. Die Müdigkeit war zurück, und sie spürte, dass ihr Körper sie bald einfach im Stich lassen würde. Als sie die Treppe herunterkamen, konnten sie das Gespräch von Annas Eltern am Tisch hören. Anna vermochte den Tonfall nicht zu deuten und wollte auch nicht lauschen. Als sie hereinkamen, stand ihre Mutter auf und schloss Anna wieder in die Arme. Das würde wahrscheinlich noch eine Weile so gehen, vermutete sie, und ließ es gerne geschehen.

»Du siehst müde aus«, sagte ihre Mutter besorgt.

»Ihr auch«, erwiderte Anna, und ihr Vater lächelte.

Es war Zeit, fand Anna. Zeit festzustellen, wie sie sich entschieden: Für ihr Weltbild, ihren Verstand, alles, was sie zu wissen glaubten, oder für das Vertrauen in ihre Tochter und deren Urteilsvermögen. Und damit in gewisser Hinsicht auch für den Wahnsinn.

Doch was ihr Vater sagte, entschied einerseits nichts und mischte die Karten andererseits doch völlig neu.

Er seufzte tief und sagte: »Faní ist erschossen worden.«

Vertrauen und Verrat

»Es ist im guten Hirten passiert, wie die Polizisten gesagt haben«, fuhr er fort, während Nick und Anna beide vor ihm standen wie vom Donner gerührt. »Ich weiß nicht genau, warum sie die Mordermittlungen nicht erwähnt haben. Vielleicht wollten sie euch noch nicht damit belasten ... aber es ist schon in den Nachrichten, und sie überprüfen alle Waffenbesitzer in der Gegend. Ich glaube ehrlich gesagt, dass sie sich überhaupt keinen Reim darauf machen können. Und ich kann es auch nicht.«

In Annas Kopf rasten die Gedanken. Wer konnte Faní umgebracht haben? Sie war hier, weil das dunkle Herz sie nach all der Folter wieder ausgespuckt hatte und weil der Alte sicher gewesen war, dass sie keine Bedrohung darstellte. Wer außer ihnen wusste überhaupt, dass sie hier war?

Anna hatte in den letzten Stunden zwei Menschen mit Waffen erlebt. Eine davon war Elif gewesen, und wenn nach dem Übergriff des dunklen Herzens und ihrem Anschlag auf den Alten noch etwas von ihr übrig war, was Anna irgendwie nicht so recht glauben konnte, dann wäre es doch niemals so ohne Weiteres zurück in diese Welt gelangt. Noch dazu hätte Elif viel früher hier erscheinen müssen als Nick und sie, um Faní *gestern* zu töten.

Es blieb Maik, der Jäger, den sie mit Gewehr im Anschlag im Staub hatten liegen sehen. Aber wieder, wie hätte er wissen sollen, dass Faní hier war? Vom alten Mann? Und wenn sie miteinander gesprochen hatten, musste der Alte ihm doch auch gesagt haben, dass von Faní keine Gefahr ausging. Zweifelte Maik an dessen Urteil?

»Die Nacht von Montag auf Dienstag war schlimm«, erklärte Annas Mutter. »Wir haben uns solche Sorgen gemacht, als wir herausgefunden haben, dass ihr in die Türkei geflogen seid, und wir wussten nicht, ob wir die Polizei anrufen sollen. Deine …«, wandte sie sich an Nick und wollte wohl Tante sagen, korrigierte sich aber. »Faní lag im Gästezimmer und hat immerzu Geräusche gemacht, gestöhnt. Sie hatte wohl Albträume. Wir haben selbst nicht geschlafen, und am frühen Morgen wurde es ruhiger in ihrem Zimmer. Da haben wir sie schlafen gelassen. Sie muss gegangen sein, als wir am Vormittag im Garten waren. Wir hatten deine Nachricht bekommen, Anna, und wir haben überlegt, was wir tun können. Als wir die offenen Türen beim Reingehen entdeckt haben, sind wir sofort zur Kirche gefahren. Da war schon überall Polizei. Als wir begriffen haben, was passiert ist, haben wir uns gemeldet.«

Anna hörte die Worte ihrer Mutter und hörte sie doch nicht. Ihre Gedanken kreisten um Maik, der mit einem Jagdgewehr in dieser Welt unterwegs war. Sie war sich so sicher gewesen, dass er für *ihre* Seite kämpfte, nachdem die Stimmen das so dargestellt hatten. Doch nach und nach kristallisierte sich ein grauenhafter Gedanke in ihrem Kopf heraus. Was, wenn sie damit, dass er Faní misstraut hatte, noch zu kurz dachte? Wenn Maik sichergehen und kein Risiko eingehen wollte, wie sie es mit Elif getan hatten … dann *konnte* er keinen Unterschied mehr machen zwischen Freund und Feind. Es war Maiks kaltherziger Logik zuzutrauen, dass er reinen Tisch machen wollte. Was, wenn der Alte ihm dasselbe mit auf den Weg gegeben hatte, wie ihnen? *Zögert nicht!* Und Maik nahm es wörtlich. Das hieß, er konnte hier völlig zufällig auf Faní gestoßen sein. Er hatte herausgefunden wo *sie*, Anna, mit ihrer Familie wohnt. Das konnte heutzutage bei all den Spuren im Internet nicht allzu schwer sein. Maik war hier gewesen, um *sie* zu töten.

»Anna?«, fragte ihre Mutter vorsichtig.

Sie bemerkte, dass sie seit Beginn ihrer Gedanken den Tisch anstarrte. Sie riss sich davon los und war froh, zumindest zu wissen, dass Maik nicht noch in Berlin auf sie lauerte. Die Stimmen hatten ihnen gesagt, wo er war, und auch wenn es ihr in dem Moment nicht einfiel, es war sicher nicht Berlin gewesen.

»Das ist ... furchtbar«, brachte sie mit Herzklopfen hervor.

Auch Nick war wieder bleich wie bei ihrer Ankunft. Hatte er dieselben Schlüsse gezogen wie sie, oder ging es ihm um Faní?

»Was ihr erzählt habt«, fuhr Annas Vater fort, und sie versuchte, sich so weit zu sammeln, dass sie ihm folgen konnte. »Ich glaube, wir müssen das irgendwie ... Deine Mutter und ich haben eben versucht, es zu ordnen, aber es ist zu viel und zu verwirrend.«

»Glaubt ihr mir, dass es passiert ist?«, stellte Anna die Frage, die im Raum stand wie ein Elefant. »Oder glaubt ihr, ich habe es mir eingebildet?«

»Du hast dir Nick sicher nicht eingebildet«, antwortete ihr Vater mit ernster Miene, »oder wir tun es auch. Aber ... was das alles bedeutet ... und Ben ...«

Anna hatte ihn selten so verloren zwischen seinen Worten erlebt.

»Versteh doch, als dein Bruder verschwunden ist ... dein Vater und ich sind jahrelang *allem* nachgegangen«, sagte Annas Mutter, »und ich meine *allem*, was uns hätte helfen können, zu verstehen. Glaubst du, wir hätten nie selbst über Dinge nachgedacht, über die man nicht mit der Polizei spricht?«

»Ich hab Nächte damit verbracht, irgendwelchen abstrusen Ideen nachzugehen«, schnaubte ihr Vater, »und natürlich hat es nirgendwohin geführt. Aber *nichts* hat irgendwohin geführt, also was macht es dann noch für einen Unterschied, was logisch erklärbar ist und was nicht?«

Anna hatte das Gefühl, dass ihre Eltern eine klare Antwort scheuten. Aber es wäre wohl auch vermessen gewesen, eine zu verlangen. Es war zu viel und zu schwer, das alles binnen der halben Stunde zu verarbeiten, die sie zum Duschen gebraucht hatten. So konnte sie wohl froh sein, dass ihre Eltern nicht zerpflückten und hinterfragten, was sie erzählt hatte.

»Was immer passiert ist, natürlich glauben wir dir, dass du es so erlebt hast, wie du schilderst«, sagte Annas Mutter und legte ihr die Hand auf die Schulter. »Und ich finde es unglaublich, wie gut du das alles überstanden hast.«

Anna konnte nichts gegen die Gänsehaut tun, die die Worte ihrer Mutter auslösten.

»Aber wir müssen wissen, ob ihr irgendeine Ahnung habt, was hier passiert ist«, sagte ihr Vater ernst. »*Irgendeinen* Hinweis. Ich bin sicher, wir finden einen Weg, dass die Polizei diesen Hinweis bekommt, ohne dass ihr all das erzählen müsst.«

»Es gab einen Mord, Anna«, bekräftigte ihre Mutter, als müsste sie ihrer Tochter vermitteln, was das bedeutete.

Ihre Eltern hätten wohl anders auf ihre Erzählungen reagiert, wenn sie gewusst hätten, wie groß die Gefahr noch immer war: Dass ihre Tochter in den letzten Tagen weit mehr Morde erlebt hatte als sie hier.

»Nein, ich hab keine Ahnung, was hier passiert ist«, beeilte sich Anna zu beteuern, und sah Nick an.

»Nein«, schüttelte auch dieser den Kopf. »Das ist … ein Schock.«

Das war nicht gelogen. Und bevor sie ihre Eltern in irgendwelche unausgereiften Überlegungen mit einbezog, wollte Anna sich erst einmal selbst darüber klar werden, was dieser Mord bedeutete. Ihre Eltern da mit reinzuziehen würde bedeuten, jede Kontrolle abzugeben. Wie sich das anfühlte, hatte Anna gespürt, als sie im Polizeiauto gesessen hatten, und sie war noch nicht bereit dazu.

Ihr Vater nickt bedächtig. Er blickte wieder konzentriert auf den Tisch, wie vorhin, als er versucht hatte, Annas Worte zu verarbeiten. Kurz wirkte es, als wollte er etwas sagen, doch stattdessen schüttelte er nur den Kopf.

»Legt euch am besten hin, bevor die Polizei später wiederkommt«, sagte er. »Ihr müsst euch ausruhen. Kann sein, dass wir dann morgen zusammen zur Polizeiwache gehen müssen.«

Anna nickte. Die Aussicht auf ein paar Stunden Ruhe war paradiesisch. Auch wenn sie mit Nick erst einmal würde sortieren müssen, was sie gehört hatten.

»Was sagen denn deine Eltern?«, fragte Annas Mutter Nick einfühlsam.

»Sie sind nicht so happy«, antwortete Nick, und seine gequälte Miene machte deutlich, dass das eine maßlose Untertreibung war. »Ich habe ihnen gesagt, dass ich später wieder anrufe.«

»Wahrscheinlich wird sich auch die Polizei bei ihnen melden«, nickte Annas Vater.

»Ich denke, ich werde morgen nach Hause fliegen.«

Anna sah Nick schockiert an und begriff im selben Moment auch selbst, dass Nicks Eltern natürlich nichts anderes akzeptieren würden, als dass Nick nach dieser Geschichte, oder was immer er ihnen davon erzählt hatte, sofort zurückkam. Und ihre eigenen Eltern würden in dieser Frage kein Rückhalt sein.

Anna verzweifelte. Nick und sie durften sich auf keinen Fall trennen. Nicht nur, weil sie nicht wusste, wie sie hier alleine klarkommen sollte, sondern auch, weil es jetzt wohl gefährlicher war als je zuvor.

»Habt ihr noch Hunger?«, fragte Annas Mutter, und sosehr Anna tatsächlich das Loch in ihrem Bauch spürte, hatte sie doch keinen Kopf dafür.

»Ich würde lieber gleich hochgehen«, sagte sie, und Nick stimmte zu.

So wünschten Annas Eltern ihnen nach einer letzten Umarmung von ihrer Mutter um kurz nach zwei Uhr mittags eine gute Nacht. Auf der Treppe nach oben bedeutete Anna Nick, sie in ihr Zimmer zu begleiten. Sie schloss die Tür hinter ihm und setzte sich aufs Bett.

»Du kannst mich doch nicht allein lassen!«, sagte sie hilflos.

Nicks Miene hellte sich kurz auf, und er setzte sich zu ihr und nahm sie in den Arm.

»Ich weiß«, seufzte er. »Aber wenn ich nicht selber fliege, dann schicken sie mir, glaube ich, die Polizei …«

Anna wusste, dass es so war, und brachte es trotzdem nicht über sich, es zu akzeptieren.

»Was meinst du, was das mit Faní bedeutet?«, fragte Nick.

»Maik«, antwortete Anna düster.

Nick wirkte nicht überrascht, also war auch ihm der Gedanke gekommen. »Willst du reden, wie es weitergehen soll?«

Nein, Anna wollte nicht reden. Wie sollte es auch weitergehen? Elif war tot, Lev auch, Nick würde nach Griechenland reisen, Sinan war auf dem Weg zurück zu seiner Familie, und gleichzeitig gab es noch immer Álvaro, der auf der anderen Seite Europas Gewalt anzettelte, und das Rätsel um Peter. *Das Kind*, so hatte Ben ihn genannt, und dass er der *Schlüssel* sei, auch wenn das dunkle Herz ihn gefunden habe.

Hieß das, dass er nicht er selbst war? Aber sie hatte ihn dort im Staub kauern sehen, als Ben ihnen ihre Freunde, nicht ihre Feinde gezeigt hatte. Was konnte Peter also dazu getrieben haben, die andere Welt so zu erschüttern? Wie lang würde es dauern, bis der Staub hier seine ganze zerstörerische Wirkung entfalten würde? Anna hatte in der anderen Welt erlebt, wie die Menschen sich veränderten, wenn es ums Überleben ging: Wenn immer mehr Mordfälle, immer mehr Missernten und die damit verbundene Not sich einschlichen, wie lange bewahrten sich die Menschen die Vernunft? Wenn Anna ihrer Erfahrung traute, dann nicht sehr lange …

Ihr könnt es nicht besiegen.

Anna seufzte. Sie brauchte jetzt Schlaf und einen Moment des Durchatmens. »Reden wir nachher, o. k.?«

Nick wollte sich erheben, doch sie hielt ihn fest.

»Bleib hier«, bat sie. Wenn sie morgen schon getrennt würden, dann wollte sie ihn zumindest jetzt noch bei sich haben.

Anna schloss die Vorhänge, was das Licht im Zimmer zumindest etwas dämpfte, dann zog sie nur die Jeans aus und kuschelte sich mit Nick ins Bett. Sie lagen eng zusammen, und die zurückliegenden Strapazen und das weiche Bett taten ein Übriges, sodass Anna einschlief, einen Augenblick nachdem ihr Kopf das Kissen berührt hatte.

Sie schlief traumlos und tief, und als sie erwachte, war es im Zimmer stockdunkel. Anna fühlte sich ausgeruht und wach wie seit Wochen nicht und spürte Nicks Atembewegungen, der noch immer friedlich neben ihr schlummerte.

Sie versuchte gar nicht erst, wieder die Augen zu schließen, sondern rutschte vorsichtig ein paar Zentimeter von Nick weg und lehnte sich aus dem Bett, um ihr Handy aus der Hosentasche zu fischen. Es zeigte kurz vor halb drei nachts an. Sie hatten fast zwölf Stunden durchgeschlafen.

Anna ließ sich zurücksinken und öffnete den Internetbrowser. Als sie Nachrichten mit dem Stichwort »Berlin« suchte, wurde sie schnell fündig.

Berliner Mord gibt weiter Rätsel auf

Nach dem grausigen Fund der Leiche einer älteren Frau in der Friedenauer Kirche zum guten Hirten gibt es nach wie vor viele offene Fragen. Die Küsterin hatte die Frau am Dienstag mit einer Schussverletzung allein in der Kirche vorgefunden. Wie ein Polizeisprecher mitteilte, konnte die Tote mittlerweile als griechische Staatsbürgerin ohne festen Wohnsitz in Deutschland identifiziert werden. Nun fahndet die Polizei mit Hochdruck nach dem Täter. Hinweise werden von der örtlichen Polizeidienststelle entgegengenommen.

Es gab eine Reihe von Artikeln, doch zumindest bisher wurde nirgendwo Fanís Name genannt, und auch nach weiteren

Details suchte Anna vergeblich. Sie sah das Eingabezeichen im Suchfenster blinken und löschte ihre »Berlin«-Suchanfrage. Stattdessen tippte sie »Weißes Herz« und wechselte vom Nachrichten- auf den normalen Suchmodus.

Sie bekam dieselben Treffer wie beim letzten Mal, ebenso für »White Heart«. Einem Einfall folgend gab sie daraufhin ein, wie Sinan die Organisation gegenüber Elif auf Türkisch genannt hatte. Elif hatte den Namen wiederholt: Beyas Kalb.

Anna tippte und wurde automatisch zu der Schreibweise *Beyaz Kalp* korrigiert. Der erste Treffer war eine Seite namens beyazkalp.org. Anna klickte darauf und ahnte sofort, dass sie auf etwas gestoßen war.

In der Mitte der blau gehaltenen Homepage fanden sich zwei weiße Zeilen auf Türkisch, darunter ein Name mit einem Bindestrich davor, der das Zitat kennzeichnete: – *Sophie Scholl.*

Die Weiße Rose, begriff Anna. Sie erinnerte sich an eine Geschichtsstunde, in der es um die Widerstandsgruppe um die Geschwister Scholl gegangen war, die Flugblätter gegen die Nazis gedruckt und verteilt hatten. Sie waren dafür hingerichtet worden. *Daran* lehnte sich der Name »Das weiße Herz« an. Anna wäre ohne das Zitat wohl nie darauf gekommen, obwohl sich das türkische Friedensbündnis ausgerechnet ein deutsches Vorbild gewählt hatte.

In der Menüleiste fand Anna die Möglichkeit, den Seitentext auf Englisch zu übersetzen.

Law changes – the conscience doesn't, stand dort nun in weißer Schrift auf Blau. *Das Gesetz ändert sich. Das Gewissen nicht.* Für Anna passte das perfekt auf die Vorgänge in der Türkei, und so war es wohl auch gemeint.

Anna suchte vergeblich nach einem Urheber der Seite oder einem Impressum. Es gab einige Bilder von Protesten in der Türkei, sogar von dem, dessen Auflösung Anna und Nick selbst beobachtet hatten. Es wurden auch Namen von Verhafteten genannt, aber keine Verantwortlichen für »Das weiße Herz«.

Nachdem die türkische Regierung rücksichtslos gegen alle Kritiker vorging, war das wohl auch kein Wunder.

Anna glaubte aber auch so nicht mehr, dass »Das weiße Herz« von einem ihrer Mitkämpfer ausging. Es schien keinen Bezug zum dunklen Herzen zu geben, und dennoch spürte Anna eine Verbundenheit zu den Menschen, die dort in der Türkei den Mut hatten, so eine Bewegung auf die Beine zu stellen. Irgendwie standen sie doch auf derselben Seite, wenn auch auf eine denkbar unterschiedliche Art und Weise.

Anna erinnerte sich, dass die Weiße Rose um die junge Studentin Sophie Scholl sie damals fasziniert hatte, auch wenn die Geschichtsstunde dazu eine Weile her war. Die Weiße Rose hatte getan, was so einfach klang und sich für so viele im Nachhinein als unmöglich herausgestellt hatte: Sie hatten *nicht* einfach hingenommen, was um sie herum geschah. Sie waren *nicht* teilnahmslos gewesen, nur weil es nicht sie selbst waren, die in den Krieg mussten oder vergast wurden. Sie hatten ihr Leben riskiert und schließlich geopfert, obwohl niemand sie dazu gezwungen hatte. Auf *beyazkalp.org* gab es nicht viel mehr zu entdecken, und so schloss Anna die Seite irgendwann wieder.

Während Nick noch immer schlief, holte Anna sich ein Update, was auf der Welt geschah. Mit bösen Vorahnungen rief sie die deutsch- und englischsprachigen Seiten auf und wurde bestätigt. In Barcelona war es in der Nacht zu weiteren Ausschreitungen mit vielen Verletzten gekommen. Es wurde über Landwirtschaftsbetriebe, vor allem in Frankreich, berichtet, die vor dem Aus standen, weil ihre Ernten ohne klar erkennbare Ursachen vernichtet waren. Spekulationen reichten von den ausgelaugten Böden über die Saatgut-Konzerne bis zu den Wetterkapriolen, die im Zuge des Klimawandels zunahmen, je nachdem, wen die Journalisten zitierten. Die betroffenen Bauern riefen die Politik zur Hilfe auf, doch in der Zwischenzeit schürte die aufgeheizte Stimmung Probleme, die es schon vorher gegeben hatte.

Rechte Gruppierungen, die auf Globalisierung und Migranten schimpften, bekamen Zulauf. Anna musste an Chloé und Arthur denken, die sie im Staub hatten davonrennen sehen. Hatte Chloé den kleinen Arthur vor einem rechten Mob in Sicherheit bringen müssen? Es war reine Spekulation, doch sie tat weh.

Unter jedem Artikel gab es Links zu fünf weiteren mit ähnlichen Themen, und Anna *wollte* sie gar nicht alle sehen, doch eine Meldung von einem Überfall durch Neonazis in Irland ließ sie aus irgendeinem Grund stutzen. Es weckte eine Erinnerung, die sie noch nicht ganz greifen konnte. Anna klickte auf die Schlagzeile.

Irische Rechte stürmen besetztes Gefängnis – Mordverdacht!

Auf dem Bild des Artikels war ein U-förmiges, dreistöckiges Steinhaus aus der Perspektive des Innenhofs aufgenommen. Aus den Fenstern winkten junge Erwachsene, teilweise in altmodischer Kleidung. In der Mitte des Fotos hing eine Flagge mit weißem A auf schwarzem Grund an der Mauer des Gebäudes. Ein junger Mann in Weste und Bowler-Hut, der die Beine von einem Fenstersims baumeln ließ, war farblich von dem ansonsten künstlich verblassten Bild hervorgehoben und rot eingekreist.

Schon vor gut einer Woche haben sich in dem alten Schuldnergefängnis an der Kingstreet Hausbesetzer versammelt, die zuvor aus ihrem selbst errichteten Kulturzentrum Grangegorman vertrieben worden waren (wir berichteten). *Tage vor der Räumung wurden die linken Aktivisten nun von einem Überfallkommando der National Front überrascht. In der darauf folgenden Schlägerei kam es zu einem Treppensturz mit Todesfolge. Der verunglückte Hausbesetzer Terence H. starb noch auf dem Weg ins Krankenhaus. Weitere Schwerverletzte auf beiden Seiten befinden sich noch in Behandlung. Ein Sprecher der Haus-*

besetzer berichtete, die Angreifer hätten den Tod des jungen Mannes aus ihrer Mitte mit ihrem brutalen Vorgehen billigend in Kauf genommen. Die Polizei habe sich zudem eine Menge Zeit gelassen, den Hausbesetzern zu Hilfe zu kommen.
Die Staatsanwaltschaft will eine Mordanklage nun prüfen.
Von der Dubliner Polizei gab es keine Stellungnahme zu den Vorwürfen.

Dublin, dieser Stadtname verstärkte das drängende Gefühl ihrer Erinnerung zusätzlich, doch Anna konnte es noch immer nicht zuordnen. Sie sah sich das Bild noch einmal genauer an – und ihr Atem stockte.

Links im ersten Stock, im verblassten Teil des Fotos, stand ein Kind. Der Junge winkte nicht und sah den Fotografen auch nicht direkt an, sondern blickte mit seinen melancholischen Augen, die Anna zwar auf der schlechten Aufnahme nicht sah, aber aus ihrer Erinnerung ergänzte, in den Innenhof. Peter. Peter kam aus Irland und war irgendwie unter diesen Hausbesetzern gelandet. Und als Anna die etwas größere Gestalt neben Peter entdeckte, die im Schatten des Fensterausschnitts kaum zu erkennen war, setzte sie sich vor Schreck im Bett auf. Eric.

Nick war von Annas abrupter Bewegung aufgewacht. Sie begann sofort, ihm von ihrer Entdeckung zu erzählen, doch er war noch schlaftrunken und hatte Mühe mitzukommen. Während er langsam begriff und fassungslos das Fotos auf Annas Smartphone betrachtete, plagte Anna noch immer das Gefühl, dass sie etwas übersahen. Gemeinsam mit Nick las sie noch einmal den Artikel und achtete auf jedes Detail. Wieder blieb sie an der Stadt Dublin hängen, und endlich fiel ihr ein, wo sie den Namen der Stadt zum letzten Mal gehört hatte.

»Maik«, flüsterte sie.

Nick sah auf und starrte sie an.

»Oh Gott, Maik ist auf dem Weg nach Dublin«, vervollständigte er ihren Geistesblitz.

Die Stimmen hatten es im selben Atemzug erwähnt wie Álvaros Aufenthalt in Barcelona. Anna konnte kaum fassen, dass sie so lange gebraucht hatte, um sich daran zu erinnern.

Und Nick sprach auch ihren zweiten Gedanken aus.

»Mein Gott, will er sie umbringen?«

Annas Daumen flogen über die Handytastatur. *Grangegorman, Debtors' Prison Dublin, Hausbesetzer in Dublin*, sie suchte nach allen Schlagwörtern, die sie dem Artikel entnehmen konnte. Bald wussten sie und Nick, was es mit der Hausbesetzer-Szene in Dublin auf sich hatte und dass sie seit dem Überfall der Rechten als zerschlagen galt. Die Spur der beiden Jungen im Fenster verlor sich.

»Eric hat überlebt?«, stieß Nick hervor, »wie kann er …?«

»Nein«, widersprach Anna, »auf keinen Fall.« Sie selbst hatte ihn in den Tod stürzen sehen. »Das dunkle Herz«, sagte sie kopfschüttelnd, »du hast gesagt, es kann alle zu seinen Werkzeugen machen, die auf dem Weg gescheitert sind. Anscheinend gehören auch die von uns dazu, die schon *drüben* gestorben sind.«

Sie versuchte, den Gedanken fernzuhalten, der sich ihr aufdrängte: Zombies, das dunkle Herz bot Zombies gegen sie auf.

»Er kann nur eine leere Hülle sein«, umschrieb sie es vorsichtig. »Und er muss Peter irgendwie dazu gebracht haben, die Zerstörung *drüben* anzurichten.«

»Und wie?«, fragte Nick ratlos. »Wieso konnte Peter das?«

Anna zuckte mit den Schultern. Was das anging, wussten sie nicht mehr als vorher. Aber Eric spielte eine Rolle darin, und Eric konnte nur in dieser Welt sein, weil das dunkle Herz ihn hergebracht hatte. Ob Peter schon seit seiner Rückkehr die Fähigkeit besessen hatte, die Welt *drüben* zu beeinflussen, oder ob er sie erst von Eric bekommen hatte? Anna konnte sich an das Gefühl erinnern, als sie die Scheibe in der Wüste unter den Fingern gespürt hatte, durch die sie schließlich zu Sinan durchgekommen waren. Nicht mal das hätte sie alleine geschafft, und was Peter angerichtet hatte, ging weit über einen bloßen Sprung zwischen den Welten hinaus.

Nun war Peter der *Schlüssel*, was immer das heißen mochte. Und damit wohl die letzte Hoffnung, dem Staub und der Vergiftung ihrer Welt ein Ende zu setzen. Und Maik war vermutlich unterwegs, um ihn zu ermorden. Wenn sogar sie auf die Spuren von Peter und Eric gestoßen waren, ohne aktiv danach zu suchen, dann war es für Maik sicher ein Leichtes gewesen, ihre Fährte aufzunehmen. Anna hatte keinen Zweifel mehr daran, dass Maik Faní auf dem Gewissen hatte. Und wenn die Stimmen die Wahrheit gesagt hatten und er in Dublin war, dann schwebte Peter doppelt in Gefahr: wegen Eric und wegen Maik.

»Wir können das nicht passieren lassen«, murmelte Anna, wohl wissend, was ihre Worte bedeuteten.

Nick widersprach nicht.

»Nein«, seufzte er, »können wir nicht.«

Sie sah ihm seine gemischten Gefühle an. Die Aussicht, sich schon wieder in Lebensgefahr zu begeben, ließ augenblicklich einen Großteil der Sorgenfalten auf seine Stirn zurückkehren, die der Schlaf ihm genommen hatte. Aber es würde auch heißen, dass sie noch zusammenbleiben würden. So lange, bis die Sache entschieden war.

In Annas Kopf begannen sofort die Überlegungen, wie sie so schnell wie möglich nach Dublin gelangen konnten. Es gab nur eine Antwort, so ungern sie sich das auch eingestand: auf dieselbe Weise, wie sie auch nach Ankara gekommen waren. Die Kreditkarten steckten mit dem verbliebenen Geld und ihrem Ausweis noch im Geldbeutel in ihrer Hose.

»Meine Eltern werden mich umbringen«, stöhnte Anna.

»Meine erst«, lachte Nick leise und steckte Anna damit an.

Sie wusste, dass es ganz und gar nicht zum Lachen war, aber es gab Situationen, in denen man einfach nichts anderes mehr tun konnte, als zu lachen, und Anna und Nick hatten einige davon hinter sich.

Anna hatte furchtbaren Hunger.

»Ich hol uns was zu essen aus der Küche unten«, sagte sie. »Dann können wir mal nach Flügen schauen …«

Nick stimmte zu, und sie stand auf und zog sich die Jeans an. Es war mitten in der Nacht und Anna trotzdem so ausgeschlafen wie schon lange nicht mehr.

Als sie leise die Tür öffnete, musste sie an ihren Albtraum denken, in dem das schwarze Blut des dunklen Herzens aus Bens Zimmer gequollen war. Sie schauderte, als sie an die Blutlache nach Rattes Verwandlung in dem Drogenhaus dachte, wo sie dieser Albtraum eingeholt hatte. Wollten sie sich wirklich wieder dort hinausbegeben, wo Albträume Wirklichkeit wurden? Anna fragte sich, wie es Sophie Scholl mit ihren Flugblättern gegangen war. Letztlich war es doch egal, ob die Monster, die man bekämpfte, menschlich waren, wie bei Sophie Scholl, oder etwas so Verworrenes wie bei ihnen. Menschen gingen keinesfalls zimperlicher vor als *ihre* Gegner, wie das Schicksal der hingerichteten Mitglieder der Weißen Rose bezeugte.

Anna schlich die Treppe hinunter und wunderte sich, dass unten im Flur ein Lichtschein aus Küche und Esszimmer zu sehen war. Hatten ihre Eltern es brennen gelassen?

Als Anna unten im Flur ankam, hörte sie auch Stimmen: Ihre Eltern waren wach.

»… irgendwelche Banden hinter ihnen her sind«, verstand Anna einen Satzfetzen ihrer Mutter, die aufgebracht klang.

»Ich glaub nicht, dass es dafür wirklich Anhaltspunkte gibt«, antwortete ihr Vater. »Nick kann ich mir in keiner Verbrecherbande vorstellen.«

Anna verharrte unten an der Treppe und lauschte verwirrt.

»Aber wir wissen es nicht«, sagte Annas Mutter schon etwas ruhiger. »Und die Frau, mit der er gekommen ist, wurde erschossen. Hier um die Ecke! Wer weiß, was passiert wäre, wenn die Kinder dabei gewesen wären! Nach allem, was wir wissen, könnte Nicks ganze Familie darin verstrickt sein. Oder er könnte für irgendwen Drogen geschmuggelt haben.

Auf jeden Fall werden hier nicht einfach wahllos Menschen erschossen!«

»Anna hat gesagt, es hat bei der Trauerfeier angefangen«, widersprach Annas Vater. Er klang müde. »Und wir haben beide gemerkt, dass sie da schon … anders war. Wir haben darüber geredet.«

»Schon länger. Sie hat uns doch schon länger rausgehalten, Frank. Wenn wir ehrlich sind, wissen wir doch gar nicht, was im Leben unserer Tochter passiert.«

»Wir haben aber eine Pflicht«, sagte ihr Vater, und es klang eher bestätigend. »Und wir können uns das nicht ansehen. Wenn sie schon länger irgendwas nimmt, dann wäre die ganze Sache kein Wunder.«

Anna verstand nicht mehr als die Hälfte von dem, was sie redeten, und wusste es dennoch einzuordnen. Sie war verbittert über ihre eigene Naivität. Wie hatte sie denken können, ihre Eltern würden ihr diese Geschichte ernsthaft glauben? Niemand würde so etwas glauben, ohne es selbst zu sehen.

Und trotzdem war Anna tief enttäuscht. Nach allem Verständnis, das ihre Eltern zur Situation mit Nick und Faní vor wenigen Tagen aufgebracht hatten, fielen sie Anna nun auf ganzer Linie in den Rücken. Sie wusste, dass die Angst um ein Kind alles änderte, und offenbar war diese Angst in ihren Eltern so tief verwurzelt, dass mit offenen Gesprächen nicht dagegen anzukommen war. Aber Anna war es schon lange leid, ein Opfer der *besonderen Umstände* zu sein. Es war Zeit, die Dinge selbst in die Hand zu nehmen, statt immer nur Rücksicht zu nehmen.

»Sie wird es nicht verstehen«, sagte Annas Mutter zögerlich, als hätte sie die Gedanken ihrer Tochter draußen im Flur gelesen.

»Die Polizei wird nicht gleich jemanden einsperren, nur weil wir ihnen bestätigen, dass es wohl auch um Drogen geht.«

»Nicks Familie wird Probleme bekommen, wenn sie etwas damit zu tun haben«, gab Annas Mutter erneut zu bedenken, und ihr Vater erwiderte nichts darauf.

Anna schlich rückwärts die Treppe hinauf. Spätestens am Morgen würden sich ihre Eltern wohl mit dem Hinweis auf Drogen bei der Polizei melden.

Anna hatte wenig Angst, dass Nicks Familie in Griechenland ernsthafte Schwierigkeiten bekommen würde, wenn die Polizei dem Bandenunsinn nachging. Die Polizei würde in deren Bäckerei kaum auf irgendwelche neuartigen Drogen stoßen. Einen Bezug zu Faní gab es auch nicht. Aber sie und Nick würden schnell sein müssen, wenn sie das Land verlassen wollten. Es war ein Glück, dass ihre Eltern noch nicht an die Kreditkarten gedacht hatten. Anna glaubte kaum, dass sie gesperrt waren, nachdem ihre Eltern damit riskiert hätten, Anna in der Türkei stranden zu lassen.

»Was ist passiert?«, fragte Nick erschrocken, als sie mit zornigem Blick ins Zimmer trat.

»Meine Eltern«, sagte sie düster und beschrieb ihm, was sie gehört hatte.

»Sie glauben *was?*«, fragte Nick entrüstet.

»Schhhhh!«, ermahnte ihn Anna hastig. Sie hatte bereits den Laptop aufgeklappt und wartete nun ungeduldig auf den Anmeldebildschirm.

»Meine Familie ist doch keine Drogenbande! Was haben überhaupt alle mit ihren scheiß Drogen?«, zischte Nick entrüstet.

Anna konnte es sich schon vorstellen. Sowohl Elifs als auch ihre eigenen Eltern waren wohl bodenständig genug, an keine dunklen Mächte außerhalb ihrer Religion zu glauben. Gleichzeitig waren sie wohl auch überzeugt, dass ihre Kinder keine plötzlichen Wahnvorstellungen entwickelten, denn wer wollte das schon von seinen Kindern glauben. So waren Drogen wohl die plausibelste Erklärung. Und es mochte dabei eine Rolle spielen, dass vermutlich alle Eltern mit Kindern in ihrem Alter Angst vor diesem Thema hatten.

»Der erste Flug geht um kurz nach sechs«, murmelte Anna und suchte bereits die passende S-Bahn-Verbindung zum Flughafen heraus. Es war knapp, aber sie sollten den Flug erwischen.

Nick biss gedankenverloren auf seiner Lippe herum, als sie sich zu ihm umdrehte, und erst da wurde ihr klar, was in ihm vorgehen musste.

»Tut mir leid«, sagte sie betroffen und kam mit dem Laptop zu ihm. »Ich bin ein Trampel. Willst du ... zurück zu deinen Eltern, wenn sie verdächtigt werden?«

Nick schüttelte sofort den Kopf.

»Nein. Aber ich werd's machen wie du.«

Anna sah ihn fragend an.

»Ich werd ihnen eine Nachricht schreiben und nicht mehr ans Telefon gehen.«

Anna musste unfreiwillig grinsen und buchte die Flüge. Sie beließ es bei den Hinflügen und benutzte die unbelastete, zweite Kreditkarte. Sie wollte gar nicht erst das Risiko eingehen, ans Limit zu kommen. Als sie den Betrag freigab, spürte sie diesmal kein schlechtes Gewissen, sondern fast schon kindischen Trotz.

»Sie ... sitzen noch unten?«, fragte Nick. »Wie kommen wir dann raus, wenn sie gar nicht schlafen gehen.«

»Durchs Fenster«, antwortete Anna unbekümmert. Ihr Zimmer befand sich im ersten Stock an der Seite des Reiheneckhauses. Sie hatte schon als Kind ausprobiert, rückwärts aus dem Fenster zu klettern und sich auf den Rasen unten fallen zu lassen. Sie hatte es vier- oder fünfmal gemacht und sich einmal ordentlich den Knöchel verstaucht. Danach, – und bevor ihre Eltern etwas davon mitbekommen hatten – hatte sie es sein lassen.

Anna lehnte sich über den Schreibtisch zum Fenster und blickte hinaus in die Dunkelheit. Es mochten knapp drei Meter bis zur Wiese dort unten sein, keine zwei Meter Fallhöhe, wenn sie die Beine zuerst baumeln ließen. Nichts, wovor sie Angst hatte, und im Erdgeschoss gab es an der Stelle kein Fenster, von dem aus sie entdeckt werden konnten.

Als sie sich umdrehte, tippte Nick auf seinem Handy.

»Schreib ihnen das doch nicht mitten in der Nacht«, gab

Anna zu bedenken. »Nicht, dass sie uns am Flughafen abfangen.«

Anna gruselte es selbst vor ihren eigenen Worten. Sie klang wie eine Verbrecherin.

»Ich will nur den Akku schonen«, erklärte Nick. Das Handy hing noch an der Steckdose. Das Ladekabel hatte Anna nach dem Duschen von einem alten Handy von sich aufgetan. Zwei Handykabel von ihnen waren in Ankara zurückgeblieben. »Ich schick's dann ab, wenn wir angekommen sind.«

»O. k., ich such noch ein paar Sachen zusammen.«

Die Rucksäcke waren ebenfalls in Ankara. Anna fand eine Stofftasche und packte Unterwäsche und ein Oberteil zum Wechseln hinein, ebenso wie das Ladegerät, nachdem Nick fertig war.

»Unsere Schuhe«, überlegte Nick, der in Socken auf dem Bett saß. Anna hatte zumindest ihre Hausschuhe.

»Wir müssen uns welche am Flughafen kaufen«, sagte Anna, ohne zu wissen, wann die Läden dort öffneten. Auf jeden Fall wollte sie nicht riskieren, dass ihr Aufbruch daran scheiterte, von ihren Eltern beim Schuheholen überrascht zu werden. »Und was zu essen auch.«

Als alles vorbereitet war, öffnete Anna noch einmal die Tür in den Gang vorsichtig einen Spaltbreit. Sie hörte nichts, sah aber den Lichtschimmer von unten auf den Treppenstufen. Sie schloss die Tür, wandte sich zum Schreibtisch und schob die Sachen weg, die im Weg waren. Dann öffnete sie das Fenster komplett. Die schwül-warme Luft draußen hatte sich über Nacht kaum abgekühlt, und trotzdem war das Klima hier weit angenehmer als in Ankara.

Anna kletterte leise auf den Schreibtisch und wandte sich auf allen vieren mit den Fersen zur Fensteröffnung.

Nick bot ihr die Hand an, aber sie hielt sich lieber mit den schmerzenden Händen am Fensterbrett fest, während sie sich mit denFüßen an der Hauswand heruntertastete. So konnte sie den Moment des Loslassens besser bestimmen. Als sie nicht mehr tiefer kam, stützte sie die Füße in den Hausschuhen gegen die Wand – und ließ los.

Sie stieß sich ein wenig von der Hauswand ab und drehte sich im Fallen nach außen weg. Einen schrecklichen Moment lang hatte sie das Gefühl, in den Schacht des dunklen Herzens hinabzufallen, während sie ins Dunkel stürzte. Doch dann kam sie schon schmerzhaft und mit dumpfem Geräusch auf dem Rasen auf.

»Alles o. k.?«, flüsterte Nick.

»Ja«, gab Anna leise zurück. »Ich bin hier.«

Sie rappelte sich auf und winkte, damit er im Dunkeln eine Vorstellung von der Tiefe bekam.

Ein paar Sekunden später landete auch Nick unten im Gras.

Die Straße lag nur ein paar Meter von ihnen entfernt hinter dem Holzzaun, der den Garten begrenzte. Das Mondlicht schien dort auf den Asphalt, wo es nicht von den umliegenden Bäumen abgehalten wurde.

Nick schlich sich bereits in Richtung Zaun, als Anna erstarrte.

»Warte!«, flüsterte sie leise, doch er hörte sie nicht und war schon fast am Zaun angekommen.

Anna hatte ein Auto auf der gegenüberliegenden Straßenseite entdeckt. Einen grauen BMW, der dort stand, wo tagsüber alles vollgeparkt war. Gegenüber ihrem Elternhaus lag ein Schulzentrum. Nachts war dort niemand mehr und normalerweise parkte dort nach 18 Uhr auch kaum mehr jemand. Das Innere des Autos war dunkel, und Anna konnte nicht sagen, ob jemand darin saß. Sie schloss hastig zu Nick auf und hielt ihn zurück.

»Warte!«, zischte sie.

Sie erinnerte sich an die Polizisten: Schneider, und den Namen des Älteren hatte sie vergessen. In seinen Augen waren sie zwei Jugendliche gewesen, die über die Stränge schlugen und schon einmal abgehauen waren. Würde er eine Zivilstreife hier platzieren, damit sie das nicht noch einmal taten, bevor er nicht wusste, was sie mit dem Mord zu tun hatten? Unwahrscheinlich war es nicht.

Mit klopfendem Herzen duckte sie sich hinter den Zaun und bedeutete Nick, dasselbe zu tun. Sie wartete ab, doch sie hörte weder eine Autotür noch Schritte. Vorsichtig krabbelte sie zur Seite, bis sie die Hecke zum Nachbargrundstück erreichte. Sie musste Nick nicht erklären, was los war, er schien es verstanden zu haben. Wenn dort im Auto jemand saß und das Haus beobachtete, hatte er sie gesehen? Sie glaubte nicht, sie *hoffte* nicht. Wie aufmerksam konnte er sein, wenn er seit Stunden hier saß, um auf ein paar rebellische Teenager aufzupassen?

Anna führte Nick an der Hecke entlang, in der Ben damals den toten Vogel geborgen hatte, zum stockdunklen hinteren Teil des Gartens. Die Stelle, wo die Hecke von zwei alten Bäumen unterbrochen wurde, fand Anna nur durch Tasten. Sie streckte die Hände vor sich aus, um nicht gegen die Stämme zu laufen. Nick hatte seine Hand an ihrem Rücken und folgte ihr blind.

Anna zwängte sich zwischen den Stämmen hindurch und stieg über den Zaun zum Nachbargrundstück, auf dem ein großes Mehrfamilienhaus stand. Dann half sie Nick in der Dunkelheit hinüber. Anna war verschwitzt, und ihre Haut juckte von allem, was Hecke und Garten ihr mit auf den Weg gegeben hatten. Sie schlichen sich zur anderen Seite durch, wo ein kleiner Weg auf die Paulsenstraße führte.

»Gut, dass es dir aufgefallen ist«, sagte Nick heftig atmend. »Ich wär einfach auf die Straße raus.«

»War nur ein spontaner Gedanke«, relativierte Anna den Umweg, aber Nick teilte offensichtlich ihr Gefühl, dass er sich gelohnt hatte. Es wäre der Gipfel der Demütigung gewesen, wenn sie drei Minuten nach ihrem Aufbruch mit einem Polizeibeamten an der Tür hätten klingeln müssen.

Statt sich in Richtung der S-Bahn-Station Feuerbachstraße zu wenden, von wo Anna die Verbindung zum Flughafen herausgesucht hatte, schlug sie den Weg zum Rathaus Steglitz ein. Zur Feuerbachstraße hätten sie an der Kirche vorbeigemusst, die nun ein Tatort war, und Anna hatte kein Bedürfnis mehr, das Schicksal herauszufordern.

Sie kaufte am Automaten zwei Tickets zum Flughafen. In der Türkei hatte sie sich noch verflucht, dass sie nicht gleich mehr Euro in Lira umgetauscht hatte. Nun war sie froh, dass sie genug Geld hatten, am Flughafen noch Schuhe für Nick zu kaufen, der sich die Socken ausgezogen hatte und barfuß lief. Sie wollten es nicht darauf ankommen lassen, ob das Bodenpersonal zwei Teenager und einen von ihnen ohne Schuhe der Polizei melden würden.

Ein paar Minuten mussten sie noch auf die S-Bahn warten. Als sie kam, war es bereits zwanzig nach vier. In eineinhalb Stunden würde ihr Flieger gehen, und Anna hoffte inständig, dass ihr Verschwinden erst bemerkt werden würde, nachdem sie um kurz nach halb neun in Dublin gelandet waren, denn erst dann würde sie sich sicher genug fühlen, ihren Eltern eine Nachricht zu schreiben, was sie getan hatte.

Jäger und Gejagte

Die S-Bahn war fast leer, daher erregten sie in ihrem Aufzug – Anna mit Stoffbeutel und Hausschuhen und Nick in den weiten Klamotten ihres Vaters und barfuß – auch keine Aufmerksamkeit. Erst nach dem Umsteigen wurde es etwas voller, und am Bahnsteig des Flughafens sah Anna den ersten bepackten Frühreisenden, der sie angesichts ihres Aufzugs unverhohlen musterte. Es war immer noch Ferienzeit und trotz der Frühe schon ein paar Urlauber unterwegs, vermutlich für Langstreckenflüge, bei denen man Pufferzeit am Flughafen einplante.

»Geht's?«, fragte Anna mitfühlend, als Nick auf Zehenspitzen die Stufen hinauf zur Oberfläche bewältigte, die noch nass von der nächtlichen Reinigung waren.

»Geht schon«, schmunzelte Nick. »Wenn wir keine Schuhe auftreiben, kann ich auch barfuß gehen. Gibt doch Leute, die gar keine Schuhe tragen.«

»In Griechenland vielleicht«, lachte Anna. Natürlich sah man auch in Deutschland mal jemanden ohne Schuhe auf der Straße, allerdings nicht unbedingt am Flughafen. Dass Nick den Hippie mimte, war vielleicht eine Notlösung, aber riskieren wollte Anna das nicht.

Während sie den Flughafen betraten, hellte sich das Dunkelblau des Himmels draußen ganz allmählich auf. Es war kurz nach fünf, eine gute Stunde vor Abflug. Ziemlich knapp fürs Schuhekaufen.

Anna baute darauf, dass sie zu dieser Uhrzeit zumindest schnell durch die Sicherheitskontrolle kämen. Als sie aber die Schleuse erreichten, wurde sie enttäuscht.

»Scheiße!«, entfuhr es ihr.

Nur zwei der Durchgänge waren geöffnet, und dort bildeten die Wartenden eine Schlange.

»Wieso denn?«, erwiderte Nick. »So fallen wir nicht ganz so auf.«

Anna gab ihm recht. Eigentlich hatten sie auch noch genug Zeit, aber sie war nervös. Vielleicht sogar nervöser als bei ihrem letzten Abflug, denn da hatten sie mit der Hälfte der möglichen Schwierigkeiten in ihrer Naivität gar nicht gerechnet.

Die Schlange bestand diesmal hauptsächlich aus Urlaubern, und Anna und Nick reihten sich zwischen einem älteren Ehepaar und einem Backpacker mit gewaltigem Rucksack auf dem Rücken ein. Es ging zäh voran, und die Schlange hinter ihnen wuchs weiter, während sie allmählich den Sicherheitsbereich erreichten. Annas Anspannung wuchs noch immer. Sie hatte das Handy mit dem elektronischen Ticket griffbereit.

Die Schlange teilte sich vor ihnen auf, und das ältere Ehepaar ging zum rechten Gepäckband, wo das Handgepäck durchleuchtet wurde. Anna und Nick wandten sich nach links, und der Backpacker blieb hinter ihnen. Sie legte die Stofftasche aufs Band und wollte schon durch den Detektor gehen, als der Sicherheitsangestellte auf der anderen Seite des Förderbands sie zurückrief.

»Ticket und Ausweis bitte!«

Anna streckte ihm mit der rechten Hand das Handy hin und fischte gleichzeitig mit der zitternden Linken nach dem Geldbeutel in ihrer Hose. Der Mann begutachtete das Handyticket und nahm dann den Ausweis entgegen. Anna hielt den Atem an. Ihre Tasche war längst durch das Röntgengerät gefahren, Nick wartete hinter ihr, und der Backpacker hatte gerade seinen Rucksack aufs Band gewuchtet.

Als der Mann von ihrem Ausweis aufblickte, sah Anna ihm an, dass er ihr Fragen stellen würde. Aus dem Augenwinkel sah sie, dass sein Kollege hinter dem Monitor des Röntgengeräts stirnrunzelnd den Backpacker beobachtete, wie er versuchte, seinen Rucksack so klein zu verzurren, dass er durch das Gerät passen würde.

»Mama, Papa, wartet auf uns!«, rief sie in eine unbestimmte Richtung durch den Sicherheitsbereich. »Entschuldigung, wir sind knapp dran und brauchen noch Schuhe für meinen Gastbruder, unseren Austauschschüler«, sprudelte sie los und kam dem Sicherheitsangestellten so zuvor. »Er ist vorhin in Hundescheiße getreten, und das wollten wir im Flieger niemandem zumuten, und wir haben so wenig Zeit, wissen Sie vielleicht, wo …?«

»Die Geschäfte haben noch zu«, erwiderte der überrumpelte Mann mit einem Seitenblick auf Nicks nackte Füße, ehe sein Kollege ihn anstieß und auf den Rucksack hinwies.

»Hallo«, schaltete er sich sofort in Richtung des Backpackers ein und gab Anna ihren Ausweis zurück. »Das geht so nicht, den Rucksack müssen Sie aufgeben.«

Während Anna gefolgt von Nick unbeanstandet die Schleuse passierte, schickte sie dem Urlauber, der hinter ihnen nun eine hitzige Debatte führte, ein stilles Dankesgebet.

Nick fragte sie, was sie mit dem Mann geredet hatte, und lachte auf, als sie es ihm erklärte.

»Ich glaub kaum, dass mich deine Eltern noch als Austauschschüler nehmen würden.«

»Komm, weg hier«, sagte Anna, und sie machten sich auf in Richtung ihres Gates.

Sie hatten immer noch das Schuhproblem und der Sicherheitsangestellte hatte die Wahrheit gesagt: Sowohl bei den Duty-Free- als auch bei den beiden Mode- und Lederwaren-Läden, die sie passierten, waren die Rolltore noch geschlossen. Auf der Anzeigetafel stand, dass ihr Flug vierzig Minuten vor Start bereits für das Boarding freigegeben war.

»Ich kann echt einfach so gehen«, meinte Nick. »Sie werden sich schon nicht weigern, mich mitzunehmen. Da vorne ist das Gate.«

Anna hatte ein ungutes Gefühl, sah aber selbst keine andere Möglichkeit mehr. Das Boarding an Gate 11 hatte eben erst begonnen, und die Passagiere bildeten eine lange Schlange. Während sie das Ende anpeilten, hielt Nick kurz an und krempelte seinen Jeans-Saum einmal um. Zumindest seine von der griechischen Sonne gebräunten Füße machten seinen Barfuß-Hippie-Gedanken halbwegs plausibel.

Die Schlange schob sich langsam nach vorne, und Anna hielt Ausschau, ob es wie beim letzten Mal eine automatische Schranke gab, in die sie mit Nick ausscheren konnte. Doch sie bekam keinen freien Blick darauf, also suchte sie in der Schlange nach einem möglichst großen Familiengetümmel, um sich in dessen Nähe zu begeben. Es gab zwei Elternpaare mit Kindern, doch die einen waren weit vorne, und hinter ihnen entdeckte Anna nur einen Kinderwagen, der kaum Ablenkung bedeutete. Dafür fiel ihr etwas anderes auf: ein schmaler Seitengang im Rücken der Schlange, in dem Bänke für wartende Passagiere aufgestellt waren. Wenn sie es richtig erkannte, hatte sich dort jemand zum Schlafen zurückgezogen, vielleicht weil er auf einen Anschlussflug wartete.

»Ich geh noch kurz auf die Toilette«, sagte sie zu Nick, damit er mit seinen Blicken niemand anders aufmerksam machte, und stahl sich aus der Schlange. Sie ging zielstrebig auf den Gang zu, auch weil sie sonst wohl der Mut verlassen hätte. Die Sonne ging gerade erst über dem Rollfeld auf, und Anna sah jetzt, dass es zwei junge Typen waren, die dort noch in die Dämmerung hineinschlummerten. Unter einer der beiden Bänke stand ein Paar Turnschuhe.

Die automatische Tür befand sich weit genug von den Bänken weg, dass die beiden nicht aufgeweckt wurden, als Anna in den Gang trat. Er führte zu weiteren Gates, die so früh am Morgen wohl noch nicht im Einsatz waren.

Anna schlich auf die beiden Schlafenden zu, die Anfang zwanzig sein mochten. Einer benutzte einen Touri-Strohhut, der andere einen Pulli als Kissen. Sie hatten jeweils eine Hand am Handgepäck, um es vor Dieben zu schützen.

Anna war am Fußende der ersten Bank angekommen. Mit flauem Magen ging sie rasch in die Hocke und griff sich die ausgelatschten Turnschuhe. Sie machte augenblicklich kehrt und hastete, so leise sie konnte, zurück zur Tür.

Wenn einer sie rief, wollte sie die Schuhe fallen lassen und rennen. Es würde peinlich sein, doch sie glaubte nicht, dass die beiden sie verfolgen würden. Aber es rief keiner, und so schlug sie gleich nach der Schleuse einen Haken, um nicht mehr im Sichtfeld des Ganges zu sein, und näherte sich der Schlange von der Seite.

»Da, deine Schuhe«, sagte Anna harmlos, als sie wieder bei Nick ankam, und setzte ihm die Turnschuhe vor die Füße. Sie legte den Finger an die Lippen, als er grinsend den Kopf schüttelte. Es war angesichts der alten Treter nicht schwer zu erraten, dass Anna nicht etwa einen offenen Laden gefunden hatte. Nick zwängte seine Füße, ohne zu murren, in die sichtlich zu kleinen Schuhe und schielte dabei noch einmal kopfschüttelnd zu ihr herauf.

Als sie an die Reihe kamen, bemühte sich Anna, keine Anzeichen von Unsicherheit zu zeigen. Ob es an ihrem Hochgefühl nach dem gelungenen Schuhdiebstahl lag oder am Desinteresse der Stewardess, die kaum zu ihnen aufsah: Sie kamen ohne Probleme durch die Absperrung.

Pünktlich um zehn nach sechs, während die Sonne gerade über die silbernen Dächer der Hangars kletterte, stiegen sie in den Himmel über Berlin auf. Der Flug würde knapp zweieinhalb Stunden dauern. Die Zeitverschiebung eingerechnet würden sie um 7:30 Uhr in Dublin landen.

»Glaubst du, wir kommen zu spät?«, fragte Anna nervös, während sie Berlin hinter sich ließen.

Das Flugzeug war nicht ganz voll, und sie hatten diesmal zwei Sitzplätze nebeneinander bekommen. Nick saß wegen seiner längeren Beine am Gang, Anna in der Mitte und neben ihr am Fenster eine pausbäckige Frau Mitte dreißig, die ein schwarzes Haarband trug und ihnen beim Einnehmen ihrer Plätze kurz zugelächelt hatte.

»Ich denke nicht«, antwortete Nick in gedämpftem Tonfall. »Er ist ja viel länger unterwegs als wir.«

»Woher willst du das wissen?«, fragte Anna.

»Na ja, er wird ja wohl kaum fliegen.«

Anna sah ihn kurz verständnislos an, doch dann begriff sie: die Waffe.

»Kuba war von Tschechien aus auch nicht zufällig mit dem Auto unterwegs«, fügte Nick hinzu.

»Wie lange braucht er dann, wenn er nicht fliegen kann?«, fragte Anna, während sie ihr Handy aus der Tasche kramte. Sie war sicher gewesen, dass sie Dublin auf keinen Fall vor Maik erreichen würden und nur hoffen konnten, dass er Peter nicht so schnell fand.

»Na ja, das mit Faní muss vor knapp zwei Tagen passiert sein«, antwortete Nick. »Keine Ahnung, was er sich noch organisieren musste. Aber schon die Fahrt allein hat er mit Fähre und allem bestimmt nicht an einem Tag geschafft.«

Anna hatte ihre Karten-App geöffnet, doch natürlich hatte sie im Flugzeug kein Netz, und ihre Dublin-Suchanfrage führte zu keinen Ergebnissen. Anna spürte einen Seitenblick der Frau im Fenstersitz und hielt das Display so, dass nur sie und Nick es sehen konnten.

»Ich schätze, wenn er alles schon vorher geplant und durchgetaktet hat, ist er in der Nacht angekommen«, redete Nick weiter. »Oder er ist noch unterwegs ...«

Anna tippte vergeblich die unterschiedlichen Reisemöglichkeiten des Routenplaners durch. Ob mit Zug oder Auto, sie bekam kein Ergebnis für die Strecke Berlin–Dublin.

»Entschuldigung«

Anna sah auf, als ihre Sitznachbarin sie mit gerunzelter Stirn ansprach und auf ihr Handy deutete.

»Das ist während des Flugs verboten.«

Anna war ziemlich perplex und nickte entschuldigend. Sie steckte das Handy weg, und das dünne Lächeln der Frau mit dem Haarband kehrte zurück. Anna hatte während der Sicherheitseinweisung der Stewardess nicht zugehört, war sich aber ziemlich sicher, dass ihr Smartphone kein Sicherheitsrisiko für diesen Flug darstellte. Sie schluckte die verärgerte Bemerkung, die ihr nun auf der Zunge lag, trotzdem hinunter. Allein schon, weil sie kein Aufsehen erregen wollte. Nick und Anna tauschten einen Blick, und er konnte sich eine hochgezogene Augenbraue nicht verkneifen. Sie setzten ihr Gespräch jedoch nicht fort.

Es war müßig, darüber zu spekulieren, wie lange Maik brauchen würde, um Peter ausfindig zu machen. Sie sollten sich eher überlegen, wo sie selbst mit der Suche beginnen konnten. Erster Anhaltspunkt war sicher das *Debtors' Prison*, aber wenn sie dort keinen Hinweis fanden? Außerdem war Peter nicht allein: Worauf sollten sie sich mit Eric einstellen? Er konnte wohl kein willenloses Monster sein, wie Ratte es nach seinem Schuss geworden war, aber jenseits dessen wussten sie nichts. War er ganz der Junge, der Eric gewesen war, bis irgendwann der Schalter umsprang – ein Schläfer, wie Elif? Oder verfolgte er schon die ganze Zeit über seine eigenen Ziele mit Peter? Anna vermutete Zweiteres, vor allem, weil sie sich nicht vorstellen konnte, was Peter sonst dazu gebracht haben sollte, den Schaden anzurichten, den sie mit eigenen Augen gesehen hatten.

Nick war in ein Faltblatt vertieft, das er aus dem Bordmagazin herausgenommen hatte.

»Hast du auch so einen Hunger?«, fragte er, ohne aufzusehen.

»Ja, stimmt.« Anna hatte das Loch in ihrem Bauch die letzten Stunden über ignoriert. Das war etwas, in dem sie seit der Zeit *drüben* Übung hatte. Erst jetzt realisierte sie, dass wegen ihres überstürzten Aufbruchs von ihren Eltern ihre letzte Mahlzeit noch aus den Früchten einer anderen Welt bestanden hatte.

Sie brachten die Toten über ihren Feldern aus, hörte sie das Echo ihres Bruders. *Sie lebten in einer gestohlenen Welt von gestohlener Zeit.*

Anna schauderte. Alles, was sie *drüben* an Früchten gegessen hatten, war auf dem Dünger ihrer geernteten Vorgänger gewachsen …

»Haben wir genug Geld?« Nick deutete auf die Abbildung eines herzhaften Frühstücks in seinem Faltblatt: Würstchen, Speck und etwas, das wie eine Scheibe Blutwurst aussah.

»Dein Ernst?«, stöhnte Anna auf, der allein das Bild schon auf den Magen schlug.

Nick ließ sich nicht beirren, und als er sein irisches Frühstück bei der Stewardess bestellte, nötigte er Anna, zumindest ein Käsesandwich zu nehmen.

Anna war froh darum, als sie es schließlich in Händen hielt. Nicht nur wegen ihres Hungers, sondern auch, weil es sie von Nicks Aluschälchen ablenkte, in dem eine Tomate, zwei Kroketten und die Blutwurst von zwei schrumpeligen Würstchen flankiert wurden. Als Anna mit der Hälfte ihres Sandwiches fertig war, hatte Nick den Inhalt der Aluschale schon aufgegessen und schmierte sich noch Marmelade aus einem Plastikschälchen auf die letzte Brotscheibe.

Auf dem Bildschirm zwei Reihen vor ihnen näherte sich das kleine Flugzeug auf der Streckenanzeige quälend langsam seinem Ziel. Sie überflogen gerade den Kanal, als die Stewardess die Tabletts wieder mitnahm. Wenig später näherten sie sich dem schwarzen Punkt auf der Karte, der London kennzeichnete, und Anna sah an ihrer Sitznachbarin vorbei aus dem Fenster. Dort draußen war allerdings nur die dichte Wolkendecke unter ihnen zu sehen … und Staub, der den Himmel über den Wolken bis zum Horizont in ein verwaschenes Rotbraun verfärbte. Anna spürte, wie Nick ihre Hand nahm, und schloss ihre Finger fest um seine. Er sah sie aufmunternd an, als sie ihm den Blick zuwandte. Anscheinend konnte sie ihre Nervosität nicht verbergen.

»Bald ist es vorbei«, sagte er.

»Ja«, erwiderte sie und fügte in Gedanken hinzu: »So oder so.«

Sie näherten sich der westlichen Grenze von Wales, als die Anschnallzeichen mit einem leisen Gong aufleuchteten.

»Landen wir schon?«, fragte Nick und sah auf die Uhr seines Handys.

Anna konnte sich das nicht vorstellen. Bis Dublin fehlte ihnen bestimmt noch eine Viertelstunde Flugzeit.

»Dear Ladies and Gentlemen«, meldete sich der Kapitän durch die Lautsprecheranlage. Er hatte sie bereits zu Beginn des Fluges begrüßt und auf halber Strecke ein bisschen was über die Flugroute erzählt. »Unsere Landezeit wird sich wegen eines Wetterphänomens über Dublin leider ein wenig verzögern. Der Tower hat uns in die Schleife umgeleitet und rechnet mit etwa zwanzig Minuten Verspätung. Wenn Sie aus dem Fenster schauen, bekommen Sie dafür bald einen schönen roten Himmel zu sehen.«

Anna horchte auf, während der eine oder andere im Flugzeug genervte Laute von sich gab.

»Das muss Sie nicht beunruhigen. Verantwortlich ist das Tief Elaine, das Sand und Staub aus Nordafrika und außerdem noch Rauch und Asche von Waldbränden in Spanien nach Norden trägt. Wer von Ihnen sich noch an Sturmtief Ophelia erinnert, der weiß, wovon ich spreche. Entschuldigen Sie die Unannehmlichkeiten und weiterhin einen guten Flug.«

Nick sah Anna alarmiert an. Anna schaute, ebenfalls beunruhigt, aus dem Fenster. Der Rotton, der ihr schon vorhin aufgefallen war, war deutlich zu erkennen. Hatte sie es verwechselt, und es war tatsächlich nur das Wetter? Aber der Pilot hatte gesagt, sie würden es *bald* sehen.

»Entschuldigung«, sprach sie kurzerhand ihre Sitznachbarin an, deren dünnes Lächeln wohl mit der Durchsage verloren gegangen war. »Ist … fällt Ihnen da draußen schon was auf?«

Die Frau mit den prallen Bäckchen und dem spitzen Kinn erwiderte ihren Blick entgeistert, sah dann nach draußen und wieder zu Anna.

»Nein … siehst du das nicht selbst?«

Anna zuckte mit den Schultern, während die Frau erneut nach draußen starrte, als ahnte sie, dass Anna etwas sah, das ihr entging.

»Mach sie nicht noch mehr verrückt«, flüsterte Nick ihr zu.

War es ein Zufall, dass das Wetter, von dem der Pilot gesprochen hatte, und der Staub von *drüben* zusammenkamen? Oder gab es in Dublin eine Schwachstelle, die so stark war, dass die Menschen bemerkten, was geschah, und sich Erklärungen dafür zusammenreimten?

Anna wandte den Blick nicht mehr vom Fenster ab und schien ihre Sitznachbarin damit tatsächlich zusätzlich zu verunsichern. Wäre es nicht so ernst gewesen, hätte Anna mit Schadenfreude beobachten können, wie die Frau immer wieder nervös an ihrem Haarband herumnestelte und sie schließlich bat, aufzustehen, um auf die Toilette gehen zu können. Anna sah ihre zittrigen Finger, als sie sich am Sitz abstützte, um auf den Gang hinauszutreten.

»Wird es stärker?«, fragte Nick sofort, als die Frau außer Hörweite war. Vom Gangplatz aus hatte er eine schlechte Sicht nach draußen.

Anna schüttelte den Kopf. »Keine Ahnung … nicht so, dass ich es sicher sagen könnte.«

Sie lehnte sich zurück, sodass Nick sich ein eigenes Bild machen konnte. Das Flugzeug ruckelte plötzlich leicht, und obwohl man es kaum Turbulenzen nennen konnte, wurde Anna flau im Magen.

»Keine Angst«, sagte Nick, als er ihren Gesichtsausdruck bemerkte. »Wenn es stark genug wäre, Flugzeuge vom Himmel zu holen, würden sie niemanden mehr nach Dublin reinfliegen lassen …«

Anna nickte.

Als die Frau zurückkehrte, war ihr Gesicht aschfahl. Nick lehnte sich wieder in seinen Sitz zurück. Sie mussten der offensichtlichen Flugangst der Frau nicht noch zusätzliches Futter geben.

»Meine Damen und Herren, hier spricht Ihr Kapitän«, meldete sich wieder der Pilot. »Ich habe gute Nachrichten. Wir wurden eingeschleift und können in wenigen Minuten den Landeanflug beginnen. Wir werden Dublin fast pünktlich erreichen.«

Wenige Augenblicke später meldete sich noch einmal die Stewardess.

»Wir bitten Sie, Ihre Sitze in eine aufrechte Position zu bringen und Ihre Plätze nicht mehr zu verlassen.«

Sie wurde von einem weiteren Ruckeln unterbrochen, und Anna sah, wie die Hände ihrer Sitznachbarin sich an beiden Lehnen festklammerten.

Als das Flugzeug in den Sinkflug überging, spürte Anna es in ihrem Bauch. Sie warf immer wieder Blicke aus dem Fenster, doch sie waren jetzt in die Wolkendecke eingetaucht und außer weiß-grauen Schwaden war dort draußen nichts zu sehen. Außer zwei weiteren Rucklern geschah nichts, bis sie unten aus den Wolken stießen und zumindest ein Teil von Annas Anspannung abfiel. Ja, da war Staub, und auch der Horizont hatte einen merklichen Rotstich. Doch er war nicht ausgeprägter als noch über den Wolken, und nachdem die Fluggäste auf der gegenüberliegenden Seite nun ebenfalls die Hälse reckten, war das hier unten wohl tatsächlich das Wetterphänomen, das für alle gleichermaßen sichtbar war.

Wieder lehnte Anna sich zurück, um Nick einen Blick zu ermöglichen, und seinem erleichterten Gesichtsausdruck sah Anna an, dass er dasselbe dachte wie sie.

Sie mussten über den Wolken eine Schleife geflogen sein, denn Anna sah nur Felder am Boden, kein Meer: Sie näherten sich Dublin von der Landseite.

Das Flugzeug lehnte sich noch einmal nach rechts, auf die gegenüberliegende Seite, und der Blick vor ihrem Fenster schweifte gen Wolkendecke ab. Anna griff nach dem Handy in ihrer Hosentasche. Sie holte es nicht hervor, um der Frau neben ihr nicht den Rest zu geben, wollte aber sofort nach der Landung nachsehen, wie schnell Maik nach Dublin gelangt sein konnte.

Als das Flugzeug sich wieder zurückneigte, warf Anna noch einen Blick hinaus – und ihr blieb fast das Herz stehen. Auf ihrer Seite erstreckte sich nun die Küste Irlands bis zur Bucht, in der Dublin lag. Die Ansicht, die die Passagiere ihnen gegenüber, die eben die Hälse gereckt hatten, schon die ganze Zeit hatten. Direkt dort, wo die Stadt Dublin ans Meer grenzte, türmten sich rot quellende Sandwolken in die Höhe, von denen sich Staubfahnen weit in die Landschaft hineinzogen. Der Wind musste über die Meerespassage, zurück in Richtung England gehen, denn der Horizont über dem Wasser war glühend rot gefärbt von dem, was hier aufgewirbelt wurde. Aus dieser Richtung kamen auch sie, doch über den Wolken hatten sie nur eine Ahnung von dem bekommen, was sich hier unten abspielte.

Annas Augen tränten vom Hinsehen auf die Stelle, wo Dublin das Meer berührte. Sie kannte das Gefühl von den Überlagerungen mit der anderen Welt in Ankara. Ohne den Blick abzuwenden, streckte sie die Hand nach Nick aus und hörte ihn stöhnen, als er es ebenfalls sah.

Auch die Frau neben Anna starrte aus dem Fenster und drückte nach wenigen Augenblicken den Leuchtknopf, der die Stewardess rief. Diese stand sofort aus ihrem Klappsitz für die Landung auf und kam zu ihrer Reihe und an Nicks Seite.

»Ja?«, fragte sie, während sie den Leuchtknopf über der Frau wieder ausschaltete.

»Ist das … normal?«, fragte die Frau, während sie am Fenster nach draußen deutete. Sie zeigte in Richtung Horizont, nicht auf die Stadt Dublin unter der Staubglocke.

»Ja«, nickte die Stewardess beruhigend. »Ganz normal, der Kapitän hat es vorhin erklärt. Ein Wetterphänomen, Sie müssen sich keine Sorgen machen.«

Anna hätte ihre rechte Hand darauf verwettet, dass das dort draußen mit dem Wetter nicht das Geringste zu tun hatte.

»Entschuldigung«, hakte sie bei der Stewardess nach, bevor diese ihnen wieder den Rücken zukehren konnte.

»Ja?«, fragte diese erneut und mit professionell geduldigem Lächeln.

»Da unten, was ist da?«, fragte Anna und deutete auf die Stelle, die sie kaum länger als ein paar Sekunden ansehen konnte, ohne dass es vor ihren Augen flimmerte. Der rote Staubpilz, der sich von dort auftürmte, wirkte auf sie, als hätte dort vor Minuten eine Bombe eingeschlagen.

»Oh, siehst du nicht die Schiffe? Das ist der Hafen von Dublin. Entschuldigung, wir landen gleich, ich muss wieder auf meine Position.«

Anna nickte geistesabwesend und bemühte sich blinzelnd, mehr zu erkennen. Sie sahen alle den Rotton des Himmels und des Horizonts, nicht aber, was ihn verursachte. Tatsächlich konnte sie die Konturen von Schiffen jenseits des gröbsten Gestöbers erkennen. Eines war ihr nun zumindest klar: Sie würden nicht lange suchen müssen, wo Peter und Eric steckten. Ebenso wenig wie Maik.

Neunzehn Stunden und vierundzwanzig Minuten. Das zeigte die Karten-App nach ihrer Landung als Dauer der Autostrecke zwischen Berlin und Dublin an, inklusive Zugfahrt durch den Kanal und Fährverbindung von Wales aus. Nick war sich ziemlich sicher, dass Maik diese Zeit unmöglich geschafft haben konnte, ohne Pausen und Verzögerungen, aber sie jagte Anna dennoch einen Schrecken ein. Zumindest seit dieser Nacht konnte Maik schon in der Stadt sein, und die Frage, die sie Nick zu Beginn des Fluges gestellt hatte, bohrte sich wieder in ihre Gedanken: Kamen sie zu spät?

Die Minuten, als das Flugzeug zum Stehen gekommen war und die Menschen trotz verschlossener Türen bereits aufsprangen, kamen ihr quälend langsam vor. Endlich schoben sich vorne die ersten Fluggäste nach draußen, und Anna quetschte sich hinter Nick aus dem Sitz. Fast hätte sie ihre Stofftasche mit den Wechselsachen vergessen, doch sie sah einen Zipfel davon unter dem Vordersitz hervorschauen und bückte sich noch einmal danach. Ihre Sitznachbarin beobachtete sie, als wollte sie sicherstellen, dass Anna nicht doch noch eine Bombe im Flugzeug deponierte.

Rund um den Bereich, wo die Passagiere aus der Zollabfertigung und den kreiselnden Gepäckkarussellen strömten, standen Grüppchen von Wartenden. Als Anna den Blick zur Anzeigetafel hob, verstand sie die vielen unglücklichen Mienen. Fast die Hälfte der knapp dreißig angezeigten Flüge waren bereits verspätet. Von fünf Minuten bis über eine halbe Stunde war alles dabei.

»Also zum Hafen?«, fragte Nick.

Anna verschaffte sich einen Überblick über den Inhalt ihres Geldbeutels. Sie hatte auf dem Handy gesehen, dass der Flughafen ein gutes Stück nördlich der Stadt lag.

»Ja«, sagte sie, »wir nehmen ein Taxi.«

Sie hatte bereits ein Hinweisschild entdeckt und schlug die Richtung ein. Wenn Dublin nicht teurer als Berlin war, würde das Geld reichen.

An einer verschnörkelten Kreuz-Skulptur aus gelben Metallstäben vorbei, die im Zentrum der Ankunftshalle stand, eilten sie dem Ausgang zu. Als sie die Glasfassade des Flughafens hinter sich ließen, entdeckte Anna schon die Taxischlange. Auf der dreispurigen Straße vor ihnen schob sich eine Reihe gelber Doppeldeckerbusse vorbei.

»Taxi«, rief Anna, noch während sie die Straße überquerten.

Ein kleiner älterer Herr mit buschigen Augenbrauen, der neben seinem Kleinwagen mitten in der Schlange der Taxis stand, sah auf. Seine Hautfarbe war dunkel, doch als ob er den Kontrast betonen wollte, trug er eine typisch irische Schiebermütze aus Cord mit einem Knopf in der Mitte und dazu ein kariertes Hemd und eine Weste, passend zur Mütze.

Er eilte sofort zur Autotür, die Anna und Nick am nächsten war, und riss sie auf.

»Zum Hafen bitte«, sagte Anna, bevor sie hinten einstieg und für Nick zur Seite rückte.

Der Fahrer nahm seinen Platz ein und scherte aus den wartenden Fahrzeugen in den Dubliner Linksverkehr aus. Die Kollegen, die vor ihm in der Schlange gewartet hatten, verfolgten ihn mit missbilligenden Blicken.

»In Eile, was?« Seine braunen Augen im Rückspiegel blitzten schelmisch.

»Ja, ein bisschen«, bestätigte Anna.

Sie blickte durch die Windschutzscheibe zum Himmel hinauf, als ihr Fahrer jenseits der Terminals auf einen großen Kreisverkehr fuhr. Im Süden konnte sie die Staubsäule sehen, die dort tiefrot in den Himmel wuchs. Das Zentrum des Kreisverkehrs bestand aus einer großen Wiese mit einer Art steinerner Speerspitze, die in der Mitte mehrere Meter hoch aufragte. Der braunrote Himmel verlieh dem Stein die Farbe von getrocknetem Blut. Die Risse gleißenden Lichts hätten die apokalyptische Stimmung perfekt gemacht, doch Anna suchte sie vergeblich.

»Sollten wir uns ... irgendwie vorbereiten?«, murmelte Nick.

»Wir haben keine Zeit«, antwortete Anna. »Und ich wüsste auch nicht, wie ... du?«

Nick schüttelte sacht den Kopf. Sie konnten nur hoffen, dass das, was sie hier sahen, nicht schon der Anfang vom Ende war. Und dass sie irgendwie zu Peter durchdringen würden, wenn sie mit ihm sprachen – dass sie überhaupt die Gelegenheit dazu haben würden. Anna seufzte und sah aus dem Fenster.

»Seid ihr Touristen? Müsst ihr ein Schiff erwischen?«, fragte der Taxifahrer, der auf der Schnellstraße nun ordentlich beschleunigte. Sein Akzent verriet eindeutig seine indische Herkunft. Das, zusammen mit seiner betont irischen Kleidung, machte ihn zu einer einigermaßen skurrilen Gestalt.

»Ja, genau«, erwiderte Nick. »Das Wetter ...« Er deutete geradeaus in die Richtung, wo sich die Staubsäule erhob. Vielleicht erhoffte er sich einen Hinweis, wie viel die Menschen wirklich sahen. »Es ist gruselig, oder?«

Das Panorama war tatsächlich beängstigend. Sie fuhren nun direkt auf das Zentrum des Ganzen zu, und Anna konnte Nicks Unbehagen gut verstehen.

»Nein«, erwiderte der Fahrer nüchtern. »Ist kein Problem. Kaum Wind. Beim letzten Sturm sah es genauso aus, aber heftiger. Da sind keine Schiffe mehr gegangen und Flugzeuge auch nicht. Und drüben in Cork ist sogar ein Fußballstadion eingestürzt. Das ist bloß ein bisschen Sand in der Luft.«

Nick wollte etwas entgegnen, doch der Mann sprach schon weiter.

»Aber Klimawandel, das ist es. Wenn es so weitergeht, dann machen wir hier bald unsere eigene Wüste auf.« Er lachte, als stellte er sich das amüsant vor, und wechselte dann die Spur, um an einem Kleintransporter vorbeizukommen. »Nein, das ist nicht schlimm. Etwas für schöne Fotos. Wohin fahrt ihr?«

Nick sah Anna Hilfe suchend an.

»Liverpool«, nannte sie das Erste, das ihr von der Karte im Flugzeug noch einfiel, und war genervt von der Neugier des Taxifahrers. Sie hatte schon genug von den Versteckspielen mit Polizei und Sicherheitsleuten am Flughafen, da konnte sie auf diesen Small Talk gut verzichten.

»Ihr fliegt nach Dublin und nehmt dann das Schiff nach Liverpool?«, fragte der Taxifahrer amüsiert. »Wolltet noch etwas von der grünen Insel Irland sehen, was?«

Seine Worte klangen umso ironischer, da die Schnellstraße keine hundert Meter vor ihnen unterirdisch in einem Tunnel weiterverlief. Schon wuchsen die grauen Steinmauern zu beiden Seiten nach oben und versperrten nach und nach die Sicht auf den roten Himmel.

»Es war günstiger so«, verteidigte Anna ihre Geschichte.

Der Taxifahrer nickte.

»Ich weiß, und ihr seid jung«, sagte er versöhnlich. »Ihr könnt zurückkommen nach Irland, wenn ihr seht, dass die Engländer Arschlöcher sind.«

Das Schimpfwort klang mit seinem Akzent eher drollig als

ernsthaft beleidigend, und sein Tonfall blieb dabei so fröhlich, als gäbe er ihnen nur einen Tipp für sein Lieblingspub.

»Und Arschlöcher gibt's hier nicht?«, fragte Nick, während sie durch den Tunnel fuhren, in dem sich kein Ende abzeichnete. »Was ist mit der National Front?«

»Ein paar Arschlöcher gibt es überall.« Ihr Fahrer klang nicht mehr wie der lustige Taxifahrer. Sein rauer Ton ließ erahnen, dass er wusste, wovon er sprach. »Ein paar Rechte, ein paar Linke, die sich gegenseitig die Köpfe einschlagen. Aber Irland ist ein gutes Land. England …«

»Wieso gegenseitig«, widersprach Anna. »Die National Front hat doch erst kürzlich wieder jemanden umgebracht. Im *Debtors' Prison.*«

»Ihr kennt euch gut aus für Durchreisende«, schmunzelte der Fahrer. »Aber nicht ganz. Die Nazis haben einen umgebracht: die Treppe runtergestoßen. Aber die *Squatter* haben auch einen auf dem Gewissen. Hat erst in der Klinik den Löffel abgegeben.« Er nahm die rechte Hand vom Steuer und holte etwas vom Beifahrersitz. Es war eine dünne Zeitung, und Anna erkannte genug von der reißerischen Aufmachung des Titelblatts, um zu erahnen, was für eine Art Zeitung das war. Die Überschrift konnte Anna im Tunnel allerdings nicht lesen.

»Sie schreiben, es war ein Kind, das ihn totgeschlagen hat. Eine Schande.«

Anna lief es eiskalt den Rücken hinunter. Peter und Eric waren die einzigen Kinder gewesen, die Anna auf der Fotografie der Hausbesetzer hatte entdecken können. Sie selbst hatte einen von Erics Gewaltausbrüchen abbekommen, als das dunkle Herz noch nicht in ihm gesteckt hatte. Hatte er nun jemanden erschlagen? Nick atmete geräuschvoll ein, und Anna spürte seine Sorge, auch ohne dass sie im Tunnel seinen Gesichtsausdruck sah. Maik war wohl nicht der einzige Mörder, dem sie heute noch begegnen konnten.

Vor ihnen scherte ein Lkw aus, ohne zu blinken, und ihr Fahrer musste bremsen. Er ließ die Zeitung wieder auf den Sitz fallen, hupte und fluchte in irisch-derbem Tonfall mit indischer Einfärbung. Es klang, als freute er sich über die Gelegenheit dazu.

Das Taxameter lief und lief, und bis sich vor ihnen endlich die Tunnelausfahrt abzeichnete, hatte es Regionen erreicht, die Anna bereits zu denken gaben. Sie würde das Kleingeld im Geldbeutel zusammenkratzen müssen, damit es reichte.

Als sie wieder ins Tageslicht fuhren, war Anna auf ein dramatisches Bild gefasst. Ihr stockte dennoch der Atem, während sich ihre Augen wieder an das Licht gewöhnten: Wie ein rot glühendes Gewitter, das sich nicht oben am Himmel, sondern hier auf der Erde abspielte, quollen die Sandwolken ein paar Hundert Meter vor ihnen auf. Der ganze Innenraum des Taxis war plötzlich in die rote Farbe des Himmels getaucht. Obwohl Anna wusste, dass ihr Fahrer nicht sah, was wirklich vor ihnen lag, war sie trotzdem für einen Moment irritiert, dass er nicht die Handbremse zog und das Steuer herumriss, um mit einer Kehrtwende wieder im Tunnel zu verschwinden und so schnell wie möglich fort von hier zu kommen.

Ihre und Nicks Hand fanden sich, doch er sagte nichts.

»Ihr seid wirklich nicht die Mutigsten, was?«, lachte ihr Fahrer nach einem Blick in den Rückspiegel. »Macht nicht solche Gesichter! Das wird sicher eine hübsche Nacht für eine romantische Bootsfahrt ins stinkende Liverpool.«

Er wurde etwas langsamer, als vor ihnen eine Mautstation auftauchte. Neben dem Schild für das elektronische Mautsystem war die Straße frei, und so passierte er die anderen Spuren mit den Kassenschaltern, ohne anzuhalten. Die Sicht wurde dank des wirbelnden Staubs in der Luft immer schlechter. Anna erahnte in einiger Entfernung die metallenen Streben von Ladekränen, die aus den roten Schwaden hervorragten. Sie sahen aus wie das Gerippe eines gigantischen gestrandeten Wals.

»Zu welchem Terminal müsst ihr?«, fragte ihr Fahrer.

Anna sah das Schild, das die Schnellstraße in verschiedene Richtungen unterteilte, erst einen Moment nach der Frage. Die rechten Spuren führten in Richtung Stadtzentrum, die anderen zu Terminal 1, 2 und 3. Anna sah hastig auf ihrer Karten-App nach, welches Terminal dem Zentrum des Staubsturms am nächsten kam. Die Spuraufteilung näherte sich.

»Also?«

»Terminal 1«, antwortete sie hastig, als sie sich einen Überblick verschafft hatte, und war froh, dass die Karte noch vom WLAN des Flughafens geladen war.

Ihr Fahrer wechselte in die Mitte, und während die Spuren links und rechts von ihnen in Schleifen abzweigten, fuhren sie weiter geradeaus auf die Sandverwehungen zu, deren erste Ausläufer sie allmählich erreichten. Immer höher türmten sich die Schwaden vor ihnen auf, und Anna sah an den Verwirbelungen vor dem Autofenster, dass ein böiger Wind eingesetzt hatte.

»Wie … stark war der Wind denn beim letzten Mal?«, fragte sie.

»Oh, der letzte war ein echter *Hurricane*, überall in den Nachrichten! Bäume ausgerissen, Überflutung, das ganze Programm. Seht ihr die Promenade da vorn?«

Er deutete irgendwo in die Sandwolken hinein. Annas Sicht reichte nur noch ein kleines Stück auf der Straße geradeaus, aber ihren Fahrer schien das nicht zu betreffen.

»Ja«, log sie.

»Da gegenüber, der Betonblock, das sind die Verwaltungsgebäude der *Topaz Tankfarm*. Da sind die Wellen so hoch gekommen, dass es die Fensterscheiben im zweiten Stock zerdeppert hat.«

Als eine Böe das Auto traf, musste er gegenlenken. Sie waren seit der Aufspaltung der Schnellstraße das einzige Auto auf den zwei Spuren.

»Bisschen windig, mehr nicht«, sagte der Taxifahrer trotzig.

»Müssten wir nicht schon da sein?«, flüsterte Nick.

Anna sah erneut auf die Karte. Er hatte recht. Das Taxi war immer noch in flottem Tempo unterwegs, und sie fuhren schon ein paar Minuten auf der Tolka Quay Road. Sie hätten schon das Ende erreichen müssen, doch die App zeigte ihren Standort beinahe unverändert an. In diesem Moment wurde der kleine blaue Punkt, der auf dem Display ihren Standort markierte, plötzlich grau. Ein blau transparenter Kreis zeigte den Bereich an, in dem ihr Handy sie vermutete, und er wuchs schneller, als sie mit den Fingern herauszoomen konnte: Das GPS-Signal war abgerissen.

Annas Herz schlug schneller, und sie lenkte Nicks Blick auf das Display. Verließen sie schon wieder ihre Welt? Es war eine Menge Sand und Staub dort draußen, und das Panorama war beängstigend gewesen, aber es wurde weder heißer, noch hatte sie bisher sonst irgendwelche Anzeichen von *drüben* entdeckt … auch die Straße vor der Motorhaube war klar zu erkennen.

Während sich Nicks Finger fester um ihre Hand schlossen, sah der Fahrer stirnrunzelnd auf das Taxameter. Anna beobachtete die rot leuchtenden Ziffern auf dem kleinen Kasten und begriff, warum der Taxifahrer stutzte. Es sprang kaum noch auf höhere Beträge um, was es vorhin etwa im Takt einer halben Minute getan hatte. Annas schlechtes Gefühl wurde dadurch noch verstärkt.

»Ich … glaube, wir laufen das letzte Stück«, sagte sie stockend. »Bisschen die Beine vertreten.«

Sie wollte weder riskieren, dass der Staub irgendetwas mit ihrem Fahrer anstellte, so wie mit Kuba, noch wollte sie dessen Leben in Gefahr bringen.

»Seid ihr sicher?«, fragte ihr Fahrer, und seine Stimme zeigte das erste Mal Verunsicherung. »Ist schon noch ein kleines Stück, aber wir sollten längst da sein. Vielleicht ist irgendwas mit dem Motor, keine Ahnung.«

Der Motor schnurrte, und der Tacho bestätigte ihm seinen tadellosen Dienst, aber was hätte der Mann sagen sollen? Er würde wohl kaum davon reden, dass vielleicht irgendwas mit Zeit und Raum nicht in Ordnung war, weil sie sich auf dünnem Eis zwischen zwei Welten bewegten, auch wenn das vermutlich die Erklärung war.

»Ich glaube auch«, bekräftigte Nick. »Ein Stück laufen wäre gut.«

»Ja, kein Problem wegen dem Motor«, fügte Anna bemüht locker hinzu.

»O.k., dann ... dann lass ich euch hier raus.«

Er musste noch einmal gegen eine Böe lenken, bevor er den Wagen nach einem Blick in den Rückspiegel am linken Straßenrand zum Stehen brachte. Während Nick die Tür auf seiner Seite öffnete, lehnte sich Anna nach vorn und zählte Geld aus ihrem Geldbeutel ab. Als sie die Scheine und die paar Euromünzen zusammengezählt hatte, fehlten noch immer drei siebzig für den Betrag, den das Taxameter einforderte.

Sie begann, kleinere Münzen aus dem Kleingeldfach zu fischen, doch der Fahrer winkte ab.

»Ist schon gut, das reicht.«

»Danke, das ist nett.« Anna streckte ihm erleichtert das Geld entgegen, und er sortierte es in eine große Börse in den Farben Irlands. Anna hatte sich nach vorn gelehnt und erhaschte aus dem Augenwinkel einen Blick auf die Zeitung auf dem Beifahrersitz. Fast hätte sie den Geldbeutel fallen lassen.

So jung und schon ein **MÖRDER**, titelte das Boulevardblatt und das Wort **MÖRDER** war rot hinterlegt.

Darunter war ein Teenager im Poloshirt abgebildet. Das Foto wirkte, als wäre es aus einem Schul-Jahrbuch entnommen: Der Junge lächelte gewinnend in die Kamera und war zweifelsohne fotogen, doch seine Augen wirkten kühl. *Tyler, 15, zu Tode geprügelt*, war die Unterschrift. Leicht versetzt daneben war eine zweite Abbildung. Anna erkannte sie als einen Ausschnitt aus dem Bild, das die Hausbesetzer von sich in den Fenstern des *Debtors' Prison* gemacht hatten. Es war Peters Gesicht, im Halbschatten und wegen der Vergrößerung von schlechter Qualität, aber immer noch zweifelsfrei zu erkennen.

Vom Kind zum Killer, lautete der reißerische Untertitel.

Aus dem Fließtext sprang ihr nur ein weiterer, fett geschriebener Halbsatz entgegen: ... noch immer ***auf der Flucht!***

Hilfe

Als Anna ausgestiegen war, bretterte das Taxi über den bepflanzten Mittelstreifen der Straße, um ohne Umwege auf die Gegenrichtung zu kommen. Der Fahrer hatte es nun wohl selbst eilig, von hier fortzukommen. Wahrscheinlich war das auch der Grund, warum er Anna die drei Euro siebzig erlassen hatte, anstatt zu warten, bis sie vielleicht noch zwei oder drei Euro aus Kleingeld zusammengekratzt hätte.

»Es ist Peter«, übertönte Anna den Wind mit zusammengekniffenen Augen. Die Böen schlugen ihr ins Gesicht und dröhnten in den Ohren, und der Staub war sofort überall. »Sein Bild war auf der Titelseite. Sie behaupten, Peter hätte jemanden umgebracht.«

»Peter?«, fragte Nick ungläubig, als wollte er es nicht wahrhaben. »Peter könnte keiner Fliege was zuleide tun!«

Dafür hätte auch Anna ihre Hand vor ein paar Wochen noch ins Feuer gelegt. Aber was galt schon heute noch von damals …

»Wie sollen wir ihn so finden?«, fragte Nick.

Laut Zeitung war er *auf der Flucht*, erinnerte sich Anna. Vermutlich wollte Peter gar nicht gefunden werden.

»Da lang«, schlug Anna vor und deutete die Straße hinunter. »Irgendwo da muss der Sturm herkommen. Peter muss was damit zu tun haben.«

Es hätte sie nicht verwundert, wenn gerade ein Haufen Meteorologen über ihren Bildschirmen brüteten und dieses *Wetterphänomen* nicht so recht einzuordnen wussten.

Annas Augen juckten, und ihr Hals kratzte. Sie zog ihr Oberteil über Mund und Nase und kämpfte sich mit Nick durch den Wind voran. Schon nach wenigen Schritten wurde das Gestöber so stark, dass sie die Hände vors Gesicht nehmen musste und trotz des Stoffs den Sand in den Nasenlöchern und zwischen den Zähnen spürte. Anna kam es vor, als antwortete der Sturm auf jeden Schritt von ihnen mit einem Dagegenhalten, das mit jeder Sekunde stärker wurde. Ihre Augen tränten, und ihr Herz hämmerte, nicht zuletzt, weil sie sich in das Gestöber tief unter der Stadt zurückversetzt fühlte.

»So geht es nicht«, rief Nick neben ihr, als in Anna gerade Zweifel aufkamen, ob sie sich überhaupt noch in die richtige Richtung bewegten. »Wir müssen umkehren und uns was anderes überlegen!«

»Okay«, erwiderte sie und erahnte im selben Moment einen Umriss im Gestöber vor sich. Eine Mauer, gut zwei Meter hoch. »Oder … warte!«

Anna stemmte sich gegen den Wind und konnte Nicks Zuruf, sie solle vorsichtig sein, nur erahnen. Der Schattenumriss war tatsächlich eine Mauer. In ihrer Welt hätte es die Mauer der *Topaz Tankfarm* sein können, von der der Taxifahrer vorhin gesprochen hatte. Doch je mehr sie von der Struktur aus bröckelnden Lehmziegeln erahnte, desto sicherer war sie, dass die Wand nicht aus ihrer Welt stammte.

»Das ist die Burgmauer!«, rief Anna und erschrak, als Nicks Hand sie daraufhin an der Schulter berührte. Er war ihr nachgekommen. Der Wind war direkt vor dem Hindernis etwas abgeschwächt.

»Nein«, widersprach Nick. »Es tut nur so …«

Anna musste genauer hinsehen, um zu verstehen, was er meinte. Die Mauer war nur noch einen Meter von ihr entfernt, und unter dem Staubgestöber konnte es einem dennoch leicht entgehen. Aber wenn Anna die Augen zusammenkniff, sah sie es auch: Die Mauer flackerte. Wie eine defekte Neonröhre stand die Barriere in der Luft, hinter der sich Álvaro in der anderen Welt verschanzt hatte, und verschwand in unregelmäßigen Abständen für den Bruchteil einer Sekunde.

Sie hinterließ keine Leere, wenn sie fort war, sondern etwas Dunkles, Undefiniertes. Anna versuchte, die Mauer nicht zu fokussieren, sondern die Augen zu entspannen, um in den winzigen Augenblicken, da sie fort war, etwas zu erkennen. Doch nach ein paar Sekunden gab sie es auf. Das Einzige, was sie beschlich, war das unheimliche Gefühl, dass hinter dem Flackern etwas zurückstarrte. Sie streckte die Hand aus, um die Mauer zu berühren.

»Anna …«, warnte Nick unbehaglich, doch sie ließ sich nicht beirren. Ohne dieses Hindernis wären sie wohl schon wieder umgekehrt, doch die Wand bewies ja, dass sie richtig waren.

Die Luft wurde kühler, ja näher ihre Hand den flackernden Lehmziegeln kam, und brannte auf der Haut, als tauchte sie damit in kaltes Wasser: Kälte statt der Hitze, die *drüben* doch eigentlich vorherrschte.

»Warte!«, rief Nick, der sich umgesehen hatte, und Anna hielt inne. »Da liegt jemand.«

Er schützte sein Gesicht mit dem Arm gegen den Wind, schritt seitlich an der Mauer entlang und ging nach ein paar Metern in die Knie. Anna kam mit ihm und entdeckte ebenfalls die beiden Gestalten am Boden. Eine von ihnen war eine junge Frau, die dort lag und fast vollständig von Sand bedeckt war. Nur ihr Kopf und ihre linke Schulter schauten hervor. Sie waren in den Schoß eines Mannes gebettet, von dem mehr zu sehen war, weil er an der Mauer lehnte. Seine Schultern waren zusammengesunken und sein Kopf nach vorn gefallen. Anna erahnte einen Backenbart in dem bleichen Gesicht. Nick stürzte zu ihm, während Anna sich vor die Frau kniete und versuchte, sie wach zu bekommen.

»Hören Sie mich?«, fragte Anna, während sie bereits hastig

damit begann, die Frau aus dem Sand auszugraben. »Hallo, verstehen Sie mich?«

Ein überraschter Laut von Nick ließ Anna aufblicken. Er war von dem Sitzenden zurückgezuckt.

»E-Er ist eiskalt«, stammelte Nick. »Ich kann ihn kaum anfassen.«

Anna sah in seinen Augen, dass er erst mit ihrem Blickkontakt realisierte, was das hieß: Der Mann war tot. Der Schock darüber fuhr Anna in die Glieder, und sie wäre am liebsten aufgestanden und hätte Abstand zu den beiden genommen, doch sie kämpfte den Impuls nieder.

»Hilf mir!«, forderte sie Nick auf, der noch immer regungslos war, und befreite die Frau umso verbissener vom Sand.

Sie trug eine schwarze Mütze mit einem Anarchie-Button, und noch während sie gemeinsam ihren Oberkörper freilegten, fiel Anna ein, dass sie die Frau schon einmal gesehen hatte: Auf dem Bild der Hausbesetzer im *Debtors' Prison* hatte sie in einem der Fenster gestanden. Vielleicht war der Mann mit dem Backenbart bei ihr gewesen, aber daran konnte sich Anna nicht erinnern. Nun saß er erfroren an der Mauer, die Anna eben noch hatte berühren wollen.

»Ziehen wir sie weg«, sagte Nick, als die Arme der jungen Frau freilagen, »schnell.«

Sie zogen ihren Oberkörper an den Armen hoch, und ihrem Mund entwich ein Stöhnen, das Anna Hoffnung gab, dass sie lebte.

Gemeinsam hoben sie die Frau aus dem Schoß des Mannes und schafften den Oberkörper ein Stück von der Mauer weg. Ihre Beine lagen noch immer im Sand begraben.

Nick nahm den linken Arm der Frau.

»Sie ist auch kalt.« Er suchte am Handgelenk nach einem Puls. Anna beobachtete ihn dabei gebannt. »Aber ihr Herz schlägt«, atmete er schließlich auf.

Während Nick sich hinter die Frau kniete und ihren Oberkörper aufrichtete, stöhnte diese ein weiteres Mal.

»Hören Sie mich?«, sprach Anna sie wieder an. »Können Sie mir Ihren Namen sagen?«

»Tom …«, kam es mühsam über die Lippen der Frau, »wo ist T-Tom?« Ihre Lider öffneten sich kaum. Sie waren dunkel geschminkt, und Anna entdeckte einen Ring in ihrem linken Nasenflügel. Anna erinnerte sich genau an ihren gelösten Gesichtsausdruck auf dem Foto und musste schlucken. Vielleicht waren sie und Tom ein Paar gewesen.

»Wie heißt du?«, fragte Anna wieder, ohne selbst zu antworten. »Und was habt ihr hier gemacht?«

»Zora«, nannte die Frau ihren Namen. »Wir … suchen Peter.«

Ihr Atem war flach und unterbrach ihre Sätze immer wieder.

»Wisst ihr sicher, dass er hier ist?«, fragte Anna eindringlich. »Und wisst ihr, ob er diesen Jungen umgebracht hat?«

»Ich habe …«, erwiderte Zora, und ihre Lider hoben sich minimal. »Ich hab ihn nur hier gefunden, beim ersten Mal. Er ist weg … nach dem Angriff. Dieses Nazischwein … j-ja, Peter hat ihn schlimm zugerichtet, aber er war nicht er selbst.«

Anna schwieg betroffen. Sie hatte es selbst erlebt, als Eric sie unter die Stadt verfolgt und dort angegriffen hatte. Als das dunkle Herz sie dort unten mit seinen Stimmen aufgestachelt hatte, hatte sie Eric in den Tod geschubst. Auch sie war nicht sie selbst gewesen, aber es waren ihre Hände, ihre Entscheidung gewesen, und sie hatte das Gefühl, dass es bei Peter ähnlich gewesen war.

»T-Tom?«, bat Zora wieder, während Nick vorsichtig den Reißverschluss seiner Kapuzenjacke öffnete, um sie über die unterkühlte Zora zu legen.

Anna suchte die richtigen Worte und fand sie nicht. Sie hatte auf einmal das Bild im Kopf, wie Nick dort erfroren an der Mauer lehnte und sie selbst danebenkauerte.

»Tom … Tom hat es nicht geschafft«, sprach sie die erste, schal schmeckende Floskel aus, die ihr in den Mund kam. Sie wollte nicht lügen und war mit der Situation überfordert, aber als Zora zu schluchzen begann und kaum Kraft dazu hatte, krampfte sich alles in Anna zusammen. Sie streckte die Hand nach Zoras Arm aus, um ihr zumindest ein wenig Halt zu geben.

»Wir müssen einen Krankenwagen rufen«, sagte Nick niedergeschlagen mit der bebenden Zora auf seinen Knien.

Anna nickte und zog ihr Handy hervor. »Ich hab keinen Empfang«, erkannte sie verzweifelt. »Ich muss erst zurück durch den Sturm.«

Nick schüttelte entschieden den Kopf. »Wir trennen uns auf keinen Fall … Es wird uns auseinanderreißen. Wenn, dann bringen wir sie zusammen raus.«

Anna warf einen Blick hinüber zu der Mauer. Sie spürte das dunkle Brodeln hinter der flackernden Wand mehr, als dass sie es sah.

»Ich glaube, es weiß, dass wir hier sind«, sagte sie stockend. »Das dunkle Herz …«

»Ich glaub auch«, sagte Nick. »Meinst du, wir kommen durch?«

Anna nickte. Es hatte einen Weg durch Álvaros Burgmauer gegeben, und sie vermutete, dass es diesen Weg auch hier geben würde, zumindest wenn sie sich beeilten. Sie würden vielleicht ein wenig nachhelfen müssen, aber je länger sie warteten, desto mehr konnte sich das dunkle Herz gegen sie schützen.

»Zora«, versuchte Nick, zu der immer noch schluchzenden Frau auf seinen Knien durchzudringen. »Zora, hier passiert etwas Schreckliches, nicht nur für Peter. Wir können vielleicht noch etwas tun und Peter da drin helfen, aber wir müssen dich hierlassen. Kannst du stark sein? Hältst du alleine durch, bis die Sanitäter kommen?«

Zora antwortete zunächst nicht, und Anna meinte schon, sie hätte nichts von Nicks Worten gehört, doch schließlich erhob sie die zitternde Stimme.

»I-Ich glaube schon«, antwortete sie.

Anna wollte sich schon aufrappeln, um Empfang zu suchen, doch Nick hielt sie zurück.

»Warte«, sagte er, »bleib hier!«

Anna hielt das Handy in der Hand und sah ihn verwirrt an. Wie sollte sie Hilfe holen, ohne sich zu entfernen?

»Wir sind nicht *drüben*«, sagte Nick, »nicht wirklich, oder?«

Anna ahnte, was er meinte. Es hatte keinen Bruch gegeben, wie in der Wüste, und Tom und Zora hätten alleine nie so einfach in die andere Welt vordringen können. Es lag auch keine Hitze, sondern allenfalls Kälte in der Luft.

»Du hast recht.«

»Weißt du noch irgendwas aus unserer Welt, an dem wir uns festhalten können?«, fragte Nick. »Hier im Hafen?«

»Wie meinst du das?«

»Um ein Netz zu kriegen. So weit können wir nicht weg sein. Denk dran, wie du die Scheibe auf dem Salzsee näher geholt hast.«

Endlich verstand Anna, was er meinte. Am *Tuz Gölü* hatte sie sich an ihre Erinnerung an die Scheibe geklammert. An den Zugang, der unter die Stadt führte. Und es war ihr beinahe gelungen, die Grenze zwischen den Welten zu überwinden. Jetzt mussten sie nicht selbst zurück, sondern nur irgendwie einen Anruf durchbekommen. Und wenn Nicks Vermutung stimmte, würde es leichter sein, weil sie gar nicht wirklich *drüben* waren.

»Was war das Letzte, was du im Taxi noch gesehen hast?«, fragte Nick. »Wahrscheinlich sollte es so nah wie möglich sein.«

Der Fahrer hatte ihnen die Fassade der *Topaz Tankfarm* zeigen wollen. Sie mussten nun genau auf deren Höhe sein, doch sie wusste nicht, wonach sie *greifen* sollte. Der Sandsturm hatte ihnen den Blick darauf verwehrt.

»Die Kräne«, fiel es Anna plötzlich ein. »Hast du die Kräne gesehen?«

Sie hatten aus den Schwaden hervorgestanden wie die Knochen eines verendeten Wals. Anna versuchte sofort, unter das Tischtuch zu fühlen, auf dem sie standen, und den Schwachpunkt zu finden, wo sich die beiden Realitäten berührten. Die Mauer dachte sie weg: Es gab sie nicht. Vor ihnen führte in Wahrheit eine Straße weiter zu Terminal 1, und zu ihrer Rechten erhoben sich die riesigen Stahlkonstruktionen der Beladekräne, die die Container auf die Schiffe hoben und herunternahmen. Mit zerkratztem Lack und Witterungsspuren, Stahlseilen und meterdicken Schrauben, die sie im Boden verankerten. Und Anna fand die Kolosse vor ihrem inneren Auge. Schärfer, als sie sie aus dem Auto hatte erkennen können. Sie beobachtete ihr Handy, während sie sich an die Vorstellung klammerte, wie die Kräne ganz in ihrer Nähe aus dem Boden wuchsen. Ihre Augen begannen zu brennen und tränen, als der Hintergrund hinter dem schwach leuchtenden Display verschwamm. Sie weinte wie beim Zwiebelschneiden, doch sie behielt die Augen offen und marterte zugleich weiter ihre Vorstellungskraft. Bis hin zu Rostflecken und den Haken, mit denen die Container aufgenommen wurden, arbeitete sie die Maschinen ab.

Endlich erschien der schwächste Balken, der ihr erlauben würde, einen Anruf abzusetzen. Zeitgleich zeigten Benachrichtigungen ihr an, dass sie Anrufe und Nachrichten in Abwesenheit hatte. Es war nicht schwer, zu erraten, von wem sie kamen, und Anna sah sie nicht an. Stattdessen hämmerte sie die 1-1-2 ins Anrufmenü und hielt sich das Handy ans Ohr. Es knisterte im Freizeichen, doch sie kam tatsächlich durch.

»Notrufleitzentrale«, meldete sich eine Frauenstimme mit starkem irischem Akzent.

»Hallo, hier sind zwei Verletzte …« Anna stockte. »Nein, ein Toter und eine Verletzte am Hafen auf der Tolka Quay Road kurz vor Terminal 1.« Sie spürte, wie sich ihr beim Wort *Toter* die Nackenhaare aufstellten. »Die Frau ist unterkühlt und steht unter Schock.«

»Es kommt sofort jemand«, sagte die Stimme ruhig, »wie heißen Sie?«

Anna zögerte kurz und fasste dann einen Entschluss. »Ich heiße Anna Engel und komme aus Berlin. Bei mir ist Nikos

Onassis aus Thessaloniki. Wir werden beide in Berlin vermisst, und die Polizei dort ermittelt wegen eines Mordes an einer älteren Griechin, die in der Kirche zum Guten Hirten erschossen wurde. Wir glauben, dass sich der Mörder hier auf dem Hafengelände aufhält. Er hat wahrscheinlich die Tatwaffe bei sich.«

»… Anna? Kannst du das …?«

Die Verbindung erstarb, was daran lag, dass Anna die Konzentration darauf fallen gelassen hatte. Solche Gespräche wurden aufgezeichnet, wusste sie, und sie hatte alles Wichtige gesagt. Anna nahm das Handy runter und blickte in das überraschte Gesicht von Nick.

»Und was passiert jetzt?«, fragte er.

»Jetzt lassen wir's drauf ankommen«, seufzte Anna.

Nick hatte damit begonnen, einen Sandberg anzuhäufen, um Zoras Oberkörper abzustützen. Die junge Frau hatte das Bewusstsein wieder verloren, und Nick wollte wohl verhindern, dass sie erneut verschüttet wurde.

»Wenn jetzt noch die Polizei mit Großaufgebot kommt, dann wird das ganz schön chaotisch«, sagte Nick vorsichtig.

»Vielleicht«, stimmte Anna zu. »Aber ich glaub nicht, dass sie uns dahinein folgen können. Und wenn wir da nicht lebend rauskommen, dann sind Maik und Eric wenigstens erst mal mit der Polizei beschäftigt, bevor sie die Welt untergehen lassen können.«

Von Peter sprach sie lieber nicht. Und was Maik anging, hatten sie sich kaum ernsthaft darüber unterhalten, dass dieser ja im Grunde auf seine eigene Art versuchte, die Welt zu retten. Aber nachdem Nick ihr nicht widersprach, räumte wohl auch er Maik keine großen Chancen ein, die Welt zu einem besseren Ort zu machen, sollten Anna und Nick hier scheitern. Maik konnte sich das rationalisieren, wie er wollte, und selbst wenn der Alte mit ihm daran geglaubt hatte: Nichts änderte sich ins Gute durch einen Haufen Morde.

Zora regte sich kaum, als sie sie auf den Sandhaufen umlagerten. Nick stellte auch danach noch einmal ihren regelmäßigen Puls und ihre Atmung sicher. Anna vermutete, dass ihre Bewusstlosigkeit in diesem Moment wohl ein Segen für sie war. Es war besser, wenn sie sich erst im Beisein von Sanitätern mit der Leiche ihres Freunds würde auseinandersetzen müssen. Sie hatten weder etwas zu trinken noch warme Kleidung für die junge Frau gehabt. Anna selbst fror bereits in ihren dünnen Sachen, und Nick trug ja nur das T-Shirt ihres Vaters.

An der Mauer entlang arbeiteten sie sich durch den Sturm und wussten, wonach sie suchten, auch ohne es noch einmal zu besprechen. Bei ihrer ersten Begegnung mit dem Mauerring um die Ansammlung von Gebäuden und den Brunnen, dessen *Herrschaft* Álvaro vom ersten Tag an beansprucht hatte, war Nick auf eine Stelle loser Ziegel gestoßen. Er hatte sie gelockert und Anna später den Durchgang noch erweitert, sodass sie diesen Fluchtweg bei der Befreiung von Jelena und Sinan hatten nutzen können. Anna konnte es natürlich nicht mit Sicherheit sagen, aber sie hatte das unbestimmte Gefühl, dass niemand, der die Mauer als Bollwerk gegen eine andere Welt missbrauchte, dieses Schlupfloch so einfach *ändern* konnte. Es sei denn, er griff selbst zur Maurerkelle, um Stein auf Stein wieder ins Bauwerk einzufügen.

Die Windböen, die ihnen das Vorankommen erschwerten, waren entlang der Wand am schwächsten. Sie hielten dennoch einen Sicherheitsabstand ein, denn Tom war ihnen Mahnung genug. Sie wussten zwar nicht, wie lang er dort gelegen hatte, aber Zora lebte und er, der die Mauer berührt hatte, war tot.

Nach ein paar Metern schälte sich ein Umriss an der Mauer aus den Verwehungen.

»Da ist eins der Häuser«, rief sie Nick zu und war hoffnungsvoll, dass sie sich dem Ziel näherten. Das Loch in der Mauer hatten sie in einer Sackgasse zwischen zwei Hauswänden geschaffen.

Doch Anna irrte sich. Als sie dem Schemen näher kamen, erkannte sie, dass er nicht aus Lehmziegeln, sondern aus grauem, geriffeltem Stahlblech bestand. Ein Frachtcontainer, und er durchbrach die Mauer ebenso, wie die Hauswände es *drüben* getan hatten. Der Sand hatte sich entlang des Bodens an dem Container aufgeschüttet und verlieh ihm fast etwas Eingeschneites. Er schien ein weiteres Anzeichen dafür zu sein, dass sie sich weder hier noch dort befanden, sondern irgendwo dazwischen.

»Geh nicht zu nah hin«, riet Nick, »er ist wie die Mauer.«

Anna sah genau hin und entdeckte den Frostüberzug an dem Stahlblech. Wahrscheinlich wäre ihre Haut daran festgefroren, wenn sie es berührt hätte.

Sie passierten noch zwei Frachtcontainer mit respektvollem Abstand. Sie sahen ohnehin alle verriegelt und verschlossen aus. Dann endlich entdeckten sie beinahe zeitgleich die Stelle an der Mauer. Die Container waren tatsächlich haargenau so angeordnet, wie die Hauswände es *drüben* gewesen waren. Zwei von ihnen ragten im Abstand von wenigen Metern von der Mauer weg und bildeten so eine kleine Gasse, die die Mauer zu einer Sackgasse machte.

Sie eilten in die Gasse hinein und näherten sich der Stelle auf der rechten Seite, wo die Steine nicht mehr fest vermauert, sondern lediglich in das Loch hineingestapelt waren, das Nick damals gefunden und das Anna vergrößert hatte. Keine Lichtstrahlen brachen durch die Lücken zwischen dem Stückwerk, sondern Schwärze füllte die Hohlräume aus. Die Mauer flackerte erneut, und Anna bekam Kopfschmerzen vom Hinsehen. Sie wandte dennoch nicht den Blick ab, sondern konzentrierte sich auf jeden einzelnen der gestapelten Steine. Einen von Bens Hinweisen hatte sie damals an dieser Stelle gefunden: *Bem*, drei krakelige Buchstaben von Kinderhand. Sie fand sie nicht wieder.

»Wir müssen die Steine rausnehmen«, sagte Nick. »Und dann durchkriechen … am besten, ohne irgendwas zu berühren.«

Ganz ohne Berührung würde es kaum gehen. Es war Zeit, herauszufinden, wie tödlich diese Barriere war. Anna streckte die Hand nach der Mauer aus, wie sie es schon vorhin getan hatte. Sofort spürte sie wieder die eiskalte Aura, die von ihr ausging.

»Warte, ich hab 'ne Idee«, sagte Nick und bückte sich zu seinen Schuhen. »Die bringen mich sowieso um.«

Anna registrierte erst jetzt, dass Nick ja noch immer in den zu kleinen Schuhen lief, die sie am Berliner Flughafen »besorgt« hatte.

Nick hob den rechten Schuh, krallte beim Ausholen die Faust in seine Oberseite und schlug dann mit ihm gegen einen der Steine in der Mauer. Es tat sich nichts. Der Schuh prallte ab, als hätte er gegen Beton geschlagen, und auch beim zweiten und dritten Versuch rührte sich der Stein unter der aufprallenden Sohle kein Stück.

»Ich glaube, so funktioniert es nicht«, sagte Anna behutsam.

Sie streckte zum dritten Mal die Hand aus und hielt nicht inne, als sie nahe der Mauer wieder den eisigen Handschuh spürte. Nick beobachtete mit sorgenvoller Miene, wie ihre Fingerspitzen auf den Stein trafen, den er mit dem Schuh bearbeitet hatte.

Anna keuchte auf. Ein Schmerz schoss durch ihre Hand und bis in den Ellenbogen hinauf, als hätte die Mauer mit herausschießenden Nägeln auf ihre Berührung geantwortet. Doch es war reine Kälte, die in ihr Fleisch und ihre Knochen fuhr wie Strom durch eine Leitung.

Nicks Hände zuckten vor, wohl um sie von der Mauer wegzureißen.

»Nein«, brachte sie hervor, »… warte!«

Sie wäre wohl augenblicklich eingeknickt, doch was Annas Beine standhaft und ihren Geist klar hielt, war, dass sie das Gefühl kannte. Sie hatte es gespürt, als Ratte in sie gedrungen war und versucht hatte, sie in Schwärze zu ertränken, und als sie ihrerseits die Verbindung genutzt hatte, um ihn davon abzuhalten, Nick zu töten. Sie biss die Zähne zusammen und kämpfte gegen den Kälteschock an, um nicht vor der Mauer zusammenzubrechen wie Tom und Zora, und der Mauerstein bewegte sich unter ihrer Hand.

Nick beherrschte sich und ließ Anna einen Stein nach dem anderen aus dem Loch zur anderen Seite durchschieben, während die Finger ihrer Hände sich blau färbten und ihr Atem Wölkchen vor ihrem Mund bildete. Je länger es dauerte, desto mehr schwarze Flecken tanzten vor ihren Augen, und desto mehr spürte sie den Sog, der sie in die Tiefe zog wie damals und ihr einredete, sie solle aufgeben und Frieden finden. Was sie hörte, wurde dumpf, ihr Blickfeld immer kleiner, doch sie hielt stand, bis der letzte Stein fiel. Dann wankte sie zurück und sank auf die Knie, während Nick zu ihr stürzte und sie in seinen Armen wiegte. Die Wärme seiner nackten Arme tat gut, und sie legte ihren Kopf an seine Schulter, während er ihre Hände umfasste und warme Luft hineinblies und dann ihre Fingerspitzen küsste. Es dauerte ein paar Minuten, bis die Schwere Annas Körper verließ und sie den Kopf wieder heben konnte.

»Das hat Kraft gekostet«, lächelte sie schwach.

»Ich hätte dich ablösen können«, sagte Nick vorwurfsvoll, doch Anna war sich fast sicher, dass er das nicht gekonnt hätte. Sie selbst hatte schon mehrere Begegnungen mit dem dunklen Herzen überlebt, und sie wusste nicht, was ohne diese Erfahrungen hier geschehen wäre. Nick war immer derjenige gewesen, der sie gestützt und wieder aufgefangen hatte, und in dieser Aufteilung schienen sie die größte Stärke zu besitzen.

Anna warf einen Blick zur Mauer. Das Loch offenbarte das verschwommene Bild einer Ebene aus Sand unter dunklem Himmel. Kein Staub lag in der Luft. Der Sturm endete mit der Mauer wie mit einer unsichtbaren Barriere, die sich bis weit hinauf erstreckte und selbst den Wind abhielt. Nur ein dunkler Schleier trübte das Bild und ließ die Sicht unscharf werden. Anna konnte nicht sagen, ob dieser dunkle Nebel auf der anderen Seite überall in der Luft lag oder ob er wie die Mauer nur ein weiteres Hindernis darstellte, um ihnen nicht zu verraten, was sie dort drüben erwartete.

»Komm«, sagte sie schließlich und löste sich von Nick. »Nicht, dass sie sich wieder verschließt.«

Es hätte Anna kaum überrascht, wenn das Loch in der Mauer nach einem Blinzeln plötzlich wieder zu gewesen wäre.

Nick rappelte sich mit ihr auf, und gemeinsam traten sie vor. Ohne Nicks Widerrede abzuwarten, holte Anna tief Luft und überwand dann mit einem entschlossenen Schritt den letzten Meter zur Mauer. Es war, wie in ein Eisbecken einzutauchen. Ihre Kopfhaut prickelte vor Kälte, und sie bekam eine Gänsehaut am ganzen Körper. Es machte keinen Unterschied, wo ihre Haut nackt und wo sie bedeckt war. Es fühlte sich überall gleich schmerzhaft an, und sie spürte bereits, wie ihr Blut aus den Gliedern wich und ihre Muskeln von bleierner Schwere erfasst wurden.

Anna duckte sich herunter und holte mit einer wiegenden Bewegung Schwung, während das Gefühl in ihren Fingerspitzen und Zehen schwand. Mit dem hinteren Fuß stieß sie sich am Boden ab und tauchte durch das Loch. Sie hatte die Hände nach vorn gestreckt, und dort begann auch der Schmerz: Als würde sie von einer stampfenden Presse erfasst und in dem Loch zwischen den beiden Mauerteilen zermalmt. Ihr Schwung wurde dabei nicht gebremst, und sie stürzte durch das Loch, während der Schmerz sich durch ihren Körper zog, ihre Augen in den Höhlen zu zerquetschen schien, ihr die Luft aus den Lungen presste und ihren Magen mitsamt den anderen Organen in ihrem Bauch zusammenstauchte. Als es ihre Beine erfasste, war ihre Lunge wieder befreit, und sie konnte aufschreien vor Schmerz. Sie merkte kaum, dass sie auf der anderen Seite aufkam, sondern krümmte sich sofort zusammen und spürte, wie ihr Mageninhalt nach draußen drängte. Sie setzte ihm nichts entgegen und spuckte und würgte im Liegen.

»Anna«, hörte sie Nicks dumpfen Ruf. Sie war so zum Liegen gekommen, dass sie das Loch in der Mauer sah, und nun war der Sandsturm, aus dem sie kam, von dem dunklen Schleier verwischt, der wohl zusammen mit der Mauer die Grenze darstellte. Das Raunen der Windböen lag nicht mehr in der Luft. Stattdessen herrschte eine so drückende Stille, dass Anna bis zu Nicks Ruf gedacht hatte, der Weg durch die Mauer hätte sie betäubt.

Sie sah einen Schemen näher kommen, als Nick ihr nachstürmte, und dann stürzte er selbst durch das Loch. Es war ein gruseliger Anblick: Der Schleier schien sich zunächst um ihn zu wölben, ehe Nick durchbrach. Annas Herz klopfte ihr bis zum Hals, während der wichtigste Mensch in ihrem Leben vor ihren Augen die Höllentortur durchmachte, die sie gerade erst hinter sich gebracht hatte. Seine Arme und sein Kopf, den er damit schützte, erreichten ihre Seite und schienen dabei irgendwie in der Achse verzerrt, wie wenn man einen Löffel in ein Glas Wasser steckte und er nicht gerade einzutauchen schien, sondern aussah, als knickte er an der Wasseroberfläche ab. Seinen Augen waren aufgerissen vor Schmerz.

Und dann flackerte die Mauer. Anna sah, wie sie verschwand und sich für einen Sekundenbruchteil der dunkle Nebel in Schwärze materialisierte, als Nicks Brust gerade durch das Loch tauchte. Die Schwärze hatte anders als die Mauer *kein* Loch und durchschnitt Nick, ohne seine Kleidung oder seinen Körper zu verletzen. Doch Anna sah in Nicks Augen, dass etwas passierte. Sie brachen und färbten sich dunkel, im selben Moment, als die Mauer flackerte.

»NICK!«, schrie Anna auf und vergaß ihre eigenen, abflauenden Schmerzen und die Übelkeit. »NICK!«

Er fing seinen Sturz nicht mit den Händen ab, sondern krachte einfach zu Boden, als er durch das Loch war, und blieb liegen. Anna krabbelte zu ihm. Sein Gesicht lag im Sand. Sie fasste unter seine Brust und sein Bein und drehte ihn auf die Seite, berührte seinen kalten Arm dabei.

»NICK, WACH AUF!«, schrie sie und umfing seinen Kopf mit ihren Händen. Tränen strömten an ihren Wangen herab, und sie kämpfte gegen das Schluchzen an, das sich aus ihrer Brust Bahn brechen wollte. Sie erinnerte sich, wie sie in dem

Drogenhaus selbst in den Strudel geraten und abgesunken war, wie sie aufgehört hatte zu atmen und dabei Nicks Stimme gehört hatte.

»Nick, kämpf dagegen an«, beschwor sie ihn, »es ist nicht vorbei, wir sind stark, Nick, wir schaffen es. WACH AUF!«

Seine Augen standen offen, doch er regte sich nicht. Anna nahm seinen Unterarm, um am Handgelenk seinen Puls zu suchen, wie Nick es bei Zora getan hatte. Seine Haut war fahl und kalt, das Blut strömte nicht zurück, um wieder zu zirkulieren. Anna fand keinen Puls und wusste auch nicht genau, wo sie suchen musste.

»Nick«, schluchzte sie und legte den Kopf auf seine Brust, halb verzweifelnd und halb hoffnungsvoll, seinen Herzschlag zu spüren. Die Tränen strömten weiter, und sie wurde geschüttelt von Verzweiflung. Sie spürte nichts, griff mit einer Hand unter seinen Nacken und mit der anderen unter seine Hüfte.

»Nein«, sagte sie und zerrte ihn mühsam hoch, bettete ihn in ihren Schoß. »Wach auf!«

Sie küsste seine Stirn, seine Wangen, seine bläulichen Lippen. Beide Arme um ihn geschlungen lag ihre Hand an seinem Hals. Und während das Gefühl nur langsam in ihre geschundenen Fingerspitzen zurückkehrte, meinte sie, eine schwache Regung unter den Kuppen ihres linken Zeige- und Mittelfingers zu entdecken. Einen einzigen Herzschlag.

»Nick«, flüsterte sie in sein Ohr. »Komm zurück, Nick! Ich weiß, dass es wehtut, aber lass mich nicht allein. Du darfst mich nicht allein lassen, hörst du? Folg meiner Stimme, komm zurück, Nick!«

Anna hatte keine Erinnerung mehr daran, wie sie damals aus der Dunkelheit aufgewacht war. Sie starrte auf seine Hände, wartete auf ein Zucken seiner Finger, dass er die Lippen bewegte oder stöhnte, doch was passierte, jagte ihr einen weiteren Todesschreck ein.

Nick riss plötzlich die Augen weit auf und rang keuchend nach Luft, als hätte er eine Adrenalinspritze bekommen. Sein

Oberkörper ruckte nach oben und sprengte Annas Umarmung, und er beugte sich sofort zur Seite, um seinen Mageninhalt auf dem Boden zu verteilen. Anna richtete sich hinter ihm auf und stützte ihn, entlastete ihn beim Atmen, denn er machte immer noch Geräusche, als hielte ihm jemand oder eher etwas den Hals zu.

»Oh Gott, Nick!«, entfuhr es Anna, als sie sicher war, dass er nicht in ihren Armen sterben würde. Und dann brach sie erneut in Tränen aus.

Heimweh

Es dauerte eine Weile, bis Nick wieder ruhig atmete und bis Anna Augen für ihre neue Umgebung fand. Was sie sah, war zutiefst beklemmend, allen voran der Himmel: Eine schwarzgraue Wolkendecke bildete ein Muster fast wie aus dunklem Marmor. Anna verstand erst nach ein paar Sekunden, wie sie auf diese Assoziation kam. Er stand still. Keine Schattierung löste sich auf, nichts wandelte sich dort oben, das Muster war festgefroren wie in Stein.

»Scheiße!«, keuchte Nick in ihrem Schoß und wischte sich mit dem Saum seines T-Shirts über den Mund.

Anna hatte den sauren Geruch in der Nase, sowohl von Nicks als auch ihrem eigenen Erbrochenen.

Sie hielt ihn weiter fest und unterdrückte die Tränen, die sich schon wieder in ihren Augen zu sammeln drohten.

»Ich hab gedacht, du stirbst«, sagte sie und holte tief Luft.

Nick blickte zu ihr auf und mühte sich hoch. Sie schlossen sich in die Arme.

»Ich glaub, ich hatte noch nie so viel Angst«, brachte Anna hervor.

Bis auf ihre beiden Stimmen war die Stille absolut. Kein Windhauch bewegte die Luft. Der Boden war mehr Aschestaub als Sand und erstreckte sich in einer dunklen Ebene in alle

Richtungen. Noch immer in der Umarmung mit Nick erblickte Anna geradeaus vor ihnen die Gebäude, die auch *drüben* von der Mauer geschützt worden waren. Dass sie wirklich wieder dort waren, so fühlte es sich für Anna noch immer nicht an.

Anna erkannte das Haupthaus, in dem Álvaro residiert und die Versammlungen abgehalten hatte. Daneben war das Lager, in dem sie Hinterlassenschaften von vielen ihrer Vorgänger gefunden hatten, ohne zum damaligen Zeitpunkt zu wissen, was sie bedeuteten. Eines der Häuser in der kleinen Ansammlung passte nicht. Es war dem Anschein nach ein kleines Reihenhäuschen, wie sie in Wohnsiedlungen wahrscheinlich zu Hunderttausenden über die Welt verstreut zu finden waren, das zwischen den anderen Gebäuden eingeflickt war.

»Was ist das?«

Nick löste sich von ihr und sah sich selbst um. Er entdeckte das Haus und zuckte mit den Schultern. Anna erkannte schwarze Rußspuren über einem Fenster im Erdgeschoss. Das Haus war zumindest teilweise ausgebrannt. Es hatte eine ähnlich düstere Aura wie das heruntergekommene Drogenhaus in Ankara, das die leeren Augenhöhlen seiner Fenster mit Rüschenvorhängen geschmückt hatte.

Nick drehte sich wieder zu ihr um und lächelte plötzlich.

»Du hast mich geküsst«, sagte er, als wäre es ihm eben erst aufgefallen.

Anna nickte und lächelte zurück.

»Dann weiß ich ja jetzt endlich, was ich tun muss«, sagte Nick, während sich sein Lächeln zu einem Grinsen verbreiterte.

Anna lächelte weiter und hob die Augenbrauen, doch Nick wurde schon wieder ernst.

»Gehen wir ihn suchen?«, fragte er.

Anna seufzte. »Dafür sind wir hier.«

Sie rappelten sich vorsichtig auf, und der Staub flog mit ihnen auf und verteilte sich um sie herum in der Luft. Es war gespenstisch: Als wären sie zwei Astronauten nach der Mondlandung. Die ersten, die einen seit Ewigkeiten unberührten Himmelskörper ohne Atmosphäre betraten.

»Was ist das hier?«, murmelte Anna, während auch Nick sich erhob und dasselbe Phänomen auslöste.

»Keine Ahnung«, sagte Nick. Er blickte hoch zum Himmel und beobachtete ihn eine Weile. Das Muster aus schwarzen und grauen Wolkenschattierungen änderte sich noch immer nicht. Auch das vertraute Dröhnen aus dem Boden von *drüben* fehlte, da war nur ihr Atem, das Rascheln ihrer Kleidung und ihre Schritte, als sie sich in Bewegung setzten. Es konnte nur ein Ziel geben, und es lag in der Mitte des ummauerten Bereichs: die kleine Runde von Häusern mit ihrem merkwürdigen, ausgebrannten Gast. Frachtcontainer standen auch auf dieser Seite der Mauer verstreut wie achtlos fallen gelassene Würfel. Es war wie eine Traumlandschaft.

»Wir müssen vorsichtig sein«, murmelte Nick. »Vielleicht versteckt sich Maik schon hier irgendwo.«

Nach Peter zu rufen trauten sie sich beide nicht. Zu sehr drückte die Geräuschlosigkeit auf ihre Ohren und ihre Stimmen. Anna entdeckte ein seltsames Phänomen, während sie nebeneinander und noch immer auf zittrigen Knien in das Gelände hineinmarschierten und dabei nach allen Richtungen die Augen offen hielten: Die Luft war nicht so klar, wie sie zunächst gedacht hatte, sondern es schwebten sehr wohl Staubpartikel darin. Es waren natürlich bei Weitem nicht so viele wie in dem Sandsturm, der hinter ihnen lag, doch Anna hatte sie auch deshalb nicht entdeckt, weil sie wie festgefroren schienen, solange Nick und Anna ihnen nicht zu nahe kamen. Erst wenn ihre Arme, Beine, Schultern, selbst ihr Atem die Luft in Bewegung versetzte, lösten sich die Teilchen aus der Erstarrung und wurden von kleinsten Wirbeln erfasst und fortgetragen.

Anna machte Nick darauf aufmerksam.

»Alles steht still«, sagte sie. »Der Himmel genauso wie die Luft …«

»Davon hat dein Bruder geredet«, erwiderte Nick plötzlich

überrascht, »weißt du noch? Dass es keine Zeit gab, als das Volk des Alten sich vor dem eigenen Untergang retten wollte.«

Anna erinnerte sich daran und hatte damals zumindest grob verstanden, was die Stimmen erklärt hatten. Sie hatten ihnen eine Art Urknall im Staub gezeigt, und eines der Staubkörner, die Planeten oder Welten oder was auch immer symbolisierten, war plötzlich verharrt und hatte die anderen ziehen lassen. Doch die Erklärung dazu war schon wieder zu weit weg, als dass sie sie wirklich hätten greifen können.

»Sie haben den Zerfall ihrer Sonne überlebt«, fuhr Nick fort, »irgendwie so war es, und sie haben dabei alles zum Stillstand gebracht. Aber im Stillstand gab es kein Leben, hat Ben gesagt, außer ihrer eigenen Lebenszeit.«

»Aufgespießte Schmetterlinge«, fiel Anna ein, »so hat er es genannt.«

»So hat es sich auch angefühlt.«

»Was meinst du?«, fragte Anna verwirrt.

»Als ich durch die Mauer bin und am Boden lag, da war ich wie erstarrt. Wie ein aufgespießter Schmetterling eben. So lange, bis ich dich gespürt habe und mein Herz wieder diesen ersten Schlag zustande gebracht hat.«

»Und warum?«, fragte Anna. »Woher kommt das jetzt?«

»Vom dunklen Herzen«, erwiderte Nick düster. »Woher sonst? Vielleicht ist das ja auch seine Vision für unsere Welt.«

»Vielleicht, aber warum sieht es aus wie sein Gefängnis«, sagte Anna. Bis ihre Welt so tot war, würde es sich jedenfalls köstlich an den Vorräten von *Lebenszeit* dort erfreuen.

Sie hatten die meisten der verstreuten Container bereits hinter sich gelassen und bewegten sich auf die freie Ebene hinaus, was Anna das ständige Gefühl gab, beobachtet zu werden. Die Gebäude rückten langsam näher, und als eine gelbgrün karierte Metallfläche aus dem Staub ragte, meinte Anna, den letzten, fast komplett im Boden versunkenen Container zu erreichen. Doch es war kein Container.

»Das sind Rücklichter«, staunte sie, »… und hier eine Hecktür.«

Nach den plastikverkleideten Rückleuchten entdeckte sie immer mehr klare Merkmale, dass hier ein Fahrzeug verschüttet lag.

»Ein Krankenwagen«, erkannte Nick, nicht weniger verwirrt.

Anna wollte schon widersprechen, doch als sie sich von ihrer orange-weißen Vorstellung von deutschen Krankenwagen löste, sah sie es auch. Über der Hecktür waren Signallichter angebracht, und das grelle Karomuster in Gelb und Grün war plausibel für einen Rettungswagen. Der Lack war zerkratzt, und was von dem Auto freilag, wirkte trotz der grellen Farben blass und leblos.

Anna hob den Blick und fand wieder das ausgebrannte Fenster des deplatzierten Reihenhauses.

»Meinst du, es hat was mit dem Brand zu tun?«, fragte Anna und deutete darauf. »Dass sie hierher durchgekommen und … in die Falle gegangen sind?«

Sie dachte daran, dass sie selbst auch Polizei und Rettungsdienst gerufen hatten.

»Ich glaube nicht, dass irgendwas einfach so auf diese Seite der Mauer kommt«, erwiderte Nick. »Und wie sollte hier so was wie ein Brand passieren, ohne dass wirklich Zeit verstreicht …«

Sie konnten sich keinen Reim auf das Fahrzeug machen und verwarfen den Gedanken, zum Fahrerhaus hinunterzugraben. Der Lage des Hecks nach musste es ganz unten liegen. Es freizulegen hätte Stunden gedauert, und selbst wenn sie jemanden darin fanden, würden sie nicht mehr helfen können.

Der Krankenwagen war Anna genauso unheimlich wie das fremde, ausgebrannte Haus. Es war nichts Schreckliches an ihnen, und doch meinte Anna, den Horror zu spüren, der ihre Geschichte umwölkte. Warum sonst hätte das dunkle Herz sie herholen sollen.

Anna warf einen Blick zurück, bevor sie weitergingen. Die

Stelle, wo sie durch die Mauer gekommen waren, lag von hier aus hinter Containern verborgen. Sie horchte in die Stille und konnte keine noch so leise Andeutung von Sirenen erahnen. Es war bestimmt zwanzig Minuten her, dass sie von Zora aufgebrochen waren. Hoffentlich hatten die Sanitäter die junge Frau bereits gefunden.

Annas Beklemmung stieg mit jedem weiteren Schritt, den sie auf die Häuser zu machten. Nicht nur die unheimliche Atmosphäre engte ihre Brust ein, sondern auch die Erinnerungen, die sie mit den Gebäuden verband, die vor ihnen aufragten. Hier hatten sie bezeugt, wie Álvaro Jelena niedergeschlagen und später gemeinsam mit Sinan gefangen gehalten hatte. Hier war Maik ihnen zunächst in den Rücken gefallen, um ihren Fluchtplan dann nach seinen Vorstellungen abzuändern. Hier war sie halb bewusstlos geschlagen worden und hatte Kyles Hinrichtung miterleben müssen. All diese Bilder kamen nun hoch wie bittere Galle. Und es waren wohl ganz ähnliche Erlebnisse von Menschen in Angst, Terror und Verzweiflung gewesen, die mit der *Ernte* das dunkle Herz gesät und genährt hatten. Und all dieser Hass suchte nun seinerseits ihre Heimatwelt heim. Sie waren gekommen, um genau diesen Teufelskreis zu beenden.

Ihr könnt es nicht besiegen, hallte Bens Stimme in ihrem Kopf nach.

Das Reihenhaus mit dem ausgebrannten Fenster hatte weiß getünchte Wände, auf denen die Brandspuren besonders deutlich zu sehen waren. Doch während sie näher kamen, entdeckte Anna die Fugen von Ziegelsteinen, aus denen es gebaut war. Es waren keine brüchigen Lehmziegel wie die der anderen Gemäuer, sondern industriell gefertigte Ziegelsteine aus ihrer Welt. Zwei Stufen führten aus dem Brachland hinauf zu der Haustür, die offen stand und, wie es schien, in einen pechschwarz verdunkelten Flur führte. Über der Tür waren die Ziegelsteine bogenförmig angeordnet. Es war auf eine beklemmende Weise hübsch, fast wie Rüschenvorhänge an einer Ruine.

Sie waren auf etwa zehn Meter an das Haus herangekommen, an dem sich noch immer nichts regte, als Nick sich auf einmal bückte und etwas aus dem Sand herauszog. Annas Blick hing an der offenen Tür fest. Es war das einzige Gebäude mit einem Eingang auf ihrer Seite, die übrigen wandten ihnen den Rücken zu.

Nick wirbelte am Boden so viel schwarzen Staub auf, als er sich erhob, dass es aussah, als hätte ein Tintenfisch rund um seine Beine eine Wolke gespuckt.

»Schau mal«, sagte er schließlich.

Er zeigte ihr die Pappschachtel, die dort halb vergraben gewesen war: Eine Lasche war abgerissen. Anna meinte im ersten Moment, es wäre der Karton, in dem der Alte ihnen die Waffe geschickt hatte, doch dieser hier war flacher.

Anna öffnete vorsichtig die zweite Lasche und sah hinein. Hätte sie wieder eine Waffe gefunden, dann hätte sie diesmal wohl keinen Augenblick gezögert und das verfluchte Ding fortgeschleudert. Doch es lag keine Waffe in der Kiste, sondern neben einer Menge feinem Sandstaub eine weitere, kleinere Schachtel. Diese war schwarz glänzend und darauf bunt bedruckt. ***Destructorz – Smoke & Flame*** prangte als fetter Schriftzug auf der aufgerissenen Schachtel, zusammen mit der Abbildung eines Feuerwerkskörpers vor einer gewaltigen Rauchwolke. So wie die Schachtel aussah, war das sicher kein legales Silvesterfeuerwerk. Sie fühlte sich leicht an und schien leer zu sein. Hatte der Inhalt etwas mit dem ausgebrannten Haus zu tun?

»Das wird immer absurder«, murmelte Nick, und Anna wusste, was er meinte.

Es war *falsch*. *Falsch* hatten sie auch die andere Welt bei ihrer Ankunft genannt. Aber hier war es auf die Spitze getrieben. Das Haus, der Krankenwagen, die leere Schachtel, alles wirkte so platziert wie die Requisiten in einem Theaterstück oder die reißerischen Sätze des Zeitungsartikels zu Peter. *So jung und schon ein* ***MÖRDER***

»Ihr …«

Anna zuckte zusammen und ließ vor Schreck sowohl den Karton als auch die Destructorz-Schachtel fallen. Als sie aufsah, stand Peter auf der Stufe vor dem Haus.

Er trug das Streifenshirt, das er schon auf dem Foto mit den Hausbesetzern getragen hatte, und dazu Shorts. Für Anna war es trotzdem ein ungewohnter Anblick, jetzt, wo er dort leibhaftig stand. Sie hatte ihn bisher nur in seiner Schuluniform erlebt, die seine jungenhafte, melancholische Ausstrahlung noch unterstrichen hatte.

Und doch sah er kaum verändert aus. Auch den zornigen Gesichtsausdruck kannte Anna. So hatte er ihr gegenübergestanden, als er begriffen hatte, dass sein Freund Eric gestorben war und dass sie, Anna, etwas damit zu tun hatte. Nur was er in der ausgestreckten Hand hielt, passte nicht zu dem Jungen aus dieser Erinnerung. Sie hätte sich kaum vorstellen können, wie Peter mit einer Schusswaffe auf jemanden zielte. Und es war nicht irgendeine Pistole, deren Lauf auf der Linie von Peters Auge zu Annas Brust lag, sondern die Luger, die sie selbst schon in Händen gehalten hatte. Mit der sie sogar geschossen und Álvaro ins Bein getroffen hatte. Und wie alle Waffen kannte auch diese keine Loyalität, sondern stellte sich bereitwillig dem nächsten Zeigefinger am Abzug zur Verfügung.

»Peter«, sagte Nick mit zitternder Stimme und zeigte seine offenen Handflächen, »wir sind hier, um dir zu helfen.«

Anna sah den Pistolenlauf und versuchte den Fluchtimpuls niederzukämpfen, der ihren Herzschlag bis hinauf in den Hals jagte. Er brüllte jedem ihrer Muskel zu, sich aus der Schussbahn zu werfen. Doch sie brauchte nur in Peters Augen zu sehen, um zu wissen, dass es ihren Tod bedeutet hätte, wenn sie ihm einen Vorwand gab. Sie waren dunkel umwölkt bis ins Weiße seiner Augäpfel hinein, und in seinem Gesicht standen weder Unsicherheit noch Zweifel. Da war nur der pure Zorn. Das Kind mit der Weltkriegspistole in der Hand gab ein obszönes Bild ab.

»Peter«, sagte sie, und ihre Stimme verweigerte ihr fast den Dienst, »hörst du mich? Verstehst du, was ich sage?«

»Ich höre dich«, sagte Peter. »Warum seid ihr hier? Warum quält ihr mich?«

Die Augen in seiner Zornesmiene waren voller Tränen, ansonsten zeigte er keine Regung.

»Wir sind hier, um dir zu helfen«, wiederholte Nick, und sein Blick wanderte umher. Er suchte Eric, dachte Anna … und Maik. Vorsichtig bewegte er sich auf Anna zu, die eine Armeslänge von ihm entfernt stand. Anna begriff sofort, dass er sich in die Schussbahn stellen wollte, und Peter entging zumindest die Bewegung nicht, denn er hob die Pistole nur ein paar Zentimeter an und schoss. Anna schrak zusammen, riss die Hände nach oben und schrie auf. Die Kugel ging wegen des veränderten Winkels weit über ihren Kopf.

Nick erstarrte sofort wieder.

»H-Hör auf«, rief Anna. »Was tust du?«

»Ihr habt meine Mutter getötet«, murmelte Peter kaum verständlich.

»Das ist doch völlige Scheiße!«, schrie Nick, der mit seinen Nerven offenbar am Ende war. »Wir haben deine Mutter noch nie gesehen.«

Anna sah Peter erneut in die Augen und registrierte, dass sie nicht nur dunkel waren, sondern sich Schatten darin bewegten. Der Himmel war festgefroren, doch die schwarzen Wolken in Peters Blick bewegten sich. Und es erinnerte sie an eine Szene von ihrem ersten Entkommen aus der anderen Welt, als das dunkle Herz so viele von ihnen wie möglich unter der Stadt in den Abgrund hatte reißen wollen. Sie selbst war damals der Illusion ihres Bruders nachgerannt, doch der Junge aus Álvaros Gefolge, Khalil, hatte sogar Dinge gesehen, die ihn dazu gebracht hatten, Schüsse mit ebender Pistole abzufeuern, die nun Peter in der Hand hielt. Was, wenn das dunkle Herz seine Taktik wiederholte? Was, wenn das Haus, der Krankenwagen, der Karton, wenn das alles tatsächlich Requisiten für ein Schauspiel in Peters Kopf waren? Oder zumindest Dinge, die ihn in seiner geistigen Verwirrung gegen sie aufbringen sollten.

Anna sah, dass Peters Finger am Abzug zuckte.

»Peter, wir sind's«, beschwor Anna ihn fieberhaft und bemühte sich zugleich, ihren eigenen hämmernden Herzschlag mit tiefen Atemzügen unter Kontrolle zu bringen. Solange er ihr die panische Angst anhörte, die sie nun mal *hatte*, würde er kein Vertrauen fassen. »Anna und Nick. Erinnerst du dich, wie ihr uns im Dschungel gestellt habt? Wie wir uns zusammen aus den Flammen gekämpft haben? Weißt du das noch?«

Sie sprach mit Engelszungen und spürte dabei, wie jede Sehne in ihrem Körper gespannt war, um sich zur Seite zu werfen, falls er schoss.

Eine der Tränen aus Peters linkem Auge rollte über seine Wange, doch der Pistolenlauf wich nicht von Annas Brust ab.

»Wir haben uns zusammen durchgekämpft und weitergemacht, obwohl wir Pan verloren hatten, weißt du noch? Und später hast du mich dazu gebracht, etwas zur Erinnerung an Eric zu schaffen – ein *Grab*. Wir haben uns über ihn unterhalten, warum du so an ihm hingst, bevor er *gestorben* ist.«

Nick warf ihr einen unruhigen Blick zu, als sie von Eric sprach, aber Peter zeigte keine Regung angesichts des Namens. Nur sein Waffenarm hatte leicht zu zittern begonnen. Anna wusste, dass sie mit der Zeit schwer wurde, doch noch hielt er sie mit einer Hand.

Anna hatte zumindest ein Bild von dem, was passieren *konnte*, wenn Peter sie mit seinen Schüssen traf. Es stammte von unter der Stadt und dem, was mit dem Sand unter ihren Füßen geschehen war, als Elif den alten Mann erschossen hatte. Sie sah jeden Schuss, mit dem Peter sie tötete, Krater in den Staub reißen, wie es Elifs Schüsse auf den Alten getan hatten. Und den aufgewirbelten Staub sah sie auf den Sturm in ihrer Welt treffen und ihn zusätzlich mit dem puren Gift des dunklen Herzens aufladen. War das sein Plan? Die einzige Barriere zwischen hier und ihrem Zuhause, die Mauer, hatte es selbst geschaffen, und vermutlich konnte es sie genauso schnell wieder einreißen.

»Wir sind nicht deine Feinde«, sagte Anna eindringlich und hatte ihre Stimme so weit unter Kontrolle, dass sie fast normal klang. »Wir haben kein Feuer gelegt, nicht *drüben* und auch nicht hier mit irgendwelchen Rauchbomben. Das hier ist eine Falle, verstehst du? Und wir holen dich da raus, wie wir es schon mal gemacht haben!«

Peters Hand zitterte immer mehr, und Anna war sich fast sicher, dass sie sich schon nicht mehr im Schussfeld befand. Sie wagte einen Schritt auf Peter zu, als ein einziges Wort aus dem pechschwarzen Flur hinter der Tür nach draußen drang.

»*Lügen …*«

Nick handelte schneller als Anna, als der entschlossene Ausdruck zurück auf Peters Gesicht trat und er die zweite Hand zur Waffe hob, um zu schießen. Nick stürzte auf Anna zu, riss sie zu Boden und begrub sie unter sich, bevor das Krachen erneut über der Ebene explodierte. Anna hörte die Kugel sirren und hatte für einen Moment Panik, als Nick wieder von ihr herunterrollte. Doch er rappelte sich schon wieder auf und schien unverletzt, bevor ein zweiter Schuss knallte. Annas und Nicks Sturz hatte jede Menge Aschestaub aufgewirbelt, der nun wie schwarzer Nebel in der Luft lag, und als Nick Anna hinter sich her zur Seite zog, verdichtete sich dieser noch. Sie krochen auf allen vieren und so schnell sie konnten, über den Staub, der hier mehr als auf ihrem ganzen bisherigen Weg Asche glich.

»Spasti!« Ein weiterer Schuss. Peters Stimme überschlug sich. »Kleiner Homo!« Noch einer.

Die Wahrscheinlichkeit, dass er sie bei der schlechten Sicht traf, war gering, und dennoch ließen die Schüsse Annas Herz stolpern, und sie biss sich auf die Lippe, um ihr eigenes Wimmern zu stoppen. Wie oft würden sie noch vor fliegenden Kugeln fliehen müssen?

Anna hingen die Haarsträhnen ins Gesicht, und sie keuchte durch Mund und Nase gleichermaßen. Sie fühlte sich wie ein gejagtes Tier.

»Renn heim zu deiner Spasti-Mama … *weißt du das noch?* Warum haben sie eigentlich deinen Penner-Vater noch nicht kastriert wie einen Streuner … *erinnerst du dich?*« Er klang hysterisch, aber auch verzweifelt. »Tyler bereut es sicher schon, dass ihr meine Mum umgebracht habt, und ihr werdet es auch noch bereuen!« Tyler, das war der Junge aus der Zeitung gewesen. Anna verstand nicht, was Peter redete, die letzten Wochen mit Eric mussten ihn in den Wahnsinn getrieben haben.

»Peter!«, rief sie und hielt inne. Sie achtete nicht auf Nick, der sie entsetzt am Arm packte, als sie sich und ihn durch ihre Stimme verriet. »Wie soll Tyler irgendwas bereuen? Du hast ihn totgeprügelt. Wir sind deine Freunde, Peter. Anna und Nick. Bring uns nicht auch noch um!«

Stille. Entweder sie drang zu ihm durch, oder er wollte nur sichergehen, sie beim nächsten Schuss zu erwischen. Sie musste das Risiko eingehen.

»Auf dem Weg hierher haben wir noch mehr Freunde von dir getroffen … Tom und Z-Zora! Tom ist tot, Peter. Zora mehr tot als lebendig. Du musst es bekämpfen! Es muss aufhören!«

»Die Luft, Anna«, zischte Nick.

Der schwarze Nebel lichtete sich langsam wie von Geisterhand, obwohl Anna noch immer keinen Windhauch spürte.

»Es will ihm einen freien Schuss geben«, keuchte sie. »Das dunkle Herz will es zu Ende bringen.«

Sie brauchten irgendetwas, um Peter zu überrumpeln. Anna schloss die Augen. Unter der Stadt hatte Ben die Gestalten aus Sand und Staub geformt. Hunderte und Tausende ihrer Vorgänger und später all die Menschen, die ihr Schicksal als Überlebende teilten. Sie musste Peter von dem ablenken, was das dunkle Herz ihm vorgaukelte. Sie musste ihn da rausholen.

»Zora«, zischte sie Nick zu, »er soll sehen, was er angerichtet hat. H-Hilf mir!«

Anna konzentrierte sich ganz auf die junge Frau, die sie vor der Mauer hatten zurücklassen müssen. Ihr dunkles Haar und die geschminkten Lider, die sie kaum mehr hatte heben können. Der Ring in der Nase und die bebenden Lippen, die schwarze Mütze mit dem Anarchiezeichen. Anna stellte sich vor, wie sie hier zwischen ihnen und Peter im Aschestaub begraben lag, ebenso, wie sie draußen im Sand gelegen hatte. Sie spürte, dass es möglich war. Spürte, wie leicht der Staub auf ihre Gedanken reagierte, in einer Welt, in der es sonst keine Störfaktoren gab. Doch die Verbindung zu der echten Zora draußen war schwer, und wenn es kein authentisches Bild war, würde es nicht mehr nützen als eine Sandmalerei. Sie sah die flackernde Mauer vor ihrem inneren Auge wie eine Barriere, die sich bis zum Himmel zog und sie hier einschloss.

»Hilf mir!«, stieß sie Nick an, und ob er es spürte oder erriet, er rannte mit ihr gegen die Mauer an.

»*Lügen …*«, sagte die Stimme wieder, aber es war nicht mehr mit derselben, selbstverständlichen Arroganz. Es lag ein Zweifel darin, der wie ein Riss in der Mauer vor Annas innerem Auge klaffte, und sie gruben sich dort hinein. Kälte stach erneut wie Nägel in ihren Geist, wütend und geifernd, doch Anna ließ nicht locker und riss in einem Kraftakt der Verzweiflung durch das Tischtuch dieser *falschen* Realität. Für einen Moment hörte sie Sirenen zwischen Sturmböen, sah Blaulicht und Menschen in Uniformen, die in Einsatzautos herannahten. Das gelb-grüne Muster eines Krankenwagens wie der, den sie hier im Sand entdeckt hatten. Für einen Moment sah sie eine Gestalt mit einer geschulterten Langwaffe – Maik? Oder noch ein Polizist? Doch schon war der Mann wieder verschwunden. Und dort lag Zora.

Als sie den Körper vor sich sah, spürte Anna sofort, dass die Frau tot war. Ihr Herz schlug nicht mehr, und ihr Gesicht war blass und starr wie aus Porzellan. Es war ein weiterer Schlag. Ein weiterer Stich der Verzweiflung, doch sie hielt umso verbissener an der Frau fest und zerrte, was sie vor ihrem inneren Auge sah, durch den Riss zu ihnen, um ihr Abbild im Staub erscheinen zu lassen. Wieder überkam sie eine kalte Welle wie Eiswasser, das auf ihrer Kopfhaut Tausende kleiner Nadelstiche hinterließ. Dann öffnete Anna die Augen.

Der Nebel war fort. Sie und Nick hatten es kaum zwei Meter von der Stelle geschafft, und Anna blickte direkt in Peters fahles Gesicht, der noch immer auf der Treppe stand, seine Augen umwölkt von Schatten. Die Waffe in seiner Hand war gesenkt und sein Blick auf die Gestalt gerichtet, die dort am Boden erschienen war. Kein Abbild, sondern Zoras tatsächlicher lebloser Körper, halb von Staub bedeckt, so, wie Anna und Nick die Frau draußen gefunden hatten.

Vielleicht waren sie zu schnell für das dunkle Herz gewesen, zumindest schien Peter Zora als die zu sehen, die sie war. Das dunkle Herz hatte sie nicht vor ihm verbergen können. Er taumelte die zwei Stufen hinunter und fiel neben Zoras Leiche auf die Knie. Seine Schultern sackten nach vorn, und er vergrub das Gesicht in den Händen.

»Peter!«

Anna wollte zu ihm rennen, doch sie schrie überrascht auf, als sie nicht vom Boden loskam. Ihre Schienbeine und Hände, auf denen sie kauerte, waren beim Vorankriechen leicht in den Staub eingesunken. Nun war dieser fest geworden wie Beton.

»Nick«, rief sie voll Angst, während sie hektisch versuchte, sich zu befreien. Wären nur ihre Schuhe eingesunken, hätte sie sie ausziehen können, doch ihre Hände und Schienbeine waren wie eingegossen. Sie bäumte sich auf, aber es war zwecklos, und nach einem Blick zur Seite wusste sie, dass Nick mit derselben Lage kämpfte.

»Es ist gut jetzt.«

Eric stand vor der offenen Tür. Es sah nicht so aus, als wäre er herausgetreten. Eher so, als hätte er bis vor einem Moment gar keinen wirklichen Körper besessen, sondern die ganze Schwärze in dem Haus ausgefüllt. Jetzt war er da, und sein Anblick ließ Anna das Blut in den Adern gefrieren.

Eric hatte noch immer denselben Stoppelhaarschnitt und den verschlossenen, überheblichen Gesichtsausdruck: die zusammengekniffenen Augen, die aufgeblähten Nasenflügel. Aber wie hätte er sich auch ändern sollen, schließlich war er tot. Doch das war ihm augenscheinlich *drüben* nicht zum letzten Mal passiert. Erics Brust wies Einschusslöcher von mehreren Kugeln auf, von denen wohl jede einzelne für sich allein tödlich gewesen wäre. Sein T-Shirt mit dem Aufdruck »Alicante is calling and I MUST GO« war voller Blut. Auch an seinem Kopf klebte Blut, doch Anna konnte nicht erkennen, ob er dort ebenfalls Löcher von Kugeleinschlägen hatte. Er hätte wirken können wie ein Zombie, doch das tat er nicht. Eher wie eine Erscheinung oder eine Art Dämon.

»Z-Zora«, schluchzte Peter über der toten Frau. »Stimmt es? Ha-haben wir sie umgebracht, Eric?«

»*Weißt* du das nicht mehr? *Erinnerst* du dich nicht?«, höhnte Eric. »Egal, wie oft wir sie umbringen, sie kommen immer wieder, diese Schweine, die deine Mutter umgebracht haben …«

»Peter!«, rief Anna.

Er hob den Kopf. Sein Blick war nun klar. »A-Anna. Was machst du hier, was …«

»Tyler hast du ganz alleine umgebracht«, sagte Eric, während er sich die Stufen herunterschleppte. Auch auf seiner Jeans waren Blutflecken, und er schien tatsächlich geschwächt von seinen Verletzungen. Wer hatte ihn hier so zugerichtet? War Maik schon hier gewesen … und gescheitert? »Bei Tom und Zora musste ich helfen … Anna hat *mich* auf dem Gewissen, und ich dachte, wenn *du* mich rächst, dann könnte das ein runder Abschluss sein, bevor ich dich verlasse. Aber es scheint, als müssten wir das jetzt anders lösen.«

»Du … bist nicht Eric«, sagte Nick zögerlich.

Er hatte recht. Die Erscheinung sah aus wie Eric oder was von ihm unter all den Verletzungen noch zu erkennen war, doch sie redete nicht im Geringsten wie er. Sie redete mehr wie Álvaro. Und die Verletzungen …

»Du bist sie alle«, begriff Anna, und unter dem nachlassenden Adrenalin spürte sie wieder die zitternde Angst in ihrem Körper. Zu welch schrecklichen Dingen mochte diese Verkörperung des dunklen Herzens fähig sein? Im Grunde kannte sie die Antwort: zu allem, zu dem auch Menschen fähig waren … »Du bist sie alle zusammen, und jeder von Maiks Schüssen auf deine *Werkzeuge* hat dich getroffen!«

Eric nickte, und zwischen seinen Augenbrauen hatte sich eine tiefe Zornesfalte gebildet. Es war der Ausdruck eines wütenden Kindes. Schon bei dem lebendigen Eric hätte er gereicht, um Anna schaudern zu lassen. Schon Eric hatte genug Grausamkeit besessen, um Fallgruben auszuheben und mit angespitzten Stöcken zu versehen, in der Hoffnung, seine Feinde darin aufgespießt zu finden.

Annas Schultern schmerzten von ihrer vorgebeugten, knienden Haltung. Wie sollten sie und Nick sich nur befreien?

»Aber nicht mehr lange«, stieß Eric aus seiner wütenden Grimasse hervor. Er war fast bei Peter angekommen, der beinahe unbeteiligt schien und ganz bei Zora war. »Nur hier spür ich die Schmerzen … und die Schande. Und bald muss ich hier nicht mehr sein, bald bin ich *überall* …«

Er würde Peter irgendwie dazu zwingen, die Sache zu Ende zu bringen, begriff Anna. Er hatte sich zeigen müssen und ging so ein Risiko ein, nachdem sein erster Plan nicht geklappt hatte, aber letztlich war es egal. Sie konnten ihn nicht mehr aufhalten.

»Wofür?«, fragte Nick tonlos. Er klang, als hätte er schon die Hoffnung aufgegeben, dass sie sich noch einmal würden befreien können. »Warum hasst du die Welt so sehr? Und warum das ganze Theater mit Peter? Mit uns, Sinan, Elif, warum das alles?«

»Wisst ihr, was es bedeutet zu sterben?«, fragte der durchsiebte, blutbefleckte Eric. »Hundert-, tausend-, millionenfach zu sterben und all das wieder und wieder zu durchleben, weil es nie einen Abschluss geben kann, weil niemand von uns Frieden findet? Erwürgt, erschlagen, erschossen, erstickt, in Qualen, schreiend und sich die Hose vollscheißend bis zur letzten Sekunde, *geerntet*, immer und immer wieder. WISST IHR, WAS DAS BEDEUTET?«

Eric spuckte und geiferte, und doch war es keine Aggression, die Anna dahinter spürte, sondern Angst. Eric – oder vielmehr das dunkle Herz – hatte furchtbare Angst. Es war durch sein Kommen in ihre Welt und die Erschaffung seiner Werkzeuge zum ersten Mal in Äonen selbst verletzlich geworden, und vielleicht hätte es sich stattdessen sogar für sein Gefängnis und den steten Strom wehrloser Opfer entschieden, wenn das noch zur Wahl gestanden hätte. Vielleicht hatte es *Heimweh* nach seiner Höhle, in die der Alte ihm in regelmäßigen Abständen frische *Lebenszeit* gestoßen hatte. Vielleicht auch deshalb diese unwirkliche Kopie von *drüben*, die dieser Ort darstellte.

Annas Blick irrte während Erics Reden umher. Die Gestalt mit der geschulterten Waffe hatte sich ihr in die Netzhaut eingebrannt. Hatte Maik die Mauer überwunden? War er bereits hier? Und wenn ja, auf wen würde er zuerst anlegen? Anna und Nick waren ihm schon einmal durch die Lappen gegangen.

Die Oberseite ihrer Finger lag frei, doch sie steckten trotzdem einen knappen Zentimeter tief in dem festgefrorenen Staub. Selbst wenn sie es über sich gebracht hätte, hatte sie nicht die Kraft, sich loszureißen und die Haut ihrer Handflächen zu opfern. Und mit welcher Mühe sie sich auch dagegenstemmte, auch ihre Beine rührten sich keinen Millimeter. Anna biss die Zähne zusammen und spürte die Schweißtropfen auf der Stirn. Es durfte nicht so zu Ende gehen.

»Schhhhhh …« Peter lehnte über Zora und strich ihr mit zitternder Hand durchs Haar, wo die Mütze es nicht verbarg. Tränen flossen über seine Wangen. »Schhhhh …«

»Peter!«, rief Anna, »Das ist nicht Eric, hörst du? Es ist das dunkle Herz! Es hat Zora umgebracht, genauso wie die anderen. Auch Lev … und Elif. Du musst uns befreien, HILF UNS!«

Anna wusste nicht, ob er ihnen überhaupt helfen konnte, doch er reagierte ohnehin nicht noch einmal auf ihre Stimme.

»Peter!«, versuchte es auch Nick vergeblich. »Hilfe!«

»Macht euch nicht die Mühe«, sagte Eric nüchtern und streckte dann die Hand nach Peter aus. »Komm hoch, mein Freund«, sagte er, und Peter griff, noch immer zitternd und über Zora gebeugt, nach der ihm dargebotenen Hand und ließ sich anstandslos nach oben ziehen.

»Kinder sind die mächtigsten Wesen«, sagte Eric, als zeigte er ein dressiertes Haustier. »Sie haben Glauben, Vertrauen, Loyalität, sie ertragen mehr als jeder Mann und jede Frau, und wenn man sie ein wenig schubst, dann kämpfen sie sogar. Und dann können sie ganze *Welten* erschüttern, wenn nur jemand sie richtig kanalisiert.«

Er drehte Peter zu sich. »Aber jetzt sollst du aus diesem schlechten Traum hier aufwachen ... Zora würde dich nicht suchen. Sie hat Angst vor dir, du hast es selbst gesehen! Sie hält dich für ein Monster. Und Anna und Nick sind längst in irgendeiner Welt gestorben. Es sind Trugbilder. Hier geht es nur noch darum, deine verdiente Rache zu nehmen, Peter. Alles andere sind *Lügen*.«

»Peter ... Peter, WEHR DICH DOCH!«, schrie Anna. Sie buckelte und warf verzweifelt die Schultern nach hinten wie ein Pferd, doch ihre Hände und Beine blieben wie mit Schraubstöcken verspannt.

Peter sah nicht so aus, als dürstete es ihn nach Rache. Seine Wangen waren noch immer nass von Tränen, doch er sah Eric ergeben an und bot seine Stirn, als dieser sich vorlehnte, augenscheinlich um Peter dort zu küssen.

Und dann ertönte plötzlich ein keuchendes Geräusch. Wie ein heiserer Vogelschrei, doch in seiner plötzlichen Entladung unverkennbar ein Schuss, so verzerrt er auch war. Und im selben Moment wurde Erics Kopf jäh zurückgerissen, und der Beton, der Nick und Anna an den Boden gefesselt hatte, war plötzlich nur noch Staub.

Für Eric

Peters Kreischen, als der getroffene Eric auf die Knie stürzte, war lauter, als es der Schuss zuvor gewesen war. Und sein Heulen hätte von einer höheren Macht stammen können, denn der Sturm, der sich mit einem Schlag Bahn zu ihnen brach, untermalte ihn. Die Barrieren, die Eric geschaffen hatte, waren gefallen, und innerhalb eines Augenblicks wirbelten schwarzer Staub und Ascheflocken in die Luft, als würde die spiegelglatte Oberfläche eines Sees auf einmal von riesigen, unsichtbaren Händen aufgepeitscht. Anna hörte Geräuschfetzen von Sirenen über den Lärm hinweg. Er bildete einen so heftigen Kontrast auf die Stille, dass die Schmerzen von Annas Trommelfell bis in ihren Kopf vordrangen und sie kaum denken konnte.

Doch sie musste denken, und zwar schnell: ein Schuss, präzise und mit verfremdetem Geräusch, hatte Eric als Ersten von ihnen erwischt. Maik, ihr Jäger, hatte zu ihnen aufgeschlossen. Und er würde sich mit Eric nicht zufriedengeben. Peters Schrei hielt an, und Anna sah durch den neuerlichen Nebel in der Luft die Adern an seinem Kopf und Hals hervortreten. Seine Hände waren vorgeschnellt, um Eric an den Schultern zu halten. Er stemmte sich gegen das Gewicht seines toten Freundes und wollte ihn wieder nach oben zerren.

Durch Annas Körper war der erste Schock gejagt wie ein

Stromschlag. Nun überwand sie die Taubheit in ihrem Körper, die er zurückgelassen hatte, und sprang auf die Beine. Beinahe synchron mit Nick stürzte sie nach vorne auf Peter zu, den Kopf geduckt und die Hände schützend über den Kopf gerissen. Wie viele Schüsse konnte Maik abgeben, ehe er nachladen musste? Wer würde sein zweites Opfer sein, wenn er es denn durch den Nebel fand?

Peter wankte und bekam Eric, dessen Kopf auf den Schultern zur Seite baumelte, nicht mehr hoch. Anna sah sich den Kopf nicht zu genau an. Schon mit seinen vorherigen Verletzungen war Eric ein schlimmer Anblick gewesen.

Nick war als Erster bei Peter und packte ihn einfach am rechten Arm. Er riss ihn mit, und Anna erwischte den linken, als Peter Erics Körper entglitt. Trotz ihrer zusammengekniffenen Augen sah Anna, dass irgendetwas Seltsames damit geschah. Im Fallen schien er sich schon aufzulösen und zu dem schwarzen Aschestaub zurückzukehren.

Der nächste keuchende Schuss ging fast in dem dröhnenden Sturm unter, doch in Annas Ohren war er eingebrannt, und so zuckte sie sofort, als sie ihn in der Geräuschkulisse wiederfand.

Maik hatte verfehlt. Der Pause zwischen den beiden Schüssen nach musste er jede Patrone einzeln laden, doch er schien verdammt schnell darin zu sein. Auch auf Peter wirkte das Geräusch und weckte ihn aus seinem Schock. »LASST MICH! NEIN!« Er kreischte, strampelte und warf sich herum. Anna konnte ihn unmöglich halten. Sein Arm entriss sich aus ihrem Griff, und ehe sie erneut zupacken konnte, hatte er sich auch von Nick befreit und machte kehrt in Richtung Eric. Nick hechtete ihm nach.

»Peter, nicht!«, schrie Anna panisch. »Es ist Maik! Er will uns töten!«

Nick erwischte Peter an seinem T-Shirt und riss daran. Der Stoff teilte sich unten am Saum bis hoch zu Peters Schulterblatt. Wieder lag ein Sirenenfetzen von einem Martinshorn in der Luft, doch Anna konnte nicht einmal sagen, aus welcher Richtung er kam.

Das Nest, das Eric oder eher das dunkle Herz sich hier eingerichtet hatte, stürzte in Chaos zusammen. Immer mehr Staub erhob sich in die Luft, und Anna wusste, dass er nun frei war, sich in ihre Welt zu verteilen. Das dunkle Herz hatte mit Peter vielleicht noch Größeres im Sinn gehabt, vielleicht, *alle* Schleusen von drüben zu öffnen und die andere Welt in ihre hineinstürzen zu lassen. Doch wie groß auch immer die Schwächung war, die Maik dem dunklen Herzen durch seinen Schuss zugefügt hatte, was hier passierte, würde es wieder erstarken lassen. Anna war nicht so vermessen, zu glauben, dass mit Erics endgültigem Tod nun alles vorbei war. Peter, wusste sie, Peter konnte das hier stoppen.

Wieder ein verzerrtes Schussgeräusch, und Peter, von Nick bereits aus dem Gleichgewicht gebracht, machte auf einmal eine halbe Drehung und stürzte, als hätte ihm jemand einen Schubs gegeben. Sein letzter Schrei wurde zu einem schmerzhaften Heulen. Maik hatte getroffen.

»Peter!« Anna war sofort bei Nick, der schon die Hände unter Peters Schultern schob. Wie schlimm war er getroffen? Sie hatten keine Zeit, sich zu vergewissern, ob es überhaupt noch Hoffnung gab. Maik schoss sie ab wie Tontauben.

Anna packte mit Nick zu, und sie zogen Peter hoch. Sein Schmerzensschrei tönte beinahe so laut wie nach Erics Tod, und Anna spürte warmes Blut an den Fingern.

»I-Ich glaube … seine Schulter«, wimmerte Anna.

Nick reagierte gar nicht darauf. »Schnell!«, brüllte er, und vollgepumpt mit Adrenalin zogen sie Peter weiter, der zumindest keine Gegenwehr mehr leistete. Anna hoffte, dass Maik sie über das Nachladen im Staub verlieren würde.

Es war blind und ziellos, was sie taten. Eigentlich hätten sie Peter irgendwie aus dieser albtraumhaften Episode und seinem Schockzustand herausreißen müssen, um mit ihm zu sprechen. Was immer er tun musste, um den Zerfall dieses Unterschlupfs und der anderen Welt von ihrer eigenen zu trennen, konnte er nicht in dieser Höllensituation tun. Doch zuerst einmal mussten sie überleben.

Anna spürte, wie die Anstrengung in ihrem Körper die aufputschende Wirkung der Angst nach wenigen Metern bereits überholte. Jeder Schritt mit dem zusätzlichen Gewicht von Peter war eine Tortur. Er hing bald ohnmächtig und ohne jede Körperspannung zwischen ihnen, was die Last gefühlt verdoppelte. Annas Hände und Peters T-Shirt waren rot überströmt. Sie hoffte nur, dass er nicht wegen des Blutverlusts bewusstlos geworden war, denn dann würde er wohl nicht wieder aufwachen.

Ein Schuss fiel. Anna und Nick stellten erschrocken sicher, dass der jeweils andere nicht getroffen war, doch es war nicht das Keuchen von Maiks Waffe gewesen, sondern ein ungedämpfter Pistolenschuss. Ein zweiter und ein dritter folgten. Nick zwang sie, Peter weiterzuschleppen, doch Anna schaffte nicht mehr viel, ehe sie vor Erschöpfung einknickte.

Die Schüsse waren in einiger Entfernung gefallen. Genug, um sich einzubilden, dass sie nicht mehr in unmittelbarer Todesgefahr schwebten. Anna sandte ein Stoßgebet, dass die Polizei auf Maiks Fersen war, während sie vornübergebeugt um Atem rang.

Nick kniete schon über dem bewusstlosen Peter, der glücklicherweise auf der unverletzten Seite zum Liegen gekommen war. Nick riss das gestreifte T-Shirt an der kaputten Stelle am Rücken bis zum Halsausschnitt auf. Dann trennte er es noch einmal bis zu seinem linken Ärmel auseinander. Der Wind flaute allmählich ab, und die Geräuschkulisse wurde im Gegensatz zum Nebel transparenter: Da waren nach wie vor Sirenen, Motoren, Rufe, aber keine Schüsse mehr.

Als Nick den blutroten Ärmel aufklappte, stöhnte Anna auf. Peters Schulter war mindestens ausgekugelt, wahrscheinlich gebrochen. Das Gelenk war seltsam vorgewölbt, und gleichzeitig schien der Muskel darüber schlimm verwundet. Doch je mehr Nick das Blut mit einem T-Shirt-Fetzen wegwischte, desto mehr klärte sich das Bild. Es blieb ein etwa münzgroßes Eintrittsloch der Kugel unterhalb der unnatürlichen Wölbung, aus dem noch immer Blut quoll.

Nick wickelte den Fetzen zusammen und drückte ihn auf die Stelle. An der Vorderseite von Peters Schulter ging er genauso vor. Es gab dort ein Austrittsloch, die Kugel steckte also zumindest nicht mehr in der Schulter, doch Peter würde mit Sicherheit bleibende Schäden in seinem Gelenk haben, sollten sie hier lebend herauskommen. Nick riss zwei lange Streifen aus dem Stoff von Peters T-Shirt, den er mit den Zähnen festhielt, und knotete sie aneinander. Dann wickelte er den Verband straff über die beiden improvisierten Kompressen auf Eintritts- und Austrittswunde. Als er die Wölbung mit einband, knirschte es, und Anna drehte sich der Magen um. Sie hielt Peters Arm dennoch weiter stabil, sodass Nick wickeln, festziehen und einen Knoten knüpfen konnte.

Nick arbeitete konzentriert und sagte kein Wort, bis er fertig war. Ein einziger weiterer Gewehrschuss, konnte all ihre Anstrengungen bedeutungslos machen. Doch er fiel nicht. Hatte die Polizei Maik aufgespürt? Oder war er entkommen und suchte sie nun?

Nachdem Nick ihr bedeutet hatte, den Arm abzulegen, sah Anna sich um und entdeckte die aufragenden Ladekräne des Hafens zwischen den Staubschwaden. Anna ahnte, an was für einem Ort sie vorübergehende Zuflucht gefunden hatten. Sie waren dort, wo Taxameter stehen blieben und Strecken sich dehnen oder stauchen konnten. Dort, wo die Seifenblasen der Welten sich berührten und Schläuche wie Korridore bildeten, wenn sie sich zu nahe kamen.

Anna erinnerte sich daran, wie Eric sich kurz vor dem Kopfschuss zu Peter vorgelehnt hatte, um ihn auf die Stirn zu küssen. Seinen Worten nach hatte er Peters plötzliche Klarheit nach Zoras Anblick wieder eintrüben wollen, um ihn zurück auf Linie zu bringen. Wie tief hatte er sich in den letzten Wochen in Peters Verstand vorgearbeitet, um seine Gefühle zu missbrauchen? *Kanalisieren*, wie er es genannt hatte. Peter konnte die Tür schließen, das wusste sie von Ben, und er musste es bald tun, wenn es noch einen Unterschied machen sollte. Aber wenn Anna je gewusst hatte, wer Peter war, dann galt davon wohl nicht mehr viel.

»Ich werd allein versuchen, mit ihm zu reden«, entschied Anna gegenüber Nick, der die Kräne nun auch entdeckt hatte. »Greif nicht ein, o. k.? Ich kann ihn nicht einschätzen … nach allem, was war. Aber er muss irgendwie wieder Vertrauen finden. Das wird er nicht, wenn wir es ihm nicht selbst zeigen.«

Die Zeit war das Problem. Wie viel hatten sie, bis wieder Schüsse fallen würden?

»Er hat mindestens einen Menschen umgebracht«, erwiderte Nick heftig, »du glaubst doch nicht, dass ich …«

»Wir haben noch nichts geschafft«, unterbrach ihn Anna. »Es kann so oder so ausgehen, und wir haben keine Zeit. Ich weiß nicht, was passieren wird, aber er ist verletzt und ein Kind. Ich denke, ich werde mich selbst wehren können. Halt mir den Rücken frei, wenn es irgendwie geht.«

Nick runzelte die Stirn. »Was hast du vor?«

»Ich muss irgendwie eine Brücke zu ihm bauen. Irgendwo anfangen, wo wir noch eine Verbindung hatten.«

Während Nick bei seinem Stirnrunzeln blieb, hatte Anna bereits eine Idee, wo sie anfangen konnte.

Sie atmete tief ein und schloss die Augen. Sie wollte mehr als den dünnen Zwischenboden unter ihren Füßen spüren, der jederzeit in diese oder jene Welt nachgeben konnte. Sie wollte den Staub spüren, der *alles* war. Er füllte die Leere der Luft, und sie atmeten ihn mit ein. Er *bildete* den Boden unter ihren Füßen … und sie musste ihm neue Form geben.

Das Gefühl, in ihre Vorstellungskraft einzutauchen, stellte sich von Mal zu Mal leichter ein. Vielleicht hatten sogar ihre Traum- und Tranceerfahrungen mit dem dunklen Herzen sie darin trainiert. Dennoch hätte sie ebenso wenig ganze Gebäude entstehen lassen können, wie Torwege zu öffnen oder zu verschließen. Daran war sie schon in der Wüste gescheitert, als sie unter die Stadt hatten vordringen wollen. Doch was sie kannte und unter den Fingern spürte, das konnte sie dem Staub aufstülpen wie einen Kissenbezug über Daunenfedern. Und die frei stehende Mauersäule vor ihrem inneren Auge kannte sie. Sie selbst hatte die Sätze zu Eric in die Ziegel gemeißelt und den Grabstein geschaffen, der vor ihrem letzten Unterschlupf *drüben* aus den Ruinen aufgeragt war.

Für Eric

Der Freund und Anführer war
Der Angst genommen und Stärke gegeben hat
Und der fehlen wird

Das Kriegerdenkmal, wie sie es genannt hatten, war danach Anlaufstelle für alle gewesen, die sich von Eric hatten verabschieden wollen. Besonders Connor war begeistert davon gewesen. Es war ein gefährliches Spiel, aber sie wollte ein Umfeld schaffen, das Peter aus diesem Albtraum wegholen sollte, und hoffte, dass er es ihr nicht als Schauspiel auslegen würde.

Anna öffnete die Augen und stand eine Armlänge von der Säule entfernt. Dahinter war sogar der Eingang zu ihrer Unterschlupfhöhle *drüben* zu erahnen, doch unscharf und in körnigen Staubschattierungen, die jederzeit verfliegen mochten. Sie trat einen Schritt auf ihr Werk zu und berührte es mit den Fingern. Rauer Stein mit den unregelmäßigen Rillen, wo sie die Sätze hineingemeißelt hatte. Es war nicht täuschend echt, sondern mehr. Im Gegensatz zu den *Requisiten* des dunklen Herzens war es wahrhaftig, und das spürte sie.

Nick war kein Teil der Szene, und Anna sah sich nicht nach ihm um. Es war gut zu wissen, dass er die Augen offen hielt. Sie selbst wollte nicht andauernd darauf horchen, ob Schüsse, Sirenen, Stimmen zu hören waren, doch sie konnte es kaum verhindern, und ihr Herzschlag betrug immer noch mindestens ihren doppelten Ruhepuls. Sie musste sich beeilen.

Neben ihr lag Peter auf dem Boden und war noch immer bewusstlos. Anna hatte gehofft, dass er von selbst erwachen würde, aber so blieb ihr keine Wahl. Sie bückte sich zu ihm hinab, zögerte und legte dann die Fingerspitzen auf die Wölbung unter dem Verband um Nicks Schulter. Sie übte leichten Druck aus und versuchte, dabei nicht an das Knirschen zu denken oder daran, dass sie ihm zusätzliche Verletzungen zufügen konnte.

Peter öffnete die Lippen und drehte den Kopf zur Seite. Sein Atem wurde schneller, er *spürte* die Schmerzen, doch er wachte nicht auf.

Anna kniff die Augen zusammen und verstärkte den Druck.

»Es tut mir leid«, flüsterte sie.

»Ah – Aaahhh!« Peter stöhnte auf und lehnte sich unbeholfen von ihr weg. Er starrte sie an, wie jemand, der aus einem Traum aufwachte und die Puzzlestücke nicht zusammenbekam.

Anna machte einen Schritt zurück und hob sofort beschwichtigend die Hände. »Ich musste dich wecken. Ich wollte dir nicht wehtun, aber wir haben wenig Zeit.«

»A-Anna, was …?«

Sie sah förmlich, wie eine Erinnerung nach der anderen sich in seinem Kopf kristallisierte und sein Atem schneller ging. Sein Gesicht durchzogen leidvolle Furchen, und er bekam kaum Luft. Sein Blick fiel auf die Säule. Er starrte sie an und machte einen fahrigen Versuch, aufzustehen. Die Verletzung seiner Schulter schien er kaum zu spüren. »W-Was soll das?«, fragte er im Brustton der Verzweiflung. Er schien schockiert von dem plötzlichen Ortswechsel, vielleicht sogar empört. »Was – Hast du ihm nicht genug angetan? M-Musst du ihn noch demütigen?«

Seine eigene Schnappatmung unterbrach ihn, und er schluchzte hemmungslos. Anna wäre am liebsten zu ihm gegangen. Er musste die Hölle durchgemacht haben, inszeniert und begleitet durch den Freund an seiner Seite, der ihm alles bedeutete. Doch sie traute sich nicht mehr, als einen Schritt auf Peter zu zu machen.

»Eric ist *drüben* gestorben«, sagte sie ernst. »Und ein Teil davon war meine Schuld. Ich glaube, das wird mich ewig begleiten … Ich wünschte so sehr, dass ich es rückgängig machen könnte.«

Peter saß halb aufrecht und nach vorn gebeugt. Sein Rücken hob und senkte sich in seinen heftigen Atemzügen, die fast seinen ganzen Körper schüttelten.

»Aber wenn du das, was dich die letzten Wochen begleitet hat, Eric nennst, dann tust *du* ihm unrecht«, fuhr sie im selben Tonfall fort, »*und* seinem Andenken. Eric ist nie in unsere Welt zurückgekehrt. Niemand von denen, die *drüben* gestorben sind, ist das.«

Peter offenbarte mit keiner Regung, was er dachte.

»Ich hab selbst nur schwer nach Hause gefunden. Ich wollte meinen Bruder nicht aufgeben. Er ist auch gestorben, und wenn mich das dunkle Herz so mit ihm verfolgt hätte, wie dich mit Eric, hätte ich es nicht nach Hause geschafft.«

Sie wusste nicht, ob sie damit eine Verbindung zu Peter aufbauen konnte, aber sie sagte es auch nicht nur deshalb. Sie erkannte selbst, dass sie keine Chance gehabt hätte, wenn das dunkle Herz der Meinung gewesen wäre, es habe mit ihr bessere Chancen, seine Pläne umzusetzen. Mit Eric hatte es Peter an einem Haken gehabt, an dem er sich eher selbst aufgehängt hätte, als loszulassen. Mit Ben hätte es Anna ebenso weit bringen können. Nick wäre ihre einzige Hoffnung gewesen, sich zu befreien. Peter hatte niemanden gehabt. Er war das perfekte Opfer gewesen.

»Nick und ich haben Ben wiedergesehen. Vor uns gab es endlos viele Opfer für das dunkle Herz, auch meinen Bruder. Irgendetwas von ihnen, vielleicht ihre Seele, ist *drüben* eingesperrt geblieben, eingepfercht unter der Stadt. Dort ist das dunkle Herz entstanden. Das war das Wesen an deiner Seite: Purer Hass, Eifer, Angst …«

Sie wusste nicht, ob Peter zuhörte. Er zeigte keine Regung, also redete sie einfach weiter. Sie würde sich ohnehin nicht trauen, in ihn zu dringen, um ihn aufzurütteln. Sie hatte zu viel Angst, ihn in den Wahnsinn zu treiben, und wenn er nicht hören wollte, was sie sagte, dann würde sie ihn auch mit anderen Mitteln nicht erreichen.

»Die Wahrheit ist, dass es gerade gewinnt … Der Teil von unseren Vorgängern, der nicht zum dunklen Herzen geworden ist, hat durch Bens Körper mit uns gesprochen. Auf dieselbe Art hat auch das dunkle Herz durch Erics Körper mit *dir* gesprochen.«

Peter regte sich und verlagerte sein Gewicht. Vielleicht kehrte der Schmerz zurück. Es konnte auch Ablehnung bedeuten, Anna wusste es nicht.

»Du … hast die andere Welt fast zerstört, Peter. Ich glaube, es war, als du diesen Tyler … als du ihn getötet hast. Das dunkle Herz hat eine Verbindung geschaffen und deine Wut missbraucht. Die andere Welt ist nicht mehr zu retten. Nach unserem Entkommen wäre es so oder so passiert, aber wie es jetzt ist, mit den vielen Schwachstellen zwischen den Welten, wird ihr Fall auch unsere Welt mitreißen. Alles, was von dort rüberkommt, ist vergiftet vom dunklen Herzen. Nick und ich haben es gesehen: Überall, wo es kann, macht es die Dinge schlimmer und lässt sie eskalieren. Es könnte wieder große Kriege geben, genauso wie Hunger und Elend, alles, was du dir vorstellen kannst. Es liegt an uns Menschen, Peter. Es weiß genau, wie es mit uns umgehen muss, damit wir uns selbst zerstören.«

Peter hob den Kopf, ohne sie anzusehen. Der Schmerz stand ihm ins Gesicht geschrieben, und Anna sah, dass er sich auf die unverletzte Seite lehnte.

»Warte, wir können es entlasten.«

Das Rückenteil von Peters T-Shirt hing ohnehin als Fetzen herunter. Peter ließ es geschehen, dass sie es endgültig abriss. Anna knotete die Enden zusammen, sodass der Stoff eine Art Schlaufe bildete, und legte sie Peter um den Kopf.

»Leg den Arm hinein.«

Peters Gesicht wurde aschfahl, und seine Augen füllten sich mit Tränen, als er versuchte, den Arm zu bewegen. Etwas, das er vorhin noch fertiggebracht hatte, ohne mit der Wimper zu zucken.

»Lass dir helfen«, sagte Anna und wollte seinen Arm schon stützen, doch Peter wich zurück.

Er biss die Zähne aufeinander, und Anna sah, was es ihm abverlangte, doch er ging durch den Schmerz und legte den Unterarm selbst in die Schlinge. Dann rutschte er ein wenig zurück und lehnte sich an ein Mauerstück hinter ihm. Erst jetzt fiel Anna auf, dass ihre Umgebung sich verändert hatte. Peter musste völlig unbewusst Dinge hinzugefügt und aus seiner eigenen Erinnerung verbessert haben, denn Anna hatte deutlich mehr als zuvor das Gefühl, tatsächlich am Eingang ihres ehemaligen Unterschlupfs zu sitzen. Da waren die tragenden Säulen, die das Dach stützten, unter dem Ruth den beiden Hasen das Fell abgezogen hatte. Links von Anna führte der Weg durchs Geröll nach oben.

»Du bist der Einzige, der die Verbindung trennen kann.«

Sie und Nick hatten sich seit Bens Worten gefragt, warum das so war und warum das dunkle Herz Peter diese Sonderrolle gegeben hatte. Er war das perfekte Opfer, mit seiner Verbindung zu Eric. Das war *eine* Erklärung. Doch diese Verbindung bedeutete gleichermaßen auch eine Verbindung in die andere Welt, wo Peter Eric hatte zurücklassen müssen. Und nicht nur Eric, auch Pan war dort gestorben, der kleine Junge mit der Flöte, mit dem sich Peter den Namen Peter Pan geteilt hatte. Für einen Menschen, der die Einsamkeit so sehr ausstrahlte wie Peter, musste dieses Band nach *drüben* gewaltig sein.

Sie sprach diese Gedanken nicht aus, weil es Peter nicht weiterhelfen würde, sie von ihr zu hören. Anna hatte die Küchenpsychologie der anderen nach Bens Verschwinden oft genug am eigenen Leib erfahren und jedes Mal gehasst.

Anna stockte plötzlich in ihren Überlegungen. Etwas war

anders. Unter ihren Händen, mit denen sie sich abstützte, spürte sie leichte Erschütterungen, und es kamen Geräusche dazu – ein Brummen von Motoren. Anna sah sich alarmiert nach Nick um, fand ihn jedoch nirgendwo auf der Anhöhe. Sie musste zum Ende kommen.

»Ich weiß nicht genau, was du tun musst, Peter«, sagte sie. »Und niemand kann dich zu irgendetwas zwingen.«

Das Motorengeräusch war nun deutlich wahrnehmbar. Auch Peter hob den Blick. Er sah so müde aus, wie Anna sich nach ihrer Heimkehr von unter der Stadt gefühlt hatte.

»Aber du musstest es *wissen*. Ich musste dir das alles sagen, weil Nicks und mein Teil damit endet. Wir haben alles getan, was in unserer Macht stand, und es ist jetzt in deiner Hand. Der alte Mann ist tot.«

Peter sah ihr überrascht in die Augen. Es war das erste Mal, seit sie ihn aus seiner Ohnmacht gerissen hatte.

»Und viele von uns sind auch tot. Das dunkle Herz wird viel von seiner Macht verlieren, solltest du die Tür schließen, und dann haben wir eine Chance, es besser zu machen. Dann liegt es wieder an den Menschen selbst, was passiert.«

»Und wer sagt, dass das besser ist?«, fragte Peter mit heiserer Stimme.

Er wollte helfen, das glaubte Anna zumindest zu spüren, aber er brauchte einen Grund. Es war nur zu verständlich, wenn sich Gut und Böse für ihn aufgelöst hatten, wenn es für ihn keine klaren Seiten gab. Er kannte nur die Schmerzen, die ihm die alte Welt, und die Schmerzen, die ihm die neue zugefügt hatte.

»Ich …« Anna seufzte und spürte Tränen der Resignation in ihren Augen, die sie wegblinzelte.

»Ich weiß nicht, was passiert«, antwortete sie niedergeschlagen, nachdem sie sich gefangen hatte. Natürlich bedeutete das dunkle Herz den Untergang, aber konnte sie Peter wirklich glauben machen, dass die Menschheit auf sich allein gestellt den Abgrund vermeiden würde? Für länger als zehn, fünfzig, oder hundert Jahre, was immer noch ein Wimpernschlag war, im Auge der Ewigkeit?

»Vielleicht ist es nicht besser«, gab Anna zu, »vielleicht läuft es aufs selbe raus.« Es fühlte sich wie ein Eingeständnis der Niederlage einer ganzen Spezies an. »Aber es *könnte* besser werden … und wir selbst können nur tun, was in unserer Macht steht.«

Peter zeigte sich weder zufrieden noch unzufrieden von ihrer schwachen Antwort. Sie war nicht gerade ein blumiges Plädoyer für das Leben und insbesondere für die Menschen, aber sie wusste auch nicht, wo sie so ein Plädoyer hernehmen sollte.

Die Motorengeräusche waren verstummt, und das war fast schlimmer, als wenn sie sich weiter genähert hätten.

»Ich seh kurz nach Nick«, sagte sie zu Peter, der nicht darauf antwortete. Es war vielleicht ohnehin gut, ihm ein paar Momente für sich zu geben, auch wenn ihn dann die Eindrücke wohl wieder einholen würden. Sie musste selbst schlucken, wenn sie an Zoras leblosen Körper dachte. Sie hätten nichts für sie tun können, wusste Anna. Zumindest nicht, ohne Gefahr zu laufen, dass das dunkle Herz sie danach von Peter hätte fernhalten können. Dennoch fühlte sie sich wie eine Mittäterin.

Anna erklomm die Trittsteine auf die Anhöhe und hielt nach Nick Ausschau. Sie entdeckte ihn in einiger Entfernung am Boden kauernd und Ausschau haltend. Anna duckte sich selbst herunter und bewegte sich in seine Richtung. In ihrem Augenwinkel schälten sich Strukturen aus dem Staubnebel heraus. Riesige, zylinderförmige Tankbehältnisse und dazwischen Antennenmasten, die diese noch überragten. Als sie einen Blick zurückwarf, entdeckte sie auch die markanten Silhouetten der Kräne.

Plötzlich bewegte sich Nick. Er kroch rückwärts. Erst langsam, dann auf einmal hektisch. Im Aufstehen wandte er sich um und entdeckte Anna. Sein Gesichtsausdruck war panisch, und wo seine Füße auf den Boden trafen, stob der Staub auf, und Straßenbelag kam zum Vorschein.

»Lauf!«, rief er ihr zu, und sie hörte auf ihn und machte

kehrt. Sie musste Peter schützen. Wenn es Maik war, den Nick entdeckt hatte, würde er ihn umbringen. Die Polizei würde ihn wegen Mordes festnehmen. Die Schlagzeilen aus der Zeitung flackerten in ihren Gedanken auf. Peter würde einen Schauprozess nicht überleben.

Anna spürte nun selbst die harte Straße, die anders als der Staub nicht unter ihren Füßen nachgab. Vor ihr wurde der Boden zu körnigem Asphalt. Die Schwaden in der Luft verblassten immer mehr und gaben die Dämmerung über dem Hafen von Dublin frei. Anna rannte, so schnell sie konnte, ohne sich noch einmal umzusehen. Die Senke war noch da. Ihr Rand war von Kies gesäumt, und ein kleiner Bagger stand neben einer Walze hinter einem kleinen Absperrzaun, wo sich vorhin noch Mauerstücke befunden hatten.

Anna erreichte die Senke – und starrte in eine Baugrube hinunter, auf deren Grund zwei große Rohre freilagen. Peter war nirgendwo zu sehen.

»Peter!«, rief sie über die Ebene, die den riesigen Tankbehältern nach wohl zur *Topaz Tank Farm* gehörte. »Peter!«

Sie hörte Nicks Schritte und betete, dass kein Keuchen, kein gedämpfter Gewehrschuss mehr die Stille zerreißen und die Schritte ins Stolpern bringen würden. Und dann tauchten plötzlich überall um sie herum Gestalten auf. Allein vier hinter dem Rand der Senke und den Baumaschinen. Vermummte Uniformierte, die Maschinenpistolen im Anschlag hielten und sie aufforderten, sich auf den Boden zu legen. Nick erreichte sie, und mit umklammerten Händen leisteten sie Folge.

Die Polizisten sprachen nicht mit ihnen und nahmen auch nicht ihre Gesichtsverhüllung ab. Nick und Anna wurden durchsucht und anhand ihrer Dokumente identifiziert. Ihre Sachen, inklusive der Handys, wurden einbehalten. Das gepanzerte Fahrzeug, zu dem sie gebracht wurden, musste gemeinsam mit den beiden Begleitwagen die Motorengeräusche verursacht haben, die bis zu Anna durchgedrungen waren.

Anna war froh, dass die Befragung nicht gleich begann. Sie hatte eine vage Vermutung, dass diese über Jahre anhalten würde, und so war sie dankbar für den Aufschub. Sie hätte nur gern Nick alles erzählt und ihn gefragt, ob er Maik von seinem Beobachtungsposten noch irgendwo dort draußen gesehen hatte. Aber beides wollte sie nicht vor fremden Ohren besprechen. Nick bemerkte natürlich, dass Peter nicht bei ihr war, doch er fragte sie nur, ob alles in Ordnung sei, und sie zuckte hilflos mit den Schultern.

»Hoffentlich«, fügte sie als vagen Hinweis hinzu. »Ich hab zumindest alles gesagt, was es zu sagen gab.«

Schon mit dem Anblick der Rohre in der Senke und der Gewissheit, dass Peter fort war, hatte sie eine leise Vermutung gehabt, wohin er verschwunden sein konnte. Sie hätte es gern mit Nick besprochen, aber daran war vor den Polizisten nicht zu denken.

Sie fuhren mit einem der normalen Streifenwagen. Das klobige, gepanzerte Fahrzeug blieb vor Ort. Es war wohl Teil der Ausrüstung der Spezialeinheit, die sie abgefangen hatte. Dass nicht nur normale Streifenpolizisten hier waren, war wohl kein Wunder, dachte Anna. Immerhin vermutete die Polizei mit Maik und Peter zwei Mörder in der Stadt, und mit Tom und Zora mussten zudem zwei weitere Leichen entdeckt worden sein, die im direkten Bezug zu Peter standen. Sie und Nick als die beiden ausgebüxten Teenager spielten in den Augen der Polizei wahrscheinlich nur eine Nebenrolle. Zumindest, was ihr Gefahrenpotenzial anging.

Während der kurzen Fahrt auf der Rückbank durch den Stadtverkehr schlief Anna zweimal ein und sank an Nicks Seite. Er legte den Arm um sie, und Anna spürte, wie groß die Last war, die auf ihr gelegen hatte, als zumindest ein Teil davon abfiel, während sie das Hafengelände hinter sich ließen. Vor der Fensterscheibe lag kaum Staub in der Luft. Der Himmel verlor in die Dämmerung hinein immer mehr von seiner blutroten Farbe – das *Wetterphänomen* verblasste. Ob das durch Erics Tod kam oder ob Peter bereits begonnen hatte, die Verbindung zu lösen … in jedem Fall hatten sie etwas bewirkt.

Die Polizisten wiesen sie an auszusteigen, nachdem sie auf einem Parkplatz voller Polizeiautos und Dienstwagen zum Stehen gekommen waren. Die Beamten waren eine untersetzte Frau und ein diensteifrig dreinblickender Mann, beide mit Schirmmütze und in schwarzer Jacke.

Als Anna in den einsetzenden Nieselregen hinaustrat, sah sie das massive Bauwerk aus roten Ziegelsteinen, das offensichtlich ihr Ziel war. Die Fassade war durchbrochen von einem gläsernen Fensterbogen über drei Stockwerke und sorgte in ihrer Ähnlichkeit mit der Bauweise der Gebäude *drüben* dennoch dafür, dass sich Annas Nackenhaare aufstellten. Es war, als wollte etwas sie daran erinnern, dass sie die Wüstenstadt nie wieder loswerden würde.

Nick ließ sich nichts anmerken, als er auf seiner Seite ausstieg und die Polizeistation erblickte. Vielleicht war Anna auch zu sensibel.

»Hier lang, bitte«, sagte die Beamtin, und Anna und Nick folgten den Polizisten zum Eingang.

Sie traten in eine kleine Halle, die Anna fast an die vielen Flughäfen erinnerte, die sie und Nick in der letzten Woche gesehen hatten. Es gab Sitzreihen, die denen im Wartebereich der Gates ähnelten, und die Schalter an denen Abteilungen, Stockwerke und Zuständige mitgeteilt wurden, hätten ebenso gut zum Check-in genutzt werden können. Nur die Glasscheibe zwischen Besuchern und Beamten passte nicht, und die Bänder zum Abtransport des Aufgabegepäcks fehlten. Die Flugzeuge natürlich auch. Obwohl Anna liebend gern so schnell wie möglich in eines gestiegen wäre.

Sie wusste nicht, was sie noch hinter sich würden bringen müssen, ehe sie nach Hause konnten. Niemand konnte ihnen irgendeine Straftat nachweisen, aber gleichzeitig hatten sie kaum befriedigende Antworten zu den Dingen, von denen man erwarten würde, dass sie sie aufklärten: Woher hatten sie gewusst, dass Maik hierherkam, und dann auch noch sein genaues Ziel in der Stadt? Wie konnten sie überhaupt von Maik wissen? Anna wusste nicht mehr, wie viel sie bei ihrem Notruf gesagt hatte: Hatte sie auch von Maiks weiteren Opfern gesprochen? Und wie konnte es sein, dass mit Tom und Zora zwei weitere Tote genau an dem Ort aufgetaucht waren, wo sie den Hinweis auf Maik gegeben hatte? Zwei Tote mit eindeutiger Verbindung zu Peter ...

Anna bekam Kopfschmerzen, ohne dass sie überhaupt darüber nachdachte, was sie auf diese Fragen antworten sollte. Sie war so müde.

Die beiden Polizisten besprachen sich kurz, dann lief der Mann los und durch eine Tür ins Treppenhaus.

»Setzt euch«, sagte die Frau, die auch hier in der Halle ihre Mütze nicht abnahm. »Wir werden den Commissioner informieren und dann die Botschaften eurer Herkunftsländer verständigen. Dann könnt ihr natürlich auch eure Eltern anrufen.«

»Oh ... o. k.«, erwiderte Anna überrascht. Die Botschaften? Bedeutete das, dass sie wegen irgendetwas unter Verdacht standen? Anna entschloss sich nachzufragen.

»Das passiert immer bei ausländischen Staatsangehörigen«, erklärte die Polizistin nüchtern. »Wenn ihr befragt werdet, kann die Botschaft euch auch einen anwaltlichen Beistand stellen. Eure Eltern sind ja nicht hier ...«

Befragt, hallte es in Annas Kopf nach, doch sie nickte nur.

Sie hatte ja schon vermutet, dass ihnen keine besonders hohe Bedeutung zugemessen werden würde, aber die verschlossene Art ihrer Aufpasserin und dass sie hier nun im öffentlichen Wartebereich zu sitzen hatten, kam ihr dennoch merkwürdig vor. Vor allem nach ihrer Begegnung mit den Spezialkräften.

Der Mann kehrte zurück und winkte seine Kollegin schon von der Treppe zu sich heran. Sie kam ihm entgegen, und wieder debattierten sie irgendetwas.

»Wo ist Peter?«, nutzte Nick rasch die Gelegenheit. »Was ist passiert?«

»Ich hab Motorengeräusche gehört und nach dir geschaut«, antwortete Anna ebenso hastig. »Dabei ist alles … gekippt, wir waren wieder ganz in Dublin, und Peter war nicht mehr da, als ich zurückgegangen bin.«

»Und was hat er gesagt?«

Die Polizisten waren schon wieder auf dem Weg zu ihnen.

»Fast nichts«, flüsterte Anna. »Aber ich hab ihm viel erklärt, und ich glaube, es kam an. Ich weiß nicht, was er daraus macht … ich …«

Sie verstummte. Dass sie nicht wusste, woraus Peter in dieser Welt noch Hoffnung schöpfen sollte, das hatte sie sagen wollen. Doch Nick sah schon so entmutigt genug aus. Sie hätte Nick gern noch nach Maik gefragt, aber es war zu spät.

»Der Commissioner ist … noch nicht wieder hier«, erklärte der Polizist stockend. »Ich habe mit der deutschen Botschaft gesprochen, und sie schicken jemanden. Wir würden mit den weiteren Schritten gerne abwarten.«

Der Mann fühlte sich offensichtlich nicht wohl in seiner Haut. Irgendetwas lief hier nicht, wie es sollte.

»Unsere Eltern müssen wissen, dass wir o. k. sind«, widersprach Anna. »Die können wir doch sicher anrufen?«

»Und … ich bin kein Deutscher«, sagte Nick stirnrunzelnd.

»Ja, natürlich«, sagte der überforderte Beamte, »wir klären das.«

»Das Telefongespräch natürlich auch«, ergänzte die Polizistin und murmelte ihrem Kollegen etwas zu.

Dieser nickte und lief danach zu den Schaltern hinüber. Anna sah ihn dort mit einem anderen Uniformierten sprechen, der ihn augenscheinlich vertröstete. Sie seufzte und lehnte den Kopf wieder an Nicks Schulter. Und da niemand sie daran hinderte, döste Anna langsam wieder ein.

»Anna«, wurde sie von Nicks sanfter Stimme wieder geweckt. Gefühlt hatte sie gerade erst die Augen zugemacht. »Anna, der Anwalt ist hier.«

Anna öffnete widerwillig die Augen. Ihr Kopf lag in Nicks

Schoß und ihre Beine auf dem nächsten Sitz. Sie konnte sich nicht daran erinnern, sich so hingelegt zu haben.

»Wie lange hab ich geschlafen?«, fragte sie.

»Ungefähr ne halbe Stunde«, erwiderte Nick. Er grinste. »Die sind völlig planlos hier.«

»Warum bist du dann so fröhlich«, fragte Anna missmutig, während sie sich mühsam aufrappelte. Sie hatte einen schlechten Geschmack im Mund, und alle Muskeln taten ihr weh, sowohl von der Überanstrengung als auch wegen ihrer unbequemen Schlafstätte.

»Weil ich schon seit zwanzig Minuten am liebsten das tun würde, was unser Anwalt jetzt macht«, erwiderte er und nickte in Richtung der Schalter.

Dort entdeckte Anna den Polizisten, der sie hergebracht hatte, zusammen mit seiner Kollegin, die sie und Nick im Auge hatte. Vor den beiden stand ein dünner älterer Herr, noch im Mantel, der unablässig auf sie einredete, ohne dabei die Stimme zu heben, und besonders der Polizist vermied Blickkontakt mit dem Mann und sah aus, als wünschte er sich weit, weit weg. Er nickte unablässig in der Gegend herum, da er dem festen Blick des Anwalts ja auswich, und versuchte vergeblich, selbst zu Wort zu kommen. Auch von den Stuhlreihen um Anna und Nick herum beobachteten einige Wartende die Szene und amüsierten sich daran.

Nachdem der ältere Herr geendet hatte, stob der Polizist geradezu davon, und seine Kollegin brachte den Anwalt zurück zu ihnen. Sie sah ihnen dünnlippig entgegen, und Nick stand bereits auf.

»Dann kommt mit«, sagte die Polizistin missmutig.

Auch Anna stand auf, und der Anwalt kam auf sie zu, ohne auf die in ungeduldiger Pose verharrende Polizistin zu achten, die noch immer die Blicke auf sich zog und sich dessen wohl bewusst war.

»Anna Engel, richtig?«, sagte er in einem Deutsch mit ausgeprägtem Akzent. »Mein Name ist Eamon Burke, und ich bin vom anwaltlichen Bereitschaftsdienst. Die deutsche Botschaft hat mich kontaktiert, und ich muss mich in aller Form für Ihre Behandlung hier entschuldigen. Bitte nehmen Sie mein Wort, dass sie nicht unserem Land entspricht.«

Anna musste lächeln, angesichts dessen, dass er sie im Deutschen siezte, und schüttelte ihm bereitwillig die Hand.

»Das freut mich«, sagte sie, und es stimmte. Sie fühlte sich augenblicklich besser mit Mister Burke an ihrer Seite und konnte nun auch Nicks Miene von vorhin verstehen. »Und Sie müssen sich nicht entschuldigen.«

»Oh doch, das muss ich«, sagte er nun auf Englisch und fügte hinzu: »Es gibt hier auch fähige Polizisten, müssen Sie wissen.«

Seine Worte richteten sich natürlich auch gegen die Beamtin, die bei ihnen stand und sie nun wortlos anführte.

»Wir werden jetzt einen Raum bekommen, in dem wir uns ungestört besprechen können«, erklärte er im Gehen, »und dann sehen wir, wie wir Sie so schnell wie möglich zurück in Ihre Heimatländer zu ihren Familien bringen können. Das ist etwas, das Ihnen recht wäre, oder? Mit Ihren Eltern stehe ich in Kontakt.«

»Ja, so ist es«, erwiderte Anna dankbar und fragte sich, wie er so schnell mit ihren Eltern hatte reden können. Er musste sie bereits auf der Fahrt hierher kontaktiert haben. Anna war nur froh, dass ihre Eltern nun Bescheid wussten und sie sich zugleich nicht die Vorwürfe anhören musste, die diese sicher hatten. Die sie haben *mussten* nach dem, was Anna getan hatte.

Sie mussten die Treppen in den ersten Stock erklimmen, und dort schloss die Beamtin ihnen ein Zimmer auf, in dem nichts weiter als ein Tisch und einige Stühle standen. Es war ansonsten vollkommen leer.

»Sagen Sie Bescheid, wenn Sie etwas brauchen.«

»Das werde ich, Miss …« Mister Burke sah sie fragend an.

»Collins«, erwiderte sie mürrisch, »Martha Collins.« Dann schloss sie die Tür, ohne eine weitere Antwort abzuwarten.

»Ich schlage vor, ich erzähle euch erst mal, was ich weiß, weil es überall in den Nachrichten ist«, wandte sich Mister Burke an sie und blieb beim Englischen, damit auch Nick ihn verstand. »Ich bezweifle, dass euch jemand etwas davon mitgeteilt hat.«

Er setzte sich an den Tisch, und Anna und Nick folgten seinem Beispiel. »Nachdem ich die Vollmacht deiner Eltern habe, Anna, besteht zwischen uns auch schon ein Mandantenverhältnis. Ich würde das Gespräch jetzt dennoch gemeinschaftlich führen, wenn ihr nichts dagegen habt, weil Nick mir bereits sein Einverständnis gegeben hat, ebenfalls von mir vertreten zu werden. Wir brauchen natürlich das O. K. seiner Eltern, aber einstweilen gehen wir davon einfach aus, in Ordnung?«

Sie nickten beide, und Anna fragte nicht weiter nach, wie das mit ihren Eltern so schnell hatte gehen können. Sie war ungeduldig, zu erfahren, *was* überall in den Nachrichten war.

»Was ihr mir dann erzählt, das liegt natürlich bei euch, und ich habe genug Dinge zu erledigen, was die griechische Botschaft und diesen Chaos-Laden hier angeht, falls ihr euch unter vier Augen unterhalten möchtet.«

Seine Augen blitzten inmitten der runzligen Haut. Sein Haar war licht und grau, und er hatte sich während seiner Vorrede den Mantel ausgezogen und ihn ordentlich über die Lehne seines Stuhls gehängt. Darunter trug er ein beiges Jackett mit Ellenbogenschonern, auf die er sich nun stützte. Seine Stimme hallte schon die ganze Zeit über unangenehm von den nackten Wänden des Zimmers wider.

»Es sind heute Nacht mehrere Tote auf dem Dubliner Hafengelände gefunden worden«, erklärte er. »Zunächst zwei junge Menschen aus der Hausbesetzerszene. In den Medien wird vermutet, dass die Auseinandersetzung mit der National Front eventuell noch einmal eskaliert ist. Ich weiß nicht, ob ihr etwas von dieser Auseinandersetzung mitbekommen habt?«

Anna nickte, auch wenn sie das Wort »Auseinandersetzung« in dem Zusammenhang etwas verharmlosend fand.

»Man spekuliert, dass den beiden armen Leuten aufgelauert wurde. Der Hafen war wegen des aufkommenden Sturms zwar gesperrt, aber es ist dennoch nach wie vor erstaunlich, dass dort mitten untertags niemand etwas mitbekommen hat.« Er runzelte die knittrige Stirn. »Und es gab noch einen zweiten Vorfall. Als die Polizei die Umgebung absuchte, kam es zu einem Schusswechsel mit einem noch nicht eindeutig identifizierten Mann. Es ist unklar, wie es dazu kam und was er überhaupt dort tat.«

Anna lauschte gebannt. Es ging um Maik …

»Es ist wohl durchgesickert, dass der Mann kein Ire war und dass er mit den beiden Toten nichts zu tun hatte.«

»War?«, fragte Nick. »Heißt das, er ist …?«

»Der Mann wurde im Schusswechsel mit der Polizei tödlich getroffen.«

Anna fiel ein solcher Stein vom Herzen, dass sie nicht anders konnte, als aufzuatmen. Sie tauschte einen Blick mit Nick und sah, dass es ihm genauso ging, und als Mister Burke nichts davon kommentierte, gab Anna ihrem Impuls nach, und sie und Nick schlossen sich von ihren Stühlen aus in die Arme. Eric war tot, Maik auch und damit die unmittelbare Gefahr für sie gebannt. Den ersten Anzeichen dort draußen nach hatten sie zumindest kurzfristig das Schlimmste für ihre Welt abgewendet, und Álvaro und wer immer noch übrig war von denen, die das dunkle Herz in ihrer Welt benutzte, war in diesem Moment weit weg.

Sie hielten sich fest, und Anna kämpfte die Tränen zurück. Nur ein einziges Schluchzen erschütterte sie, und es war befreiend. Danach hatte sie sich wieder gefangen.

»Davon, dass zwei Minderjährige in Berlin kurz nach einem ungeklärten Mordfall vermisst gemeldet und wenig später hier in Dublin von der Polizei aufgegriffen wurden, ist der Öffentlichkeit nichts bekannt«, fuhr Mister Burke fort, als wäre nichts geschehen. Anna und Nick trennten sich wieder voneinander. Nur die Finger ihrer Hände blieben verhakt, wie sie es in den letzten Tagen so oft gewesen waren, wenn sie sich Kraft gegeben hatten.

»Ich möchte gerne zwei Dinge ansprechen«, sagte der Anwalt. »Bei allem Verständnis dafür, dass die Dubliner Polizei mit der Großfahndung nach einem Kind, das mit einem Tötungsdelikt in Verbindung gebracht wird, und der Aufarbeitung des heutigen Tages alle Hände voll zu tun hat: Es ist weder mit den Richtlinien zur Befragung Minderjähriger noch mit EU-Gebräuchen der Mitgliedsstaaten untereinander vereinbar, Kinder nach traumatisierenden Erlebnissen in den öffentlichen Bereich einer Polizeistation zu schleifen und sie dort ohne Kontakt zu ihren Eltern bis zur völligen Erschöpfung ausharren zu lassen. Dass noch immer kein Kontakt zur griechischen Botschaft und deinen Eltern hergestellt wurde, Nick, ist empörend. Dass euch niemand begleitet oder psychologisch betreut nach alledem, ebenso. Ich muss mich dafür nochmals entschuldigen.« Er sah sie ernst an und schmunzelte dann. »Ich muss aber auch dazu sagen, dass es uns in eine ganz gute Position bringt, eure Wünsche durchzusetzen, wenn wir im Gegenzug in dieser Sache keine weiteren Rechtsmittel in Hinblick auf Verletzungen der Dienstpflicht anstreben.«

Seine letzten Sätze forderten Anna, was ihr Englisch anging, aber sie meinte mitzukommen. Sie hatten wegen des unprofessionellen Umgangs mit ihnen einen Blankoschein, mit dem sie nach Hause kommen würden, ohne dass sie hier alles aufklären mussten, was geschehen war.

»Vorausgesetzt, ihr seid damit einverstanden«, schränkte Mister Burke ein.

»Absolut«, sagte Nick dankbar und tauschte einen Blick mit Anna, die nickte.

»Gut, das war die erste Sache. Die zweite ist, dass mir Mister Herrish in unserem Gespräch dankenswerterweise ein paar Hintergründe verdeutlicht hat, was eure Rolle in den Geschehnissen dieses Tages angeht.«

»Mister Herrish?«, fragte Anna vorsichtig. Sie hatte das ungute Gefühl, dass ihr die »zweite Sache« des Anwalts weit weniger gefallen würde als die erste.

»Das ist der Kollege von Miss Collins, die so nett war, uns diesen Raum aufzusperren«, erklärte der Anwalt. »Ich bin ja schon seit heute Mittag so weit im Bilde, dass ihr in Berlin vermisst werdet und in Dublin gelandet seid. Deine Eltern, Anna, haben sowohl die irische Polizei als auch die Botschaft kontaktiert, als sie deine Flugbuchung entdeckt haben.« Er sah Anna tief in die Augen. Was er sagte, erklärte, wie er so schnell auf den Anruf der Polizei bei der Botschaft hatte reagieren können. »Von Mister Herrish weiß ich nun, dass gegen Mittag ein Notruf von euch eingegangen ist, in dem ihr euch zu erkennen gegeben und einen Krankenwagen und Polizeikräfte zum Hafen gerufen habt.«

»Wir ... haben Tom und Zora, die zwei Hausbesetzer gefunden«, erklärte Anna zögernd. »Zora war noch nicht tot. Und wir haben geahnt, dass Maik ... der Mann, den die Polizisten erschossen haben, dass er dort ist. Er hat den Mord in Berlin begangen.«

Mister Burke hielt den Blickkontakt. »Und ihr habt damit in jedem Fall geholfen, noch Schlimmeres abzuwenden. Aber du weißt natürlich, dass das, was du sagst, viele Fragen aufwirft.«

Anna nickte.

»Du wirst diese Fragen hier nicht beantworten müssen, aber in Berlin schon.«

Wieder nickte Anna.

»Und du, Nick, in Griechenland ... Ich ...« Er zögerte, als wollte er ihnen Gelegenheit geben, etwas einzuwenden. Als sie es nicht taten, fuhr er fort. »Ich werde jetzt gehen und telefonieren, um auch deine Eltern zu erreichen, Nick. Vielleicht wäre es gut, wenn ihr beiden euch unterhaltet. Mit mir müsst ihr gar nichts besprechen, und meine Arbeit wird getan sein, wenn ihr hier ins Flugzeug steigt. Aber ihr untereinander solltet euch vorher ... sortieren.«

Er erhob sich von seinem Stuhl und nahm auch den Mantel.

»Soll ich euch irgendetwas zu trinken bringen, wenn ich wiederkomme? Oder etwas zu essen?«

»Ein Wasser wäre gut«, entgegnete Anna dankbar.

»Ja, und vielleicht ein Sandwich?«, ergänzte Nick vorsichtig.

»Ich werde sehen, was ich bekomme«, schmunzelte Mister Burke, dann verließ er den Raum.

Nick seufzte tief. »Was sollen wir ihnen sagen?«

Anna blickte zu Boden und schüttelte den Kopf. »Ich weiß es nicht. Hier am besten gar nichts, wenn wir nicht müssen. Es ist alles noch viel zu nah …«

Sie spielte es im Kopf durch. Sie würden hoffentlich unbehelligt nach Hause kommen und dort ihren Eltern begegnen … im Grunde waren ihr Wissen und ihr Handeln Beweise für die Wahrheit, die zumindest sie ihren Eltern bereits erzählt hatte. Anna bezweifelte trotzdem, dass das etwas an deren Ansichten ändern würde.

»Wir haben nichts Falsches gemacht«, fuhr sie fort, »und sie können uns nichts beweisen. Schon gar nicht, dass wir Maik oder Peter irgendwie geholfen haben oder so …«

»Mag sein«, erwiderte Nick. »Aber was ist, wenn sie sich an uns festbeißen? Wenn sie nach komischen Sachen suchen, die in Ankara passiert sind, während wir dort waren?«

Anna wurde es flau im Magen. Sie sah auf. »Scheiße, an Ankara hab ich nicht mehr gedacht.«

Dort gab es ebenfalls Leichen, zurückgelassen in einem Drogenhaus, in dem Anna sich verletzt und Blut vergossen hatte.

»Es war das reinste Chaos da drin«, sagte Anna. »Sie werden wohl kaum alles auf unsere DNA testen.«

»Ziemlich sicher nicht«, sagte Nick, und Anna hörte das erste Wort seines Satzes überdeutlich.

»Selbst wenn … auch da haben wir nichts gemacht«, sagte sie verzweifelt. »Wir sind so lange unschuldig, bis sie uns irgendetwas nachweisen können. Und da gibt es nichts.«

»Aber wenn sie uns immer mehr Druck machen«, erwiderte Nick. »Ich weiß nicht, wie viel sie uns befragen und bedrängen dürfen. Wir sind minderjährig … aber solange das nicht abgeschlossen ist, werden sie uns nicht in Ruhe lassen.«

Anna seufzte nun ebenfalls. »Es wird hart«, nickte sie. »Aber ich weiß nicht, was wir sonst machen sollen. Wahrscheinlich müssen wir da durch.«

»Wir können sagen, dass wir irgendeine Spur von Maik in Berlin gefunden haben«, wandte Nick ein. »Irgendetwas, das er bei seinem Mord an Faní zurückgelassen hat, was uns auf Dublin gebracht hat. Wenn sie die Sache irgendwie abschließen können, dann haben wir Ruhe.«

Anna schüttelte den Kopf. »Maik hat sicher nichts hinterlassen, das wir eher finden würden als die Polizei. Und wenn sie uns auf irgendeine Lüge kommen, egal wie klein, dann denken sie erst recht, wir hätten was zu verbergen. Dann werden sie richtig graben und Druck machen.«

»Also halten wir einfach den Mund?«, fragte Nick zweifelnd. »Unseren Eltern gegenüber auch?«

Zumindest Anna konnte ihren Eltern nicht mehr vertrauen. »Wir können sagen, dass wir einen Blackout haben, nach allem, was passiert ist.« Sie wusste selbst, wie schwach das klang, aber sie würden zumindest nicht offen die Aussage verweigern müssen.

»Das kauft uns keiner ab«, seufzte Nick. »Aber mir fällt auch nichts Besseres ein.«

Er sah sie an, und sie spürte eine Trauer, die nichts damit zu tun hatte, wie sie mit der Polizei umgehen sollten. »Ich werd dich so vermissen …«

»Was meinst du?«, fragte Anna mit einem Kloß im Hals und ahnte die Antwort.

»Unsere Eltern werden nicht mehr zulassen, dass wir uns sehen, solange sie mitzureden haben«, sagte Nick und sah zu Boden, als seine Augen feucht wurden.

Natürlich würden sie das nicht. Annas Eltern würden denken, dass auch die Dublin-Eskapade mit Nicks Hintergrund zusammenhing. Drogen, Bandenkriminalität, was immer sie sich zusammenreimten. Nicks Eltern würden alles auf Anna und ihre Familie schieben. Zumindest würden sie alle genug

Angst haben, um Anna und Nick einzusperren, bis ihnen als Eltern irgendwann die rechtlichen Mittel dazu fehlten. Gerade wenn sie in ihren Augen nie glaubhafte Antworten bekommen würden, was wirklich geschehen war.

»Nick«, sagte Anna und spürte, wie es ihr selbst die Kehle zuschnürte. »Komm her!«

Sie umarmten sich und konnten beide die Tränen nicht zurückhalten. Anna spürte die eigene Angst vor der Einsamkeit, die ihr die Luft zum Atmen nahm. Sie hatte gemeint, was sie unter der Stadt gesagt hatte: Sie liebte Nick. Er war ihr so wichtig wie kein Mensch zuvor in ihrem Leben. Und sie würde wohl zu keinem Menschen je wieder so eine Verbindung aufbauen. Schon gar nicht mit einem Geheimnis dieser Größe, das sie nicht teilen konnte, ohne Gefahr zu laufen, verraten oder für verrückt gehalten zu werden.

Es dauerte lange, bis sie sich wieder lösten, und es war mehr deshalb, weil Anna nicht wollte, dass Mister Burke sie in diesem vorgegriffenen Abschied unterbrach.

»Du wolltest vorher etwas sagen«, erinnerte Nick sie niedergeschlagen. »Als wir über Peter geredet haben.«

Als sie an Peter dachte, wurde ihr Herz noch etwas schwerer. »Ja, ich glaube … ich kann mir vorstellen, wo er ist.«

Nick sah sie fragend an.

»*Drüben.*«

»Um sich zu verstecken?«, hakte Nick nach.

»Nein … um dort zu bleiben« sagte Anna und fuhr fort, als Nick sie nur weiter verständnislos ansah. »Wofür sollte er zurückkehren?« Annas Kehle wurde wieder eng. Sie fühlte sich beschissen. Alles *war* beschissen. »Es sieht nicht so aus, als hätte er noch ein Zuhause. Seine Mutter ist tot, sein einziger Freund auch. Er ist verletzt und hat Schmerzen, und hier wollen sie ihn jagen und einsperren. Das ganze Land kennt sein Gesicht und wird ihn hassen, selbst wenn er irgendwann wieder rauskommt.«

Sie spürte nach und nach, wie viel zwischen Peter und ihr noch ungesagt geblieben war und wie sehr sie das nun bereute.

»Ich hätte ihm Trost geben müssen«, schluchzte sie, »und ihm sagen müssen, dass wir für ihn da sind. Stattdessen hab ich ihm erklärt, dass ich auch nicht weiß, ob die Menschheit sich nicht selbst zerfleischt.«

Es brach sich alles Bahn, und Nick nahm sie erneut in den Arm. Sie fühlte sich, als hätte sie alles ertragen und bestanden und wäre über ihre Grenzen hinausgegangen, nur um bei dem Einzigen zu versagen, um was es die ganze Zeit wirklich gegangen war: ein guter Mensch zu sein und Mitgefühl zu zeigen.

»Schhh!«, beruhigte Nick sie, und Anna hatte im Ohr, wie Peter dieses Geräusch neben der toten Zora gemacht hatte. Sie löste sich von ihm, damit er es nicht noch einmal machte.

»Du hast ihm weiteres Leid erspart«, versuchte Nick, sie aufzubauen. »Was hätten wir ihm hier geben sollen, wenn all das passiert wäre, was du sagst? Wir hätten nur zusehen können, wie er für immer bereut, dass er diese Welt gerettet hat.«

Wenn er das denn tat, dachte Anna. Aber sie vermutete es. Sie konnte sich sogar vorstellen, dass er es vielleicht bereits getan *hatte* und dass sie es andernfalls besonders hier in Dublin gemerkt hätten.

»Es ist gut, wie es ist«, schärfte Nick ihr ein. »Und wenn sich jemand nichts vorzuwerfen hat, dann du.«

»Wir«, widersprach Anna und fühlte sich etwas besser. Sie war dankbar, dass sie dieses Gespräch noch hatten führen können. Nicht zuletzt Mister Burke gegenüber. Sie würde wohl bald für eine lange Zeit niemanden mehr haben, dem sie ihr Herz ausschütten konnte.

»Wir«, bestätigte Nick lächelnd.

Mister Burke ließ noch fünf Minuten auf sich warten, ehe er anklopfte. Und in diesen fünf Minuten zeigte Anna Nick, dass er nicht beinahe sterben musste, um sie küssen zu dürfen.

Das weiße Herz

Die Polizistin *Miss Collins* saß Anna gegenüber im Wartebereich des Gates. Die Stühle waren denen in der Polizeistation tatsächlich zum Verwechseln ähnlich, was der Situation etwas von einem Déjà-vu gab. Anna vermutete, dass es weit nach Schichtende der Beamtin war, aber dass sie wohl die schlechte Laune ihres Vorgesetzten, des Commissioners, ausbaden musste. Ihr Kollege hatte vor einer guten Stunde Nick zu seinem Flug gebracht und dabei einen einigermaßen übernächtigten Eindruck gemacht.

Mister Burke war grandios gewesen. Er hatte dem Commissioner, einem bulligen Mittvierziger, der erst spätnachts bereit dazu gewesen war, sich mit ihnen zu beschäftigen, in paragrafengespickten Sätzen und mit der Keule diplomatischer Verwerfungen nicht den Hauch einer Chance gelassen. Der ranghöchste Kommissar des Polizeibezirks hatte sich nach kurzer Gegenwehr zähneknirschend dazu bereit erklärt, der Ausreise binnen vierundzwanzig Stunden zuzustimmen und sich damit zu begnügen, zu einem späteren Zeitpunkt auf die Ergebnisse einer Befragung durch die deutsche Polizei zurückzugreifen, die im Beisein der Erziehungsberechtigten und der hinzugezogenen Anwälte oder Rechtsbeistände stattzufinden habe.

Noch vor dieser Konfrontation hatte Mister Burke über die griechische Botschaft herausgefunden, dass Nicks Eltern deswegen nicht zu erreichen gewesen waren, weil sie in der Zwischenzeit selbst bereits von der Polizei vorgeladen worden waren. Mister Burke hatte auch das nicht kommentiert, aber Anna war aus Scham über ihre eigenen Eltern, die zweifellos ihren Worten Taten hatten folgen lassen, im Boden versunken und hatte Qualen gelitten angesichts Nicks besorgter Miene. Seine Eltern waren in Griechenland natürlich aus allen Wolken gefallen, als sie bei der Polizei vom Aufenthaltsort ihres Sohnes erfahren hatten, und umso wichtiger war es gewesen, den schnellstmöglichen Flug für ihn nach Thessaloniki zu buchen.

Nachdem der Commissioner sie aber zunächst weiter hatte warten lassen, hatten sie die letzten Abendflüge verpasst und den Rest der Nacht auf der Polizeistation verbringen müssen. Sie hatten sich in einen Aufenthaltsraum zurückziehen können, in dem zumindest Polstermöbel bereitgestanden hatten, und sich dort für ein paar Stunden ein Schlaflager zurechtimprovisiert. Es war zwar keine gute, aber vermutlich eine bessere Nacht gewesen als die, die Mister Herrish und Miss Collins gehabt hatten.

In den frühen Morgenstunden waren sie gemeinsam mit ihren Aufpassern zum Flughafen aufgebrochen. Mister Burke war eigens noch einmal gekommen, um sie an der Polizeistation zu verabschieden. Er hatte sich entschuldigt, dass er sie nicht zum Flughafen brachte, allerdings habe er einen Gerichtstermin. Nachdem sie sich überschwänglich bedankt und seine Karte genommen hatten, war er in ein Taxi gestiegen. Anna wünschte sich noch jetzt, wo sie hier saß, wenige Dinge mehr, als dass sie ihn nach Berlin zu ihrer Anhörung mitnehmen könnte.

Die Sonne war aufgegangen, noch bevor Nicks und ihre Wege sich hatten trennen müssen. Sie hatten gemeinsam beobachtet, wie Dublins Himmel heller geworden war, und keine Spur von Staub darin entdeckt. Das dunkle Herz war seiner wichtigsten Waffe beraubt, auch wenn es nicht ganz verschwunden war und vielleicht auch nie mehr ganz verschwinden würde. Es würde weiter dorthin dringen, wo es eine Chance sah, Wurzeln zu schlagen, und dabei Leid und Elend mit sich bringen. Und in Annas Kopf war ein Gedanke gewachsen, den sie zum ersten Mal gegenüber ihren Eltern geäußert hatte, ohne ihn ernst zu meinen.

Was sie im Kleinen *drüben* und im Großen in der Türkei erlebt hatte, hatte Annas blindes Vertrauen in die Mächtigen der Gesellschaft erschüttert. Sie hatte *drüben* die Handlanger wie Enzo und hier willige Polizeikader die Drecksarbeit machen sehen, war der Menschenverachtung von Drogendealern wie Chuckie oder Cuba begegnet und hatte mit Peters Schicksal vor Augen geführt bekommen, wie verloren und allein man inmitten von Menschen enden konnte. Sie war schon vorher nicht naiv gewesen und hatte gewusst, dass es all das gab, aber es war etwas anderes, es hautnah zu erleben. Und zudem war das alles nun der Nährboden, auf dem das dunkle Herz gedeihen konnte.

Anna hatte auch die andere Seite kennengelernt. Nick und ihr waren so viele Menschen durch kleine Gesten zu Hilfe gekommen, und sie hatte Kräfte in sich und ihren Mitstreitern gespürt, die sie niemals dort vermutet hätte. Sie wollte nicht mehr mit Waffen kämpfen und auch nicht mehr um ihr Leben rennen, wenn es sich irgendwie verhindern ließ, aber sie wollte diese Kraft wieder spüren. Und sie wusste, dass sie mit dem Andenken an Peter im Leben nicht glücklich werden würde, wenn sie nicht etwas gegen den Nährboden für das dunkle Herz tat.

Anna hatte ihren Eltern gesagt, die Überlebenden von *drüben* wollten eine Art Gegenbewegung gründen: ein Friedensbündnis. Sie hatte dabei *Das weiße Herz* im Sinn gehabt, und vielleicht war das tatsächlich eine Anlaufstelle für sie. Auf jeden Fall spürte sie mehr und mehr, dass das ihr eigentlicher Platz war, dem sie ihr Leben und ihre Zeit widmen wollte, und nicht als Kämpferin und Jägerin wie Maik, auf der Spur von Álvaro oder seinem kleinen Schatten Kalil. Als Racheengel, Feuer mit Feuer bekämpfend und eine Spur des Todes hinterlassend.

Sie litt so sehr darunter, dass sie Peter nicht mehr Zuversicht hatte geben können, weil es in dieser Welt keine für ihn gegeben *hatte*. Sie wollte das nicht hinnehmen. Und auch nicht, dass Not zu Fremdenhass statt Solidarität und Gewalttaten zu Spaltung statt Zusammenhalt führten. Es *war* möglich, etwas dagegen zu tun.

»Liebe Passagiere von Flug AI 330 nach Berlin, Ihr Flug ist bereit zum Boarding. Wir bitten zunächst die Passagiere mit den Sitznummern …«

Es waren bereits die Hälfte der Sitzenden aufgestanden und hatten eine lange Schlange vor der Bordkartenkontrolle gebildet, ehe die Stewardess zum Sortieren kam. Auch Annas Aufpasserin stand auf und bedeutete ihr, es ihr gleichzutun. Gehorsam trat sie mit der Beamtin in die Schlange ein. Miss Collins wollte wohl bis vorne an der Flugzeugtür sicherstellen, dass Anna auch wirklich mit an Bord ging und nicht mehr ihr Problem war.

Anna war nach ihren Überlegungen beinahe aufgeregt, was die Zukunft anging. Zum ersten Mal in Wochen würde sie nicht mehr die Getriebene sein, und zum ersten Mal in ihrem Leben hatte sie das Gefühl, selbst bestimmen zu können, wer sie war. Doch sie würde geduldig sein müssen. Die nächste Zeit *würde* hart werden, wie Nick gesagt hatte, und ihre Eltern würden ihr keinen Freiraum mehr lassen, was ihnen kaum vorzuwerfen war. Sie hatte dennoch fest vor, jede Gelegenheit zu nutzen, um einen Unterschied zu machen und um ihre Fühler auszustrecken. Denn dort draußen waren noch mehr mit dem Schicksal von Nick und ihr. Sie hatte Chloé und Arthur im Staub gesehen. Der Alte hatte Connor gefunden und war vermutlich auf dem Weg zu Jelena gewesen. Poppins, Ruth, all die kleineren Kinder, von denen sie vermutlich nur die Hälfte erkennen würde. Anna würde sie in ihrem Leben nicht alle wiedersehen, aber sie hatte große Hoffnung, dass es zumindest die

Mehrzahl sein würde, und den Kontakt mit Nick über das Netz konnten ihre Eltern auch nicht verhindern.

Die Schlange vor Anna schmolz zusammen, und es war ein ungewohntes Gefühl, keine Angst haben zu müssen, bei der Bordkartenkontrolle enttarnt zu werden. Die Polizistin wechselte ein paar Worte mit der Stewardess, als Anna an der Reihe war, und verabschiedete sich dann doch tatsächlich, noch bevor Anna ins Flugzeug gestiegen war, mit einem knappen »Gute Heimreise!«.

Anna sah hinaus, als sie im Flugzeug in ihren Fenstersitz gerutscht war. Sie fragte sich unwillkürlich, wie viele Wochen lang sie immer wieder mit gemischten Gefühlen in den Himmel starren würde, ob dort nicht doch eine Spur von Staub war.

Bevor sie wieder eine hysterische Sitznachbarin bekommen konnte, checkte sie ihr Handy. Nick war noch in der Luft, und sie schrieb ihm nur kurz, dass sie nun selbst im Flieger saß. Es fühlte sich mehr als seltsam an, ihn nicht bei sich zu haben, und sie spürte den ersten Anflug einer Angst um ihn, die sie wohl die nächsten Jahre begleiten würde, bis sie sich endlich wiedersehen konnten. Natürlich blieben sie die ärgsten Feinde in den Augen ihres Gegners, auch wenn er nun taub und blind und einiger seiner mächtigsten Diener beraubt war. Sie würden mit dieser Gewissheit leben müssen, so wie Menschen, die Erfahrungen mit schlimmer Krankheit, Verkehrsunfällen oder Ähnlichem gemacht hatten, die Welt mit anderen Augen sahen.

Anna lehnte sich zurück und ertappte sich bei dem Gedanken, dass es gut war, dass sie zu Hause noch ganze drei Wochen Ferien haben würde, ehe das neue Schuljahr beginnen würde. Es war ziemlich sicher der erste Einfall, seit es sie in eine andere Welt verschlagen hatte, der ganz und gar normal war und auch aus ihrem alten Leben hätte stammen könne. Und während das Flugzeug abhob, beschloss sie, sich diesen Moment so lange wie möglich aufzuheben.

Epilog

Peter hatte Erics Kriegerdenkmal hinter sich gelassen. Er wusste nicht, wie lange er dort gesessen hatte, wo Anna ihn mit einer Menge zum Nachdenken zuvor zurückgelassen hatte. Es hätte weniger als eine Stunde sein können, ebenso wie eine ganze Woche … Zeit war hier anders.

Dass Anna diesen Ort verlassen hatte, in dem Moment, als sie aus der Senke geklettert war, hatte er gespürt. Ebenso, dass die Veränderung, die schon vorher eingesetzt hatte, sich damit rapide beschleunigt hatte. Als wäre es Anna gewesen, die diesen Ort wie eine Wippe im Gleichgewicht gehalten hatte. Als sie abgestiegen war, war er nach *drüben* gekippt.

Peter hatte bemerkt, wie sich das Licht verändert und die Luft sich über den Steinen aufgeheizt hatte, bis sie zu flirren begann. Er hatte sich nicht darum gekümmert. Er sah das alles wie durch das feuerfeste Glas eines Kamins, und selbst die Schmerzen in seiner Schulter drangen nur noch gedämpft von sehr weit weg zu ihm durch. Es mochte sein Körper selbst sein, der auf seinem letzten Weg lernte, mit Schmerzen umzugehen, aber wahrscheinlich war das nicht. Vielleicht hatten ihre Vorgänger, von denen Anna gesprochen hatte und zu denen wohl auch ihr Bruder gehörte, sein Kommen gespürt. Vielleicht hatten sie sich seiner angenommen, um ihm zu erleichtern, was zu tun war. Immerhin wusste Anna es von ihnen, und er es von ihr.

Die größte Herausforderung war gewesen, überhaupt noch einmal aufzustehen. Er selbst hatte sich so sehr an den Menschen gefesselt, dem dieser Ort, dieses Denkmal gewidmet war. Peter hatte sich nicht einmal von Eric lösen können, als er längst gewusst hatte, dass nichts als die Hülle und ein paar wenige schlechte Eigenschaften den Eric in seiner Welt mit dem Eric verbanden, den er hier kennengelernt hatte. Eric hatte sich vom ersten Tag an angefühlt wie eine Sicherheitsleine an einem Trampelpfad in hundert Metern Höhe. Das war er auch in Peters Welt noch gewesen, doch dort war er zur Falle geworden. Man ließ die Halteleine nicht los, selbst wenn sie einen im Grunde verunsicherte, und durch ihre vermeintliche Hilfe vielleicht sogar erst zum Absturz brachte.

Es hatte lange gedauert, aber Peter *hatte* sich gelöst. Er war aufgestanden und Anna den Weg hinauf aus der Senke gefolgt. Irgendwie hatte er kaum einen Zweifel daran, dass er das Richtige tun würde, was seine Heimatwelt von ihm brauchte, wenn er nur das Richtige für sich selbst tat.

Das Bild über dem Rand der Senke war atemberaubend gewesen. Ein gleißender Himmel, dem ein Feuersturm aus einer rot glühenden Ruinenstadt entgegenschlug. Fontänen zerberstender Steine hatten vor ihm das Ende dieser Welt eingeläutet, wie Paukenschläge der Apokalypse. Peter war darauf zugelaufen und hatte in jedem Schritt gespürt, wie etwas von ihm abfiel, im wörtlichen wie im bildlichen Sinn.

Zoras Gesicht war in seinem Kopf entstanden, und nach Eric war sie die Erste gewesen, von der er sich verabschiedet hatte. Zugleich hatte er ein merkwürdiges Gefühl in den Fingerspitzen bekommen. Er hatte die Hand gehoben, um sich anzuschauen, was passierte, und den Staub von seinen Fingerkuppen fliegen sehen. Das oberste Glied seines kleinen Fingers war bereits verweht, bis er den nächsten Schritt machte. Es war nicht schmerzhaft, sondern fühlte sich gut an. Leicht, wie das

Gefühl im Bauch, wenn das Flugzeug abhob oder der Aufzug nach oben fuhr … fast wie fliegen …

Diese Welt lag im Sterben. In *dieser* Welt hatten so viele Menschen die schlimmsten und zugleich letzten Tage ihres Lebens verbringen müssen. Ganz anders Peter. Zumindest ein paar Momente hatte er hier erlebt, die er für nichts hätte missen wollen. Und diese Welt brauchte nun etwas von ihm: ein Opfer, um in Frieden gehen zu können. Es war kein brutaler Akt, sondern ein sanfter Weg, der auch Peter selbst Frieden schenken würde. Das spürte er.

Peter sah die Gesichter der anderen Hausbesetzer vor sich und war dankbar für die Zeit mit ihnen, die gern länger hätte dauern dürfen. Von Tyler verabschiedete er sich ebenso wie von seinen anderen Peinigern. Sie fielen zusammen mit dem Sand von seinen Schultern von ihm ab, wie eine Last, die er nicht mehr tragen musste.

Seine Mutter blieb lange. Der unbeteiligte Ausdruck ihrer Augen und die Ungewissheit darin, wen sie vor sich hatte. Peter musste es ihr wieder und wieder sagen, bis sie schließlich lächelte und er sie hinter sich lassen konnte. Er spürte das Kribbeln in seinem Rücken und wusste, dass er nicht mehr lange *sein* würde. Sein Opfer war versprochen und angenommen.

Peters Vater war der letzte Mensch, der ihn begleitete. Es war der Einzige, um den Peter noch weinen musste, denn alle anderen hatten seine Tränen bereits bekommen. Dann tauchte er ein in das Gewirr aus schmalen Gassen und schiefen Wänden. Er kannte diesen Ort auf einmal bis in den letzten Winkel. Er spürte ihn um sich, wie er zuvor seine Hände und Fingerspitzen gespürt hatte, die längst verweht waren.

Die Stadt war leer. Nichts würde sie je wieder bevölkern, und nichts lag mehr unter ihr verborgen. Peter spürte dieselbe Leere, doch sie machte ihn nicht traurig. Sie machte ihn frei.

Und mit diesem Gefühl in der Brust starb er.